陈忠实文集

增订本

第 2 卷

1983—1984

人民文学出版社

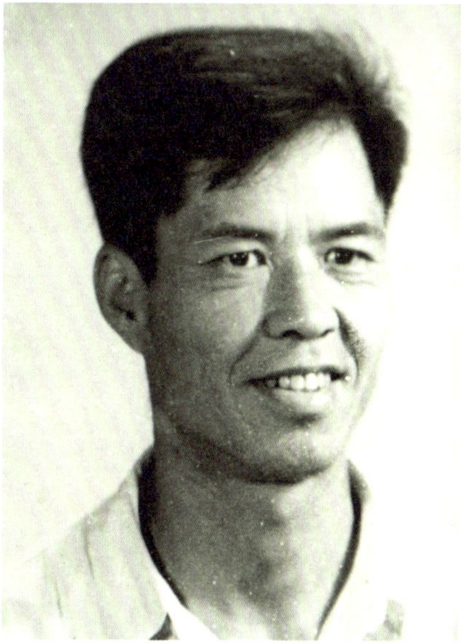

目　录

中　篇　小　说

初夏 …………………………………………………（3）
梆子老太 ……………………………………………（148）
十八岁的哥哥 ………………………………………（231）
夭折
　　——献给一位文学的殉道者 …………………（303）

短　篇　小　说

旅伴 …………………………………………………（375）
送你一束山楂花 ……………………………………（378）
马罗大叔
　　——《我自乡间来》之一 ………………………（398）
鬼秧子乐
　　——《我自乡间来》之二 ………………………（413）
田雅兰
　　——《我自乡间来》之三 ………………………（428）
拐子马
　　——《我自乡间来》之四 ………………………（440）

散文·特写

诗情不竭的庄稼汉 …………………………………………（461）

鲁镇记行 ……………………………………………………（466）

一九八三年秋天在灞河 ……………………………………（471）

言　　论

突破自己 ……………………………………………………（479）

从昨天到今天 ………………………………………………（484）

关于中篇小说《初夏》的通信 ……………………………（486）

中篇小说

初 夏

第 一 章

冯家滩第三生产队副队长兼砖场场长冯德宽,夜晚宿住在油毛毡搭顶的制砖机房里。知更鸟尖锐响亮的叫声把他吵醒了,跳下用架子车搭成的床铺,他便提着裤子走出机房。被引来和泥制坯的泉水,从砖场背后的坡沟间流下来,一夜之间,水池里便聚起了满满一汪清水。德宽撩起水,洗着手脸,然后站起身,从腰间扯开缠着的蓝色布带,一边擦拭着手脸和脖颈,一边眺望着小河川道里初夏黎明时分十分迷人的景致。

秦岭东山群峰的巅顶,清晰地映现在蓝色的天幕上,夜的帷帐正从那里徐徐消退。稀稀落落的星星暗淡无光。乳白色的水雾,在已经吐穗扬花的麦田里浮游。沿着河堤和灌渠排列着的高大的白杨林带,在清凉的晨风中发出呼吸一般轻微的吟唱。知更鸟儿吵闹不休,追逐嬉戏。坐落在黄土原下、小河岸边的冯家滩,一座座被榆树、槐树和椿树庞大的树冠笼罩着的庄稼院,开始从夜的沉寂中苏醒过来。

河川的姿容是这样的优雅,空气是如此的清新湿润,使一切雄心勃勃的人脚步更觉轻快,也会使一切备受艰辛磨难的人顿然充满希望,感奋起来。

德宽使劲擦拭着结实的胳膊和粗壮的脖颈,胖胖的脸颊被搓擦得变红了,突出的前额闪闪发亮。他把蓝布带子重新结扎在腰里,就朝坡根下走去——他要找的负责烧火的郭师傅住在窑洞里。

去年腊月,他和马驹、牛娃组成了冯家滩第三生产队的队委会,雄心勃勃地要干一番事业了。他兼任砖场场长,砌窑,安装砖机,制坯……跑了多少路,费了多少唾沫儿,受了多少白眼,遭遇了多少难场,现在都没有计较的必要啰。无论如何,砖窑砌起来了,砖机运转起来了,光滑油亮的砖坯流水一般从砖机里推出来了。装窑了,点火了,一炷滚滚浓烟,在冯家滩村东的原坡下腾起,惹得邻近村庄里的庄稼人仰头观看……今天终于要揭窑亮宝了。

德宽从垒满砖坯的场地上走过去,心里是一种胜利者的喜悦和暗暗的担忧。他巴望一打开窑门,就看到一片红红亮亮的新砖;要是烧出一窑半生不熟的夹生货,会使人多么扫兴——新砌的砖窑烧第一窑砖,是常常会烧出不理想的残次货的。

烧窑的郭师傅站在自己住的窑洞外的场地上。烟锅的火光在微明中一闪一亮,平静的咳嗽声,使德宽的心里顿然安稳了。这是他们掏一百二十元月薪聘请的河南人。合同上明白地签订着这样一条:一级砖保证达到百分之八十以上,否则按比例倒扣工资。他不操心行吗?

"郭师傅,今日开窑吧?"

"开。"

郭师傅简短、平静的回答显示着自信。他至今不知烧过多少窑新砖了,早已司空见惯,平平常常。可是对于冯家滩三队砖场场长冯德宽来说,却是第一次看见自己所负责的队办工场出第一窑产品,心里的兴头儿怎么也抑制不住。他仍然忍不住问:"成色不会赖吧?"郭师傅鼻腔里发出两声轻淡的笑声,仰起头看着东山顶上出现的淡红的霞光,不屑于回答了。德宽反倒笑了,心里更觉踏实了。

这当儿,一帮一伙男女青年从村口通砖场的大路上走来,围住德宽,乱哄哄地嚷嚷说,在县饮食公司当经理的冯安国,今天给小儿子娶媳妇,邀请他们去帮忙,去助兴,不去要伤乡党情谊哩……

德宽记起来,冯安国的儿子昨天后晌亲自跑到砖场来,邀请他今天去参加婚礼。他只是牵挂着那一窑新砖成色的好坏,把这样的喜庆大事忘记了。

"咱们今天开窑呀!"他说。

"迟开一天怕啥!"一片呼声。

砖场场长为难了。开窑推迟一天,整个生产计划就可能受到影响:麦子眨眼就要黄了,而五月的关中,常常是阴雨绵绵,能保证赶搭镰割麦之前,把第二窑砖坯装好,点起火来。可是,乡党情谊也要紧呀!甭说像冯安国这样有头脸的人物,即使是冯家滩很不起眼的庄稼人给儿子操办婚事,也得热情相帮——人一生能办几回婚丧大事呢?面对年轻人期待的眼光,中年汉子冯德宽,略显筹思之后,胡子拉碴的四方脸上,显出温和而又宽厚的笑容,对他的工人们说:"应该去,真个。只是老冯家用不了这么多人去帮忙,是不是去几个人代表一下大家的心意,剩下的人……开窑……"

年轻人不吭声了,你看看我,我瞅瞅你。那是不满意的明显表现,却不公开顶撞领导者的话。德宽心里一动,整个春天里,这一班年轻人,在他带领下,和泥、制坯、装窑,确实把力出了,把苦吃了;借着冯安国给儿子办婚事的机会,让他们畅快地歇息一天,到冯安国家去凑热闹,甭窝了小伙子们的兴致,也甭使冯安国疑心他给他难看,乡党情分不敢马虎。他把手一挥,喊一声:"放假!"这时候,分工负责农业生产的副队长牛娃,已经走来了。

牛娃脸上是一派奇怪的神情,大声宣扬说:"哈呀!冯经理大人给娃子完婚,好大的派势!冯家滩一百五十多户人,人家不管谁家行不行份子礼,挨家挨户一齐请。羞得好多没钱行礼的人失急慌忙借钱哩……"牛娃说得兴起,在德宽的肩膀上砸了一拳,扬起粗大的手掌比画着,"德宽哥,人家准备待八十席客,光猪肉买下一百五十斤……"

牛娃的口气和语意间流露出的嫉妒和不满,太明显了。德宽怕他说出更难听的话来,就说乡党情谊还是要照顾的,他想给工人放一天假,马驹队长不在家,逢事他俩得多商量。

"放放放!放假!我那儿的棉花移苗也停了。"牛娃反而声音更大,带着一股气,长胳膊一挥,嘻嘻哈哈对周围的年轻人说,"走吧!到冯大人家过生日去!人家从县城饭店带回来高级厨师,油水厚哇……"

德宽让年轻人去了。看看脸上仍然呈现着嘲弄神色的牛娃,他把话岔开了:"咱们马驹不知……"

"他妈的!官大了,家发了,荣耀祖先哩!"牛娃反倒毫不掩饰地骂起来,"害得咱们砖场不得开窑,农活也停了。"

德宽宽厚地笑笑。牛娃二十五岁了,仍然是光棍一条,看见人家娶媳妇,心里难受哩。其实冯安国一家从来没惹过他,更没伤害过他。冯安国两个儿子一个女儿,先后在城里参加了工作,每一次,都要招来牛娃的嘲骂。他嫉妒,他愤恨,他猴急干叫唤罢了,冯安国照样当县饮食公司的经理……德宽有意谈起砖场的令人鼓舞的情况,好使牛娃回到自己应当关心的事情上来。果然,牛娃渐渐安静下来,兴致很高地猜想估摸着,马驹现在该进山了?到了种牛养殖场了吗?他可是鸡啼时分就从家里动身的……

"甭操心。马驹办事稳当着哩!"德宽说,"先前说妥了的事,不会出麻达。你倒是应该把草料准备好,顶好割些青草……"

天已大亮,东山群峰燃烧在火一样红的朝霞里,轮廓反倒模糊了。两位副队长的心思,一下子飘到陌生的秦岭山里去了。按照已经交涉好的协议,种牛繁育场同意把冯家滩三队作为优良的秦川牛繁育点,今天他们的队长马驹去赶种牛回来。

"德宽哥,牛娃哥,"冯安国的大儿子什么时候来了,站在跟前,满面笑容地邀请他们三队两位副队长,"俺爸叫我来请你俩……"

"噢……好好……"德宽诚恳地笑着,盯着这位已经在县城工作、结婚而且有了孩子的青年,客气地说,"你先回,我随后就来。"

"大家都去了,就差你俩……"

"俺俩去一个——德宽去!"牛娃仰起头,像分派什么工作任务似的说,"我还有事哩!"再不容别人分辩,他扯开长腿就走了,这个拗家伙!

"好。我马上来。"由于牛娃生硬地拒绝、走掉,德宽变得更加真诚,以便使邀请他的人不感到难堪,"我去给郭师傅招呼一下。"

冯安国的大儿子匆匆地朝村子里走去,因为牛娃的不友好而显现在脸上的尴尬神色瞬即消失了。德宽心里也舒展了。他的心性跟他的名字完全一致——德行宽厚。他和媳妇兰兰过着自家的日月,穷虽穷到叮当响,却不像牛娃那样嫉妒任何比他宽裕的人家。冯安国的三个儿女一个一个通过合法或不合法的渠道进城参加了工作,每一次都在冯家滩村里引起一阵又是眼红又是忌恨的声浪,而冯德宽脸面上却安之若素。他想,自己没饭吃,不必仇恨人家手里端着碗嘛!他虽然一年四季吃着无法计算营养成分的粗食淡饭,胃口却很好,饭量惊人,身体十分壮实,脸膛胖乎乎的,浓密的串脸胡须也遮掩不住赤红的脸颊,眼睛里永远是平静踏实的神色。

在就任三队副队长兼砖场场长之前的十余年里,他是三队的磨坊主人,一年四季扑一身细茸的面粉,给这家那家加工粗粮和细粮。这个容易引起纷争的磨坊,自他当家以后,常常伴着嘎嘎轧轧的机器的响声传出嘻嘻哈哈的女人的笑声。他能教那些歪鼻斜眼的麻迷婆娘喜笑颜开地背上面袋走出磨坊,再把又一位扛着麦子的家庭主妇迎接进来。大家都觉得他人好心好脾气好,却不大注意他还有更高的能耐,而当马驹把他安排到新开办的砖场当场长以后,他的本领大放光彩了。旁的不说,单是那一帮小伙子,那是连大队的干部们也觉得头疼的人物,在他手下,一个个却全都成了砖场里的干将。这一点令冯家滩人人佩服。

他要到冯安国家帮忙、助兴去了。当他走上沟泉上的小土桥的时候,心里不禁油然生出一股怨气来。冯经理呀冯经理,你鼓捣三个儿女参加了工作,乡党们背地里骂你哩!你给儿子办婚事,这样大操大办,是想捂乡党的嘴呢,还是显示你的荣华富有呢?无论出于哪种意思,都不好哩……

第 二 章

冯家滩党支部书记冯景藩老汉今天成了全村起得顶迟的一个人。在屋脊上空追逐嬉戏的知更鸟的叫声,没有惊动沉沉酣睡的老汉,村巷里两声响亮的汽车喇叭的鸣叫,却终于把老支书惊醒了。

老汉睁开眼,透过后墙上的木格窗户,看见后院里那株缀满红色的花蕾的石榴树上,已经洒满初夏清晨明丽的阳光了;麻雀在残挂着枯黄榆钱的树枝间跳跃,吱吱喳喳吵闹不休。怎么睡到这个时候呢!他急忙翻身坐起,穿上夹袄,突然觉得头晕,眼涩,四肢酸软,心里烦乱。这才想到,昨天晚上,翻来覆去,辗转反侧,几乎整整一宿没有合眼,直到知更鸟儿在屋脊上空叫起来的时候——那是勤劳的庄稼人起床的时间,他才迷迷糊糊地睡着了……

昨日后晌,冯家滩大队三个生产队的六槽牲畜中的最后两槽牛马,分给社员拉回自个家里饲养去了。原坡和河川的全部旱地和水地,在此之前,也已按照人口和劳力分配给一家一户经营耕种了。土地和耕畜,作为冯家滩大队的集体经济的基础,现在分配完毕了。而当这一复杂、琐碎、麻缠的分配工作完毕以后,主持整个大队进行这项工作的党支书本人,反而有一种无法排解的失落感了……

景藩老汉不紧不慢地结着夹袄上的布纽扣,顺势靠在身后的墙上,不急于下炕了。现在,忙着起来做啥?一家一户种庄稼了,还要党支书操什么心呢?

昨日午饭后,第二生产队的男女社员,老人娃娃,媳妇姑娘,不用打铃集合,也不要干部吼喊催促,一溜一串拥到二队饲养场上来了。队长简单宣布了牛马分配办法,就拿出早已制作停当的纸团,放在一只瓷碗里,让各家各户的男主人或女当家抓阄。一只只粗壮的庄稼汉的黑手,迫不及待地又是抖抖索索地伸到瓷碗里去了,随之就是一声愉悦的欢叫或是一声难受的吁叹。抓到"实阄"的人笑嘻嘻地按着号码到槽头牵出牲畜来;抓到"空阄"的人有的一拍大腿懊丧地走掉了,有的眼馋地去品评人家拉到手里的牛马。整个饲养场的小院和拴牲畜的场地上,三人一堆,五人一伙,围着一头牛或一匹马,议论着价值的合理性,把主持这场分配的大队领导冷落到一边去了。

景藩老汉甘愿领受这种冷落。他在队长宣布了抓阄分配的办法之后,干巴巴地讲了几句注意事项,就远远地走到堆放青草的平场一边,蹲在铡草的铡墩上,咂着短管旱烟袋吸烟,没有一丝兴致参与对任何一头牲畜的品评和议论。

老汉心里难受啊!二十六年前,年轻的庄稼汉子冯景藩,不分白天和黑夜,出东家小院,进西家门楼,熬红了眼睛,嘴唇上暴起一层焦死的干皮,终于说服了一家一户的庄稼人,把自家宝贝似的黄牛或青骡,拉到刚刚盘起的大槽上来了,在小河川道里集合起来第一个大槽的牲畜……二十六年后,仍然由当年的农业社主任冯景藩亲自主持,再把三个生产队的六个大槽百十头牛马,一头一匹折了价,分给一家一户庄稼人,由他们重新牵回自家的小院里去独槽喂养……哦哦!老汉蹲在铡墩上,咂得旱烟锅里吱吱响,心里说不清是一股什么味道。看着那些熟悉的面孔在笑,听着那些熟悉的声音在喊,哪头牛价钱高了,哪匹马的价钱合荏了。老汉鄙夷地瞅着这些人:分给你们的时候,总是嫌标价太高;当初入社合槽折价时,总是嫌价钱合得低……他转身走掉了。

老汉从二队的饲养场转身下坡时,暗暗流出一股泪来,又悄悄用大拇指抹掉了。冯家滩三个生产队的饲养场,都是在他的领导下逐步由草房换成红瓦砖房的。为了施肥方便,三家饲养场按计划分别从村子里搬迁到向阳的原坡上。每年冬季到来之前,他都要逐一检查饲养场里牲畜过冬的防寒设施:苫盖窗户的稻草帘子织好没有?烧水的地灶盘好了没有?干土准备得足不足?怀犊儿的母牛或母马,"小灶伙食"缺不缺饲料?他是庄稼人,自小喜欢抚弄牲畜;他是中共冯家滩的党的领导,深知这些宝贝牛马在一个生产队里的分量。

岂止是牲畜的安全越冬问题!冯家滩一百五十多户,七八百口人,粮食和棉花生产,社员的生活和分配,再加上连年不断的政治运动,这家那家的纠纷,足以使他从天明起来,忙到天黑,甚至忙到夜深人静,才能落枕。

一晃二三十年过去了,强壮的庄稼汉子冯景藩,已经变成一个两鬓霜白的老汉了。冯家滩耗尽了他庄稼人的黄金岁月,在几乎精疲力竭的时候,却猛然发现,他拽着的冯家滩这辆大车好像又回到二三十年前的起点上……他现在从村巷里走过去。夕阳映照着一座座庄稼院高高矮矮的房屋,狭窄的街巷里,这家那家门外的槐树或椿树的树干上,系拴着一头黄牛或者叫驴,悠闲地甩着尾巴,在夕阳余照里反嚼。这景象,使人一下子回忆起合作化前乡村里的景象。景藩老汉背着手,心里灰败而又空落,匆匆走进了自家的门楼,又一股酸渍渍的东西从鼻腔里泛起来。他揉一揉鼻子,使劲咳嗽两声,没有答理老伴的询问,走进里屋去,也没有吃夜饭,就脱光衣服躺下了。

春节过后,景藩老汉参加了中共河口县委召开的农村工作三级干部会议。无论县委书记的长篇报告也好,农工部长的讲话也好,小组讨论也罢,参观试点也罢,都不能扭转景藩老汉心里那一层看法:单干。"责任制"这个绕口的新名词,老汉总是说不顺畅。他在小组会上仅有的一次简短的表态式的发言里,三次把责任制说成分田单干,惹得同一小组里的男女干部哈哈大笑。他自己则在心里说,其实就是单干嘛!地分了,牛分了,一家一户自己种庄稼,不是单干是什么!责任制——那是把猫叫成咪,名词不同罢了。

然而,党的决议他总要执行的。会议结束的那天后晌,他把带领他们来开会的河西公社书记老王引到县委党校院子的一棵泡桐树下,真诚地说:"我保险赶搭镰割麦以前,把土地和牲畜分到社员户里……"

"好嘛!社员正好赶上种秋。"王书记笑嘻嘻地说,同时提醒他,"甭说'分',是责任制,或者说承包、包干,不是分田单干。"

老汉嘿嘿笑着,点点头,随即说:"责任制落实了,我想……把支书的担子卸了……我老了,跑不动咧!"

"唔……"王书记警觉地瞅了他一眼,表示理解地说,"那你得先给自己找个年轻人呀……你怎么办呢?"

景藩老汉实心实意地说:"我想来想去,只觉得公社奶牛场合适。我去喂牛,倒是有经验……"

"可以。"王书记干脆地答应了,"只是你得先找一个接班人……"

景藩老汉早已给自己找好了退路。他睡在县党校印着红字的干净被窝里,想着分地分牛以后自己怎么办。社办砖场、化工厂、钢窗厂和农机修理厂,这些地方他当领导不行,当工人又不懂技术。他瞅中了奶牛场。他可以当一名完全合格的饲养员,挣一份工资,够他老年享用就行了。

得到了王书记的允诺,他回到冯家滩,坚决贯彻执行中共河口县委一九八一年"一号文件"。按照预先的计划,现在还不到夏收,土地和牲畜已经全部分配到户了。等到二队最后分掉这两槽牛马,老汉心里慨然系之:完了!他终于抑制不住心情的伤感,涌出眼泪了……

景藩老汉结好纽扣,下了炕,他想立即到公社去,找王书记,到奶牛场喂牛。土地和牲畜已经提前完成分配下户任务,责任制落实了,至于中共冯家滩党支部的接班人,让王书记派党委干部来选择安排吧!他等不及了……

"安国来过两回了,叫你哩。"老伴从伙房里端来一盆洗脸的温水,提醒他说,"我说你刚刚睡下……安国说叫你一起来就去。"

"我到公社寻王书记去呀!"景藩对老伴吩咐说,"安国有啥事,等我回来再说。"

"你忘了?"老伴仍然和颜悦色地提醒他,"人家给娃结婚哩!"

"噢……"景藩洗着手脸,满是水珠的脸上,显出失误的神情,淡淡地说,"我从公社回来再去。"

"明日到公社去吧。"老伴劝他,"甭叫人家说咱冷淡。"

"冷淡就冷淡!"景藩没好气地说,"人家给娃娶媳妇,我跑那么欢做啥?"

"甭忘了,咱还托人家给咱办事哩!"老伴悄声提醒他说,"你不去不好。"

"不提这事我还不生气!"景藩老汉攒下毛巾,生气地说,"咱托他办的那事,他怕是早丢到耳朵后边去咧……"

去年秋天,儿子马驹从部队复员回到冯家滩,原先订下的未婚媳妇——薛家寺村薛老八的二女儿,提出了苛刻的结婚条件:只有马驹参加了工作才有资格和她去领结婚证。这不过是解除婚约的借口罢了。景藩老汉陷入了内外交困的艰难处境里:出得自己家门,就是督促队长们抓紧分地分牲畜,在那些被自己亲自拔除了界石的大块田地里,重新栽下写着各家户主名字的木桩;回到自家屋里,就看见老伴因为失去未来的儿媳而一筹莫展的愁苦脸相。一九八一年的春天,对于冯家滩那些分到责任田和牲畜的庄稼人来说,是心劲空前高涨的一个难忘的春天;对于党支部书记冯景藩来说,却是太凄苦了!

尽管如此,他不能眼盯着这门亲事告吹。老汉一方面让媒人刘红眼从中周旋、调解,希求打开薛家女子关死了的大门;另一方面,老汉加紧自己给儿子寻找工作的脚步。老汉骑着那辆破旧的自行车,跑到县政府,找到复转军人安置办公室,气喘吁吁地陈述一番,得到的却是严格的、政策性极强的回答:哪里来再回哪里去。他去找县委刘书记,这是河口县的一位老领导人,和景藩老汉相识已久,曾经很赏识很器重全县最早试办起农业社的冯家滩农业社主任冯景藩。刘书记听着他的话,不住地点头,不住地叹气,表示很能理解他的困难,却无法为他农村户口的儿子在城里安排工作。他仍不甘心,找到县饮食公司请冯经理帮忙。乡党毕竟是乡党,冯安国满口应承,而且热情地招待他在县国营第一食堂吃了午饭。他曾经高兴过一阵子。可是时过半年,没见丝毫信息。他忽然想到,人说冯安国是个"谝大嘴","应得展,撂得远",怕是早已扔到耳朵后头了……

"马驹呢?"他记起儿子来。

"到山里买牛去咧。"老伴说,"鸡啼时走的。"

"尽是胡闹!胡整!"老汉气恼地说,"队里现有的牛都分咧,他还买!"

老伴不再说话,她知道父子间在公事上的不和,常常拌嘴。老汉当支书,儿子当三队队长。儿子在腊月里一上台就分地分牛。老汉骂儿子是分田单干,是拆集体化的墙根。不管老汉怎么喊,儿子还是把一捆写着户主名字的木桩栽到三队的耕地上去了。谁料想,麦子刚刚锄罢,老汉自己也领着一队和二队的干部在大田里分地,在饲养场里分牛马。她弄不清公事里头父子间谁个理长理短,一如既往地保持中立,只管给老头和儿子缝衣做饭,给老汉捞一碗干面条,给儿子也捞上一碗干面条,笑盈盈地听那父子两个在方桌对面一边吃饭一边争论。现在,她只是劝老汉:"快去,甭叫安国等急了……"

景藩老汉点着烟锅,虽然神情上仍然表示出对冯安国家婚事的冷淡,还是听顺了老伴的劝告,转身走出门去。

第 三 章

冯景藩老汉一步跨出街门,耀眼的太阳已经在东原顶上升起一竿子高了。村巷里,土场上,到处走动着穿饰一新的陌生人,大都是安国家的亲戚吧。还不到坐席就餐的时候,他们站在场边上,大声地说笑或谈论,欣赏着刚刚进入初夏时节小河川道迷人的景色哩。好多的亲朋呀!

唔唔!景藩老汉更吃惊了,村子北边空闲着的打麦场上,大卡车、小吉普和明光锃亮的小轿车摆下一长排,是谁在用粗喉咙大嗓门禁斥乱摸乱动的乡村娃娃……好大的气派呀!

冯安国家门楼以外的半条街巷,已经被本村或外村来的男男女女、老人娃娃围塞满了,简直像河口镇上逢集过会一样。景藩老汉从人窝里挤过去,走到门楼下。黑漆刷过的门板和门框,用红漆勾出笔直的缝线;两条大红对联,足有八尺长,贴在门框两边刷得雪白的墙壁上,嗬呀!冯家滩的庄稼人,谁家贴过这样长的对联!

院子里,撑起一顶绿色帆布帐篷(庄稼人都是用苇席搭棚),遮挡着阳光。庭院四周,悬挂着亲朋乡友赠送的绸缎被面和印花床单,五颜六色,流光溢彩,平时清淡雅静的屋院,现时看去跟百货商店的布匹展销货架一样了。收音机(其实是收录机)播放着欢快的乐曲,渲染着婚事的喜庆气氛。景藩老汉看得眼睛花了,辨认不出自己老伴昨晚送到安国家的那条被面,究竟挂在哪个角落里。

"老书记到——"谁在喊。

忙着和闲着的人,都转过头来和他打招呼。景藩老汉忽然觉得在这样的场合里有点拘束了,不像以往参加冯家滩任何一个小伙子的婚礼时那样从容和坦然。他有点窘迫地走到庭院里,看见一伙人围着小学民办教师在用毛笔记写礼单。民办教师仰起脸,笑嘻嘻地说:"老书记,啥时候给马驹兄弟办事呀?也按冯经理家的这个派势办!"

景藩老汉脸一热,心一沉,扭过脸去了。民办教员并无恶意的一句玩笑话,正好撞到老汉心中的伤疤上头了。老汉走进这个门楼的时光,强烈的现场实景的刺激,早已使他悔愧得难以抬头了。他坐在小学教员写字的方桌旁,悻悻地苦笑着。

"老哥,你怎么坐在这儿?走,屋里坐。"

冯安国站在当面,剃刮得干净的腮帮上泛着串脸胡楂的蓝光,红光满面,两只大眼笑眯眯地瞅着他,实心实意地把穿着黑呢制服的胳膊搭到他的肩头上,亲热地搂着推着他往里屋走去。冯家滩的庄稼人,看着这两个曾经一同在本村创办过农业社的第一任干部,搭肩勾背地走过庭院,纷纷投来奇异的眼光:两人的穿戴和气度,相差太远啰!

接过安国递来的一支黑色机制卷烟,景藩老汉坐下,掩饰住自己灰败的情绪,勉强用恭贺的口气说:"百事顺心吧?"

"凑合。"安国矜持地笑笑,头一摆,吁叹着,"嗨!我说叫俩娃把钱带上,到上海、杭州逛一程算咧!现在兴得旅行结婚,也省得家里劳神。老婆子是个老脑筋,非得要在家里办不可。花钱莫说,搅得亲戚朋友不得安宁……"

景藩老汉深深低下头去,洋溢在冯安国脸上和话语里的优越感,是这样明显。人家是媳妇不愁,花钱不愁,仅仅是结婚方式上的一点小矛盾喀!

安国正说到扬扬得意时,有人传报,说是有哪家重要亲朋来到门外了,要他去迎接。

"老哥,你坐着喝茶,抽烟,"安国站起来,无可奈何地摊开双手,叮嘱说,"我一会儿就回来,咱俩好好谝一谝,平时老是遇不到一块儿。"

安国走出门去了。里屋里坐着的人,从服装举止上看,全是在国家单位或机关的"工作人",只有他冯景藩一个农民老汉。有那么两位干部,他看去有点面熟,只是记不起名姓了。他没有和他们说话扯闲的兴致,就咂着卷烟,坐在那里,二十多年前的那一段路,现在是这样强烈地从脑袋深处映现出来——

冯景藩二十五六岁的时光,在小河川道里办起了第一个农业生产合作社。高鼻梁、深眼窝的年轻庄稼汉子,表现出一种令人尊服钦佩的大公无私的献身精神,热情而又踏实的工作作风。中共河口县委组织部的负责人,早已瞅准了这个优秀的干部坯型,等到冯家滩农业社刚一建立,就给河西乡党支部下了调令,调冯家滩中共党员冯景藩到河东乡任乡党支部书记。即将开始的农业合作化高潮,需要大批得力的干部。

冯景藩接到调令的时候,激动得厉害。党的信任,使这个在旧中国农村遭难受辱的庄稼汉子,心里涌起怎样高涨的革命热情啊!为了一个紧急会议,他几次深夜涉过结了冰的小河,把通知送到河那边去,而不愿意绕道走两里以外的独木桥。从河西乡冯家滩初级农业合作社主任,到河东乡的党支部书记,这之间有多大的台阶,他充分想到了,却不怕。什么不是人学的呢?他已经亲手创办了河西乡的第一个农业合作社,到河东乡开展合作化工作,他心里很踏实,很有信心。

就在他筹思河东乡未来的工作的时候,屋里一下子拥进来农业社的男女社员,乱口纷纷:

"咱农业社刚刚成立……"

"你一走,就怕社里乱套……"

"你迟走一年行不行呢？"

……

冯景藩愣住了，激动得热泪滚滚，大张着嘴巴说不出话。看着那一张张男人和女人以至满腮胡须的老人的脸，他忽然问自己：冯景藩呀冯景藩，你是个什么东西，自个还不清楚吗？缴不出国军捐税粮款，保公所的保丁把你压倒，打断了两根柳木棍子；抓了壮丁，开拨到河南，逃跑时，枪子儿挂着耳朵梢儿，你是重过一世的人。那时候死了你冯景藩，跟踩死一只蚂蚁一样。那时候在冯家滩，你说话不顶财东家放一个屁响。而今你活着，有这么多乡亲离不得你，自己能不理会众人的热肠话吗？他实心实意地对众人说："县委调我哩！事先没跟我说一声，我也实情离不开咱的社……"

刚刚加入农业社的新社员们，还不懂得新社会里干部调动的政策，他们当场推荐出三位社员代表，连夜赶到河西乡乡政府，向中共河西乡党的负责人"进谏"……

乡党支部书记正中下怀，他也担心全乡新建的第一个试点社出现问题而影响农业合作化运动的开展，乐得把冯景藩这样强硬的干部留下。于是，他特别加重语气地向县委组织部汇报反映了社员的呼声。县委组织部收回原调令，改调冯家滩农业社副主任冯安国，就任河东乡乡长……

"老哥，你看……本来是调你。"冯安国为难地说，态度十分诚恳，"我的能耐不行……"

"咱俩再甭推让了……快上任去吧！"景藩诚恳地劝说，"咱穷兄弟能有今天，做梦也想不到。党器重咱，社会相信咱，咱在哪里都一样嗨！都是党的工作需要。"

……

这是难以补救的一步之差。景藩老汉重新点燃熄灭了的卷烟，轻轻呼出一口长气。冯安国和他年龄相仿，现在当着县饮食公司经理,两儿一女,先后参加了工作,屋里只剩下一个老婆,过着清闲日月,每逢年下节日,儿子领着媳妇,女儿跟着女婿,回到乡下来看望养得白白胖胖的老母亲,院子里摆起一排明光闪亮的自行车……冯安国的小儿子今天完婚,三个儿女的最后一件大事就完成了。冯安国现在过的是一种多么舒心的日月啊,难怪脸膛越来越红润,腰越来越粗,人家操什么心嘛!

景藩老汉现在正陷入内外交困的艰难境地。三十年来,他泡在冯家滩,还是穿着老伴一针一线缝制的黑布夹袄,嘴里填的仍然是苞谷糁子就酸菜。"四清"和"文化大革命"经受的折磨就莫要说起,已经过去了。最使老汉难受的是,两儿一女(和安国一样),没有一个安置到正路上。大儿子是个农民,已经娶妻生子,分居另住,日子过得紧紧巴巴。女儿虽然在社办厂工作,还是吃的农业粮,本质上还是个农民。现在只剩下小儿子马驹,看来也是吃一辈子农业粮无疑了。可恶的薛家寺的薛老八和他的二女子,竟然提出苛刻的结婚条件,欺辱冯家滩党支书和他的儿子,太叫人难以忍受了!

景藩老汉吸着烟,脸上痛苦地抽搐着。二三十年来,他不仅没有实现当初实行合作化时给社员们展示的生活远景,而且把自己的家庭的日月也搞烂包了。无论公私,三十年里,他竟然一事无成啊!坐在里屋里那些前来给冯安国贺喜的人,抽着烟,呷着茶,谝着笑着,令他反感。设在后院里的临时厨房,传来刀勺叮叮当当的响声,滚油的爆响,打诨笑闹的声浪,这些乡村婚事中特有的喜气盈盈的气氛,丝毫改变不了景藩老汉灰败的心情,反而使他感到腻烦,感到压抑,愈觉难受了。

冯安国跨进门槛,仍然是喜气洋洋地吁声哀叹:"嘿呀呀!农村办婚事这一套,太啰唆了。"说着,在景藩旁边坐下来,点燃一支烟,慨然说:"你托我给马驹办的那个事,成咧!"

"啊……"景藩老汉猛地仰起头,盯着安国的大眼睛,如此随口说出这样重要的事情,可不是开玩笑吧?

"我们公司新添了一台车,要找一个司机。马驹在部队上开过车,我心里清楚,正好。"安国说明原委以后,就神秘地告诉他,"好多人给我推举司机哩!我一概回绝说,已经找下了……"

景藩老汉激动得简直有点痴呆了。日日夜夜和老伴念叨着的头等大事,急也急过,怨也怨过,恰恰就在他觉得最难受的时候,居然轻轻松松地由安国那两片薄嘴皮说出来。他终于盼到了呀!啊啊!

"订一份合同先干着,等待机会转正。"安国解释说,"县上每年都有一些照顾解决复转军人困难户的招工指标哩。只要他干得好,到时候……"

"安国……"景藩老汉感情真挚地叫了一声,喉头哽塞了,"你给我帮了个大忙……"

"好老哥哩!甭说见外话!"安国义气地说,"我看见你的境况,心里难受哩……"

两人正说着,又有人来传报,说是媳妇快要进村了,要安国去安置诸事,迎接新人进门。

"老哥,你要宣读证婚词。"安国站起来,叮嘱说,"你是地方领导嘛!"

景藩老汉随之走出里屋,身体里像注入了一剂强刺激素。马驹到冯安国手下去开汽车,他将到公社奶牛场去喂牛,再不在冯家滩这个酱缸里搅缠啰!主意既定,从心里到脸上,灰败的情绪一扫而光,腿脚也轻捷灵便了。他站在庭院里,指挥小伙子们挪桌移凳,安排新婚典礼的场所。他又追到大门外,叮嘱挑着一长串鞭炮的小伙子,要掌握好时机,把炮放在新人进门的前几步……

第 四 章

鸡啼时分动身,搭乘头班汽车进山,喝罢一杯水,吃了两个自带的干馍,从种牛场场长手里接过缰绳,冯家滩三队队长冯马驹,吆赶着八头纯种秦川牛,步行一百多华里,在乡村人吃夜饭的时光,从秦岭北麓浅山区的种牛繁殖场,走回坐落在南原坡根、小河岸边的冯家滩来了。

一路上,怕把这八头宝贝种牛累着,他不敢驱赶得太急太紧;为了防备惹下麻烦,他跑前跑后,用树枝训诫偷偷把舌头伸到路旁麦子地里的畜生。一百多里路走回来,腰酸腿疼,口焦舌燥,他感到累极了。

虽则累点,小伙子的心劲却不见稍减。种牛买回来了,秦川牛繁育点的牌子,明天就可以在冯家滩三队挂起来了,计划中的第二项队办副业也落到实处了。半圆的月亮贴在南原上空的天幕上,河川里弥漫着吐穗扬花的麦子散发出来的气息。蒙蒙月光下,牛娃站在村外沟口的土桥上等候他,嘴里嚼着馍,口齿不清地迎接他说:"呀呀!你跑得真快!我估摸你得到半夜才回来。"说着,把馍塞进口袋,大声惊呼:"好大的牛啊……"

马驹笑着说:"我一路没敢耽搁。赶着这些活宝,进不成食堂,坐不得茶棚,碰到有水草的地方,歇缓一阵儿,这些家伙又乱跑哩……"

"好咧。你快回去吃饭。"牛娃从马驹手里接过一头公牛的缰绳说,"你吃罢饭,咱还有好些事要商量哩!"

"砖场开窑了吗?成色咋样?"马驹迫不及待地问。

"没开。"牛娃的口气瞬间变冷了,"冯大人给儿子结婚。大家都去喝油水去了!"

"吃一顿好饭,能饱一年吗?"马驹也有点生气,"你给德宽哥说,今晚加班开窑。三拖两拖,赶收麦子前,第二窑货装不进去了。好多事都坏在计划不能执行……"

"好。我在饲养场等你。"牛娃痛快地答应着,接着又神秘地笑着催促,"你快回家吃饭。大叔今日问了我不下八回,早就等你回来……"

"啥事?"马驹才出门一天,想不到有什么事让父亲这样着急,"他没说有啥事吗?"

"依我看……八成是……给你瞅下媳妇了……"

牛娃说着,哈哈笑着,吆赶着牛群朝饲养场走去。马驹走进村子,朝自家门楼走去。

父亲在街门外的皂荚树下站着,烟锅的火星一闪一亮,未等他开口招呼,已经用亲热的口气说话了:"噢呀!马驹回来了,快回屋吃饭。"说罢,抢先几步走进街门,传报式地朝里屋喊,"马驹回来了,赶快给娃下面……"

马驹刚走进院子,父亲又喊:"给娃端洗脸水!"母亲在小灶房里连着应了两声,声调也是欢悦的,马驹怎能让母亲服侍自己这样的大小伙子呢!他赶忙自己打了水,扑哧扑哧地洗着脸。

父子间平日里很少有在一起亲亲热热交谈的时候。他当他的支书,他干他的队长。父亲很少过问儿子在三队工作的成败。无论他外出或者在家,迟回早归,父亲向来是不屑于过问的。父亲今晚的情绪一反常态,这是怎么了?真如牛娃所说的有人介绍对象来了,也不必这样高兴嘛!现在,小院里又传来父亲和母亲的争执:

"给娃捞干面!"

"娃跑了远路,吃汤水面好……"

"小伙子吃汤水面,不耐饥喀!"

"那你去问……看娃爱吃干面,还是爱吃汤水面……"

父亲居然不厌其烦地走到厦屋门口,认真地征询儿子的意见来了。到底是咋回事呀?马驹觉得好气又好笑,随口说:"干的汤的都好。"

农历四月的夜晚,湿润的夜风令人心胸舒畅。母亲把摆着醋瓶盐碗辣子碟儿的小瓷盘,搁到院子里的小饭桌上,端来一碗漂着葱花的清汤细面。父亲坐在矮脚小凳上,哑着旱烟袋,和母亲同时交口叮嘱他调好调料,菜要多放些,辣子调重些,饭更有味……

整整一天里,马驹啃着自带的干馍,喝着山泉里的凉水,早已渴望有一碗热乎乎的醋辣细面了。马驹喜欢地吃着,满碗漂漂着一层红艳艳的油泼辣椒末儿,喉咙里发出呼噜呼噜的响声,汗水从头上冒出来,浑身都舒服了。母亲看着儿子吃得又香又快,满意地笑着。父亲也笑吟吟地抽着烟,有意等他把饭吃完再说话。

"马驹,"父亲终于忍不住了,欣喜而又神秘地说,"爸给你把工作找下了。"

"啥?"马驹猛地仰起头,停住筷子。从门窗泻到院子的电灯光下,瞅得见父亲喜盈盈的眼睛。这实在是没有预料得到的事情。他惊诧地问:"你在哪儿给我找下工作了?"

"得感谢你安国叔哩!"父亲诚恳地说,"县饮食公司刚买回来一辆新车,需用司机……"

这件事来得太突然。马驹说不清自己是喜是忧,心神慌乱了。是这么一码事!原来是有一颗福星高悬在屋脊的上空,使父亲一扫愁容,喜气洋洋。他自己却高兴不起来。他在三队里刚刚铺展开一大摊工作,怎么能一拍屁股走掉呢!但他又不想使父亲当即扫兴,就低下头,漫不经心地用筷子挑动起所剩不多的面条来。

"这下好咧,马驹!"父亲毫不掩饰心中的喜悦,给儿子叙说早已谋算稳妥的计划,"你一出去工作,就把爸的心病除了。我也走呀!公社王书记叫我到奶牛场去。现时地分了,牛也分了,'一号文件'

我给他落实了。我去喂牛,吃一碗不操心的饭,算咧!冯家滩……我待得够够的了……"

父亲要到公社奶牛场去,他不阻挡;父亲觉得在冯家滩"待够了",他能理解。可是,他冯马驹怎能走得了呢?我的天!信用社贷下成万块钱,刚刚从山里买回来八头秦川种牛,准备开办种牛繁育场;新建成的砖场,刚刚烧出头一窑新砖;正在落实过程中的土地、果园、菜地、鱼池、磨坊等等责任承包的善后工作,繁杂而又啰唆……自己铺排下的这一摊子给谁撂下呢?啊呀!马驹在心里哀叹,不大满意地盯着爸爸说:"你让安国叔……给我找工作,事先也该……给我招呼一声嘛!"

"那还招呼啥哩?"父亲立时睁大眼睛,不解地盯着儿子的脸说,"这样的好事,盼都盼不来,还有错?"

"你看,我刚买回牛来,钱花下一河滩,咋弄呀?"马驹为难地说,"我走了,交给谁管?"

"好弄!"父亲口气更干脆,断然说,"社员谁愿意养,就卖给谁;没人要的话,干脆给人家种牛场退回去!"

"说得那么容易。"马驹苦笑着摇摇头,"我跟秦岭种牛场订着合同哩!"

"你本来就不该去买!"父亲似乎动了气,"现时地分了,牛也分了,你还办啥种牛场嘛!"

"土地该分,耕牛也该分。"马驹说。这是自去年冬天以来父子间一直没有统一的矛盾。去年腊月马驹上台当队长的时候,乡村里到处风传着四川、安徽、河南分田到户的消息,他终于下定决心,在三队实行包干到户了。父亲吓坏了,先是阻挡,后是劝解,父子间几乎失了和气。可春节过后,老汉从县委三干会回来,自己也夜以继日地忙着开会,研究如何分田分牛的事了。生活的急剧变化,把老父亲的嘴巴堵死了,他无法理解这变化,却又习惯于执行上级文件规定的政策。马驹体谅父亲的心情,平静地解释说:"种牛场是一项好副业,更该兴办哩。"

父亲的态度更加强硬:"你走你的。你去开你的汽车,谁爱办种牛场让谁去办。"

"你……那么高喉咙大嗓门……吼喊啥呀?"母亲斥责父亲,委婉地说,"你跟娃好好说嘛,凡事总得商量……"

"我在冯家滩干了一辈子,落下个啥结果,得了个啥下场,你看不见吗?"父亲不但没有被母亲劝解下来,反倒气更冲了,"你还想在冯家滩干呀?哼!办啥球砖场、种牛场……"

"娃又没说不去嘛!"母亲替儿子说话,"娃只说,那些事情咋样给人交代……"

马驹看着父亲冷峻的脸,克制住自己,把想说的话咽回去了。牛娃还在饲养场里等着哩,绝对不能和父亲在此时吵架。他做出并不在意的样子,轻松地说:"即便就是明日去上班,我现在还得去安顿一下,今黑还没人喂牛哩!牲畜不能饿着……"

"你抓紧安顿。"父亲从地上的木墩上站起来,口气缓和了,态度却更坚定了,"这两天,你把自个手里的手续,该给牛娃交代的,该给德宽交代的,都给人家赶紧交代清白,省得自己走了,再找麻缠。"父亲显然是早在他回来之前,已经深思熟虑过,"你到饮食公司,先做合同工。合同手续,我来办,我在公社人熟,你甭管,我这两天给你把合同关系办齐全,你也把三队的手续交代完了,就去找安国叔上班。"

"噢呀!弄了半天是合同工呀!"马驹故意失望地吁叹,"我还当是正式招工哩……"

"日后有机会就转办正式工人。你安国叔说,县上年年都有名额,解决复员军人当中的困难户。"父亲很有把握地说,"说是这事包在他手上。你想想,他是县饮食公司经理……"

"噢……这样……"马驹站起来,"那我走了……"

"你今黑就跟牛娃、德宽交代手续。"父亲再度催促、叮咛,"事不宜迟,小心中途变卦!"

马驹走出街门。寂静的河川夜空里,传来一声声布谷鸟动情的叫声。生活并不平静。他们这个三口人的小小农家里,现在潜伏着一场不好调节的矛盾哩。怎么办呢?

去年秋天,人民解放军边防部队运输连的班长冯马驹,服役七年,复员回到冯家滩来了。回家的第二天,他带着从新疆带回来的葡萄干、哈密瓜,去看望未婚妻。涉过小河,兴致高涨地走进薛家寺村薛淑贤家的小院,令人难堪的事情在毫无准备的时刻发生了。

"你怎么复员了?不是说你提干当排长吗?"

"没有……我没说过这话……"

"刘红眼骗人!"薛淑贤气得脸色变黄了,"原先订婚的时候,他说你马上就是排长了。原来是骗人!"

马驹张不开口。他不知道介绍人刘红眼曾经给人家说过这号话。他在部队时,确曾有过想提他当排长的事。但他最终被挤掉了。他没有对她说过,连给父母也没有说过呀!他看着薛淑贤那气恨的脸色,心里的火直往喉咙眼里蹿。民办小学教员,在乡村里算是令人羡慕的职业,有可能转为国家正式教师。他复员时曾经暗暗担心过,人家会不会弹嫌他一个农民呢?可是万万没有料到,刚一进门就听到这样的绝情话。共产党员冯马驹,即使务庄稼当农民,也不能忍受这样辱贱!他一句话再没说,转身走出门去了。

生活的艰难,何止是婚姻上的挫折!队里穷得拿不出给牲畜抓药的钱。挣这样的劳动日有什么心劲嘛!不到年终决分,社员纷纷议论要改选,大家把眼睛瞅到他身上了。

"不干则罢,干就要干出个名堂来。"他对另外两位新当选的干部牛娃和德宽说,"不然趁早就别干。"

三个人居然出了掌,有一点桃园三结义的架势。三只手攥在一起,他慷慨陈词:"咱们这是背水一战哪!人家瞧不起农民,咱们可不能自己瞧不起自己啊!三年改不了三队的旧局面,我要求公社党委取消我的党员资格……"

土地和牲畜包干到户了,三队的社员简直跟疯了一样,趴在自己的责任田里下功夫。问题也很快暴露出来,整个麦收前漫长的春季里,劳力闲下了——土地面积太窄了,不够一家男女劳力干呀!他提出办砖场,足以使三队的小伙子和姑娘们有出力挣钱的场所;他的一位老连长复转到地方工作后,安排到秦川牛繁育场当场长。因为这点关系,老连长给他们提供了方便。这是两项好副业。砖场办起来了,种牛场也办起来了,当他的改变三队穷困局面的计划刚刚展现出令人振奋的开端时,父亲却要他去当工人。

月影婆娑,村外隐隐传来德宽呼喊什么人的厚重的声音,砖场今晚加班开窑出砖哩;牛娃肯定等候在饲养场,和他商量选定饲养员哩……无论如何,现在不能分心走神,不能过夜的工作中的问题,容不得他现在考虑去不去县饮食公司当司机。马驹把这个事压到心底,扯开长步,朝村子东头走去。

第 五 章

饲养场明亮的电灯光下,槽外的走道里,围着不少庄稼人,正兴致勃勃地欣赏着在槽里嚼食的那八位新客。马驹走进来,大伙纷纷向他称赞,这是少见的好牛。

这是八头纯种秦川牛:大骨架,粗腿蹄,短脖颈,狮子头,犄角又短又粗,仅仅露出头皮两寸,鼻际肉红色,从头到尾,一身紫红色短毛。这样纯净的秦川牛,在小河川两岸的田地里或饲养场里,早已很难看到了。

"牛是好牛,单怕养下牛犊,不好出手里!"有人算计说,"一家一户种得三五亩地,养这样大的牛做啥?甭看目下牲畜市上牛价涨,不过两年,社员户里养出牛犊来,多了,非跌价不结。"

"熬煎你的娃子怎么长大吧!甭给俺操闲心。"牛娃一边精心地在槽头搅草拌料,一边玩笑式地驳斥别人的怀疑,"鸡不尿尿,没见憋死——各有各的出路嘛!"

马驹被牛娃粗鲁的话逗笑了。这个伙计,眼睛里揉不得半点灰渣儿,耳朵里听不进一句逆言。其实,那个庄稼人的估计是很精明的哩!看着那个精明人被牛娃呛得一时窝了兴头儿,马驹解释说,三队兴办的秦川牛繁育点,是和国家设在秦岭山里的种牛场订了合同的,成牛全部由种牛场调拨包销,不用担心市场上牛价的升跌。他说他今天进山买牛时,场长正犯愁,说全国有十几家畜牧科研单位,要求他们提供种牛,好和当地的良种牛做杂交试验,还怕满足不了要求哩……

"国家包销,一头牛卖啥价?"庄稼人关心的实质是这个,"比市场价高,还是低?"

"咱买这八头,七母一公,八千多块。"马驹说,"你算算比市场价怎样?"

"噢呀!这倒好哇!"庄稼汉子惊得眼睛睁大到额头上去了,"咱们一家养上这么一头纯种牛,一年只要养下一头牛犊,稳拿千把块,比啥副业都稳当。咱庄稼汉没旁的本事,喂牛可是谁都能抚弄……"

"这样说,养咱的那些杂牌子黄牛,划不着账了。"有人接上议论,"一样地割草铡草,推土垫圈,一样地受累,小黄牛犊能卖几百元嘛!"

"账都会算——那是明摆着的喀!"有人说,"你目下到哪儿去买这种货？"

马驹听出来，这些话里巧妙地包含着他们一层不好直接说破的意思，就畅快地说："咱们把母牛发展到十几二十头的时光，就准备给社员提供一部分牛犊，扩大繁殖……"

"只限你们三队吗？"

"三队社员可是有好菜啰！"

"看发展吧！"马驹没有直接回答，"不过，种公牛马上可以开庄配种，改良本地黄牛……"

"能人大叔，来吧！"牛娃嘻嘻哈哈说，"把你屋里的老黄牛明日拉来，先让咱的公牛享一回福……"

饲养场里，立即爆发出一阵哄笑……

"你看中谁了，你说。"关于饲养员的人选，牛娃已经提出三四个名字了，都是三队里精通牲畜的牛王爷和马王爷，却不见马驹吭声。他掰着指头，再也提不出更合适的人选，就催问马驹，"看你究竟瞅中哪个行家咧。"

"德宽哥，你说呢？"马驹没有回答牛娃的话，征询另一位领导人，"你可甭只考虑你的砖场……"

德宽咂着短杆旱烟袋，坐在一只木墩上，笑眯眯地盯一眼牛娃，又盯一眼马驹，没有当即开口。他想，种牛场是马驹提出来办的，这些牲畜，马驹爱得宝贝似的，能不考虑喂牛的人选吗？能把这些心爱的种牛交给那些二马虎去喂养吗？牛娃把善于经管牲畜的几个行家几乎全都说到了，不见马驹表态，他还能提谁呢？提得再多怕也是浪费时间，他便反而笑眯眯地问马驹："你看谁合适呢？"

"叫我说——"马驹看着两位副队长，试探地问，"你俩看看，来娃咋样呢？"

"谁，你说谁？"牛娃一下子从炕边上站起，瞪大眼睛，紧盯着马驹问，"你再说一遍！"

"冯来娃。"马驹果然重说一遍,而且在名字前头加上了姓氏,以示郑重。

牛娃听罢,一仰脖子,发出连续不断的大笑。他笑得前俯后仰,一直弯下腰去,还在笑着。好笑!马驹提出来的这个冯来娃太可笑了,甚至连提出这个名字的马驹也是可笑的——眼里太没水了。

德宽也是一愣,没有料到马驹会提出这个人来。冯来娃,那是一个啥样儿的庄稼人嘛!不知小时候受过什么症,已经四十挂零的来娃,长得不过三四尺高,头大,腰粗,跟正常人不差上下,只是个子矮小得简直像个怪物。他以往只干一样活儿——在村边田地里吆赶啄食庄稼的猪羊和鸡鸭,混几个工分,实际是三队养活着的一个废物。马驹怎么会提出这个人呢?

德宽时时注意尊重别人的意见,特别担心三位领导者之间产生矛盾和隔阂,从而导致一班人的分裂和垮台。三队历史上并不缺乏这样的先例,一些本来很有能力的干部,因为闹不团结,而使磨子空转了,精力空耗了。他比马驹和牛娃年龄大,近四十了,本该更慎重嘛!他谦和地制止牛娃说:"你甭尽管笑嘛,让马驹把话说完……"

"那有啥好说的呢?"牛娃止住笑,盯着德宽,不屑地咧着嘴,"就是那个'半截人'冯来娃,长到老都有资格戴红领巾的活宝,让他喂牛,怕是连牛槽也够不着……"

"把牛槽盘低点儿,再给槽根砌一道垫脚砖,他就能够着添草拌料了。"马驹仍然认真地说。他和牛娃自小在一块儿耍,早已习惯他的脾气和秉性——正直得可爱,也简单得近于粗鲁。他只管说出解决困难的办法,而不愿去计较牛娃的嘲笑。

"自找麻烦!"牛娃干脆地说,"冯家滩三队的喂牛行家死光了吗?"

"来娃以前多年混工分,现在混不成了。旁人分得责任田高兴,嫌地少不够种;他可种不了,发愁哩!"马驹不管牛娃怎样叫喊,仍很动情地述说自己的意见,"来娃本人有残疾,又养着个哑巴女人,还有个上学的娃子,怎么混日子呢?"

"哪怕三队把他全家'五保'起来,哪怕我去给他种责任田,也甭叫他把牛给糟践了。"牛娃依然不相让。把这样好的八头宝贝种牛交给来娃那号人去喂养,他不放心,"我敢说——一头种牛,比他来娃值钱……"

"尽胡说——抬死杠!"马驹有点生气,顶了牛娃一句。话音刚落,饲养室虚掩的房门"吱"地一响,来娃进来了。

矮短的冯来娃站在槽前的空地上,脸上的肌肉抽搐着,以怨恨的眼光盯着牛娃,短短的胳膊在空中一抡,怒气冲冲地说:"牛娃队长,你说话甭那么欺人!我是冯家滩三队社员,你值多少钱,我也值多少钱……"

马驹心里暗暗叫苦:糟了,牛娃损人的话,让来娃听到了。他立即赔上笑脸,真诚地说:"来娃哥,甭急。咱们正在商量……"

"甭商量了!"来娃又一抡那又粗又短的胳膊,对马驹说,"算我前日没给你说那个话。有牛娃当队长,请我我也不喂了!"说罢,吐一口唾沫,转身走了。

马驹从饲养棚里的光炕上跳下来,鞋也没有顾上穿,三两步跑到门口,把来娃拉住了,死推硬拽把他重新拉到炕前,按他坐在炕边,才笑着说:"老哥,你的脾气好倔呀!我……"

德宽走到来娃跟前,把短杆烟袋的化学嘴儿在衣襟上擦了擦,递到他的手里,憨厚地笑着说:"老哥,咱们正在商量嘛!你怎的就急了呢?坐下,甭急……"

牛娃却并不为自己的失言而后悔。他对来娃的发火根本不放在心里,甚至觉得可笑:那么短的两条腿,蹦来蹦去;那么短的两只胳膊,一抡一抡,人不强,口气倒硬;马戏小丑似的动作,令人好笑。看着马驹和德宽那样恭而敬之地劝解来娃,他反而说出更尖刻的玩笑话:"蝗虫蹦到土地爷神堂里,你算哪一路子的神嘛!是你自己蹦进来的,不是人家用香表漆蜡请你进来的……"

"我自己蹦进来,有啥不对的地方呢?"来娃从炕边溜到地上,仰起头,并不示弱,"我是三队社员,我有资格喂牛呀!你不放心,不让我喂,那没啥!你甭说难听话,我没有一头牛值钱,你这是啥话?"

马驹又把来娃拉到炕边:"牛娃那家伙说话,嘴上从来不站岗,你甭在心。"

"好马驹兄弟!"来娃带着深重的感情说,"我种地有困难,俺老婆说叫她娘家人来帮收帮种。我心里难受,不想拖累亲戚。咋哩?咱是冯家滩三队社员呀!眼下虽说地分了,牛分了,各家自奔前程哩!可我想,共产党在冯家滩的支委会没撤销嘛!难道就闭眼不盯咱这号困难户了吗?你说让队里给我帮工,还说对我家按'五保户'照顾,我给俺哑巴老婆说,看看,党对咱有安排哩!可我又想,我也是个人,为啥要旁人照顾呢?我不要别人可怜我,我能干喂牛这活儿嘛!只要集体给我安排一个我能干的活儿,我凭自己的劳动过日月,谁也甭拿斜眼瞅我!就这,我才给你说,我想喂牛……"

"来娃老哥,你把我说灵醒了!"马驹深情地盯着来娃说,"我只想到如何照顾你,帮助你,没想到你心里这些话……你说你也是个人,你说你宁依靠冯家滩三队,也不依靠亲戚,说得对呀……"

"咱不是残疾人,总想不到来娃哥的难处。"德宽也受了感动,连连点头,"我看来娃哥喂牛,肯定能喂好,咋哩!别人有退路,他是死心塌地没退路喀!"

"啥呀,没看出来娃哥,你是一块槐木楔儿——正经材料哇!"牛娃走过来,一把从来娃手里夺过烟袋,这是一种亲昵的表示,滑稽地笑笑,"你喂牛睡在饲养室,哑巴嫂子要是把别人抓摸到怀里……"

怒气冲冲的来娃,无可奈何地笑了。

"回家背铺盖卷去吧,今晚你就上任了。"马驹拍着来娃老哥的肩膀,"奖罚制度让牛娃告诉你,回头还得订一份合同。"

牛娃留在槽边。月亮已经西斜,大叶杨在头顶上轻轻吟唱,夜很静。三人走出饲养场,来娃转身回家去取铺盖卷儿,马驹和德宽朝村外走去。

"开窑了没?"

"开了。"

"砖的成色怎样?"

"嫽得很啊……"

马驹和德宽走出村来。砖场上,电灯明亮,小伙子们拉车出砖的身影在电灯下晃动,新砖撞击出杂乱的声音。德宽紧走在马驹的身旁,郑重地告诉他:为了庆祝开窑,他准备下几样酒菜,算是给郭师傅庆功,要马驹去给郭师傅敬上一杯酒。这是手艺行道的俗规。

"好好好!该该该!"马驹兴奋地说,"德宽哥,你真是个细心人哩!我想不到这些……"

马驹拍着德宽浑实的肩膀,表示亲热之情,佩服他做事认真、细致,前后左右都考虑得周到。自从三队决定在这南坡下开办窑场,他白天黑夜住守在这里。砌窑时,他是瓦工;安装砖机时,他就是机械师;任什么不太高深的技术,他看看,捏弄捏弄,就摸出门道来了……直到今天胜利地烧出第一窑新砖,这个人付出了多少心血,怕连他自己也说不清。

走进砖场,马驹从刚刚堆起的砖摞上取下两块新砖,碰撞两下,剔透而响亮的声音,表示烧砖的火候恰到好处。他不由得说:"这个郭师傅的技术真好。新窑不好把握火功哩!"

德宽到给郭师傅做饭的小窑洞去了。马驹径自走到郭师傅住宿的窑洞前。河南籍的郭师傅坐在月光下,悠闲地端着茶壶在品茶。他抓住郭师傅的胳膊,高兴地说:"郭师傅,真亏了你了!我真担心这头一窑货……"

郭师傅自信地笑笑。那意思很明白,没有这点把握性儿,敢从河南到渭河北岸来挣人家一百二十块的月薪吗?

德宽把四个菜盘摆在郭师傅面前的光地上,马驹接过德宽递过来的一瓶"太白酒",用牙齿咬开瓶盖,在一只喝水用的搪瓷杯里倒酒,一股芬芳的香味散发开来:"郭师傅,辛苦了!请——"

"领情……领情!"黑黑瘦瘦的郭师傅操着河南口音,说罢呷了一口酒,又双手把瓷杯推送到马驹胸前,"队长,请!"

马驹张开十指,挡住郭师傅的手。他看见对方脸上浮出不悦的神色,就接住酒杯,说:"郭师傅,你甭在意。俺三个上台的时光,给社员立下规矩,无论谁发现干部喝酒,不管三七二十一,对着嘴巴扇……你还是自斟自饮,吃好喝足,给咱把砖烧好,我就感激不尽了……"

郭师傅盯着对面站着的诚实爽快的年轻人,倒不知该说什么了。他从河南老家出来,已经十多年了,在陕西关中渭河两岸一带,给许多生产队烧过砖,队干部不陪吃陪喝的情形还真是少见。跟前虽然只摆着四个菜盘,两荤两素,小气虽则小气了些,却叫他感动了。

马驹和德宽谢别郭师傅,走到砖窑上来了。小伙子们从窑门里拉着架子车出进,砖屑和窑灰已经把他们涂抹得面目不清了,搬动新砖撞击出的响声,像爆豆一般。他忽然想到兴办砖场之初,他曾对这一班年轻的伙伴们许过愿:"哥儿们,跟哥到这砖场干一场吧!咱们的手表、皮鞋、瓦房,还有媳妇……都在这南坡下的黄土里……"

马驹想到自己鼓舞过别人的话,心里涌起一阵激动,立即丢剥了外衣,拉起一辆架子车,钻进尘土飞扬的砖窑里……

第 六 章

五月里天气多变,乍阴乍晴,忽冷忽热,流行感冒在冯家滩蔓延。

乡村医生冯彩彩，出东家门楼，进西家小院，给那些被流感折磨得浑身酸疼、躺卧在炕上痛苦呻唤着的庄稼人吃药打针，直到夜深人静，才拖着疲倦的双脚，耳朵里装满患者亲属热情诚恳的感激的话语，走回自家小院来。

两间破旧的厦屋，奶奶住在南间，她住在北间小屋里，靠墙立着的药架上，摆满药瓶和纸包。

"彩娃，我从窗子给你塞进去一封信。"彩彩刚走进门，隔墙南屋传来奶奶的说话声。奶奶总是在她回来之后，才能睡着。彩彩一眼瞅见窗根的桌子上，搁着一封信。从那一边倒着的字体就能看出，是她的未婚夫——县地段医院大夫冯文生写来的，她放下信，再从肩头卸下"十"字皮包，洗手洗脸。

"是文生的信不是？"奶奶隔着墙问。

"不是。"彩彩哄奶奶。

"是表姐的信不是？"

"也不是。"

奶奶不再问了，除了这两个人，奶奶再想不出还有什么人会给孙女来信了。

洗罢手脸，彩彩坐到桌前，扯开印着古装仕女画像的彩色信封，掏出信瓤儿，三页绿格信笺，写得密密麻麻，一律是朝左边倒着的歪斜钢笔字迹。

这是一封绝情书。

彩彩看完最后一行字，有一阵儿愣呆，把那些信纸扔到桌子上，随之在眉眼之间浮出一缕讥嘲的冷笑。这样的话……完全不必写三页纸，还啰唆什么嘛！她在心里轻蔑地嘲笑在县地段医院当大夫的冯文生，虚情假意地说了那么多多余的话；似乎离了他，冯彩彩当即就会跳崖落井、痛不欲生似的。

她早有精神准备。冯文生到县地段医院工作的半年里，对她日渐冷淡的态度,已经清楚地表明了这个人的意向,这封信不过是迟早总要到来的预料中的结局罢了。

即使是预料不到的突然打击,彩彩也不会像一般乡村姑娘那样,被有幸迈进大学门槛的(或顶替老子吃了商品粮的)未婚男子抛弃之后就失去理智,寻死觅活。她的不幸的童年生活,已经铸就了她应付一切不幸的冷峻的性格。

彩彩长到五岁那一年,冯家滩发生了解放以来最大的一次动乱。二十多位操着南方北方口音的"四清"工作队员一下子拥进来把冯家滩搅翻了。大小队干部一律"上楼"(隔离交代问题),身任冯家滩大队长的彩彩的爸爸是工作队紧抓不放的重点人物。他经不住这场被说成是"二次土改"的"革命"的考验,把指头塞进电灯接口里,结束了自己二十多岁的生命。工作队不许对自绝于人民的叛徒举行乡村一般死者惯常的葬仪,也不许唯一的女儿彩彩戴布行孝,只由两个民兵用架子车拉出村,埋到冯家滩背后最偏远的沟坡里。

父亲一气之下告别了冯家滩村民,却把无法忍受的灾难留给了尚不懂世事的女儿来承担。母亲改嫁到北岭上的一个村子里去了,彩彩和奶奶偎依着生活在越来越混乱的冯家滩里。"四不清"——"畏罪自杀",这样一个说不清有多大罪责的负荷,到了随之而来的十年动乱之中,更增添了分量,压在孤孙寡婆的头上……

彩彩的少女的体态却不受任何邪恶的威逼和压抑,日渐丰盈地显现在冯家滩人的眼里,人们暗地里猜度,彩彩好看的嘴唇是她妈的,女儿家少有的高鼻梁是她爸的,只有那双眼睛,说不清是像母亲,还是更像父亲。她的父母,眼睛里总是洋溢着喜气;而他们的女儿彩彩,一双很大的黑眼睛里是和她的年龄很不相称的忍耐、冷漠和理智的复杂神色。

她学会了忍耐,这是孤女寡婆赖以生存的办法。她变得冷漠,冷漠地看待冯家滩发生的一切变故和事件。她有理智,这是她的特殊的生活处境教给她抑制个人感情的本领。即使是人生意义重大的婚姻爱情问题,她也是以理智的力量做出了自己的选择的啊!

冯文生的父亲冯大先生(乡村里把教员和医生一律称为先生)被县地段医院开除了,原因是有当过国民党军医的历史问题。冯大先生回到冯家滩,属于国民党的残渣余孽,当然列入另册。冯大先生的小儿子文生,在冯家滩的处境,和彩彩不差上下,只是跟着老父亲偷偷学了一点医术,常常为庄稼人所急需,于是就不能不对他客气一些。冯大先生不敢出头,让他的老婆出面,托冯家滩专事说媒联姻的刘红眼,夜晚悄悄走进婆孙俩生活的小院里来了……经过断断续续差不多一个月的商量、等待、回想,婆孙俩终于控制住自己复杂的感情,服从于理智的考虑:嫁到冯文生这样一个和自己地位相差不多的家庭里,他们家庭的成员,至少不会下眼观看"畏罪自杀"的前冯家滩大队长的女儿……

彩彩心目中切切实实爱慕着的不是冯文生,而是可亲可敬的马驹哥呀,他参军远在新疆边界上……

生活开了一个残酷的玩笑——冯家滩前大队长冯志强自杀案件经过甄别,不仅无罪可畏,当初定案时根本就没有弄到一份真实可靠的一分钱、一斤粮食的贪污问题材料……可怜的彩彩,这时候才能穿一身白布孝衣,头上挽一条长布,奔到只留下一堆石头和酸枣刺棵的坟头,大声哭叫爸爸……她哭得死去活来,指头扒抓着坟地上的石头和泥土,血把干草枝叶染红了。

冯大先生也恢复工作了,又到县地段医院上班了。前国民党军医涕泪交流,大声在院子里喊"邓青天",刚刚上班半年,冯大先生领取了一张光荣退休证书,按月领固定工资的百分之七十五,回到冯家滩安度晚年,他的小儿子冯文生,顶替老子,到地段医院穿上白大褂儿上班了,随之又被送到省中医学校深造了……彩彩居然因祸得福,成了地段医院的年轻大夫的未婚妻,村子里一些俗气的姑娘反倒眼红她命运太好了。

彩彩心里平静如故。是的,无论文生在冯家滩当狗崽子也好,无论他现在成为吃商品粮挣固定工资的大夫也好,她对这个人在心里总是燃烧不起热情来。这个细眉细眼白脸蛋的冯文生,常常在村里那些歪人恶干部面前,露出一脸乖觉相,巴结地笑,令她生厌。他常常来给她家担水。当恶干部批判他和她是"黑五类臭气相投"的时候,他就不敢在白天挑水了,到晚上才偷偷给她家送水来。她能体谅他的处境,却不欢喜他挑水进门时那种担惊受怕的眼神——可平心想来,这个人也没有什么坏毛病,既然已经定亲了,彩彩也不想再反悔了。

可是,当马驹从部队上复员回到冯家滩以后,她看见他长高了的魁伟身躯,戈壁风沙吹黑了的英俊面孔,有劲的嘴巴周围黑乎乎的胡楂,透着坚强气魄的黑眼睛,她的心在胸膛里一阵狂跳……夜晚躺在北屋的小炕上,她又理智地劝自己,马驹早已和薛家寺的民办教员薛淑贤订婚了,那人有文化,长得也漂亮,马驹哥满意着哩;自己也已和文生订婚,再不能胡思乱想了。她把对马驹哥的那种热烈的感情强行压到心底,绷紧脸皮,像冯家滩任何一位乡党一样,和马驹说话,打招呼……

这种心理矛盾是十分痛苦的,特别是当马驹的未婚妻薛淑贤提出苛刻的结婚条件以后,她无法控制自己了。她十分鄙视那势利眼的民办教员,枉长了一副漂亮的脸蛋子!她设想:一旦马驹和薛家的关系撕扯干净,她就和文生提出解除婚约。可在她还没有做出最后抉择的时候,冯文生已经向她提出退婚的意见了。好!冯文生呀冯文生,你当了正式大夫,瞧不起农民冯彩彩了,岂不知农民冯彩彩,也没把你在眼睛当中搁着!

彩彩拉开抽屉,取出一厚沓信件。这是文生的杰作。即使住在同一个村庄,他悄悄地给她从窗孔和门缝塞进来多少封信啊!她毫不犹豫地划着了火柴,把那些写满了甜言蜜语的各色信纸,海誓山盟的情书,化成灰烬。黄色的火焰里,彩彩冷漠的眼睛,看见了一张怎样生动的虚伪的嘴脸啊!

"彩,你在屋烧啥呢?"奶奶还没睡着。

"烂……纸……"彩彩慌忙回答。

"快睡。"

"噢!"

最后一页信纸烧掉了,最后一丝火苗熄灭了。窗口吹进的夜风,吹得纸灰在地上飘滚。她懒得清扫,一把拉开门月。对着满天星斗,热泪夺眶而出,心里涌起难以压抑的呼唤:马驹哥呀……多年来被理智控制着的真实感情,迸发出来了。她激动得浑身颤抖着,简直想立即奔到村庄西头去,扑打冯景藩大叔家的街门,扑入马驹的怀抱……她现在怕什么呢?堂堂的共产党员冯志强的女儿,现在和冯家滩任何一位青年男女一样平等了!她要按自己的心,去选择自己爱慕的男子,光明正大,怕什么呢?

一阵杂乱而急促的脚步声从村子东头响过来。彩彩一惊:又有谁病情加重等不到天明呢?她抹去眼泪一瞅,黑暗里,有人背着一个什么人,正朝自家门口走来,待到门口的电灯光亮下一看,呀!趴在别人脊背上的正是马驹哥呀!

"咋咧?"彩彩大惊失色地问。

"砖摞倒了,把马驹哥的脚砸烂了……"

彩彩二话不说,扶着马驹坐到板凳上,把受伤的左脚垫得高高的,转身取来了药棉和镊子。这是一双怎样污脏的脚呀!砖屑和尘土,被伤口流出的鲜血染得一塌糊涂。啊,快点止住出血吧,轻点再轻点,可千万不要撞疼了马驹哥呀!她一遍一遍地擦洗伤口周围的血污,敷撒消炎粉,用药棉和纱布包扎起来。尽管这一切做得小心翼翼,敏捷准确得无懈可击,彩彩还是看见马驹的嘴角在扯动,那是因为酒精刺激了伤口,实在无法解除的痛苦。

她又给他注射了一支防止破伤风菌感染的针剂,捏着针管,轻轻舒了一口气,才觉得自己已经冒汗了,心情太紧张了。

"好咧。"马驹装出无事一样的神情,把胳膊扶在两个小伙子的肩膀上,"扶我回去……"

"不要动。"彩彩正在涮洗针管,转过头,用大夫对待患者的严厉口吻说,"一动就出血。"

"那……得等多久,"马驹不在乎地问,"才不出血呢?"

"至少两个钟头。"彩彩想,平时,这位马驹哥几乎没有光顾过她的医疗站,有意回避似的。今天晚上,真是鬼使神差,当她正急于想见他的时候,他自己寻上门来了。她故意把时间说长了,好把那两个小伙子支使开。那两个小伙子向马驹说了几句热心关照的话,便匆匆赶回砖场去了。

这间窄小的厦屋似乎一下子扩大了好几倍,马驹坐在这里,有点不自在。敞开的门口吹进乡村五月夜晚温馨的风。他找不到什么话说,又不习惯这样静默着,就叹息地说:"把它的!弄得手脚不利索,正忙着哩……"

彩彩在药架旁边默默地收拾用过的药品和器械,撞得瓷盒叮当响。马驹哥现在就坐在她的侧旁,无话找话地自言自语。想到自己刚才涌起的那一股狂念,她的心又在胸膛里狂跳了,脸上阵阵发热,嘴里却一时找不到合适的话。甭忘了,马驹和薛家寺那个势利的民办教员还没完全断绝婚约哩!马驹的父母还在催促媒人刘红眼尽心撮合哩!不过,马驹是个硬性子,不会说出低三下四的话去乞求民办教员的。这场婚事实际已经完全无望了。既然是这样,她又何必着急呢!

彩彩转过头,看见马驹无聊地坐着,顺手捡起她扔在桌上的文生的来信,刚看了一眼,又慌忙放到原处,反而更显得局促不安了。

"你看看。"彩彩正想让他了解自己的婚姻状况呢,便主动劝他说,"没关系,你尽可以看。"

"不不不!"马驹连连摇手,不好意思地笑着,"怎能随便看别人的信呢!"

彩彩走过来,干脆从桌上捡起信纸,塞到马驹手里,大胆地紧紧盯着他的眼睛,热烈地说:"我正想寻你,专门请你看看哩!"

马驹接住信纸,狐疑地盯着彩彩,不禁纳闷:什么人的信值得她专门请他看呢?

彩彩走到药架旁,靠在架边,专注地瞅着坐在对面的马驹,正低着扑落着砖屑、灰尘的脑袋,一手把信纸在膝盖上摊开,看着。一股强悍的男子汉的特殊气息,充溢在小小的厦屋的空间里。她想看他读信时的表情变化,可他低着头,只能看见浓密的一头黑发。突然,马驹仰起头,一把把信纸摔到桌子上,猛地站起来,意识到脚上的伤疼,又旋即坐下,脸孔气得紫红,粗野地骂:"说他妈的屁话!狗东西!冯家滩的粮食,怎么喂出这号东西……"彩彩一惊,急忙指指南屋,压低声儿说:"小声,甭叫俺奶听见了……"

马驹气呼呼地闭了口,从口袋里摸出半截纸烟,叼在嘴里,划着火柴的手指颤抖着,猛吸一口,喷出一股浓厚的烟雾来。他的愤怒几乎是本能的。他的未婚妻薛淑贤,不过是有转为公办教师的可能,实际还没有转正哩,就要和农民冯马驹退婚;说是将来转正以后,和农民在一起,生活上不好安排。刚刚穿上白大褂儿的冯文生,也在信上说和农民冯彩彩生活上不好安排……农民啊农民!无论男的,抑或女的,不论长相如何,本领大小,品格怎样,在当代爱情生活上,屈居于这样的劣势……更何况是彩彩,一个自幼死爹又离了娘的苦女子,背着屈死的爸爸留给她的黑锅,从"四人帮"的迫害之中长大成人,刚刚扬眉吐气了,可恶的冯文生又在她心上扎了一刀!

"彩彩,你先甭急。"马驹胸膛里沸腾着一股正义之气,"我要去找文生,叫他收回这封信,叫他给你赔情道歉……"他相信自己和文生自幼耍大,都是好伙伴;他没有歧视过文生,文生很敬服他。马驹很有把握地说:"文生……我跟他能说,瞎话好话都敢说给他听。"

"你不要找他,不用说了!"彩彩看着激动得脸孔变了色的马驹,自己反倒冷静异常,指着飘落在墙根和桌腿根的烧过的纸灰,告诉他,"已经彻底结束了,我又何必自作下贱呢?"

"不行。我要问他,还有良心没有?"马驹仍然坚持要找文生的想法。在他看来,姑娘家一冲动,特别是像彩彩这样自尊心很强的姑娘,一冲动起来,烧信件,还信物,你硬我更硬,把本来可以挽回的事弄僵了,过后又后悔,"你要冷静,先甭张扬。"

"你为啥一定要去劝说他呢?"彩彩问。

"为了你好哇!"马驹直言说。

"离了他,我活得就不好了呀?"彩彩问,试探着,暗示着,"冯家滩这么多姑娘,嫁不了一位挣工资吃商品粮的男子,就都活得不好吗?"

"不……"马驹噎住了。彩彩话里的那层说不清的意思,他似乎想听到,又害怕那层意思被明明白白地说出来,以致一时语塞了,"那么……你叫我……看信做啥?"

"让你知道这回事就是了!"彩彩一摆头,把已经微微发热的脸孔转过去,不让马驹看到脸上的红晕。她心里想,他已经意识到她不是求他去给冯文生撮合的这层意思。她为啥要叫他看这封信呢?自个慢慢想去吧!她已经向他显示出不在乎与文生解除婚约,这就够了。她心里镇静了,便接着说:"你大概是觉得我可怜吧?自小受苦,婚姻又发生问题……你是同情我吧?这样,你错了,我活得很好!我给乡亲们看病,不是无用的人,你的好心我领了。你知道,强扭的瓜不甜……"

马驹低了头。他现在还不能完全摸透彩彩的心思,再不敢贸然说话了。沉默一阵之后,他憨厚地笑笑,诚恳地说:"我一见这种瞧不起农民的人,就不由得冒火……你的事情,当然由你拿主意。我倒是觉得……你和文生……挺好的哩……"

"你和薛淑贤,不也是挺好的吗?"彩彩听着马驹的话,反而动了气。这个老实耿直的人啊,真令人发急!她讥刺地说:"你要不要我到薛家寺去,劝说那位民办教员呢?"

"你……"马驹立时羞红了脸,苦笑着,猛地站起来,"大概……过了两个钟头了……"

彩彩也不再留他,走上前,扶住马驹粗壮的胳膊,送到门口,说:"我送你回去……"

"不……不要。"马驹挣脱开彩彩的手,顺手从门口抓住一根棍子,仍然红着脸说,"我能走回去。"

彩彩站在门口,看着那强健的背影渐渐消失在月光忽明忽暗的街巷里,猛然回身,走到桌旁,拉开抽屉,取出一叠白纸,扭开水笔,给冯文生回信——她要彻底从心里抹掉这个人!

第 七 章

天麻麻亮,景藩老汉站在大队会计冯三门家的门楼下面,连续叩着街门上的铁环儿。院里传来一阵慢腾腾的脚步声,门开了。三十七八岁的会计冯三门,粘着眼屎的眼睛很不悦意地瞅着打搅了他的睡眠的人,懒洋洋地结着纽扣。

景藩权当没有看见三门眼里的神色,亲热地拍拍会计的肩膀,讨好地笑笑:"快,给叔帮忙办点事。"

"弄啥?"会计翻了一下白眼仁,冷漠地问。

景藩老汉不计较老部下对他表示的厌烦神色。他当支书,生产大队不准设立秘书,会计实际上代替了这种角色。他文化低,凭会计三门代笔代言。多年来,三门是冯家滩没有脱产的脱产干部,一身干部装束,偏分头,细指头上熏染着纸烟的黄垢。土地和牲畜下户了,三门失去了能写会算的特长在冯家滩村民中的优越位置,一当走进田地里作务起庄稼来,就不大为众人所敬重了。农业技术太"老外"了,而且吃不得苦,龇牙咧嘴的苦相惹人讪笑。老汉明白,三门过去处处巴结讨好他,那是为了保住自己坐办公室避免晒太阳的优越位置,现在没有这种必要了。他现在要求三门办事,愈加耐心地哄劝说:"走,咱到办公室说。"他听见会计的女人在炕上恶声恶气地呵斥娃娃,便没有进屋,拉着三门的袖子就往门外走。

"担水!"女人在屋里喊。

这女人真不是东西!景藩老汉在心里骂。三门过去给队里一天干不了两个钟头的差事,挣得和支书、大队长同等劳动日,一天三顿给婆娘做饭,迟早看见他手里引着娃娃。现时虽然土地下户了,会计的职务还在嘛!一月还给他补助十块钱哩!写个便条能用多长时间,会耽搁你家做饭用水吗?你自个长得腰粗腿壮,挑不来一担水吗?明明是给景藩老汉难看哩嘛!虽然这样想,老汉还是用不计较妇道人家短见识的宽容态度解释说:"只是叫三门给我盖个章子,来回用不了一袋烟时光……"

"好支书哩!人家现时都忙着扑着干哩,他一天尽是效闲劳!"女人在窗户里说,口气虽然和缓了,怨气却加重了,"现时谁管谁呢?农业社垮台了,单干了,各家创各家的农业哩……"

景藩老汉拖着三门就走。他不敢再和这个利益受到损失而对现行政策明显不满的女人纠缠。老汉自己对农业政策的重大变化不理解,但他和她不一样,她的男人在队里沾不上光了,她纯粹是想着个人利益的损失。他却是中共冯家滩党支部第一个加入党的老党员,对党的指示和政策,从来不会当众顶撞,哪怕个人一时想不通,仍然先照办执行。他对这个女人能说什么呢?他是来找三门办重要事情,不是和这个麻迷婆娘讨论责任制是不是单干的问题。好在那女人没有再使性子坚持要会计男人去挑水,正好躲开完事。

"弄啥?你说吧。"三门拧开水笔,冷冷地问。他现在有什么必要像过去那样讨好实际上也已失去了权威的党支书呢?"快说呀,我还忙呢……"

"你先抽根烟。"景藩老汉从腰里掏出一包纸烟,撕开金箔,抽出一支,递给会计。

三门斜里翻起白眼,开始探究老支书反常的慷慨举动,除了腰里别着的那根旱烟袋,他可是从来不接别人奉献的纸烟,更不会给别人递上这种机制的白皮烟卷的。

"给咱写张证明。"景藩老汉说,"马驹想到县上……"

"哈呀!"三门从椅子上站起,惊奇地睁大着眼睛,"老支书,没看出,你在暗里鼓这大劲,弄下这样的好事……"

"悄声点,甭嚷嚷得人听见。事情还没办实在哩!"景藩担心地说,却是喜悠悠的口气。

"写这证明,没麻达!给你保密,也没麻达!"三门爽快地说,眼里现出馋相,"唔……马驹出去工作了,你老叔也给自己找下落脚点了,你一家有父子俩挣钱了。你想没想老侄儿?瞎好跟你在冯家滩拉马伸镫十多年,你屁股一拍走了,把老侄儿撂下不管了……"

景藩老汉尴尬地笑着,没有料到三门会说出这样的话。

"老叔哎!"三门亲切地叫,恢复了惯常的那种对上级领导人的巴结的喜眉笑眼,恳求说,"你和县上、公社的头头们熟悉,给我说说情,找个差使。任啥工作,咱不是吹,凭咱这水平,著书立说不行,应付一般工作,没一点点儿麻达!财会、文书也行,采购推销也行,县办社办单位,咱都不嫌弃!老侄儿如今只是难受,肚里装了那么多的墨水没用场咧……"

"行行行!"一任三门自吹自擂,景藩老汉只是点头,满口应承,

"我一定在心,给你联系。"

三门重新拧开水笔,歪着头流水般写着,故意摆出一副好写家的架势。写完,他仰起头给老支书念道:"县饮食公司负责同志:经本大队管委会研究,同意本大队社员冯建华(马驹的学名)同志到你处工作,合同由本人与你们直接签订。该同志家庭出身贫农,中共党员,复员转业军人,一贯表现积极,作风正派,自觉执行三中全会路线,工作吃苦耐劳。特此证明。河西公社冯家滩大队管理委员会。一九……"

景藩老汉满心欢喜地听着,真是佩服了。懒人自有懒本领,别人代替不了嘛! 他叮嘱说:"暂时先甭跟谁说,免得乱嚷嚷。记住!"

"放心,要紧话进了我的耳朵,跟锁进保险柜一样。"三门豁达地说,"你也甭忘了,老侄儿对你的指望……"

景藩老汉把证明信折叠好,装进口袋,走出大队办公室,注意收敛一下可能外露在脸上的喜悦,端直走过街巷,进了自家小院,轻轻舒了一口气。他站在厦屋外的台阶上,从敞开的窗户里,看见儿子马驹还在睡着。想到儿子昨日进山买牛,晚上又歇得迟,就决定不叫醒他。好好睡一觉吧,老子给你到公社去办手续。

景藩用眼神告知迎上前来的老伴:一切顺利,甭操心。

"马驹睡醒来了,你再跟他说一说。"景藩郑重地叮嘱老伴说。昨日黑夜儿子对合同工表现出的冷淡情绪,一直使他心里不大踏实;马驹没有说不愿意,可也没有他所想象的年轻人有机会到外部世界去工作时的狂喜劲头。他担心,万一在关键时刻儿子爆个冷门,他会气死的。他神情庄重给老伴说:"我到公社盖章去。你跟他拿结实话开导,叫他再甭牵扯三队砖场牛场的啥事了。甭像他老子当年把路走错了。一步路,定他一辈子的秤……"

"噢! 知道。"老伴点点头,领会了老汉的意图。她同情老汉,也很关心儿子的前途大事,"等娃醒来,我跟他说。"

景藩老汉推出自行车。车子太旧了,一走动就浑身乱响。他怕惊醒儿子,提起车子走过小院,在街门口才放下来。跨上车子之前,他仍然很不放心地瞅一眼儿子住着的厦屋的窗户。心里说:老子给你跑腿办事,为了你的前程啊!你知道做老子的心不?

油毛毡搭顶的制砖机房里,传出马达的皮带有节奏的噼啪声。平场上堆起一摞一摞新砖,几个小伙子拉着装满红色砖头的架子车,从砖窑里鱼贯而出。"砖的成色不赖!"景藩老远瞅见,自言自语说。他忽然想到,公社机关现在也实行八点钟上班制度,不像学大寨年头日夜值班;五月天明很早,现在充其量不过六点钟,赶到公社也是找不见办公室的人喀。利用这个时间,跟德宽谈谈吧,看看马驹昨晚给他交代队里的手续了没有。自己也该给德宽招呼一下,千万甭拉扯马驹的后腿。

"德宽——"景藩老汉把自行车撑在公路边上,走上塄坎,站在砖场边上,老远里呼喊一声,招招手,再不往前走了——那儿人多,说话不便。

德宽急急地走过来,搓着沾满泥污的手,笑眯眯的眼睛告诉景藩老汉,有什么指示,尽管说吧。

"出窑咧?"景藩老汉表示关心地问。

"出咧!"德宽实心实意地向领导汇报。

"砖的成色不赖!"景藩赞赏地说。

"还好。"德宽舒心地笑着,"我真怕头一窑……"

景藩担心德宽一说起窑场的事来,可能就没个长短,忙截住他的话头,问:"昨晚你见马驹来没?"

"见来。先在饲养场,后在砖场,整整一夜都在一搭。"德宽说。

"他没跟你说啥事吗?"景藩心里起疑问了,儿子大概没有给德宽交代手续。

"说的事多。"德宽不知底里,随口说,"选定饲养员的问题,队里借款支持社员买塑料膜儿,覆盖棉田……乱七八糟的事。你要问啥事呢?"

看着德宽兴致勃勃地和他谈这些事情,一如既往的笑眯眯的神情,景藩老汉心里断定,马驹准是还没有把自己要离开三队出去工作的事给德宽说明哩!他们三个接管三队的工作,表了决心,"击了掌",党支书听过他们的汇报。现在马驹要离开冯家滩,德宽心里能安然吗?不会的。既然儿子没有给德宽说明,现在由他来说破这件事,可能比儿子更好开口。他是长辈,又是上级,德宽能不听从吗?

"县上抽调马驹去工作。"景藩老汉干咳两声,终于选择好了说话的方式,用完全是行政公事的口吻,把自谋的职业说成是上级抽调,就具有不可违逆的意味了,"你把三队的工作,暂时管起来。"

永远是稳诚厚道、温和平静的微笑,迅即从中年副队长兼砖场场长胖胖的脸上消失了,半晌,才结结巴巴地说:"我……怎能……挑起这一摊子……"

"先让马驹去上班。"德宽的反应是预料中的事,景藩毫不动摇,用上级对下级的强硬态度说,"三队的干部班子,大队出面安排,你放心。"

德宽笑不出来了,满是忧愁的眼睛,漫无目的地瞅着青葱葱的小河川道。他原以为党支书关心三队窑场头一窑产品的质量,不过说几句话,自己还得赶回砖机上去呢。老天爷,马驹走了,三队铺展开的这一摊子工作,怎么办呢?凭自个能顾得住吗?看看老叔跟他说话时强硬的态度和不容置疑的气势,宽厚的砖场场长闭了嘴,扭开脸,难受得从腰里摸出短管烟袋来。

"德宽,听叔说……"景藩老汉意识到自己刚才说话的态度太生硬了,有点过火了,就缓和下来,声音变得委婉恳切了,"机会难得呀!关于马驹一辈子的前程……你是明白人,叔不用说,你也能掂出轻重的……"

德宽茫然地点点头。他被这突兀的消息弄得心神慌乱,没了主意。听了老支书这样委婉的几句话,心头活转过来了。是嘛!农村青年,谁不想到冯家滩以外的广阔世界里去闯一闯,找一个理想的国家单位的工作干一干呢?这的确是关乎马驹一生的大事,自己怎能说出拦阻马驹的话,过后让马驹怨他,让老叔恨他?德宽毕竟是德宽,理智、宽厚的明白人,就诚诚恳恳地给老支书表明自己的态度:"大叔,你放心。马驹兄弟有了工作,这是好事,我也高兴。三队虽然离不得他,这是小事……马驹兄弟的前途是大事。这个我明白……不会拉扯住马驹兄弟的……"

"我知道你是好人喀!"景藩老汉心情舒坦地笑了,"三队的事,有我哩!马驹走了,我负责安顿三队干部班子,绝不会把你的手压到磨盘下……"

德宽苦笑一下,从地上站起,拍拍屁股上粘下的土屑,懒洋洋地朝砖机那边走去。

景藩看着这个刚才还为砖场的胜利兴头十足的汉子,一下子没了精神,忽然同情起这个好人来了。但这是没有办法的事。他不能眼看着儿子接着自己的脚步,再把脚伸进冯家滩这个泥沼里。他转过身,跳下土坎,推起自行车,又毫不动摇地跨上车子,上了公路。

"景藩同志,我想让马驹主持冯家滩大队的工作哩!因为有这个打算,我才考虑让你退下来,到公社奶牛场去。"河西公社党委王书记,听完景藩老汉的申述,四方脸盘上有点为难的神色,直截了当地说,"你把马驹支使走了,冯家滩大队的工作咋办呢?"

"要是一时找不下合适的年轻人,我先撑着。"景藩老汉坚定不移地说。他知道,这阵儿绝对不能松口,脸上虽然强装着笑容,态度却更坚定:"我去不去奶牛场,关系不大!"

"老同志,甭急。一个合同工嘛,让我们一个得力的大队干部去干,划算不划算呢?"王书记摊开手,比画着,企图说服急于把儿子塞进汽车驾驶室的老支书,"一个合同工,一个司机,好找,一个好干部,可真是不好发现培养哩……"

景藩老汉看着王书记在房子里踱来踱去,知道他为冯家滩大队新的干部人选在伤脑筋。你越是强调好的农村干部不容易培养,他就越是急于把儿子从冯家滩弄出去。一旦把腿伸进这个泥沼再要拔出来就难了。他的脑子十分清醒:决不能松口!便回答说:"合同是临时的,有了机会就能转正。"

"转正……不那么容易吧?"王书记表示怀疑,"单是城镇青年,也是以参加集体性质的企业为主,农村户口的青年,要转办正式工人,不好办哩!"

"人说,复转军人当中的困难户,国家照顾哩!"景藩老汉说,"咱……困难得很呀!"

王书记不再劝解了。看景藩老汉那么固执,把话再说得硬些,可能要伤这位老同志的感情哩。冯家滩党支部书记冯景藩同志的状况,他是清楚不过的:身体欠佳了,思想也难以适应已经发生了急剧变化的农村工作。老汉把三中全会以后党在农村经济政策上所作的重大调整,看成是对合作化的否定;把责任制总是叫成分田单干,那不仅仅是口语上的失误。这种思想状态,不是冯景藩老汉一个人的特殊反映,和他年龄相仿的那一批"老土改",大都如此。他想在冯家滩把老支书换下来,安置到适宜他工作的某个社办单位去,拿一份虽然不高却可以保证老汉晚年生活的薪金,革命不能无情无义啊!现在,老汉坚持要把儿子弄出去当合同工,公社书记的计划被打乱了。他想想之后,忽然问:"马驹自己愿意去吗?"

"愿意。"冯景藩毫不含糊地回答,"他在部队时学会开车技术。他爱开汽车……"

"那好。马驹愿意去开汽车,就去吧!"王书记作出决定了。凭着多年来的农村工作经验,他深知一条:把那些根本不安心农村工作的青年勉强留下来,没有一个能把国家和众人的事情办好。他畅快地告诉老汉:"你到办公室去盖章吧!就说我同意马驹走……"

"好。"景藩老汉放心地说,从椅子上站起来,"我在冯家滩暂时撑着。奶牛场……去不去……没啥……"

"你还是去奶牛场。"王书记盯着老支书说,"按咱们原定的意见,不变。我已经给奶牛场打过招呼了。"

景藩老汉张了张嘴,没有说出话来,低头走出王书记挂着竹帘的房门,来到熟悉的公社院子里。解放前,这儿原是河西村的一座庙堂。解放后,泥像搬掉了,门口挂上了河西乡人民政府的木牌。景藩老汉的入党宣誓仪式就是在"佛爷殿"举行的;被搬走佛像的墙壁上,挂着镰刀锤子图案的党旗,他曾经和河西乡第一批加入党的庄稼汉子们庄严地举起攥紧的拳头……他走在已经扩大了住宅面积的公社大院子里,心里很不自在:王书记分明在为冯家滩大队党支部的后继人选发愁,为什么却不同意让景藩老汉暂时撑住局面的意见呢?唔呀!在中共河西公社党委王书记的心目中,是不是已经把他看成是一个累赘了呢?

真是令人寒心哪!想当年,冯景藩在冯家滩办起河西乡第一个试点社的时光,乡上县上领导们嘴里喊着他的名字的声音,够多亲切!你王书记调来河西公社才几年?你知道冯景藩为了办农业社熬过多少心血?你知道冯景藩在三年困难时候领着社员大战小河滩的壮举吗?你知道冯景藩从县里乡里领回去多少奖旗锦标吗?你知道中共冯家滩支部书记在"四清"运动中挨打受骂的委屈吗?你知道冯支书挂着木牌被斗争了七七四十九回而没有叛党的情况吗?冯家滩生产搞不上去,怪他还是怪"四人帮"呢?冯景藩走过院子,心里好凄惶!老了,成了让王书记嫌弃的累赘了!自己还有什么意思在冯家滩去撑那个局面呢？走到办公室门口,老汉从腰里掏出会计冯三门写下的介绍信,毫不踌躇地走进门去……

第 八 章

　　日有所触,夜有所梦。马驹夜里做了一个荒唐的梦:彩彩当着他的面,把文生写给她的信撕得粉碎,扔到火堆里去,猛然扑进他的怀里,双臂紧紧地搂着他,头枕在他的胸脯上,一句话不说,只是嘤嘤地啜泣……

　　马驹惊醒了,彩彩满腮泪珠的令人疼爱的脸不见了,窗外小院里已经洒满耀眼的阳光,里屋传来母亲叫鸡的声音。他的心还在胸膛里扑扑地跳,脸上烧躁躁的。他把头脸埋进清凉的水盆里,洗呀搓呀,企图把脑子里这荒唐的一幕荡除出去,眼前却总有一双泪汪汪的动人的杏核眼……

　　昨晚从彩彩家里回来,他虽然已觉疲惫不堪,躺在小木板床上,却一时睡不着。彩彩既然完全信赖地让他看那封绝情信,却为啥一再拒绝由他去劝解说服文生回心转意呢？如果她对文生毫不留恋,为什么当初又要和他订婚呢？她当初和文生订婚的行动,曾经使马驹多么伤心啊……

　　马驹的父亲是冯家滩深孚众望的老支书,彩彩的爸爸是冯家滩年轻有为的大队长。工作上的频繁交往,使两个年龄差着一截的共产党员的个人感情日渐交融。马驹和彩彩,在两家人亲密的往来中玩耍在一起,情同兄妹。在他八九岁的时光,经历了冯家滩惊心动魄的那一幕——脸孔被电流击得紫黑的志强叔,粘着泥土,被民兵塞进架子车拉出村去了。他扶起哭叫着跌倒的彩彩,号啕大哭……他默默地给孤孙寡婆家挑水,把咬他和"四不清"划不清界限的人不放在眼里。在他参军走的前一晚,彩彩跑来了,把一双扎着漂亮图案的鞋垫儿塞到他手里,只说是吃了他担下的那么多水,无法报答。他在祖国边陲的几年里,每次接到母亲寄去的小包裹,里头肯定有一双纳得细密的鞋垫儿……已经长成一位英俊的人民解放军战士的冯马驹,心里萌动了爱的念头,常常思念起彩彩。当他第一次得到回家探亲的假期,心头想的第一桩大事,就是和亲爱的彩彩妹妹把话说开——他相信她不会拒绝的。

当他急切地回到冯家滩,却听到彩彩早在半年前已经和文生订了婚的消息,心里一下子凉透了。他没有和彩彩谈一次,没有必要。正直的小伙子在心里劝自己,彩彩妹妹自小受够了苦,但愿在婚姻上能得补偿。她既然喜欢文生,自己绝不能再怨恨她。他装出满心欢喜的笑脸,去看望大婆和彩彩,注意尽说文生的优点,恭贺她和文生将来美满欢乐。他随即听从了父母给他定亲的话,和刘红眼引来的薛淑贤见了面。薛淑贤长得丰满、白胖,嘴两边有一对讨人喜欢的酒窝。据介绍人说,她家三代贫农,本人高中毕业,思想进步,是薛家寺大批判小组的积极分子,和军人匹配,真是天造地设……他同意了。

当他服役七年复员回到冯家滩以后,这个曾经尖锐地批判过孔老二的民办教员,却认为农民冯马驹不能和教员薛淑贤生活在一起,提出退婚了。他不勉强,也不乞求,任她去吧!处在这样的婚姻状况下,他自觉地与彩彩保持距离,甚至有意回避。他身体强健,不需要到医疗站寻彩彩看病吃药,在街巷里迎面碰见,他用和任何社员一样的态度和她打一声招呼,就匆匆走过去,忙自己该干的事情去了。他说不清楚为什么要用这样的态度对待彩彩,只是本能地觉得,应该这样——正直的人必须这样做。

现在,当他躺在有点冷寂的小木板床上,回想起这一切,隐藏在心的底层的那一缕情思,涌涌波翻起来了……

他跛着走出小厦屋的门,坐在槐树下的石墩上,仰起头看看蓝天上的太阳,已经过了庄稼人吃早饭的时辰。从敞开的街门里,可以看见男女社员扛着工具去出午工了。

"你的脚……咋咧?"母亲笑吟吟地端着饭碗和菜碟来到槐树下,一眼瞅见儿子脚上缠扎着的白纱布,吃惊地询问,随即把碗搁到石桌上,蹲下身来,抚摸察看着儿子那包裹得严严实实的脚背,急切地再问:"咋弄的?"

"砖头塌了,不怎。"马驹不在意地说,"俺爸呢?"

"到公社去了。"母亲还是放心不下他的脚伤,"伤口不小哇!你看肿得多高……"

"擦破一点皮。"马驹说,"过三两天就好。"

"吃饭。"母亲在一旁坐下,招呼催促儿子端起碗,就记起老头子临出门时交代给她的使命,开始把话引到儿子的工作问题上来了,"你爸……为你的前程……把心都操烂了……"

"嗯……"马驹吃着饭,应承母亲的话,心里却在想:文生是个正式大夫,乡村人最看得起的职业;彩彩失掉文生这样一个未婚夫,怎么表现得这样冷淡,真的不在乎吗?

"你爸一辈子尽受苦,没享得一天福。"母亲声音委婉,有点凄楚,"他年轻时,跟你一样,直脾气,硬性子,把公家的事看得重,扑上躺上干……落得啥结果呢?'四清'时挨斗争,'文化大革命'活活脱了一层皮……"

"我知道……"马驹仍然心不在焉,想着:彩彩把文生的信给我看,到底是啥意思?这个猜不透的姑娘……

"你爸而今后悔了!"母亲长叹一声说,"当初没听我的话,现时后悔跟不上了!"

"妈!谁不听你的话,肯定要吃亏!妈比诸葛亮还……"马驹笑着,和母亲逗趣,心里仍然在不断地猜度着彩彩,她到底是怎么想的呢……

"他当初要是听了我的话,离开村子,现时会是啥光景?"母亲继续对端碗吃饭的儿子说,"你看看人家安国一家……就明白咧!"

"俺爸要是听了你的话,现时,他可能比安国叔的官儿还要大。我哥,我姐,还有我,都会有商品粮吃了。逢年过节,一人引一个卷头发媳妇,回来孝敬你,妈怕是要喜得分不清前门和后门了。"二十五六岁的大小伙子嘻嘻哈哈地和母亲逗乐。

"一步路走错,差得天上地下。"母亲并不在意儿子说笑逗乐的神气,依旧耐心地进行两个家庭的对比教育,"你这回出去工作,机会着实难得啊!"

马驹停住搅动着的筷子,这才明白母亲不是随随便便和他拉家常哩。母亲虽然一字不识,谈话的方式方法却颇有讲究,由远及近,一步一步伸展过去,直至接近她要说出的中心话题。马驹再也无心和母亲逗乐了。

"你的主意拿定着哩吧?"母亲探问。

"早拿定了。"马驹爽快地回答。

"拿定了就好。"母亲仍然循循善诱,"可甭经人一哄弄,又变卦。你爸就吃了这号亏!"

"我不会让人哄弄的。"马驹说,"妈,你跟俺爸都放心,我的主意定下了。"

"去?"母亲盯紧儿子的眼睛问。

"去!"马驹一摆头,主意铁定的样子。

母亲脸上浮出慈善的笑容,收拾了碗碟,放心地走回小灶房去了,那儿传来洗涮碗筷的声音。

小院里很静,坐在槐树和香椿树浓密的荫凉下,仍然能感到五月晌午阳光灼人的热力。马驹抚一抚肿胀的脚腕,该当认真思量一下去县饮食公司当司机的问题了。

这是一个诱惑力很强的工作。在部队的七年里,他开一辆草绿色的"解放"卡车,在坦坦荡荡的戈壁滩上奔驰,蓝天,白云,羊群,热情奔放的维吾尔族和哈萨克族男女……自从离开部队,几乎没有摸过方向盘了。

马驹搓一搓手指,似乎有点痒痒。如果去了县饮食公司,开上一部汽车,对这个职业的浓厚兴趣,肯定会使他适应新的环境,结识新的伙伴。他不会偷懒,会把一切任务圆满完成。待有机会转为正式司机,他就会一辈子操着永不会腻味的方向盘,过着有固定收入的城镇工人的生活了。

可是,怎么从冯家滩拔得出脚来呢?去年,他从部队回到冯家滩,房屋依旧,街巷肮脏,队里穷得拿不出钱给牲畜抓药,他的心凉到脚跟了。薛淑贤的毁约,给他当面羞辱,使摘下领章帽徽而仍然穿着草绿色军装的冯马驹,几乎无路可走了。乡村里,虽然青年男女间解除婚约并不罕见,可是被迫解约的一方,无论男女,都不会感到光彩……他终于忍受不住,和牛娃、德宽接管了三队的工作,在全体社员面前拍了胸脯。半年来,计划中要干的几件大事,虽然艰难,总是开始了;唯其艰难,要他现在一拍屁股离开冯家滩,还真有点难分难舍的感情哩!

牛娃要是知道他要走掉的消息,准会跳起来,骂他说话像放屁。什么击掌盟誓,不过是说说罢了。那家伙的脾气,一当翻脸,谁的账也不认哪!德宽不管心里满意不满意,脸面上不会给人难看的,那是个厚道人……他们三人共事半年多以来,合作得不错,他感到那两位副队长,很敬重自己;他也和他俩之间有一种难舍难分的感情。他和牛娃自小一起割草,放羊,上学,自不必说。德宽比他年岁大,自从搭班在一起共事,他在这位老哥身上发现了许多自己所缺少的长处,愈加敬重他了。马驹暗暗难受:怎么能忍心撇下这两个正在努力奋斗的同志,而去给自己找一碗安生饭吃呢?

三队能改变穷困的局面吗?从现在的生产状况看,年终肯定要超过去年的收入。可是,明年呢?后年呢?十年二十年以后呢?谁能预料农村经济政策上有没有反复和变化呢？权当你自己铁了心，豁出来在这里干一辈子，要是政策一旦变得使你无法干下去的时候，怎么办呢？父亲搞合作化时的劲头也是够高涨的，随之兴起的吃大锅饭、"四清""文革"和"割尾巴运动"，整得连他自己也保不住。批来斗去，老人变成"维持会长"了，有人说他是只冒烟不冒火的一根湿柴。志强叔更惨了，他放弃大学不考，回到冯家滩，几年没干出来，连命也赔上了。如果自己在某个时候遇上这样的处境，会不会在回想今天这一步路时，像父亲一样产生悔恨莫及的情绪呢？唔呀……去年起手的时候，似乎只是贫穷和屈辱给人心理上带来的压力，冲起一股背水一战的勇气；而当今天有一条可以摆脱那种贫穷和屈辱的道路展现在脚下的时候，年轻的复员军人冯马驹，便切实地意识到，他所面临的，是人生道路上的一个不能回避的三岔口……选择是困难的，痛苦的……他把双手的十指插进蓬乱的头发里，撑着脑袋，像是有一百个号筒对着他在吹奏：去不去？

"哈呀！建华——"

谁在叫他的学名呢？"建华"这个名字，念书时只有老师提问时叫，在部队，点名时排长才使用它。回到冯家滩，老人们甚至不知道冯马驹还有这样好的一个大名哩！马驹听着有点陌生的声音，一抬头，冯文生的父亲冯大先生走进门楼来了。灰褂黑裤，秃顶白发，瘦脸明目，和气的笑容，随时准备向人道歉的神态。马驹赶忙站起，礼让这位长者坐下。

说了几句闲话，冯大先生环顾左右之后，忽然激愤起来："建华，你知道不？我那个小畜生居然做出不仁不义的事……"

马驹佯装不知，认真地听着冯大先生叙说文生要和彩彩解除婚约的事。冯大先生一边叙说，一边骂，骂自己的小儿子是混蛋，是畜生，忘恩负义的陈世美……老先生的脸都气得变了色，银白的长胡须颤抖着。马驹被老先生的情绪感染了，连忙说："你先甭急，咱们都想法调解……"

"你想想,这样伤天害理的缺德事,我们家里的人啥时候干过?"老先生擂着拳头,"我一生以行医为本,虽则给国民党服务过,可没伤害……咱总是有错,人民政府宽大我,起用我,我为人民服务。虽则'四人帮'把我整了,邓青天的政策又使我老来适得其所。我一生行医,只重医道,无论穷富,不管贵贱,一视同仁。现在遇见这号不争气的孽种,丢人丧德,我在冯家滩何以为人?"

看着冯老先生慷慨激昂的样子,马驹心里油然蹿起一种正义感。他觉得他向彩彩提出的劝服文生的举动是应该的;他为自己昨晚的梦悔愧了。

"彩彩这姑娘,哪一样比不上他?"老先生说,"我是实实舍不得这个好娃娃……"

"那……我去劝劝文生。"马驹说,"等我脚伤轻了,我到医院找他去。"

"好!我来找你,就是想让你去劝他。"老先生说,"他敬服你,和你自小一起长大,你不歧视他,他至今都说你是正直人。"

"我一定去。"马驹认真地说,"我去试着尽尽心……"

"你下狠劲说,甭怕!"老先生恨铁不成钢的样子,态度诚恳极了,"你骂他,骂他个忘恩负义的贼,骂得他回心转意……"

第 九 章

太阳正当午时,小河川道里,绿色的麦穗梢头,浮现着一层淡淡的轻烟一样的蓝色雾霭。这儿那儿的棉田里和稻地里,穿花衫的女人和赤臂裸身的男人,在移栽棉苗,在撅着屁股插秧。弯腰曲背在大太阳下的劳动是沉重的,田野里繁忙而又沉寂。

偏远坡原地带的河川公路上,车少人稀。一个小伙子,牵着一头肥大的公牛,晃悠着长腿,在公路边上杨树的荫凉里走着。公牛粗壮的脖颈上挽着一条红绸,牛头上套着一个用柳条编成的遮阳帽儿。这是牛娃拉着纯种秦川公牛,走村串寨,向那些饲养着母牛的庄稼人夸庄哩。冯家滩三队不光自己繁育良种秦川牛,还要办配种站(庄稼人叫开庄),不仅是一项很好的副业收入,而且也为国家畜牧改良部门的工作出了一份力。

他串过三四个村庄了。每到一个村子,这头公牛引起庄稼人多大的兴趣哟,像看珍禽异兽一样欣赏着这头秦川公牛的雄姿,问长问短,啧啧称赞。牛娃陶醉在自豪感里,耐心地回答庄稼人的询问,得意地大声宣传:

"咱这头公牛是纯种货,跟本地黄牛配种,生下牛犊,是杂交种。杂交优越,绝不会赖的。咱们和公家一个牌价,保配保生。生下牛犊了再交配种款,生不下牛犊不收钱,保证替农户负责……"

他很自信自己这种活广告式的宣传的力量。想想吧,牧畜包养到户了,社员家里养着母牛,割草呀,垫圈呀,黑天白天喂养着,一年到头受多少劳累,谁家不盼望生一头身架壮实的牛犊?庄稼人选择种公牛是很严格的,宁可多掏三五块钱,也要找一头好公牛哩。

牛娃刚刚从康家村出来,准备再到河岸边的草甸村去。他晃悠着长腿走着,手里攥着一根树枝,并不驱赶,好使宝贝公牛任着性儿自由自在地走。牛低头走在路旁嚼起青草来,他就站住脚,耐着性儿等待。天气热,不敢驱赶得太紧太急了。

牛娃心情舒畅得很哪!三队开春以来几项工作的胜利开展,使小伙子大受鼓舞,心劲高涨。和马驹、德宽搭班当干部,人合脾气马合套,再苦再累也心情快活。

小伙子自小命运不济,当他刚能撒开腿在冯家滩村巷里奔跑的时候,做中学教员的父亲扔下母子两个,在城里重新成家了。牛娃一当明白了自己的身世,倔强的家伙把父亲寄给他的制服衣裤脱下来,用切菜刀剁得粉碎,塞到炕洞里烧了。他把父亲赡养他的汇款单退回去以后,撕扯了课本,砸了笔盒,从学校回到冯家滩生产队来,立誓要以自己的双手养活自己,养活因为父亲的离去而急得双目失明的瞎眼母亲。

小伙子的志气令冯家滩人敬服,可是生活实际却令人伤心。三队的劳动日价值太贱了,口粮分得太少了,母子俩不仅缺钱花,常常弄得口粮短欠,秋不接夏,夏不接秋,因为家里有一个瞎眼母亲,牛娃到了乡村娃娃该当定亲的年龄,掏多大彩礼也招不来一位愿意服侍瞎眼老娘的媳妇。亲友托人给他从商洛山区引来一位姑娘,花了一千多块,在屋住了三天,偷偷跑掉了。他上了人贩子的当了。

牛娃今年是第三次在三队任职当干部了。头一次,大伙把刚刚十八岁的耿直的小伙子扶上台,干了仨月,他干不下去了。那时候的队长明目张胆侵吞社员血汗,他不能容忍,骂了一仗,打了一架,自动辞职了。三年以后,大伙儿又把他选上,干了半年,因为对抗公社学大寨的统一规划,拒绝白出劳力到原坡上的吴家坪修水库,被公社通令撤职了。两次上任都没干满一年。小伙子在冯家滩落下了两种评价:一是说他耿直正气,一是说他太死太牛,当不成干部。牛娃憋着一肚子气,和马驹、德宽搭班,第三次登上冯家滩三队的首脑席位了。三击掌的动议是他提出来的,他憋红着脸说,这一次甭说干不到年底,要是还干不出一点名堂,冯家滩的人就要把他笑臭了,他永远再不与人共事当干部了。马驹和德宽笑着跟他拍了手,立了誓。他要使三队翻身,也使自己翻身;他要改变三队的落后穷困面貌,同时也要使自己扬眉吐气。除此,他没有出路。他豁上一切了,表现出一如既往的耿直品格,又表现出对工作的非常热情和吃苦耐劳的精神。他要让冯家滩人看看,牛娃是什么样的人!

好,三队已经展示的局面果然令人鼓舞!他乐悠悠地用衣襟抹着脸颊上的汗水,用树枝在公牛眼睛前晃一晃,把那贪食的畜生赶到公路上,继续朝前走了。

田野掠过一丝微风,暑热得到短暂的驱除。牛娃一时兴起,脖子一仰,放开粗壮的嗓门,唱起了秦腔《武家坡》中的一段:

> 窑门外拴战马嘶声不断,
> 夫望妻妻望夫擦泪不干。
> 王三姐你本是千金名媛,
> 跟随我贫花儿多受磨难……

正唱到动情处,一个人从背后骑车过来,到跟前跳下了车子。牛娃一看,没有哪个当代的"三姑娘"与他邂逅,却是党支书景藩大叔站在身旁了。他立即闭了口,停了唱,不好意思地笑着,问候大叔到什么地方去了。因为和马驹自幼交好,他很尊重景藩大叔和大婶二位老人;二位老人平时也喜欢他,向来不当外人看待。

"大叔,咱队办配种站呀。马驹哥叫我拉上公牛到各村宣传哩!"不用支书问,牛娃自动汇报自己的工作,抑制不住的喜兴心情,"你看看,这头公牛美不美……"

"嗯,美……"景藩老汉鼻腔里先哼出一声,淡淡地说了一个字,算是应承,斜眼瞅一眼公牛,推着自行车和牛娃并肩走着。他刚从公社给儿子的合同证明信上盖过章,归途中遇见了牛娃。他正想找牛娃哩,现在在远离冯家滩的河川里撞见了,正好。

"我走了几个村,好些人问我哪天开庄哩!"牛娃沉浸在喜悦里,毫不注意老支书的脸色和说话的口音,只顾自己说得畅快,"现在茬口正好,春末夏初,正是母牛发情的时月……"

"牛娃,我给你通知一件事。"景藩老汉对什么开庄配种的事毫无兴趣,打断牛娃的话,完全用大队党的领导对小队干部做指示的腔调说,"重要的事情。"

"啥事?"牛娃这时才回过头,注意景藩大叔不寻常的神色,随口热情地说,"需要我办的工作,你只管说。"

"从今天起,三队的工作,由你和德宽负责。"景藩老汉直接说,像安排任何一个生产队的干部班子一样,"再甭拉扯马驹了……"

"咋咧?"牛娃大吃一惊,猛地回过头,停住脚。粗心的汉子,这时才发觉大叔一脸严肃郑重的神色,"出了啥问题吗?"

"县上给马驹安排工作了。"景藩老汉平静地说,"工作需要嘛!"

"噢——"牛娃明白了,领悟似的叹息一声。

"他手上黏着的手续,该交给德宽的就交给德宽。该交给你的,你先接着。有啥问题,由我解决。"景藩老汉严肃地说,不留一点分辩的余地。他要为儿子顺利走进县饮食公司扫清一切障碍。牛娃是一条可能的绊索。他和马驹形影不离,简单而又易动感情,要是一听马驹走了,自己没得靠山,耍起脾气使出性子,就多了一层麻烦。跟他说话不像跟德宽说话,不能商量,不能留缝隙,必须一句说死,不容置疑。"我给你正式通知了,就是这事。"

"好叔哩!县上调马驹哥,三队就是离不开,也得服从。"牛娃无可奈何地说,深表惋惜,"可是,三队咋办呀?刚刚铺开的这一大摊事……"

"刚才我不是跟你说了吗?"景藩老汉不耐烦地说,"你先接手管着。"

"嘿呀,大叔!"牛娃难受得摊开手,摇着头,大声哀叹着说,"我的本事你知底,咋能挑得起三队这担子?"

"你这娃……我给你说了两遍,让你暂时接手先管着。凡事有我嘛,你怕啥?"老汉显得不耐烦了。

牛娃说不出话了。三队展开的这几项令人鼓舞的工作,老支书连丝毫的兴趣也没有;对于马驹走后可能发生的问题,老支书连想也不想,倒显得牛娃啰唆了,讨厌了。他感到心里有一股火在往上蹿。他闭口不言就是要把这股火压下去。如果这不是党支书,他很尊重的大叔,而是旁人,他早吵上了。

"就是这事。"景藩老汉看着牛娃不再说话,以为他接受了。但他仍然担心牛娃回头再找马驹啰唆,动摇了儿子,于是说:"马驹马上要走了,在屋里还得做些准备。你这几天……甭找他,有事寻德宽商量。就是这话!"

说罢,景藩老汉跨上车子,头也不回地走了。那辆除了铃儿不响什么都响的杂牌破旧自行车,在坑坑洼洼的公路上抖着,响着。

牛娃看着景藩老汉远去的背影,猛然从老支书最后的那句话里领悟出一层令人恼恨的意思,什么"通知"不"通知",完全是怕他挡马驹到县上去工作的路嘛!老汉居然警告他不许再和马驹接触,把牛娃当成什么人了!他胸腔里涌起一股受辱的愤怒,骂起来:"去他妈的黑脚!哪怕三队烂光烂净,能烂我冯牛娃多少呢?马驹今日走,老子明日走!老子出了冯家滩,凭这一身力气,哪一天弄不到几块钱呢?要我为三队的问题去找你,我还嫌你没水平……"

公牛在路边上啃草,不管它的主人如何破口大骂,悠然摆着尾巴,享着口福。牛娃看一眼公牛,醒悟到自己的使命,从白杨树上解下缰绳,猛地把正在吃草的牛头扯起来。公牛惊恐地瞪起眼睛,不理解对它一路关怀备至的主人,怎么忽然变得这样粗暴了。

牛娃抡起拳头,在公牛屁股上擂了一拳,狠声骂道:"我拉你夸个鸟庄!回家!"

"德宽哥,从今日起,三队的事情,我不管了。"牛娃站在砖场边的塄坎上,把德宽从砖机房里吆吼过来,开口说道,"我手里现在没染一分钱的经济手续,就是这话。"说罢,扭身拉着牛就走。

"咋的话呀?"德宽着实慌了神,拉住牛娃的胳膊,惊吓地问,"啥事把你气成这样?跟外村人……打架来吗?"

"我不想干哩,再没二话。"牛娃挣脱德宽拉拉扯扯的手,

"甭拉!"

德宽愈加用劲地抓住牛娃的胳膊,强迫地把他按下去,蹲在地上。德宽瞅着气得歪鼻瞪眼的牛娃,奇怪地想,昨晚三人商量决定叫牛娃今天到各村里去夸庄,牛娃高高兴兴接受了,今早出村时还嘻嘻哈哈说着粗鲁的笑话,怎么突然变成这种模样? 早晨,景藩大叔告诉他马驹要走的消息,已经使他心里压上了沉重的石头,一天来虽然照样在砖机跟前忙活,心情却很不好。午饭时,他借口看望马驹的脚伤,到屋里坐了一会儿,马驹问了砖场出砖的定额定得合适不合适;问了良种牛吃草正常不正常,来娃一个人能否照顾得过来;还问了县农科站指导棉花生产的李技术员吃饭安排在谁家……始终没见提说自己要到县上工作的事。他也没有开口问。现在,牛娃冷不丁甩手撂挑子,德宽就特别慌乱了。这个轻易不起性儿的人,这时也忍不住,恨着声说:"你二十四五岁的人了,还当你是鼻嘴娃子? 有话不说清白,耍啥牛脾气嘛!"

"嗨! 人家把我当贼防哩……"一气之下,牛娃把景藩老汉在路上说给他的那些难听话,全盘端出来,瞪着牛铃大的眼睛,说,"我牛娃哪怕穷死饿死,谁也甭想下眼看我!"

德宽暗暗在心里怨老支书,话说得太硬了,伤了牛娃的心,也有失你支书的身份呀! 马驹还没走,把关系已经弄得这样紧张,实在不好。考虑到他们和马驹的亲密关系,也考虑到影响,他诚恳地说:"兄弟,小声点,甭让那边的人听到了,影响不好。"

"党支书不考虑影响,我顾啥呢?"牛娃执拗地说。

"好兄弟,先甭说这号话。"德宽耐心地劝慰,"咱俩还没见马驹的话哩……"

"身为党支书,为了自家……把我牛娃当成啥了? 我是为我自个吗?"牛娃仍然消不下气,赌气地说,"凭我……嘿! 明天我过河去,找我表哥去呀! 人家买下一台大拖拉机跑运输,早给我捎话,叫我给他帮忙装卸,说下一天两块半。想到咱和马驹击过掌,咱不去挣那钱。好!现时他走,我也正好走……"

"三队这一摊子工作,给社员咋交代?"

"让党支书去给社员交代吧!"

"甭说赌气话,兄弟!"德宽拍着牛娃的肩膀,难受地说,"马驹要是真个走,那好,咱俩都甩手。我看哪,要我挑这一摊子,也是够呛。不过,咱们先稳住架势。咱也甭去问马驹,免得景藩大叔疑神疑鬼。马驹终久要跟咱俩说清楚的……好兄弟,等上两三天,不误你去表哥家挣钱的。"

牛娃长长吁出一口气,从地上站起,碍于德宽苦口婆心的劝说,没有再说执拗的话,拉着牛,懒洋洋地走进村子去了。

德宽站在原地,看着牛娃丧魂落魄的样子,心里难受了。他喜欢牛娃,虽然鲁莽,却正直诚实。他同情牛娃,遇见了个没良心的爸爸,比别的娃短缺父亲的爱抚;二十五岁了,还拉光棍,没有哪个姑娘愿意光顾他和瞎眼老娘住的那两间破厦房。他有心和马驹在三队干一番事业,却落得这样的结果……

德宽难受地咂着舌头,十分惋惜:昨天晚上,三个人还在这儿热热火火地研究种牛场饲养员的问题哩,给烧火的郭师傅敬庆功酒哩,仅仅隔了一晚,配合得相当不错的三个干部之间,一下子变得稀酸了……唉唉!

第 十 章

彩彩姑娘这天也骑着自行车出了冯家滩。她要去代销医药的河西公社卫生院去购进药物。她从家起身的时候,太阳已经托上东原的平顶了。这时候,景藩老汉正在紧张地和公社王书记"谈判",牛娃正得意地溅着唾沫星儿在夸耀良种公牛的优点……

彩彩今天出门完全是临时想到的行动。库存的常用药物还可以维持几天,本没有打算今天出去买药的,只是昨天接到文生的绝情信以后,她当晚写下了给对方的回信,一早起来,就急切地要把这封回信立即塞进河西镇邮政代办所门口的那只绿漆邮箱。

灿烂的阳光照耀着河川和坡地上绿色的麦穗,塄坎上的野花一团一簇地开放了,湛蓝的天空飘着几缕淡淡的云丝,远处秦岭的群峰隐没在淡蓝色的雾霭里。彩彩踏着自行车,双手扶着车把,轻快地在沿着坡根伸展的河川公路上行进。黑色塑料提兜挂在车头上,那封回信就装在里面。这封信一投进邮箱,她和一个人的婚姻关系就宣告彻底完结了,与另一个人的爱情就要开始了……她的心在罩着花格衫子的胸脯里扑扑跳着。"在你的脚下,昨天结束了,今天接着就开始了……"记不清读过的哪一本小说上有这样的一段意味深长的话。彩彩的昨天与今天,也不寻常啊……

她和奶奶在沟泉边抬水,那挂着水桶的木棍,压在她的肩膀上,是那样死硬死沉啊!她咬着嘴唇,不让眼泪流下来,趔趔趄趄走出小沟了。她看着那些挑着两满桶水的叔叔和婶婶忽闪忽闪走过去,就想念死去的爸爸和改嫁他人的妈妈。孤孙寡婆现在只能艰难地抬一桶水吃了。

这当儿,马驹放学回家了。他站在彩彩当面,挡住去路,从彩彩肩上抬起棍子,喊了一声:"牛娃!"牛娃跑过来,身子一蹲,马驹把木棍搁到牛娃肩上;他再跑到后头,从奶奶的肩上把棍子的另一端搁到自己肩上,两人抬着走了……从此,马驹和牛娃,每天给婆孙俩抬两桶水,一年四季,没有中断。及至他们能单独挑动一担水的时光,就放下木棍而捞起了扁担……

她上学了,常常受欺侮,几个捣蛋的男娃骂她"四不清"。她委屈得哭了。马驹赶过来,一脚把骂人的小子踢倒了。他们以后想欺侮她,得先看看马驹在不在旁边……

她有一次偷跑到后沟里,趴在爸爸的坟上,哭啊喊啊,手指头在石头上抠出血来了。马驹和牛娃在后沟坡梁上割草,奔跑下来,扶起她,用自己染着草绿的手掌给她擦眼泪,又用嘴吮她的流血的指头……

马驹参军走的前一晚,和牛娃一起来到她家。奶奶抚着已经穿到身上的崭新的绿军衣,流着眼泪。马驹也流泪了,说:"大婆,我走了,水有牛娃给您担……"牛娃当面保证说不会耽误大婆吃水……

她在得知马驹哥被批准服役的确凿消息以后,就夜以继日地纳扎起鞋垫儿来。赶到马驹哥要走的前一晚,马驹和牛娃来到她家的时候,她把两双纳扎着漂亮图饰的鞋垫送到马驹哥手上。马驹脸孔有点红了,装得乐呵呵地说:"哈呀!我这双臭脚,怎敢铺这样好的垫子!"她只是十四五岁的小姑娘,并没有想到以外的事情……

她和马驹哥通了三四年信。马驹哥的每一封信,她都反复读过,一遍一遍读到可以背熟的程度。这些信,温暖着她,鼓舞着她,伴着她走过了艰难的生活路程。她终于长成一个十八九岁的大姑娘了。可惜!可惜在她和马驹哥往来的那些书信里,没有说及婚爱的事!

有一天,两位军人走到景藩大叔的门楼里去了,直到吃罢午饭,景藩叔和大婶亲亲热热送两位军人出了村。彩彩在自己的小厦屋里,坐不住,心里总在猜想,那一定是马驹哥部队上的领导或是战友,来看望景藩大叔了,他们一定带来了马驹哥具体而又可信的消息吧。他长得多高了?立功了吗?她急得团团转,好容易等到天黑,她到景藩大叔家去了。

"哎哟!彩娃,快坐。"大婶格外热情地招呼。

"吃呀!马驹捎回来的葡萄干……"大叔也特别客气地礼让着,"给你奶还专门捎了一包……"

彩彩的心在胸膛里咚咚地跳,脸上阵阵发热。两位老人脸上表现出的兴奋和高兴,一丝也逃不过她的聪明的眼睛,肯定是那两位客人带来了马驹哥的好消息。她抑制不住自己激动的心情,手里捏着大婶硬塞给她的葡萄干,不好意思填到嘴里去。哦,马驹哥远在几千里之外,还不忘记给奶奶捎一包葡萄干,果真只是捎给奶奶吗?

"彩娃,叔给你说件好消息。"大叔咂着烟袋,眉毛在颤动,嘴巴周围的短胡须也在抖,"你关心你马驹哥,这喜事,该当让你早知道……"

彩彩的心都要跳出喉咙了。先不管马驹哥有什么好消息,单是大叔这种对她说话的意味,已经毫不掩饰地把她看成是和他们家有特殊关系的人了。彩彩的脸上热乎乎的,似乎血一下子都涌到脸上去了。她微微低下头,急切地等待着大叔说话。

"你马驹哥,要提拔排长了。"大叔说,"今日来的那两位军官,就是来调查咱家的社会关系。"

"噢!"彩彩抬起头,高兴得要掉眼泪了。她强忍一忍,克制住涌涌波动的感情,说,"没什么麻烦吧?"

"没有!"大叔一摆头,"咱家的亲戚,没得'五类分子'!那俩同志说,情况很好,没有问题。"

"好!"彩彩高兴地说,"马驹哥是好人,走到哪儿都受欢迎。"

"有一句话,叔今黑要跟你说明白……"景藩老汉说,顿一顿,似乎难开口,终于还是说了,"你跟你马驹哥通着信?"

彩彩忽地一阵眩晕,深深地低下头来,默认了。她处于一种莫名其妙的紧张情绪里,猜想那个幸福的时刻就要来到了。

"你和马驹把话说透了没有?"景藩老汉问。

"没……"彩彩颤抖着声音说,"啥话也没说……"

"噢!这样!"景藩老汉似乎松了一口气,"今天那两位领导说,给马驹订婚,对象要经过部队审查,同意了才能……"

"啊——"彩彩猛地仰起头,旋即又低下来,脑子里轰然一声,麻木了。

"你看——"景藩老汉立时大声叹息,"本来我跟你大婶啥也明白,可人家军队上严格……志强跟我搭班干了几年,我也明白他是好党员,可现时弄得……"

"甭说……咧!"彩彩浑身颤抖,"你的话……我听……明白咧!"

"唉!"景藩再度叹息,"为了你马驹哥的前途……"

"我知道……该咋办。"彩彩仰起脸,咬着嘴唇,"我不会……妨害马驹哥……你放心!"

彩彩说罢,再也控制不住自己,就从屋里奔出来。她在自己的小屋里,整整睡了三天,任奶奶怎么说,她也不说为什么,吓得老奶奶简直要疯了。

第三天晚上,她走出自己的小屋,脚下有点打飘,如同大病过一场,脸色苍白,走进奶奶住的南间屋:"奶,你给刘红眼回话,我愿意跟文生定亲。"

她的平静的态度使奶奶吃惊,一直拒不考虑刘红眼所牵线的婚事的孙女,怎么一下子自动同意了呢?奶奶怕孙女话里有话,就表明自己决不勉强可爱的孙女,说:"奶奶听你的话,你不愿意,奶奶也就不愿意。你觉得不合心,也就不合奶奶的心。你甭……"

"我愿意。"彩彩更加镇静地说。

"愿意了,你就该高高兴兴地跟奶说呀!"奶奶难受地说,"你看你那样儿,像不像办喜事……"

彩彩再也忍不住,一头扑到奶奶怀里,放声痛哭……

不能因为她背着政治上的黑锅,影响马驹哥提拔人民解放军汽车排排长的大事;为了亲爱的马驹哥的远大前程,彩彩甘愿做出一切牺牲。她不怨恨景藩大叔,那本来是没有办法的事。为了解除大叔的思想顾虑,她答应了冯文生父母几次三番托刘红眼登门撮合的婚事……

马驹那年从部队回家探亲的时候,她已经是文生的未婚妻了。

她没有向他做任何解释,他也没有问她……马驹随后和薛家寺的民办教员薛淑贤订婚了。

这一切因为主观和客观、有意和无意、必然和偶然诸种因素造成的彩彩婚姻问题上的历史和现状,现在都要结束了。她将按照自己的意志,去进行新的选择。过去的种种不合理的东西尽管使人痛苦,毕竟已经过去了。唯其如此,彩彩姑娘面对今后的新生活才如此心情激动。她骑着自行车,在白杨夹道的公路上飞驰,从麦梢上空掠过的小鸟啾啾鸣叫着,飞到河川深处去了。她准备和马驹哥说明过去的一切:她喜欢他,无论他是军人,无论他是农民,她都喜欢。她喜欢他这个人,而不是像那个势利眼的民办教员,只喜欢他的军官头衔。

彩彩骑车走进河西镇,卖粮食、蔬菜、猪羊肉的摊贩已经在镇子两边的公路上排得拥拥挤挤。人来人往,熙熙攘攘。她跳下自行车,推车走到邮政代办所的门口,从提兜里取出那封给文生的回信,迟疑一下,就折身走到墙角,倚着身子,再看了一遍。没有问题,信写得很得体,她没有骂文生的背叛行为,也没有乞求他回心转意。她对自己昨晚写下的信中的这一段话特别满意:"你不必自己谴责自己是'忘恩负义',我对你本来没有什么大恩,你无恩可负。你也不必担心我不能接受解除婚约的痛苦,因为我没有痛苦。你从此可以自由选择能与你(大夫)在生活上便于安排的人,我也同样获得了选择能与我(农民)在生活上便于安排的人的自由。你担心我会骂你,这你就错了,说明你还不了解我……"

她重新把信纸装进信封,从小邮局的营业员手里接过一枚邮票,贴在信封上,转身出来,最后看一眼那写着冯文生名字的信封,就毫不犹豫地塞进小邮箱里去了。

彩彩推起车子,在拥挤的街道上走。耳朵充溢着小摊贩们和顾客为一只鸡、一颗蛋、一斤肉或一斤菜的价值争来争去的吵闹声,她心里却感到从未有过的轻松。她从人窝里好容易挤过去，就来到百货商店门口，她选择了几种颜色的彩线，好用心用意给马驹哥扎纳鞋垫儿。

彩彩走出百货商店，跨上车子，就赶往位于街道西头的公社卫生院，去那里购买药物。她要很快地赶回去，有几位流感病人还等她回去打针呢，后响还要给马驹哥的脚伤换药哩……

尽管景藩老汉小心谨慎，甚至行动有点神秘诡谲，却无法封住大队会计冯三门那张向来不挂锁子的嘴。于是，一个嘴巴对着一只耳朵，眨着惊奇、眼馋的眼睛，传布着这条自冯安国家规模浩大的婚礼之后的最重大新闻。彩彩姑娘是在给一位老爸爸打针时，听服侍老人的儿媳妇说的。

这个消息太突兀了，也太叫人意料不到了。看着那媳妇压低声儿说给她这个消息时的神秘的样子，彩彩姑娘心里轰然爆响一声，连回问一句的力气也没有，就拎起药包走出人家的屋院了。

太阳已经转到西原的平顶上，村巷里的柴火堆、羊栏猪圈，涂着一层金红的夕照的光，这是落日前小河川道极其绚丽的一瞬。彩彩走过村巷，看见奶奶在半边明亮半边灰暗的麦秸堆前撕扯柴草，一低头走过去了。

"彩娃，你的脸色不好。"奶奶在她身后说，"是不是染上感冒了？"

她摇摇头，匆匆走进小院，跨进自己的小屋，就支撑不住有点瘫软的身体，躺在炕上了。

彩彩的命太苦了。她的尚未成年的幼嫩的肩膀，她的尚不懂得人生的无邪的心灵，过早地承担起生活强加给父亲的灾难，悄无声响地在冯家滩长大成人了。在她最富于青春活力的年龄，不能像别的姑娘一样跟男青年们开会，说笑，甚至串门也得看看门楼……她要排除农家漫长而寂寞的冬夜的苦闷,自觉不自觉地把书抱到怀里了。她没有崇高的读书目的,纯粹是为了消磨时光。什么样的书,凡能到手的,她都能耐着性儿读完。冯家滩男女青年手里,偷偷传递着不少小说、剧本和其他书籍,那是趁造反时机从学校图书馆里偷出来的。无意间,那些中国或外国的书籍中的人物,美的和丑的灵魂,照亮了乡村姑娘冯彩彩一双忧郁的眼睛。她顽强地忍受着无法躲避的灾难、冷漠,甚至傲慢地蔑视那些恶人的丑行,理智地处理自己和奶奶这个两口之家的内务和外交,勇敢地活到了做梦也无法预料的那一天——父亲的冤魂得以昭雪了。她感激那些书。

她和文生的婚约,是理智驱使的结果,而不是感情的自然结果。这最后一件使她心里痛苦的压力,今天也随着那封给文生的回信而掀掉了。她自由了,精神上自由了,感情上也自由了。她的心刚刚舒展了一天,开始编织和亲爱的马驹哥的爱情花环的时候,他却要离开冯家滩了……

时风变化了,乡村人也开化了。过去,冯家滩在西安或县城里工作的男人,一般都习惯在老家娶个媳妇,好照顾父亲。现在,首先考虑的是将来有了儿女能不能报上城镇户口哩,没有哪一个傻瓜还要在农村娶妻生子了。马驹一旦有了工作,薛淑贤肯定会改变态度的,自己怎好意思从中插足呢?再说,在马驹要出去工作的时候,怎么好意思说自己喜欢人家呢?

彩彩沉静下来,逐渐恢复理智。经受过许多折磨的姑娘,总是能很快地在打击当中恢复理智。现在不能向马驹哥有任何明显的表示,鞋垫儿也得缓一缓再纳扎。现在必须证实,马驹出去工作的消息,是实的还是谣言?马驹的态度如何?一切都得在证实了这个消息之后来决定。

彩彩从暖水瓶里倒了水,洗了脸,免得眼泪在脸上留下痕迹;用化学梳子拢一拢散乱了的短发,再用小镜子照一照,好,眼睛里依然是平静而理智的神色。她背上小药包,走出门,给马驹哥的脚伤换药去。

太阳已经沉下西原,天边只留下一抹淡淡的红云。彩彩朝那个熟悉的小院走去,心里复杂极了。过去,她常常串到这个小院来,把给马驹哥纳扎的鞋垫儿交给大婶,坐一坐,聊一聊,听得大叔大婶关照的几句温暖的话,她就心满意足了。现在到那个小院去,心里矛盾得很哪!

小院里有一股清淡幽微的香气,那是香椿树的枝叶在傍晚的时候散发出来的。马驹坐在树下,双手叉进浓密的头发里,低着头,没有察觉有人走进小院。他大约在想着要去县上工作了吧?彩彩咳嗽了一声,打招呼给他。

"唔!彩彩。"马驹仰起头,有点愣呆,显然是从专注的思索中醒悟过来。

"该换药了。"彩彩说,完全是医生对病人履行义务的声调。她早已提醒自己,不能带任何感情色彩,不能有任何心思的流露。

彩彩蹲下来,轻轻撕开已经发黑变脏的胶布和棉纱,用棉球擦洗。怎么开口问他呢?

"嗨呀,彩彩,给你说吧——"马驹说,"冯大先生晌午来寻我了。"

"寻你做啥?"彩彩淡淡的口气。

"叫我去劝解文生哩!"马驹说,"老先生在我面前愣骂文生,说他儿子忘恩负义,简直不是东西。老先生还说他一家都喜欢你,决不能做出让乡党们指脊背的事。他说他叫大女儿也去劝弟弟……看来,老先生还算有良心,正在动员一切家庭和社会力量……"

"那……好么!"彩彩应酬着说,心想:我自己已经把回信寄给文生了,还劝解什么呢!

"我的脚伤好了,马上去找文生。"马驹说,"我想很好地跟他谈谈,你放心。"

"我昨黑给你说过了,不必再找了。"彩彩有点不耐烦,"你爱跑路,由你!"

马驹的热诚和好心得不到回报,就闭了口,看着彩彩在自己的脚上敷药。他看不见她的脸色,只能看见姑娘扑落下去的黑乌乌的头发,那头发里散发出一种奇异的好闻的气味;姑娘低头时露出的脖颈是白皙的,被头发覆盖着的耳朵也是白皙的,可以看见细细的淡蓝色的血管。这个猜不透的姑娘,心里到底打的啥主意呢?

"你看见牛娃了没有?"马驹仰起头,不好意思再看彩彩白皙细腻的脖颈了,"一天没见,不知他从外村回来没有?"

"你寻牛娃做啥?"彩彩给伤口盖上纱布,仍然没有抬头。她已经抓住了话茬:"还操心那些牛吗?你不是要走了吗?"

"你听谁说?"马驹忙问。

"还保密呀!"彩彩笑着说。

"嘿,保啥密呢?"马驹笑了,坦率地承认,"有这事,我还主意不定哩。你说,去好呢,还是不去好呢?"

"去了当然好呀!"彩彩故意用毋庸置疑的口气说,"当工人,开汽车,吃公粮,挣工资,不去才是傻瓜哩!"她想探一探马驹的心。

"嗬呀!你说得这么好哇!我就去了。"马驹笑着说,拍了一下膝盖,下定了决心的样子。

彩彩的心猛地一沉,顿然觉得胸脯里压抑得透不过气来。她终于证实了从那家媳妇嘴里听到的消息,他要走了。可笑的是自己从昨晚到今天还在做好梦哩。现在还能说什么呢?什么也不能说。她压好最后一条胶布,站起来,强装出满不在乎的口气问:"啥时候走呀?"

马驹皱一下眉,仰起头,说:"明天或是后天,脚伤好了,就去。"

彩彩勉强笑笑,点点头,算是告别,提起药包,转过身,走出了这个日夜令人回味的小院。脚下的路面像是在抖动,她的脚下绊了一个趔趄。最后的一丝侥幸的希望破灭了,她努力克制住自己,不能在村巷里流出眼泪……

第十一章

日暮中,景藩老汉带着几分酒兴,跨进自家门楼,就瞧见儿子无精打采地坐在已经昏暗的前院里的槐树下。他对儿子摆出的这种愁怅苦相的架势十分反感。

老汉没有招理儿子,推车径直走进去,放下车子,走进里屋,问老伴:"你跟他说来没?"

"说来。"老伴回答,"娃说他愿意去开车。"

"愿意个屁!"老汉斜眼瞅一眼老伴,表示不信任,"你看他难受的那个架势!"

"响午我再三问,娃都说愿意嘛!"老伴对于老头一进门来的这种气势不满意,"你甭疑神疑鬼的。"

"要是真心愿意去,他会蹦蹦跳跳的。你记不记得,那年刚一接到参军通知书,他跑前跑后,嘴里唱唱嗬嗬的,啥架势?"老汉观察到了儿子行为中的漏洞,"你看他现时那个架势,愁眉苦脸,像是要上杀场,哪像是要去参加工作!"

老伴不能不信服老汉的眼睛是厉害的。她又何尝丝毫没有觉察呢?她明明白白可以看出,儿子想去开汽车,又撂不下自己一手经办起来的砖场和牛场,正像老汉自己当年撂不下刚刚兴办起来的农业社一样。她主张耐心劝导,劝得儿子一两天后到县上去报了到,坐进驾驶室,啥事也就没有了。她很担心老汉动不动就想发火的神气,有可能把事情弄僵。她要劝儿子,又要劝老汉,使这个农家小院里保持平静和安宁。老汉今日一回到家,她就发觉老汉说话腔调很高,脖颈红红的,口鼻里喷出一股烧酒味,就问:"你在谁家喝酒来?"

"在永槐家。"景藩老汉㧟下毛巾,掏出一支卷烟,夹在指缝间,挺着腰站在屋子中央,声高气壮地说:"今日喝得痛快,谝得痛快!"

景藩老汉从公社出来,觉察到王书记似乎把他当成累赘而急于换掉的用意,感到有点寒心;在路上遇见牛娃的时候,自然就没有顺气,以致态度有失检点;在路过何家营村的时候,被党支部书记何永槐拉到屋里去了。

两位在土改中结识的农村基层干部,现在坐在方桌对面,对饮起来了。老了,何永槐也老了,土改中冒出的那一茬干部,现在都跟景藩老汉一样,霜染鬓发了。景藩老汉呷着酒,感叹着。几十年的经历,两人都差不多,不过永槐是蔬菜专业队何家营的党支书,家庭经济状况比他好;而个人经历,简直如出一辙。在河西公社里,他俩曾经是粮棉和蔬菜两类作物生产的先进人物,常常代表河西公社到县上和地区出席各种会议。"四清"和"文革"中,两人都被整惨了。他俩作为河西公社大队一级的"走资派"代表,被造反派们押在一辆汽车上,游遍了公社的所有村寨……有幸和不幸,使两人结下了友谊。

何永槐端出一盘猪头肉,提出一瓶"雁塔大曲",招待老朋友。

"地分了?"何永槐明知故问,"牛也分了?"

"全都分光分净了。"景藩老汉说,"你们蔬菜队不分吧?"

"喝!"何永槐端起酒,招待景藩老汉,"原先说蔬菜队不分,现在也保不住。"

"蔬菜队分了地,社员保准不给国家蔬菜公司交菜,差价太大嘛!"景藩老汉问,"工人和干部,都得上自由市场买菜了……"

"爱上哪儿买上哪儿买去!"何永槐不屑一顾地说,"我盼着分地哪!都他娘的分了,省得我劳神了。"

景藩老汉呷着酒,瞧着何永槐烦恼的神气,心里说,甭看他嘴里说得那么不在乎,其实他比自己更想不通,不过是赌气话罢了。

"分了地,分了耕畜,还要咱们这号干部做啥?"景藩老汉说,"各家各户种庄稼,干部没事干了。"

"抓计划生育嘛……哈哈哈!"何永槐嘲笑似的说,"只剩下这一项工作了……"

景藩老汉也笑了。

"你听没听说,'辛辛苦苦三十年,一夜回到解放前。社员有了钱,干部丢特权'?"何永槐念着他听到的顺口溜,悻悻地说,"当初为办农业社,咱把心操尽了;而今倒好,分地分牛……"他说着,又灌下一杯酒,手在桌上一拍,"广播上说干部不愿意分地,是怕劳动,尽说的屁话!我要是分得几亩地,让他们看一看,看我种得出何家营的头一份好菜……"

酒逢知己,话更投机。景藩老汉觉得心里畅快——何永槐把他心里的话全都说出来了。他虽然这样想,但嘴里不敢说。公社王书记在传达县委关于搞好责任制的文件精神时,批评过永槐刚才念的那几句流传在乡村里的顺口溜,再三解释责任制和单干的本质区别。老汉服从纪律,把自己的"不一致"的看法藏在心里,决不在公开场合乱说乱道。如今何永槐毫无顾忌地说着对实行责任制的"不一致性儿"的话,景藩老汉听得痛快。

两个"老土改"喝着,谝着,对正在贯彻的责任制的农业政策发牢骚……一瓶"雁塔大曲"揭底了。

这个时候——一九八一年初夏时节,渭河平原的农村里,"责任制"这个新名词,正如当年的"农业社"这个名词一样,在庄稼人的嘴里热烈而新奇地叫响了。大队和小队的干部,纯粹靠土地生活的社员,还有儿子或丈夫在国家机关、工厂工作的农村家属……都在讨论会上,地头场间,街巷屋院,热烈地发表自己的见解。满意的和不大满意的,高兴的和担忧的,喝彩的和叫骂的,种种听来都似乎理直气壮的意见,汇成一股喧闹的声浪,在乡村里涌流……

冯家滩党支部书记冯景藩和蔬菜专业队何家营党支书何永槐,两人在摆着烧酒和猪头肉盘子的大方桌上的谈话,还在继续着。景藩老汉听到了合心合拍的话,憋在胸腔里的忧虑顿然宽舒了。何永槐又提出一瓶"灞陵"酒来,说他们以后也许见面的机会不会像以往那样频繁,难得痛饮一场。景藩老汉也不执意要走,给儿子马驹要办的手续业已办妥,心地踏实了。

"叫娃快走!"听完景藩老汉的描述,何永槐大声说,"开汽车挣工资,跟谁不犯一句唠叨,多好的事嘛!何必要当那个队长呢?"

"人家还想在三队成一番气候哩!"景藩老汉嘴一撇,嘲笑说,"那小子不知深浅……"

"哈哈哈……"何永槐大笑,"你把你三十年喝的酸辣汤,让他尝一尝,他就灵醒了!"

景藩老汉和老朋友何永槐,大声嘲笑着儿子的愚蠢行动,现在还想在农村大干一番事业,真是太不识时务了……老汉喝得尽兴,谝得畅快,苍茫暮色里,告辞回家来了。

和老朋友何永槐一席畅谈,景藩老汉愈加坚定了自己的想法和做法:必须尽快地跳出冯家滩这个泥沼。进门来一眼瞅见马驹愁眉苦脸的样子,就难以相信老伴的话。现在,公社的章子盖到合同上了,老汉给德宽和牛娃分别打过招呼了,一切可能成为障碍的因素全都排除掉了,只等儿子明天带上介绍信到县饮食公司去报到了。但他看出了儿子的心病。为了彻底打消儿子还想在三队干什么事业的愚蠢想法,他从里屋走到前院,站在儿子对面,直截了当地说:"马驹,手续办完了。你明天就去找你安国叔。"

马驹一仰头,还没来得及开口,母亲就提醒父亲,儿子脚上负了伤,他还拿不定主意哩!

"迟去一天半天问题不大,只要你主意拿定。"景藩问过儿子的伤情,直逼着问,"你实说,你的主意定下没有?"

"定下了,"马驹说,"昨晚跟你说过了……"

"你的主意没拿定。"景藩老汉仍然盯着儿子的眼睛,把潜藏在心里的危险索性揭破,"我能看出来,你三心二意。"

"我……没有。"马驹口里支吾说。

"你心里有啥为难事,尽管说。"景藩看着儿子支支吾吾的神色,料定自己把儿子的病根抓准了。他坐下来,点燃烟锅,把儿子心里正在思量着的事,全盘端出来,"你怕德宽和牛娃说你不守信用,你们仨击过掌;你撂不下三队的工作,几件大事刚刚拉开摊子;你想着自己是个党员,又是复员军人,想为众人干些好事……我说得对不对?"

父亲这种坦率令人吃惊,马驹抬起头,瞧一眼父亲,心里不由得"咯噔"一下。父亲把他心里的矛盾,全都看穿了,端出来摆在当面了。他忽然想,既然如此,认真地谈一谈,也是好的。他诚恳地笑笑,表示默认。

"按说你这些想法,都没错。"景藩老汉看着儿子静默不语,料定自己说准了。他很理智地对儿子说:"共产党员嘛!总应该知道自己姓'共',不姓'私'。"

"对,你说得对。"马驹说。

"我在冯家滩讲了几十年大道理,这点子事还翻不清里外吗?嘿呀!岂止是道理,老子一生为公众的事,连自家性命都赔上了……"景藩老汉借着酒兴,痛说起自己的革命历史来,"老子当初办农业社,啥时间睡过一个透觉?农业社办得好不好,你问问村里的老社员就知道了。刚把农业社办得巩固了,上级号召'大跃进',逼着我放'卫星'。一个'卫星'没放得上天,跌下来把冯家滩农业社的家底砸烂包了。咋办?农业社是咱办下的,'卫星'也是咱放的,共产党员能跌倒也能再爬起来,我豁出来了——"

这是冯家滩历史上悲壮激昂的一幕。冯景藩急于挽救自己"放卫星"给冯家滩造成的损失,高中毕业生冯志强立志改变家乡的困难局面,两人提出一项改造河滩的大胆计划:修一道大堤,可以从沙滩上夺回三百亩稻地。社员们通过了。开工那天,夜里下了一场大雪,冯家滩男女站在村子当中的戏楼前面,听完新任大队长冯志强的讲话,大伙一致拍手欢迎老支书讲讲。冯家滩的庄稼人,对刚刚回到村里的高中毕业生还没有建立起信任。这一仗能不能打胜,沙滩能不能变成稻田,能不能收获黄灿灿的稻谷,以取代大伙肚子里塞得太多的糠皮和野菜,大伙想听听冯景藩的话。

四十岁的中年汉子冯景藩,走到台前,手里没有拿讲稿,却抱着一摞奖牌和奖旗,那是从大队办公室的墙上卸下来的。他没有大声疾呼要求社员三九寒冬到沙滩上去卖命,却以一个出人意料的举动震慑了冯家滩。

"啪嚓!"玻璃装面的"卫星"奖牌摔碎了。

"哧啦!"绣着金字的紫红色平绒奖旗撕破了。

冯志强站在景藩旁边,挡住他的手:"大叔,这太可惜了,上等丝绒哪……"

"那……谁要谁拿吧!"冯景藩停住手,"做块尿布,还有用……"

没有人笑,会场里那些面呈菜色的男女,默不作声地瞧着党支书的举动。

冯景藩突然扬起手,打了自己一巴掌,颤抖着声音说:"入社时,大伙把土地牲畜交给我,现在弄得人没粮食、牛缺料,我对不住冯家滩父老兄弟……"

新任冯家滩大队年轻的大队长冯志强,经受不住这样强烈的刺激,抱头趴在讲桌上,眼泪从指缝里流出来。整个会场,唏唏嘘嘘,哭哭溜溜,悲壮激越,感天动地。

冯景藩热泪纵横,大声说:"这次修河堤,天冷,肚子饿,我不强迫大家。谁相信我冯景藩,谁跟我下河滩……"

男人女人,婆娘女子,扛着铁锨,挑着担笼,一哇声跟冯景藩下到白雪皑皑的沙滩里……

"稻地整好了。大堤修成了。白米吃到嘴里了。冯家滩男女的脸上放光了,菜色褪净了。我跟冯志强可成了罪人!"景藩老汉磕掉烟灰,痛心疾首地哀叹,"冯家滩刚刚还过阳气儿来,'四清运动'开火了;'四清'还没收完场,'文化大革命'又闹上了。这下好,冯志强娃娃赔了一条命,我活剥了几层皮,冯家滩乱成一摊泥沼了……"

"爸,你为冯家滩出了力,受了苦,社员还是记着你的好处的。"马驹安慰父亲说,"现时党的农村政策,就是纠正前多年的瞎折腾……"

"有人把我叫'维持会长',我知道;有人还说我是'湿湿木柴,只冒烟不冒火',我也知道。"景藩老汉苦笑着说,"我不管,谁爱说啥由谁说去。我的火嘛,早给'四人帮'浇灭了,冒不出火啰!"

马驹听着父亲的话,深深同情父亲那一辈"老土改"干部的不幸遭遇,如果没有那些挫伤他们积极性的"左"的失误,而是给他们以党性和政策的教育,给他们以科学和文化的武装,他们自己以及他们领导下的农村就绝不会是那样要死不活的局面。他庆幸自己正当年轻有为的时候,遇到了现在全面恢复农村经济的好时机,便安慰父亲说:"现在,振兴农村的时候到了,所以我想放开手大干一场。"

"土地耕畜下户了,跟单干没啥两样。你干啥呀?"景藩老汉说,"政策一天三变,你能保证日后是咋回事吗?"

"现在政策是在变,是往完善的地步变哩。"马驹不能同意父亲的意见,"不是过去那样搞'大呼隆'了……"

"十年二十年以后呢?"景藩老汉严厉地提出一个问题,"你能保证日后再没有害人的运动了?"

"我相信不会再发生那号事了。"马驹说。

"发生不发生,谁也难料。"景藩老汉只相信自己的亲身经历,根本不把儿子的话当一回事,只是用藐视的口吻说,"冯家滩这一摊子,谁也弄不好。"

"难弄肯定是难弄,现在是人穷地薄,社员没信心,干部不管事,确实难弄。"马驹说,"再难总得有人弄。我想试火一下……"

"你甭试火,不行。你那点本事我看得见,你不行。"景藩老汉说,"我没本事,把冯家滩没有搞好,冯志强呢?高中毕业,本领比你强多了,也没搞好嘛!何家营的何永槐呢?老模范,现时也要撂挑子,觉得没法干了!你娃娃有多大本事?你想试火啥?我试火了一辈子,也不成!"

马驹闭了口,说不出话来。父亲故意这样灭他的志气,他还能再说什么呢?

"我今日见了永槐,他也说你应该快走,不敢再把脚伸进泥滩里。"景藩说,"我知道你二心不定,今黑把话扯明,只怕你再走老子的那一步错路,后悔来不及了……"

马驹仍然不开口。父亲今晚的谈话,表明老人的态度更强硬了。父亲对他去县饮食公司的态度,不放心。他不能再和他争辩。父亲的话,也不是全无道理,自己中午不也想到过十年二十年中间会不会遇到无法干下去的境况吗?他需要再好好考虑一番,也许能定下一条好主意来。

"话说得不少了,能说的话,我都说给你了。听我的话,由你;不听,也由你。我今黑有话说在你当面——"景藩老汉站起来,攥着烟袋的手背握在身后,"你愿意去,明天早晨起来,高高兴兴到县上找你安国叔去报到;你不愿意去的话——"

老汉突然顿住了。

马驹盯了父亲一眼,会发生什么事情呢?

"咱们父子一刀两断!"

景藩老汉说罢,转过身,头也不回地走进院子里去了。

马驹低下头来。他相信父亲的话不是吓唬他。怎么办?明天早晨不去县饮食公司,这个家里就有好戏看了。去不去?今晚必须做出抉择,不管他心里怎么左右为难,时间却仅仅只有一夜了……

第 十 二 章

马驹站在牛娃家破烂的木栅门口了。

他要跟牛娃、德宽商量一下。究竟去不去县饮食公司当司机,他想听听两位共事的朋友的意见。

一天没见牛娃的面,没有听到他粗壮的嗓门说出的粗鲁的笑话,马驹思念起朋友来了。平日里,两个年龄相当的伙伴在一起,说了队里的工作,就在一起浪谝。谝天南海北的奇闻传说,谝小河川道这村那村的怪事笑话;谝得最多的,自然是女人。两个在爱情生活上都有令人遗憾的遭遇的光棍,特别是牛娃,谝起女人来,一下子就忘记了饥饿和疲劳……

木栅门没有上锁,马驹走进被柴草和乱七八糟的杂物充塞着的院子,发现牛娃常住的屋子黑着。瞎眼大婶在屋里回话说,牛娃出门浪去了,至于浪到啥地方去了,她可说不清。马驹走出木栅门来,心里纳闷:这个家伙怎么不到他屋里去呢?怎么不来谝一谝夸庄的情况呢?

脚伤还是有点疼,在影影绰绰的街巷里看不清路面,低一脚高一脚地走着,马驹忍着疼,走进饲养棚里了。

一片和谐的嚼食草料的声音。七头秦川母牛,齐刷刷站在圈里,正在槽里吃草。公牛被单独分槽喂着,也在低头吞食着草料。看见从山里买回来的这一群宝贝种牛吃草正常,马驹烦忧了一天的心胸,顿然舒活了。

"半截人"来娃,蹲在槽头外的走道上,一手提着瓦刀,一手抓着砖头,正在那里砌一道垫脚的砖台,专心用意地干着,没有发现有人走进饲养棚来了。

"来娃哥,"马驹很恭敬地叫,"给你叫个帮手嘛!一个人要和泥,还要搬砖……"

"不用不用,我一个人闲了,弄一阵;忙了,先搁下。这不是啥紧活嘛!"来娃转过身,对马驹笑着,"我从砖场拾来一堆烂砖头,和点麦秸泥,抽空就垒了。人都忙,不要叫人了。"

马驹受了感动,想说几句夸奖他的工作态度的话,又觉得没有必要。残疾人来娃,得到了适宜他身体条件的工作,心劲很高。这个干不成其他农活的残疾人,把守在槽头,却可能比那些身体强健而心志不专的人要可靠实在得多。

"我准备把南头那一道槽修好,分开喂,牛吃草时不抢,卧下不挤。"来娃仰着头,兴致很高地给马驹说他的谋划,洋溢着对自己所担负的工作的热情。南头那一道槽,槽帮塌掉了。牲畜下户以前,饲养员用一块木板挡着添草,凑合了半年,居然没人动手修复一下。牲畜下户喂养以后,槽道闲置下来,更没有谁会想到要修补它了。来娃准备动手修复,而且说得很轻松:"那不费多少事,我抽空就拾掇好了。"

看着来娃心劲高涨的神气,马驹心里反倒有点不是滋味了。他大约从来不会想到自己要到外部世界去找一份更轻松的工作吧?他大约不曾考虑自己的前途问题吧?更不会考虑十年二十年以后自己还能不能喂牛的问题吧?有做豆腐手艺的人挑着担儿游村串乡去了,有资本的人买下拖拉机跑运输去了,能找下临时工的人进城去了,会算命捉鬼的人黑夜哄人骗钱去了。他没有这些挣钱的门路。他要养活哑巴老婆和儿子,他看中了给三队喂养种牛这个差事,按合同挣得一份相当可以的收入,这就是他的现实要求了。马驹满足了他的正当要求,他就欢欢喜喜地干起自己的工作了。如果来娃知道他要去寻一份公粮吃,会怎样想呢?

"牛娃把合同条例给你说了没?"马驹问。

"说了,"来娃靠在槽帮上,"昨黑就说了。"

"你有意见,尽管说。"马驹坐在炕边,笑着说,"合同要合理。不能亏你。"

"有一点点意见,问题不大。"来娃很豪爽地说,"咱这人,弄事不爱抠抠掐掐!"

马驹笑着说:"有啥难处你就说嘛!"

"想着也不会有啥大困难。只是一样……"来娃有点不好出口的样子,还是说出来了,"牛娃这人脾气太倔,我怕日后不好共事……"

马驹点点头。

"牛娃倒是个直性人,就是摸不来辰时卯时他就犯毛病了。"来娃说,"你看,今日后晌,他拉牛夸庄回来,把缰绳往地上一扔,连牛棚大门也不进,端直走了。我紧赶快撵。问他话,他只摇手不招理我。我也不知啥地方得罪他了。"

马驹不由一惊,牛娃怎么了呢?到现在不见人影,出了什么事吗?

"当农村干部,要能硬得来,也要软得下,要会笑也会哭,要能上也能下,才能干得久长。农村嘛,比不得机关工厂。"来娃在说着农村干部应该具备的条件,对牛娃不大满意地说,"牛娃这人呀,只硬不软,只会笑不会哭,只能上不能下,一遇麻烦就瞪眼,他干不长久……"

"牛娃现时在哪儿,你知道不?"马驹已经不在意牛娃的脾气符合不符合来娃的标准了,他想尽快找到牛娃。牛娃的行为里有没有与自己有关的因素呢?他担心了:"他啥时间回来的?"

"午饭后,人还没上后晌工的时候。"

"这样早就回来了?"马驹更加疑惑了,就告辞来娃说,"我得找他去。"

……

经过马驹再三追问,德宽才结结巴巴述说了牛娃夸庄路上遇见马驹父亲后所发生的事。他轻描淡写地说了说景藩老汉有失检点的使牛娃气恼的话,大大减低了牛娃发火闹脾气的严重程度,又隐瞒了牛娃流露出要去表哥家帮工的意图。尽管这样,马驹听罢还是生气了。

"怎么能这样对牛娃说话呢?俺爸……太过分了。"马驹确实生气了,"不怪牛娃闹脾气,不怪。这些话放到谁的耳朵里,也不好受。"

"我给牛娃解说过了。"德宽宽慰马驹说,"没事,景藩大叔一时说话不合适,没啥,咱们兄弟们在一起,不是一天两天了,谁计较谁……"

"我要给牛娃赔情。"马驹叹一口气,难受地说,"我爸为我的工作伤了牛娃,只有我去赔情。"

"算哩!"德宽劝说,"没啥……"

"牛娃到哪儿去咧?"马驹问。

"日落时,我看见牛娃……过河去了。"德宽故意用轻淡的口气说,"也许是给他老娘买药……"

"糟了!"马驹一拍大腿,打断德宽的话,"他肯定是找他表哥去了。开春时,他表哥买下一台大拖拉机,要他去装卸。他给我说,他不去挣那个钱,他要在冯家滩挣自己的钱……"

"不会……"德宽说。

"保险的。"马驹说,"他把牛缰绳扔给来娃,连牛棚也不进;今日一天不到我屋去,这还不明摆着吗?"

德宽看着隐瞒不住,就叹息着说出实情来。他说他不想在马驹走的时候,一下子弄乱套,使马驹不好离身,现在掩盖不住了。

"好德哥哩,我至今还拿不定去不去的主意,朝哪儿去嘛!"马驹苦笑着说。

"噢!这样。可我听景藩叔的口气,该是立马就要走了。"德宽说。

"我咋能随随便便就走了呢?"马驹说,"咱们给三队弄下这一摊子,我能说走就走吗?"

"这是实话。"德宽点点头,"我知道你丢心不下哩!"

"德宽哥,"马驹恳切地叫,"我为这事想了一天,还是拿不定主意,憋得脑子又闷又涨。你说,去好呢,还是不去好?你老哥处事稳当。"

"去了好。"德宽不假思索地回答。他料就马驹要跟他说及这件事,早已想好了自己的态度:"去了当然好嘛!"

"我思前想后……"马驹很为难地说。

"你的难处我知道。"德宽从嘴里拔出短杆烟袋,盯着马驹,恳切地说,"你考虑咱仨击过掌。可那阵儿,谁也没想到你日后有出去工作的机会。甭说你,农村青年,哪个不想出去在外头工作?只是没有机会,不待在农村不成咯!所以说,不会有人说闲话,我跟牛娃更不会。景藩大叔为你的前途大事着急,对牛娃有一半句不中听的话,牛娃那股气一放,过后屁事也没了。我见牛娃时,他也没说不同意你走的话……"

"牛娃能这样说吗?"马驹问。在他想来,牛娃一听到他要走的事,会跳起来骂他不守信用的。

"牛娃对你去工作没意见,只是景藩大叔的话说得太硬了。"德宽给马驹解释着,"再说,景藩大叔也可怜,当年为了冯家滩公众的事,把好差使耽搁了;不光他现时后悔,村里人也都说,'老汉把铁饭碗拿脚踢了,倒是给安国让了一份好菜……'你看看,机会难逢,错过去了,一辈子可能再遇不上了。兄弟,甭错打主意,你走。"

"这些,我也想过。农村青年想进城谋一份工作,这是不奇怪的,现时城市比农村好嘛!"马驹推心置腹地说,"可我心里总不安宁。刚才一进饲养场,看见来娃给他自己砌垫脚砖,又给我说他想法子喂好种牛的打算,我心里就不好受……"

德宽又点着了旱烟袋,深表同情地点点头。

"你看,牛娃过河找他表哥去了。"马驹说,"你老哥嘴里不说,心里咋想呢?我走了,牛娃撂套了,你……"

"你甭管我,我反正一时不会离开冯家滩。"德宽说,"牛娃走了,我临时在三队先撑住局面,你顺顺当当去工作。过后,我跟景藩叔商量……"

马驹看了一眼德宽,心里更难受了。这个老成的好人,还相信爸爸给他说的话,等待给他安排三队的工作哩;他哪里知道,爸爸也早已打定到奶牛场去的主意了。

月亮在南原的平顶上空运行,河川一片蛙声,两个朋友坐在砖场边的场塄上,想着自己的心事。

"唉!说心里话……"德宽动情地说,"我心里明白自个在那个秤星上吊着。我的思想不高,面情又太软,当你的帮手凑合,当正头儿主事不行。牛娃倔豆儿脾气,也难弄。我心里明白,你走了,俺俩都不好弄……这不是老哥当面给你说骚情话,是实情。按咱三队目下的局面,着实离不得你。你看,现时地虽说分了,一人分得不足一亩地,哪一家没有两三个劳力?三五亩地不够一个人干,劳力闲下做啥?有些眼隙稠的人能挣钱,好多人寻不下挣钱门道哩。咱办砖场,好多社员要把娃子塞进砖场里,就是给娃寻活儿干哩。咱办种牛场,好些人等着养牛犊哩。咱给社员找下活路了,社员高兴哩……我已经想过了,我能撑住的话,尽量撑住干;实在撑不住了……活人总不会叫尿憋死！我有我的特长哩。我到集镇上去摆个小摊儿,修自行车、钟表、半导体……你甭考虑我,现时政策宽了,活套多了。"

原来打的是散伙撤摊的主意啊！马驹的心猛然被什么东西紧紧地揪住了。牛娃已经一拍屁股,过河找表兄帮工去了,德宽也已谋划着下一步到河西镇上去摆一个修理小家什的摊儿,只有来娃还实心实地在给自己砌喂牛的垫脚砖。德宽叫他放心地去县上工作,不过是出于他的好心人的面情罢了。

他心里有点酸渍渍的味道,瞅着坐在身旁的德宽,胖胖的脸上现在有一丝淡淡的哀愁。生活中忍受过过多艰辛的人,这种哀愁就又显示着一种麻木和无所谓的神色了。他同情德宽这位忠厚的兄长……

德宽年轻的时候,可没有现在这样胖,四方脸上一对睫毛很长的大眼睛,是冯家滩最俊的一个小伙子。六十年代的中学毕业生,学习好,品行好,性格也温柔,结结实实迷住了邻村同学兰兰,死活都要跟德宽结婚。她的父母和哥哥劝不下,骂不回心,打也不顶用。兰兰和德宽领了结婚证,连任何仪式也没举办,就和德宽在一个屋里过日月了。她和德宽结婚十六七年了,没有回过娘家,娃娃们至今不认得姥姥和舅舅——德宽一直得不到岳父岳母的承认(老丈人执意要把女儿嫁给一位收入优厚的司机,根本不把穷得缺吃少穿的德宽放在眼角里)。

德宽拼命在队里劳动,凡是队里肯出大工分的苦活脏活,他抢着去干,千方百计想着把自家的日月过得好些,让兰兰和孩子生活得好些,不枉她跟自己生活一场,也在老丈人面前争一口气。可是结婚多年以来,这对儿以追求婚姻幸福的大胆行动震动过小河川道十里八村的夫妻,日子越过越紧巴了,反倒使岳丈岳母更有了嘲讽他们的口实。曾经被庄稼人称赞为"三姑娘"的兰兰,仍然像《武家坡》里的三姑娘一样,在寒窑里为日月发恓惶哩。

去年他们三人在三队接手的时候,德宽抱着改变自己婚姻问题上的屈辱境地的强烈心情,对他和牛娃说:"不怕你两兄弟笑话,哥实在是穷得心里疼呢!咱的娃娃看见人家娃娃穿凉鞋,朝咱要,三两块钱的事,咱给娃买不起,还打娃屁股……老人眼看古稀了,烟锅里装的啥呀?干棉花叶子!兰兰不顾死活进了我的门,想来真是对不住人家……"他很痛快地和牛娃击了掌,又和马驹拍了手,挑起了砖场的担子。他自走进南坡下的拟定的砖场,整个半年里的工作成绩,表明了这位老哥的用心……

　　现在,德宽劝他离开冯家滩,而且把他心里为难的事一件一件解释了,虽然是毫不做作的真情实话,却无法掩饰那种几乎是根深蒂固的穷的忧愁。他给自己谋划的,是到小镇的街道上,摆一个修理车子、钟表、锁子的小摊儿。

　　马驹默默地坐着,想着。天空深邃,星星稠密,不时地有一颗流星从天幕上划过,闪出一道亮光。他不但觉得骄傲,德宽和牛娃确实舍不得他走。他也觉得乡土难离,特别是自己洒下过热汗的乡土。这些人,德宽、牛娃、来娃,那些想把儿女插进砖场来找一份稳妥的活儿的父母,那些已经表示等待喂养一头纯种秦川牛犊而给家庭找到一条可靠的经济来源的庄稼人,对他抱着希望。他悄悄从冯家滩溜出去,会使他们怎样评价他这个共产党员呢?父亲因为"错走一步"而后悔不迭,殊不知社员早已对他那种"维持会长"式的工作失去了信任和希望。一个人,尤其是一个共产党员,能受到众人的信赖,是一种巨大的幸福。马驹觉得,去掉了这种信赖,是很可悲的。

　　德宽在默默地抽着旱烟。

　　马驹忽然站起,右手捶在左手掌里,愤恨地骂起自己来:"我冯马驹是啥东西?啥值钱的宝贝疙瘩吗?一不会造导弹,二不会给国家创造发明,是个普通庄稼汉嘛!这儿的事情离不开,你只想着往好的地方跑,你算什么东西!"

"马驹,你……"德宽惊恐地转过头来说,"你这话……我听村里人说,景藩叔当年在去不去当河东乡乡支书的时候,也是这样说的……"

"我不去了。"马驹坐下来,"就这样!"

"脑子甭发热,马驹。"德宽不安地站起来,立到马驹当面。他惊慌了,没料到自己实心实意的劝解,不仅没有让马驹拿定走的主意,反倒叫他不走了。了得!景藩大叔要是知道他说得马驹变了卦,不恨死他才怪呢!他连忙说:"生产队的事,一辈子也搞不完。你的前程事关重大,甭一时脑子热了……"

"你呢? 牛娃呢? 彩彩呢? 冯家滩百十名没考上大学回村来的男女学生呢?"马驹像是问德宽,又像问自己,"他们都能出去工作吗? 他们能在冯家滩活下去,我也能!"

"我跟牛娃,还有那一伙青年,都是没得办法嘛!不在冯家滩,上天呀?"德宽真正发急了,搓着手,"你有了机会你就走,为啥要挤在冯家滩受罪呢? 我要是有机缘,我也一拍屁股就走了……"

"好了,再不说这件事了。我为这事伤了一天脑筋,再甭叫我伤下去了。"马驹安定地说,"德宽哥,咱们明天该干啥,照样去干,全当没这回事情。"

德宽无奈了,再也找不出更能说服马驹的话来。他担心地问:"景藩叔能同意不?"

"那好说,"马驹不想再提到父亲,父亲这两天的言行使他想起来难堪,"我只要自己定下心来,其他事好对付。"

德宽仍然不放心:"你再想想,多想一两天,想得周全些,过后不吃'后悔药'。先甭急着定弦。"

夜已深沉。湿润的初夏夜晚的空气,有一丝凉意了。蛙声渐渐低下去,偶尔有一声无名水鸟单调而沉闷的叫声,夜愈显得沉寂了……

第十三章

当景藩父子正在为去县饮食公司的工作问题折腾得不可开交的时候，斜门里又插进一只脚来——冯家滩以说媒联婚为特长的刘红眼，领着已经几乎断绝关系的马驹的未婚妻薛淑贤和她的母亲，踏进冯景藩老支书家的小院来了。

天未明，马驹就爬起来了，准备动身上县城。他打定主意，当面向安国叔表示感谢，并向他说清自己现在不想离开冯家滩的意思，请求他谅解；顶关键的一条，就是要安国叔给父亲随便制造一个什么借口，证明情况变化了，原先的司机位置已经坐上人了。这是没有办法的，他现在既不能说服父亲，又不愿意眼看着公开闹出家庭矛盾，让人看笑话。当然，这样一来安国叔要负一点人格上的责任——这实在是不得已的办法呀！

主意既然定下来，马驹就急于把这件伤脑筋的事彻底排除出去，好一心专注地办他要办的事情——麦子眨眼就黄了，节令不容他再为这种事分心。

父亲和母亲从小院里把他送到门口，满心欢喜，满心疼爱地叮嘱他路上注意来往车辆，跟人说话要和气，应该在县百货公司买上点烟酒糕点等礼物带上，空手不进亲友门呀！

马驹对于父母啰啰唆唆的叮嘱，一律点头应诺，变得既听话又顺情。走到门外，父子三人却相继愣住了。

薛家寺薛老八的女子和老婆，在刘红眼的陪同下，结伴而行，姗姗走来了。

一家三口愣呆在门口，全瞪起眼睛，一时没有了主意。这几天，他们只是忙于办手续和善后工作，根本来不及商量如何处理和薛家的那宗婚事。这宗婚事伤透了一家人的心。

"哈呀,赶早不如赶巧!"刘红眼老远递过话来打招呼,"好呀,早赶上了,巧也赶上了。"

三位客人已经走到当面,薛淑贤母亲脸上露出巴结的笑颜,未婚妻藏在母亲背后,羞怯地低着头走路,介绍人刘红眼无休止地眨巴着没有睫毛的红边烂眼,嘻嘻笑着走来了。

马驹脑子里"嗡"的一声,木了。肯定是他要到县里工作的消息,吹到小河那边去了,翻了脸也绝了情的未婚妻,现在自己找上门来了。乡村里把这种婚姻行为,鄙称为"爬后墙",很不体面哩。马驹顿生厌恶,说:"爸,你跟俺妈陪客人坐,我走了!"

"你走。"景藩冷漠地瞅客人一眼,对马驹说。他过去总是催促儿子到薛家去说好话,使薛家母女放松苛刻的结婚条件。他甚至骂儿子性太傲,嘴也太硬,不愿意在薛家低头,从而导致了婚事的最终破裂。现在,儿子一当上司机,在乡村里就占有恋爱结婚问题上很优越的条件了。他报复似的瞪着眼,不露一丝笑容,毫不犹豫地催促儿子上路:"你快走。"

"哈呀!景藩老哥,这你就不对了——有理不打上门客嘛!"刘红眼一把抓住马驹的自行车,红眼睛不再眨巴了,"人家娘母女一早赶来,就是要跟马驹说说话儿。你把马驹支使走了,人家淑贤和谁谈话呀?和你能谈吗?哈……"

"马驹有紧要事哩!"景藩仍不松口。

薛淑贤羞红了脸,抬不起头,她母亲也是难堪的神色。"爬后墙",无论发生在男女任何一方,都很难摆脱尴尬被动的地位。

"皇上降下圣旨吗?紧火得连跟他媳妇、丈母娘说几句话的时间也没有吗?"刘红眼真是不负盛名,两边解释,四面周旋。他明白自己在此时此境里所扮演的特殊角色的重要性儿。那娘儿俩过去把话说得太绝,现在张不开口了,一切要求和希望都寄托在刘红眼这一张嘴的功夫上头了:"先把客人让进屋。有啥话到屋里说……"

两家人在刘红眼的拉扯下,先后走进门楼里去了。

"两亲家还是两亲家。"刘红眼眨着眼皮,"谁都不怨,全怪我把路没跑圆。今日坐在当面,把话说透,过去的事再不提起……"

"死心眼!我早跟她爸说,甭看马驹当时在农村,日后准保有出息。你不听我的话……"丈母娘当着马驹和父母的面,训诫女儿,以示忏悔和认错,"还不快给你爸你妈赔罪,站在那儿做啥?"

马驹心里一沉,看见他过去的未婚妻薛淑贤居然走前两步,白胖胖的脸上浮着羞愧之色,低眉耷眼,叫了一声"爸",又叫了一声"妈",结巴地说:"你二老……甭跟俺小辈人……计较!俺日后……实心服侍……你二老……"

景藩老汉脸上终于转换出和悦的颜色,无所措手地掏出烟包来。老伴已经慌忙站起,把低头拧着衣角的姑娘拉到凳子前坐下了。

马驹痛苦地闭了眼,再不想看这样的表演了。咦咦!

"这是……娃们的事。"景藩老汉不甘就此罢休,现在的局势是还有没有必要与为难过他们一家的亲家重新和好,他把矛盾推到儿子身上,由马驹做主吧:"大人,不兴包办。"

"那当然啰!今日就是要当面锣,对面鼓,两边敲响,过后没话。"刘红眼滑得像泥鳅,马上抓住话题做文章,"马驹,你跟淑贤到你的厦屋去说话。两人坐下一笑,啥气儿都没咧……"

马驹靠着门框站在门口,一下子被推到漩涡当中,慌了,脸憋得红红的,不知该怎样应付这种场面。刘红眼动口又动手,拉起马驹,推着搡着:"灵灵醒醒的娃嘛!尽发痴做啥!淑贤,你也来呀!"

两人被刘红眼拉扯进小厦屋了。

把仅有的一把木椅让给客人坐下,马驹坐在自己平时就寝的床边上,可谁也不好意思开口说话。

"你……原谅俺……"还是淑贤先开口了。

马驹侧过脸,看见了淑贤脸上羞愧和乞求混合着的难堪神色,这种神色使人很难受。现在,她的体态比以前更加丰满了;当了多年民办教师,穿戴也显著地区别于一般农村姑娘了;轻度的烫发,披在肩上,有一种城市姑娘的气质了;白净的脸膛上浮着淡淡的红晕,花眼皮依然妩媚。可是,却无论如何也唤不起马驹的热情来。

"你原谅俺的过错。"淑贤重复一遍说,"其实,不单是我,哪一个女娃不想嫁一个有工作的人。农村里,生活没保证……"

这样实实在在说话,马驹倒多少有点能体谅她了。乡村里,像德宽家的兰兰嫂子那样痴情的"三姑娘",小河川道几十个村庄,能遇见几个呢!这样想着,马驹便体谅地附和着说:"你说的倒也是实诚话,任何人嫁人,起码得看看他锅里有没有米下……"

"那你可……原谅俺了!"淑贤惊喜地说,活泼的气色开始显现在脸膛上,说话也顺畅了,"其实,你也跟俺一样,情愿到城里工作,不爱在农村受罪。将心比,同一理。"

"唔……"瞧着淑贤满脸得意的神色,马驹顿时警惕起来:自己既然已经决定不离开冯家滩,那么这场误会就更显得过分了。他想告诉她:你又上当了,走错门楼了!可眼下又不能说明内情,只好忍着性儿看这场闹剧继续往下演。其实也用不着多费口舌,只等他从安国叔那里走一趟回来……那时拿绳子也没法把她捆来了。这样,马驹只好应付说:"过两三天,咱们再定点儿吧。"

"你刚才不是原谅俺了吗?"淑贤敏感地说,"怎么一会儿又变卦?俺可是一言为定!"

"我怕你……过后又后悔……"马驹暗示说,心里嘲笑坐在两三尺远的薛淑贤,你爱的是军官冯马驹,吃商品粮的司机冯马驹,不是爱的冯家滩三队队长冯马驹呀!他希望这场误会造成的闹剧快点结束,薛淑贤却在缠着要他做出肯定的答复。马驹不禁想开开这位民办教员的玩笑了,就煞有介事地问:"能一言为定吗?"

"能。"淑贤用妩媚多情的眼睛瞟了他一眼,发出温柔欢悦的噗笑,"俺今日来就为……"

"日后再不后悔吗?"马驹继续开玩笑。

淑贤不说话了,用一串响亮甜蜜的笑声和多情的一瞥回答了他。

马驹急忙转过头,不忍心看那张已经完全活泼起来了的脸。

笑声从小厦屋敞开的门窗传出去,给里屋那几位紧张地等待着他俩谈判结局的人,带去多大的精神慰藉呀!

……

日暮黄昏中,把媒人刘红眼和薛家母女送出村庄,看着他们朝小河边走去,马驹和父母才返回家中。父亲站在小院里,大声哀叹,说刘红眼做事太不像话,事先连个招呼也不打,就把那母女引上门来,弄得一家人措手不及,简直是捉弄人哩。更使他着急的是,马驹去县饮食公司找安国交办上班的手续的时间,只好推迟到明天了。因为这桩曾经使一家三口伤透了脑筋的婚姻,花去了整整一天时间,太划不来了。尽管如此,父亲的心情还是畅快的,脸上是毫不掩饰的得意的神气,解气地说:"哈呀!这回是你薛家求拜到我的门下来咧!不是我求拜你哩!我本来想把她送出街门就行咧,可又一想,我把你母女送出村,让冯家滩人都看看,你薛家母女求拜到我冯景藩门下来咧……"

马驹没有吭声,父亲自鸣得意、报复似的奚落薛家母女的话,使马驹听来更加难受,发生在自己爱情生活上的丑恶现象,实在叫人心里感到不好受哇!须知这一切都是暂时的假象,一旦他明日从安国叔那里走一趟回来……他的口无法张开呀!

"只要她回心转意,也就算哩!"母亲说,"现时的年轻娃,都想嫁给城里工作的人……"

"现时先不管她。"父亲打断母亲的话,"现在顶要紧的是先把工作的事办妥。"

马驹点点头,赞同父亲的意见。他已经毫无兴趣再谈论这件实际上已经不存在的婚姻关系,就走出门来。

听说文生后晌从医院回家来了。他想去找他,冯大先生托他劝解文生哩。

第 十 四 章

柳条从头顶上垂吊下来,在河面上轻轻舞摆,顺河而下的微风,饱溶着田野里的麦子和河边的水草散发出来的混合气味,西斜的太阳把小河流水染成淡淡的红色。彩彩坐在堤坝下的一块河石上,赤裸的双脚伸进清凉的河水里,从洗衣板上搓挤下来的白色泡沫,打着旋儿随着流水消逝了。

彩彩抬起头,无意的一瞥中,看见了两个人正从大堤走到沙滩上,朝小河那边走去。她认出来,那是薛淑贤跟她的妈,到马驹家里来"爬后墙",现在要涉过小河,回薛家寺去了。

彩彩停住手,搁下正在搓洗的衣服,拢一拢扑落到眼眉上的头发,瞧着那一老一少在沙滩上缓慢移动的身影。她的好看的嘴角撇了撇,冷漠的眼光鄙夷地瞅着两位人格低下的人。她朝水里吐一口唾沫,表示她对她们的藐视。

彩彩坐在河石上,瞅着沙滩上那母女二人渐渐远去的背影,在心里嘲笑说,脸皮真厚呀!商品粮吃来就那么香吗?香得连脸皮都不顾了吗?你们母女今日踏进冯家滩村巷,知道不知道婆娘女子们在背后怎样议论呢?脸皮不觉得烧臊吗?呸呸!

彩彩完全有资格藐视那位民办教员。她自信,对亲爱的马驹哥,她没有一丝一毫的杂念。因为担心自己身上所背的黑锅影响马驹哥提升排长,她自觉地避开了;在马驹哥回乡当农民后,薛淑贤要和他退婚的时候,她准备和马驹哥重修旧好……她喜欢马驹哥的人品,而不管他是吃的商品粮还是农业粮。她问心无愧,不失人格,永远也不会做出薛淑贤那样势利眼的行为来。

至于薛家母女今日到马驹哥家里交涉的结果如何,彩彩已经没有丝毫的兴趣去关注了。昨天傍晚,她从马驹嘴里证实了他要去县饮食公司工作的消息以后,晚上整整难受了一夜。

天明后薛家母女的光临,反而使彩彩苦恼着的心事顿然变得简单了。听着婆娘女子们在街巷里嘲笑薛家母女的话,彩彩心里顿然踏实了——人不能失掉尊严啊!

前冯家滩大队长的女儿冯彩彩,端端正正地行走在冯家滩的村巷里,为乡亲们诊治疾病,解除痛苦。她可能终生里默默无闻,她可能收入低微,她注定一生都要吃农业粮,她可能还会遇到这样或那样不如意的事。可是,她绝对不会像薛淑贤那样为了追求一个吃商品粮的男人,而丢掉一个姑娘家的人格和自尊。

彩彩瞅着小河的对岸,薛家母女的身影已经消失在河岸边的杨柳林带里。她低下头来,继续搓洗衣服。河湾里是这样幽静,水边有几只细腿水鸟忽然飞起,忽然落下,追逐着,嬉戏着,发出清脆的叫声。

"彩彩——"

听见一声厚重热切的呼唤,彩彩直起腰,扭过头,看见身旁的石坝上,站着马驹哥,一脸怒气,正在直愣愣地瞅着她。她甩着手上的水珠,有点迷惑地问:"你有……啥事?"

马驹在石坝上坐下,掏出一支烟来点着了,喷出一口浓浓的蓝色烟雾,转过头,说:"你倒像是没事人一样……"

"我有啥事嘛!"彩彩淡淡地说,"我给社员吃药,打针;打针,吃药。还能有什么事呢!"

"我问你,"马驹问,"你给文生写过回信了?"

"写了。"彩彩平静地说。

"你为啥不给我招呼一声呢?"马驹生气地说。

"我自己的事,为啥要给你说呢?"彩彩说。

"我要是知道你在信里回绝了,我就根本不用再去找文生劝解。"马驹懊丧地说,"我蒙在鼓里瞎跑……"

"我没有请你去劝解他嘛!"彩彩并不领情,仍然沉静地说,"我早都给你说过……"

"嗨!彩彩——"马驹气愤地说,"你不知道内情哇……"

彩彩坐在水边,看着马驹眉头上挽起的疙瘩,猜不透他在生什么气,他又从哪里得知她给文生回信的事呢?就问:"你生啥气呀?"

"嗨!想不到!实在想不到……"马驹一抡胳膊,把烟头摔进河水里……

冯大先生家的宅院很深。太阳没有落下去,这个屋院里已经显得昏暗了。马驹脚伤未愈,脚步轻轻地走进街门,看见院中停放着一辆轻骑摩托车,料定文生确实回来了。他想招呼叫文生,却听见从里屋的窗户里传出压低的说话声。他并不想听人家墙根,正要回避,耳朵里却听到了大夫父子神秘的、令人震惊的谈话:

"你的主意要拿定,甭听旁人一劝,又三心二意。"冯大先生的声音,"谁说啥话也不听。"

"放心,爸。"文生的声音,"我给她写了信了,把话说明了。等于完咧!"

"她咋说哩?"冯大先生急切地问,"她能接受不能?"

"她已经给我回信了。"文生说,"她的信倒是写得干脆,看来问题不大……"

"这就好!好!"冯大先生释然的口气,"我还得考虑乡党的口舌……"

"我才不管谁说长道短哩!"文生很傲气地说,"我在冯家滩受了十九年罪,好容易跳出去了。我再也不想回冯家滩来了,管他乡党什么口舌……"

"我跟你妈还要在冯家滩养老归终。所以——"冯大先生得意地说,"我给马驹说过,叫他去劝你。我给乡党任何人说起这事,都说是'彩彩是好娃呀',乡党都说我和你妈喜欢彩彩……"

马驹的拳头攥起来,无法压抑胸中涌起的愤怒了。这个老家伙,伙同儿子谋算彩彩,而且设下圈套,虚情假意地央求马驹去劝解文生,以造成他坚决反对儿子背弃婚约的假象,减轻乡党们的舆论的压力,死要一张面子!自己听信了人家的话,郑重其事地来找文生,结果却钻进了狡猾的冯大先生张开的口袋。马驹想一脚踏进门去,当面揭穿大夫父子的嘴脸,想想又觉得没有必要,终于还是控制住自己,转身朝外头走去。

里屋的门咣当一响,奔出大夫父子。冯大先生用明显的虚假的热情遮掩着满腹狐疑,硬拉马驹进里屋去坐。文生也笑着劝,说他正准备去找马驹哩,好久没见面,想见老朋友了。

马驹站住脚,死死盯着冯大先生那张花白胡须的瘦脸,鼻翼翕动着,鼻腔里轻蔑地喷出一声"哼",甩掉大夫父子拉拉扯扯的手,转身走掉了……

马驹叙说了找冯大先生父子的经过,余怒未息,气恨地骂:"这个老家伙,鬼心眼真多!"

"你自找苦吃,怪谁呢?"彩彩却冷淡地说,反倒是幸灾乐祸的样子,"我本来就不让你去……"

"冯大先生找到我屋,让我去劝文生,说得跟真的一样,我怎能想到是圈套呢?"马驹窝气地说,"我也觉得,文生这事做得缺德。"

"我不明白,你一定要去劝说文生,究竟为啥呢?"彩彩盯着马驹,问,"我真有点不明白。"

"为了你好呀!"马驹说,"我觉得,你过去受了不少苦,刚刚砸掉了黑锅，又遇到这样沉重的打击，我怕你经受不了这种残酷的挫折……"

"你的心肠好呀！"彩彩挖苦地说，"我早给你说过，我不觉得是啥挫折嘛！"

"你真的不觉得难受吗？"马驹问。

"我可不会装。"彩彩说，"你以为，文生是吃商品粮的大夫，挣工资，经济宽裕，丢了这门亲事，我大概要难受死了。是不是？"

"那倒不是……"马驹语塞了。

"商品粮吃来就那么香吗？"彩彩讥诮地说，"你以为农村的女子都跟薛淑贤一样，只认商品粮不认人吗？我还没学得那么下贱！"

"你……"马驹顿时羞红了脸，气急地问，"可是你当初……为啥要跟文生订婚呢？"

彩彩张了张嘴，咬住了嘴唇。她想说，你去问景藩大叔吧，看他怎么告诉你。她想说，为了不影响你的远大前程……但她终于什么也没有说，胸脯猛烈地起伏着，憋得像要炸裂了。胸脯里的这一窝苦水，压了多少年，现在猛然给马驹一下撞击得翻腾起来了。她不会任性，在任何易动感情的关口，都会理智地控制自己的感情。

夕阳收尽最后的一抹余光，暮霭从杨柳林带的底部朝树梢上爬，水雾从河滩里朝麦田梢头弥漫。河湾里静极了。

马驹又点燃一支烟，看见彩彩微微偏转着头，不说话。他猜到了她肯定有什么难言的苦衷。既然彩彩和文生已经彻底破裂，他心中压抑已久的疑问就再也忍耐不住了。小伙子心情激动了，颤抖着声音说："我从部队回家来探亲，万万没想到，你和文生已经订婚了……"

彩彩紧紧地咬着嘴唇，眼泪溢出来了。她装作梳拢头发，悄悄抹掉了。现在不是她向他说清这一切的时候，不能说。马驹马上要到县饮食公司去工作了，薛家现在抓住他不放。她说了那一切，后果会是怎样的呢?她摇摇头,轻声说:"过去的事了,我不想再提起……"

"你应该告诉我……"马驹说。

"你今天为啥要问这些呢?"彩彩反问。

"今天……今天我遇到的丑事太多唎!"马驹想说而又难于说出心里要说的话,结结巴巴地说,"我气恨冯大先生,觉得你……太苦了……"

"我不苦,"彩彩摇头,沉静地说,"我爸爸得到平反,我也跟任何青年一样平等了,这就够了。我说过,我给乡亲们看病打针,不是个无用的人,这也就满足了。我能看出来,你是同情我,过去遭遇不好,又丢了文生这样的婚姻。你错了。我不想让别人总是用同情的眼光盯着我,用同情的眼光和我说话。我现在生活得很好,很自由,也很畅快。"

"你说得对,彩彩,我是同情你。"马驹真诚地说,"你还应该想到,不光是同情,还有……"

"还有什么,我也不管了。我只是讨厌同情。"彩彩知道马驹想说什么,把话岔开了,"你明天该去县上了?"

"我已经决定不去了。"

"为啥?"

"'商品粮吃来就那么香吗?'"马驹用彩彩刚才说过的话,讥诮地说,"我在这儿办砖场、牛场,'不是个无用的人',生活得很好,很自由,很畅快。我们应该有志气把农村搞好,为啥非要寻情钻眼去开汽车呢!"

"那……薛淑贤又要白跑一回了!"彩彩笑着说,"这一回白丢脸了……"

"再别提这个人了。"马驹烦恼地说,"丑死了!"

彩彩沉默了。

"我明天就去县上给人家回话,退了那个差事。"马驹直截了当地说罢,又把话引回到自己心里想说而至此仍然没有说破的话上来,"我想给你说一句……"

彩彩的脸扑地热了,似乎全身的血一下子都涌到脸上去了。她知道他要说什么。她没有精神准备。她今天到这儿来洗衣服,完全是想避开薛淑贤来到冯家滩所引起的纷纷议论,图一个安静的场合。既然马驹哥决定不去县上开汽车了,那么她将有充分的时日来处理和他的关系。她要在自己完全有把握的时机,说出自己压抑了多年的心里话。现在,太突然了! 她断然说:"在你取掉同情的思想以前,啥话也甭提。"

"我只想说一句话……"

"我要给病人打针了。"

彩彩收拾起洗净和还未洗净的衣服,提上笼,夹着洗衣板,走上石坝,回头瞧一眼马驹,便转身走了。

天已黑了,蓝天上出现了第一批星星,夜色笼罩了小河川道,杨柳林带的梢头还有一抹淡淡的亮色。彩彩已经隐没在麦田里的小道上了。马驹在石坝上一动不动地坐着。他猜不透彩彩几次回避他的问话的原因,却不颓丧。他和她的一场谈话,发现了她身上的许多没有发现过的东西,这是一个多么自尊的姑娘啊!"商品粮吃来就那么香吗?"能说出这样的话的姑娘,不是很多的哩! 相比之下,薛淑贤太低下了,文生太低下了。如果自己昨晚拿定了去开汽车的主意,那么也就不比他们高明。不管彩彩能不能接受他的爱情,他总算选择了一条能够面对彩彩的生活道路。明天给安国叔回一句话,这件事情也就过去了,和薛淑贤的令人烦腻的关系自然也就结束了,他将一心一意地办三队里该办的事……他脱下衣服,从石坝上跃身跳进水潭里去了,小河的水好清凉啊!

暮色苍茫中,牛娃涉过小河,在齐腰高的麦田当中的小路上走着。一天两块半,一月有七八十块现金收入,对于多年来常常是口袋里不名一文的冯牛娃来说,是个不小的数目了。他跟着表哥的拖拉机跑运输,常受到拉运货物的主顾的款待,酒呀肉呀,既不用开饭钱,也不必付粮票,嘴一抹就完了。活儿虽然又累又脏,可他有力气,不在乎。顶使他满意的是,完全不用操心费神,装砖就装砖,拉沙就拉沙,出过一阵力气,流过一身汗水之后,爬上车厢,在尘土飞扬的大路上飞驶。活路有表哥联系,车有表哥掏一百元月薪雇用的司机驾驶,笨人冯牛娃凭出笨力气吃一份不操心的饭,够满意的啰!

牛娃是个孝子。他吃着不掏腰包的酒肉饭食,总是想到瞎眼老娘碗里盛着缺油寡味的粗食淡饭,心里过意不去。现在,他手里提着一串用柳条串起来的油饼,走回冯家滩来了,焦黄酥软的油饼,孝敬给抚养他长大的老娘。

"牛娃哎——"

牛娃一抬头,砖场塄坎上,站着德宽和半截人来娃。他从漫坡上走上去,把油饼递上前,大方地礼让说:"德宽哥,吃油饼!"

"哈呀!牛娃挣下钱咧,买这多油饼。"德宽从牛娃手里接过柳条,取下一个油饼,也不客气,咬了一口,脸腮上鼓起一块疙瘩。他又取下一个,塞到来娃手里,"吃吧!咱们牛娃兄弟挣下钱了,不在乎俩油饼。"

来娃推让着,看着牛娃豪爽的眼神,才哈哈笑着填到嘴里去了。

"吃吧吃吧!"牛娃蹲在地上,爽快地说。

"伙计,你甩开手走了,黏在你手里的事情咋办哩?"德宽吃完一个油饼,满意地咂着舌头,抹一抹厚厚的嘴巴,用烟锅在羊皮烟包里挖着,笑眯眯地说,"你走得好洒脱呀……"

"经济手续,我没染一分一文。"牛娃说,"还有啥事情呢?没有了。"

"种牛场的合同,倒让来娃老哥催着咱们订哩!"德宽指着站在身旁的来娃,"这可是你负责的工作。"

"我今日找了你几回,婶子只说你不在家,也不说你弄啥去了。"来娃证实说,"你走也不给人打个招呼……"

"我不当队长,也就不负责啥工作了。"牛娃拖长声调,盯着来娃说,"我给你说过,任啥事甭寻我了。你该寻谁就去寻谁。你怎么不会听话呢?"

"牛绳是你交到我手里的,合同条例是你亲口给我说的,我不寻你寻谁?"来娃强硬地说,挥动着短小得令人好笑的胳膊。他四肢畸形发育,脑机能却完全正常,"要不,我把牛交给你,我不喂了。你们干部这样扯皮,我敢订合同吗?"

"你愿意订合同也好,不愿意订合同也好,随你的便。"牛娃仍然不动声色,拖长腔调,不冷不热地说,"跟我……没有关系啰!"

来娃气得瞪着眼,说不上话来。

德宽却微仰着头,悠悠然吐着烟雾,他知道马驹并不离开三队的实情,心里踏实。对于牛娃故意拖长的冷漠腔调,他不急也不气。在牛娃撂套走掉的这一两天时间里,自觉地弥补他留下的工作上的空隙和失误。他了解牛娃的脾性,知道该用什么办法来对付这个火暴的家伙。他笑着说:"你拉上咱的公牛,游村串寨去夸庄。好些人拉着发情的母牛,满冯家滩寻你牛娃哩。我和来娃好歹把人家劝回去了。开庄的准备工作还没弄妥,让人家再等两天。人家不知从谁嘴里听说你不当队长了,庄场也不办,气得愣骂愣骂——"

"骂我?"牛娃急问,"骂我啥话?"

"骂得好难听。'羞先人哩!把公牛拉上满世界夸庄,惹得别人把母牛拉来配种,自家又不开庄咧!冯家滩三队的干部,说话跟放屁一样。'你听听,骂谁呢?"德宽不紧不慢地说。

"哈呀!狗东西骂得真残火!"牛娃听罢,脸臊红了,"我好冤枉哇!"

"人家没骂你一个,骂的是'三队的干部'嘛!"德宽看着牛娃发火了,又劝慰牛娃说,"你挨两句骂怕啥?只要天天能挣两块半,给老娘天天孝顺一串油饼,骂两句风刮跑了……"

"骂吧骂吧!"牛娃叹口气,似乎一下子变得没气了,"他能骂多久呢?反正我不管了。"

"伙计,我给你说,开庄的准备工作全部弄妥了,围架装好了,人手也安排好了,后日一开庄,你等着看热闹吧!"德宽满怀自信的口气,激励牛娃说,"来娃的合同等你签字哩!"

"你签字去吧。"牛娃摇摇头,漠然地说,"好了,来娃老哥,德宽哥会签合同的。你快回吧!"牛娃想把来娃支使开,好让他和德宽单独说一点心事。

"只要是三队的干部,谁签字咱都没意见。"来娃说着转过身,走了。

牛娃瞧着远去的来娃,回过头来,压低声儿,不好意思地说:"德宽哥,我想托你办一件事……"

"只要哥能帮上忙,尽管说。"德宽满口应承。

"俺表嫂给我介绍下一个女人……"

"噢!"

"那女人是离下婚的。男人前年考上大学……"牛娃脸上热臊臊地,给德宽介绍情况,"那女人要寻个可靠农民,不管穷富,正合咱的境况。好在她没生娃,没得牵连……"

"好喀好喀!"德宽赞同说,"咱农民就要寻这号实心实意以土为生的女人。你加紧办。"

"我表嫂说,她负责做女方的工作,叫我再寻一个介绍人,向人家说明咱的境况。"牛娃说,"我想来想去,你老哥办事稳当,也知我的底细。"

"我可没有说过媒啊……"德宽有点为难,"这事你该找刘红眼,那是说媒联婚的专家……"

"我跟那货没言儿!"牛娃一口回绝,诚恳地央求说,"咱要寻可靠的人办事。"

"好!"德宽一拍手,爽朗地说,"我让你兰兰嫂子去给你办事,人家嘴巧,比我会说话……"

"也好。"牛娃笑了,"你给兰兰嫂子说说。"

"怪道……你今日给我吃油饼,原是有喜事……"德宽哈哈笑着站起,"不管咋样,这个媳妇哥让你嫂子全力以赴……"

牛娃羞怯地笑着站起来。粗鲁的小伙子,在渴盼的喜事临头的时候,反倒忸怩局促了,为难地说:"我没得依靠,俺妈眼窝不好,凡事都得自己张罗……"

"放心!你的事就是哥的事。"德宽畅快地说,"明天叫你嫂子就过河去。"

牛娃感激地点点头,羞怯而幸福地笑着。

第 十 五 章

北方五月的夜晚很短,天亮得早。马驹骑着自行车,跑过四十华里路程,踏进河口县城的时候,机关单位才刚刚上早班。

古老的河口县城,现在分成新城和老城两部分了。老城是旧县城的所在,狭窄的街道,低矮的栈铺,高低不平的青石板铺成的路面。新城是近两三年间兴建起来的新街,宽阔的柏油路面,设计新颖的一幢幢楼房。县人民政府已经搬迁到新城区来了。农贸市场沿袭历史习惯,设置在老城里,这里的市声早已喧闹熙攘起来。从山地赶来出卖山货的农民比河川里的农民穿戴更不讲究,头上缠着油渍渍的布帕,沾染着松脂和污垢的黑手,在草帽底下捏码号。穿着讲究的县城居民,一早赶来采买鲜菜鲜果和鲜蛋,到处是买主和卖主争议价格的声音。这儿也有穿着当代中国最时髦的服装的青年男女在人流中溜达。紧绷着屁股的牛仔裤和喇叭裤,与庄稼人的大裆裤混杂在一起;披肩的长发与庄稼人的光头同时并存。马驹推着自行车,在拥拥挤挤的街道上走着,好容易找到饮食公司的原址,人说公司搬到新城里去了。他急匆匆从人窝挤过去,找到新区大街上。这儿清静多了。在大街正中,竖起一座四层楼房,米黄色的墙壁,这是河口县城最显眼的一幢建筑物了,半空里挂着"河口饭店"四字横匾,大门口挂着"河口县饮食公司"的白底黑字的漆牌。安国叔在这儿肯定无疑了。

一楼是食堂营业厅,二楼是旅馆部,马驹走上三楼,在挂着"经理办公室"木牌的门口停住脚,叩响了木门板,心在胸脯里不安地腾跳起来。他是找安国叔说一句欺哄父亲的谎话,想来真有点别扭。

安国叔手里捏着一支黑色雪茄,指指对面的沙发,让他坐下,说:"你来得这早?"

马驹笑笑,坐下来,接过安国叔递来的殷红的茶水,怎么开口呀?

"我以为你昨天会来的。"安国叔说,"你把证明和介绍信都带来了没有?"

"昨天有点事……缠住了。"马驹不好意思说出薛淑贤来到他家的事,"本该昨日来……"他没有回答介绍信的事。

"这几天,好多人围着我嗡嗡。买了一辆汽车,人都瞅见了,都来给我举荐司机。嗨呀,一个桃儿,惹得一山的猴儿都急咧!"安国叔以一种莫可奈何的口吻说,"你一来,往驾驶楼里一坐,省得我给那些人白费唇舌。"

安国叔用他开车是十分真诚的,马驹愈觉不好开口了。这当儿,门被推开,走进一位戴着黄腿近视眼镜的中年人,打量了一会儿马驹,似乎有话不好直说,隐隐晦晦地说:"冯经理,木材公司耍麻缠了。业务科长的小舅子从部队刚回来,是个司机。咱要是不答应,原先给咱的那几方松原木,就没门儿咧……"

"先不管他,"安国叔手一挥,"离了他娃子,我照样睡松板棺材。不要了,他的松原木不要了!"

马驹不安地坐在沙发上,看着安国叔生气,看着那位戴眼镜的干部走出门去,心里感到窘迫和压抑。

"看看,又是一位竞争者。"安国叔毫不掩饰地说,"木材公司答应给我五方松原木,我们这儿有几个同志想给老人做棺材,我也想弄两副,我和你婶都老了。这个业务科长想叫他小舅子来开车,卡我的脖子……"

马驹其实早已揣摩出这种关系,安国叔一说便朗然明白了。

"安国叔,那就让木材公司那个业务科长的小舅子来开车吧。"马驹借机撒手,"免得起摩擦。"

"你不管。你只管开你的车。"安国叔又一挥手,"业务科长那娃子算哪一路的'报马'?撇开他,我照样弄来松原木,还要从木材公司买。他能卡住我,算日了鬼咧!"

"安国叔,我今日来……"马驹为难地说,"就是想给你说回话……我不能来开车了。"

"你说啥?"安国叔停住踱着的脚步,一愣,瞪着眼。他显然完全没有料到会有这样的答复。

"我手里拴着队里好多事,甩不开。"马驹诚恳地解释说,"你的好心好意,我知道。"

"唔!"安国叔恍然大悟,显出一缕不屑的微笑,"那你何必跑来呢?打个电话告诉我一声,省得……"

"我得当面把话说透。"马驹难为情地说,"俺爸日后要是问起这事,你甭说我不愿意的话……"

"噢!明白明白。"安国叔眼睛闪眨两下,头一仰,哈哈笑了,"我明白了,你爸要你出来工作,你想在咱冯家滩治穷致富,两人有矛盾哩!"

"我怕因为这件小事,俺爸跟我闹仗,惹人笑话。"马驹委婉地说,"俺爸最近心情不好……"

"你……这个娃哎!"安国叔坐在罗圈藤椅上,徐徐喷出一口烟,数落说,"你二十五六的人了,在外当兵也该经见了不少世面,全不看世事发展到啥地步了,难怪你爸心情不好。"

马驹本来就没有指望得到安国叔的支持。他并不动心,却也不想辩解。"世事发展到啥地步了",这是不难回答的问题。安国叔的原意不过是说人都变得更注重实际利益了,自私了,有哪个傻瓜会去完全彻底为人民服务哩。他通过合法不合法的手段,给儿女们一人谋得一份城镇户口和城镇工作,基本上完成了家庭的"工业化改造",甚至已经准备给自己和老伴一人做一副松板棺材,大约都是对于发展到今天的世事的考虑吧！如果河口县里的共产党员都这样考虑问题,那会怎样呢？世事本来就是被这些牟取私利的人给搅浑沌了呀!

"我跟你爸是老交情,不忍心看他而今穷酸的情况,才给你找下这个出路。"安国叔动情地说,完全是恨铁不成钢的口气,"瞧这儿——"他顺手拉开抽屉,取出一个小本子,翻开,指着说,"想爬进这个驾驶楼的,不下二十个人了,全是县上干部的子女和亲属。人家都不懂得让他的娃娃在农村干革命吗？嚛呀！你……"

"农村青年,好多人都想进城谋一碗饭吃,我知道,因为城市比农村富裕,也比农村文明。"马驹点点头,诚实地表示承认这种现实。他又认真诚恳地说:"可我又想,都是人,都在党的领导下,我不信农村就永远贫穷、落后下去……"安国"哼"了一声,一副不屑置评的样子。马驹便又执拗地苦笑一下,似乎是自我嘲讽地接着说:"也许是我不符合潮流吧……嘿呀!"

"你不来没关系,"安国叔说,"我总算给老朋友尽了一份心。"

马驹再无话可说,就站起来告别。安国叔也不强留,送他出门。走到楼梯口,马驹又叮嘱说:"安国叔,俺爸日后问起这事,请你随便说个缘由,推诿一下就过去了……"

"放心放心!"安国叔说,"这费啥事嘛!"

马驹从饭店出来,推起自行车,从新城宽阔的街道上骑过去,又转上河川的柏油公路了。想想自己为这种毫无意义的事情耗费精力和时间,不禁懊恼地摇摇头。但脚下却不觉加了劲——还要快点回去,再去哄弄父亲哩。哎嗨,有什么更高明的办法呢?

景藩老汉撅着屁股,裤腿挽到膝盖上,戴着草帽,在自家的责任田插秧。头顶的大太阳直照在身上,老汉汗水淋漓,汗渍浸得眼角麻辣辣地疼。他在身后,留下横竖成行的嫩绿新秧,赤裸的稻田顿然变得生机盎然了。

老汉没有帮手。儿子到县上去了,老伴下不了水田,他独自一人耙地,插秧。全家只分得一亩稻田,插秧能用几天呢?马驹一到县饮食公司上班,他也要到公社奶牛场去了,走前必须把稻秧插完。老汉心劲很足。

然而毕竟老了,心强而力不支了。他只好不时直起腰,使弯曲酸疼的脊背舒展一会儿。看看太阳已经端南,老汉插完手里最后一撮秧苗,在水渠里涮洗了腿上的泥巴,从稻田塄坎上走过去,便踏上白杨夹道的机耕大路。

老汉拖着困倦的双腿,走进家门。树荫下,老伴正在铺开的苇席上缝被子,那是给儿子准备上班的铺盖。他一眼瞅见老伴脸上忧郁的神色,心里纳闷:老婆子又怎么了?是怕他和儿子离家以后太孤单吧!唉,妇道人家就是这样。

"马驹回来了。"老伴没有抬头。

"这样快?"景藩老汉问。

"事情毕咧!"老伴丧气地说。

"说啥?"景藩老汉大吃一惊,"人呢?"

"还车子去了……"老伴难受得抬不起头。

马驹走进门楼来了。

景藩老汉瞅着儿子的脸,忙问:"咋闹的?"

"名额让旁人抢占咧……"马驹站在大门里说。

景藩老汉大为吃惊,喜悦的心情,承受不住突如其来的变故,满是灰白胡楂的嘴张得老大,合不拢了,汗水从爬满皱纹的脸颊上流下来。他不能相信这个意料不到的变化,疑虑重重地盯着儿子的脸,听着儿子的回答,生气地问:"他安国给咱说得好好的嘛,怎能给旁人抢占了去?"

"安国叔说,他的饮食公司添了一辆车,惹得一山的猴儿都急了。寻他的人不下二三十个,全是县上的领导和熟人……安国叔倒是真心实意给咱办事,可是没办法啊!"

景藩老汉听完儿子的叙说,大声哀叹着,怏怏地坐到石墩上,丧气地低下头去。他信了马驹的话,几天来处于喜悦状态的脑神经,一下子委顿了,由此而产生的晦气和烦恼充塞了胸膛。老汉颤抖着筋条裸露的手臂,重重地在大腿上拍了一巴掌,痛苦地摇摇头,抱怨说:"安国老弟呀!你尽给我弄这号空欢喜的事!"他一侧头,看见老伴低着头,手里的针线停下了,眼角潮湿了。他不忍心看老伴丧气的脸色,把烟袋噙到嘴里,却什么滋味也尝不出来了。他仍然不甘心地问:"那现在定下谁了?"

"说是县木材公司业务科长的小舅子。"马驹说。既然无奈要撒谎,就得撒到底。说是业务科长的小舅子,也不会冤枉他们,安国叔就是想给自己搞计划外的木材指标嘛!他说:"安国叔在木材公司要买松木板作棺材,你想想……"

"唉!没老百姓的活路了!"景藩老汉愤怒地一拍大腿,猛然站起,悲哀愤恨地叹息着。自己的后门被堵住了,他恨那些比他有势力的人,"世事全叫这些人弄瞎了……唉!"

"唉……"老伴也难受地吁叹着。

失望和晦气笼罩了小小的农家院。马驹不忍心看父亲和母亲被痛苦折磨得扭歪了的脸,心里一动,可怜起两位老人来了。他想安慰老人几句,可又找不到合适的话,只好默默地走出大门。

太阳高悬在头顶,村巷里流动着燥热的气浪。村子东头,三队饲养场外头,大叶杨树和楸树浓密的枝叶在地上投下了一片清幽幽的荫凉。马驹走过来,看见冯来娃脱光了上衣,只穿一条蓝色短裤,双手抱着一把长柄竹条扫帚,马戏丑角似的围着高大壮健的秦川牛打转转,扫刷着种牛卧圈时粘在皮毛上的粪巴和土屑,牲口紫红色的短毛干干净净,油光闪亮。来娃没有发现马驹正站在身后,仍然自顾自地忙着,不时地停下扫帚,从屁股后面的裤腰里拔出蝇拍,毫不留情地拍打落到种牛后腿之间的虻蝇,硕大的脑袋上汗水渍渍。

"来娃哥,"马驹满意地笑着说,"牛这两天没啥麻达?"

"噢!马驹。"来娃转过身,仰起头,自豪地抹着脸上的汗水,"你看嘛!你看跟你买回来的时光,一样不一样?"

"我怕牛倒水土哩。"马驹满意地笑着。

"我头天晚上弄了一锨黄土,在锅里炒焦,再熬成汤水,给牛饮了。"来娃动情地说,"这样一饮,牛就服咱山外的水土了。"

来娃的办法究竟有几分科学性,马驹没有去考究它,而半截人对待牲畜的细心,着实使马驹感动了。他钦佩地盯着这位残疾人,心里十分舒畅,父母亲痛苦的脸色给他心里投射的阴影,被来娃的忠诚行动冲淡了不少。

"明日开庄呀!"来娃快活地向他报告,"附近村庄不断有人来询问,咱给人家安排了日期,明天开始配种。你看,框架早已安好了。"

马驹摇一摇框架的木桩,稳扎结实,公牛拴在木桩上,雄狮一般昂首挺胸,不安地踏着蹄子,全不像那几头母牛那样安闲地站着。好哇,明天这儿就热闹起来了。马驹给这个配种站安排了两个高中毕业生。往后,得逐步采用人工配种,提高母牛的受孕率。种牛有了,下一步再养种马和种驴,办起一个像样的牲畜配种站来。现在看,种牛场是谋算到急需的空当上了,方圆三十里,没有一家开庄的种牛。

他问:"那俩呢?"

"一个到镇上买些用具去了,一个骑车子到各村贴广告去了。"来娃说,"俩娃积极得很。我原先想,这两个学生娃,会喜悦弄这号腌臜事吗?没料想,两个货热心得很。"

"现在的年轻人,思想开通。"马驹笑说,"老人还觉得干这号事丢脸哩!"

马驹说着,走进饲养棚里。院里屋里,清扫得干干净净。槽道里不留一撮草把。圈里垫着一层干黄土,几乎嗅不见粪尿的臭气。槽道外头的垫脚砖已经垒好了。马驹由衷地赞扬说:"来娃哥,你弄得不错。"

"嘿嘿嘿!"来娃憨笑着说,"马驹,我在生产队里二十多年,没听见一个字的表扬话,你今日表扬我了,稀罕哪!"

马驹笑了,这大约是实情。

"马驹——"来娃庄重地问,"我听说……你要走咧?"

"不走,"马驹说,"走的话,还能不给你老哥招呼一声吗?"

"我也这样想。"来娃点点头,"旁人说得跟真的一样。我还是喂我的牛,心想,即便你走,也得把我喂牛的事安顿稳当……"

"好好喂牛吧,来娃哥。"马驹真诚地说,"咱弟兄们的希望,在这些宝贝身上哩!"

"对!"来娃大声说,"现时政策宽咧,庄稼人活套了。地里打得够吃,副业挣得有钱花,窝窝逸逸过日月,比城里差多少呢?"

马驹点点头,这个人说着他心里的愿望。有吃有穿有钱花,这本不算太高的生活要求,几十年里没有得到,领导他们的父亲却早已顾不上考虑这些,而只是急于把儿子塞到城镇里去。马驹瞧着来娃诚实的眼睛,心情颇为激动地说:"来娃哥,青年人往城里跑,是由于农村太穷太落后。比方说,咱们村里要是修成水泥街道,戏楼前修起俱乐部,大队办起文化室,有书有戏有电影,家家屋里蹲一台电视机,你看如何呢?"

"啊呀呀!"来娃吐吐舌头,"我没敢想到这样阔气。我只说不愁吃不愁穿,我冯来娃就跟人一样啰!"

"为啥不敢想呢?"马驹说,"渭北原上的南村大队,已经做到了。那村在外干合同工的青年,自动回到队里去了,咱们为啥不行呢?"

来娃半信半疑:"怕不容易……"

"难是难,"马驹肯定说,"世上没有容易的事。我反正豁上了,你陪我干吧!"

"啊呀呀!我……"来娃受宠若惊,"你相信老哥,把牛交给我,放心好了。俺哑巴老婆灵得很,看我当了饲养员,给我的伙食也改善咧!给我吃白面,她吃黑面……"

生活呈现出纷繁复杂的色彩。父亲一生几经挫折之后已经疲惫不堪了;彩彩经历了过多的不幸反而更加坚强了;安国叔一生顺畅,现在正谋划他和老伴百年之后能睡一副松木棺材;来娃老哥想着够吃够穿有钱花的日月……他们都给年轻的冯马驹以有意无意的影响,马驹终于做出了也完成了自己的抉择,此刻里,心情轻松了。

第十六章

这是初夏一个平平常常的日子。太阳从秦岭东山群峰的巅顶冒出来,向西南方运行,空气燥热。这一天,冯家滩的平静的生活失去了正常的节奏,变得有点纷乱了。

从天明开始,两辆延河牌载重汽车驶进冯家滩,到三队砖场来拉砖。满载新砖飞驰的汽车把街巷里的尘土、鸡毛和草屑扇起来;卸了货,又哐啷哐啷响着开回村里来。

配种站也在今天开庄。一大早,从外村来的陌生庄稼人,拉着自己的母牛趁着天凉赶来了,好多庄稼人围在三队饲养场门前看热闹。女人们是避讳这样不太文雅的场合的,全是男人们打诨调笑的声音。

马驹心里被一种激情鼓舞着。一位采购员告诉他,想不到三队第一窑新砖质量竟然这样好,他们宁愿多绕几里路,专门买三队的货。马驹心里难以抑制地喜悦:第一窑砖,十二万块,价值四千多元,今天进入三队空空的账本了。

"德宽哥,看清了吗?质量!质量是关键。"马驹大声说,"你算算,小河两岸这几年办起了多少砖场?好货不愁卖,全凭质量争前景哩!"

"我心里明得跟镜儿一样。"一向言语谨慎的冯德宽,口气也硬朗了,"制砖、晾坯、装窑和出窑,都得把关,砖才四楞饱满。这有我负责。火工有郭师傅,那河南老哥可靠。"

"把这笔钱,还是要抠紧,不敢乱花。"马驹和德宽用商议的口气说,"医疗站上的开支怎么办呢?彩彩说她手里没钱了,夏收快到了……"早晨,他在街巷里碰见彩彩,想到前日在河湾里她拒绝回答他的话,就有点不好意思。彩彩却老远就叫"马驹哥",声音特别亮。待他走到跟前,看见彩彩满脸喜悦地盯着他,说是医疗站上的资金所剩无几了,她问过大队长,大队长说土地下户了,医疗站该当解散了。她说:"解散当然太容易了,问题是社员从外头医院看病回来,还寻我打针;谁有点小伤小病,犯不着跑远路去医院,也照样寻我来,怎么办呢?"她说着,盯着马驹,问他怎么办。他笑着说散是不好的,让他和德宽商量一下。

"问题牵扯一队和二队,他们不给钱,咱们三队一家给钱,负担不起呀!"德宽说,"这事本该大队长出面。召集三个队的干部商量一下,不难解决。"可大队长根本不理事了,他跟康家村康老三合买了一辆汽车,正在西安和西宁之间搞长途贩运哩,哪有心思去解决什么医疗站的资金问题呢! 德宽为难地说,"咱们队单独给医疗站出钱,其他队社员看病咋办呢?"

"收款。"马驹说,"三队社员的这点福利,我们保持住。其他队的社员嘛,我们队里负担不起,没有办法。"

"只有这样了,"德宽说,"那两个队账上空着,没有钱,拿不出医疗费。"

"你给会计说一声,先给彩彩支出一百元。"马驹说,"夏收到了,没有常用药品不行。"

"只要咱的砖场多烧一窑砖……"德宽说,"一二百元有多难嘛!"

"实话。"马驹赞同说,"咱们这两项副业,现在看来都不错。这样干上两三年,你看吧,咱们何止是为社员解决一二百元药费的问题……"

"马驹,我想赶到夏收前,把这一窑货也烧出来,再装上第三窑。咱们割麦,让郭师傅烧火。生意红火了,就要趁热打铁。"德宽心劲也很高,"你想想,一窑货就烧得十二万,四千多块,买多少麦子呢?"

马驹会意地笑笑,算是回答。在这样令人扬眉吐气的时刻,他想到另一位和他共事的人来。遗憾的是,他昨晚去找牛娃,没有谈得拢。牛娃跟他表哥的拖拉机跑短途运输,每天两块半,对三队的砖场和牛场不感兴趣了。

"牛娃前日见我,让我给他做媒哩!"德宽告诉马驹,"昨晚我过河去了,那女人对牛娃挺满意,只是弹嫌牛娃脾气太倔……"

"有这事?"马驹惊喜地问,"怪道昨晚我去找牛娃,大婶说,'你甭拉扯牛娃了,俺牛娃急等用钱哩。三队收入再好,俺等不得……'老婶子没有说明,牛娃也没给我说。"

"我给那人解释说,牛娃要是有了媳妇,性子就绵软了。"德宽很得意自己的本领,"那女人后来就……差不多了。"

"要是有必要的话,咱俩今晚一块过河,非说服这个女人不可。"马驹热心地说,"可别给咱牛娃错过了。"

"那当然好。"德宽说,"咱俩去说,准保成功……"

两辆卡车卷着滚滚黄尘,又开到砖场门前来了。德宽笑着去招呼他们拉砖,马驹又转到饲养场门前了。来娃蹦跶着一双短小的腿脚,急得满头大汗,兴奋地告诉马驹,说是有好些邻村的庄稼人又来询问配种的情况,有的农户,其实牲畜还没发情哩,就先来挂号排队了。

马驹愉快地听着来娃哥的话,帮他干着活计,看看那两个高中生把一头母牛领进框架里去,心里舒畅极了。三四天来,去不去县饮食公司当司机的思想波动,已经过去了。鼓舞人心的胜利,令他情绪高涨,胸襟舒畅。冯家滩三队已经转换过来的生气,实在令人走路带劲,吃饭有味哩!

"听说你打算买种驴,有没有这事?"一位老汉问,"啥时间买呢?"

"种驴……正在交涉。"马驹给老汉耐心解释,"咱看了几头,没看中。正在跟畜牧学校联系,要买一头纯种关中驴。"

"有种驴就好咧,"老汉说,"马用驴配,生骡子。种驴骨架好,生下骡驹才出色……"

马驹和陌生的外村来的老汉说着,来娃又跑过来,指指村子中间,示意有人叫他呢。马驹一看,母亲远远站在村巷里,向他招手,急急火火的样子,又有什么事呢?

父亲的脸色多难看呀！马驹一走进小院,简直吓了一跳。父亲坐在槐树下的石墩上,用草帽扇着凉,灰白的连鬓络腮胡楂儿显得芜杂了,汗水从脸上流淌下来,粗大的鼻翼在翕动着,似乎浑身都在哆嗦。怎么回事呢？

"你说,到底是你不愿意干,还是人家安国……"

景藩老汉看见儿子进门,早已忍耐不住,"你反倒说安国把名额给旁人了……你居然蒙哄我！"

没有任何回旋的余地了,马驹苦笑一下,坐在一边。本来是怕惹父亲生气,现在看来是难以避免这场冲突了。马驹只好诚实地坦白说:"你甭气,也甭急,有话缓缓地说。我怕惹你生气,就那样给安国叔说……"

"你——嘿！"

景藩老汉气得嘴唇哆嗦,手脚颤抖,一时间话也说不顺畅了。

昨日马驹回来告诉他名额让旁人占去的话,他初听时信下了。比他有势力的人顶掉儿子的司机位置,是可能的。奇怪的是,儿子失掉这样的工作机会并不难受,反而更有劲头地在砖场和饲养场跑腾,这就令人生疑。一早起来,景藩老汉在村口爬上装满砖头的卡车,进了县城。老汉一见安国,听得安国说明原委,一下子气得煞白了脸……他一口水顾不得喝,一口饭吞咽不下,走出县城,又等见那辆到冯家滩拉砖的汽车,气鼓鼓地回到村里来了。

"你说——"景藩老汉紧盯着儿子问,"你愿意不愿意？"

"我不想去。"既然回避不开,马驹就实说了。

"你不想去！哼！"景藩老汉呼的一声站起,大声吼喊说,"你想做啥？你死守在冯家滩,想干啥呀？啊——"

"你甭喊叫,爸。"马驹劝父亲。父亲毕竟是党支部书记,不同于一般庄稼人。父子间的矛盾已经扯开,不如把话说明白,也许更好。他冷静地说:"有话你慢慢说。事情弄得惹你生气,也怪我没有细细给你说清白。我想跟你说说心里话,你听了,哪些不对,你指教我……"

"你眼睛睁得大大的……硬往泥滩里跳嘛!"景藩老汉气得声音变了调儿,恨铁不成钢地说,"我翻前倒后地给你说了多少道理,你不听……你将来后悔了,跟不上了!"

"我不后悔,也不抱怨你。"马驹说。

"我拿我一辈子的教训给你说,还拿志强的下场作比方,还……还说过何家营支书何永槐的意见。"景藩老汉稍微平静下来,委婉地劝儿子,"这些人在农村干了一辈子,哪个没本事?哪个不使劲?你不听人劝,还要……"

"爸,你和志强叔,受早先那错误政策的苦害,公事没办成,自个也受苦了。永槐叔可能一时还不理解党现时的农业经济政策,他慢慢总会理解的。"马驹不急不躁,想说服父亲,"我的看法,现时党的农业经济政策,得人心;要想在农村成点事,现在正是时候。"

"地分了,牛也分了,各家打各家的算盘,各人寻各人挣钱的门路,人家谁要你管呢?"父亲说,"你眼睛瞎了吗?难道看不见?"

"地是我分的,牛也是我分的,我怎么看不见!"马驹说出自己的看法,"新的问题出来了。咱们村里,一个人水、旱地分不到一亩,一年只忙秋夏两月,庄稼人闲下做啥呀?咱村年年回来一二十个高初中毕业生,做啥呀?有手艺的人凭手艺挣钱,多数庄稼人寻不着挣钱的门路哩!叫我看,大队和小队干部,要帮助社员找活儿干,提供挣钱的门路。劳力不能闲下呀!"

"你看看而今的社会,谁不是为自个谋算?"父亲粗暴地打断马驹的话,"你小子倒想得好。"

"牟私利的人是有的,可能为数不少。"马驹承认父亲说的社会现象,"可是只牟私利不管群众,总不是共产党员应该做的嘛!你托安国叔找门路,也是……"

"也是谋私利!"景藩老汉抢先说出儿子要说的话,满口应承,像是报复似的说,"我过去只为众人谋利益,结果呢?挨整挨斗,没完没了地'斗私批修'。我现在才知道该给自己谋点……"

马驹看着父亲灰白的须发,深深的横着和竖着的皱纹,心里叹惋,虽然年近六旬,父亲还是苍老得太甚了。批判,斗争,没完没了的"斗私批修",不仅没有使父亲这样一个共产党员保持住革命的热情,反而从一个群众拥戴的基层干部变得私心重重了。他怎么说服父亲呢?他心里很不平静。大道理父亲可能比他听得多几倍,还容得他给他讲吗?马驹想到来娃,终于很动情地说:"爸,那天晚上,来娃在饲养棚里给我说,'土地和耕畜虽然分户经营了,共产党在冯家滩的支部没有散伙嘛!'他还心地踏实地相信,党支部帮他治穷致富哩……"

"哼!"景藩老汉讥诮地发出一声鼻响,说,"政策一天三变,我连我也致不了富,我能帮他致富吗?"

"爸,你怎么老是怕变呢?过去那些死套套不变,农村有前途吗?那些极'左'的东西整了你,斗了你,不变行吗?你倒反而怕变!怪事!"马驹也有点急,"我想,往后政策就是有变,也是往更完善的地步变哩嘛……不管怎么变,爸,我觉得有一条没有变:共产党为人民这一条没变……"

"哈呀!你娃子倒给我上'政治'了!一边歇去吧!我的党龄比你娃的年龄还长一节子哩!"景藩老汉声音又高了,粗了,"我不跟你说这些话。你现在只说一句:去不去?"

马驹闭了口,气咻咻地扭过头去。父亲是党支书,现在竟然像一般落后老汉一样使出混闹的架势,他该怎么说呢?反正已经给安国叔回过话了,那个名额还没被旁人占去吗?父亲问他去不去,是什么意思呢?

母亲一直注视着父子俩的谈话,没有开口。关于政策变不变,关于共产党员应该为谁谋利益的争论,她插不上嘴。现在到了她该说话的极好时机了,一开口也是恨铁不成钢的急切的口气:"你爸给人家安国好说歹说,赔了好话;人家安国还算瞅了你爸的老脸,现时还跟得上。"

"你娃子过后想想,我为你好还是为你瞎?"景藩老汉委屈地说,几乎要流泪了,"我六十岁的人了,为你东奔西跑,拜了这个求那个……"

马驹痛苦地低下头,说不出话来。

"再甭傻想咧!"母亲走到他身边,拍着儿子的肩膀,"你看看,谁能把冯家滩治好?神仙也不成。"

"去。后响把车子骑上,行李带上,到你安国叔那儿去上班。"父亲压抑着愤恨,勉强使出和悦的口气说,"人家车上等着用人哩!"

"爸!"马驹动情地叫,"你让我跟三队的穷兄弟们试着干一场吧!干成了,算是实现了你跟志强叔过去的愿望;干不好,我不后悔,更不能抱怨你。我看而今的农村政策,很好,正是成事的……"

"你说干脆点——"父亲似乎已经忍无可忍,打断他的话,"去不去?"

"爸!甭这么逼我……"

"滚!"父亲手一挥,细瓷茶壶从石桌上被摔到槐树根上,粉碎了,"你给我滚!"

马驹一惊,看着父亲暴怒的脸膛,不知该怎么办了。父亲自小疼爱他,他是一家人里的"老小",比哥哥和姐姐更多地受到父母的宠爱。他从来没见过父亲这样斥骂他。他呆立着,忍受着,等待父亲的盛怒快点过去。

"你也太得死犟!"母亲狠狠挖了儿子一眼,走开了,"不听人劝……"

"立马滚远!"父亲更加怒不可遏,指着街门,"我没你这儿,你没我这个老子。把你的铺盖背上,滚!"

母亲大约觉得父亲的话说得太绝,拉扯着扑到马驹跟前的老汉。父亲却更加暴怒,摔开母亲,转身奔进儿子住的厦屋,抱出母亲昨日刚刚洗干净的黄布被子,扔到马驹身上,指着大门说:"快滚!"

母亲已经坐在台阶上,呜呜地哭出声来了。

马驹从木墩上站起,把被子背在肩头,瞧着父亲痛恨已极的脸,声音沉重地说:"爸,我可以走。你想想,社员当初为啥拉扯住你留在冯家滩?你是共产党员,大伙相信你。他们现在留我,我觉得比金子还贵重的……我什么都可以不要,就要这一点。我不是和你有意执拗呀……爸!"说罢,马驹走出门去了。

门里门外早已拥进一伙乡党、邻居,劝着暴怒不息的景藩老汉,拉扯走出门去的马驹。

蹲在街巷里树荫下吃午饭的男女社员,关切地询问,诚意地吁叹。马驹不好再说什么,背着被卷,只顾朝村子东头走去。怕惹得众人笑话,结果终究难得避免……到哪儿去呢?马驹茫然走过村巷,忽然想到砖场,那儿有德宽哥搁置零碎家具的窑洞,就到那儿暂时安身吧。

第十七章

彩彩端着针盒走过十字街口的时候,正好碰见马驹肩头上搭着军用黄布被子走过来。她在医疗站上给娃娃接种牛痘疫苗,娃娃哭,女人喊,忙得满头大汗。她已经从那些抱着娃娃来接种牛痘的女人们的嘴里,知道了景藩大叔和马驹哥吵架闹仗的事,可没有想到闹得这样严重,马驹哥居然被景藩大叔赶出家门了。她停住匆匆的脚步,想和马驹哥说两句宽慰的话,看见马驹哥气得紫红的脸膛,朝她苦笑一下,她就觉得说啥话都不是地方,也不是时候。她看着马驹哥朝村子外头的砖场走的背影,简直难过得鼻腔里酸渍渍的了。

前日傍晚,在河湾柳林里,她已经知道马驹哥心里要说的话。她脸烧,她心跳,她好不容易才把涌到喉咙口的话压到肚里去了。现在马驹哥留在冯家滩是肯定无疑的事实了。那个厚着脸皮"爬后墙"的薛淑贤又该哭笑不得了吧? 不管怎样,她是不会再有任何兴趣光顾马驹哥家的门槛了。现在自己还有什么顾虑呢? 没有了。在马驹哥被景藩大叔赶出家门的时候,她要热烈地表达自己对马驹哥的爱慕之情——这种感情压抑得太久,现在无论如何抑制不住了,也没有必要抑制了。她这样想着,心在胸腔里怦怦地跳着。

走进门,奶奶正在案板上揉面,彩彩对奶奶说:"奶,多和些面。"

"这团面,够咱婆孙俩吃了。"奶奶平静地说。

"今晌午要添一个人吃饭。"彩彩说。

"给干部管饭呀?"奶奶说,"还没轮到咱们家。"

"马驹哥被景藩大叔赶出门了。"彩彩叹口气,"他还没吃午饭哪!"

"他吃不吃午饭,我管不上呀!"奶奶冷冷地说,"你也管得太宽了。"

"奶呀! 你——"彩彩脸微微一红,撒娇地说,"我今日才看出……奶奶真小气!"

奶奶手里不停地揉着面团儿,转过头,用一种异样的眼光瞅着彩彩,然后从面瓮上端下木盘,揭去布巾,露出一盘早已切好的细长面条,说:"够不够你马驹哥吃的?"

彩彩顿时明白了,奶奶手里正在揉着的面团,无疑是添加的一个人的饭食了。她红着脸,抱住奶奶的肩头,用额头顶着奶奶的耳腮,笑着说:"我说奶奶……怎么就……小气了呢?"

"去,叫你马驹哥来吃饭。"奶奶说,像是盼咐孙女去叫自家屋里的一个成员一样,"饭时过了。"

彩彩心里一动，感动地盯着奶奶。在冯家滩里，只有奶奶最明白孙女的心。她知道孙女怎样喜欢马驹，却又不得不和她并不喜欢的文生订婚……看着奶奶早已给马驹哥揉面做饭，催促她去叫他来家里吃午饭，彩彩忽然有点不好意思了。马驹哥刚刚被老人赶出来，村里正在议论纷纷，她去领着马驹哥到屋里来吃饭，从街巷里走过来，让人看见会说什么呢？彩彩挽起袖口说："奶，你去叫，我来擀面。"

"奶奶脚碎，走得慢。"奶奶笑着说，这是奶奶多少年来少有的欢悦的口气，"你擀面也擀不好。"

这是真的。奶奶擀了一辈子面条，那手艺在村子里是有名的，好多人家有红白喜事，常常请奶奶去擀面。彩彩只好亲自去叫亲爱的马驹哥到她屋里来吃饭。谁爱看就看吧，谁爱说什么就说去吧！她要把马驹从砖场叫过来，并排从村巷里走过去，从冯大先生家的门楼前走过去，即使人们议论她和他好，又有啥可怕的呢？冯彩彩喜欢冯马驹，今天叫他来屋里吃饭，过后某一天宣布和他订婚，结婚，谁还能说什么呢？光明正大，问心无愧，既不是贪财爱钱，也不是追逐商品粮，彩彩怕什么呢？她走到村子东头的土桥上了。

马驹哥坐在她家小院葡萄架下，她将给他递上一碗奶奶擀下的又细又韧的面条，叮嘱他调上各样配料，完全像他的媳妇那样关照他……彩彩走过土桥的时候，想到这里，脸上又发热了。是啊！从小到大，从早到晚，婆孙俩的小院里是缺少生气的。这样一个心爱的男人——马驹哥，坐在葡萄架下，会使寂寞的小院增添一种强悍的男子汉的气息……

彩彩走到砖场里。正午炎热的阳光烤晒着一摞摞砖坯。砖机停了，砖场上空无一人，正是歇晌时间。河南籍的郭师傅坐在窑洞门口，赤裸着上身，正在端着大号老碗吃饭。他告诉彩彩，队长马驹给德宽拉去吃午饭了……啊……来晚了，多遗憾！

"马驹,从今日起,你把伙食搭到嫂子灶上。"兰兰把一碗苞谷面搅团儿递给马驹,爽快地说,"不收粮票不交钱,放心。"

马驹接过碗,笑笑。他被德宽叫到屋里来,受到兰兰嫂子诚恳的款待。他的喉头好像鲠结着一团又硬又涩的生柿子,没有食欲。小饭桌周围,已经是一片吃喝苞谷面搅团儿的呼噜声。德宽的父亲,七十余岁的庄稼院长者,远远蹲在院里的榆树荫凉下,牙齿脱落的嘴巴扭动着,喝着这种粗粮杂面煮成的糊团儿。一家老小,全凭德宽养活,老人自知家中的经济实力,拒绝儿子给他买哪怕是贱到五毛一斤的烟叶儿,悄悄揉下干棉花叶子填进烟锅,熏一熏发痒的喉咙……这样的老人,活了一世,除了挥锨舞镢出笨力,有过什么享受呢?

马驹端着盛满搅团儿的大碗,醋水水上漂浮着一层红艳艳的辣椒片儿,虽然不见油星儿,却撩拨得他的胃口蠕动起来。这是贫困的庄稼人春荒里很不错的吃食了。

兰兰已经变成粗悍而又泼辣的中年妇女了。上有老人,下有围着锅台嗡嗡的三个娃娃,她根本无意收拾打扮自己的衣着,缀着补丁的旧衫儿,裹着她壮健的中年妇女的腰身。在马驹还小的时候,她违抗父母之命而大胆躲到德宽哥家里,干脆过活到一块了。那时候,她长得苗条,短发,穿一身学生制服,成为小河川道风传一时的"三姑娘"。大儿子已经长得和德宽一般高了,丈母娘至今不承认德宽是她的女婿……马驹深知,德宽跟他在三队干事的用心,那是憋着一腔难以出口的气呀。

"男子汉大丈夫,把事想开。"兰兰豪爽地劝马驹说,"我爸我妈把我撵出门,比你难受得多。我照样活着……"

穷虽穷,这个家庭却和谐而又温暖。在这样的家庭气氛里,马驹觉得舒坦。他和嫂子开玩笑说:"我怎敢比你……你是王宝钏哩……"

"人家王宝钏守寒窑十八年,盼回来一位大将军。"兰兰斜眼瞧着德宽,讥刺地说,"我争争抢抢嫁给他,二十年了,碗里还是盛的搅团儿……"

德宽抬起头,温厚地笑笑说:"明年再看吧! 咱一料麦子打得够你吃一年,我承包的砖场……挣下钱,先收拾打扮你,咋样?"

兰兰哈哈大笑,几乎喷了饭,说:"我单怕你承包烂了,咱拆房卖娃也赔不起……"

"你放心!"德宽明知兰兰是随心说笑话,仍然认真地说,"你不看看,马驹兄弟下了多大的'注头',怎能烂了呢!"

"德宽,你可真得多出几身水!"老人已经吃完,站在儿子当面,"要是砖场包烂了,甭说咱家赔起赔不起,你——对不住马驹! 马驹是踢了铁饭碗,跟你在冯家滩共事。"

马驹盯着老人凝重的眼睛,心里感动了,说:"放心,大叔,德宽哥在砖场流的汗水不少哩!"

"马驹,你今日到咱屋了,叔想说……"老人捉着长管子旱烟袋,挖着,"当年你爸办农业社的时光,好些人不敢入社,我是头一个把牛拉到大槽上去的。我说,咱旁的事先不管,咱只信服景藩老五这个人,不会哄得咱跳崖。社刚办起来,听说县上要拔走景藩,我心里慌了。背地里说实话,安国那人,话说得美,事做得不赢人喀! 我当晚跑到你屋,劝你爸甭走……"

"那些事……我听说过了。"马驹点点头,安慰老人说,"那时你劝俺爸甭走,这没啥不对……"

老人摇摇头,苦笑着说:"后来,我看见你爸被人家推到戏楼上,挨斗受辱贱,我悄悄溜出会场,回家来关住大门,捶自己的脑袋。是我害了老五呀……"

"过去了的事……"马驹也苦笑一下,"再说,那几年里,他那样的干部走到哪里,也躲不过挨斗受辱贱,无论乡里城里一模一样……"

"那是实情。"老人嘴里承认马驹说的事实,可心里仍然不平,"你爸在咱村劳心劳力几十年,唉,老五可怜!要是没有安国比对,倒也不显得。两人一比对,差得太远哩!我就觉得当年劝你爸劝瞎哩……"

"你自个的光景过得咋样呢?"马驹难受了,瞅着老人平静而又真诚的眼色,"你们这一辈老庄稼汉,而今有几个能享点福呢?除了几个儿子在外工作的老汉,家境稍微宽裕一些,大多数老汉跟你一样,嘴里填的是苞谷面搅团儿,身上穿的是补丁衫子,烟锅装的是棉花叶儿……"

"啊呀!马驹……"老人却不以为然地说,"咱农民都是这样嘛,享啥福呢!咱还有一碗搅团儿吃,你不见旱原上的人,苞谷面也吃不到嘴里。你爸本该……唉!今日你爸为啥跟你闹仗?我心里明白喀:老汉而今太后悔了呀!我也觉得后悔,当初不该把老五硬牵扯在村里……"

贫穷已经使老人彻底失望了,甚至麻木了……因为对于生活的失望,他现在觉得当年劝服马驹父亲留下来是错误的,像欠了他的情债似的,后悔不迭。马驹心里充塞着一股酸楚的滋味儿。他忽然想到,老人当年劝服自己父亲留下来,不仅是信服父亲一个人,而且是对新的生活抱着满心的希望哩!现在……必须用果决的行动,艰苦卓绝的奋斗去改变现状,证明一个普通庄稼汉对共产党的信任是应该的,去证明庄稼人跟共产党追求生活的理想是完全对头的。生活实际作出这样的证明以后,庄稼人心头所充塞的失望和灰败情绪,不扫自消!马驹心里很不平静,父亲把他赶出家门,只是使他生气,而老人的话,却深深地打动了他的心。他的胸间涌起一股豪壮的感情,对老人说:"大叔,你多活十年八年吧!我们奋斗几年,首先要叫老庄稼人享点福。你们受的苦太多了……"

"马驹,叔要是不死,许能享上你们的福。"老人贤良宽厚地说,

"叔虽老了,眼还没瞎,啥人啥事都看见。你娃娃的举动,叔看得清清白白。我看你呀,跟你爸当年一样心性,跟志强也像得神……咱冯家滩是个好地方,有山有川,辈辈出能人,现在又出来你马驹……"

"爸!你啰啰唆唆没个完,马驹的饭都凉咧!"兰兰笑着说,"啥时间闲了,你跟马驹尽量说。"

老人嘿嘿笑着,忙让马驹吃饭,不说话了。

这当儿,马驹眼前一亮,彩彩穿着红色的凉衫儿走进院里来。未等马驹开口,兰兰已经招呼她了。兰兰看看马驹,眼珠一转说:"噢呀!彩彩,你是来叫马驹吃饭呀?"

马驹看见彩彩的脸上瞬间掠过一丝儿为难,觉得兰兰嫂子的问话太突兀了。可是,他没料到,彩彩只有不易察觉的片刻犹豫,接着便大大方方应承说:"可惜我来迟咧!已经端上你们家的碗了。"

"你给马驹做下啥好饭了?是长面肉臊子吗?"兰兰更加来劲地吵吵,"要是的话,马驹兄弟,甭吃嫂子的搅团儿了,跟彩彩去吃好饭吧!"

马驹傻乎乎地笑笑,仍然大口喝着搅团儿——他既然正端着碗,怎好意思再到彩彩家去吃饭呢?

老成厚道的德宽刚才看着父亲和马驹说话,一直没有插言,现在发现了马驹自彩彩进屋以后出现的窘态,那是无法掩饰的。他心里一动:这是多好的一对儿呀!他没有劝阻兰兰言语和眉眼里已经很明显的表现,只管坐在一边瞅着马驹,看他究竟有没有意思。

"后响,把你家三娃子引来种牛痘。"彩彩给兰兰说,"过时没疫苗了。"

"噢呀!你是来通知种痘,我还当是请马驹吃饭哩!"兰兰仍然不放过彩彩,"看来彩彩是落空头人情。"

"空头人情也罢,实心也罢。"彩彩也笑着说,"俺家请人吃饭,绝不会给人端上……搅团儿。马驹哥,今晚到俺屋,烫面油旋饼子……"

马驹心里一热,不由得脸也热了,他哈哈笑着掩饰说:"好哇!"

彩彩走出门去了。

彩彩一走,马驹心里立时平稳了。怎么搞的?有彩彩在场,他的心就不得安稳,咚咚乱跳,无法抑制。兰兰走到当面,用嘴朝彩彩的背影努努,挤挤眼,挑逗地问:"兄弟,你看这位咋样?"

马驹腾地红了脸,避开兰兰锥子一样尖锐的眼睛:"你别胡说乱道……"

"啥也逃不过我的眼。广播上早就通知了,她又来单独给我叮咛给娃种痘儿做啥?"兰兰有理有据地说,"那是专门请你吃饭哩。老五叔把你赶出门,没料想,还有人心疼马驹兄弟哩……"

德宽咧着嘴笑,笑马驹脸上和脖颈上涌起的红潮,也凑上说:"我也看出来……"

"哈呀,德宽哥,你也烧臊我。"马驹赤红了脸,"你们两口子,拿兄弟开心……"

"只要你有心,嫂子给你跑腿。"兰兰笑着,认真地说,"用不了几句话,保准说好。"

德宽哈哈大笑:"人家本来是一个有情,一个有意嘛!"

老人一听这号话题,早已噙着烟袋,躲避到门外的树荫下乘凉去了。

"听说文生变了心,我就想给你牵线拉扯。"兰兰神秘地说,"你自己和薛家没弄零干,我就没敢开口。"

"需要你帮忙的时光,我来寻你。"马驹看看兰兰实心实意,也就说,"你先给咱甭乱嚷嚷……"

德宽一听这话,心里有了实谱,高兴地咧着大嘴,畅快地笑说:"那没麻达。你嫂子有老经验……"

马驹终于喝完吃净,鲠在喉头的那一块又硬又涩的东西消除了。

搅团儿虽是粗粮淡饭,味道还是可口的,绿茵茵的水芹菜,又辣又酸的菜汤,吃下以后,肚里舒坦了。

好了,应该发生的事都发生了。有心想避免父子间的这一场冲突,反倒弄巧成拙招惹得父亲更加不能容忍……既然跟父亲之间关系弄得这样僵,反该更加用心地办自己要办的事了,没有任何回旋的余地了。

他吃完一碗搅团儿,再抓起一个苞谷面馍馍,夹上辣子,站起来,向兰兰嫂子点点头,和德宽一起出院子走了。

第十八章

景藩老汉和儿子闹仗,以至把马驹赶出家门的举动,一霎时传遍了冯家滩一百五十户人家的角角落落。庄稼人中几乎绝对多数的人都同情老汉,觉得马驹这娃太傻了,枉费了老人的一番苦心。不过,景藩老汉也未免做得太过分了,骂几句未尝不可,把儿子的铺盖卷扔到门外大街上,太绝情了,日后父子俩还说话不说话呢?

河西公社王书记听到这件事的时候,猛乍一惊,暗暗一喜,当下把手头的琐碎事务一安顿,跨上自行车,端直赶到冯家滩来了。

中共河西公社的领导人头脑敏锐,几乎立即意识到:冯家父子闹仗,不是乡村里一般父子或兄弟之间因为财产闹仗打架;他们父子间的矛盾带有思想上的深刻分歧,这种分歧已经发展到家庭破裂的严重程度。他坐不住了。那个他虽然认识而并不太熟悉的冯马驹,一下子使王书记感佩了。很长时间,他为冯家滩大队领导力量的软弱涣散伤脑筋,说句不客气的话,支委会和管委会实际上已经是形同虚设……现在,冯马驹自己在冯家滩冒出来了,表现出一股气势,叫党委王书记太高兴了。

马驹正在推着装满砖坯的平板架子车,来往于砖窑和坯场之间。

弥漫在砖窑里的灰屑,落在脸上和手臂上,和着汗水,染出一道一道污痕。看见王书记,马驹停了手,把王书记领到水渠边的树荫下,自己在水渠里洗起脸来。

"马驹,你在这儿拉车装坯哩,我还以为你这阵儿……躲在哪儿哭冤枉哩。"王书记开玩笑说,自己倒不笑,"好,看你这架势,没有趴下。"

马驹擦着红红的脸腔,咧着嘴憨笑着。

"马驹,怪我。事情弄到这一步,怪我没有尽到责任。"王书记谦和地自我批评说,"前几天,你爸寻我时,我同意了他的意见。我不了解你的想法……"

马驹坐在砖坯上,接过王书记递给他的一支香烟,香喷喷地吸了一口,感激地笑笑:"这是避免不了的……已经过去了,算咧。"

"我当时要是找你谈谈,了解了你的想法,我可以给你爸做点工作,也许不至于弄出这样的局面。"王书记咂着嘴,对自己工作上的粗疏表示懊恼,十分真诚地进行自我批评,"让你受难场了……"

"这不算啥,王书记。"马驹开朗地说,"俺爸说我几句不好听的话,没啥。我能理解他的心情,总是自己的老子,不会记仇的。"

"对,要是能理解你爸的心情就好了。"王书记说,"这是个好同志,几十年来给冯家滩群众办了不少大事、好事。现在他老了,体力不行了,对当今的农业经济政策不适应,脑筋赶不上形势的发展了……"

"王书记,你说怪不怪,"马驹笑着说,"极左的东西整了他,他一提起'放卫星''四清'和'文化大革命',头上就冒火。可是而今纠正这些极左的东西,他却又想不通,比如责任制……"

"不光是你爸一个人哩!"王书记沉吟着说,"好多老同志,把责任制理解成分田单干了。这里头,有几种情况……"

"俺爸只看见牛分户养了,土地分户种了,就怨气蛮大,说是自己几十年白干咧。"马驹说,"你说那个大锅里舀干了,再舀不下饭了,他还是舍不得把锅换了……"

"难怪哩!"王书记冷静地分析说,"一方面可以看到老同志对集体化的感情,另方面也确实是他对过去贯彻的'左'的那些东西,一时认识不透……"

马驹点点头。王书记是一位实实在在的党的基层领导。他是二十世纪六十年代初的高中毕业生,有文化,人也聪明,没有一般行政干部的油腔滑调。有这样的领导支持自己,他心里感到温暖、实在,便实心实意向这位可资信赖的领导人汇报自己的思想:"我在三队起初实行责任制时,俺爸坚持不让搞。我去请示你,你说可以先试办。那时光,县上的具体政策还没下达哩……地分到各户种了,牛分给各户养了,生产积极性确实高涨了。可是,问题出现了:一人分得一亩地,大家大户也不超过十亩地,顶多够一个精壮男劳力经营。好多青年闲下了,特别是夏秋两个多月的忙时一过,冬季和春季,劳力闲下了。我这时才跟德宽决定:要给劳力寻活儿干……"

"这是个普遍出现的问题。"王书记赞同说,"你干得好。应该帮助社员搞好家庭副业,搞些队办工副业,这是改善农民经济状况的好办法。问题出在哪里呢?好多农村干部借口分地到户,撒手不管了,还说什么,分田到户,闲了干部。你们家里出现的矛盾,你和你爸,正好是这两种思想的代表……哈哈,我说得对不对呢?"

马驹瞧着王书记的眼睛,笑笑,表示默认。他切实地解释说:"我开始也不大清楚,实际当中提出问题了,就得想办法解决。"

"关键就在这儿。"王书记肯定说,"同是一个村子,一队和二队,现在没人管;说到底,还得有一班好干部。"

"说实话,刚从部队回来那阵儿,俺爸要给我找下司机一类工作,我会去的。"马驹如实相告,"我在三队干了半年多,弄下这一摊子,几件事刚刚搞出个眉目,说实情,要我立马撂下走掉,还真是舍不得丢手哩！"

"我信。"王书记深情地盯着马驹，深有同感地说，"甭说生产队，公社里也一样啊！因为实行新的农业政策，好多人不愿意在公社干了，寻组织部、人事局，闹调动。我倒是觉得公社里头工作更实际，更具体一些。咱们河西公社，我只待了两年，也觉得大有发展前途……"

两位干部谈得很投机，互相都受到了鼓舞。"我不同意有些人说的，现在大家都是'向钱看'。可能是'向钱看'的人多了些，但不是全体一切人都'向钱看'了。"王书记很有感触地说，"我们有不少党员和干部，还是实心实意为人民服务哩！老同志有，年轻党员也有……"

"王书记……"马驹听到这里，心里涌过一股热流，感情激动了，"这几天，去不去开汽车，离开不离开冯家滩，我也翻来覆去地想过哩！经过这一番折腾，倒是教我明白了好些事情。我爸那一辈人，跟着党，给群众办了不少好事，大家拥护他。后来的'左尺子'把他抽怕了。六十年代，冯家滩又出来一个冯志强，在乡亲们最困难的时光，放弃大学不考，回乡来和社员们一起苦干，刚刚显出一点成绩，又给'左尺子'抽倒，连命也赔上了……"

说到这里，马驹心里翻腾得厉害。见王书记正全神贯注地听着，他便狠劲说出了自己的决心："我遇到好年代了，应该实现俺爸和志强叔他们没有实现的计划……说实话，我是豁上了！"

王书记重重地在马驹肩头拍了一巴掌，脸上显出激动的神情，大声说："农村广大青年的出路，还在咱农村哩！国家现时还不可能把农业人口大量转变为工业人口的。有志气的共产党员，应该和乡亲们一起奋斗，把自己的家乡建设好，做缩小城乡差别和工农差别的带头人。农村的物质丰富了，文化生活多样了，社会主义文明建设好了，谁还挤进城去做啥？"

"志强叔一九六〇年从学校回来,提出一套新农村建设计划,没有实现,大家都不信了。我现在比他的那个规划还大!"马驹兴奋而又畅快地说,"今年一年,做到家家有余粮;明年,使家家的收入平均一千元;五年过了,我要对学生实行免费读书,老人实行赡养制度,家家有电视机,队里建起文化宫……我能做到这些,算我一生没有白活……"

"有的人为自己谋利益,劲头大得很,甚至不惜冒犯党纪国法;也有人以为人民谋利益为幸福。"王书记又一次重重地拍了马驹一巴掌,"我们必须跟党同心同德……马驹,干吧,我和你搭手干。"

夕阳灿烂,晚风习习。两人说到这里,默默地相对着,良久,都不说话。

王书记站起来,瞅着原坡和河川,满怀感情地说:"冯家滩呀冯家滩……三十年出来三个好干部,一代一代……"他忽然问马驹,"你很了解冯志强吧?"

"我零零星星听人说过。"马驹摇摇头,"他死的时候,我才十岁……"

"那是我的同学,品学兼优的好学生。"王书记慨然说,"我调到河西公社来,刚刚碰上给他平反!我在河西公社工作,志强的幽灵总是在我眼前晃悠。我要是懈怠,总觉得没脸见他的母亲和女儿……"

"唔?"马驹惊讶地盯着王书记,"你们原来是同学呀!"

"整他的那些材料,我都看了,正好可以看作是他对党和乡亲的赤胆忠心。"王书记脸色严峻,声音激昂,"那些材料,由他的女儿保存着,你可以从彩彩那儿找来看看……"

马驹陷入一种默默的沉思里。

"我该走了。"王书记告辞。

"吃罢晚饭再走吧。"马驹挽留王书记,"咱们一块去看看志强家奶奶……"

"今天不行了,晚上召开党委常委会哩。"王书记如实相告,"改日来看老人家。彩彩这娃不错,好些人寻情托友找我要进社办厂,要当民办教员,彩彩从来没有找过我……"

"彩彩……"马驹沉吟一下,说,"她不会给你找麻烦的。"

"过两天,到奶牛场去看看你爸。"王书记紧握着马驹的手,"我也准备去跟老汉坐坐。"

马驹点点头,放开王书记的手,看着这位中年领导者强健的背影,跨过小桥,转上公路了。他的心情完全通畅了,顿然觉得自己心底踏实了。

景藩老汉站在槽头,把一抱一抱青草塞到牛槽里,又走到另外一头花牛跟前。看着这些有着美丽花斑的乳牛争争抢抢吞嚼起青草,老汉倚在槽栏上,点燃一锅旱烟,悠然喷出一股烟雾来。告别了,冯家滩,那块曾经煞费了老汉一生心血的村庄。

暴风雨过后的田野更显得寂静,发泄过怒气和怨愤的景藩老汉,心情十分平静。你娃子过后慢慢思量去!他在心里对儿子马驹说,你老子骂你赶你,是为了你有个好的落脚之地呀!老子尽了心,听不听在你,日后瞎了好了,甭抱怨你老子。

偌大的牛棚里,被刺鼻的粪尿的气味充塞着,奶牛吞嚼青草的和谐的声音,像流水一般响着。饲养棚里是这样静谧。老汉从敞开的木格窗户看出去,只见半缺的月亮从东原顶上冒出来。他要在公社奶牛场里第一次住宿了,晚饭时不再是老伴给他端上碗来,而是自己拿上碗到小灶房里去打饭。

老了!景藩老汉自己安慰自己,公事管不了了,自家屋里的家事也管不了了!管不了了,索性甭管,省得讨人嫌啊!快六十的人了,重活干不动了,也熬不得夜了,喂牛却是满可以胜任的。挣一份不算高的工资,够自己和老伴生活用度就行了。

景藩老汉磕了烟灰,再添上一遍草,准备回房里歇息。这当儿,窗台上探进一颗脑袋,叫了一声:"大叔!"老汉一惊,忙招呼说:"彩彩,你怎么来了?"说着,急忙从木栅门里走出去。

"我婶不放心,叫我来看看你。"彩彩说。

"噢……"景藩老汉心头一热,还是老伴好哇。

"马驹哥也叫我来看看你。"彩彩跟着景藩老汉边走边说,"他说他不敢来,怕你……"

景藩老汉半信半疑,不好意思地笑笑。说老伴不放心他出门,他信;说马驹也不放心,他不大信;不过也难料定,儿子倒不劣货,平时也懂得尊敬父母……他觉得心头有一股热烘烘酸渍渍的混合滋味了。走进新居室,老汉忙说:"坐,彩娃。叔给你倒水……"

彩彩坐在床上,放下肩头的挎包:"这个房子就住你一个人?"

"嗯。"景藩老汉应着,"刚腾下一间小库房。"

"吃饭咋办呢?"彩彩问。

"灶上起伙。"景藩老汉回答着。

"一天几顿饭?"

"三顿。"

"你吃得可口不可口?"

"我今日刚来,才吃过两顿饭,还好。"景藩老汉说着,心里却微微波动。这个姑娘受了老伴和儿子的委托,跑来看他,坐在这儿问寒问暖,倒像是他的女儿一样亲切自然。

"我给你把床铺一下。"彩彩动手铺褥子、单子。

景藩老汉站在房里,看着彩彩铺了褥子,又铺了单子。他在家里,这些事是老伴每天做的,无需动手。今天住进这间小房子,他把铺盖卷儿扔到床板上,还没解开哩,原想睡觉的时候再铺也不迟……彩彩铺好床铺,又捞起笤帚扫地了。这个留着短发、穿着花格红底的凉衫儿的姑娘,娴熟地做着这一切,使凌乱的小屋一下子变得清整了,老汉倒觉得有点儿过意不去。是嘛,彩彩算是自家的什么人呢?不沾亲又不带故,凭啥孝顺自己呢?

"马驹哥让我给你带来蚊帐,我给你撑起来。"彩彩从大挎包里掏出蚊帐来,"已经有蚊子了。"

景藩老汉愣住了。他家里那挂破旧的蚊帐,已经发黄变黑了,这顶单人新蚊帐,马驹从哪里弄来的呢?他瞅着彩彩,迟疑地说:"窗上有细纱蒙着,不要蚊帐了。"

彩彩已经在墙上扎进钉子,把蚊帐挂起来了。

"马驹……啥时间……买的蚊帐呢?"他问。

"借俺家的。"彩彩毫不含糊地说,"他说回头买下还我。"

景藩老汉瞧着那个站在床上的姑娘的苗条的背影,一刹那之间,竟不好意思看彩彩,老汉心里想起了那一层意思……

蚊帐挂好了,彩彩跳下床,又从兜里取出几个小纸袋说:"大叔,这是几样治头痛拉肚子的药,给你留下。夏天到了,人容易发病……"

"噢噢噢……"景藩老汉嘴里应诺着,却没有勇气对视那一双诚实好看的眼睛。老汉想起那一年他对她说的那些话了。唉!原以为马驹在部队升排长无疑问了,他才遵照部队同志的叮嘱,不敢给马驹订下家庭有这样那样麻达的媳妇,硬是失情薄义地把彩彩甩开了。现在,这个被他隔卡掉了的彩彩,专程赶到奶牛场来,代表他的老伴和儿子来看望他了。如果彩彩现时真的和马驹有那一层意思,自己怎么对人家娃娃说话呢!

"俺婶说,叫你晚上睡觉,把被子盖严。"彩彩说,"万一拉肚子,吃点土霉素,要是红白痢,吃'痢特灵',吃法用量我给你写在纸袋上……"

"噢噢噢……"景藩老汉只是点头,其实什么也没记住。他还在想:绕了一周八匝,马驹还是和彩彩……

"马驹哥说,叫你干活时甭太过分,小心累下毛病……"彩彩说。

"噢噢噢……"景藩老汉自己更窘了:咱真是对不住人家娃娃哩!

"大叔,你还缺啥东西不缺?"彩彩问。

景藩老汉终于仰起头,看了一眼彩彩。她端坐在床沿上,像女儿一样真诚地关切地询问着。他慌慌乱乱地说:"不缺不缺……"

"那我回呀。"彩彩说,"我后响给娃娃种牛痘,走得迟了……"说着,她又从口袋里掏出一个塑料袋,"俺奶烙的烫面油旋饼子,让我给你带了点儿。"

"这……好好好!"景藩老汉手足无措地站着,拒绝不好,接受也叫人为难,心里着实感动了,"叫你奶……甭干活!有重活……找马驹帮忙。"

彩彩笑着点点头,走出房子,推起自行车,回头再看一眼送她的景藩老汉,跨上车子走了。

景藩老汉站在明亮的月光下,忽然动了情,暗暗流下一股热泪来。奶牛场的一位职工随便问:"是你儿媳吗?多孝顺的儿媳!"景藩老汉尴尬地摇摇头,说:"不是不是,快甭乱说!"

第 十 九 章

月亮贴在南原上空的蓝天上,原坡上洒满一层银辉,迷迷蒙蒙。南原的刀裁一样的平顶透着亮光,勾出一条清晰的雄伟的轮廓。河川里,水雾溶着月光,柔和而又迷离。沿着河堤和灌渠排列的一排排杨柳,城墙一样横摆在河滩里,只能看出锯齿一样高高矮矮的树梢。彩彩踏着自行车,在河川公路上行驶。夜露已经潮起来,她的额头上,有湿漉漉的凉意。

看望景藩大叔,完全是彩彩实心实意的自觉行动。老人在冯家滩劳累一生,最后弄得很不愉快……她能理解老人的心情。马驹哥被他赶出门来,心里不好受;其实最难受的,还是景藩大叔哩!把马驹哥的被子扔出门,老人自己连午饭也没吃,夹起被卷,一气之下走出了冯家滩……她听在村口看见老人的社员说,老汉出村时眼里转着泪花花。她在医疗站上给孩子们接种牛痘,心里想着,不管老人的做法是否合适,都应该去看望一下。他们刚刚吵罢,马驹去了可能使老人更容易动气。她一个人去最好,代替马驹哥去行孝心,以减弱老人心中的愤恨。她说她是受大婶马驹哥托嘱的,他不是笨人,会想到的。她把自己和马驹的关系暗示出来,难道他不会感到什么吗?他在儿子与薛家的婚事上受了窝囊气,丢了面子,难道不会思前想后吗?

　　会的。彩彩回味着刚才见到景藩大叔的细枝末节,揣准老汉的心病了,他肯定为自己那年隔卡自己和马驹的婚事难以张口了。彩彩在心里说,甭难为情啊,大叔,你心里明白了就好了。经过这一番波折,你看清了谁是真心,谁是假意,也是好事。彩彩挺直腰身,很自豪地骑车走着。她又在心里劝慰景藩大叔说,那时候我背着政治上的黑锅,为了马驹哥的远大前程不受牵连,是我心甘情愿地割断了和马驹哥的关系,我不责怪你呀!

　　清凉的夜风吹着她的热烘烘的脸蛋儿,原坡上飘下来沁人心脾的洋槐花的清香。刚才冒充着大婶和马驹哥的名义,送给景藩大叔蚊帐、药品和以奶奶的名义送去烫面油旋饼子,表面上大方而沉静,其实心里咚咚地跳弹着,只怕露出破绽,弄得她和景藩大叔都会不好意思的。好在没有什么纰漏。现在,经过了这一番心理上的紧张,彩彩的心情完全舒展了。

　　小河川道的夜色如此迷人,彩彩觉得自己忽然身体变轻了,像布谷鸟一样自由地在河川的麦田上空飞过。应该把心里话向马驹哥敞开了……她对他怀着一颗怎样纯净的心啊！彩彩想着那个令人心悸的时刻。她对他该怎么说呢？

应该写一封信，从从容容一诉衷肠，彩彩这样想，那样做要比说起来更尽情一些。

是时候了，再也不能等待了，感情的春水溢满胸腔了，今晚回去就给马驹哥写这封信……她的脚下踩踏得更欢了。

幽深而迷蒙的河川里，传来一声声布谷鸟动情的叫声。彩彩轻轻哼起歌儿来。

"彩彩——"

彩彩一惊，忙收住口，迎面飞一般驶过来一辆自行车，到她跟前戛然而止。彩彩猛然听到马驹的声音，忙跳下车子。

"彩彩——"

马驹哥喊着她的名字，气喘吁吁，抹了一把汗，愣愣地站着，几乎能听见他的心的跳动声。彩彩忙问："你咋急成这样子，出了啥事吗？"

"啥事也没有……"马驹撩起衣襟，抹着头上和脖颈上的热汗，颤抖着声音说，"我……想你……"

"呀！你——"彩彩脸上轰然发热了。她想不到马驹哥这样突然地出现在面前，在这样寂静的河川公路上，突然说出这样毫不转弯抹角的话来。她羞了，也慌乱了："你……胡说啥……"

"我对不起你，彩彩！"马驹颤抖着声音，炽烈的火样的感情在心里燃烧，"实在对不起你呀！"他难受得要流泪了。

彩彩看着马驹激动得失去控制的举动，感到十分惊讶。她瞧瞧公路两头，说："马驹哥，你稳静一下，这路上来回有行人哩……"

"彩彩——"马驹仍然声音颤抖，难于控制，终于说出了要说的话，"我今晚到你屋吃饭，大婆给我把心里话说透了……"

"哦……"彩彩心里猛地一跳，慌忙说，"俺奶给你……乱说了些啥呀?"

马驹瞧瞧公路两头,难为情地提议:"咱们到……河堤上去,这儿不好说话……"

彩彩看着马驹难为情的样子,猜摸到八九成了,肯定是奶奶把她的心事告诉给马驹哥了。这一切来得太突然,没有等得及她给他写信,却由奶奶把话说透了。马驹哥明白地约她到河堤上去,那儿树大林密,夜晚无人走动。女儿家的羞怯心使她不禁发问:"啥话嘛……还要到河堤上去?"

"到河堤上再说。"

马驹已经推着车子,离开公路,走到麦田间的机耕大道上了,彩彩略一迟疑,甩甩头发,也跟着推上车子下了公路和机耕大道交叉的漫坡。

她和马驹推着车子,并排走在麦田间的机耕大道上,白杨的叶子发出轻微的响声,夜里的河川,空气中弥漫着麦苗和槐花的混合气味,撩拨着人的心胸。他们现在是有意躲开公路,去到夜晚里人迹罕至的河堤上去谈情说爱,这还能含糊吗?那令人心悸的时刻就这样在人还没有充分准备的时候来到了,啊呀……

"彩彩,大婆把志强叔的那些材料给我看了。"马驹大声说,"嘿呀!不可想象——实在气人!"

"噢!"听到马驹说着关于父亲的事,彩彩稍微冷静下来,"你看了也好。我也打算让你什么时候看一看哩!"

"整人整得眼红了哇!"马驹激愤地说,"连《中国青年》上登着志强叔光荣事迹的文章,也当作罪证装进整人的材料袋子里……"

彩彩默默地走着,没有说话。

"我一口气读完那篇文章,我……流眼泪了。"马驹动情地说着,"那篇文章写得好,志强叔的事迹也着实感动人呀!我今晚才比较全面地了解志强叔的人品了。"

彩彩仍然默默地走着，没有说话。除了仅有的一张照片，她至今也想象不来父亲真实的面孔，真实的笑声，真实的走路的姿势……她从奶奶、母亲和善良的乡亲们的嘴里，自小已经形成了一个越来越坚定的信念：父亲是一个真正的父亲。她和他，都是根据死者的遗物和乡亲们口头的传说来理解父亲的啊！

"彩彩，咱们明天去给志强叔……烧几张纸。"马驹沉重地说，"让他知道，冯家滩人没有忘记他。"

"嗯！"彩彩低声应着，点点头。

两人都不再说话，在坑坑洼洼的机耕大道上默默地走着，自行车的链条有节奏地轧轧响着，走上河堤了。

杨柳的枝叶遮挡着月光，河堤上幽暗而安谧，稻田和水洼里青蛙的叫声响成一片，更渲染出河滩的寂静。

"彩彩——"马驹轻轻地叫。

"嗯……"彩彩应着。她知道他有话要说，等待着。

"我冤枉了你的心……"

"……"

"唉！嗨！"马驹猛然撕开胸脯上的衣衫，在穿着背心的胸膛上用拳头擂着，捶打着脑袋，撕扯着头发，一声声沉痛的哀叹从嘴里连续涌出来。

彩彩吓慌了，急忙拉住马驹的手臂，颤着声儿问："你咋咧——你说话呀！"

"大婆给我说……唉！"

"说啥来呀？"

"大婆说，俺爸不要你跟我……"马驹痛苦得说不出话，"你跟文生订婚……是为了不影响……我的前程……"

"啊……"彩彩听着，一阵晕眩，"呜"的一声哭了。她站立不住了，支撑她沉默到今日的那一根无形的支柱，现在被马驹哥扯断了。

她一扑跌进马驹的怀抱里……

"我实在对不起你……"马驹抱住彩彩说。

"甭说了……啥话也甭说了……马驹哥呀!"

马驹立时闭了口,一切解释对于她都是多余的,任何最诚意的道歉都显得苍白无力。马驹张开双臂,把彩彩更紧地抱在怀里,猛烈得近乎疯狂地吻着她的头发、脸颊、嘴唇,尝到她涌流在脸上的泪水的咸涩。

彩彩被马驹哥强悍的男子汉的气势包围了。生活过早地教给她的过多的理智,顷刻间灰飞烟灭了,她忘情地伏在马驹哥宽阔的胸脯上……

第 二 十 章

太阳擦着西原的平顶了,牛娃踽踽走过小河来,阳光把他长长的身影投射在沙滩上,缓缓地随着他的脚步移动着。

连着两三天,牛娃没有回过冯家滩。他白天黑夜跟着拖拉机搞装卸,忙得没有回家看望瞎老娘的时间了。要不是拖拉机什么部件要了麻达,他今天也未必能回家来看看。

表哥这人啊,发财的心比救火还急。要是运输活路稠,白天黑夜转不停,整得司机抱着方向盘打瞌睡,几乎把车开到路下去。雇请的司机提出不干了,要另投门楼。表哥妥协了,声明凡是夜晚加班的时间,另加付工资,司机才稳下来。有几次,表哥不在场,司机把牛娃从车厢里叫进驾驶楼,开玩笑骂表哥:"看你表哥像不像活扒皮?"牛娃笑笑,不说什么。司机却自问自答:"论起他每月按数给咱票子,不像;要是论起你表哥想挣钱发财的狠劲儿和猴劲儿,真是那个活扒皮……哈哈哈!"

表哥上身穿一件粗呢外套,脚上蹬着人造革皮鞋,肩上挎着"北京"兜儿,乍一看,像国家工厂里的干部。国家政策许可私人购买大型运输机械以后,他辞了在社办企业里当采购员的工作,自己买车干起来了。他门道稠,过去当采购员时拉扯下的"关系户",现在都可以用来为自己的拖拉机运输业服务了。牛娃渐渐看出来,表哥为了找到足够的运输活路,最拿手的办法是送礼。在这方面,表哥很大方,舍得花钱,有时大方得令世面见得太少的牛娃瞠目结舌……

前天晚上,表哥把二百斤大米装到车上,亲自送到县城里一位居民家里,牛娃搞不清是送人情呢,还是表哥替这户居民代买的。昨天晚上,答案不找自明了。表哥指挥司机和牛娃,连夜从砖场拉回一万块砖来。牛娃悟觉出来:前天和昨天给县百货公司基建工地拉运的砖头,余下的尾数恰恰是一万,那位收受二百斤大米的人不说也知是谁了。二百斤大米,按农贸市场顶高的价格说,不过八九十块钱,而一万块一级砖,那是公家牌价——四百元。表哥准备秋后盖二层楼房呀……啊呀,这样盖楼房,当然容易啰!牛娃真是大开眼界。

这算啥鬼名堂嘛!耿直的小伙子开始用斜眼瞅东跑西颠的表哥了。真是没得良心啊!凭这种偷偷摸摸的办法,盖起二层楼房住着,晚上能睡得着吗?

西边的大太阳把牛娃长长的影子投射在沙滩上,渐渐模糊了。他现在唱不出戏来了,心里龌龊得很。跟这号人挣下这号不干净的钱,说不定会牵连进那潜伏的危险之中。有志气把遗弃了母子的父亲的汇款单再退回去的冯牛娃,心里怎能容忍得下这种肮脏的勾当呢?他想早日辞别危险的表哥和他的拖拉机,干下的这几天的工资不要啰,倒干净!

只是表嫂给他介绍的那位对象会是怎样呢?他已经和人家见过两面,人家尚未最后决定。兰兰嫂子和德宽哥都去说过一次了,那女人表示信任。事情有了六七成的把握性儿,在这个关口上,要是表嫂因为他辞工反而去说起坏话来,怎么办?牛娃已经对那位少妇有十分好感了……

踽踽回到家中,他眉头紧皱。母亲看不见儿子喜悦或烦恼的脸色,只是急于把冯家滩的新闻说给儿子:马驹昨日被景藩老汉赶出门来了……

牛娃一听,立时愣住了。既然景藩大叔不顾父子之情而把马驹赶出家门,那么景藩大叔说给他几句不好听的话,又算什么了不得的事嘛!他莽莽撞撞走掉,给老汉难堪呢,还是给马驹难受呢?实际是给马驹示威哩呀!而马驹也受着委屈哩!牛娃为自己的盲目出走深深懊悔了。他捶了自己一拳,砸得头脑嗡嗡直响,二话没说,走出门来,照直朝砖场走去。

牛娃走进砖场,没见马驹,也没见德宽。砖场的工人告诉牛娃,场长刚才回家去了。

牛娃又赶到德宽家,兰兰嫂子告诉他,德宽和马驹给志强叔上坟去了,刚刚走。

既不是清明节,也不是志强叔的葬日,上什么坟?他愈觉蹊跷,就扯开长腿,出了村子。走过一道沟豁,翻过一架土梁,便远远看见后沟里的漫坡地上,有三个人肃穆地站在那儿,面前一堆色彩绚丽的鲜花,在傍晚的暮霭中闪耀。他跳下塄坎,奔跑起来了。

离得志强叔的坟墓十数米远的时候,牛娃止住跑步,一步一步走到跟前。马驹、德宽和彩彩都伫立在坟前。他压抑不住涌涌波翻的心情,大声叫:"马驹哥——"

马驹猛然回过头,瞅他一眼,没有应声,转过脸去,对彩彩说:"把志强叔当年写给校党支部的决心书念一下。"

彩彩翻动着一本旧杂志,那是六十年代出版的《中国青年》,念起来:

县中党支部:

我要求回乡,决心放弃高考,并不是想出风头。党培养了我,给了我理想和追求理想的力量。家乡的人民养育了我。在国家处于困难的时候,在我的家乡的乡亲处于严重困难的关头,我应该用党教给我的知识去承受困难的压力,去和家乡的人民一起尽快排除困难,建设新的生活。一句话,用党给我的知识去为人民服务。

我只会埋头奋斗,终生不悔。

应届毕业的共青团员
冯志强

暮色苍茫,幽静的坡沟里,空气微微在震颤……"我只会埋头奋斗,终生不悔。"

在过去了的那个年代,这个发出过时代强音的青年,当他把指头愤然塞进电灯接口的时候,后悔过吗?马驹站在那里,心里在问。

无须苛求死者,应该讨伐极左!

彩彩读完了,已经涕泪交流,肩膀颤抖着。

德宽长长地吁出一口气,用自己带来的铁锨在培土。那个长着野草的坟丘已经只是象征性的一个小土堆了,上面堆积着社员们从田地里拣拾出来的礓石,覆盖着野葡萄和野蔷薇的藤蔓,红色和白色的野蔷薇开得一片灿烂。

牛娃拧着眉头,站在那儿,一动不动。

马驹沉重地说:"志强叔,等我有资格对你说话的时候,我来给你立一块碑……"说罢,他把一条胳膊搭在牛娃肩头上,默默地站着。牛娃忽然涌出眼泪了。

四个人谁也不再说话,告别了长满青草和开放着野花的坟丘,沿着锈满马鞭草的弯弯小路走下来。绿色覆盖了原坡和河川。收获的季节还没有到来,这正在孕育着希望的初夏时节的大地啊。绿色的生命蓬蓬勃勃。山风轻柔,洋槐花的香味弥漫着。几颗新星已经出现在湛蓝的天幕上。河天相接的地方,有一抹淡淡的红霞。

马驹走在伙伴们中间,心里涌起一阵阵热流。

生活在不断地死亡,生活也在不断地新生……

1981年4月草 灞桥

1984年1月3日改 西安东郊(原下)

梆子老太

引 子

梆子井村的梆子老太死了。

头天祭灵,二天入殓盖棺,三天下土埋葬,这是目下乡村里贫富皆宜的丧葬仪程。这样照例一来,梆子老太刚一倒头,活人们趁着尸骨未冷,臂腿未僵,紧张地给死者洗脸洗手剃额剪指甲,穿戴起早已置备停当的老衣。在儿女们一阵高过一阵的悲恸的哭声中,安置起灵堂。用半生的小米做成的"倒头饭"献上了,意在死者吃饱之后,有劲走向阴世漫长的道路;彩纸扎成的童男童女已经侍立在灵堂两侧,准备给刚刚踏入冥国地界的梆子老太引路;招之即至的阴阳先生掐毕时辰,写过"亡期"纸牌(相当于讣告),又把一副白纸对联贴到街门门框上……屋院里外,紫香缭绕,蜡烛明灭,焚燃阴纸的黑色纸灰在院里飘落,弥漫起悲怆的丧葬气氛来了。

梆子老太的男人景荣老五,压抑着死别的痛楚,保持着一家之主的理智,和近门亲族的几个老年女人忙着安置这一切。现在不是他大放悲声的时候,关键的关键是把丧事安排稳妥,不出意外。好在这一切都进行得顺利,没有大的纰漏。

第二天午时入殓盖棺,板钉钉死,骨肉之情就永不复见了。在儿女、亲属男女混合的近于癫狂状态的哭声中,景荣老五使劲睁开泪水模糊的老眼,最后一次瞅一眼和他过活了一生的梆子老太僵硬灰黄的脸孔,就被人从棺材旁边拖走了,随之听见"哐当"一声压上棺盖,斧头铆击板钉的声音……悲痛是人之常情,而作为一件必办的丧事,这一切也进行得顺利,没有出现偏差,景荣老五倒也心安。

问题出在第三天出殡埋葬的时候。

梆子井是个小村庄,历来死人的坟地都选择在村庄背后的原坡上。坡陡路窄,抬一副灵柩上坡,就需得全村精壮男子一齐出动,前拽后拥,左右帮扶,半路上易人换肩,才能保证棺柩在一路不挨地面的严格的忌讳下送到坟地。这样的地理条件就约成了这个村子的一条习俗:凡遇丧葬,不用邀集,所有男人都自觉前往,宁可劳力过剩而空闲,毋使人手紧张而把灵柩搁置在半路上,谁家也难保不遇丧葬之事而用着旁人的时候。还有一层意思,即是给与自己同在一个街巷里生活了半生的死者的坟地培一锨土,表示庄稼人的一点哀思,一种古朴的乡亲情谊啊!

乡村人至今遵循着午时入葬的迷信习律。眼看午时已到,景荣老五看见自家街门外的土场上,只有三五个尚未成年的娃娃掮着铁锨在晃悠,他有点沉不住气了,急得在屋里院里出出进进,慌急不安。眼睁睁等到午时已过,仍然不见人来,灵柩冷漠地停放在屋子中间的灵堂上,不能启动。队长龙生在村巷里吼喊人的声音,使景荣老五愈加惭愧和惶惑了。拒葬——最可怕的事情发生了!景荣老五心里不能不承受这个既成定局的事实。

这是令死者的亲属最难承受的耻辱。只有生前在世时劣迹深重的人,死后才有可能招致如此的冷遇。小小的梆子井村,人们只记得清末民初年间发生过一桩死者无人抬灵的事情。那是梆子井村的一个土匪被外村人打死了,村民们耻于为这个败坏了村风民俗的恶人尽此劳举,致使土匪陈尸三天而不能"入土为安"。土匪的三个儿子齐刷刷跪倒在十字街心,替代土匪老子向乡党村民赎罪赎过,直到尚未成年的小儿子因羞愧冷冻而倒地昏迷,才感动得村里几位长老出面吆集起人手,把土匪被打得遍体伤痕的尸首草草塞进坟墓……

景荣老五蹲在房檐下的台阶上,年近七十的老人的皱脸,皱得更紧了,脸色蜡黄,眼睛痴呆,胡须颤抖,已经忘却悲伤,转化为怨恨死者的强烈情绪了。她眼睛一闭,直挺挺躺在棺材里,等待活人把她埋进地下,不曾考虑把难以承受的耻辱留给她的男人和儿女了!

"甭急,老爷。"生产队长龙生从街门外走进来,用明显的强装的镇静口气宽慰景荣老五说,"人马上就来咧!嗨!现时实行责任制,人都贪着自家的庄稼活儿……"

景荣老五没有搭腔,仍然直勾勾盯着冷冷落落的街门。龙生的安慰丝毫也不能减轻他心里的压力,反倒想,要不是当着队长这个官差,怕是你龙生也不来哩!老汉心里明白发生了怎样丢脸的事,现在无论如何也挽救不及了。

龙生看着景荣老五痛苦羞愧的脸色,难受极了。他急得在屋里站不住,屁股一转又走出街门,回过头来,恨声恨气地说:"老爷,我再去叫人,非把他们……"

"甭去咧!"景荣老五大喊一声,猛然从台阶上站起,奔出街门,拦住龙生,终于说,"我到……十字街心去……"

"啊呀!那算一回啥事嘛!"龙生惊慌地说,死死拉住景荣老五的胳膊,"万万使不得!"

农历三月温暖的阳光静静地照射在空寂的街巷里的土堆、粪堆和柴火垛子上,行人匆匆,村巷静寂,现出一种压抑着的难堪的气氛。那些紧闭着或虚掩着的大门里,男人们和女人们在怎样嘲笑那位不能出门的灵柩里的死者呢?

……

在时代已经进入到公元二十世纪八十年代的时候,梆子井村的庄稼人,何以要用这种近于恶作剧的办法来为难一个业已死去的乡村女人呢？

一、梆子井村的梆子老太

小河川道里,黄土原坡下,有个小小的村庄叫梆子井。这个村庄古远的祖宗为啥选用这样一个奇怪的名字作为他们的村名,连村里现在已过八旬的白须老汉也说不清来龙去脉了。

梆子井村现在居住着六七十户农家,多数姓胡,杂姓不多;一幢幢新房和旧屋组成的庄稼院,紧紧凑凑地汇集在东沟和西沟之间的平场上。每到春夏,村里的榆槐椿楸树木,郁郁苍苍,河川里杨柳列岸,葱葱蓬蓬；数九交至,白雪覆盖了村后的原坡和村前的河川,房檐上吊下一尺多长的冰凌柱儿……一个景致幽雅的北方村落。

梆子老太本姓黄,是小河北岸黄家圪垯人,自幼以三石麦子两捆棉花的彩礼许订给梆子井村的胡景荣。过门这天,梆子井村的年轻后生用花轿把她从北岭上的黄家圪垯抬下来,涉过河水,抬进梆子井村来,停放到胡景荣家门口。男女老幼把屋里院外围塞得水泄不通,兴致十足地等待进入洞房揭去盖脸的红绸巾的那一刻,新媳妇是怎样的眉眼呢？

窗户纸被扯掉了。新挂的绣花门帘也被踩在脚下。没有机会挤进窄小的洞房的人,焦急地询问已经先睹过一眼的人,模样怎样？看过的人因为拥挤而喘着气,作难似的笑笑:"说不上来……"又颇费思谋地眨眨眼,滑稽地一笑,悄悄说,"脸……长得像个……梆子……"

对于新来乍到梆子井村的任何一位新娘,谁也难以逃脱第一次亮相之后被众人品评和议论的难堪处境。男人们自不必说,已经被众人议论和品评过而且无一例外地曾得过一个形象的雅号的老媳妇们,也更有兴味地反复咀嚼着一个新鲜的绰号:梆子!哈呀!真像……

这是生活贫困而又单调的庄稼人的一种乐趣,一般只限于新婚之后的十天半月里,尽兴取笑逗乐,甚至当着景荣的面说他的新媳妇的脸能当梆子敲,也不怕他犯心病。时日稍微一长,庄稼人各忙各的日月生计,谁还有心思去管人家景荣的媳妇的脸长脸短的事干什么呢!

不管旁人怎样苛刻地取笑和逗趣,景荣对他刚刚娶进屋里的媳妇是满意的。尽管在揭去盖脸绸巾时第一眼看见这位陌生女人的眉眼时,他也觉得那脸儿未免狭长了些,可他不在心。我的天!老父成年累月串游在渭河北岸产棉区给人家弹棉花,攒下一串串麻钱和铜元,花三石麦子加两捆棉花的礼价,给他订下了这个媳妇。可怜老父未能等到看见儿媳妇过门,自己已经累下痨病去世了,三周年也过了。他能在该当婚娶的年龄娶回一个媳妇,不用担心打一辈子光棍儿,已经很令许多穷弟兄们羡慕的了,怎敢弹嫌媳妇的脸儿是长是短呢?管什么梆子不梆子,哪怕旁人把她的脸比作扁担长哩!他是个庄稼人,穷庄稼人啊!要一个女人来给他管家,做饭,缝衣,生养孩子,而不是要一张年画儿上的人儿贴到墙上天天去欣赏!

景荣是胡姓景字辈里最后一个男人,人称老辈子,反倒比村里好多年岁高过他一倍乃至两倍的老汉们辈分高过一格,这样,新过门的媳妇的辈分自然也随着他而高了。景荣排行老五,晚一辈的人称他的新媳妇为五婶,晚两辈的叫五太,晚过三辈的就一律不分差别地叫五老太了。"差过三辈没大小,婆婆孙子不讲究。"小辈子的年轻后生和媳妇们,却一律叫起梆子老太来,久而久之,连景荣老五也被他们叫成梆子老爷了。

新婚三五天后,勤快的景荣老五不敢贪恋新媳妇暖和的被窝,背起亡父遗传给他的那张紫红溜光的枣木弹花弓,告别了母亲和亲爱的梆子脸媳妇,赶到渭北棉花产区去弹花挣钱了,结婚拉下的粮款欠债,需当尽早还清。亡父留给他的生活遗训是:"紧还账,慢结债。莫看一文少而不挣,莫视一文少而浪花。"庄稼人背上账债过日月,吃饭睡觉都不踏实啊!

一月之后,景荣老五再转回到梆子井村的时候,他的短头发上落着棉花绒毛;棉袄的袖肘上和棉裤的膝盖上,黑色的粗布面子已经四处开裂,露出一串串棉花套子;满脸扑着黄色的灰土,手指裂着一道道结着黑痂的裂口;从外表上看,俨然是个沿门乞讨的叫花子了。母亲和新媳妇惊愕地睁大眼睛,看着他直挺挺走进院子,不知遇到什么凶事,该当如何是好了。

他端直走进上屋偏门,解开破烂棉袄上的布制纽扣,又从腰里解下蓝布带子,"哐啷"一声扔到炕上,黄灿灿的麻钱和红亮亮的铜元抖撒在炕席上。他这时才一弯腰,呼出一口气坐在炕边的木凳子上。为了防备土匪拦路打劫,他故意撕破棉袄和棉裤,把自己装扮成一个背着褡裢讨饭吃的叫花子了。百余里徒步跋涉,铜元和麻钱硬邦邦别在腰里,腰脊简直都要断裂了。谢天谢地,终于逃过了土匪的眼睛,把一弓一弓弹花挣下的血汗钱带回屋里来了!

老母亲和新媳妇顿然转换出一副惊喜的神色,不约而同地呼出一口气。新媳妇忙着烧水做饭去了。老母亲把散乱的铜元和麻钱整理成串,压到箱子里去了。

按照家规,景荣老五先向母亲问安。一月来家庭的内务和外事没有什么大的跌腾,他放心了。出门在外乡弹花挣钱,睡在这家那家的陌生的炕铺上,他想念刚刚过门的新媳妇,更惦记寡居的老娘。在兵荒马乱的乡村,把两个不能当事的女人撇在家里,他总是牵肠挂肚般地操心会不会遇到凶事呢。

母亲悄悄告诉他,经过对刚过门的新媳妇一月来的实际观察,勤快,孝顺,不抛撒米面,是庄稼院里过日月的可靠人手。更叫老人惊异的是,新媳妇居然能捉着铁锨,把猪粪挖起,从猪圈的矮墙上抛到外头去。她站在猪圈里挥锨挖粪的姿势,强悍而又潇洒,完全不亚于强健的庄稼汉小伙子。景荣老五惊喜地听着母亲乐悠悠的叙说,愈加觉得梆子媳妇可爱了。

美中不足的是,新媳妇有一个令人意料不到的缺点。老人咂着舌头告诉儿子,新媳妇的针线活计太差池了。这是一般乡村女人的本能呀,她却不会!

"唔……"景荣老五从嘴里拔出旱烟袋,笑眯眯的眼睛里顿时散了光,不会缝衣补袄的女人,对于一个农家来说是太叫人遗憾了,"那……会不会纺线织布呢?"

"不会。"母亲嗫着嘴唇,现出鄙夷的神气,"锅上灶上也不行,连好一点的饭食也做不出来。"

"唉唉!"景荣在母亲面前毫不掩饰地吁叹起来,"我怎么就遇上了……这号笨熊呢?"

"甭愁,荣娃。"看见儿子灰心丧气的样子,母亲立即反转来宽慰儿子。儿媳妇虽然有令人遗憾的缺陷,她却压根没有弹嫌厌弃的意思,穷人家娶个媳妇容易吗?"妈十年八年死不了,就不能叫你屁股露在外头,缝衣补袄,纺线织布,有妈哩!"

"唉……"景荣又叹一口气,摇摇头,担忧地说,"我能靠你一辈子?"

"赶妈闭眼的时光,就把她教会了。"母亲宽慰地说,"听说她爸死得早,她跟她爷整年在地里做庄稼,倒把女儿家的针线手艺荒废了。可怜人呀……"

"噢……"她的缺陷是可以原谅的,可怜人呀!景荣老五想到早逝的父亲,自己十五六岁就承担起一个庄稼汉子应该付出的全部艰辛,心动了,再不哀叹自己遇到一个笨熊了,问母亲,"她现时还能学会吗?"

"能。怎么不能呢？"母亲和悦地说，信心十足，"我权当是给自家女儿教针线……"

春夜短暂。景荣老五和梆子媳妇亲亲热热睡过一夜之后，第二天一大早爬起来，就赶往渭北弹棉花去了。梆子媳妇不会纺线织布的缺点，他连提说一句也没有。

半月后，下过一场透雨，他赶回家来，该当收摘耱耙留作棉田的空闲地了。河川里杨柳泛绿，麦苗返青，路旁和田埂上，野草萌生了。

从河川的土路上望过去，沟坡下的三角洼地上，一个穿红袄的女人，叉开双腿，踩在耱上，一手牵着套绳，一手抓着黄牛尾巴，正在景荣老五家那块待播棉籽的空地上耱耙哩！那姿势，洒脱得完全像个熟练的庄稼把式。景荣老五惊呆了，远远地瞧着他的不擅长针线活计的梆子媳妇，心里一热，快步奔过去了。

"你……"奔到地头，景荣老五心里涌起一股男子汉的豪壮感情，"你歇下！让我耱——"

梆子媳妇嗔笑着，故意显示似的响亮地呵斥一声黄牛。黄牛加快了蹄脚移动的速度，在景荣面前停下来。她装出嗔怪的神气："你刚走半月，又跑回来做啥？"

"我要是知道你会耱地……"他笑着，憨厚地笑着，"我怕晒得墒缺了。"

"单是为收墒棉田吗？"

"唔……"

"棉田误不了。你现在放心走……"

"你……"

媳妇瞧瞧四野，静寂无人，猛然搂住他的脖子，亲了一口，畅快地笑着，又跳到耱耙上，扯动套绳，吆着黄牛走了。她自如地站立在耱耙上，任黄牛拽着她前进，她扭腰移脚，保持着身体的平衡，忽然转过头来，甜甜地笑着："你就坐那歇着，你走了远路……"

他完全可以心地踏实地串游到更远的乡村里去弹棉花挣钱了,不必操心家里那三五亩薄地的庄稼作务了!她倒是有这一手长处!

转眼三年过去了,新媳妇变成了旧媳妇。虽然免不了梆子老太的称谓,但谁也再无兴趣去看她的脸长脸圆了,似乎倒成了一个亲切的称谓;即使她不会女儿针线也早已成为过时的新闻,会像男人一样作务庄稼亦被众人司空见惯,不足为奇了。她像一片普通的树叶夹生在绿叶之中,完全融合在梆子井村的女人窝里,生活着。

这时候,不知谁家女人终于把奇异的眼光从她的脸上转移到腰里——没有鼓起来的迹象。任何一位新娘子被抬到梆子井村的任何一座庄稼院门楼下,少则一二年,多则三四年,那新媳妇就会在奶下吊着个娃娃,在村巷里出出进进。梆子老太过门五个年头了,腹部平平。一个可怕的流言悄悄地又是迅速地传播——

景荣老五家的梆子媳妇不开怀!

母亲早已担着这份心。她心里焦急、担忧,又不便于直问,直到这个传言灌进她的耳朵,才决计不让儿子景荣常年在外乡揽工弹棉花了。宁可日月过得更清苦些,但愿小院里早日听到新生命的第一声啼哭。

景荣老五顺从地回到梆子井,把弹花弓挂到墙上去了,只是在邻近村庄里做点零活儿,晚上赶回家来,和他的梆子女人厮守在一起。整整一年过去了,没有任何令人欣喜的征象出现,一切已不再是秘密。

他终于忍不住:"你身子有啥毛病吗?"

她难为情地低下头:"我感觉好好的嘛!"

一家人开始张罗给她治病,母亲顶操心了。景荣请来十里堡镇上的老中医先生,又粜出一石麦子,把钱全部买成大包小包的中药,由老母亲亲手熬成汤水,灌进她的喉咙,却仍不见有丝毫的变化。庄稼人是宽厚的、热心的,一当证实景荣婆娘确凿不抓养娃娃的不幸时,全都变成异常热心关照了,不断地有这家和那家的女人踏进小院来,神秘地向景荣一家举荐灵方妙药、单方验方。红公鸡肉啦,公猪肉的药引啦,外加三五样怪僻的中药啦。老母亲已经开始内心惶恐,日夜操心弹花匠家的后继人大事了。凡有推荐,尽皆一试,不怕花费铜元和麻钱,催促已经有点不大耐心的儿子,到处搜寻购买药物。而她呢?无论把什么灵丹妙药吃进去,仍是依然故我,毫无变化。老母亲急得束手无策,对一切药物神医渐渐失去信心,最后引着媳妇,到近处远处的神庙古寺,求拜起娘娘神灵施子赐福……

她的腰似乎更细,臀部也尖削起来,眼皮和嘴唇更薄了,燕翅骨愈加突出,更趋像一只梆子了。

十余年过去了,景荣老五不能不接受这个既成的事实,遵照母亲辞别这个家院时的临终嘱咐,抱养了别人一个女孩子,继之又抱养了一个男娃娃……总不能绝后哇!

两个不是亲生的儿女和他们组合成一个新的家庭。这时候,胡景荣和他的梆子女人,从他们满意又不满意的生活里仰起头来,聆听一个陌生的名词:解放了……

二、"盼人穷"

由于土地的重新分配,由于彻底干净地废除吸吮庄稼人骨髓的苛捐杂税,由于人民政府颁布发展生产的政令,由于提倡男女平等,尊重女权,由于风调雨顺……梆子井解放后三四年间发生了——首先是经济上随之是精神上——惊人的变化。一幢幢新瓦房在荒园空院中撑起来了,一匹匹高脚牲畜从十里堡集镇上牵回村庄里来了,一个个光棍后生喜盈盈娶回新媳妇来了。梆子井村前的河川里,时时可以听见庄稼汉子粗声豪气的"乱弹"调儿。

景荣老五更是雄心勃发。他对老婆不能生儿育女早已死心,抱养的一双儿女填补了精神上和感情上的缺憾,重要的是新的生活时时刻刻在激发他大干一场的雄心。做梦也想不到的好世道呀!不怕财东欺侮,不怕土匪打家劫舍,不怕拉兵卖壮丁,不怕军马草料捐税……景荣老五心里说,庄稼人现时还操什么闲心呢?啥啥儿闲心也不用操念了!只有一样:劳动生产,过好日月!在这样好的世道里,谁要是过不好日月,还弄得缺衣少吃,就不会引人同情反而要遭到唾骂了。

他分得一亩坡地,半亩水田,连同自家的土地算一起,有五亩地了。他把这五亩旱地和水田的庄稼,完全放心地交给梆子老太去务弄,自己重操旧弓,几乎一年四季都串游在熟悉的渭河北岸的棉花产区的乡村里。"嘣嘣嘎——嘣嘣嘎——"光滑的枣木弹花弓,在他怀里弹出流水般的音乐。直到他的腰包胀满,才在夏秋两季收获和播种的时月赶回梆子井村来。他心里有自己的算盘:先攒钱,后置买土地,人民政府的纸制钞票,再不用担心贬值啰!一般庄稼人手里有钱了,总是急于买地。他不急,想想吧,他买下的土地稍一多,梆子老婆就务弄不过了,就要把他的手脚拴到土地上去了,很难出门弹棉花挣钱了。他要攒钱,先盖一座三合院瓦房,住得宽敞舒服,再不必担心阴雨天漏雨滴水了。等到养子长得能扶犁耕地的时候,置田买地,那时他将是一户殷实的庄稼院的主人了。

"各家有各家的打算,咱有咱的计划。"景荣老五把他与众不同的打算,给梆子老太亮了底儿,自信地说,"你只管给咱把家管好,我在外乡弹棉花就放心了。甭看人家做啥!"

第二天,留下一厚叠人民币,交给梆子老太去保存,他背起弹花弓,雄赳赳地走出家门,又走出梆子井了。

收割麦子以前的漫长的春季里,小河川道两岸的乡村里,呈现着农闲时月的和谐景象。锄罢麦子以后,田间就没有什么大的活路了,棉花种得很少,整地花不了多少工夫。男人们各自寻找挣钱的门路,进城做工或者串游到外乡卖手艺去了。女人们从纺车下忙到织布机上,准备一家人夏季的衣服和拆洗已经脱下的棉衣棉裤。整个梆子井村,纺车嗡嗡叫,织机咔哒响,和谐而又优雅的农家三月。

梆子老太终于没有学会纺线和织布的技能。阿婆在世时,忙着领她到远处近处的山神古寺里去求神乞子,没有心思教她坐在纺线车前或织布机上学习纺线织布的兴趣了。阿婆去世以后,她只好学会了简单的缝补手艺,勉强可以给景荣老五和抱养的儿女缝制针脚粗放(式样更谈不上了)的衣裤。她家的棉花,只好花工钱请旁的女人纺成线,再织成布。好在景荣老五一身好力气,弹花挣得不少钱,弥补了这个亏缺。

新社会所展示出的新的生活秩序,给梆子井村所有的庄稼人几乎无一例外地带来了好处。经济上开始翻身,人权上再不受保长和财东的欺侮了,梆子井村那几个活得顶窝囊的庄稼人,也敢于走到村当中的大槐树下,笑吟吟地说闲话了。而仅仅在两年以前,这个大槐树下的这块显眼的位置,是保长和财东的领地,穷人们望一眼也要腿脚发抖的。好了,雨后初晴不能下地干活的时候,庄稼人聚集到大槐树下来,说笑逗趣谝闲话,下棋、纠方、狼吃娃,尽兴地玩了。

所有别人能得到的好处,梆子老太和她的男人景荣老五也都得到了。可是……梆子老太不能生儿育女的缺憾却是无法解除的。虽然养子和养女已经高过膝头,毫不生分地唤爹叫娘,总不能融化她心里的那一块冻土地带。虽然阿婆已经过世,她依然忘记不了阿婆领她求神乞子路上的那种怨恨的眼光,令人寒心啊!虽然景荣老五现在雄心勃勃地挣钱发家,她却忘不了他在那几年间对她的冷漠和鄙视。她和人不一样呀!从她对自己也失去生育的信心以后,就自觉低人一头了!她在屋里和丈夫、阿婆说话,有一种无法克服的理屈气短的心情;在村里和老婆婆或小媳妇们说话,也是有一种无法排除的不如人的感觉啊!

这一年春天,发生了一件不寻常的事。

河湾乡许乡长到梆子井村来,在村长胡长海的陪同下,亲自召开了梆子井村的村民大会,选举劳动模范。男人们围坐在大槐树的东侧,女人们围坐在大槐树的西边。妇女们扭扭捏捏,梆子老太则自觉地站在更远一点的地方,不料,快嘴二婶第一个发言,就提出了梆子老太,女人们纷纷表示同意了。解放后政府提倡男女平等,要把妇女从锅头、炕头解放出来,有好些女人听了只是笑笑,仍然心甘情愿地在锅头和炕头周围打转转,解放不了自己。可梆子老太早在解放前就和景荣老五平等了,一样推粪,一样挑水,一样叉开双腿站在耱耙上,抓住牛尾巴耱地……梆子老太当选妇女们的劳模,是当之无愧的。

"黄桂英同志,不简单哩!"乡长问清楚梆子老太的真名实姓,当着全村女人们的面,大声感慨地说,"旧社会妇女受三从四德的层层压迫,出门不敢仰头,进门不敢大声说话,整天围着锅头转。黄桂英同志能打破束缚,参加田间生产劳动,真个不简单哩……"

女人们纷纷把眼光朝梆子老太投射过来,惊奇的,羡慕的,盯得梆子老太不好意思了。她低下头,脸热了,心在咚咚地跳。许乡长的话像一把火塞进她的胸膛,全身都热烘烘的了。阿婆在世时,没有当面说过她什么好话,寡言少语的景荣老五也很少夸奖过她。许乡长——河湾乡十里八村的一乡之长啊,这样的大人物在众人面前夸奖她,她简直承受不了这样的意料不到的光荣呀!

"大家要向黄桂英学习!"许乡长向梆子井的所有到会的妇女号召说,"男子汉能办到的事,妇女也能办到——黄桂英同志已经做出榜样了。"

梆子老太仰起头,许乡长的粗壮的声音在大槐树下飞扬,男人和女人们仰着头,听许乡长要他们向她学习的话。晚霞是明丽的,照在树梢、房脊上,天空多么蓝啊!

"你要发扬成绩,起带头作用。"许乡长侧转过身来,瞧着她,"带动全体妇女,积极生产!"

梆子老太发觉整个会场里那么多男人和女人的眼光,都随着许乡长的眼光集中到她的脸上来了,像突然面对无数强烈的灯光,不由得低下头……

许乡长临走给村长胡长海安排了几项工作,其中有一项照顾烈军属和孤寡老人的事,村长把它吩咐给梆子老太了,让她发动几个年轻姑娘和媳妇,给这些需要关照的人扫屋,担水,拆洗被褥。她受到村长的重用,满心喜欢地吆集起一帮年轻姑娘和媳妇,热热火火干起来了。那时既不要工钱,也不知道记工分,完全是义务劳动,乡亲情谊。解放了,人和人之间更加亲热了。

刚刚干了一晌,后晌没有人来了。梆子老太挨家沿门去传呼,一个个姑娘媳妇们不是躲开就是支吾搪塞过去。梆子老太有点伤心,这个"带头作用"不好发挥哩……她终于从旁人口里得知,那些姑娘和媳妇,全是被亲娘老子或阿婆禁斥在屋里,不能出门了。原因呢?少跟那个不生养的假婆娘在一起,那是灾星!似乎梆子老太不生育的缺陷也会传染给她们的女儿和媳妇,可怕!

这真是太可怕了!梆子老太身上的热劲儿一落千丈,气得浑身颤抖。怎么办?给人家军属和孤寡户拆洗的被褥,现在还晾晒在绳子上,后晌缝不起来,晚上让人家装老虎吗?"带头作用"得不到称赞,反要招人骂了。她去找村长,说明原委,委屈得简直要淌眼泪了,胡长海一拍桌子,也生气了。这个梆子井村的第一个加入共产党的唯物主义者,强烈地感到了封建迷信思想的浓厚包围,鼓励黄桂英说:"甭灰心丧气!有共产党撑腰。咱能打倒地主、保长,封建脑瓜还怕破不开吗?我跟你一起去动员……"

给军属和孤寡老人的被褥总算在天黑睡觉之前缝好了。梆子老太回到自家屋里,抱着女儿痛哭起来了,眼泪像冒泉一样倾泻出来,浸湿了女儿的衣襟。阿婆死了,梆子井村这么多的女人,还是用阿婆的那种眼光盯她哩!许乡长大声豪气表扬她的话,并没有改变她在她们心目中的位置,还说什么向她学习哩!

她哭得伤心极了。泪水终于流完了,沉重的脑袋里重复着一句话:让别人去起"带头作用"吧!黄桂英带不起头呀!她的心里却是平静了。

太阳照旧从东原上升起,在西原那边降落。月亮圆了又缺了。春风一天暖似一天,把庄稼人的粗布衣服一层层剥落,有人光着脊梁在河滩里整修稻地,准备插秧了。春天变成夏天了。

梆子老太的眼光不由自主地投注到每一个新来的梆子井村的媳妇身上。她们的针线手艺如何?线纺得细吗?布织得匀吗?当她获悉一个一个新媳妇不仅能缝单衣棉衣,而且会纺线也会织布的时候,常常有一种失望的心情。随之,她更加耐心地等待和观察新媳妇腹部的异常变化,等到确凿看出哪位媳妇怀孕的征兆,她就懊丧地转过脸,再也不愿瞧她一眼了,似乎功夫白花了,空等了,枉操了一番心思。

"牛犊的媳妇'有了'!"梆子老太忍不住,给二婶说出自己的发现。

"'有了'就'有了'!"二婶不以为奇。

"真快!结婚才半年……"梆子老太说。

"新社会,男二十,女十八,果子一样熟透了。"二婶快嘴利舌,"只要茬儿遇得巧,睡一夜就'有了'。"

梆子老太立时闭了口,低下头,二婶无意的一句话,又撞着她心里的疤疤了。只要茬儿遇得巧……她和景荣老五睡了几十年,一次都没遇到茬儿上吗?她转过身,回家去了。

"根生媳妇过门八个月……"梆子老太又在街巷里碰见二婶,忍不住说出自己的发现,"八个月……娃娃夜格黑里落草了。"

"我早说过,新社会,男大女也大,果子一样熟透了。"二婶也很得意,"只要茬儿遇得巧……娃娃像在裤带上拴着,解下一个就是……"

"屁!"梆子老太这回不大信服二婶的话了,神秘地说,"新社会,婚姻自由倒是好。还没过门,你来我去,怕是带着'肚儿'来的……"

"噢呀!五老太,快不要说这号是非话。"二婶惊吓地瞧瞧左右,"当心根生家里人听见……"说着,张开已经放大的封建脚,仓皇躲走了。

梆子老太暗暗地盼望着,梆子井村娶回一个不会纺线织布,也不能生男育女的媳妇。那样一来,在梆子井这个偌大的世界的一角里,她就会有一个伴儿了,不会显得孤单了。她会在任何人面前抬起头来说,不会纺线织布也不生儿育女的,不单单是我一个……可是,她耐着性子暗暗观察了娶回梆子井村的每一个媳妇,人家都会缝衣纺织,而且比赛似的一个比一个生得快。一次又一次失望,简直叫梆子老太妒恨起来了。

终于,梆子老太观察到了一个有希望的目标。

梆子井村的胡学文,在十里堡镇上的小学校教书,很受人敬重的,这是小小的梆子井村的庄稼院里脱出的第一位先生,有文化的人呀。他恋爱了一个媳妇,结婚三年了,那女人仍然不见"有"的征兆。梆子老太于是推测到,教员胡学文之所以能不花彩礼拣便宜自由来一个媳妇,正是她有这个可怕的毛病,才甘愿让他"自由"。

梆子老太抑制不住这个重要发现的兴趣,凑到二婶跟前,还没开口,二婶已经借口躲开了。这个嘴快却又胆小的老婆子!

"你看出没?学文媳妇不开怀……"梆子老太又凑到年轻的根生媳妇跟前说。

"你怎么知道呢?"根生媳妇问。

"三年了,没见肚子有啥动静。"梆子老太说,"要是能生,早该生了,新社会结婚年龄大……"

"你把宝纳到空里去了!"根生媳妇笑着说,"人家两口子商量好的,自己不生。"

"那能由得人吗?"梆子老太不屑地撇着嘴,"能生的不想生不由人,不能生的想生也不由人。"

"人家文化人,能得出奇!"根生媳妇神秘地说,"那小两口……避哩……"

"能避得过吗?"梆子老太咄咄逼人地问。

"听说……学文戴着……橡皮套儿……嘻……"

"哈呀!天上的事!"

梆子老太头摇得像个拨浪鼓,嘲笑年轻的根生媳妇竟会相信这样荒唐可笑的什么橡皮套儿的事。不能生养的学文媳妇,为了遮丑,为了护短,居然放出男人在那东西上戴橡皮套子的烟幕来,她才不信哩!她头二三年里没有怀娃娃的时候,阿婆为了遮丑也给人家说,那是景荣长年在外乡弹棉花,遇不上茬儿……

农业社社长胡长海在给锄麦子的女人们宣布歇息的口令以后,梆子老太刚刚坐到大渠沿的白杨树下,教员胡学文的妈妈手里提着小锄走过来,开口就问:"老五家的,我问你,你凭啥说俺媳妇不开怀?唵?"一开口就能冲倒人,全是一派闹事的架势。

"我……"梆子老太猝不及防,口语短涩,无言应对,支吾说,"我也是……操心学文媳妇……"

"谁家媳妇要娃不要娃的事,要你操心?"学文妈妈寸步不让,直逼不退,"你操心你自个去!"

"我……"梆子老太退躲不及,又被揭着了短处,无力辩白说,"我真是……好心……"

"好心留给自家用!"学文妈妈毫不领情,一味进攻,"我看你是'盼人穷'!盼得人家跟你一样,不会织布,不会要娃娃。"

梿子老太彻底败阵,羞辱得难以还口。好在社长把学文妈妈拉扯走了,渐渐平息下来。锄麦的妇女们不做劝解,反倒三人一堆,五人一伙,窃窃议论:

"嘴长话多!你管人家要娃不要娃的事做啥?"

"她不会要娃,也盼人家不能要!"

"嘻!'盼人穷'……"

……

昏黄的煤油灯光里,景荣老五坐在木凳上,把工分本本交给女儿,让她代替爸爸到队办公室里去记工分。他早已挂起那把弹花弓,在农业社里挣工分了。支使开已经懂事的养女,他开始询问梿子老太和学文妈妈犯口角的原因。她说自己平白无故受人家欺侮,竟然流下委屈的眼泪。他静静地听完,不动声色,没有丝毫暴发起来去和学文妈妈雪耻的火气,反而平静地劝诫说:"农业社里大帮人马干活儿,人多嘴杂,一句闲话出口,立马传得满村都知道了。咱只顾做活儿,甭说长道短。"

没有得到男人的支持,也没有遭到训骂,梿子老太倒也心安。景荣老五把弹花弓搁到木楼上去了,灰土已落下厚厚的一层;他的弹花技术不能施展,手里也短缺了活便零钱,常常郁闷不乐;对梿子老太招惹的是非,不管有理没理,他都烦腻。梿子老太根本没指望这样的男人为她撑腰壮胆,寻到学文家门下去干仗。

景荣老五继续说:"社长派咱做啥活儿,咱就干啥活儿;只做活儿,甭多嘴……"

梿子老太把简单的饭食摆到男人面前,不应诺也不反对他的处世方式,心里却觉得闷气,眼前似乎浮现着学文妈妈恶气逼人的眼睛,耳朵里响着那些偏向学文妈妈的议论……盼人穷……

盼人穷,是梿子井村庄稼人对那些嫉妒心特别强烈的人的贬称。自己无能,盼别人也无能;自己受穷,盼旁人比自己更穷;自己倒霉,盼别人更加倒霉……这是一个令人鄙夷的雅号,居然随便安派到梆子老太头上来了!

像是故意给梆子老太示威似的,教员胡学文的媳妇,没过一年,果真生下一个娃娃来,足见根生媳妇说的"避着"的话是实事了。梆子老太想在梆子井村盼得一个伴儿的希望彻底破灭,看来继有的希望也很渺茫,也就没有耐心再去关注谁家媳妇迟"有"早"有"的事了。她的兴趣,随着生活的突然变化而迅速转移了……

三、艰难时月

越来越困难的生活,使梆子老太的眼睛从梆子井村女人的腰部转移到别人手中端着的碗里。

说不清从什么年代形成这样的习惯:梆子井村的农民,一年四季都在街巷里吃饭。冬天,围蹲在向阳的墙根前;夏天,坐在浓厚的树荫下,吃着饭,谝着闲话,舒适而又闲逸。这种习俗,即使在以瓜菜代替主粮的艰难时月里,仍然不改。一人一碗稀溜溜的苞谷糁糁,伴就着萝卜叶儿、雪蒿或是红苕叶子窝成的酸菜,香喷喷地喝着,嘻嘻哈哈地说着笑话。

"哈!妈的脚!稀糁子越喝肚皮越大……"

"你要是连着吃一月肥肉,保险越吃越少!"

"肉?哈呀……听说全都给黑豆小豆(赫鲁晓夫)坑去了……"

"唔……他们那儿净出产豆子……"

这些背负着国家沉重困难压力的庄稼人,满脸菜色,有的因为营养不足而浮肿了,可是依然在说笑。

梆子老太端一碗糁子,站在一边,有滋有味地喝着,似乎在听闲话,眼睛一转溜,就瞅遍了在场的男人女人手里的大碗或小碗,谁家锅里的稀稠,尽都一目了然了。

"差不多,一样稀。"她心里说,可见家家的日月一样艰难,原本就是从一杆秤下分得同样标准的口粮嘛。偶尔也能发现某人端了一碗面条,她无法抑制羡慕的心情,嘴里的舌头就像梆子一样敲响了:"啧啧啧!你家还有白面吃!我屋三月没动擀杖了……"

梆子老太家的日月似乎更艰难,一家四口,都是大饭量,两个孩子正是吃饭长身体的年龄,粮食越紧张,娃儿的饭量似乎增加得越快。她虽然腰细,饭量却不小。一顿饭做熟,总是先紧两个孩子吃饱。只有景荣老五似乎伸缩性很大,看着锅里多了,他就再盛上半碗;看着锅里所剩不多,就把烟锅点着了。他是四口之家里首先浮肿起来的。梆子老太看着男人黄肿透青的脸孔,心里难受,又拿不出什么吃食给他偏补一下。听说一般浮肿不会要命,她也就放心了,因为梆子井村有少一半的男人和女人都发生了这种奇怪的病症,多了则不奇嘛!

这天晌午,梆子老太及时出现在自家街门外边的"老碗会"上,左邻右舍的大人娃娃都围聚在这里,借着门外那一排高大的梧桐树的荫凉吃饭。大热天了,仍然是清一色的苞谷糁糁,没有发现新的饭色花样。梆子老太本来心里很平静,有心或无心之间,却发现饭场上缺少了胡三恒一家的成员,大人不在,小孩也没见一个,而三恒和他婆娘是梧桐树下的老碗会上最可靠的会员,几乎天天顿顿必到,又是能说会谝的受欢迎的角色。怎么回事呢?三恒一家干什么去了呢?梆子老太动了好奇心,大约是吃什么好饭,怕人知道,躲在屋里不敢出门吧?她端上饭,三跷两跷,已经走进三恒家院子串门子去了。

院里悄静无声,梆子老太愈觉神秘,一直朝上房里屋走去,朝侧旁的小灶房里一探头,冰锅冷灶,未见烟火。她好生奇怪,直到跨进里屋门槛,这才看见三恒老婆怀里搂着孙子,眼泪拍洒,三恒老汉蹲在屋角的矮凳上抽着闷烟,对门是儿媳妇的住屋,隐隐传出压抑着的啜泣声。这一家老少闹仗了吗?梆子老太想,乡村里公婆和儿媳闹仗以后,通常就是这种冰锅冷灶的别扭局面。

"咋咧?"梆子老太疑惑地问。

"嗨!明娃前日就去买粮,该是昨日回来。"三恒老婆诉说,"到现在还不见回来……"

梆子老太一听就明白了,买粮的明娃至今未回,三恒家等米下锅,现在断了顿儿了。

"那咋能成?"梆子老太不满意地说,"大人抗住一顿两顿不吃,也罢咧!娃儿不行呀……你该是先借下,吃了这顿饭,明儿买回粮来再还也成嘛!"

"而今都艰难哩!"三恒老婆说,"不好向人家开口……"

三恒老汉是个硬性子,老婆也是个好强的人,不愿意向人低头告借哩!梆子老太听着明娃媳妇在小屋里的叹息,看着三恒老婆怀里哭闹的小孙孙,她的鼻子酸了,不忍心再问什么了,立时转过身,跷过门槛,走出去了。

三恒老汉一锅旱烟还没吃完,梆子老太又跷进里屋门槛来了,手里端着一大碗苞谷糁子。她的脸上是一派仗义的气势,大方地说:"先去熬了,一家人喝上一顿,明娃回来就好办了。人不吃饭咋能成嘛!"

"哎呀!五老太……"三恒老婆放下孙子,慌忙接住盛满苞谷糁子的大粗瓷碗,动情地说,"你真是好心人哩……"

"咱们亲邻近门的,谁不用着谁一点……"

"明娃买回苞谷来,立马还……"

"说那么生分的话做啥?"

……

没过半月,又是午饭时间,梧桐树下又聚集起吃饭的男女。梆子老太忽然发现,木匠王师一家没有一个成员出席老碗会,也是揭不开锅了吗?因为电通到小河川道,机械弹花代替了手工弹花弓,景荣老五祖传的那把被爷爷和父亲的手磨得紫红溜光的枣木弓,永远挂在木楼上的南墙上,不能出世了。可是,木匠王师却挺红火,政府颁布了"六十条",王木匠可以背上刨子锯子串游四方,挣得比梆子井的劳动日价值高过十倍的收入,生活比一般死守农业社的笨汉们好多了。他们家里没有人浮肿,脸色红润,怎么会断顿儿呢?

她向来轻脚快步,一脚踏进王木匠家洁净的院子,一缕奇异的香味弥漫在空气中,钻进鼻孔。这种香味,对于长年累月不断装进瓜瓜菜菜的胃,具有不可抗拒的诱惑力。梆子老太想到猪肉的那种无可比拟的味道,大约整整两年没有沾过了。

梆子老太一脚踏进里屋,自己先愣呆了。王木匠一家老少围着四方木桌,筷头上挑着白生生的麦面饺子。天爷爷!旁人连稀糁子都喝不饱肚子,木匠王师居然吃大肉饺子……

木匠一家也有点惊异,一齐转过头来。木匠婆娘眼里转过一丝勉强的笑意,礼让说:"五老太,吃碗饭——"

"不啦!我来借……"梆子老太早已感受到一家大小讨厌的眼光,随口编诌出要借什么家具的话,装出无意间打扰了他们吃好饭的样子,一边往后退着,"算咧!不借了……"

"啊呀!狗娃妈,人家王木匠今晌午吃大肉饺子……"梆子老太半是惊奇,半是嫉妒,逢人便说出自己的发现。在严重的荒年饥月里,一顿大肉饺子,不仅使梆子老太惊倒,确实使一切处于饥馑状态中的庄稼人惊倒了。不过天黑,小小的梆子井村,人人都知道木匠王师家吃了一顿令人口馋的饺子了。

没过一月,正值夏收前夕,庄稼人最困难的关口上,人民政府给梆子井村批调来为数不多的救济粮,社员们早就翘首以待了。

支书胡长海和大队长胡振武从公社开会回来,召集起社员会,说明上级对这些粮食的分配办法,是重点解决困难户,不能搞平均分配,因为数字确实太少了。在国家处于严重经济困难时期,干部们表现出严守党纪国法的高风亮节,为国家抵抗困局,他们很民主地把这批粮食的数字交给社员,让大伙民主评议,好把粮食分配给急需救济的人家。胡长海和胡振武则声明,他俩一斤也不要,好多人感动了。

尽管这样,评议的结果,仍然不能避免撒胡椒面的偏向,没有办法,需要救济的户数实在太多了。好多人申述困难的时候,鼻涕眼泪当着众人抹。梆子老太也被评为救济户。她哭得也很伤心,一把鼻涕一把泪,而且要众人去瞧景荣老五浮肿的脸色,证明她不是有毛偏装秃子。

因为干部和党员们表现出高姿态,本来容易出现纠纷的粮食分配工作进行得很顺利,一次会议就定了案。有点意见的人,碍于干部们的无私行为,也说不出口,就那样随合了众人。

木匠王师的老婆也提出了申求,没有获得众人的赞同,救济户里挂不上名了。其中很重要的一条原因,是在这样严重的饥荒年月,竟然敢于吃饺子,太浪费了!木匠的婆娘再三解释,说是她的娘家哥哥从甘肃来了,至少十年没见过面了,才破费给重要的亲戚浪费了一回粮食,而且说明饺子里包的全是萝卜叶儿……无济于事,总是饺子嘛!

连夜开仓分粮。梆子老太背着小半袋麦子,从仓库里走出来,心里踏实极了。有这半袋子,可以凑合到新麦上场了,应该给景荣老五改善一下伙食,他才能恢复一下体力,夏收活儿重呀!

走过十字街心,再走到木匠王师家门前,明亮的月光下,木匠的婆娘从门外的茅厕里站起身来,双手结着裤带,跳出茅厕,转脸开口就骂,像是早就等待着她:"你狗日现时分粮哩!你害得俺一家……"

梆子老太一听,明知骂自己,心里却发怵,木匠老婆没有拿到救济粮,恨自己不是没有原因的……她低了头,加快脚步,避一避也就过去了。

"你狗日是特务！你监视东西邻家……"木匠婆娘已经结好裤带,对着梆子老太的脊背骂,"你狗日盼人穷,盼人死……"

梆子老太避不过了,放下麦袋子,转身站住,回骂道:"你是狗日的！你没拿到救济粮,猴急了吗?"

"给我我也不要!"木匠婆娘气壮地说,"俺屋天天吃肉疙瘩,你狗特务来打听……"

"你拿不上救济粮,是社员会决定的。"梆子老太也不示弱,跨上两步,"你狗日骂我,瞎了眼了……"

胡长海听到吵骂声,赶过来,问清缘由,批评了木匠老婆几句,推着梆子老太走了。

梆子老太虽然在道理上没有输,但并没有因此提高她的威望。木匠王师家因为吃了一顿饺子而丢失了得到救济粮的机会,使梆子井村的家庭主妇全都提高了警惕性儿:当心梆子老太来串门！严谨的内当家们开始限制男人和孩子到街巷里去吃饭,永久在自家屋里就餐,梆子老太总不至于一天三顿来检查吧?这样,梆子井村的习俗开始转变,热闹的梧桐树下的老碗会,逐渐变得冷清而又寂寥了。

"五老太,你瞅,我喝的苞谷糁子,够稀的咧！"胡二老汉把碗伸到她面前,戏谑地笑着,"咱不怕谁看咱碗里装的啥饭！"

"报告五老太——"狗娃也跟着把碗伸过来,"我也喝的是糁子,原料是苞谷。请检查——"

梆子老太顿时臊红了脸,说不上话来。她成了什么人呢?给木匠王师不分救济粮,是社员会上民主评议的,干部拍案决定的,大伙为啥这样对待她呢? 梆子老太一肚子冤情。

景荣老五看着别人这样不尊重自己的婆娘,脸上像挨了鞋底,气得端起碗回到屋里,再不到梧桐树下乘凉吃饭了,也狠狠地禁斥梆子老太,不许到老碗会上去,更不要在人家吃饭的时候去串门子。

梆子老太在屋里寂寞地吃饭,三五天后也就习惯了。听见钟声,她捞起锄头或铁锨就去上工,工分是不能不挣的。走到村口,碰见莲花,她按照乡村人见面时的礼仪随便问:"吃饭了没?"

"吃了。吃的大肉白米饭。"莲花高喉咙大嗓门,连珠炮似的数说起来,"昨日吃的肉菜米饭,今日吃的米饭肉菜,明日还是……"

"莲花,你这叫作啥?"梆子老太受不住这样的奚落,脸孔煞白,"随便招呼你一句话嘛!"

"我知道你爱打听,就自动给你汇报。"莲花嘻嘻哈哈笑着,全不把比她长两辈的梆子老太放在眼里,肆意挖苦,"让你眼红,让你嘴里流涎水,让你盼人穷……"

梆子老太真想破口大骂,无奈莲花却嘻嘻哈哈笑着,自己又不好翻脸,想想闹腾起来,别人明知莲花无理,却不会同情自己,也就忍受了这辱践的话……哎嘘!

四、真成了一种毛病

困难的局面没有延续多久。三年没过,梆子井村像一个被突发的霍乱击倒的壮汉,亏损的肌体逐渐恢复,又显出生命的活力。没有人再为三五十斤救济粮而在众人面前抹鼻涕眼泪了;王木匠家的一顿饺子,再不会引起任何人的妒羡,以至闹出纠纷了,属于一种很普通的面食花样了……作为梆子井从严重困难之中完全恢复丰衣足食的标志,社员胡振汉首先在梆子井村撑起三间新瓦房来。

梆子井村东头,胡振汉扒掉了居住多年的窄小而又破烂的两间厦屋,盖起三间新房,青砖红瓦,新式开扇的宽大门窗,竖立在左右那些旧式厦屋的建筑群中,宛如一个风韵韶华的姑娘亭亭玉立于一堆佝偻驼背的老太太之中,更衬托得出众显眼。几天来,男女乡亲赶到村子东头,仰起头,参观赞叹一番,向胡振汉夫妇表示热心热肠的祝贺。

庄稼人啊！过了多年集体化生活，再不讲置买土地啰！三大心愿就只剩下盖新房和娶媳妇这两件大事了。他们拼命挣钱，攥紧拳头攒钱攒粮食，盼望在自己的有生之年里，撑起一幢宽敞的大瓦房来。他们对于旁人勤俭操持日月所积攒下的令人眼热的成果，由衷地表示羡慕和钦佩。

梆子老太也到村子东头来参观了。她来的那天，涌涌而来的势头已经过去。她原不想来参观，怕胡振汉两口子又犯疑，在家忍耐了两天，还是不能排除那新房的诱惑。别人都能去看，自己为啥不能呢？胡振汉家和她住得相距甚远，没有利害纠葛，那两口子人又厚道老好，看看怕什么呢？她心里提示自己：只用眼看，不动嘴说话。她随两三个女人一起走到新房跟前，眼前豁啦一亮，红色的机制大瓦在阳光下闪亮放光，红砖顶柱，白灰勾缝，这无疑是梆子井村顶漂亮的一座房屋了。

同来的那几位女人，在新房前和振汉婆娘说笑，讲恭维话，说他们夫妻能吃得苦，能节俭过日月，盖起这样好的房子，太不容易了。不听这样的恭维话则罢，越听越使梆子老太心里不服气，她努力使自己保持脸面上的平静，心里却嘲笑那些说着廉价的恭维话的女人们，太不晓得世事了。梆子老太心里再清楚不过——

前年春天，政府发布了"六十条"，准许社员开荒种粮食的政策一宣传，振汉两口子就扎进小河中间的荒草滩里，弯着腰，撅着屁股开荒，接着就栽下了红苕秧儿。这是河水分流改道以后，在两股流水之间逐年淤积起来的一片孤岛。

"河滩地不成业产！"有人劝振汉。

"再好的庄稼，招不住一场洪水。"有人断言。

"我是碰运气哩！"胡振汉笑笑，态度平和，"碰不上大水，收一料算一料；碰上大水冲了，拉倒。我不过摊了几个秧子钱，汗水不算成本！"

那终年荒芜的沙滩上,涨水时携带的腐枝烂叶,层层淤积,倒很肥沃。红苕的叶儿黑油油地发亮,稠密的藤蔓覆盖了沙滩,三亩大的一片,该收获多大一堆红苕呀!好多人站在村口的场塄上,眺望河石粼粼的沙滩上的那一片绿洲。要是躲过了洪水,振汉就该发财了。

胡振汉也鬼得很,不等秋收,早早地割去青绿的叶蔓,挖收红苕了。秋收开始前的整个半个多月时间里,两口子天不明起来,在薄雾笼罩的河心里开始挥动镢头,直到天黑,拉回一车又一车红溜溜的红苕来。三亩地的红苕刚刚收获完毕,一场预料中的洪水从那块绿岛上齐刷刷漫流过去。梆子井村的庄稼人大声惊叹胡振汉神机妙算,运气真是太好了!甚至有人传说振汉天天夜晚星齐以后给河神烧香叩拜,才得到河神的保佑云云……不管旁人怎样说,胡振汉可是冒了一身冷汗,整整睡了三天三夜。

那两口子也真诡!他们挖下红苕,顺手用蔓叶盖住,害怕过往小河的人看出红苕堆子的大小。等到天黑,借着星光,用架子车拉回村里来,一般社员已经扯起了鼾声,谁也估摸不清究竟收获了多少红苕。可是,胡振汉两口子却无论如何也没有料到,就在他们喘着粗气,把装满红苕的架子车从塄坎下的慢坡道里拽上村子的时候,村边榆树荫影里,站着梆子老太,义务替他们计数,累计下一个确切的数字:四十一车……

梆子老太从胡振汉家观赏新房回来,走过梆子井村的街巷,心里十分鄙视那些向振汉婆娘尽说恭维话的女人。她们糊里糊涂地恭维她勤俭持家过日月,盖起这样排场的三间瓦房太不容易了。屁!梆子老太心里清楚不过,那四十一车红苕,现在变成砖、瓦和木料,撑起在梆子井村东头了!这些糊涂的女人们难道忘记了?刚刚过去的三年困难时月里,市场上红苕的销价是一元人民币买三斤……不过,直到梆子老太走进自己的院子,也没有跟任何人说出自己的发现。可以藐视那些糊涂的女人,她却不便说出自己的发现。政策鼓励社员开荒种粮,胡振汉没有什么错处,自己说出来,不是正好应了"盼人穷"的绰号么?

……

梃子井村风景幽雅,却显得偏僻,也许那幽雅的自然景致正得助于地理位置的偏僻,偏僻造成村庄的闭塞和文化的落后。所有居民以务弄庄稼为祖传之事,仅有的一户地主也是属于土财东。地主分子胡大头也不过高小毕业,只会记账和春节时给大门上写一副歪歪扭扭的对联。庄稼人中,多有一些木匠、泥瓦匠、弹花匠和打土坯的手艺人,而有文化的人向来稀罕,几乎绝无仅有。

前头已经提到的那位小学教员胡学文,是解放后梃子井村出现的第一位教书的先生。在整个公社已经相当庞大的中小学教员队伍当中,他是一位很不起眼的小学教师,只读过师范,毕业后自动要求到自己偏僻的家乡来执教,可是在梃子井众多的不识字的庄稼人眼里,他简直是一位和孔子不相上下的大圣人哩!

这位圣人也真是出奇,在梃子井村占取了太多的"第一"。第一位文化人;第一个自由恋爱而引回媳妇的人;第一个使用避孕工具,不仅使闻所未闻的庄稼人兴味十足地嘻嘻议论,而且使梃子老太闹了一场结局很不愉快的笑话。更稀奇的是,近日他在什么报纸上发表了一篇文章,报社把一张十九元钱的汇款单寄到梃子井村来。这件新闻,霎时轰动了全村。十九元的汇款单,数字虽则不大,却压住了胡振汉新建成的三间大瓦房的新闻。胡振汉夫妻凭出笨力盖瓦房,梃子井的任何一位庄稼汉,只要运气顺,都可以办得到。而胡学文笔杆一摇,就有汇单飞来,梃子井村哪一位能办到呢?真是稀奇的圣人!

梃子老太一时弄不明白,写什么文章挣钱?她活了四十多岁,听都没有听说过。没听过的事,自然就稀奇,就惊异,就得赶到人窝里去听,去问,搞得明明白白。一当她听得多了,问得明了,反倒更稀奇,更惊讶了。天老爷!世界上竟然有这样美气的好事!二两重的笔杆捉在手里,坐在凉房子里头,不晒日头不淋雨,写画一篇文章就挣钱,太嫽了哇!听说不过是鞋样儿那么大一块文章,居然就值得十九块。十九块该买多少红苕呢?又听人说,学文给人说他只写了三个晚上;三个晚上挣十九块,那么一月呢?一年呢?世上有这样轻松易便挣大钱的事……

"没看出,这娃子真是块料!平日看起闷腾腾的样儿,倒是哑巴吃洋蜡——内里明!"有人说,兴趣也很高。

"有内才的人都是这个样儿,外表上并不张狂。"有人说,"这倒好,咱梆子井真是出圣人了!写文章,自古都是圣人才能做的事……"

"写文章挣钱,公家月月还给发工资吗?"梆子老太插上嘴,不介意地问。

"那当然发哩!"有人瞅一眼她,疑惑地说了一句,就闭了口。

"那……真好!一马备双鞍。"梆子老太装出替学文高兴的神情,不过太做作了,"可甭只顾写文章挣钱,把娃儿们的念书给误了……"

"放心!"有人随口说,"学文教出的学生,考中学年年考中的人最多。"

"听说他写文章,用公家的纸,公家的笔,连墨水也是公家的。"梆子老太终于控制不住,把心里的不平一下子全说出来,"挣钱连本儿都不摊!"

正在说着闲话的人,一齐哑了声,互相挤眼努嘴,忽然明白了什么似的,意识到可能会因此而牵扯到是非里,纷纷走散了,只留下梆子老太站在那儿。

初冬的夜晚,寒气袭人,天又黑得早。梆子老太一人站着无聊,也就回到家中。十里堡小学校长来家访,和景荣老五坐在方桌两边,交谈她的儿子在学校念书的情况哩。梆子老太和校长打过招呼,就收拾起晚饭,摆上桌子。校长说他已经在学校灶上开过晚饭,只喝水而不动筷子。梆子老太热诚地礼让再三之后,也就不再勉强,坐在一边,插嘴问:"校长,你看咱那娃子,念书灵不灵?"

"灵是灵着哩!是个聪明孩子。"校长笑笑,诚恳地说,"只是有点慌。"

"文章写得咋样?"梆子老太问。

"还可以,作文还不错。"校长回答,"比起来,这孩子算术学得更好些。"

"你教咱娃好好写文章……"

"小学阶段打基础,要全面练习……"

"我想叫娃长大写文章,又轻松,又干净。"梆子老太说,"俺村的学文……"

"噢呀!"校长一听就笑了,不过绝没有嘲笑的意思。他自解放以后就在乡村小学任教,熟知庄稼人盼子成龙的普遍心理,并不奇怪,笑着说,"那首先得看孩子爱不爱哩!"

"叫他爱他就会爱。"梆子老太不以为然,"这样的好事,他怎会不爱呢?"

"咱娃恁小,咋能写文章嘛!"景荣老五早听得不耐烦,就打断梆子老太的话,斜溜了她一眼,意思是,甭说没神儿的话了!

"哈呀……"校长眼里浮出一缕说不清不必再解释的超然神色,打着哈哈。景荣老五也不好意思地陪着校长干笑着。

"好!正好校长也在这儿——"门外有人气冲冲地说。人尚未进屋,声气却冲进来了。梆子老太一回头,教员胡学文的母亲刚好跨进门来。

"五老太,你给俺学文满村扬风,说俺娃是一马备双鞍,吃官粮放私骆驼……"学文妈连一句客套话也不说,直来直说,"校长,你是学校领导,你凭实际说,俺学文教书教得……"

校长眨着眼,摸不清头绪,搞不明白原委,却准确地预感到要被牵扯进一桩是非里去了。他只管笑着,不做正面回答。

"我啥时候说过?"梆子老太一口回绝,"你听谁给你挑唆?"

"你在村子西头说了,又在村子东头说。"学文妈妈强硬地说,"你说俺学文写文章挣钱,连本儿也不摊!"强悍精明的中年妇女,经济宽绰,向来不受任何人一句闲言,岂把梆子老太放在眼里!说着,她从腰里拉出两张纸,连扇带摔地铺展到桌子上,"校长你看,这号格子纸,是不是你们学校的?"

"甭急,也甭躁嘛!"校长瞧一眼桌子上的稿纸,不做裁判,只顾熄火,"没关系!没……"

"前几年,你说俺学文媳妇不开怀……"

"算哩!我给你赔不是。"景荣老五早已忍受不住,要不是有校长坐在当面,他会狠狠地骂一顿招惹是非的老婆。他按捺着性子,给学文妈妈赔笑脸,"算咧!你是明白人,甭跟那个黏糯子一般见识……"

在景荣老五的笑脸陪送下,学文妈妈总算走出门去了。校长也再无兴趣坐下去,起身告辞了。

"你不说长道短,由不得你吗?你不拨弄是非,也由不得你吗?"送走校长,转回屋来,景荣老五的火气爆发了,"我给你说过多少回了?咱们过自家的日月,甭管人家七长八短的事,你记不住吗?你一天招惹是非,让我也跟上受人辱践……你丢人不知深浅!"

梆子老太低下头,洗刷锅碗,一句不吭。和景荣老五过日月二十多年,她已习惯了当面遵从。尽管景荣老五不是那种架子大、家法严的男人,可是她怯他;虽然景荣老五从来没动过她一指头,她仍是怯这个不常动火的男人。在屋里,凡事总要先征询他的主意;偶尔发生的矛盾磕牙中,她总是自觉地做出让步。这种局面形成的原因,只有她心里明白:自从确切知晓自己不能生养儿女的可怕缺陷——可怕就在于无法弥补——以后,她就觉得失去了和男人争高论低的气力。

她低头洗碗刷锅,一任景荣老五发一通火,完了也就没事了。她的多言招引来学文妈妈闹事,又恰逢十里堡小学校长这样有身份的体面人物在当面,理该让男人发泄一番。她开始问自己:错在哪儿咧?果真得下了一种难于改易的毛病了吗?她下狠心往后再不说长道短……这回刺激太深刻了!

可是,晚了,于她的声誉已经毫无补益。她的人格和乡誉降低到十分糟糕的地步。男人们不屑一顾这个多嘴多舌的女人;女人们和她碰个照面,斜眼咧嘴地走过去,不予搭理;娃娃们唱歌似的喊着"盼人穷"的绰号……梆子老太简直觉得在梆子井村活成了独人!

但谁也料想不到,连梆子老太自己做梦也不曾想到,一场连一场席卷梆子井村的旋风,居然把她从众人蔑视的龌龊角落里哄抬起来,搁置到梆子井村特殊显要的位置上,造成了她一生中的鼎盛时期……

五、梆子声声里

历时半年之久的"四清"运动即将结束的时候,梆子老太当上了梆子井大队新成立的贫下中农协会主任。

驻梆子井大队"四清"工作队队长把这一决定解释得合情入理:"盼人穷"属于什么性质的矛盾呢?如果拿黄桂英同志在运动中揭露的两件大案(暴发户胡振汉和写反动文章的胡学文)来看,那正好是她阶级觉悟高的铁一般的例证。这样的"盼人穷",好得很!

梆子老太不是蓄意谋政谋权的阴谋家,只是在工作队队长"扎根串连"来到她家访贫问苦的时候,征询她对梆子井村现任的两位主要领导人胡长海和胡振武的意见的时候,她说她在梆子井村受欺压,受孤立,无意间说出了胡振汉在河滩种红苕而后盖新瓦房的事,又说出胡学文妈妈寻上门来骂她的事。工作队队长严肃地听着,在本本上记着……胡振汉在国家困难时期高价销售红苕,是新生的暴发户,新盖的瓦房予以没收,改作青年俱乐部了。胡学文的文章经过剖析,是攻击性质的毒草,建议县教育局处理,因为胡学文的行政关系属于教育系统。平心而论,梆子老太当初躲在榆树下,记下了胡振汉夫妻从河滩收获回来的四十一车红苕的数字,并非为后来进行的"四清"运动准备材料,她当初仅仅出于某种过分的好奇心,想得知胡振汉夫妻的家底机密。想不到,"四清"工作队队长正需要这样的人证和物证……

梆子井村的贫下中农接受了这样的决定,选举会上一律给梆子老太举起了拳头。人人心里明白,工作队队员们口口声声说"要依靠贫下中农",实际呢?事事处处贫下中农得顺着工作队说话;要不,小心挨挫!

作为这件本来难于接受的事实的基础,前任梆子井大队大队长胡振武戴上地主分子帽子了,天天早晨在街巷里扫街道哩!这样意料不到的事变成实实在在的事实,那么梆子老太荣任贫协主任,就几乎是顺理成章的事了。一切无须追究它的合法性和合理性。意想不到的事太多了,整个中国正进入一个几乎天天都在发生使人意料不及的奇怪事情的时期。

与梆子老太荣任贫协主任这件事相映成趣的是:"四清"工作队队长自己顷刻之间垮台了!

宣布梆子井大队各级各部门新的领导人名单的社员大会正在进行,工作队队长刚宣布了贫协主任黄桂英的名字,一辆大卡车从村西大路上开进村子,一直驶进十字街心的会场。车上跳下十几个男女,一律的黄军装,一律的红袖筒,不由分说,把工作队队长扭胳膊拽腿地架抬起来,扔到汽车车厢里去了。梆子井村正在开会的男女社员吓呆了,这位三句话不离"革命"的老同志,怎么一下子……梆子老太也吓得脸黄如蜡,双腿颤抖。

"这是我们单位的'走资派'!'三反分子'!"一个中年人站在汽车上,向惊惊吓吓的梆子井社员宣布说,"欢迎贫下中农和我们一起造反……"

汽车卷起滚滚尘烟,开出村去了。

现在,谁也说不清工作队队长宣布的干部人选还算不算数儿,梆子老太一次也没有行使贫协主任的职责,梆子井村已被派性斗争搅得混沌一片了。

在激烈的口号和怕人的枪声中,梆子井村老成胆小的庄稼人缩在炕头上,度过了解放十八年来第一个兵荒马乱的春节。农历大年除夕的夜里,梆子井村背后的南原上枪声彻夜不息。两派大交战,枪声代替了鞭炮,家家关着门,提心吊胆地捏着饺子……老干部被"四清"工作队打垮了,新班子在武斗中自动解散了,麦子没有施肥,也没有冬灌,夏收收什么呢?日子怎么过呢?谷雨节气已经过了……

两名年轻的解放军战士来到梆子井,采取强硬的又是应急的措施,不管两派组织怎样表白自己如何敢于革命和造反,都得接受梆子老太的领导。在农村,贫下中农是领导一切的。两派各出两名代表,组成五人临时领导小组,贫协主任黄桂英任组长。

一枚刻着梆子井革命领导小组字样的印章,由解放军战士郑重地交托到梆子老太手里。已经交近五十大关的梆子老太的心里,一阵喜,一阵愁,忧喜交织,手也颤抖了。这是权力的象征。代表梆子井势不两立的两派头头,挖空心思想把这枚用红绸包裹着的印章攥到自己手里。解放军战士没有上当,双手交给她了。她怕因握有这个印章而招致祸端,心里怯得慌慌。解放军战士鼓励她说,他们支左的军队驻在公社机关,整整一排人马哩!

她接过印章来了。家里没有带锁的办公桌,搁在大队办公室更不保险,于是就装在一只吃完了点心的硬纸盒子里,搁在炕头上方的墙壁上挖出的窑窝里。这儿最保险了。

梆子老太每次攥着这只印章的圆把儿按下去的时候,虽然免不了常常把字弄反,心情却是神圣的。反了正了,只要有这几个红字在!

许是慑于解放军的强大威力,两派头头们不管心里怎么捣鬼,表面上却不能不接受梆子老太的领导。景荣老五不管心里怎样害怕,也不能不接受解放军战士三番五次的谈心说服。多数还想依赖梆子井的土地养活儿女的庄稼人,已经想得很少了,无论什么人,只要在春耕生产的关键时刻,能站出来领着社员去出工就行了!梆子老太应运而生,人们倒是感激解放军,给梆子井村扶植起一位能牵动铃绳儿的人来。

"赶紧整备棉田!"有人积极地向梆子老太建议。她就指派社员去耕犁棉田了。

"该下稻秧了!"想依赖梆子井村吃饭的人继续建议。梆子老太立即指派几位有技术的老农去下稻秧。她虽然不大精通各项庄稼的活路,却比一般妇女强多了,也乐于听取众人的建议。

几项当务之急的农事活路纷纷铺开,取得进展,老成的庄稼人悄悄在私下议论,这个梆子脸老太倒是不错的一位干部哩!胡景荣看看自己的婆娘受人赞扬,心头也舒悦了许多,常常在夜里睡下以后,提醒她遗忘了的漏洞:该清除自流灌渠里的淤泥了!在渠沿上点下黄豆,不是小事哩!梆子老太第二天就会派人去挖渠点豆儿。

梆子老太领导下的梆子井大队,生产上逐渐铺开,庄稼人心里开始踏实,自己也增强了信心。她的一生中没有生育过的身板,愈显得刚强,走起路来,腿脚利落,似乎梆子井村的街巷一下子变短了,气呼呼走过去,又噔噔噔走过来了。说话的声音也不同于以往,高了,也脆了,理直而又气壮,毫不拖泥带水,倒是活像呱嗒呱嗒响着的梆子声音了。年轻人学着她的腔调说话逗笑,老人们禁斥年轻人说,管人家像不像梆子呱嗒做啥?只要她能领得大伙混饱肚子,哪怕她说话像敲锣呢!

也难怪梆子老太在村巷里匆匆来去地走动,说话,她太忙了。梆子井村的内务和外事,革命和生产,上级下级,大事小事,都集中到她的身上来了。

刚刚送走公社派来的两位检查大批判工作的干部,又有两位骑自行车的陌生人走进梆子老太家的院子。

"黄主任,这是我们的介绍信。"来访者其中一位年长的人,把一张铅印的介绍信递到梆子老太面前,"我们向你了解一个人。"

梆子老太接过介绍信,看见那上面盖有红色印记,虽然不识字,也就放心地撂到桌上,随口说:"你要了解谁的啥问题呢?"

"我们单位的胡玉民,老家在你们村里。我们想了解他的社会关系。"

"唔……有这人。"梆子老太稍一筹思,就说,"这人全家住在西安城里,老不回来,家里没谁了。"

"我们'清队'中查出他有'现反'言论,想了解他的家史……"

"这人……他爸死得早,他妈改嫁了,他要饭混进城里,给一家褙子场抹糨子糊褙子;解放后听说干阔了……"

"他倒是工人出身。"来访者说,"可是'文革'以来,尽说反动话……"

"他家没人了。"梆子老太说,"他在你们那儿的表现,俺就不知道了。"

"唔……"来访者显然失望了,几十华里路,从西安找到这个偏僻的山村,一无所获,实在有点不甘心地说,"他爷爷干什么呢?"

"他爷也是庄稼汉。"梆子老太回答之后,倒是想起一条重要的记忆,"他的老爷……要不要说呢?"

"他老爷……也是重要亲属嘛!"来访者眼里闪现出希望的光芒,"虽然出了三代,可以作为参考。"

"他老爷当过土匪……大概在啥时候呢?反正男人都留辫子那会儿。"梆子老太追忆说,"我听人说,他老爷让郑家村人打死了,尸首抬回梆子井,乡党没人去抬埋……"

"请你说得详细点儿。"

"就是这些了。"

"他老爷叫啥名字呢?"

"记不得……"

"请你盖章。"来访者把记录下的文字复述一遍,然后把写得密密麻麻的红格纸页送到梆子老太手里。

梆子老太看也不看(她不识字),从点心盒子里取出圆形印章,在印泥盒里蘸一蘸,又放在嘴前哈一哈气,庄重地压下去,揭起一看,很好,字迹清晰。似乎只有盖上了这记圆坨儿,那份材料才活像一份材料了。

"麻烦黄主任。"来访者满意地向她告别,推动自行车,告辞了。

梆子老太笑着,送客人上路。当她再回到屋里的时候,却看见景荣老五慌慌乱乱在院子里转圈圈,火烧火燎的样子。

"啥事把你急成这样?"梆子老太忙问。

"回屋里说。"景荣老五气急败坏地说。

两人相继走进里屋,坐下了。

"我说你……"景荣老五气恼地抱怨说,口语不畅。

"我咋咧?"梆子老太也莫名其妙,气咻咻问。

"你……唉!"景荣老五一拍炕边,"你说人家……老爷的事做啥?"

"我说谁的老爷的啥事啦?"

"你说玉民他老爷当土匪的事做啥?"景荣老五终于说出口来。

他在后院里破柴,通过后窗,窃听了老婆和来访者的全部谈话内容,眼都要急红了。

"噢! 是这事——"梆子老太倒释然笑了,"人家问我嘛!"

"人家只问到他爷这一辈儿。你把他老爷的事说出来了。"

"对组织负责嘛!"梆子老太忽然变了腔调,"他老爷当土匪是事实嘛!"

"你见来?"景荣老五一急,抬起杠来。

"我听人说过。"梆子老太也不示弱。

"你听谁说?"

"我……"

变成老两口之间难分难解的争执了。

"这是组织对组织的事。"梆子老太提高嗓门,郑重地告诫不问政治的落后老汉说,"人家跟我来谈的是公事,党里的事革命的事,你往后就……甭管!"

景荣老五一听老婆以官压人的话,不由得火起,烟锅"哐当"一弹,也提高了嗓门:"共产党讲的是以实为实,哪兴你给人胡说八道?"

"我说的哪句话不是实的?"梆子老太声调更高了,像吵架一样,"他老爷当过土匪的事,谁不知道?"

景荣老五软下来了。吵闹起来,把他们老两口的谈话内容张扬出去,结果肯定更糟糕。既然自己在气势上压不住老婆,他就忍气压火,恳切地说:"好我的你哩! 你没看世事乱到啥地步了,好人尽遭罪哩! 从那俩来人的话里,咱听出来,咱村的胡玉民现时也遭了罪了! 人家专门来搜事整人哩,你还说那些几辈子以前的事,不是火上泼油吗?"

"你这思想,该当批判! 公社里开会,革委会主任说,要批判'老好人'思想!"梆子老太更加得意,嘲笑自家落后脑袋的老汉,"你只管劳动挣工分去……"

　　景荣老五彻底败阵,瞧着老婆子扬扬得意的脸色,厌恶地哼了一声,就掂着烟袋走出门去了。她虽然是梆子井村的头头脑脑,毕竟又是他的婆娘,和他白天在一个锅里搅稀稠,晚上在一个炕上脚打蹬,他不能不从一个男人的角度关照她的言行的合理性和安全性。这不仅是她一个人的事,也切实关系着他和他们抱养下的已经长得墙高的儿女的声誉……想到这些,他把怨气归结到前后几位把她扶到台上的人身上去了。他们走了,却把不尽的忧愁和烦恼留给这个家庭了。

　　他独自一人,远远坐到场塄边的榆树下。想到而今混乱的时世,斗人打人的奇事怪事流传不断,塞满了他的耳朵,在这样的时世里,怎敢抛头露面,胡说乱道呢?他的心头愈觉沉重,总有一种祸事迟早要降临的慌恐感觉。这个不明世事的混账婆娘……

　　梆子老太继续接待来访者。

　　前来访问的人络绎不绝。大多数是男人,偶尔也有女人。他们操着叫梆子老太难得听懂的南方或北方的陌生口语,笑着打开公文包,递上盖着红色印记的介绍信,叙说他们所要了解和调查的对象。梆子老太热情待客,倒水,让烟,然后尽其所知,一一回答,再盖上梆子井大队临时权力机构的印记,送客人上路。

　　运动在继续,看不出有完结的可能。作为整个"文化大革命"的组成部分,清队,整党,一打三反……梆子老太刚刚把一个新的名词说得顺口,一个陌生的新名词又响亮地提出来了。她渐渐摸出一个规律,大凡一个运动兴起,前来梆子井村找她调查了解情况的人就多起来。她掐指一算,六七十户人家的梆子井,在西安以及本省南北各地,以至在新疆、北京或南方什么地方工作的人,他们所在的大工厂或小机关,都派员光顾过这个隐藏在黄土原下、小河岸边的偏僻角落了。

两位穿着军装的军官走进梽子井来了。

"黄主任很忙,我们打扰您了。"两位军人异口同声地说,态度和蔼,客气,照例先递上介绍信。

"没啥没啥!革命工作嘛!"梽子老太已经习惯于这种礼节性的客套,应对也已自如老练了,"有什么问题,直说吧!"

谈话正式开始了。

"你们村有个叫胡选生的?"

"有。是普选那年生的。"

"这个青年在我们部队服役。"

"噢。"

"这青年参军两年了,表现不错。"军人热情地赞扬梽子井村长大的人民战士,"连里想把他当个苗子培养,我们来考察一下他的社会关系。"

从众多的来访者口中,梽子老太听多了也听惯了梽子井村在外工作的男女们的不测之事,听多了那些人的不幸,反而习惯于听那些不幸的事,倒不习惯于听这稀有的有幸的事了。既然作为苗子培养,不言而喻的是,入党和提干。梽子老太不知该对这样的人怎么说话了。

"胡选生家庭是贫农成分。"她说。

"对。"军人点头说,"父母亲在队里表现怎样?"

"一般。"梽子老太说,"不积极也不反动。"

军人很不放心地问:"没有什么问题吧?"

"大的问题倒没有。"梽子老太叹口气,表示惋惜地说,"他爸他妈的历史……复杂……"

"唔——"两位军人相对一看,脸色专注而严肃起来,显然是没有料到的。

"有人在大字报上揭发,说他爸是个兵痞,卖壮丁,搂一把钱,去了又跑了,回来再卖……听说到过广东、云南……"

"干过什么坏事没?"军人吃惊地问。

"说不清白。"梆子老太反而平静地说,"他妈的事,更说不清了。有人说,他爸卖壮丁跑到河南,躲到一家地主家扛活,没过十天半月,把财东家的小姐拐带跑了……"

"你们调查清楚这个问题了吗?"

"查不清。"梆子老太说,"我们派人到河南,她老家那个地方,修了水库,村庄搬迁了,找不到下落……"

"这……怎么办呢?"一位军官摇摇头,犯愁地说,"到哪儿去澄清呢?"

"我们也没办法。"梆子老太说,"弄不清,先挂起来……"

两位军人轻轻叹息着,走出梆子老太家的院子。梆子老太照例用干脆响亮的声音送客人上路:"慢走……"

六、报复事件

那个曾祖父当过土匪的胡玉民,由他所在的西安那家工厂的两位干部押解着,遣返回原籍梆子井村劳动改造来了。他的老婆,他的两个孩子,由梆子老太安置在村口储藏麦草的场房里。之后又有两个人被遣送回来,一个是正在兰州念书的大学生,一个是陕南什么县城的什么公司的经理。尽管他们戴着不同名号的"帽子",梆子老太在接收安置他们的时候,总是一律地用这样的话安慰说:

"你们都是梆子井村人,在外边工作,不给咱们村的贫下中农争气,尽搞反党活动!现在倒好,都回到梆子井来!回来了……好好劳动改造……"

每天早晨,在大队办公室门外的请示台前,站在这里来请罪的队伍扩大了,再不是新地主分子胡振武和老地主分子胡大头两个孤零零的身影了,已经有了一排溜儿。构成这一列队形的成分也多样化了。梆子井村的庄稼人看见,再不是纯一色的黑色裤褂的农村型号的五类分子了,掺杂了蓝色和灰色,衣服虽然破烂,却是制服式样。那一律弯腰低垂下去的脑袋,也不全是过去那两个新老地主分子的光葫芦脑袋了,有了蓄留着头发的工作人的脑袋了。

按照上级要求,梆子老太起初天天早晨监督他们请罪,后来就交给民兵连长去执行,只是在有新的成分增加到这支队列里来的时候,她才来亲自监督一次,看看此人老实不老实,规矩不规矩。

她站在他们面前,听他们一个一个依次开口,说那些天天重复着老一套的话。往昔里,他们都是梆子井村的头面人物。不屑说老地主胡大头了,新地主胡振武从村长当到大队长,一直是站在梆子井最显眼的地方说话的人。现在由梆子老太监视着悔罪哩!那些穿破烂制服的人,往昔里在天南海北干大事,挣工资,他们留在梆子井村的老人和家属,过着比一般庄稼人明显优越的生活;他们在年时节假里回到梆子井,穿戴一新,令村里的男女老少都羡慕。他们和她见面时,打一句招呼就过去了,不大把她收进眼角里,现在,这些梆子井村的头面人物,全都匍匐到她——一个乡村女人的半解放式的小脚前头了。她的一句话出口,就可能使他们流下许多毫无报酬的汗水。

"五类分子修河堤!"她给民兵连长一句话,这些人就被吆喝到河滩里,在晒死青蛙的沙滩上,扛石头,推沙车,从早干到晚。

有时,看着这些人累得扭腰拉腿、疲倦不堪的样子,她心里又觉得他们可怜。是呀!一个没有抓摸过土疙瘩的手指头,长得那细,怎能有劲呢?细指头捏水笔和揭文件纸,倒是轻巧利索,捏锨挖沙扛石头,就显得太弱嫩了。她想派他们干些稍微省力的轻活儿,又怕那几位造反头儿说她同情反革命分子,也就作罢。转念一想,让他们流些汗,出些大力,吃点苦,也使他们亲身经受一下,该当知道庄稼人平日里受的什么苦了。再甭像以往回到村里,摆一副挣大工资的工作人的优越面孔了!

胡选生从部队复员回来了。

梆子老太站在十字街心,看见他穿着摘掉了帽徽和领章的草绿色军衣,背着军队上的那种黄绿色被子,走到十字街心来了。他和几位庄稼汉男女打着招呼,并不停步,从梆子老太旁边走过去,装作没看见,或者像是从来不认识她似的,端直走过去了,走进梆子井村中间胡大脚家的土门楼去了。

梆子老太心里明白,他恨她。三天过去了,这个胡选生不见前来报到,意向十分清楚。梆子井村的任何一个复员军人回归本土,不出三天,就得向村里的最高领导者报到,由她再吩咐队长给他们安排活路。工分也不是随便可以去挣的。胡选生不仅不见来报到,也没见他像其他复员军人那样提上糖果糕点去走亲访友。胡选生回乡的第二天,就扛着镢头下地干活挣工分去了。他这样爱工分?他爸胡大脚也这样爱工分而不通人情世故吗?

他憋气,梆子老太猜想。她想指令生产队长:甭给他记工分!既然没有向梆子井的现任领导人报到,一句招呼也不打,谁认识你是什么人呢?你的户粮关系尚未在梆子井落下,能随便挣工分吗?她觉得理由十分充足,却终于没有给生产队长下达这样的指令。她心里有点虚,有点怕惹麻烦,终于忍住了这口气。

在一条没有岔道可循的田间土路上,梆子老太和胡选生迎头碰面了。她等待他先开口,和她打招呼。她是领导小组组长,又是长辈人,不能先开口问候他一个晚辈娃子,那样有失身份和尊严……可是,要是他还是不理她的话,怎么办呢?她总有点心虚,想到应该和他打一句招呼,缓和一下,这儿在河滩野地,谁先朝谁开口,没人看见……胡选生头一扬,脸一迈,丝毫没有放慢脚步,从她身边走过去了,满脸的傲气,这个狂妄的家伙!

现在清楚不过地证实了梆子老太隐藏在心底的那一层顾虑:他

恨她。气她向部队的那两位军官说出了他的父母亲复杂的历史状况,使他失去了被连队当作苗子培养的可能,既没有提干,也没有入党,又回到梛子井村来务庄稼了……他不恨她才怪哩!有人恨她恨在心里,比如那个胡玉民,表面上一句不吭;那个什么县的什么公司的胖经理,不管心里怎么想,却总是跫到她跟前来汇报改造收获,满脸赔笑。这个胡选生硬得很!仇恨就摆在鼻子眼上,专给她瞅似的。她再三思量,得忍着点,胡选生和那一帮人不一样,他头上没有"帽子",不好抓摸哩……

大约过了半个月,相安无事,梛子老太也约略放心。他敢把她怎么样呢?这一天,胡选生终于亲自登门来了。

"这是部队给大队的介绍信。这是户粮关系。这是团关系……"胡选生站在院子里,不笑也不恼,像对一位陌生的人交接手续一样。

"屋里坐。"梛子老太礼让说。

"没有什么事情了吧?"胡选生打算立即走开的神气。

"甭急。"梛子老太把那份团组织介绍信,又塞回对方手里。那是参军时从梛子井村团支部转入部队的,现在换了一张表,又从部队转回梛子井村团支部来了。她说,"你到团支书那里去办团关系。"

胡选生把那张表格塞进裤兜,抬脚要走了。

"选娃。"梛子老太转念一想,不管怎样,表面上也该缓和一下这种紧张的气氛。她装出什么也不介意的样子,关心地说,"你回来了,要多帮助咱村干工作,老太我没文化……"

胡选生停住脚,转过身,从门口重新走回院子当中,咧开的嘴角上,荡漾着不屑的嘲笑。

"你在部队受过教育,表现不错。"梛子老太廉价地安慰失败者。她虽然不大习惯给胜利者祝贺,却能大方地安慰失败者,不惜言词,"咱们队里革命生产忙啊!正需要你们年轻人!"

"需要我?"胡选生眼里滑过一缕疑问的光,"你说的是真心话?"

"啊呀!老太啥时候哄过你?"

"黄主任,既然你把话说到这儿了,我就忍不住,想问你个问题——"胡选生冷声静气地说,"关于我爸和我妈的历史问题,做结论了吗?"

梆子老太愣住了。在这个年轻的复员军人的冷静的语气里,感觉到了蓄久而又压抑着的愤怒;那一双被蓬乱的头发掩遮下的眼睛里,透出一股憎恶的冷光;因为外表上努力做出平静,反倒使他那种愤恨和憎恶的怒气更显得深沉和不可压抑,像暴雨降落之前的静寂中掠过的一股风,带着冷气,直透进梆子老太的骨缝。

"你爸是贫农,你妈也是贫农,这不含糊。"梆子老太干脆地说,丝毫也不拖泥带水,"没有做不做结论的事嘛!"

"说我妈是逃亡的地主小姐的事,从何说起呢?"显然是经过千百回的思忖和度衡,胡选生不慌不忙,把自己心里要说的话,一句咬到要害处,"我想问个明白。"

"那是有人在大字报上揭发。"梆子老太做出不在意的样子,仍然和气地解释,"群众意见嘛!要正确对待,相信群众相信党嘛!"

"群众意见我不计较。"胡选生说,"如果有人以党和群众的名义,把这些专门害人的谣言当作事实,给我装进档案,我就会成为兵痞和逃亡地主的狗崽子……背一辈子黑锅!"

"咱们……没有……这样看待你。"梆子老太心里发慌了,一切已不再是秘密,看来是不好对付的,"你甭……背思想包袱……"

"我怎么能不背包袱呢?"他眼皮一翻,紧紧盯住梆子老太的眼睛。他想说,你给部队外调干部的一席谈话,把我一生的前途葬送了,还叫我不要背思想包袱!他忍一忍,继续谈他早就要谈清楚的问题,"我只有一个要求,把我爸我妈的历史调查清楚,做出结论。要是证据确凿,我当逃亡地主的狗崽子,算我活该!"

"我们派人到河南,查不到……"

"那应该再想办法去查!"

"不好办哩……"

"光说'不好办'不解决问题。我背着黑锅哩!"

"群众意见嘛!正确对待……"

"什么'群众'的什么'意见'嘛!"胡选生终于忍不住大声说,"我爸背了河北宋家财东一身烂账,万般无奈,卖壮丁给人家还钱,你说他是兵痞!谁家里有一丝活路,愿意拿性命冒险换钱?俺妈家在河南,穷得要饿死了,才卖给财东家当丫鬟。俺爸从刮民党队伍里偷跑了,躲到财东家扛活儿,看见财东把个穷丫鬟打得半死,锁在柴火房里,他可怜穷汉人,救了她,两人逃回陕西……咱村人谁个不知,哪个不晓?你不想想,凭俺爸一个穷汉人,能勾引来地主家小姐不能?你……"

"我早就说过,是群众大字报上写的嘛!"梆子老太无法应付了,只是勉强地重复她领略到的这句政策性十分广泛的话,"群众在恁大的运动中……难免有不太实际的话写到大字报上……"

"哼!我说——"胡选生无可奈何地冷笑着,"如果有人贴大字报说,你不生娃,是当姑娘的时候,让野汉子给搞坏了……你能正确对待吗?"

梆子老太一哆嗦,眼睛里起雾了,黑了。这样刻毒的辱骂,从一个晚辈后生的嘴里吐出来,像迎头浇来一盆屎尿,她被呛得张不开口了,嘴唇颤抖,眼前发黑,脑子里嗡嗡响,几乎昏厥了。

"反正……我背一辈子黑锅了……活着有啥意思!"胡选生快快地转过身,眼里泛出恶毒的报复以后的得意神气,似乎什么都在所不惜了,他出够了气,准备走了。

"你放你妈的臭屁!"梆子老太一下子从沉重的打击中醒悟过来,蹦前几步,把一口唾沫喷吐到选生脸上,骂起来,"你狗日翻了天了!"

胡选生抹着鼻脸上的唾沫,阴冷地笑着:"看看你……这下也不能'正确对待群众意见'了吧?"

梆子老太更加气急,一甩手,就抽到选生的脸上,再扬起手的时候,就被选生铁钳一样有劲的大手攥住了肘腕。她伸出另一只手,掐住了选生的领口,纽扣一个个挣断脱落了。

胡选生没有想到会打架,原来只想骂几句出出气罢了,他突然有些后悔,和一个老太婆打架,太没意思了。他甩开她乱抓乱撩的手,准备摆脱,不料梆子老太突然趴在地上,双手抱住他的左腿,大哭大喊:"救命——"

胡选生没有料到会有这样的麻缠,打不敢打,一个老太婆怎能招架得住他的拳脚呢?摆脱又摆脱不了……突然,小腿上一阵钻心的疼痛——她咬了他一口。小伙子疼得难以忍受,又听着她虚张声势的哭叫,愤恨的火气喷涌而出,抬起另一只脚,照梆子老太的屁股踢去——

这一脚,可能结果梆子老太的性命,从而酿成人命案件,至轻也会踢得梆子老太皮烂骨折。幸亏门外扑进一个人来,连滚带爬地扑倒在两人跟前,恰到紧要关头,抱住了选生刚刚抬起的腿腕。选生自己始料不及,身体失掉平衡,摔倒在院子里。

来人是胡选生的父亲胡大脚。他早已从儿子的言行神色中窥察出来某些异常的神态,暗暗地监视着儿子的一举一动,生怕闹出乱子来。他的心计没有白费,恰到好处地制止了一场可能酿成的祸事……

这件事处理得十分及时,三天没过,胡选生被县公安军管会拘捕了,性质定为阶级报复。

拘捕胡选生的吉普车刚一开出梆子井,村民们一股水似的涌进胡大脚家窄小的院子。女人们安慰号啕大哭得嘶哑了嗓子的河南籍女人,男人们劝解双手抱头唉声叹气的胡大脚,悄声怨骂那个瞎心眼的梆子嘴……太过分了。

"啊呀!这个梆子嘴,不知给外边来的人,都胡说乱道了些啥……"

"甭想从她嘴里听到一句吉利话!"

"上头来人尽听她瞎汇报……吹胀捏塌,好事说瞎,全由她叨咕!"

梆子井村的庄稼人都养儿育女,悉心盼望自己的儿女将来比自己活得更有出息,顶好能到外部世界里去干一番事业。那不仅是单纯的经济收益上的实际利益,重要的是标志着作为父母教养儿女的光荣啊!尽管他们自己在梆子井村里不打算加入共产党,甚至开会时总朝拐角挤,甚至甘当落后;但他们几乎一律诚心地希望儿女们在学校,在部队,在工厂或记不清名号的单位里,积极工作,思想进步,最好能加入共产党,能提拔干部……解放以来形成的新的社会观念是:党员和干部是一切角角落落里的优秀分子,是好人的同义语,处处受人敬重和爱戴啊!

现在,梆子井村的父亲和母亲们不能不切身考虑:如果自己的儿女将来参了军(或服现役),上了学(或已在校),在西安或外省工作的话,要入党,要进步,仍然与梆子井村的现任领导有割不断的关系哩!即使你走到天涯海角,仍然得由梆子老太向你所在的单位证明一家老少乃至骨头早已化成泥水的上几辈祖宗,究竟是好人或者是坏人!谁家几代人中没有一点纰漏和过失呢?梆子老太实实在在叫他们不放心呀!岂止仅仅是同情胡选生的厄运?一个盼人穷、瞎心眼的婆娘,能指望给你的儿子和女儿说什么好话吗?甭想!

于是,在胡大脚家的院子里,七嘴八舌,乱口纷纷,把梆子井村几年间所有人的倒霉和劫难,都有根有筋地与梆子老太联系起来了。梆子老太的存在,显然已经对全体村民都构成一种潜在的威胁:只要她健在,只要她手里还攥着那个"红圆木"(印章),他们就怕怕……谁能保证那不祥的梆子似的声音不会敲响在自己的头顶呢?

七、光荣的孤立

梆子井村贫协主任黄桂英被阶级敌人殴打的严重事件,震惊了公社和县上贫协的领导同志。他们或骑自行车,或坐吉普车,先后赶到南原坡根下的偏僻的小村庄来,带着沉重的心情,表示关切和慰问。

梆子老太深受感动,当着领导人的面,流出擦不干的泪水。她艰难地用胳膊撑起身子,想坐起来,躺着和县上的领导说话,太没礼节了。领导人亲切地按住她的肩膀,坚决地劝慰她继续躺着,安静地养伤,不能乱动,不必讲究礼仪,养伤要紧呀!她就躺着,仔细认真地聆听上级领导热心热肠的鼓励的话。她感到无上荣光,甚至受宠若惊。好呀!让梆子井村的男女老少都瞅一瞅,县上的坐小车的大领导亲自看望黄桂英来了!梆子井任何一位庄稼人生疮害病,甚至老死病逝,除了他们的亲戚来看望,公社和县上的领导看望过哪一位普通庄稼汉呢?她的心情十分好,胡选生的辱骂带给她的是难得的荣耀,而他自己现在则蹲到县公安局的拘留所里了。她向领导表示,自己决不怕打击报复。在梆子井这个阶级斗争越来越尖锐复杂的村庄里,为贫下中农掌好印把子……

所有来访的人,无不为这个五十岁的乡村老太婆所表现出来的斗争精神所感动。县贫协主任当着梆子老太的面,指示随身前来的小秘书说,把黄桂英同志的事迹整理出来,印发到各级贫协组织,学习她的斗争精神;而且诚恳地做着自我批评,因为官僚主义,竟然没有发现这样一位富于斗争精神的好同志……

梆子老太抱养的女儿已经长大成人,白天守候在身边炕前,默默地递水递饭,晚上就由景荣老五来代替侍候了。

"你觉得怎样?"整整躺着五天了,仍不见梆子老太康复,景荣老五有些焦虑,"腰还疼不?"

"轻是轻些了,腰还是疼得翻不过。"梆子老太皱着眉,很痛苦的样子。

景荣老五一声叹息,就低下头去默默地抽烟。不管怎样,她和他过了大半辈子,老夫老妻了。她被一个晚辈的年轻后生打伤,他心里难过。他不能解除她的痛楚,也体味不到她疼痛的程度,只是这么一直躺下去,他很担心,万一瘫痪了咋办?他是那种胆子小而不愿招惹是非的手艺人,就说:"要是还不减轻,我拉你到城里大医院去检查,看看伤没伤着骨头?"

"过两天再说……"梆子老太有气无力地说。

这时候,会计送来一张通知。

"啥通知?"梆子老太躺着问。

"公社召开'活学活用讲用会',通知你参加。"会计回答说,"明天上午八点。会期三天。"

会计走了以后,景荣老五劝说:"你有病,另派旁人去吧!"

"旁的会不开没啥,这个会非开不可!"

景荣老五正想认真地劝解,未及开口,却吃惊地看见,刚才哼哼唧唧痛苦呻唤着的老婆,忽地一下坐起来,一把掀掉被子,旋即溜下炕来,双手紧着裤带,像要出征的将军。他一下子愣住了,忙问:"你——病没好哩……"

"好了!"梆子老太赌气似的说,"我一没伤,二没病,让那娃子乖乖蹲劳改窑去!"

景荣老五听罢,难为情地低下头来,默默地装烟打火,张不开口了。担心老婆瘫痪的顾虑虽然解除了,可是她装病唤疼用以扩大事态而致使胡大脚的儿子套上法绳的行为,无论如何使善良的弹花匠老汉感到了良心的谴责。

他从父辈手里继承过来一张枣木弹花弓,也继承了父亲靠手艺吃饭、正直为人的家训。他给人家弹花挣钱吃饭,不想蓄意设陷伤害任何人。他参加农业社集体生产以后挂起了弹花弓,虽然留恋背一张弹花弓走四方的自由自在的生活,却仍然遵循着与人和善相处的父训,听从干部分配,不避不拣轻活重活,实实在在地在梆子井村生活着。因为老婆子登上村里的最高权力机构,他更加注意善言善行,与人和睦友善,意在弥补招惹是非的老婆子所造成的乡党友情方面的损失。看到梆子老太确实是装病装疼,他顿时产生一股厌恶的情绪,用吸烟来调节这种不快的心情了。

梆子老太倒水洗脸,梳理散乱的头发。

公社和县上的那些领导,要是知道了他们不顾路程僻远前来看望的并不是一位受伤的人,而是一个完全的好人,心里会怎么想呢?县公安局要是知道了胡选生并没有打伤黄桂英的真相,又该怎么办呢?唔呀!那样一来,从里到外,从下到上,他的老婆就臭名远扬了!近几天来,看着乡邻们一溜一串出出进进胡大脚家的门楼,庄稼人不来看望挨打受害的人,反倒同情打人肇事的胡选生的父母,已经使景荣老五心里承受着压力。现在,他觉得这种无形的压力愈加沉重了,出门怎么和乡党见面说话……

"你要去开会,我也不敢拦挡你。"景荣老五思谋再三,使自己的情绪缓解下来,委婉地劝说,"开会时跟领导说话,注意尺码!经过这场事,咱也该学得灵活些,说话办事,多想想前后左右……"

"阶级敌人斗到我的大门里头来咧,你倒叫我装乖学龟!"梆子老太气呼呼地说,"你倒说说,'前后左右想'什么?"

"我是说,该说的说,不该说的就甭说。"景荣老五依然耐心地说,"咱已是五十岁的人了!"

"我说过啥不该说的话咧?"

"人家选生他妈的情况……你不该给军队上来的人乱说嘛！"

"你倒跟他一口腔！"梽子老太真的动气了，"我说得不对，为啥法办他娃子？"

"甭看法办了选生，乡党骂咱哩！"景荣老五难受地说。他认为有必要提醒已经丧失正常理智的老婆，甭看公社和县上有领导来看望你，梽子井村的男女却拥到胡大脚家去了。他终于把社会舆论摆到她的当面，想促使她冷静下来，"人家叫你'盼人穷'，瞎心眼，连我也恨着哩！"

"被敌人反对是好事。"梽子老太不屑一顾地回顶道，反而更加气壮声粗，"县贫协主任那天批评你落后脑袋，你咋只笑不说话？"

"乡党不是敌人嘛！"景荣老五争辩说，"县贫协主任批评我落后脑瓜，我没说话，是看他远远地来了，礼让他了。我心里也没接受！"

"你怕人骂，你躲远。"梽子老太不愿意和落后男人再啰唆，"我的事情由我办，你往后甭在我跟前嘟嘟囔囔！"

厌恶地瞅一眼这个不明世情的婆娘，景荣老五站起身，掂着烟袋走出院子，蹲在门外平场里的青石碌碡上了。月色溶溶。梽子井村早已沉寂。从一家一户的大的或小的透着光的窗户上，他想到人家的夫妻们在灯下窗前和声细语，在商量如何安排家庭生活吧？在商量给儿子订媳妇或给女子寻婆家的事情吧？不管贫富，人家生活过得安宁和平静。他已接近花甲之年，希望晚年的日月过得安宁，特别是在已经纷乱得令人烦腻的当今社会里，他希望有一个安宁和谐的家庭。现在，在这样大的世界上，没有一块能叫他劳动、吃饭和睡觉的安宁角落了……唉！他断定自家这个门楼里日后更不会少事，和胡选生的纠葛不过是一种先兆罢了。那些骑自行车或坐吉普车来光顾他家门楼的县社干部，只顾鼓励他的老婆去斗争，却不知把景荣老五一家的乡邻关系完全破坏了！他们的话，像火一样烧燎着他的不知深浅的老婆，屁股烫得坐不安稳呀！他毫无办法……

梆子老太按时出席了公社召开的"讲用会"。她的发言,引起了强烈的反响。

"真是人老心不老的'老来红'……"

"黄桂英同志真是睁着眼睛睡觉——警惕性最高了!"

"学活了,用活了,有阶级感情呀……"

梆子老太简直应接不暇了,迎着她的是一张张笑嘻嘻的脸孔,钻到她耳朵里的是一句句热情赞扬话,始料不及的巨大成功,使她感到生活的欢乐。第一天会议结束,她心里装着盛不下的欢悦之情,格外有劲地走完公社离梆子井之间的十多里路程,凯旋似的归来了。自从一顶花轿把她抬进陌生的梆子井村,她从来没有今天这样得意过,几十年来别人赞扬她的话加在一起,也没有今天一天里听到的多!

梆子老太兴冲冲走进街门,看见儿子坐在院子里的青石礅上喝水,乘凉,瞅见她进门,巴眨巴眨看她一眼,既没打招呼,也没问饥问渴,狠狠地翻给她一副白眼,扭身走出街门了。

"你在公社胡乱讲些啥呀?"女儿腰里结着围裙,从小灶房里走出来,一瞅见母亲,劈头就问,像是早就等待着她似的。女儿嘲笑说,"你这下光荣了!光荣得全公社都闻名扬声了!"

"你——不想活咧?"梆子老太从热烘烘的公社会场,一下子跌进自家小院的冰窖里。她一时搞不清儿女们顶撞她的原因,无法忍受下辈人的放肆和无礼,骂道,"反了!"

"你是硬逼别人去跳井!"女儿根本不把母亲的斥责当一回事,看来已经是忍无可忍,火气更盛地反唇相讥,"你要积极。你逞能。你把俺爸也贴赔进去,糟践再糟践!你简直——"

在公社大礼堂的讲台上,梆子老太绘声绘色地讲述自己在梆子井村与阶级敌人做斗争的事迹时,公社自办的有线入户喇叭,准确无误地把她的每一句话,高兴时的笑声,难受时的哭声,一声咳嗽,都传遍整个公社的每一户农家了。其时,景荣老五和他的儿子和女儿,坐在院子里,一个个脸红耳赤地听着。当梿子老太讲到她与顽固派老汉作思想斗争的时候,儿子一跃身,从门楣旁边的土墙上,把那只纸质舌簧喇叭扯下来,摔到地上,踹得粉碎了。

梿子老太从女儿的言语间,大体明白了缘由。她现时置身于自家的小院,面对丈夫和儿女,回想起在公社的"讲用"发言,似乎觉察到有些话说得过分了,不仅伤老汉的面皮,也伤了儿女们的面皮,儿女已经长大成人了呀!那些过分的话,大约是在频频而起的掌声中,她的嘴巴变得收拢不住了。她有点懊悔,又不甘在儿女面前示弱。于是就把气使到景荣老五头上。一任儿女横加诘责母亲,他不拦挡,也不劝解,掂着烟袋倒像看热闹。她说:"说了就说了!谁要他一天尽说落后话!"

"你也该想想,五十多岁了,你积极得想当中央文革小组成员吗?"女儿气咻咻地挖苦,"你在公社胡说乱道,村里人听着广播骂,唾沫星儿把人都要淹死咧!你爱光荣,我嫌丢脸……"

这样的话,太叫做母亲的难以承受了,梿子老太气得脸色蜡黄,气呼呼地骂:"你嫌我丢脸,你滚!"

"你把丢人当喝凉水!"儿子此时走进门,粗声粗气地接上说,比姐姐的话更难听,"人家把你当猴耍,你还当你能行哩!公社干部吃公粮,挣工资,耍嘴皮子。你跟上人家瞎哄哄,难道不怕众人指脊背吗?"

梿子老太孤立无援,被四面围攻,气得浑身发抖,脸色由黄变青,双手捂脸,"呜"的一声哭起来。

景荣老五憎恶地翻一眼老婆,又低头抽他的旱烟。他也早已准备了一肚子难听话,准备和老婆闹一闹,甚至做了退一步的打算:分家另过,和这样的女人生活在一起,他无法安宁。现在,儿女们已经说得够多够难听了,他把想说的话全忍下了,老好的老汉啊!儿女们近乎辱骂的话语是不该有的。可是对于头脑发热的老婆,好言规劝变得无济于事了,有几句冷言冷语,使她发热的头脑凉一凉,也许正好。他觉得事态不能再扩大,就开口斥责还不肯罢休的儿女。

"你要当积极分子,你去!"听了父亲的斥责,儿子赌气地说,"把我分开。我单独过。我受不了旁人的白眼……"儿子几乎哭了。

"把我也分开!我跟俺弟俺爸过。"女儿也施加压力,"你积极,你革命,你一个人过活。俺一家老落后不沾你的光,也不受你的气!"

梆子老太不曾注意,她和景荣老五抱养人家的女儿和儿子,已经长大成人了,开始在梆子井村里和周围的邻近村庄里,结交同龄的相好和伙伴了。在她超出一般乡村庄稼人接受能力的言语和行动中,不仅把自己孤立了,而且把儿女们在年轻的伙伴当中也孤立起来了。旁人撂下的杂话碎语,儿女们听到了,脸烧哇!

"你们多嫌我……我给你们离眼……呜呜呜……"梆子老太哭得好伤心,"我受苦受难……把你俩养活大了……呜呜呜……"

儿子一甩手走出门去了。女儿在灶房里也不再出声,磕碰得碗儿碟儿乒乓乱响。

"你要会听话。娃们原为你好。"景荣老五这时才开口,劝解哭哭啼啼的老婆,"人家公社那些人抬哄你,是哄得憨狗去咬石狮子!你当是人家赏识你哩!"

"你吆喝起一家大小骂我……你看我不顺眼……唉嗨嗨嗨……"

"该当修德养性了,甭叫人斜着眼瞅咱。咱们都是上了岁数的人咧!"景荣老五诚心实意地说,"娃儿长大了,要在人前站哩!咱们挨骂,儿女在人前也难说话呀……"

这些陈腐的为人处世的俗理,与公社领导讲的话,恰好相背,相去太远了。她在公社受尊崇,受赞扬,回到屋里遭围攻,太叫她难以接受了。她听不进去,景荣老五不知给她重复过多少回的这些处世俗理,没有任何力量。她又无法辩解,儿女们几乎一边倒地站在顽固脑袋的老头子一边,对她的威胁太大了。要知道,儿子和女儿毕竟不是亲生骨肉,终究有一层后天无法弥补的隔卡呀!要是真的闹出分家的局面,她怎么办呢?哭着想着,梆子老太强迫自己吞咽了儿子和女儿的恶言秽语,就不再开口,算是平息了骤然爆发的这一场内乱……

无论是景荣老五诚心实意的劝解,抑或是儿子和女儿恶言恶语的刺激,都无法挽回梆子老太的"讲用"在外部世界所产生的影响,更无法使梆子老太安静地屈居于他们的农家小院了。

公社为期三天的"讲用会"结束以后,梆子老太被推选为出席县"活学活用"的积极分子了。下半年里,参加过县上"讲用会",她的发言引起更大范围的反响,县广播站播放了全部录音,铅印的单行材料发至县属的各个单位。黄桂英的名字,已经从偏僻的梆子井村飞出来,叫响在全县的角角落落里。

第二年春天,梆子老太光荣地出席地区"活学活用积代会",会后又被选为出席省上会议的代表了。梆子老太占有别的代表们无法竞争的优势:五十多岁的农村老太太,一个大字不识,尚且能学好用好,势必对众多的识字的人是一种刺激!她到处都受到重视和欢迎。省上的会议需得等到下半年召开,梆子老太暂且回到梆子井村里来。

景荣老五和他的儿女们大惑莫测,真不敢再往下想,说不定省上的"积代会"之后,他的老婆要上北京,怕是也难说哩!这对他们过去对她的那种态度,无疑是一个绝妙的讽刺。他在老婆归来之前,提早告诫过自己的儿女:

"看清了没?你娘现在落不下马了!凭咱爷儿们劝不回来了!她愿意做啥由她去,咱爷儿们过咱的日月……"

八、梆子声声响

在一年多的时间里,梆子老太参加各级"活学活用讲用会",从公社走到县,又从县城走到地委所在的城市,后来又被地委选为巡回"讲用团"成员,到处去现身说法。她究竟走过哪些县城,已经记不清楚了,至于去过哪些工厂、学校、商店和公社,就更难于说得清了。笼统的印象是,所到之处,锣鼓、鞭炮、红旗和大幅标语,一处比一处欢迎的场面更热烈,更隆重,像暗中比赛着似的。所到之处,热烈的掌声,满台的笑脸,许多记不清名字的领导人的欢迎词,真诚而又谦恭。所到之处,七碟八碗,肥的瘦的,烧的炒的,辣的甜的,洋的土的,一齐涌上餐桌,也像暗中比赛着似的。

梆子老太一生只去过十里堡,县城一次也没去过,这回可是大开眼界,见到了平生没见过的大世面,受到许多有头有脸的领导人的欢迎和尊敬,尝腻了从来没尝过的美味佳肴……她的心胸也变得开阔了,没有必要和顽固脑袋的老汉计较了,他经见过什么呢?

乍一回到梆子井,梆子老太顿然觉得南原和北岭之间的这条小河川道太狭隘了,梆子井村的街巷太污脏了。她心里很不满意,街巷搞得这样脏,五类分子干什么去了呢?给他们规定的每天早晨清扫街道的制度,因为她不在家,显然是松懈了。她去找干部,民兵连长到渭河北岸的什么地方买粮去了,生产队长给队里买化肥去了。

要不要到支部书记家去呢?在她外出的时间里,公社派人整顿选举产生了梆子井党的支委会,胡长海任支部书记了。她不想到他家里去,起码是不必刚一回来就去找他,给人造成她去朝拜他的印象。什么样的大领导,梆子老太都见过了,和地委书记握过手,照过相,吃过饭,地委书记还给她碟儿里夹过菜哩!县委书记扶她上车哩!胡长海算几级干部呢?本该在她一回到村里,他来找她汇报工作才对。虽然他是支书,可她是省"积代会"代表。

梆子老太觉得不去朝拜胡长海是对的,于是就从村里转过来,整个村巷里的树木、房舍、粪堆和柴火垛子,既熟识而又显得陌生。社员们看见她,有的远远走过去了,有的平淡地打一句招呼,也就没精打采地走过去了。梆子老太不大在意,这些只知道挣工分的庄稼人,又经见过什么大世面呢?她也许知道也许是不知道,梆子井村的社员,一年四季的吃食,主要靠渭河北岸的农户供应了,用一句调皮话说,户口在梆子井,而粮食关系早已转到渭北去了。

梆子老太走过地主分子胡振武家门前的时候,看见那家院子里,拥着一堆一伙妇女和娃娃,有人走出来,又有人走进去,熙熙攘攘的样子。她不由一惊,这么多社员围在阶级敌人家里干什么?地主分子太猖狂了,竟然敢把这么多贫下中农拉拢到屋里,搞什么鬼名堂呢?她径直走过去。

"哈呀!黄主任也来看新媳妇了!"

梆子老太刚走到门口,一个眼尖嘴快的妇女高声喊,她才明白了是怎么一回事。她停住匆忙的脚步,进去不进去呢?人家给儿子订媳妇,自己进去干什么呢?转而一想,在上级开会时,领导人反复强调,阶级斗争处处有,婚丧大事中更不会风平浪静,何况胡振武本身就是地主分子!这样想着,她决定:应该进去看看究竟。

"主任,回来了。"大队会计花儿正从门里走出来,急急忙忙的样子,和她招呼说。

"你急急忙忙做啥?"梆子老太问。

"我去开个介绍信。"花儿事务式地说。

"给谁开啥介绍信?"

"给解放哥开介绍信。他跟媳妇明天到公社领结婚证,急着要大队的介绍信哩!"

梆子老太闭了口,瞧瞧左右,就跟着花儿走到远离胡振武家门的街巷里,悄声问:"你审查过了吗?"

"两人都超过晚婚年龄了,再没啥审查的!"

"女方是哪里人呢?"

"陕北人。贫农。"花儿有点不耐烦地说,"女方合格不合格,由公社审查。咱们大队,只负责审查男方。"

"一个贫农女子,怎能嫁给一个地主儿子呢?"梆子老太紧盯着花儿问,"你想过没有?"

"人家两相情愿嘛!"花儿烦了,"我管不着。"

"你管不着?"梆子老太重复着花儿的话,加重了语气,"你知道不知道,你手里攥的啥?"

"章子。"花儿说,"公章。"

"贫下中农的印把子!"梆子老太纠正说,"怎么能丧失警惕性儿?"

"地主家的娃娃也得娶媳妇嘛!总不能去当和尚!"花儿不服气地说,"再甭疑神疑鬼了!"

"我没说不准他结婚!"梆子老太毫不放松,"要严格审查!"

"好!黄主任,你不放心我,你亲自去审查吧!"花儿烦腻地说,"你啥时候审查完毕,合格了,我再来开介绍信。"

"我就是要审查!"梆子老太一脚踏到底,毫不动摇,"你叫解放和那个女的到办公室来。"

……

"你叫啥名字?"

"兰铃铃。"

"哪里人?"

"陕北。兰家峁。"

"到这儿来干什么?"

"跟他……结婚。"

"为啥不在你们陕北找对象?"

"当地没粮吃。我想落脚到一个产粮的地方。"

"陕北革命形势大好!你咋说没粮吃?"

"俺家净吃糠。你不信,跟我去看看。"

"你家啥成分?"

"贫农。"

"你知道他家的成分吗?"

"知道——地主。他到俺家,头一回见面,就给俺说清白了。"

这个贫农的女子呀……梆子老太深深地惋惜,脸蛋儿圆圆的,眼睛很聪灵,可是太没出息了!眼看着这样好看的一个贫农姑娘要被地主的儿子引进屋里去,她心里难受,就耐心地开导说:"你仔细想过没?终身大事呀!"

"想过了,俺一家人都商量过了。"兰铃铃话语里不留一丝缝隙,表现出死心塌地的样子,"俺看出他人老实,对我好。他爸戴'帽子',那是他爸……"

梆子老太丧气了,甚至觉得这个甘愿投身地主家庭的贫农女子,未免太没骨气。她对呆呆地站在一边的解放说:"你俩先回去。介绍信现在不能开,等干部会上研究以后再说。"

"我给支书说过了。"解放急了,生怕到手的媳妇再发生变故,急忙解释说,"他同意呀!他说这号事一律由会计经办,用不着找旁的干部。"

"我也没说不同意,得研究研究,不能一个人说了算。"梆子老太一听解放找过胡长海,心里就更不美气,冷冷地说着,又转过脸,叮嘱陕北姑娘说,"你再好好想想……"

……

解放领着铃铃走回家去。两人把梆子老太审查他们的经过如实叙述一遍,人家怎么问,她和他怎样答……感动得解放的妈妈热泪扑流了。不等两娃叙说完毕,她已经忍耐不住,一把拉过铃铃,把这个操着生硬的陕北口音的姑娘搂进怀抱,五十多岁的乡村老太婆皱纹密布的脸颊,紧紧贴到未来儿媳乌黑发亮的头发上,竟然呜咽起来了。

自打会计花儿来通知解放和铃铃到办公室,接受梆子老太的审查,解放妈妈的那颗母亲的心就冻结了。吉凶难测!简直完全可能是凶多吉少!她在屋里坐不住,站不稳,出出进进,慌慌乱乱,像是要发疯了。铃铃的回答真是恰到好处,这是多好的一个姑娘呀!她觉得那颗冻结在胸腔里的心,顿然舒脱了,紧紧地搂着陕北姑娘,可爱的未来的儿媳妇!

"四清"运动中,她的男人胡振武,一夜之间,由共产党员大队长变成了地主分子。她跟着受了多少折磨,且莫说起,她已经五十多岁了。使她日夜揪心的是,儿子解放长到二十八岁了,订不下媳妇,人家哪个贫农女子愿意进她的家门呢?好容易托人在陕北山区介绍下这个姑娘……如果梆子老太一棍子把她给吓跑了,她的儿子解放就可能打光棍了!那样一来,她真的可能发疯。现在,这样的祸事可以避免了,尽管介绍信还没弄到手,尽管梆子老太说还要"研究研究",她觉得心地踏实,那颗承受过太多的折磨和惊吓的心,一时盛不下这个可爱的陕北姑娘带给她的太多的喜悦了。

胡振武磕掉烟灰,长长地吁出一口气,这个姑娘给人心里的安慰,足以排除梆子老太给人的反感。他动情地瞅一眼老伴搂着未来的儿媳的动人情景,背起双手,放心地走出门去了。他已经养成不说话的生活习惯了。

他是地主分子。一九六六年初开展的"四清"运动中,他从梆子井的共产党员大队长,一下子变成人民的敌人了。他不服气,也不理解,却是硬得出奇。他可以天天无偿地扫街道,干最脏最重而工分最低的活儿,却是硬着嘴巴不请罪,只说自己有过错误,而拒不承认自己是剥削压迫群众的地主,即使没有蓄留头发的光头被打得疙瘩连着疙瘩,他的嘴里也咬得紧紧的。

他默默地出工,默默地收工回家,坐在院子的树荫下抽烟,无事决不迈出大门一步。梿子老太和民兵连长监督着他的一举一动,屁放得响了,她也怀疑他要嚣张起来了。他从早到晚可以不说一句话。无论是天大的喜事,抑或是地深的灾祸,他都保持沉默不语,遇事不惊了。谁能了知这个外表硬得像一块钢铁的汉子,心里整天在淌血!刚刚从三年困难生活中恢复起来的梿子井大队,现在在梿子老太一帮人手里,又穷得和三年困难时期不相上下了!他给家庭和儿女们带来的深重灾祸,日夜咬噬着他的心……面对这件本来就很伤情的喜事,他有什么好高兴的呢?看着老婆抱着陕北姑娘泪流满面的样子,他实实不忍心再看了!

人说胡长海当支部书记是睁一只眼闭一只眼,胡长海自己说,他的两只眼都闭着。

问题恰恰在于:眼不见,心也烦!一个在梿子井村起早摸黑为党和群众利益工作了二十年的共产党员,强令自己容忍许多实在无法容忍的事情在眼前发生,是一种自我折磨,只好闭上双眼不看。多少回,他忍不住想站起来,只需三五句话(多了用不着),把梿子老太的瞎折腾的话驳斥回去,想想又作罢了,长叹一声:唉!何必!

眼前发生的这件事,他忍不住了。梿子老太卡住解放的结婚介绍信,已经一月了,那个陕北姑娘真是好,就死守在胡振武家里。他想看看,梿子老太将会把这件民怨鼎沸的事弄到什么地步,也就忍着,等待着。令他不能容忍的是,梿子老太竟然追到他家里,诘问起地主儿子哄骗贫农女儿做媳妇的事来了。

"地主儿子到处乱窜,两次跑到陕北,给你请假来没?"梿子老太一开口就咄咄逼人,"我可是一点不知——我在地区开会哩!"

"请假是给队长请。"胡长海淡淡地说,"我管不着社员请假的事嘛!"

"他从陕北拐骗回来个媳妇,请示过你没?"

"人家订婚娶媳妇的事,请示我做啥嘛!"胡长海一听就想发火,管得太宽了!他强迫自己依然保持住沉稳的口气,说,"人家是订媳妇哩!不能随便说是'拐骗'。"

"一个贫农女子,咋会心甘情愿嫁给地主?"梆子老太眉头紧皱着,"我看有麻达!"

"解放是社员,不是地主分子。'帽子'扣在他爸头上,没有扣着解放。"胡长海声音不高,口气却不软,不断纠正梆子老太言语中出现的概念上的混乱,"贫农女儿不能嫁给他;地主家庭出身的姑娘嫁给他,又咋说呢?怕是又要说成臭气相通了……地主家的娃子……只有断子绝孙!"

"反正……眼看着一个阶级姐妹被敌人腐蚀拉拢过去,我们不能不管。"梆子老太心里明白,胡长海偏向解放,就强硬地说,"党支部不能不抓阶级斗争!"

"婚姻法上没规定说,地主子女不准和贫农娃结婚!"胡长海也强硬起来了,"这件事算不算阶级斗争,我还没吃准哩!有什么责任的话,我担承着。"

"我看是阶级斗争的新动向!"梆子老太也不想再磨叨下去。她是个性急人,见不得拖拖拉拉,磨磨蹭蹭。听见胡长海要承担责任的话,她真想一下子戳破他包庇阶级敌人的问题;话到口边时,她又绕了一下,改为批评教育了,"这次,我在地委开会,领导们再三强调,阶级斗争……"

胡长海点起烟袋,一任梆子老太给他传达她听到的那位领导人的讲话。他觉得好笑,让他们到梆子井村来吧,住上三年两月,看看社员吃什么,就懂得饥饿比地主分子胡振武要凶恶十倍!黑市苞谷卖三毛八分钱一斤……看看庄稼人的日月怎么安排？哪里有劲去搞斗争……现在的紧迫问题是，怎么把这个有恃无恐的女人支使开，甭让她给解放把媳妇冲散了，那就不会给胡振武一家带来灾祸了。他忍着性儿，好言解释说："解放已经二十七八岁咧！甭说他妈他爸着急，乡党们都替娃操心这门亲事哩！咱们要是把这婚事给弄瞎了，不说解放本人吧，乡党们都要骂咱们当干部的哩……"

"你怕挨骂，我不怕！"梾子老太不假思索地说，"地委领导说，要和民主派思想斗争……"

"说我是啥'派'我都应承了。"胡长海笑笑，"只是……这婚事……咱们最好再甭过问了。"

"我要管到底！"梾子老太说，毫不含糊，"你不管的话，我以贫协的名义，给她老家陕北打电话，让县上领回他们的'盲流'人口！"

"我不同意！"胡长海一听，再也忍耐不住，霍地站起，把手中的烟袋"啪"的一声摔到桌子上，声音都颤抖了，"你没资格代表梾子井！也没有资格给陕北打电话！我还是支书！"

梾子老太真的吓了一跳，足足呆愣了半分钟。平素，无论开什么会，都是她说了算，他只是蹲在墙角吸旱烟，临走时给地上留一堆黑色的烟灰。所有她对梾子井的工作意见，他都不表示异议，更难见到他发怒动火了。梾子老太完全在心底证实了他和地主分子胡振武穿着连裆裤的看法，更加得意地说："好！支书，把你今天说的话，全盘端到公社去，让公社党委评评理！"说罢，梾子老太转过身，气冲冲地走出门去。

"到北京告状去！"胡长海一听梾子老太有恃无恐的话，更加火冒三丈。这个平素闭着双眼的支部书记，现在怒目圆睁，呼呼喷火了。他跳出里屋门槛，站到院庭里，对着即将走出街门的梾子老太的背影，大声嘲骂说："那个害人的婆娘给捉起来了！你找不上了……"

胡长海的老婆正在门外看守淘净晾晒的粮食,听见喊声,慌忙奔进院子:"你疯了?"

"欺人太甚!"胡长海余怒未息,把老伴平素叮嘱他的话完全忘记了,"这个混世婆娘……"

九、春天的梆子井

梆子老太远远望见,大队办公室的玻璃窗户上亮着电灯光。春天的夜晚,温柔的夜风。从敞开的窗户里,传出忽高忽低的说话声,一阵争论,又一阵笑声,总能听出杂乱的声音里胡长海那种苍劲的声音,那声音里透出一种刚强和沉稳的气色。梆子老太听惯了胡长海吭吭吧吧的那种说话声,现在倒像是蜕换成另一个人了,说话畅快了,声音高昂了。她此刻听到这种变化明显的声音,心里怪不是味儿。

胡长海在办公室召开什么会议呢?咋能连她也不通知参加?梆子老太生气地想,没有她参加的会议,算是什么会议呢?自从梆子老太登上梆子井村的政治舞台,大队办公室是她一贯坐镇的地方。她在这儿主持召开各种会议,接待来人来访,给五类分子训话……胡长海像是有意躲避她似的,从来是绕着大队办公室的门口走。现在,他召开什么会议,竟然不通知梆子老太参加?她所负责的临时领导小组虽然名存实亡,而贫协主任却是毫不含糊的。

梆子老太愈想,气儿愈加不顺,把出席过地区一级"活学活用"的先进人物甩开,胡长海眼里还有谁呢?她照直朝大队办公室的大门走来,你不通知我,我自个找上门来,看你咋说?贫协主任有权监督一切!

她气突突地走进门,往屋子中间一站,一只手不自觉地叉在腰上了。果然,在她往常坐用的那把红漆靠背木椅上,坐着胡长海——

不,这家伙不是坐着,而是蹲在椅子上,身子前倾,正在和谁大声争论,会开得好像很热闹。

"你们……正开会?"梆子老太想直问,你们开什么黑会呢?可是看看会场那四五个人的脸色,这样的话不好出口了。她的舌头临时打了弯儿,把话改变了。

"噢!"胡长海转过头,这才注意到她,眼一眨,完全明白了梆子老太的来意,毫不含糊地解释说,"党支部召开支委会,研究工作哩!"

梆子老太肚里气得鼓鼓,却开不得口,她不是支部委员,毫无办法!多年以来,在她执政的年月里,从来没有分门别类地召开过什么名堂的会议,全是"一揽子会"。在好多场合下,需要谁参加,全是由她点了名,再让会计花儿去通知。胡长海从来也没主动召开过支委会,倒是她有时通知他来参加一些会议,表示有党的领导人来哩。胡长海在她主持召集的大小规模的会议上,总是蹲靠在办公室里那根明柱下,头低在两膝之间,自头至尾不发表任何意见。梆子老太不由得瞅瞅往常开会时胡长海常蹲常靠的那根明柱,现在空下了,胡长海蹲到桌子旁边的椅子上去了!坐在他周围的那四个支部委员,没有谁打算搭理她,脸上全是明显的或隐蔽着的厌烦之色。梆子老太有点尴尬,贫协主任能监督一切,却不能参加党支部会议。她勉强装出无意间走进办公室的神气,说:"那好,你们开会……我走。"

"没关系,会开完咧。"胡长海大声说,"你坐下,甭急着走,我正想寻你哩!"

那位女支委懒洋洋地挪一挪屁股,给梆子老太在长凳上腾出一席之地,绷着脸儿招呼她坐下。

"关于平反冤假错案的工作……"胡长海看着梆子老太坐下来,就说,"我晌午到公社参加了党委扩大会,后晌回来先给支委们传达。按照公社党委的安排意见,先成立一个领导小组,有计划有组织搞好这件工作……"

"唔……"梆子老太恍然大悟,早就风传着要给五类分子平反,现在可见是实事了!怪道你胡长海说话声音这么粗壮,调门这样响亮呀!这些五类分子要是都平反了,那么她这多年专他们的政,要他们老实劳动、老实改造的事,全都错了!她的心在往下沉,慌乱了,说话也有点结巴了,"那……怎么弄呢?"

"我来挂帅!"胡长海说。

梆子老太心里轰然一响,鬓角哏哏直跳。胡长海口大气粗,简直浑身都是劲儿了。这是上级党委安排的工作,她有什么办法呢?世事怎么一下子翻了过来,怎么料想得到……看着胡长海得意的样子,她张了张口,没有说出话。

胡长海确实完全变成另外一个人了。他的多年闭着的眼睛,现在闪闪放光了!这个受梆子井村庄稼人拥戴的领袖人物,重新抖擞起精神来了!

"四清"运动中,他被斗得死去活来,没有弄出一分钱一斤粮的问题。临近"四清"运动结束时,工作队长说运动"考验"出他是"比较好的干部",要他继续革命。他说他再经不起拳头和唾沫的"考验"了,当不了支书。直至工作队长用开除党籍来威胁,他才松了口。胡长海留任支书后,还没来得及开一次支委会,"文革"开火了,造反派们要夺权了。他拍手大笑,拱拳作揖:"不用抢不要夺,这权我还没掌稳哩!谁要谁拿去……"

前年整党时,公社里要他当支书……仍然是在以处分相加的压力下,他又当上了。他当是当上了支书,实际跟没当一样。他整天在地里出工,偶尔被梆子老太叫去开会,他低头蹲到散会,总是不哼一声。他冷漠地看着梆子老太在村巷里奔走呼号……

"支书,公社里布置批林批孔……"

"你领着人去批吧!我记性不好……"

"公社明天要汇报,开了几回批判会,写下多少批判稿……"

"你去汇报吧!我感冒咧……"

他把梆子老太从眼前支使开,自己就又扛起家伙下地去了。

他心灰意冷……待他从"四清"运动骤然而起的冰雹中苏醒过来,第一眼看到的是被这场雹灾彻底击倒的前大队长胡振武。他和振武从土改干到一九六六年春天,人称梆子井的"左右手"。他比他更惨,一巴掌给抽到敌对阵营里去了……每当他看见振武脊背上背着打×的白布块,在村巷里扫街道,在田地里担稀粪,在河滩里扛石头,和那个老地主胡大头一起做惩罚性劳动,心里就不寒而栗!太令人伤情了啊!他的老婆一天三次给他敲警钟:"你大公无私!你一心为社员!你……振武的下场等着你哩!"

他冷眼看着梆子老太东奔西颠,唾沫飞溅,而不予理睬。或者说,他根本就没有把这个多嘴多舌的女人放到眼里。那纯粹是一个既没有本事,也没有德行的人;怎能指望一个既无本事而且心术不正的人办出有益于社会和群众的事来?

他和景荣老五年龄相仿,他和年轻的伙伴们从黄家圪塄把她用花轿给景荣老五抬回来,在一个村庄里生活了几十年了,他不知她的什么秉性呢!作为一般妇女,她有令人同情的生理缺陷,谁也不能因此下看她,这是普通常识。作为一般社员,她心眼窄些,有点"盼人穷"的毛病,也坏不了梆子井任何人的任何事,须知旁人是无法"盼"得"穷"的嘛!可是,梆子老太一登上梆子井的权力宝座,这个女人一下子变得非同小可,搅得四处不安了!

他决计不跟她共事。她喊她叫,他只是不在乎地笑笑。他不屑于跟她去辩争——揭露和排除这样一个女人能费多大劲嘛!问题在于:时势不对。时势正在把这个昏头昏脑的女人哄抬起来,竟然登上县和地区的讲台了……他能跟她争执什么呢?

"我来当组长。"胡长海重复一遍,毫不拖泥带水,过去的那种干练的办事作风又显现出来,"领导小组三个人,还有你和大队长。"

梆子老太本想一口回绝:不当!不当你的什么平反领导小组成员!要她给那些人去平反,那不是让自己打自己的耳光吗?想想,即使她不当,平反工作还是要进行的,反倒失去了监督胡长海他们的机会。她终于没有应声,算是默认了。

"下设专案组,拟定七个人。"胡长海继续说,"工作量大!咱们小小的梆子井,粗略算一算,两场运动('四清'加上'文革')中需要复查的人,不下二十个!当然,有些人的案子简单些……"

"专案组的七个人都是谁呢?"梆子老太问。领导小组的三个成员,是由支部、大队管委会和贫协三家的头头组成,各代表一方。专案组物色的什么人呢?胡长海肯定会把他的人手安插进去。她准备在这个问题上不作退让。

"专案组的成员,一要公道,二要有点文化。"胡长海说,"明天召开社员会,让大家推举。"

"那样……"梆子老太一愣,这样的选举办法,对于她所信用的那几个人,一个也选不上去。她急中生智,"我看应该先在贫下中农中间酝酿,提出人选,再放到社员会上通过。"

"算咧!咱村除过一户老地主,五户中农,剩下全是贫下中农,甭多费一番手续了!"胡长海断然说,"时间短,任务重,麦收前要搞出个段落,免得干扰三夏。"

"可是,党在农村的阶级路线……"

"那些受冤受屈的人,早压得一天也憋不下去了!"胡长海从椅子上下来,站在梆子老太当面,沉重地说,"咱们少绕些弯路,该当早一天给他们把套枷打开!"

"怎么能是'绕弯路'呢?"梆子老太认真地争执说,"依靠贫下中农,是党的路线……"

"你有意见,咱们个别谈。"胡长海并不介意她的话,可也并不打算改变已经定下的办法。他对支委们说,"大家回去吃晚饭吧!"

四个支委一转身全走掉了,好像谁也不愿意再听她啰唆。梆子老太心里冒气,全都把她当什么累赘一样讨厌了。是谁刚走出门,就在院子里呼喊起胡长海,也叫他赶快回家吃饭……

梆子老太似乎感到脚下铺地的砖块在下陷,在崩塌,不祥的阴云愈加浓厚地聚积到胸间。

无法改变了!无可挽回了!她也不再开口,示威似的猛转过身,走出门去了。给胡长海点难看!

夜幕笼罩着树荫苍郁的梆子井。西边河天相接的地方,有轻烟似的一缕亮光。河川里的麦苗的气息,随着夜风弥漫到村巷里来了。有人在畅快地谈论,日前那一场透雨下得太好了,太神了!于麦子拔节好,于棉花播种也好,于一切庄稼的生长都好极了!

"经公社党委批准,将胡振武同志在'四清'和'文革'中受到的一切诬蔑不实之词,全部推倒,予以平反。现决定:一、撤销胡振武家庭地主成分的决定,恢复下中农成分;二、撤销对胡振武做出的地主分子的决定,恢复一切公民权利;三、恢复胡振武同志中国共产党党籍……"

公社党委常书记亲自宣布党委的决定,还没落音,掌声就把一切声音都淹没了。

这是一九七九年的早春时节,历史将记载这个重要的年代,梆子井的庄稼人,也难以忘记这个年代发生的生动的一幕。

胡振武浑身颤抖,头脸上涌下黄豆大的汗珠。这个强硬的庄稼汉子,在他扣着地主分子帽子的整整十三年里,梆子井村的男女老少,谁也没见过他流一滴眼泪。现在,汗水和泪水从鼻翼两边涌流下来了,竟然站立不稳,一个踉跄,几乎摔倒。站在麦克风前主持大会的胡长海双手扶住他,两人抱扶着,"哇"的一声哭了,同时在讲台上蹲下身去……

梆子老太作为平反领导小组成员,也坐在主席台一角,无论怎样努力使劲,总是抬不起头来。平心而论,在给胡振武定地主成分的问题上,她没有提供什么虚假的证据。只是在她把他当敌人专政的时候,也许过分了一些……人无法掩饰自己干过的亏心事被揭穿以后的尴尬情绪,更无法鼓出与几百双鄙视的眼睛相对峙相抗衡的力量……

"欢迎胡振武上马!"

一声粗浑的呼声刚落,立时激起洪大的响声,在会场背后的黄土崖上发出回响……

"社员胡振汉在河滩开荒种红苕,是党的政策允许的事。现在决定:将没收胡振汉同志的三间瓦房,退赔本人。"

胡振汉从讲台下爬上台子,愣呆呆地盯着常书记。梆子井村的庄稼人忽然发现,当年开荒种地的壮年汉子,现在老了!他腰弯背驼,一只眼睛里蒙着一层白盖儿,苍老成这个样子了啊!他哆嗦着手,狠着声问:"你这回说话算话?"常书记没有回答,瞧着老汉,嘴唇也抖动着,用涌满眼眶的热泪回答了乡亲父老。

教员胡学文十几年前在报纸上发表的那一篇小故事,"四清"时定为毒草,因为发端于梆子井,也一起平反了。常书记握着中年教师胡学文的手,鼓励他重新提笔……

胡振武、胡振汉、胡学文……一摆溜站在主席台上,接受公社党委常书记宣布的平反决定,接受台下几百个社员同情的目光。三月末的太阳照射着南原坡根下的绿叶葱茏的梆子井,有人在会场剥掉棉衣了,太阳的热力好强呀!

梆子老太坐在主席台一角,心情与在场的庄稼人相去太远了。如果说胡振武被错划为地主分子与她的直接关系不大,那么胡振汉被定为国家困难时期的暴发户而被没收了三间新瓦房,却是她向工作队提供了"四十一车红苕"的确凿证据,工作队队长曾经赞扬她是"睡觉也睁着一只眼……"胡振汉老汉跌跌撞撞爬上台子,愣呆呆地问常书记"这回说话算不算话"的时候,梆子老太立时闭了眼,会场里投射过来的那么多眼光,简直要把她挤扁了。

梆子老太真想离开会场,立即回到屋里去,把门关紧,什么人也不要见,什么声音也不要听。她坐过多少次主席台,从来没有觉得坐在众人头前是如此别扭!可是,怎么好意思走掉呢?

需要平反的人太多了,啊啊!轮到胡选生了!梆子老太更加惶惑了,头上直冒虚汗。

"胡选生同志,你的问题平反了。"常书记宣布过平反决定以后,征询被平反者的意见,"你和家属还有什么意见、要求,尽管说。"

胡选生头也没抬,只是摇摇乱蓬蓬的脑袋。

"常书记!你不知……"胡选生的父亲胡大脚,挤到台前来,溅着唾沫星,急头急脑地说,"把娃的好前程毁了哇!人家军队上原先要……"

胡选生一把把老汉扯得坐在地上了。

会场里响起轻微的笑声。大伙笑胡大脚可爱的愚笨的举动。能给选生平反,再不按前科犯对待;彻底否定选生娘是地主小姐的说法,再不按逃亡地主去对待;彻底否定对你胡大脚兵痞的看法……还不足够你胡大脚和那位河南籍老伴畅快一番吗?居然提出选生毁不毁前程的事……

在那阵轻微的善意的笑声中,梆子老太愈加觉得如坐针毡了。

十、跌落

在社会上颠跑惯了也更多经见过大世面的人,一旦不得不把自己封闭在冷清的小院里,那种寂寞的慌乱简直不可忍受的。梆子老太关紧后门,又闭了街门,决心不复到村巷里去走动,工分也不想挣了。

景荣老五出工去了。女儿早在四五年前婚嫁了,成了别人家里的一位成员了。儿子也在三年前娶下媳妇,因为婆媳关系不和睦,分家另过了,搬到村子东头的新庄基上去了。屋里现在剩下她一个人,没有一丝声息,老鼠公然在大白天也敢于在屋里穿游。

透过窗户,可以看见蓝天上纹丝不动的白云,伸到屋脊上空的绿色的树梢,南坡上泛绿的梯田。春天给自然界带来了繁荣,给梆子老太带来的却是凄风苦雨啊!

可是,梆子老太毕竟生活在梆子井的村巷里,无法把自己与世隔绝。轻柔的带着草木的清香气息的春风,从窗孔和门缝里吹进来了,街巷里的说话声,女人们的尖笑声,男人们打诨骂俏的声音,还是越过土打的围墙,传进小院里来了。她听了心烦,烦一切人的一切声音。那架在树杈上的大喇叭,把许多使她烦恼的消息倾泻下来,梆子老太仍然不能求得一个心里安静的去处。

平反大会以后的整整三天里,白天晚上,梆子井村的男女老少,掂着烟袋,抱着娃娃,赶到胡振武家里去看望。邻近村庄里的熟人,也有不少男人们走进梆子井村来,端直朝胡振武家的门楼走去。胡振武家远远近近的亲戚,提着鸡蛋和烧酒,也纷纷赶来庆贺了……

胡振汉两口子,在搬进退赔的那三间瓦房的时候,居然在门口放了一长串鞭炮……

胡学文家来了两位戴眼镜的记者,说是他曾经发表过文章的那家报社专门派人来访问,记者鼓励他重新开始写稿,文艺政策也放宽了……

平反会后的第三天,就有人给胡选生介绍下对象,把女方引来和胡选生见面了……

梆子井村的生活乱了脚步,变成沸沸扬扬的一番景象了,被柴火垛子、粪堆和树木充塞着的街巷,由葱绿的小麦、棉苗和稻禾覆盖着的田野里,到处都议论纷纷,传说着稀罕的事。

梆子老太却出不得街门了。

梆子老太百思不得其解,怪她的什么呢?她错在哪里呢?难道不是"四清"工作队队长亲自跑到她家里,千方百计鼓励她揭发出胡振汉的"四十一车红苕"的事吗?她当初记下这个数字的时候,不过是出于好奇,而决没有想到后来去揭发。她当贫协主任,难道不是众人举拳头选举的吗?她当临时领导小组组长,难道不是那两位解放军的命令吗?让她抓对阶级敌人的斗争,难道不是各级领导每一次会议布置的要求吗?她从公社到地区逐步去"讲用",难道是她自己能决定的事吗?现在,梆子井村的庄稼人,不管这些事情是谁布置她做的,而只知鄙夷地朝她翻白眼了!

大队会计花儿,尖着嗓子几乎天天晚上在大喇叭上宣布通知,有县上的,也有公社的,还有梆子井大队自己开会的通知。有的通知支书胡长海参加,有的通知刚刚被众人拥上台的胡振武参加,独独没有通知梆子老太参加的会议。贫协主任被闲置下来了,梆子老太被各级政府遗忘了,冷落了。十余年来,她在县、社两级参加了多少次各种名称的会议,会议多得她都开烦了。现在,十天半月里没有她出去开会的一次机会,似乎于生活里严重缺少了什么。听着别人去这里那里开会,她心里很别扭,觉得自己被冷落到这样的地步,简直活不下去了。

她有一肚子想不通的问题,决计到公社去找党委常书记问一问,现行的政策到底是啥政策?适逢花儿在当晚的广播中,通知贫协主任到公社去开会,正好。

梆子老太早早来到公社,端直坐到公社小礼堂的前排靠背连椅上。这是公社党委常书记亲自主持的会议,足见其重要了。梆子老太不会写字,就集中精力,努力去听。

万万没有料到,常书记宣读的文件,竟然是在农村各级政权中取消贫下中农协会这个机构的内容。文件说,以后再不提贫下中农这个说法,只说社员……梆子老太耳朵里嗡嗡嗡响,怀疑自己的耳朵是否出了毛病。

就是在这个小礼堂里,常书记多少次强调过,要依靠贫农和下中农,抓紧阶级斗争这根弦呀!他现在却念着一份要取消贫协的文件,难道把他过去说过的话都忘记了吗?

不管梆子老太想得通或想不通,常书记宣读的文件,却是省委郑重其事发下来的。常书记一边念着文件,一边做着解释。梆子老太心里乱糟糟的,耳朵里乱嗡嗡的,一句也听不进去。邻近坐着的几个贫协干部,叽叽咕咕在小声议论,也是料想不到又不大想得通的话,夹杂着牢骚。她似乎受到鼓舞,在常书记要大家讨论的时候,第一个开口发言了。

"毛主席说,没有贫农,就没有革命。"梆子老太像受了委屈,委屈得几乎要流泪了,口气却是怒冲冲地质问,"老人家去世了,说过的话也不算数了?"

"黄桂英同志很直爽,把自己想不通的话直言提出来,这很好嘛!"常书记不恼也不怒,笑嘻嘻地说(梆子老太简直不能容忍这种不经心的轻松的笑),似乎早有思想准备,不慌不忙地瞧瞧众人,又笑着问,"黄桂英同志,你知道不知道,主席讲这句话,是在哪一年?"

"'四清'运动那年讲的嘛!"梆子老太胸有成竹,不假思索,脱口而出道,"主席刚讲下十来年,就不管用了呀?"

有几位年轻的贫协干部吃吃笑起来,他们大约知道梆子老太说错了,而且错得太远了。

"你大概是'四清'当中才听到主席的这句话。"常书记不笑了,表情庄重。他在农村工作好多年,此类笑话早已不足为奇。对于没有文化的农民,这种情况是正常的,像见多识广的城里人分不清谷子和糜子一样正常。他耐心地解释说,"这句话,主席是在一九二七年讲的,离今天五十多年了。'四清'运动当中重新喊响起来的。"

"不管哪一年,总是他老人家讲的话。"梆子老太不仅不窘,反觉得理直气壮,"现在不管用了吗?"

"五十多年前,地主阶级统治中国乡村,贫农受压迫,贫农是党领导的革命的中坚力量。五十多年后的今天,乡村里是共产党领导了,搞农业现代化建设,要团结全体农民群众,治穷致富,情况和形势早已发生了根本性变化,同志们应该想得通……"

"我想不通!"梆子老太积聚在胸间的闷气,终于压不住了,把她在自家小院里关门自守时想到的问题,捅出来了,"现在是:五类分子张狂咧!贫下中农不香咧……"

"黄桂英同志的这个话,我在其他村里也听到过。"常书记仍然不动气,倒显得老练而宽容,但是却认真地说,"我们也应该问问自己:脑子里有没有'左'的东西?过去的工作中有没有过火的地方?"

梆子老太张不开口了。过去有没有过火的事呢?这是常书记巧妙的对她的批评了。她又多么委屈、多么服不下这口气呀!多少回,坐在这个小礼堂的连椅上,常书记安排任何工作,头一条总是抓阶级斗争,最后一条总是搞生产。他安排让她去抓胡振武等人的破坏活动,现在反问她有没有"左"的东西。她忽然想到儿子骂过她的一句话:"公社干部吃公粮,挣工资,人家把你当猴耍……"她的脑子里一震,真应了儿子的话吗?顿然觉得往常里很敬重的领导者也不值得那么可亲可敬了!

"我在公社这几年的工作中,有不少错误,主要是'左'的思想造成的错误。"常书记诚恳地盯着梆子老太,又扫过整个会场,沉重地说,"我正在筹备党委扩大会,中心是解放思想,打破'左'的教条。欢迎大家将来给党委,特别是对我本人提意见。"

梆子老太安静下来了,心里的气往下泄,既然常书记承认自己

"左"了,她还能"端正"吗?

"我需要清理一下脑袋了!"常书记沉痛地说,"'文革'中我赔了两根肋骨,重新工作以后,却搞了好多'左'的名堂……"完全是痛心疾首的神色,对大家说,"我给你们也灌输过不少错误的东西,咱们应该一起清理……"

梆子老太有点难受,她忽然想哭,不是为常书记难受,而是为自己……会议结束后,她端直走出公社院子,又走出了大门。到这里来开会,大约是最后一次了,既然贫协取消了,她就什么干部也不是了!心里激起一股酸渍渍的东西,腿脚都软了,简直跟做梦一样啊!现在,她又是什么头衔也不披挂的那个弹花匠胡景荣家里的老婆了……

梆子老太在田野里的大路上走着。收割过麦子的土地上,秋庄稼又罩上一层淡淡的嫩绿。天空高远,热气蒸腾,人们躲在屋里歇响,还不到后响出工的时间,田野里静静悄悄。

——"黄桂英同志,睡觉也睁着一只眼!"

——"人家是哄得憨狗咬石狮子……"

那些胖的或瘦的各级领导的脸孔,和景荣老五憨厚的黑脸同时在眼前叠印;那些领导们热情赞扬她的话,和景荣老五的冷言冷语同时在耳朵边响起,不光彩的记忆啊!

苞谷苗儿蓬蓬勃勃长起来了,棉花已经开花坐桃了,一片连一片的苞谷,一块接一块的棉花,田野这样静谧。梆子老太走着,真想坐在地塄上,放声痛哭一场,胸间的酸水积得盛不下了,哭一场,也许会轻松一下。既没有丧事,又没有闹家庭纠纷,平白无故地在这儿哭号,遇见路过的熟人,会怎么说她呢?

梆子老太终于忍住没有哭,走回梆子井村了。她从来也没有像今天感到如此疲倦。走到村口,梆子井村通往南坡和河川的几条土路上,男男女女扛着工具去出工。从塄坎上朝河川里一瞅,在白杨参天的机耕大路和灌溉大渠交叉的拱桥上,站着两个人,梆子井大队支部书记胡长海和新任大队长胡振武,两人穿着汗夹,站在一堆,对着广阔的河川指指点点,大声说着什么。她心中不知是一种什么滋味,转头走回村子里去了。

走过代销店门口的时候,她听见几个婆娘说话的声音:

"多日不见梆子老太,怪想的……嘿嘿嘿!"

"你想听她敲梆子了?耳朵刚清闲下来……"

"梆子长,梆子短,梆子从早敲到晚。不怕风刮日头晒,单怕梆子黄老太……哈哈哈……"

"嘻嘻嘻……"

梆子老太吐一口唾沫,走过去了,真是墙倒众人推!

她一走进院子,看见景荣老五扛着长柄锄头,准备去出工。梆子老太再也忍不住,扑到景荣老五怀里,失声痛哭了。

"这……咋咧?"景荣老五扔下锄头,扶住老伴,"看人家盯见……笑话……"

"唉嗨嗨嗨嗨……"梆子老太浑身都软了。

"这……"景荣老五也难受了。他能理知老婆的心情。虽然她过去不听他的话,而今落到这样难受的地步,他不给她宽心,还有谁呢?她毕竟跟他过了一辈子穷苦日子,给他缝衣绱鞋,虽然针脚粗放,总是能在下雪以前穿上棉衣,春天来到时换上单衫啊!再说,她是被人家哄弄得昏头昏脑了,没主见的傻女人……

"我现在才明白……"梆子老太被老汉搀扶进屋里,拍打着景荣老五的胸膛,哭着说,"只你是……我的……实在的亲人……"

景荣老五也难受了,鼻腔酸酸的,抽一下鼻子,想再安慰老伴几句,却没词儿了。许久,他只能用自己的老话安慰说:"过去的事……错的对的,都甭想了!咱过咱的……日月……"

不管梆子老太心里怎样想,急骤变化着的生活,还是把她从关紧前门和后门的小院里挟裹进梆子井村男女社员中间来了。

胡长海和胡振武召开社员大会,要在队里划分作业组了。她不参加别的会议问题不大,这个会不参加是逃脱不了的。人家划成作业组劳动,她跟谁在一起挣工分呢？日后分粮呢？

她坐在会场偏远的边角上,再不想到人前走动了。胡振武宣布了作业组的组合办法,胡长海叮嘱了几件应该注意的事项,就把男社员划定到会场东边,女社员划到西边,让他们去商量,去自由结合,去选择自己的组长,原则是：人合脾气马合套,不要勉强。

妇女们叽叽嘎嘎的笑声、喊声、吵闹声覆盖了整个会场,显得聚积在会场东边的那些男子汉们太老实了。她们公开地互相串联,互相靠拢。很快的,那些老婆、媳妇和姑娘们,划归成三堆儿了,而且推举出三个组长来。

梆子老太远远地坐在一棵伐倒的榆树干上,没有人来拉扯她入组。年轻女人没人拉她,老婆婆们也没人来拉她入组,全都远远地躲避到一边去了。梆子老太坐在那儿,难堪地听着那些婆娘女子们叽叽喳喳地笑闹,冷眼瞅着会场。她不想向任何人低声下气,申求她们收留自己入组。她知道她们讨厌她,她也在这样的场合里抹不下脸呢！看你胡长海怎么办吧！总不能把我排除出梆子井吧？

胡振武接过三个妇女组长送交给他的名单,一一审查着,问她们："再看看,把哪个女社员漏掉了没？"

"没有。"三个组长说。

"没有参加会的人呢？还有今日不在家的……"

"唔！小牛妈到她娘家去了,划到俺组吧！"

"还有谁？齐摆摆数一遍！"胡振武大声说。

胡振武说着,抬头看到人堆后边坐在榆木树干上的梆子老太,又低头查看分组名单,没有发现黄桂英的名字,似乎明白了什么,问：

"黄老太划在谁的组里了?"

梆子老太立即偏转开脸,心想,明知没有人收留我,你大声咋呼,故意丢我的面子!

三个妇女都不说话。很明显,谁也不愿意要梆子老太入组。

"搁到你那一组。"胡振武命令似的对他的儿媳妇说,"再甭推诿了,再推下去不好了。"

怀里已经抱着一个会笑的娃子的陕北媳妇兰铃铃,没有说话,完全体察到了作为大队长的阿公的难处,抱着孩子走到她的那一堆组员跟前,操着陕北调儿说:"就这样吧!算我主观一回。要不,我也不当组长了。"

组员们勉强同意了。解放从陕北山区娶来的这个媳妇,到梆子井村几年来,以她的率直、朴实和勤劳,赢得了男女老幼的夸赞,甚至那一口生硬的陕北话儿,听来也别有风味。梆子井的庄稼人崇尚正直和勤劳,并不狭隘地一律排斥外地人。她们一致推举她当作业组长。

"黄老太,参加我们这一组吧!"兰铃铃抱着孩子,走到梆子老太面前,毫不介意这位曾经刁难过她和解放结婚的前梆子井大队的掌权人,像什么事也不曾发生过,或者是因为过去发生过那件令人反感的往事,今天更需要毫不介意地和这位长辈相处。总之,兰铃铃态度自然,说话得体,一切都恰到好处,"走吧,黄老太,咱们组里还得定几条劳动纪律哩!"

好多人在悄声叨咕,看着混混乱乱的会场一角里的这段小插曲,更加佩服这个陕北来的媳妇,心肠好,肚量大,不记恨人……

梆子老太反倒不知如何是好了。她的脸热躁躁地难受,似乎血液一下子全都涌到面部来了。这个因为要"找一个产粮的地方"而愿意走进当时是敌人的胡振武家门楼的陕北姑娘,笑盈盈地站在她的面前,拉扯她去入组,梆子老太从心底里惭愧了。

太令人尴尬了！梆子老太不好意思立马应诺，又没有力量拒绝，难在人家面前开口呀！

"好咧！"兰铃铃像是摸透了她的心思，也就转过身走了，唱歌似的畅快地说，"我把你的名字写上了！黄老太……"

尾　声

胡长海和胡振武参加县委农村工作会议回来了。

新的农业经济政策又从中央传达下来了，县委已经做出执行决定：各种形式的责任制，由社员讨论选择，干部不要主观干涉，包括"大包干"的责任制形式，即把土地和牲畜承包到一家一户去……

生活发展的步子太快了，连性急的人也觉得赶不上趟了。这样宽限的农业政策，连多年来受批挨整的胡长海和胡振武，起初听到时也目瞪口呆了。他们俩在梆子井村的土地改革结束以后，组织互助组，又建立起农业社，地畔上的界石是他俩带领着社员，一个一个拔除掉的；牲畜是他俩一家一户说服动员集中到大槽上来的。现在，得由他俩再把一条条地畔划分开来，把一头头牲畜送交社员牵回家里去饲养……

不管感情上是否完全通畅，他们已经向县委明确表示：保证尊重社员意见，由社员选择责任承包的形式。他们也伤脑筋：包干到组的办法实行不到一年，麻烦更多，难以为继了……

两人春风满面，走进梆子井街巷，突然看见队长龙生和景荣老五在门口拉拉扯扯，龙生急得满脸汗水，景荣老五急头晕脑，要从龙生的拉扯中挣脱出来，不知发生了什么事。经旁边一个看热闹的小伙子悄悄说明缘由，两人都愣住了：怎么弄出这号没名堂的事呢？

胡长海和胡振武快步走到跟前。

"好五爷，你咋胡来哩嘛！"胡长海说。

"你真个老糊涂了吗?"振武也说。

两人说着,把景荣老五拖着架着拉进屋里去了。

胡振武紧紧勒在腰里的布带,捞起皮绳,动手在棺材上捆绑抬杠。他说:"长海哥,你去叫人吧!"

胡长海走出门去了。

胡振武捆绑好抬杠,和景荣老五挨肩坐在条凳上,接过老五递来的一支纸烟,点着了,诚恳地说:"你一个人怎么办呢?想法子和娃娃合到一起过吧!要是你愿意,我给那小两口子说话⋯⋯"

景荣老五感慨地摆摆头:"缓后再说⋯⋯"

"心放开,五爷!"振武说,"庄稼人的好事来了啊!"

陆陆续续有人走进院里来了。景荣老五拿着纸烟,给大家敬着。

胡振武蹲下身,把一条抬杠压到自己肩上,七八个汉子先后蹲下身,肩膀顶着抬杠了。

胡长海大喝一声:"起!"装着梆子老太尸体的棺木平平稳稳离开地面,起动了。

孝子和亲戚在灵柩起动的一刹那,哭声骤然爆发了。

吹鼓手们吹打起悠扬哀婉的祭灵曲。

那些随后跟来的人,扛着镢头和铁锨,尾随在灵柩后,朝坟地赶去。

一切进行得顺顺当当,梆子老太的灵柩安然入土了,梯田根隆起一个黄土墓堆。所有参加埋葬的人,在坟地上轮流对着瓶口,喝了景荣老五敬奉给掩埋人的答谢烧酒,再接过一支香烟,就沿着山坡上的小路往下走。

往昔里,他们埋葬了梆子井村的任何一位死者,喝了酒,咂上纸烟,回去的路上,总是以惋惜的声调,谈论死者生前一切可以记忆的光荣,如何耿直,如何勤俭,如何孝顺父母,如何敬重乡党⋯⋯绝不提死者生前一切不大光彩的作为,似乎也成了一条习俗,算是生者对死者的一种庄稼人式的伟大宽容吧!

　　现在,人们缓缓走在坡间小路上,既不谈梆子老太的好处,也绝口不提她的过失,什么都不说,只是感叹今年麦子长得好,好得简直令人难以相信这是梆子井村的田地里长出的庄稼!你看吧!坡地和滩地,旱田和水田,全是一样成色,不分彼此,似乎种到石头窝里,也会长出好麦子来!人说"麦吃三场雨",从播种到入夏,场场雨都下得及时而又足透,肥料又供应得充足,麦子怎能不长呢?真是政通人和,风调雨顺哪……

1984年2月　西安东郊

十八岁的哥哥

一

刷——刷——刷——

一张粗铁丝编织的双层罗网,用三角木架支撑在沙滩上,他手握一把被砂石蹭磨得明光锃亮的钢皮锨,前弓后跐着腿,从沙梁上铲起饱饱的一锨砂石,一扬手,就抛甩到罗网上,于是就发出这种连续不断的既富于节奏而又沉闷单调的响声。

经过规格不同的双层罗网的过滤,砂石顺着隔板,分路滚落到两只同样用粗铁丝编制的笼筐里,细沙透过双层罗网的网眼,丢落在沙地上。笼筐里的石头装满了,他把铁锨插在沙堆上,一猫腰,提起笼筐,跨开长腿,甩着左臂,扭着犍牛犊一般强健的身躯,走上沙梁,哗啦一声把石头倒在石头堆子上,直起腰,从脖子上扯下毛巾,擦拭脸颊上的汗水。

太阳即将出山的这一瞬间,秦岭的群峰沉浮在玫瑰色的霞光里,山峰的陡峭挺拔的雄姿顿然变得模糊了,线条柔和了,面目朦胧了,和玫瑰色的天空融合在一起了。蓝莹莹的细细的流水,冬季里裸露的沙滩,落光了叶子的杨柳林带,霜花蒙蒙的麦田,也都沐浴在瞬息万变的霞光里。整个河滩宽阔的沙地上,罗网林立,铁锨闪光,砂石撞击罗网的刷啦声响,杂乱而又刺耳,和这样瑰丽的初冬清晨的美景极不协调地统一在一起。

他把倒掉了石头的笼筐重新搁稳到罗网下面,往掌心喷一喷口水,双手搓一搓,掌心里发出嚓嚓嚓的响声,茧痂和茧痂搓摩,竟有这样粗糙的声响,铁锨木把儿在他手掌上开始留下劳动的印记了。他有趣地笑笑,捞起铁锨,低头铲起一锨砂石,扬手抛甩到罗网上。

一切都显得十分简单:抛沙取石,卖石头挣钱。只需给手心喷上唾液,攥紧锨把儿,使足劲儿,出力流汗就解决一切问题了。不要精心的谋划,也不必过细的算计,只要一天三顿塞饱肚子,胳膊上有源源不断的力气产生出来就行啰……绕口的数学公式呀,冗长的政治名词的概念呀,堆积如山的数理化习题呀,令人惶惶不安的频繁的考试呀,都像脚印一样留在身后,遥远而又冷寂了。他——十八岁的高中毕业生曹润生,作为一个年轻的庄稼汉,加入曹村庄稼汉们庞大的劳动大军中来了。

一切既显得简单,也很自然。

他背着书包,车架上捆绑着被褥卷儿,网袋里装着脸盆、牙具和杂物,涉过小河,从五里镇中学回到曹村来了。

父亲在门口的槐树下,正用一把铁梳子给黄牛梳刮着皮毛,抬起头,淡淡地问:"念完了?"

"完了。"他说,也是淡淡的口气,"毕业了。"

"大学……考得咋样?"

"不咋样。"

父亲就不再问了,继续用铁梳子梳刮黄牛卧圈时粘在臀部和肚皮上的粪痂和土屑。他只精通作务庄稼和养育牲畜,连自己的名字也写不到一块的粗笨庄稼汉,对于儿子念书和考学的事,大约连问询的话题也找不出来……

一月后,他接到一封信,那是高等学校统考成绩通知单。他看了一眼,就塞到裤兜里去了,结果是羞于让人再看一眼,或者告诉他人的。

"润娃,心放开!"父亲显然猜透了信的内容,不用询问,就朗声宽慰儿子,"而今考大学跟中状元一样,太难咧!听人说,咱小河一川几十个村子,只考中了一个女子,人说那女子连着考了三年才得中……"

"嗯……"他不置可否地应着。

"你要是不死心,再念一年,明年再考一回,爸供给你。"父亲说,"爸做那几亩庄稼,还成哩!"

"不咧!"润生苦笑着摇摇头,口气却是坚定的。他的高考成绩离得那个录取的分数杠儿,距离太远了。他看着父亲皱皱巴巴的脸颊上的笑纹,反倒难受了。是啊!他供给他念到高中毕业,花了多少钱哪!而他却把好多时间抛洒在五里镇中学的篮球场上了,他断然说,"不用补习了,爸。"

"那也好!而今做庄稼,日子也好过了。"父亲轻松地笑着,仍然在替儿子宽解。在他看来,年轻人都想通过念书考试而进入城市,达不到目的的就三心二意,连做庄稼也觉得没意思了。他说,"你看看,天底下的庄稼人有多少……甭在心!"

他和父亲在自家的责任田里秋收,掰苞谷,掐谷子,随后就在收获过庄稼的田地里播种下了麦子,当秋收秋播的忙季一过,父子俩闲下了。

"得寻个活儿干呀!庄稼人怎能闲吃闲坐呢?"父亲在灯下抽着旱烟,"整整一个冬天,整整一个春天,到搭镰割麦,地里没活儿。润娃,你得搞个营生呀!"

润生靠在炕边,他早就想着自己该干的营生了。五六亩责任田,不够父亲一双手收拾。家里那三十多只母鸡,属于母亲的宝贝,用不着他经营。黄牛生下一头母牛犊,母猪产下的十二只小崽,那是父亲的爱物,更不必他插手抚养。鸡呀,猪呀,牛呀,这些东西,他全无兴趣,见着都觉得烦!他喜欢蜜蜂,早就想着有一群蜜蜂,春天到南方,夏天到北方,搭火车,乘汽车,天南海北去放蜂,去赶花。那些嘎嘎嘎叫着的笨拙的母鸡,那肮脏的丑陋的老母猪,那行动迟缓的老黄牛,有什么意思呢!那金色的蜜蜂,嗡儿嗡儿的,酿出雪白的或金黄的蜜来,够多有趣啊!

"我早想好了——"润生看父亲一眼,胸有成竹地说,"我要养蜂,爸,我把一本《养蜂学》看得快要背过了。"

"哪来的本钱呢?"父亲总是切实地想问题,"一箱蜂要七八十块钱,咱能买起几箱呢?养得少,划不着;养多,又没那么大的本钱……"

"给我买一张罗网。"润生早有打算,"我下河滩捞石头,挣下钱来买蜂。东杨村俺同学家养了十群意大利蜜蜂,他爸不会管理,没赚着利,不想养了。我想把他那些蜜蜂连窝端过来。我今年捞一冬石头,挣的钱差不多够了。"

"你爱弄,就去弄那蜂儿去。"父亲从来不违拗儿子,总是顺着儿子的兴趣。他生过六个女子,五十大关上才得到这么个宝贝儿子,爱子之心可以想见了。况且,曹村的曹安勤就养着一群蜂,走南闯北,赚得一把好钱。儿子养蜂是正经营生,不是玩狗耍鸽子的二流子行径嘛。他说,"你去捞石头吧!挣下钱你自个攒着,给你买蜂去。要是不够,爸卖了这窝猪娃,给你添补……"

他扛上铁锨和罗网,走出自家小院低矮的门楼,下了场塄,下河滩来了。河滩里刚刚落下头一场小雪,冬小麦嫩绿的叶尖翘在薄雪上头。像河岸两边的庄稼人一样,在宽阔的沙滩上,选择一道石头多的沙梁,用三角木架支撑起罗网,用铁锨抛起第一锨砂石,石头撞击崭新的铁丝罗网的第一声响亮的声音,新奇而又陌生,长久地留在他的记忆里。

沙滩上拥挤着多少人啊,男人女人,壮汉青年,有的是一人一张罗网,有的父子、夫妻合着一张罗网,摆开架势,抛沙取石。整个河滩上,都是石头撞击罗网的杂乱的刷啦声。土地下户了,冬闲了,多数找不到挣钱门路的人都下滩来了。这种劳动平稳,不需要四处奔波,一天三顿可以吃到自家锅里的热饭,晚上能在自家的热炕上歇息。不要投资,不要底本钱,只需花十几块钱买一张机器轧制的罗网就行了。不用任何人号召、动员,秋播一毕,庄稼人挂了犁、卸了铧,扛上罗网走下村前的河滩里来了。这儿是一个取之不尽、掏挖不竭的天然采石场,可以容纳一切人。

他没有烦恼,倒是很踏实地在曹村门前的沙滩上撑起了自己的罗网。他学业平平,只是个中等生,对于参加高考,本来就缺乏一定要考中的狠劲,结果自然是早可预料的。因为所望不高,失败时也就减轻了痛苦的程度。他喜欢蜜蜂,那个神秘的王国比什么大学现在都令人动心;他喜欢养蜂人的生活,天南海北去赶花采蜜⋯⋯为了尽快地把东杨村那十群蜜蜂买过来,他现在必须埋头苦干,拼命抡动铁锨,从一锨一锨抛起的砂石中,挣下买蜂的钱来!东杨村那个同学他爸,简直是个大笨熊,把二十多箱可爱的金黄色的意大利纯种蜜蜂,弄死了大半,太可惜了⋯⋯到他攒下千元款项的时候,就要把那十箱蜜蜂连窝端过来。那时候,他就扔下铁锨和罗网,离开这冬季奇冷而夏天特热的沙滩了⋯⋯

刷——

曹润生抛着沙子。他穿一件蓝色秋衣,短头发的运动员平头上,热气蒸腾,红润润的脸膛上流着汗水,可胳膊上并不困乏。下河滩近一月来,最初的不适应重体力劳动的时期已经过去了,双手已经磨出厚硬的茧痂,无论速度和耐力,乃至捉锨扬沙的姿势,都完全可以与任何一位庄稼汉相抗衡了。在篮球场上训练出来的四肢,灵活而轻便;膀阔腰细,行动敏捷,连抛沙提笼倒石头的动作,都带着投篮时的优美的姿势。

他抹一把汗,欣赏着不断增高的石头堆子,嘴角露出得意的而又不满足的微笑,像球赛时瞥一眼记分牌上的积分数字的神气。这时候,一辆天蓝色的大卡车呜呜吼叫着,从河滩麦田间的白杨甬道上开到河岸边来了,这是今天早晨头一辆开到曹村河滩来的装载砂石的汽车。他扔下铁锨,迎着汽车奔去,有好多人已经从河滩的各个角落蹦起来,朝着汽车开来的方向奔跑。激烈的竞争出现了……

二

沙滩虽远离村庄,却不是世外桃源,竞争比在责任田里表现得更趋表面化、尖锐化。一家一户的责任田里,谁家的麦子长得好,谁家的棉苗齐壮,那得凭作务技术,默默地进行比赛和竞争,沙滩上不一样啰!不光是看谁的石头捞得多或捞得少,那只能是成功的一半,甚至是少一半;关键的关键是能不能及时地将汗水换来的石头卖掉;只有把石头装进大卡车或拖拉机的车厢,从驾驶员手里接过那一张盖有公社砂石管理站紫色条章的发票,那时才能心地踏实地说,汗水洗出来的人民币,切实地装进腰包了。石头捞得再多,堆在沙滩上不能卖掉,那只是一堆石头,不是票子!而一旦赶春节前后不能出手,小河在阳历四月就进入汛期,倘若一场洪水漫下来,汗水就算白流了。

每有一辆绿色或蓝色的卡车拐进河湾,就有一伙青年或老年的捞石头的庄稼人丢下铁锨,奔跑过去,汗渍斑驳的脸上做出巴结乞求的笑颜,捷足先登的小伙子一步跃上踏板,把早已点燃的香烟塞进司机的嘴巴,几乎千篇一律地重复着一句话:"师傅,咱的石头,干净得跟水淘过一样……"

曹润生跑着,跑着,沙地上软绵绵的,跨出一步,软绵的沙子又把人滑回半步,全不像又硬又光的篮球场跑起来舒服。他也要卖石头,他必须参加这种竞争,他气喘吁吁地跑着,跑着,终于在半道上收住了脚步。晚了!已经有三四个人先后拦住汽车了,把汽车驾驶楼两边的窗口挤满了,自己起动得太晚了。他扭返身走回自己的沙梁,却听到粗壮的嗓音在吵闹,在对骂,进而动起拳脚了。好多人纷纷朝汽车跑去看热闹。润生也缓缓地跑过去,想看看究竟,谁和谁打架呢?

呀!五十多岁的长才大叔,鼻孔和嘴巴全给鲜红的血浆黏糊住了,怪怕人的。他坐在沙地上,双手死死地抱住一个名叫曹占孙的青年的右腿,嘴里叫骂着。曹占孙根本不在乎,嘴角叼着纸烟,眼睛瞟瞅着天空,一副傲慢而又蛮横的神气。

问题并不复杂,长才大叔和占孙大约同时奔到汽车跟前,占孙腿脚灵活,一跃就跳上汽车的踏板,肩膀把笨手笨脚的长才大叔撞倒了,跌扑在汽车旁边,差点给车轱辘压住腿脚。长才大叔慌忙爬起来,照着占孙的屁股踢了一脚,占孙反手一拳,打得他鼻血如注……奇怪的是,好多人围在汽车周围看热闹,却没有人动手拉架,长才大叔自知不是小伙子占孙的对手,没有敢再还手,就抱住他的腿脚不放,僵持着。为了出售自家的石头,争争吵吵的事时有发生,谁也不愿意介入到与自己关系不大的纠纷中去,冷漠地看一看,纷纷走散了。有几个人竟然围住司机,在缠磨,全然不顾这两个因为争执而发生冲突的人。司机坐在驾驶楼里,咂着烟卷,谁也不瞅,漫不经心地瞅着前头的沙滩,嘴里放出烟雾来。看着司机那副冷漠的架势,润生心里憎恶起来,瞧你那个架势!你下车来劝解一句,会劳你多少神呢?

润生看看长才大叔血糊糊的嘴巴,走上前,拉扯他的手臂,用一种自己也莫名其妙的大人们的口吻劝解:"算咧!算咧!乡里乡亲,甭失了和气……"是啊,在学校里,班主任常常给他们讲文明道德,要尊重别人的人格,要尊老爱幼,要有礼貌……可是在这河滩野洼的地方,谁讲这些道理呢!

"叫他狗日的把我打死！我早就活得烦咧……"长才大叔喊着骂着。

"打死你？我划不着账哩……"占孙仍然傲慢地说。

长才大叔双手死死地抠在一起，掰也掰不开，润生一时找不到更有用的话劝解，作难了。他想对占孙说：你占了便宜，少说几句气话吧！或者道歉几句，长才大叔也就有脸从地上爬起来了呀！偏偏是占孙不买账，打了人还不松口，曹润生在心里憎恨那张蛮横的脸了。

"谁个叫曹润生？"

润生放开手，转过身，看见司机从驾驶楼的窗口探出头来，正在呼喊他的名字。怪！这位满脸络腮胡须的司机，从来没见过面，他怎么知道他的名字呢？润生愣愣地瞅着司机，说："我就是。你找我……"

司机喷出一口烟，盯着他，问："你的石头在哪儿？"

"下边……"润生愣愣地指着自己石头堆子所在的方向。

"装你的石头。"司机缩回脑袋，"走，引路。"

这是怎么回事呢？润生看见，围在汽车跟前纠缠司机的几位乡亲，全用一种探询的眼光一齐瞅住他了。润生明白众人那眼神里包含着什么意思：只有暗中行贿买通了什么人，才有这种指名道姓要装你石头的美事。可是，他没有给任何司机送过礼，也根本不认识公社砂石管理站的任何一位干部，这是怎么回事呢？

在这样的场合，遇见这种不期而遇的事，润生觉得众人的眼光像蒺藜狗子粘在脊背上，甚至觉得劝解长才大叔的举动都是虚伪的了。嘀！别人为拦车打得头破血流，你却不费口舌卖石头，还要装模作样来劝架……

他忽然灵机一动，对长才大叔说："快起来，装你的石头吧！"

长才大叔一惊，忽地从地上爬起，对占孙骂道："狗日的，走着看，我跟你不得完……"

润生已经跳上汽车踏板,手抓着驾驶楼上的窗边儿,引着司机,一直开到长才大叔的石头堆子跟前。

车门打开,中年司机从驾驶楼里走出来,跳到沙滩上,头发稀疏而胡须茂盛的中年汉子,挺着胸,凸着肚,帆布工作服的纽扣只扣住最下面一只,圆滚滚的肚子把毛衣撑得变了形。他走到石堆前,用脚拨拉一下石头,看看成色,随口问:"这是你的石头吗?"

"是我大叔的。"润生说。

"别人指派我来拉你的石头!"司机说。

"我大叔的石头……"润生急忙说,"跟我的一码事。"

"装吧!"司机一摇手,车厢里的几个装卸工,纷纷跳下车来。

长才大叔已经在河水里洗过脸上的血污,用衣衫的下摆襟乱擦着水渍渍的脸颊,捞起铁锨,帮着陌生的装卸工们装起石头来,和占孙打架的事已经抛到脑后去了。刚撩拨了两锨,长才大叔停住手,从棉袄里掏出一包"金丝猴"香烟,一一塞给装卸工们。司机瞅一眼揉得皱皱巴巴的烟盒,不屑地推开了。长才大叔把烟盒又塞到润生手里:"润娃,你陪着师傅抽烟!"

司机在沙地上坐下来,点燃了自己的黑色雪茄,用怪异的眼光盯着润生,说:"小兄弟,你给公社砂石管理站进过多少贡啦?"

"进贡"这个词,是润生下到河滩以后常常听到的话,含义是行贿。在学校里,老师讲到过"贿赂",乡村人过去说"塞黑食",真是形象而又确切。不过,捞石头的庄稼人,既不习惯说高雅的"贿赂",也丢弃了太直太露的俗语"塞黑食",现在通用含蓄而又通俗的"进贡"这个词了。

可是,平心而论,简单而年轻的高中毕业生曹润生没有通过此道,连砂石管理站的前门或后门一概没有进去过。他压根儿不认识管理站任何一个人,即使想进点什么贡品,也是求告无门哪!他宁可去追拦卡车,和那些司机们纠缠,软磨,而这种乞求在河滩里没有人笑话。他追拦汽车的速度之快是无与伦比的,轻巧地跳上正在行驶中的汽车踏板的动作,也是无与伦比的。他曾经是本县中学生篮球代表队的主力中锋,那些笨拙的庄稼汉怎能相比呢!他的石头没有过多地囤积而及时卖掉了。

"有贡品我自个早享用了!"曹润生斜眼瞅着司机,感到了侮辱。你自个那么贪吃,以致把肚皮吃得连纽扣都扣不上了,却怀疑别人去进贡。他不屑地一扭头,"我还没学会哪!"

"那么……是你舅还是你姨父在管理站?"司机恶毒地嘲笑说,"那么一个狗屁管理站!"

"我儿子也不在那儿!"曹润生反唇还击,"谁要是进过管理站的大门——咱俩,谁是儿子!"曹润生解气地说,报复似的瞧着司机那张气得鼓鼓的脸颊。

"既然你没进贡,既然没有你舅你姨父在管理站,那——"司机紧盯着润生,两只鼓出的眼珠不怀好意地瞅着他,"那么我问你,砂石管理站那个开票的女子,为啥把我调拨到曹村这个鬼地方来?为啥指名道姓要叫我拉你的石头?害得我多跑几十里路,多烧两公斤汽油……"

润生纳闷了,砂石管理站开票的女子姓甚名甚,他也不知道,真是摸不着头绪。看看司机愤愤不平的神气,不像说谎诓诈嘛!这到底是怎么一回事呢?

"那个长得怪疼人的女子,再三叮咛我,'你到曹村去装石头,找一个曹润生的青年……'"络腮胡须司机压细嗓门,愚蠢地模仿着那个女子的嗓门调音儿,随之脸一变,戏谑地说,"那个女子是你媳妇吗?我看八九不离十……"

"胡说……"润生臊红了脸,心里忽然一动,会不会是她呢?她什么时候到砂石管理站去工作了?他可一点也不知晓。

"我说准了吧?脸红了哇!"司机开心地哈哈大笑,更加放肆地取笑说,"那女子长得好漂亮!小兄弟有艳福……哈哈哈……"

曹润生的脸一阵阵发热,心在胸脯里不安地跳弹起来。他的同班同学刘晓兰,什么时候到砂石管理站工作了,暗中给他行着方便。他无法抵挡络腮胡须司机那锥子一样尖锐的眼光,惶惑地避开了。

"有这样疼人的妞儿暗中保佑你……"司机站起来,友好地拍拍他的肩背,得意地笑着说,"你该当蹦起来才对呀!"

石头装满了,装卸工们先后爬上车厢,裹紧衣襟坐下来。司机钻进驾驶楼,发动了汽车,从车窗里探出头来,狡狯地笑着:"小兄弟,日后甭忘了老哥给你搭过一回桥哪……"汽车开走了。

长才大叔一边抹着脖子上的汗水,一边把一张卡片递过来:"润娃,你看,这上头写着几吨?"

"四吨半。"润生说。

长才大叔小心翼翼地把那张盖着紫红印章的卡片装进棉袄里头的口袋里,舒悦地笑着。他诚恳地拍着润生的肩膀,大嘴长舌头溅出唾沫星子,动情地说:"俺润娃到底念过高中,懂得礼行,跟那混蛋孙子不一样……"

润生听不进去长才大叔啰啰唆唆的话了,心里正在想着砂石管理站那个开票的女子……

"叔急着用钱哩!"长才大叔还在啰唆,"旁人给你小青哥说的那个媳妇,这月初六见面哩!正愁礼钱凑不够数儿……"

润生点点头,表示理会了。乡村里订婚结婚,那是庄稼人的头宗大事。他说:"你要是急用,我再给你拦车……咱们干活吧!"

长才大叔感激地点点头,夸赞着他,转过身走了。曹润生走回到自己的罗网前,捞起锨把儿,抛甩起砂石来,铁丝罗网上发出连续不断的刷啦刷啦的响声,刘晓兰的好看的脸蛋和眼睛,在他的眼前闪动着……

三

公共汽车在五里镇停下,他和她走下车门,暮色苍茫了。他们一块在县上参加中学生篮球联赛回来。她是本届女篮冠军获得者的五里镇中学代表队的替补队员,他却是男子季军的五里镇中学男队的主力中锋。季军虽然不大显赫,而八号中锋的出色表现,却倾倒了县城居民中的球迷。这个秦岭山下的偏远的县城,有一种根深蒂固的传统性的篮球狂热。赛后,他被选拔为县中学生篮球队队员,不久将到市里去征战。现在,他和她穿着球衣,走过暮色苍茫的五里镇,朝河滩走去,他们的家同住在小河北岸。

"到学校去一下。"她说。

"暑假里,学校没人,去干什么呢?"他说。

"去拿我订的报纸。"她说。

"那得快点。"他随和地说,"天要黑了。"

"夏天怕啥?"她说,"有月亮。"

他和她一起走进熟悉的学校大门,砖铺的甬道上,青草从砖缝里长出来了,散落着梧桐树的花边大叶子。看门的老头儿,光着上身,只穿一件宽大的短裤,在传达室门口的躺椅上摇着芭蕉扇。老头看见有女生进来,急忙套上短袖汗衫,接着就大加赞扬这两位为五里镇中学争得荣誉的运动员,热情地把一缸子酽茶递上来了。润生听着,只是憨憨地笑着,忽然瞅见传达室的墙上贴着一张红纸捷报,恭恭正正写着本校男女篮球队取得的战绩。有意思!暑假里没有学生,也没有教师,老校工还是要写这样一张捷报,为了抒发内心的欢愉之情吧!老校工这样重视五里镇中学的荣誉,这样喜欢体育运动,润生心里一下子缩短了和老校工之间的年龄上的距离,热乎起来了。是的,一个对任何体育活动都毫无兴趣的人,内心一定是很单调很枯燥的。

刘晓兰拿到什么人给她的一封信,坐在门口的灯光下拆看起来,看完了,又翻着报纸看起来。这人真是性凉呢!他们要过河,还有五六里路才能到家,天黑了呀!他催促起她来。

晓兰不在乎地格格格地笑着,站起来,把报纸塞进背兜,和老校工告别一声,走进五里镇狭窄的街巷。

小镇夏天的夜晚,比白天似乎更富于生气,一幢一幢店铺的门口,坐着或躺着乘凉的男女,电视机搬到室外的街道上,什么武打片子惊起一阵阵大呀长叹……

走过五里镇短浅的街道,走下场塄了。河滩里,抽穗的稻秧散发着沁人心脾的清香,水渠里透着星光,闪闪发亮。青蛙从路边的草丛里蹦起来,扑通扑通跳到稻田里去。夜风从河川上游吹下来,挟裹着瓜果成熟的丝丝香味,灌进人的鼻孔,令人心神清爽。

一只青蛙撞到她的腿脚上,吓得她尖叫一声,跳起来,差点摔倒,双手扑抓住他的肩头。他站住脚,哈哈笑着,笑她的胆子太小了。青蛙有什么好害怕的呢?小时候,他和小伙伴们在稻田塄坎上割草,把麦秸秆儿塞进青蛙的屁眼儿,吹得小青蛙肚子圆滚滚的,眼睛都翻鼓出来了。

她捂住耳朵,不要听他讲这样残忍的游戏。

"你投篮的时候,连看篮环儿也不看,怎么投得那么准!"

"怎么能不看篮环儿呢?看。"

"我发现你就不看,跳起来就投,刷——进了!我在场子外头看过好几次了。"

"当然,主要凭手劲儿……"

"我怎么越认真越是投不准呢?"

"不能太认真,越认真越投不进去。"

"哈呀!没听说过,随随便便倒能投中?"

"就是要随随便便地投……"

"教练老师可没讲过你这理论,总是要我们认真。"

"越认真越紧张,紧张了就投偏了。我就是随随便便。我一跳起来,就不管啥啥了,球场上好像只有我一个人,不必紧张……"

夜风轻柔,沙滩绵软,星光在河水里闪烁,河滩夏夜的安谧和清爽,简直使人无法回想晌午时分那令人燥热不安的阳光。旱季里,河滩裸露着沙子和石砾,只有窄窄的一道清流,哗哗哗地淌着,水声像金链条发出的脆响。

他脱掉鞋,把蓝色的运动裤往上拉一拉,裤脚的松紧带儿就卡在膝盖上头。河水很浅,他拎起鞋就下了水,清凉的流水,嗖嗖嗖地从脚面上流过去。他走过几步,没有听见她下水的声响,就转过身,发现她仍然站在岸边。

"水浅得很,过呀,没事儿!"

她站在水边,歪一下头,没有吭声。

"你在篮球场上拼得多凶呀!这点点水,倒怕咧!过吧,没一点危险……"

她又歪一下头,仍然没有吭声。

"咋回事呀?"他无可奈何地朝南岸折转回去,"你家也住在河边上嘛!河边的娃娃谁没耍过水……"他不在意地嘟囔着,走到她跟前,"你倒怕水。"

"我……不能……"她勾下头,羞怯地支吾着,"……不能下水。"

他不懂,她怎么不能下水呢?又没有病嘛!他又不好意思细问,却又作难地说:"那咋办?夏天,木板桥早拆掉了。"

"你……"她微微扬起头,不好意思地说,"你不会背我过河吗?"

"那……"他口吃了,脸上先热了,他可从来没有背着一个大姑娘过过河,迟疑间,他忽然想,其实也没有什么大惊小怪的,河边上的庄稼人,男人背女人过河,是平平常常的事情。他给自己鼓劲,从不必要的拘谨里解脱出来,做出随随便便的样子,蹲下身来了。

她哈哈笑着,伏到他的背上。真好!她笑得恰到好处,天真的纯洁的笑声,不仅解除了她自己的窘态,也使他顿然觉得舒展自如了。他站起来,她可真轻,几乎感觉不到什么负载的分量。

她的手轻轻地扶着他的肩膀。他的双手背向身后,掬着她的两只膝盖,走到水里了。她仍然开心地在他背上嘎嘎嘎地笑着。

"你的肩膀多宽呀!"

"男子娃嘛,都是粗胳膊壮腿……"

走到河心了,水没过他的膝盖,哗哗哗响着。她的两只手从他的肩头上伸过来,搂住了他的脖子。他当是她害怕了,给她壮胆说:"甭怕,深水槽只有三五步,马上就过去了……"

她的嘴巴却凑到他的耳边:"你真傻,还要问人家为啥不能下水……"

"我……没有问。"他分辩说。

"问来……"她撒娇地说。

"没……"他还没有说完,她却把头伸过来,猛然在他脸颊上亲了一口。他的心怦地一跳,眼花了,双手松开了。糟了!扑通一声,她从他的后背上跌落下来,落到水里了。他愣愣地站在水中,不知该怎么办。

她嘎嘎嘎笑着,扬着甩着手臂,从河水里跑过去,站在岸边,笑得前俯后仰。

他从河里走上岸,为难地说:"怎么办?你的衣服弄湿了。"

"你走吧!在河堤上等我。"她认真地说,"一直朝前走,不准回头。"

他老老实实朝前走,没有回头,脖子连拧歪一下都没有。走上河堤,在杨柳林带里坐下,他看见她蹦着跳着从沙滩上跑过来,走上堤岸,在他旁边的沙堤上坐下来,早已换上一条干净的运动裤了。

他的心在胸腔里按捺不住了,平生第一次想伸开手臂,拥抱身旁的姑娘。

"好呀润生!不背人家你就说不背,为啥把人扔到河里?"她故作生气地噘着嘴。

"不是你在我脸上……"他鼓起勇气,终于还是没有说清楚,"倒怪我!"

"那是……不小心碰的!"她低下头,羞怯地说,"真的……不小心……"

"那我也……碰你一下!"他无法抑制心里涌起的强大冲动,伸开手臂,猛然把她搂在怀里。

她蹦起来,嘎嘎嘎笑着,站在河堤上,向他招手。

他三步两步绕过去,站在她的跟前。

"坐下。"她按着他的肩膀,"咱们说说话儿。月亮多好!"

"我不想说话……"他坐下来了。

"那……我给你唱歌。"她说。

他轻轻地点点头,把一只胳膊搭在她的肩膀上,她没有动。

她凝视着星光闪烁的河水,轻轻唱起来:

> 九九那个艳阳天,
> 十八岁的哥哥坐在小河边。

……

他不敢再鲁莽了,把一只手臂轻轻地搭在她的肩上。夜风轻柔,歌声婉转。李谷一相形见绌了,从来没有什么人的歌声能这样一丝不露地融会进他的胸腔,他的心,他浑身的血液;什么流行的轻音乐,什么校园歌曲,也都相形见绌而销声匿迹了。整个世界就只荡漾着这样一曲歌儿……

四

刷——

十八岁的哥哥曹润生,现在双手攥紧锨把儿,前弓后箭踮着双腿,从沙梁上铲起一饱锨混合着沙子和石头的砂石,抛向双层铁丝罗网。太阳已经托上秦岭群峰的上空,温暖的阳光羞怯地洒在沙滩上,严寒开始消退,河水闪闪发光。

他有意无意地瞅一眼对岸的河堤,落光了叶子的杨柳枝,伫立在天空中,树下的河堤的沙地上,留下他和她相依相偎的足迹,人生第一次接触异性,第一次拥抱和亲吻,第一次听一个心爱的人儿专为你唱歌,永远烙进心上,难以忘怀了。他每天走下河滩,不由得瞅一眼他和她坐过的那一段河堤,他背她涉水过河的那一段河口,天天如此。

他后来就明白了,她说她不能下水,完全是一种托词。她说到学校去拿报纸,无非是把时间拖得更晚一些,好使那些在河滩稻田里贪恋干活的庄稼人走光去尽。由此可以追索得更远一些,在县上篮球联赛期间,女队员常常帮助男队员洗衣服,晓兰总是及时地从他的床头把汗渍斑驳的衣裤搜走,洗得干干净净,叠得平平整整,放到他的床头,别的女同学根本插不上手。她常常在他上场的时候,在场外观看,给他递毛巾、橘子水……看来她对他早已有心了,而自己却糊里糊涂,不过觉得晓兰和自己既是同班,又同是小河北岸的同乡,自然更熟悉更亲近一些。没有料到,她忽然在他脸上亲了一口,令他不知所措,慌慌乱乱中把她从背上撂到河里了……真是不期而遇!

在学校的篮球场上,他一跃而起,空中揽月似的抢到对方的篮板球,冲过层层堵截,可以一气把篮球带过中场,那球似乎粘在他的手掌里,难得脱掉,然后跳起,单手托球,往下一扣,篮网上刷的一声响,球儿连篮环儿的边也不撞,动作简捷,姿势优美。在他的周围,常常围随着一伙崇拜者。可是一坐在教室里,他的魔力,他的风韵,完全失去了光彩,只是一个平平常常的学生。他没有想到过恋爱,更没有瞅瞄过班里哪一位女生可以成为他的追求对象,尽管已经有传闻散布,说他们班里已经形成了"四对",可是没有包括他和刘晓兰。平心而论,他就是没有想过嘛!

没有想过的事一旦发生,不期而遇的事一当遇到,曹润生的心再也安稳不住了。他坐在教室的最后一排桌子上,眼睛不由得从书本上移开,越过一排排男生和女生的脑袋,停留在刘晓兰蓬蓬散散的头发上,那头发的颜色有点黄,下梢甚至有点发红,却是那样蓬松,那么柔软,随着她写字的动作一抖一抖的。

班际之间的篮球赛时常举行。他活跃在自己的自由王国里,不由得搜索扫描场外围观的观众,一旦在人丛中发现了刘晓兰,他抓篮板球的成功率更加提高,带球越过中场的速度更加迅疾,跃起投篮几乎是百发百中,当然,姿势是更加优美而简捷。相形之下,如果发现刘晓兰不在场外观看,无论抢接篮板球,无论跃起投篮,都往往发挥失常,令班主任叹惋。他在心里骂自己:你这是怎么了?依然不顶用。

紧张的毕业考试迫在眉睫,接着就是决定人生去向的关系重大的高等学校统一考试。教室里的灯光彻夜不熄。几个家在农村的老师的老婆利用两间废弃的勤工俭学的工房,办起了小饭馆,专售凉皮和红豆稀饭,昼夜开门营业,挣那些开夜车的学生的夜餐费。其实,真正在酷暑季节里苦熬苦斗的,不过是班级里的为数甚少的几个尖子学生,因为有考则必中的信心,所以苦攻的劲头愈足,而对于绝大多数学生来说,仍然是按时就寝,如时起床,有一些同学已经打定主意:一当毕业考试完毕,就自动回乡务农了。曹润生只是打算碰一碰,碰不上了,自然回家去务农。教室里,校园中的树荫下,五里镇旁边的小河边,全是应届毕业生的天地。在河边的柳荫下,他和刘晓兰在背英语词汇。

"晓兰。"他叫。

"嗯。"她头也不扭,在念着单词。

"休息一会儿吧! 我念得嘴唇都麻木了。"

"你休息吧! 我不……"

"要是考不上大学,学英语有啥用?"润生说,"我那天回家,在后院里咕哝咕哝背英语,俺妈养的小鸡一下子扑棱着跑到我跟前,以为我叫它们哩! 我刚明白过来,俺爸养的十多只小猪娃,也从猪圈的缝隙里钻出来,拱我的脚,当是我给它们喂食哩……"

刘晓兰早已忍俊不禁,笑得前俯后仰,眼泪都流出来了,一手捂着笑得酸疼的肚子,一手拿着书本,在他头上打。

"真的!"润生说,"那些小鸡小猪……"

"你尽出洋相哩!"晓兰莫可奈何地说,"复习功课这样紧张,你尽出洋相……"

"反正我考不中,你也悬乎!"润生说,"白费劲儿!"

"总得争取争取嘛!"晓兰说,"你……"

"我心里没劲儿,思想老是抛锚……"

"甭胡思乱想!"

"自从那晚上背你过河以后……"

"背我过河又怎么了呢?"

"谁要你在我脸上亲一口哩!"

"啊呀! 你……"

"谁要你给我唱'十八岁的哥哥'哩!"

"啊呀……"刘晓兰飞红了脸,瞧瞧左右,用书捂住了脸颊,"快甭说了,羞死人了……"

"我现在看书看不进去,老是想瞅你;听课也总是听不进去,耳朵里老是响着'九九那个……'"

"你权当没有那回事儿。"晓兰扬起脸,"集中精力,准备考试。"

"我试过,不行嘛!"

"那怎么办?"她也莫可奈何地叹一口气,放下书,双手抱着膝头,坐在沙堤上,有点茫然地说,"我们都考不上学,回农村干啥呀?我想到很快就要离开学校了,心里真难受!回家干啥?喂猪养鸡?做小买卖?烦死了!"

"养猪养鸡,那是老婆婆们干的事!乏味无聊没意思。"润生说,"我已经瞅准了一桩事儿——"

"做啥?"晓兰不以为然地说。

"养蜂。"润生眉飞色舞,"带上蜜蜂,春天走南方,夏天赶北方,走南闯北,自由自在。你跟我搭伴,咱们的生活多有意思……"

"想得多美!"晓兰笑笑,"那些动物家禽,我全无兴趣,那些蜜蜂整天嗡嗡嗡叫,烦死人了……"

"那叫声才好听哪!"润生说,"蜜蜂的叫声可不是苍蝇……"

"比百灵子叫得好我也不喜欢。"晓兰淡淡地,"我不喜欢嘛!怎么办?"

"那当然……"润生兴味索然了。

"我一看见那蜜蜂窝,身上就起鸡皮疙瘩。"晓兰说,"我看都不敢看!"

"噢!"润生叹口气,"我可简直入迷了。"

"你爱蜜蜂,你就养吧!"为了不使润生扫兴,晓兰调皮地说,"我可是爱吃蜂蜜呀……"

"我给你管饱。"润生也笑着,"能吃多少嘛!一箱蜂能酿……"

"好了,现在还是复习功课吧!"晓兰从草地上捡起英语课本,"我等着吃你的蜂蜜,未来的养蜂专家……"

……

曹润生抛着砂石,回味着离开学校前的那一段生活,自己也觉得好笑。当他和她以及十之八九的男女同学各自回到自己的村庄后,那熟悉而又亲切的五里镇中学,立时就变得陌生而又遥远了,似乎不是刚刚离开了三四个月,倒像是三四年前的事了。一切不切实际的想入非非的幻想全都沉淀到大脑后头去了。有的同学进城做临时工去了;有的在自行车后边拴上两只竹筐,贩卖瓜果蔬菜去了;有的买下小四轮拖拉机跑起运输来了;有的进社办工业单位当工人去了;他喜欢养蜂,为了把东杨村的那十箱蜜蜂尽早买到手,他现在正聚足力气,从早到晚,在沙滩上翻捣砂石。冷,不怕;累,咬咬牙忍下去,他被自己未来的养蜂事业鼓舞着,埋头在沙滩上,几乎与世隔绝了。

和晓兰见一面也不那么方便了。曹村和刘庄相隔六七里路,虽然不远,他也不能频频去找她。她的父母对她管得严,尤其是对女儿与异性接触很敏感。乡村间没有电话,通信十分困难。他埋头苦干在沙滩上,没有想到晓兰已经进入社办企业,而且是砂石管理站管开票的工作人员了。

她依然对他好。润生肯定地想,她一坐进砂石管理站的办公室,就指派毛胡须的司机到曹村来装运他的石头。可爱的晓兰,心里疼着他哩!后晌得去找找她,为了祝贺她有这样一份又干净又省力的工作,为了她给他指派汽车来拉石头的好心,为了他又有一月多没有和她见面⋯⋯他现在十分想见她。

他的胳膊上格外有劲,抛甩起砂石,必须把后晌找她所耽误的工夫加出来。

"润娃哎——"

听见一声亲切的女人的呼唤,他一抬头,看见长才大叔正在朝他招手哩,旁边站着他的婆娘,正在叫他。她给长才大叔送饭来了,老两口正在热情地招呼他过去一起吃饭哩⋯⋯

五

乡村人习惯早晨起来先下地干活,八九点钟才回家吃早饭。冬季里,天明得迟,早饭就推迟到十点多钟了。沙滩翻捣砂石的活儿太重了,人一般很难支撑到饭时,就又渴又饿了。于是,就在天明和早饭之间,给干重活的人吃一顿加餐,乡村叫"贴晌"。现在,正是吃贴晌的时间,不断地有女人或娃娃,提着竹条笼儿,盖着花格毛巾,端着热水瓶,从河堤上走下河滩里来了。

长才大叔见他没有动静,急急忙忙走过来,不由分说,从他手里夺下铁锨,扔到地上,拉他的胳膊,推他的脊背,长舌头在大嘴里笨拙地搅动着:"歇一会儿嘛!人是铁饭是钢嘛!我一个老汉都饿得慌慌哩,甭说你年轻小伙……"

润生抬头看看河堤,母亲还没有给他送饭来,拗不过长才大叔实心诚意的相邀,他从沙地上拎起棉袄,披在身上,跟他去了。

竹条笼里装着烙黄的发面锅盔、白瓷壶里装着茶水,全部摆置在沙地上。润生刚蹲下,长才大婶就把一块锅盔塞到他手里,又把拌着辣子的绿白萝卜丝的菜盘挪到脚下。长才大叔双手把茶壶递过来,不无遗憾地说:"先喝口水。没有茶碗,就对着壶嘴喝吧!咱庄稼汉讲不了卫生……人家城里人很讲究,茶碗也不乱用……"

"上山打柴,过河脱鞋——走到哪儿说哪儿的话!"长才婶子畅快地说,"润娃,你尽吃尽喝!咱农民不讲卫生,倒是黑瓷疙瘩般地结实。"

润娃笑笑,没有吭声,不管长才婶子的话有多偏狭,那锅盔的味儿可是真香!皮薄,酥脆,瓤儿绵软,就着清凉的萝卜丝儿,真是惬意极了。她虽然愚蠢得不相信讲卫生的道理,烙制锅盔的手艺真是高超哩!

"润娃,嗬呀!好润娃——"长才大叔嘴里嚼着萝卜丝儿,咔嚓咔嚓地响着,口齿不清地叫着他的名字,大声感慨着,永远给人一种亲热诚挚的感觉,说着对他有好处的人的感激话,"你老侄儿,风格真高!嗬呀!"

"不就是我帮你卖了一车石头吗?"润生不在乎地说,"我缓几天卖,又不急着用钱,你急着用钱,先卖了,有啥关系!"

"哈呀!看你说得轻松!"长才大叔瞪着眼,摇摇头,更加感慨地说,"你看看这沙滩上,为了卖石头,争得儿子不认老子!谁肯把到手的票子塞到旁人兜里去?所以说,你老侄儿真是……"

"主要是我目下不急用钱。"润生淡淡地说。

"照润娃这样的好思想儿,搁在河滩捞石头,真是屈才了哇!"长才大叔盯着老婆说,目的在于争取附和者,"我说,润娃该到公社去当干部,准是好干部!"

润生听罢,不由得哈哈大笑起来。一车石头,他没有卖,把出售的机会转让给长才大叔了,竟然感动得长才大叔给他吃锅盔、喝茶,喋喋不休地当面夸奖他,还居然说出应该让他到乡里去当干部的梦话……真诚得令人好笑呀!

"你笑啥?实情话嘛!"长才大叔更加认真起来,"至少……你不该跟叔这号笨佬儿一般捞石头……"

"我不捞石头,挣不下钱嘛!"润生说。

"你不该挣这号出笨力的钱,真个。你该去贩羊肉,又轻快又挣得多。"长才大叔说,"咱村那一帮贩羊肉的,今日到山根去买下羊,后晌杀了,明日一早带到西安,卖了,天黑又赶回来。两天一趟,挣这个数儿——"他伸出食指和中指,"两天挣二十多块,一月挣多少?我都眼红了,只怪咱不会骑自行车……"

"我干过一回。"润生笑着说。

"为啥不再干咧?"长才大叔问。

"烂包了!"润生自嘲地说,"咱不识货,买羊时捏不出肥瘦,杀的肉少,差点连本钱烂掉了……咱手头上的功夫不行!"

"那倒是。"长才大叔点头颔首,"那得凭眼看哩,凭手指头捏膘哩,没这功夫不行……"

润生转过头,看见整个沙滩上,现在都闲歇下来,此起彼落的嘈杂的刷啦声停止了,像秦腔戏里紧锣密鼓的响击骤然中断,河滩里现出素有的自然的安静。这儿那儿捞石头的庄稼人,都坐着或蹲着吃起贴晌来,他们的女人或女儿,在给他们递馍、倒水,款款地说着话。只有少数几个蛮命干活的家伙,仍然没有停手,连吃一顿贴晌,抽一锅旱烟的时间也不放过。

"润娃,叔跟你说句结实话——"长才大叔神秘地眨眨眼,压低了声音,"你是有文化的人,能断书识字,你说,而今这政策还会不会变卦?"

"大喇叭上成天喊,这是基本国策嘛!"看着长才大叔细声细气的神秘的神色,润生觉得好笑,故意提高嗓门,大声粗气地说,"都什么时候了,你还问'变不变'!"

长才大婶撇撇嘴,不屑地瞅着男人,对润生说:"甭看你叔说话声大,胆子可小得不像个男人。他见人就问'变不变',成了毛病了。我说嘛!咱又没做犯法的事,凭出笨力捞石头挣钱,就是政策变了,能问出啥罪来……"

"你甭嘴犟!"长才大叔脖子一拧,声音又大了,"那年人家没收了你的鸡蛋,你咋不嘴硬?那该是你劳神养下的鸡嘛!人家说润娃他爸养的老母猪是'自发',你说,润娃,你爸敢犟不敢犟……"

"老皇历了!"润生不自觉显出老学究的神气来,"现在的政策,都写进宪法里头了……"

"只要不变就好!"长才大叔点点头,"咱一不会长途贩运,出了远门连火车站也寻不见哩!二不会弄鬼捣蛋,寻不着门路哩!只要允许咱捞石头,这沙滩就是咱曹长才的摇钱树,金盆子!拿时兴话说,是咱的存折!"

长才大婶宽厚地笑了:"他这号笨人,打的笨主意,说的笨话……"

"实话!"长才大叔无端地兴奋起来,抑制不住了,对一个年龄相去甚远的晚辈后生,掏出知心话来了,"在这儿捞石头,不贴大本钱,不操心行情跌涨,不用东跑西颠,日有热饭吃,夜有热炕睡,沙滩的石头,十年八年捞不完。一天捞一方石头,五六块,到哪儿去找这好的营生?累当然是累些,咱笨庄稼人还怕出力流汗吗?"

"对对的。"润生点点头,长才大叔说的是实话,这也是沙滩吸引来这么多的庄稼人的全部缘由。那些少数敢于走南闯北搞长途贩运的人,钱虽然挣得多,一月里可能成千上万地挣,但总带有某种冒险性,某种不太稳实的因素。习惯于小农经济的长才大叔一类农民,现在还不敢放开手脚,一天能捞到一方石头,挣得五六块钱,已经很满足了。他没有打算在这沙滩上把罗网永远支下去。他顶多干一年。捞够了能把东杨村那十箱意大利蜜蜂买到手的钱,就要挂罗收摊了,走南闯北去放蜂,那无论如何是捞石头这种单调的劳作无法比拟的。

"润娃,你听说过吗?"长才大叔兴致勃勃地说,"刚解放那一年,穿灰制服的一排子军人从咱河滩走过去,赶到南原上去了,过河的时候,有个人说,'嘀!一河滩银元,一河滩洋面!'叫在河边割草的曹二老汉听见了,传说开来,人都不解,明明是满河滩的沙子、石头,解放军咋会说是银元、洋面呢?而今,大伙才解开这话!你说神不神?"

润生听着这个传奇色彩甚浓的故事,笑着,打着饱嗝,拍一拍手,准备站起身走了。这时候,一个女孩把一疙瘩用毛巾包着的吃食塞给他,说是他的母亲给他捎来的,她忙得脱不开身。润生解开毛巾,是三个烤得焦黄的馍馍,夹着辣椒。他一抖毛巾,把三个馍馍倒进长才婶子的竹条笼里。

"这算做啥?"长才婶子问。

"你不要还的话,顺便捎给我妈。"润生说,"我已经吃饱了。"

长才大叔咂着旱烟,美滋滋地抽着,把一支"金丝猴"牌香烟塞到他手里。润生推辞不过,点着了,一口烟抽进去,呛得他咳嗽起来,赶忙捏灭了。

"润娃,叔还想跟你说句话,你甭急走。"长才大叔有点难为情地说,"叔给你说过,给那个碎货订媳妇,急着用钱,还得你帮叔卖石头哩!"

"没麻达。"润生豪爽地说,"我拦住汽车,先给你卖。"

"你不是有个同学……在管理站吗?"长才大叔终于说出他的用心,"你去找她,让她给咱放几趟车来,啥问题都解决了!"

"嗯……"润生沉吟一下,有点为难。他原打算后响去找晓兰,可不是为了让她多放几趟车来。

"叔两眼墨黑,在管理站没有一个熟人。"长才大叔叹惋着,"管理站那些人,尽给他们的熟人办事。咱提上烧酒拿上烟,挨不上边儿咯!冒冒失失地送去,反倒给摔出来。其实,谁不知他们暗地里做啥!好了!你的同学在管理站开票,有咱们的人咧……"

"给她送礼吗?"润生笑问。

"当然。"长才大叔悄声说,"给我办事,礼物由我。叔买弄得合适的礼物,你拿给人家也体面……"

"快算了,快算了!"润生有点烦,"真的找她去,我啥礼物也不会拿的。"

"憨娃!而今兴得这一套!"长才大叔说,"你刚从学校回来,不懂人情! 没有这办法,没有路走!"

"你甭管!"润生说,"我去找她就是了。"

六

　　三岔路口,是从城里展伸到乡下来的公路的分岔处。曹润生骑着自行车来到三岔口了,正是一天里公路上最拥挤的时候,大卡车和手扶拖拉机,单套马车和自行车,一齐在三岔路口汇集。天色已晚,远途和近程的司机和驭手,都在急不可待地赶路,冬天北方天气短,五点不到,已经暮色昏暗了。这儿没有交通警察,司机们在拼命按喇叭,自行车铃儿摇得山响,三岔口仍然拥塞得水泄不通。润生跳下车子,离开公路,从麦子地里绕过去,就上了另一条岔道儿。

　　在三岔路口的三角地带,修建起一幢三层楼房,铁栅门旁的水泥门柱上,挂着一幅显赫的白底黑字的木牌:河湾乡砂石管理站。任何一辆要进入河湾乡装运石头的汽车,必须到此登记开票,领取"通行证"。这个管理站的地址,真是选择得太适宜了。

　　润生扶着车子,停在大门侧旁。他过去多少次从这个三岔路口过往,似乎从来没有留意这个砂石管理站的存在,更没有想过他会有朝一日走进这个铁栅大门。现在,他要第一次踏进这个水泥铺面的大门了,要去找他的同学刘晓兰了,而哪里是一般的同学呢!他有点心跳,停一停,稳定一下情绪,拨拉一下头发,拍打拍打在路上落下的尘土,推着车子进去了。

　　刚走进院子,润生就看见了晓兰。她推着一辆小轮自行车,从楼房的门洞里走下台阶来。他几乎认不出她了,一件黑底红花的罩衫紧紧裹着腰身,脖子上露出高高的米黄色的羊毛衫的高领,头发披散在脊背上,迎着寒风在飘动,模样更俊了。他忽然想到《追捕》电影中那位勇敢而又纯真的日本姑娘,就是这样的装束,而她和她的模样也真像得神。

　　"啊呀!润生——"她也看见他了,紧走几步,停住车,喜笑眉开地问,"你刚来吗?"

"我找你有点事。"他的心在不安地跳动,努力做出无所谓的样子,似乎真是要来办什么公事似的,"你……忙吗?"

"下班了。"

未及晓兰说话,一个小伙子走到跟前,抢先说,显出腻烦的口气。润生一看,那小伙倒是长得细皮嫩肉,一张女人似的秀气的脸膛,白白净净,只是那眼里露出一缕超然的优越的神色,叫润生感到不舒服。他像排除什么累赘一样的口气继续说:"下班了。有啥事,明天上班来办吧!"

"这是我同学。"晓兰连忙回过头,对那青年介绍,"他没来过这儿,屋里坐坐吧!"

润生有点迟疑,看她和那青年同时推车的架势,大约是同路回家的。他忽然蹿起一股反感的情绪,我找刘晓兰,关你什么事!你怕下班回家晚了,你就骑上车子滚吧!我又没有找你嘛!

"你……"晓兰有点不大自然,对那青年说,"你先走呢,还是等我一会儿呢?"

"我等你。"那青年毫不犹豫,"甭忘了,七点一刻的电影。"

润生心里一动,她和他去看电影。他一看晓兰,晓兰似乎眉毛也轻轻弹动了一下,又显出某些不大明显的尴尬。他似乎敏感到一点什么,就说:"算了,不到屋里去了!"

"你不是有事吗?"晓兰说,"还没说啥事,怎么能走呢?"

"没什么……大事。"润生结巴了。离她看电影的时间,不过一个小时了,他和她能说什么话呢?他今天来,原就打算晚上畅畅快快和她聊一聊,一月多没见面,他十分想念她。现在,他只好拿出长才大叔托办的卖石头的事情来搪塞,好像他专门是来求情走后门的,"我想……你给多调几辆车过俺曹村那边去。我一个老叔,人太老实,捞下石头,总是卖不掉,家里有急事要办,需得钱用……"

"给他调过去几辆车吧!"那青年在旁边插言,急不可待的样子,对晓兰说,"我们都没吃饭哩!"

"好吧!"晓兰这回明显地现出尴尬的神色了,那青年的口气和态度,大约泄露出一种他们之间微妙的关系,她窘了,随口说,"我明天给你调车过去,让司机找你,放心吧!"

"那么……我走了!"润生再无话说,那个文静而超然的青年就站在他和她旁边,他一句话也不想说了,"你……去看……电影。"

"咱们一起走吧!"晓兰说。

"不……我还要……"润生本能地推辞着,"去办……另一件事……"

"走吧!"那青年已经推动自行车,催促着晓兰。

三个人走出大门,润生谎说他要到三岔口的另一条路上去,刘晓兰和那青年就先后跨上车子,消失在已经很浓的暮色里。

十八岁的哥哥曹润生,心里顿然涌起一股醋意了。她和他并排骑车走了,去吃饭,再到五里镇电影放映站看什么有趣的电影了。他一个人站在三岔路口,平生第一次感到了从未有过的孤独。拥塞的车辆已经走空,偶尔有一辆汽车从三岔路口开过去,明亮的车灯在田野里推开一片扇形的光亮。初冬的夜晚的风开始施威,电线在呜呜呜呜叫。他的胸膛里十分憋闷,厌烦,脚腿无力,怏怏地推着自行车走上公路,却不想跨上去,便沿着公路慢腾腾地踯躅着。

那是一个什么人呢?白白净净的秀气的脸上,架着一副紫红色的眼镜,像是一位很有教养的大学生的派头,眼里射出的那一缕缕超然物外的优越的神色,完全把捞石头的曹润生视若草芥了!妈的,是将军的儿子吗?瞧那副神气!他和晓兰是什么关系呢?晓兰好像一点儿也不违拗他,是怕得罪他呢?还是……

他跨上车子,尽管骑得慢,仍然感到了北风的寒冷。这可能吗?晓兰从来也没告诉过他有什么新的变化呀!而仅仅在两个月以前,他去找她,说他想买蜜蜂,却没有足够的资本,想到信用社去贷款。她兴冲冲地推出自行车,和他一起奔信用社去了。

"信用社贷不贷给咱们呢?"他担心。

"报上和广播上都说要支持专业户嘛!"她说,"怎么能不贷呢?"

"我也这样想。"

俩人骑车在公路上飞驰,说着笑着,成熟的秋庄稼从眼旁闪过,玉米棒子吊垂着,谷穗压弯了谷秆,满眼金黄,一小块一小块萝卜或白菜,在黄色的田野里点缀着绿色。

"刚从学校回来俩月,我都烦死了!"晓兰说,"出门下地,跟俺妈俺爸干活,连一句话也说不到一起。回到家里,后院母鸡前院的牛,嘎嘎哞哞地叫,我都烦……"

"我也一样。"润生附和说,"俺妈俺爸把那些鸡呀猪呀,看得宝贝儿一样,老人们就爱抚弄那些东西。年轻人心里捉弄不住那些……"

"你倒好,买下蜜蜂,到处放蜂,多畅快。"晓兰难受地说,"我怎么办呢?没事好干……"

"跟我去放蜂呀!"润生笑着说。

"不害羞……"晓兰莞尔一笑。

走进信用社的办公大房间,俩人站在高可及胸的水泥柜台前,看见三五张桌子上,一人一把算盘,各忙各的财务,谁也不抬头。这里似乎自然形成一种严肃细密的气氛,从早到晚与大宗的人民币打交道的特殊工作呀。润生不知该找谁,晓兰倒大方地叫了一声:"同志!"

"什么事?"一个中年男人头也不抬,问了一声,手指头还压在算盘上。

"我想贷款。"润生忙说。

"贷啥款?"中年男人仍然头不抬。

"就是贷钱款嘛!"润生朦朦胧胧地搞不清贷啥款,不就是钱吗?

"唔!有贫寒贷款,有投资贷款,有私人贷款,有单位公用贷款……你倒好,贷钱款!"中年人终于抬起头,冷冷地笑着,嘲笑说,"我在这儿干了十年多,倒没听过谁说贷钱款!钱和款子是一个东西呀!"

旁边桌子上的两位年轻女同志,吃吃笑起来。

晓兰看他一眼,也忍不住笑了。

"我想买蜜蜂。"他顾不得说话中的漏洞,忙说,"需得一千块!"

"他要做养蜂专业户。"晓兰也递上话,"发展养蜂事业哩!"

"那当然好啊!"中年男人双手支着下巴,从柜台里的桌子上,朝上瞅着他们,"正当家庭副业,我们完全支持。"

"那好哇!"润生高兴地说,"现在能拿钱吗?"

"你的申请书呢?"中年男人说着,伸出一只手。

润生恍然大悟,一拍脑瓜,自己居然不知道贷款要先交申请书,瞧一眼晓兰,俩人为自个的冒失行为不好意思地笑了。他补救说:"我可不知道还要写申请书的手续。那好办,我现在写行吗?"

"这是贷款,不是你朝你家里要学费!"中年人有趣地揶揄说,"冒失鬼!"

柜台里的人全都哄笑起来。

"交了申请书,还有啥手续呢?"润生这回用心了,问道。

"交了申请书,先经过我审查,再经过领导审批,大约就成了。"中年男人说。

"得等多久?"润生忙问。

"过了春节再来吧!"中年男人说,"今年的贷款已经用完了,节后就是明年的任务了。"

"啊呀……"润生心凉了,猛然意识到这位不阴不阳的中年人,大约在柜台里闲坐得无聊,故意拿他开心哩!既然没有钱可供贷款,为啥不早说呢?他怎么能等到明年春天呢!他懊丧地说,"噢!那算咧……"

他和晓兰一走出信用社的大门,相对一看,哈哈大笑起来,笑自己的无知,贷款来居然不知道要写申请书!俩人笑毕,骑上车子。

"怎么办?"晓兰问。

"算咧!不贷了。"润生说。

"你怎么买蜂呢?"

"我去杀羊卖羊肉!要是不行,我就下河滩捞石头。"

"杀羊多残忍!捞石头太苦咧!"晓兰不赞成他去干这些营生,"找我姑父一趟吧!他在乡工业办公室当主任,我已经托他给我找事干了。咱们一起去找他,让他给你在乡办工厂找个差事。"

"乡办工厂的差事,我不干。"

"咋咧?"

"挣钱少。"润生说,"杀羊卖肉,甭看不好听,挣出钱哪!捞石头虽然苦些,也挣出钱哪!我现在不管干啥脏活累活,只要挣钱多,我不怕。我要在年前攒一笔钱,赶过年把东杨村那十箱蜜蜂端过来……"

"咱们都在社办厂干工作,多好!"晓兰柔情地说,"免得东颠西跑……"

"我不喜欢老待在一个地方,乏味!"润生说,"带上蜜蜂,走南闯北,多美!我有好几夜都做梦,梦见我成了养蜂大王了!哈……"

……

初冬的小河川道的夜晚,风愈来愈冷。润生在河川公路上骑车前进,心里渐渐平静下来了。也许,是砂石管理站给职工发了电影票,那位男青年和晓兰一块去看电影,自己有什么好嫉妒的呢?晓兰没有给他介绍他是谁,自己怎么好无端地猜疑呢?晓兰既然和自己有过那么一次不期而遇的事,她绝不会……

他这么想想，又那样想想，之所以想不透，就是没有机会和她谈谈，谈谈以后就会把一切疑惑搞清了。他得再和她见一次面，好好谈谈，他喜欢清清楚楚，不能忍受黏黏糊糊……

七

第二天早晨，当润生坐在自己的罗网前，吃着母亲让人捎来的贴响饭的时候，脑子里还萦绕着昨日晚夕在管理站与晓兰见面时的情景。他意识到他和晓兰的关系变得复杂化了，虽然还没有更充足的证据和事实，仅仅是一种预感吧！她和他好，他也喜欢她。她亲了他一下，又给他唱那动情的歌儿，他喜欢她开朗的性格，漂亮的模样；他们俩就好上了。事情简简单单，恋爱不就是这样简单：你有情我有意嘛！哪儿又夹挤进来那位戴眼镜的大学生派头的小伙子呢？是他们的关系确实已经变得复杂化了呢，还是自己太敏感，甚至心胸狭窄，把问题看得复杂化了呢？

不管怎样，从昨晚到现在，过多的思虑，已经使他脑子隐隐作痛了。他向来心里不搁事，考试分数差了点，别人愁得晚上失眠，他照样打呼噜；篮球比赛失利，战友们垂头丧气，他依然哼着小曲儿。世界上尚没有能使他发愁，或者愁得睡不着觉的事。现在，自他有记忆以来，昨天晚上是第一次失眠。十八岁的哥哥睡不着觉，脑子里黏黏糊糊，分不清眉目，一直睁眼到天明，扛着铁锨下河滩来了。

他四肢酸软，施展不开，心胸郁闷，馍馍嚼在嘴里，像嚼着一团泥巴，没有香味。他觉得自己的简单的脑袋，盛不下这么多复杂的事情……这当儿，两辆汽车从河湾里开过来了。沙滩上，正在吃贴响的人，丢下筷子和茶壶，跃起身来，纷纷朝汽车开来的方向追去。他懒洋洋地坐着没动，又低头想着自己的心事。

两辆汽车拐进沙滩，戛然停住，司机甩开层层包围纠缠的庄稼人,站在石头堆子上,扯开嗓门呼叫一声曹润生,又呼叫一声曹长才。未等润生动静,长才大叔已经笑着摇着细长的胳膊,歪扭着挑担推车累得变形的罗圈腿,奔上前去,把司机领下来了。润生心头忽然轻松了,晓兰尊重他的请求,如期调拨来汽车,自己大约是……确实是太敏感了吧?

润生动手帮那些装卸工装车,一片倒腾石头的哗啦声响。车装好了,长才大婶恰到好处地提着竹条笼儿送贴晌来了。

"同志,尝一块。"长才大叔拉住司机的胳膊,声大,心也诚,"你尝一块嘛!烫面油旋饼子,城里人不常吃的。"

长才大婶的烫面饼子烙得真好,焦黄的外皮,令人嘴馋,可惜拿得少了点儿。她大约只考虑到给男人长才一个人饱餐一顿,没有想到会遇见拉石头来的司机,而且有五六个装卸工人。润生替长才大叔作难,那么几块饼子,够谁吃呢?

"饼子少人多,俩师傅先吃。"长才大叔倒不作难,以实相告,安抚坐在汽车上的装卸工们,"下趟来时,管大家一饱。没办法,我不知道来这么多同志……"他的坦白的态度,倒惹得那些装卸工宽厚地笑了。

两位司机只是谦让着,不就座。

"认不得,是生人;认得了,一家人嘛!工人还是咱农民的老大哥嘛!"长才大叔居然表现出外交家的风度,尽管语言有点拉三扯四,态度却大方,"而今农民不缺粮了!你们吃公粮的月月有定量,俺庄稼人没定量,海吃!润娃,你站那么远做啥?来陪师傅吃饭……"

那位年长的司机盛情难却,吃起饼子来了,赞扬饼子烙得好,说农家的面食新鲜,吃来特香,而购买粮店的面粉,总是吃不出粮食自身的香味……

那位年轻司机,看去不过二十四五岁。一边嚼着饼子,自然地把头转向润生一边,问:"看你的架势,像是喜欢体育运动?"

未及润生答话,长才大叔就插言介绍说:"俺润生打篮球,全县第一名,到省城里也得过奖!"他显然对一切话题都感兴趣,只要讨得司机(财神爷啊)的欢心,而不顾自己对篮球运动的知识一无所识。篮球是个集体的对抗比赛,哪里有个人得第一的名次呢?

"喜欢足球吗?"年轻司机问。

"球类我都喜欢。"润生的神经兴奋起来了。回家几个月来,先是秋收,接着秋播,秋收秋播的大忙季节一过,他就扛着罗网扎进沙滩上来了,连篮球摸都没有摸过。曹村的那一副篮球架,早已倒掉了,乡民在球场上种下了不怕猪拱鸡刨的荠菜儿。乡村里的小伙子,都忙着弄着自己的营生,没有人对篮球感兴趣了。他没有伙伴,没有知音,谁现在舍得把大好时机消磨在篮球场上呢!现在,他遇到了陌生的司机,单是他喜欢看球赛这一点兴趣,就使润生感到亲近起来了。他和他有共同的兴趣,有共同的语言。他说,"乡下的学校,只重视篮球……"

"你看过亚太区足球分组赛了吗?"年轻司机问,又带着深重的懊丧的口气说,"国家队输得多窝囊啊!"

"技术差劲。"润生也表示惋惜,"那没办法。当然,有时候也凭运气……"

"希望渺茫哟!"年轻司机苦笑着,"中国的足球,跟中国的工业一样落后;要跟世界列强争雄,看本世纪末吧!等我儿子一辈人……"

"冲出亚洲,时日不会太久。"润生点点头,表示同意司机的估计,"要跟欧美强队争雄,真是要等下一代人,球场待有明星出世……"

"我把我儿子一定要培养成一名球星!"年轻司机得意地笑着,"三岁了,我什么玩具也不给他玩,只给他玩小皮球,每天下班,我教他练球,南美国家从六七岁开始训练儿童,我从儿子会跑就开始……"

看来司机不像开玩笑,狠着劲儿说得很认真,润生倒是动了情,附和说:"十亿大国,足球输给泰国,真是叫人憋气……"

老点儿的师傅吃完饼子,不屑地嘬嘬嘴,嘲笑说:"瞧瞧他俩,倒是说得投机。操那些闲心做啥?什么足球,输了赢了,管屁用!"

"你只要能塞饱油饼就满意了!"年轻司机不恭地说,也是嘲笑的口气。他回过头,摇摇手,对润生说,"咱们和这些老皮,没有共同语言……"

润生很有节制地笑笑,不介入他们两位司机之间的争议。

"交个朋友吧!"年轻司机站起来,很义气地伸出手,"你捞石头吧,我包了!你捞多少,我拉多少。不说别的,单是为了足球……"

润生握着年轻司机的手,高兴地点点头。

两辆汽车呜呜吼着,开出沙滩,拐上河岸了,沙滩的临时车道上空,卷起浓厚的黄尘。

"你交了个好朋友,润娃。"长才大叔高兴地说,"人家有这样朋友,那样朋友,你呀可是个球朋友……哈!不管咋样,交这个朋友好得很!咱们的石头不愁卖了……"

润生也笑着,没有料到因为对球类活动的爱好,交上了有利于卖石头的朋友,真是不期而遇的事。运气不错!他的心里这样想,真是运气不错哩!刚刚十八岁,一个可爱的姑娘在他连想也没敢想过的情景下,猛然亲了他一次,钟情地给他唱"九九那个艳阳天来哟……"这个年轻的司机头一次和他结识,既没吃他的烫面油旋饼子,也没抽他一支烟,却要包销他的石头,运气还不好吗?生活里处处都向他微笑,十八岁的哥哥心里美滋儿滋儿的,瞧着长才大叔憨憨地笑着。

"抽烟!"长才大叔大声豪气地往润生手里塞烟,同时装起旱烟袋,笨拙地把一支带滤嘴的香烟叼在宽厚的嘴唇上,"不抽,怕啥?"

润生笑着摇摇头。他没有接受烟熏火烤的那种刺激的要求,辣刺刺的烟味使嗓子眼异常难受。他瞧着长才大叔的脸,那脸上布满一条条又粗又深的皱纹,这些皱纹里,以往总是蕴藏着焦急和愁苦,使人一看便可看出他的家境的紧迫和拮据,人都说这是副苦命相。是的,困苦的忧愁在这张脸上表现得十分显露。

现在,长才大叔脸上的每一条粗的或浅的,横的或纵的皱褶里,都溢出欢悦的浪花来了。同样,心里的欢乐表现在这张脸上的时候,也是十分显露的。他不会像有些城府很深的庄稼人那样,不但会隐藏苦衷,也会隐藏喜悦。他的一切都时时表现在那张黑红色的皱皱巴巴的脸上。有两辆汽车同时来装他的石头,而且是指名道姓地要装他曹长才的石头,而且说好要把他堆积在沙滩上的那一堆石头全部买走、拉完,不仅解决了他给儿子订婚的彩礼钱,更有一层不便说破的隐情,那就是:他感到脸上有光彩了!

他既没有门路疏通任何可以卖掉石头的渠道,又是笨手笨脚无法追拦汽车,捞下的石头就堆积在沙滩上。在这远离曹村村庄的沙滩上,捞石头的庄稼人,既是嫉妒又是眼红那些有门道找来汽车卖石头的人,也是既嫉妒又眼红那些手脚灵便而能拦住汽车的人。无法卖掉石头的曹长才,太无能了,倒被人瞧不起了。

现在看吧!曹长才的石头有人指名道姓来买啰!同时有两辆汽车,而且说定全部买走啰!曹长才被冷落在沙滩上的无人问津的局面打破啰!他叼着过滤嘴纸烟,把一只手叉在瘦细的腰里,挺起胸瞅着沙滩上下的庄稼人,瞅一瞅升上山顶的太阳,像是一位有学问的人在欣赏小河川道初冬清晨的自然景致哩!

现在,三三两两的庄稼人,手里掂着馍馍,利用吃贴晌的歇息时间,悠闲地转悠到长才大叔的罗网跟前来了,很关心地询问卖掉了多少立方,那两位司机是什么单位云云。

"哈呀！你看我这号瓷锤愣种！"长才大叔恍然大悟，拍着自己的落满尘土的脑袋，"居然忘记了问问人家是啥单位……"不管怎样，有这么多曹村的乡党到他的罗网前来拉话，是一种荣耀。他连忙掏出招待司机时吸剩的过滤嘴"金丝猴"香烟，一次抽出五六根，硬塞给众人，不接也不行。

润生坐在旁边的沙滩上，看着长才大叔的举动，未免有点可笑，却也终究使人高兴，作为一个庄稼人，长才大叔在这里，可以挺起腰和那些庄稼人说话了……

一连三天里，两部国产的"黄河"大卡车，往返十余次，把长才大叔和润生的所有积压的石货，装完揽净了。三天里，长才大婶把糯米酿制的醪糟酒坛子，搬到沙滩上来了，红壳或绿壳的热水瓶摆下四五个，给那些司机和装卸工们冲醪糟酒喝，如同过喜庆的大事一样。这种热气腾腾的场面，震住了沙滩上所有的捞石头的庄稼人，谁能有幸一次卖掉七八十立方石头呢？曹长才真是洪福洪财一齐发。那些或多或少都积压着存货的庄稼人，终于弄明白了缘由，把馋急的眼睛从长才的苦相脸上，移到十八岁的哥哥曹润生的紫红光亮的椭圆形脸上来了……

年轻的司机和曹润生已经成为很要好的朋友了，这是最后一次到曹村的沙滩上来拉石头，车装好以后，他给润生留下了单位的地址，热情地邀请润生到西安去的时候，一定要去找他。润生感动地点点头，送他上车。年轻司机刚一坐进驾驶楼，就大呼小叫着伸出头来："啊呀！润生，你的信，我差点给忘了！"

润生接过信来，一看信封上的笔迹，心里一热，那信是晓兰托司机捎过来的。他当即撕开，只有一张纸条，写了短短的一行小字，约他今晚到管理站去。他把信塞进裤兜，跳上踏板，钻进汽车，坐在年轻的司机旁边："捎我到三岔路口。"

"赴约会呀？"年轻的司机笑问。

"对。"润生第一次公开了自己的秘密,又从窗孔探出头,"长才大叔,把我的铁锨捎回家去……"

汽车从曹村的河滩里开过去,落完了叶子的一排排白杨从窗前闪过,灰色的雾霭从地上升腾起来,朝树梢上弥漫。润生的心在胸膛里,随着飞驰的汽车在狂跳。

"开得真快!"

"你着急,我也着急嘛!"

"急着回家训练儿子踢足球吗?"

"今晚电视转播国际足球比赛录像。"

"唔……"

润生也是第一次觉得,迷人的足球比赛现在失去吸引力了……

八

"你没有吃晚饭。"

"我从河滩直接来的,铁锨让别人捎回去。"

润生坐在床沿上,老老实实地告诉她,他没有吃晚饭。晓兰揭开火炉上的小铝锅,热气蒸腾中,端出一盘菜,又端出一碗包子,放在桌上,问:"你吃面条不?挂面是现成的……"

润生摇摇头,已经抓起一个包子:"有肉包子吃,面条就省下吧!"他想说得调皮点儿,却不见晓兰笑,他也不管,大嚼起来。

"我记得在县上赛球时,你最爱吃甜食。"晓兰说着,又从五斗桌的下边,取出一包蛋糕来,解开,摊在润生面前,"你随便吃吧!"

"还有什么好东西呀?全拿出来吧!"润生畅快地吃着,故意逗晓兰,"我可真是饿……"

润生还没有说完,看见晓兰取出一瓶啤酒,揭掉盖子,正要往玻璃杯里倒,他抢上一步,一把抓住瓶子,说:"你忘了?我喜欢对着瓶口喝……"

晓兰爱抚地瞅着他:"怎样喝,还不都是酒味吗?"

"你可不知道哇,对着瓶口喝来才解馋。"润生说,"你也吃呀!"

"我吃过了。"晓兰说,"这是给你预备下的。"

"你该是陪着我吃。"润生逗她说,"那才像是……一家人。"他想说"夫妻",终于有点羞,没有说出口。

晓兰腾地红了脸,低了头,没有吭声。

润生发觉,晓兰变得腼腆了,说话声音低了,不像过去和他说话时的那种爽朗的声调了,也没有那高八度的嘎嘎嘎的笑声了。她现在在他面前,完全表现出一种贤惠的妻子的温柔和娴静。他倒觉得别扭,干吗要那么压低声儿说话呢?干吗笑的时候只抿一抿嘴角而不出声呢?什么时候学会了这样的规矩?

晓兰却在炉子上给他熬茶了。

"晓兰,你不吃也罢,你坐在我跟前。"润生说,"我在沙滩捞石头,总不由得瞧瞧咱俩坐过的河堤……"

"我把茶冲好,就来。"晓兰依然不为他的挑逗而动心,说,"就好。"

他吃着,喝着,一碗包子吃光了,一瓶啤酒喝净了,打着饱嗝,双手接住了晓兰递上的酽红的茶杯。

"你吃饱了没?"她深情地瞅着他问。

"这样好的招待,我还不吃饱吗?"他笑着说,同样深情地瞅着她,她却把眼睛避开了,装着收拾碗碟,转过身去。这一瞬间,他发觉她好看的眼睛里隐藏着忧郁的神色。他说,"你坐下,让我好好看看你。忙着收拾那些碗碟做啥?"

她却从床头的箱子里,取出一只包袱,解开,把一件新衣服送到润生面前:"你试试,看看合包不?"

"这……"润生有点不好意思。

"'这'啥哩？试试！"她声音仍然不高,却很执拗,"穿上让我看看。"

润生穿上了。她拽拽前襟,抻抻后摆,用手熨熨平,欣赏一番,慰藉地笑着,完全像他的妻子要打发他出门走亲戚一样,那神态令他感动,他一把把她搂到怀里,动情地叫着:"晓兰……你真好……"

她偏过头,挣脱开他的手臂:"再试试裤子。"

"刚好。"他拎起裤腰,和自己的腿比了比长短,"你真有心啊！"

她把衣服重新折叠整齐,用废旧报纸包好,装进一只网袋里,说:"我第一次领工资,给你买一身衣服,算是纪念。"

"那……好,你等着……"润生感情的潮水在心里翻腾,激动得声音都颤抖了,"等我养起蜂来,我要把……我的蜜蜂……酿下的第一罐蜂蜜……送给你……"

晓兰听着,眼眶里扑下一行热泪来,似乎那泪水早就准备好了似的。润生以为他的真情打动了晓兰,又伸开双臂。晓兰结结巴巴地说:"咱们出去……走走……"

他和她避开公路,走上田坎,冻僵了的麦叶在脚下沙沙沙响。他把一只胳膊搭到她肩上,她却抖索了一下。这是怎么了？他轻轻地问:"晓兰,你冷吗？"

"不。"她说,"你呢？"

"我都要出汗了！"他故意夸张说,"你刚才打了个冷战……"

她没有吭声,走着,站住了。

没有月亮,星星在灰黑的天空闪着冷光,西北风掠过,虽然很小,却是够冷的。

"润生……"她站了片刻,轻轻地叫他。

"你的性格像是大变了！"润生说,"我可真是爱听你过去那利索的说话……"

她又闭口不说了。

"给我再唱一回《九九艳阳天》吧,晓兰!"润生动情地说,"听了你那天晚上的歌声,我再不听广播上唱歌了!"

"呜……"晓兰却哭了。

润生一惊,扶住晓兰的肩头:"你咋咧?谁欺侮你了吗?"

"我……对不起……你……"她终于说出话来,就一头扑跌进润生的怀抱,"你……骂……我吧……"

润生大吃一惊,急切地问:"快说,到底怎么了?"

"我……姑父……给我……介绍下……"十分为难的声音。

"是不是那天和你看电影的那个人?"润生推开晓兰,抓着她的肩膀,急问。

"就……是。"

"唔……"

俩人都垂下手,静静地站立着。

"那个男的是干什么的?"润生问。

"管理站的会计。"晓兰说,"他爸跟俺姑父是朋友,才给我说这人……"

"他爸干啥哩?"

"县上干部……"

润生醒悟似的"噢"了一声,骤然就明白了,她姑父在乡里,他爸爸在县上,既是上下级关系,又是老朋友,他们的儿子和亲属就可以在砂石管理站工作,还要联婚,正好门当户对……想到这层说来复杂实际简单的关系,曹润生——十八岁的哥哥啊,几乎本能地想到他的父亲,那只是一个养猪养牛的能手。他的那种自卑的精神里,冒出一股强烈的厌恶情绪,负气地摆摆手:"那好!那好!我走了……"

晓兰一把拉住他,怨怨艾艾地说:"你……听人说完嘛……"

他站住了,手塞在裤兜里,直立在麦田里,忽然想到,她还没说清楚她对那个会计的态度哩!自己怎么就要走掉呢?他问:"你到底愿意不愿意？一句话就说清了,问题很简单!"

"俺爸俺妈逼得我……"晓兰诉说着,"我原先到管理站来工作时,一点不知道俺姑父有这意思……"

"你现在知道了,咋办呢?"润生耐着性子听着,"我不强迫你,只想听你一句截断的话。"

"你说……我咋办呢?"晓兰问。

"你的终身大事,我咋敢掺言呢?"润生直率地说,"而今的年轻人,各人主各人的事。"

"我想听听你的意见……"晓兰坚持说。

"要叫我说……"润生毫不含糊,"辞了管理站的工作,回家另寻营生去! 而今农村里,饿不死人!"

"我也这么想过……"她低下头,"好容易找到这个工作……"

"那就算咧! 算咧!"润生说,"你按你的主意办,我不干涉你……"

"润生……"晓兰拉住他的胳膊,又哭了,喃喃地诉说,"我刚刚领下头一回工资,我就给你买下礼物,侍候你吃一顿饭,好不好,算我补一回心……"

"……"润生忽然觉得鼻腔里也酸渍渍的。他听明白了她的话,这一切又都显得没有必要了。他说,"好! 就这样……我走了。"

"你甭急嘛!"她又抓住他的胳膊,"我对不起你! 你骂我吧……"

"没啥对不起的地方! 没有!"润生忽然觉得自己长高了,豪爽地说,"我骂你做啥? 你没伤害我嘛! 你的事由你定嘛!"

"我心里还是忘不了你……"

"甭把事情故意弄复杂! 快点忘干净吧……"

"我知道你在河滩捞石头,苦累重……"晓兰动情地说,"你捞下石头,甭愁卖,我给你调车……"

"不不不！再不要了！"润生固执地说，"你给长才叔卖掉那么多石头，算是帮了大忙。我的石头不愁卖，我追车拦车可有经验了……"

"我隔十天八天，给你放一趟车过去。"晓兰多情地说，"算我一点心吧！"

"不要。晓兰，我走了。"他这回下决心走了。

"回管理站，把衣服拿上。"晓兰又挡住他，"你把我的车子骑上，这么晚了……"

"不要！"润生甩开手，扯开步子，刚走开两三步，却听见背后传来压抑的哭声。他想回过头，安慰她几句，略一踌躇之后，他终于没有转过头去，似乎后颈上别着一根棍子，脖颈梗得邦硬了。他大步走过麦田，冻僵了的麦叶在脚下嚓嚓嚓响……

结束了，他和她的初恋！那么令人心魄震颤的初恋，就这样完结了！他在平整的柏油公路上走着，现在才感到西北风的刺骨之寒了，他的脑子里混沌一片，乱糟糟的，只顾机械地扯开长腿走路，似乎懊丧，似乎伤心，又似乎是傲视一切，说不清是一股什么滋味……

润生终于走进曹村了，村巷静寂，一幢幢房屋的黑乎乎的轮廓，静静地隐蔽在冬夜的黑暗中。他走到自家门楼下，木板门虚掩着，推开门，从里屋就传出母亲的问询声。他不回家，门是不上关子的，母亲就坐在灯下做针线，等待他回来，这已经是习惯了。走进院子，左边的猪舍里，传出老母猪睡下时的呼噜声和小猪崽的梦呓一般的吱吱声；右边的牛栏里，老黄牛倒嚼的声音很有节奏地响着。他从空旷的原野回到熟悉的现实世界来了，心里顿然稳实了。

"润娃，你到管理站去咧？"母亲从针线上抬起头，"我听你长才叔说的。你吃饭了没有？我给你在锅里留着。"

"吃过了。"他坐在椅子上，低下头，想到吃她的那顿饭，心里又不自在了，"我去联系……卖石头的事。"他不得不撒谎。

"哼！你联系得怎样？"父亲并没睡着,坐起来,披上棉衣,不满意地说,"你看看柜子上——"

润生转过头,装着粮食的长板柜上,搁着一堆油渍渍的纸包,一堆未曾开启的酒瓶……这是怎么回事呢？

"村里人看着你给长才卖了石头,知道你有熟同学在管理站开票,这下倒好——"母亲不知是讨厌呢？还是欣赏这种事情,"都求你帮他们卖石头哩！"

"嘿呀！我怎么能……"润生说不出话来,这无疑又是一件不期而遇的事。他从报上看见过一些不正之风的报道,也从旁人的口中听到诸多的行贿受贿的丑恶行为,而他自己亲身经历,却是有生以来的第一次。是啊,没有什么人会给他的父亲行贿,他只会喂猪养牛,给别人帮不了什么大忙。他过去一直念书,也不会遇见什么人来求他帮什么忙的。现在,他第一次看见了在沙滩上被人谑称为"进贡"的贡品了,一包包糕点、纸烟、一瓶瓶贴着各种装饰图案的酒瓶,供奉在柜盖上了。甭说他受不受这些贡品吧！想到晓兰和他的不堪回想的初恋,他连看一眼那些贡品都觉得讨厌。

"你收人家这些东西做啥？"他朝母亲使性子,"你收下了,你去给人家卖石头吧！"

"啊呀！俺娃——"母亲不恼,亲热地叫着,"那些人一进门,挡都挡不住,不信你问你爸……"

"我一辈子没有白吃白喝过人家的东西。"父亲没有直接替母亲做证,却讲起家规来了,作为父亲,他比老伴更疼爱独生的儿子,却不忘时时处处给儿子以实际影响。他把这件事,看得远远比老伴严重,"即就是咱能给人家帮忙,也不能收受这些黑天黑地里送来的东西！啥味呀？"

"谁收下谁送走。"润生怨母亲。

"话虽这样说,理虽这样讲,甭忙——"父亲完全显示出他的一家之长的主事人的深谋远虑,"给人帮不了忙,也甭得罪乡亲……"

"你说咋办?"母亲也急了,"怎么还给人家?一还,就准定得罪人咧!"

"我想想……"父亲沉思起来。

"我还!"润生站起身,"谁送来的还给谁,简简单单的事,偏想得那么复杂!"

润生烦躁地走出里屋的小门,走进自己的小厦屋去了,他需要一个人静静地躺下,想想他和她究竟经历了一场什么,简直跟做梦一样呀……

九

神秘的动人心魄的初恋,竟是这样来去匆匆地结束了。在人毫无精神准备的时候突然发生,又在人毫无精神准备的时候突然中止,真是不期而遇,来去匆匆!

黎明时分的河滩里好冷啊!秦岭东山的群峰的上空,透出一抹亮光。田野里一片昏暗。河堤上落光了叶子的杨柳林带,像一堵雄浑的城墙,齐刷刷排列在河岸上,露出高高矮矮参差不齐的锯齿一样的树梢。小溜子北风在黑暗里溜过来,像挟裹着无数的钢针,扎刺人的脸颊,钻进脖颈和袖口,手指麻木得握不住铁锨的木把了。

沙滩上空寂无人,河水也像冻结了似的发出不大连贯的颤颤的响声,白日里熙熙攘攘的沙滩,现在显得空旷和广漠。黎明前的这一刻愈加黑暗,伸手不见五指,即使顶勤快的庄稼人,也要等这一刻过去,大地和村庄露出黎明的端倪的时候,才扛着铁锨和担笼下到河滩来。

十八岁的哥哥曹润生鸡叫三遍的时候,就在沙滩上撑起罗网了。他昨晚一宿未曾合眼,翻来覆去,那被窝里像是有石子和柴枝,蹭得他睡不着觉。他和晓兰就这样断了！刚刚热乎了起来,骤然又凉咧！唉……怎么处理这种事？老师在课堂上只教给他作文和计算,从来没有讲过怎么恋爱。有一次,老师严厉地批评两个偷偷谈情说爱的同学,凛然无情,直到那两个倒霉的家伙抬不起头来,老师干脆宣布:中学生不准谈恋爱……他却在心里说,晚了,老师警戒得太晚了！他和晓兰在河边上已经亲过嘴了！抹也抹不掉这样的记忆了……老师要是能给他们讲讲怎样恋爱,失恋了又该怎么办,现在对他来说就有很大的参考作用了,老师却只是一味地警告不许谈。父母亲只是教他好好念书,供给他吃的和穿的,训示他要尊敬先生,和同学友好相待,出远门念书一切得谨慎,从来没有告诉儿子,当一个姑娘突然亲他一口,给他唱歌的时候,他应该怎么办？没有,从来没有,因为政府里提倡晚婚,已成定律,庄稼人虽然不大满意,却逐渐地推迟了给儿女们订婚的年龄,一般都在二十岁以后才张罗,订得早而不能婚嫁,倒惹得好多麻烦。他才十九岁,尚不见任何一位热心的婶娘或嫂子来提亲说媒,父母也没有因缘提及此事,他更不好意思告知父亲和母亲,说他和一个女同学如何如何了。

　　没有谁能帮助他,现在怎么办？他和晓兰在三岔口旁边的麦田里分手了,头也不回地走了,他拒绝了她要送给他的那一身合尺合码的衣服,走回曹村来了。他现在说不准他对她的这种态度合适不合适,以这样的方式结束他和她的关系好不好,只是……完全是凭着一种不可逆转的心性,就这样告别了。当他现在躺在小厦屋的被窝里,静静地回想刚才和她在麦田里的谈话的时候,他不觉得自己有什么过错。既然她要和那位县上干部的儿子……又何必给他送一身衣服呢？他穿上这一身衣服会是一种什么滋味呢？保持那样一种不明不白的关系干什么呢？要么就好,好得无遮无掩,像他们那晚过河时的情景一样;要么就断,断得一丝不连,各人奔各人的前程,她能找下一位大学生派头的管理站的会计做夫婿,他也绝不至于打光棍一辈子！

他头脑简单,喜欢干干脆脆,小葱拌豆腐一青二白,脑子里盛不下缠缠络络的丝麻……尽管这样,他还是睡不着了。

令人哭笑不得的是,乡亲们悄悄送来了那么多糕点和烟酒,指望求他通过她卖掉石头,却不知他现在正打算再不和她交往了呢!既然睡不着,躺着特难受,上房里传来父亲沉重的舒悦的鼾声,更叫人感到心胸里憋闷,他悄悄爬起来,扛上铁锨,挑上铁笼,出了街门……

苞苞秆子燃烧起来,噼啪乱响,火光在沙滩上辟开一个小小的温暖而明亮的空间,他抓起一捆干透的苞谷秆子扔到火堆上,被黑夜收缩了的空间,又随着蹿起的火光而扩大了。他铲起一锨砂石,抛到罗网上,刷的一声刚落,又一锨砂石接着抛上去了。他发疯似的干着,像是和谁赌气似的干着,不让双手有一瞬间的停歇。忽而蹿起的火光,照出他一副红扑扑的脸膛,眉毛拧到鼻梁上头的凹坑里,嘴里轻轻喘着气。

要是晓兰现在坐在苞谷秆燃起的火光里,嘎嘎嘎地笑着拢火,歪着脑袋唱《九九艳阳天》,那他就会……啊呀,胡乱想到哪儿去了!他揪一把自己的头发,眉头又紧紧地拧扭在一起了,用劲挖砂石吧!

用劲挖,使劲抛,一天争取增加一半收入,早点攒够钱数儿,把东杨村那十箱意大利蜜蜂买到手,早点离开这无聊的曹村的河滩,满世界赶着花开放养蜜蜂去。把晓兰和他的关系彻底割断,把她在他心里的影子彻底抹掉,一身轻松,无牵无虑,满世界去逛呀!

他将押运着自己的蜂箱,乘着火车,风驰电掣般地驰过平原和丛山,村庄和河流,春天到南方,夏天回北方,哪儿的花儿开了就赶往哪里,在平原上的某个陌生的小镇旁,或者在山区的某个小村庄里,摆开蜂箱,撑起一顶绿色的小帆布帐篷,戴上面罩,抚弄那些嗡嗡叫着的金黄色的蜜蜂,把那些已经无用的工蜂及时捏死,它们和蜂王交配以后就无用了,既不酿蜜,只是坐享其成。人工培置王台,不仅能控制蜜蜂的繁殖和分群,还可以生产蜂王浆,那是高级滋补品,听说资本主义国家的头儿把它当饭吃,所以一个个都长得头大腰肥。把那灌满蜂蜜的蜂皮装入摇蜜机,转动手把,那稠汁就被甩了出来……晚上呢? 最好能带一台电视机,可以看球赛,问题是要钱! 钱,他要挣钱,拼命地刨砂石,拼命地挣钱!

什么时候,南原那刀裁一样的平顶现出清晰的轮廓来,从夜幕黑沉沉的罩衣下分离出来,杨柳林带的梢头也从夜幕里摆脱出来,现出青色的枝丫,苞谷秆燃起的火光暗淡了,黎明来到了。

村子里有了响动,河滩里有人在大声咳嗽,白杨甬道上,有人影晃动,车轱辘在冻结的土路上撞出喤喤的响声……终于,有人走到沙滩上来了。

今天,他是第一个迎接黎明的人。往昔里,他总是睡得醒不来,即使偶尔被尿憋醒了,仍是舍不得离开暖烘烘的被窝。现在,他站在沙滩上的罗网跟前,看着黑夜的暗影怎样一层一层被黎明的光亮所驱逐,看着从曹村通河道的大路上走来一个一个庄稼人,他心里顿然萌生起一股豪气,我是第一个起得早的人啰!

"哎呀! 润娃! 哈呀呀呀!"长才大叔人未来而声先至,大声呼叹着走来了,"真是个勤快的娃娃,起得多早! 真是发了狠心咧……"

润娃拄着锨把儿,没有吭声,瞧着长才大叔在沙滩上急急忙忙走过来,他的罗圈腿上裹着厚重的棉裤,在沙地上一踩一溜地走着,笨拙的样子,活像一只扑拉着翅膀的老母鸡。

"你昨晚啥时候回来的? 让我老等!"长才大叔走到当面,喘着气,"刚才我去寻你,一摸被窝都凉咧! 你大概一宿没挨炕面儿……"

"有啥紧事吗?"润生问,刚刚给他卖掉积存了几个月的石头,还有什么急事一天两头寻他呢?

"紧事,当然是紧火事,还是不小的个大事哩!"长才大叔语言重复,紊乱,这是他的一贯性的特点,不过口气听来却是乐悠悠的,"你昨日后响走了以后,好些乡亲来盘问我,问你跟砂石管理站有啥样的熟人。我说,你的一个女同学在那儿开票。你看,我不说不成嘛!有人已经扫风咧……"

"这算啥紧火的大事呢?"润生笑笑。

"甭急。你坐下,烤会儿火,该当歇气咧!"长才大叔在火堆旁坐下,两个指头从火堆里捏起一块火星,轻轻按在烟锅上,在棉裤上擦擦被火烫烧的指头,说,"你听我说。"

润生蹲在火堆旁,把双手伸到火堆上烤着,头侧着,听长才大叔说什么紧火的大事。他料就他不会有什么大不了的事,长才大叔一向说话声高,有点虚张声势,大伙背地里叫他"刮大风"的绰号。

"润娃,你常看报不?"长才大叔问。

"大队的报纸全给队长他婆娘擦了屁股,谁捞得到手呢!"润生笑着说。

"收音机你该有吧?"长才大叔依然认真地问,"念书人都爱看报听广播。"

"你到底要说啥事?还说紧火,真要是紧火事,早叫你给啰啰唆唆地耽搁得冰凉了。"

"你要是常听广播,我问你——听没听到过,人家说西安城北啥村子,农民自己成立了'养鸡协作会'?"

"听到过。那是个养鸡专业村。我在《对农业广播》节目里听过。那村子叫什么名字,记不得了。听是听过。"

"看看看!"长才大叔磕着烟锅,"昨日后晌,你不在,好些人说他们在广播上听到了。听到了就想学那样子,成立咱曹村的'捞石头协作会'哩!"

"那就成立吧!"润生冷淡地说。他的心没有安在这沙滩上,不过是临时干几个月,捞够了足以买回十箱蜜蜂的钱,他就要撒罗拔脚了。他从来也没想过把自己的一生交给这沙滩,两年也不曾想过。至于成立不成立什么协作会,与他关系不大。要是成立养蜂人协作会,他会大感兴趣的。他说,"那就成立吧!"

"'那就成立吧',你倒像不染事一样。"长才大叔很不满意地说,"大伙瞅你……当会长哩!"

"那哪儿使得嘛!"润生急了,万万没有料到,他要当什么会长了,"我不干!"

"大伙瞅见你和管理站的那层关系啰!"长才大叔说,"当然……主要是大伙看你公道、老实,肯帮助像我这号笨佬儿……"

"我不干……"润生说,一点也不含糊,"我干到春节,过罢年,再不下河滩咧……"

这当儿,从滩地里通到河岸边来的大路口,拥挤着一堆人,嘻嘻哈哈,高声阔谈着什么,像是围观耍猴的游戏一样有趣。

"那些人围在那儿看啥西洋景哩?"长才大叔问。

"你去看看吧!"润生笑着说。

长才大叔站起来,又把一粒火星捏到烟锅上,喷着蓝色的烟雾,扭着丑陋的罗圈腿,赶去看热闹了,走出五六步远,又回过头来,叮嘱说:"众人托我先给你透透风,你甭一口回绝嘛!逢事多想想,甭违拗众人……"

十

润生拨拉着火堆,使没有燃尽的柴火重新冒烟起火,完全是一种下意识的动作。他已经没有勇气再次走进乡砂石管理站的大门了,好多乡亲却不明底细,给他送礼,又要成立什么劳什子的组织,企图通过他和她的同学关系图得卖石头的方便,真是叫人哭笑不得。不过,所有这一切令人难堪的局面,马上就要结束了,他已经完全摆脱了。那边——好多人围观的现场,正是他别出心裁制造出来的。他把昨晚收到的糕点、瓶装酒、香烟,全部装在一只竹编提笼里,搁到下沙滩的河岸边的路口，挂着一绺纸条：请认领自己的东西。

听见从那儿传来的嘻嘻哈哈的议论，润生现在很得意，很欣赏自己处理这件事的光明磊落而又奇特的方式。他虽然一直念书，没有经过世事，却耳闻过不少丑恶的社会现象，庄稼人对于有权而谋私的干部，表现出深恶痛绝的情绪，深深地震动过十八岁的哥哥的纯洁心灵，老师在政治课上讲到的不正之风对于党的战斗力的严重危害，深深地引起了他的担忧。他曾经想，我要做一个正直的人！如果我当县长的话，把那些赃官统统开销回家……他现在把那些送给他的礼物全部摆到大路口，表示他对此类事情的态度，这是他昨晚最后想到的办法。

"嗨呀！润娃，你咋弄下这号没名堂的事？"

润生一转过头，长才大叔从背后走来，脸色都变了，非常懊恼的样子，压着声儿抱怨他。未等他开口，长才大叔蹲到面前，火烧火燎的样子，说："你这不是故意给人难看吗？"

"那有啥难看的！"润生不以为然，"是谁送的东西，谁领走好咧，简简单单的事嘛！"

"谁现时当着一河滩的人，好意思领走那些东西呢？唉？"长才大叔的声音又压不住，高了，"那里头也有我送给你的两样东西，你叫我怎好伸手取出来呢？我这老脸搁哪儿去？"

润生看着长才大叔扭歪了的脸，没有说话。是啊，这种办法虽然表白了自己，却使长才大叔这样老实巴交的人感到难堪了。

"你不愿意收受这些东西，也行嘛！你悄悄给人家送回去，两方面都好看嘛！这样——"长才大叔叹口气，惋惜地说，"你要得罪人了……"

"我想过悄悄送还的办法，又怕有人再送来。这样一搞，就没人再添麻烦了。"润生也有点惋惜地说，"这么办可能要得罪乡亲……"

"你说你不受贡，人家可要怨你高傲，不肯给乡亲帮忙。"长才大叔更加深入地阐释他的见解,"乡村里的庄稼人,虽是痛恨旁人走后门,临到自己有急事要办,还要寻情钻眼儿找门路。咋哩?正路走不通喀!只有走后门……"

"骂就让人骂吧!反正咱没做不明不白的事。"润生硬着头皮说,"天长日久,乡亲会明白的……"

"净说傻话!天长日久,人都叫你得罪完咧!"长才大叔开导他说,"农村里,人老八辈住一搭,得罪不起人哩!你娃正年轻,要活人,叔是替你担心哩!"

"唔呀!这事倒弄瞎塌咧!"润生悻悻地说,"世事真个复杂……"

"乡城里外一个样儿,哪儿也不是简简单单!"长才大叔得胜了,"走,快去把那些东西提回来,免得……"

"这……"润生犹豫不决。

"你不去我去,我去给你提回来。"长才大叔说着,竟然照直走去了。

那双丑陋的罗圈腿,在沙地上扭着移着,越来越远,倒像是有一根无形的绳子,一头牵着那双腿,一头牵着他的心。那双罗圈腿朝前跨出一步,润生的心就被扯动一下。让长才大叔把那只竹编的提笼拿回来,就等于在曹村众多的庄稼人面前,承认自己做错了!可是,错了吗?错在哪条理儿上了?得罪人并不一定都是做错了嘛!他的心在痛苦地扭动,头上竟然冒出汗水来了。长才大叔一旦把那些东西提回来,就等于自己唾到自己脸上,就会给曹村人留下一个谈笑的好话题……

长才大叔已经走近那个路口了,润生的心被揪得透不过气来,他终于忍不住,从火堆旁跳起来,像争抢篮球一样奔跑过去,在长才大叔刚刚弯腰的时候,抢先一步把竹编笼儿提起来了。长才大叔惊愕地瞪起眼睛,不知所措。

太阳已经升起来,微弱的却又温暖的冬日的阳光洒在沙滩上,已经有女人和娃娃提着装着吃食的笼儿罐儿走到沙滩上来了,好多人丢下铁锨,手里拿着馍馍,赶过来看热闹了。对于从早到晚抓摸石头的庄稼人,这无疑具有吸引力;对于沉闷而又沉重的劳动,这无疑更使人开心,算是一个插曲。大伙瞅着那装满瓶儿包儿的竹编笼儿,嘻嘻哈哈,议论纷纷,说着损话刺儿话,从沉重的劳动下得以解脱了。包括那些最贪活儿的汉子,也经不住一阵一阵笑声的诱惑,丢了家具跑来凑热闹了。

"叔伯爷们!"润生自然地成为这场活剧的中心人物,他扬起头,红着脸,诚恳地说,声音都颤了,"我是晚辈娃娃,咋敢吃大叔大爷送给我的东西……"

众人骤然闭了口,齐刷刷静下来了。这些庄稼人也不是没有经见过世面的人,他们经过怕人的"四清"和"文革"运动;平常时月里,也常有县上和公社的干部到曹村来开会做报告,县委一位副书记还来过一回哩!他们听过一套又一套的理论,开过数不清的会议。现在,在沙滩上,这个十七八岁的小伙儿的一句开场白,把他们震住了,乱七八糟的喧笑全部销声匿迹了。这是怎么了?绰号"牛王爷"的曹老大的独生儿子润娃子,要干什么呢?

"我确实没办法给这么多人卖掉石头。真的,没有办法。管理站倒有个同学,可是……这么多人……"润生说到这儿,忽然心底一沉,有种十分难受的感觉袭来。他想到了她。她和他好过。她已经明白地告诉他,她和他的关系完结了。他努力抑制住自己的冲动,不要使眼泪忍不住而流出眼眶,"即就是我能替谁卖一些石头,我也不敢收受叔伯爷们的礼物,我是个娃娃呀!哪有长辈人给晚辈人送礼的……"

诚能感动天地。好多人投来赞赏的目光,窃窃私议着。长才大叔突然从蹲着的人后蹿到中间,溅着唾沫星儿,大声感叹着:"好娃好娃!乡亲们,大家甭为难润娃了。有事找他,他肯定帮忙,我敢保证！千万甭乱送东西,人家娃娃不受贡品……"他的愚鲁的憨态和实话,引得庄稼人善意地笑起来。

"这包点心是我送的,这瓶'雁塔大曲'也是我送的,我现在领走了。"长才大叔把他的东西从竹编笼里拣出来,也不怕当众丢脸了。他高高地举起点心包和瓶装酒,像显示什么一样,坦诚地当众招认说,"大家看见,润娃帮我卖掉了囤货(石头)。我心里过意不去,就送了这两样东西。既是润娃不收,我心里也畅快,这东西大家享受吧!点心大家吃,酒大家喝……"

几个小伙子嗷嗷叫着,拍着手起哄,有谁竟然高声笑喊:"曹长才大叔——万岁!"点心包早被青年们撕破了,酒瓶不断地被抢来抓去,笑闹声遮掩了一切。

尽管气氛已经十分活跃,仍然没有人前来认领。润生记得的两个人,也躲在背后,不肯拿去他们送来的礼物,庄稼人好面子啊!

有个中年汉子挤进人窝里,在润生的笼里翻腾。他一看,认出是村子东头的曹五龙,忙说:"五龙叔,原谅我……"曹五龙看也不看他一眼,铁青着脸,转过身,走出人窝去。只听"哗啦"一声响,酒瓶在石头上摔得粉碎了,曹五龙头也不回,背抄着双手,走到他的罗网跟前去了。众人一齐盯着润生,润生难堪地低下头来。那帮青年却故意起哄似的在地上抢夺曹五龙摔下的点心。

长才大叔明显地斜瞅着那个不通人性的家伙,同情地盯一眼润娃,忽然提高嗓门,对众人说:"大家昨日后响说要成立'协作会',我刚才跟润娃说了,问题不太大,借这个机会,大家商量商量吧!当着润娃的面更好……"

润生很感激地盯了长才大叔一眼,他把他从五龙示威的难堪中解救出来。话题一引到捞石头的庄稼人的切身利益上,没有谁再去盯那个短见识的家伙了,七嘴八舌地议论起成立"捞石头人的协作会"的事了。

"咱们整天操心拦车,不是办法!你追车追得越紧,那些司机越品麻!"

"一个村子的乡亲,为拦车弄得红鼻绿眼,失了和气,实在难看!"

"咱们都是下苦人,下苦人跟下苦人为卖石头吵架闹仗,倒是给人家司机净赔笑脸,说骚情话,低三下四……"

"我说——"长才大叔完全是主持者的角色,"要是咱的'协作会'成立了,统一安排,一家卖了一家卖,咱们何苦要追车拦车呢?何苦要给人家递烟赔笑说骚情话呢?咱有笑脸,给咱老婆看,把骚情话节省下晚上给咱婆娘说……"

长才姊子送饭来了,早已站在男人背后,听到此,捶了大嘴长舌头男人一拳,嗔骂道:"你那猪脸,笑起来能把人吓死!"

"长才的话丑,理端着哩!"曹七伯在众人的笑声中,郑重地说,"队长只顾挣补贴款,不理民事喀!这样,大家才想到举出一个人来。有个公道人出面,大家按顺序卖石头……"

润娃瞅瞅长才大叔,他倒蹲在地上不吭声,只顾抽烟。他把话题引出来,自己就不出头了,免得旁人说他让润生主事,看去粗笨的长才大叔,心数儿一个也不比旁人少。果然,有好几个人先后喊起来:"让润娃当咱们会长!"

"大家看咋样?润娃行不行?"长才大叔忽地站起,扫视一周,"有屁放出声来!"

"行!"众人一哇声喊起来。

"我……不行!"润生像被洪水卷着,身不由己了,他勉强地说,"我这人脑子简单……"

"事情本来就简单!"长才大叔大声说,"只要你娃子公公道道办事,我看啥事都不难办!脑瓜太复杂的人,倒是光给自家往怀里刨!'公道'俩字,本来就简单嘛!"

又是一件不期而遇的事!他可真是没有想到自己会当什么"捞石头人协会"的会长。既然遇到了,而且无法躲避,无法推卸,他怀着不安的心情应承下来了。他说:"大家得订出几条规矩来,我才好办理这事……"

"你提几条出来,大家商量。"长才大叔像早有准备,"众人七嘴八舌,乱口纷纷。"

"我拟几条,大家再补充。"润生说,"关键是卖石头的次序,我说咱们抓阄,大家同意了,立马就抓,说不定一会就有汽车来。其余的规矩,缓后再立。"

"抓阄最公道!"

"抓啊!"

……

润生低头编制纸阄的时候,那些青年们已经把笼里的糕点和纸烟抢劫一空了,酒瓶在大伙的手里传来抢去,有人把一块点心送到他的膝盖上,他不由得笑了,一口咬去了半个。

长才大叔从他老伴手里夺过一只空碗,放进纸阄,伸到众人面前,一只只被河滩上的北风吹得皱皱的黑手,伸进碗里去了……

"二号,谁?"润生喊着,记下了名字,依次记完之后,他站起来,面对着那么多乡亲说,"一号我留下了,请大家原谅。"

众人一愣。

润生没有解释,走出人窝,径直朝沙滩上边走去,曹五龙现在独自一人,挥锨抛沙,没有参加抓阄的活动。润生坚定地朝他走去,手心里捏着那个留下来的一号的纸阄……

十一

一家三口,围在老祖宗传留下来的方桌上吃早饭。

润生着实饿了,母亲托人捎到沙滩上去的馍馍,因为忙于让众人抓阄的事而没有顾上吃,早已冻成一块块冰疙瘩了;昨晚一宿未眠,从鸡叫三遍起来下河滩直到现在,肚子里咕咕咕响,肚皮已经紧紧贴着脊梁骨了。他大口吞咬着又软又韧的发面馍馍,咔嚓咔嚓咀嚼着清脆脆水津津的萝卜丝儿,呼噜呼噜喝着甜腻腻油丝丝的苞谷糁儿,真香啊!重体力劳动造成的饥饿是这样难以忍耐,而大嚼大咽五谷饭食简直是一种至高无上的享受了。

母亲不时停下筷子,爱怜地端详着儿子狼吞虎咽的样子,似乎说,吃饭也像个男子汉了。

父亲的牙齿掉光了,两边脸颊的松弛的肌肉紧张地运动着,仍然吃得很慢,拿在手里的一只馍馍,总不见减少,而润生已经吃掉三个了。他瞥一眼父亲艰难地咀嚼食物的样子,忽然意识到,父亲老了。他的因为牙齿脱落而深深陷进去的脸颊,他的被粗大的和细密的皱纹所网罗着的皮肤,他的昏暗而又板滞的眼睛,都表示他衰老了。看着父亲的神态,润生忽然想到一条橡皮绳,一条失掉了弹性的疲惫不堪的橡皮绳。是的,出尽了力气的老父亲,正像一条被不停地扯拉着的橡皮绳,终于失掉了弹性,失去了活力,现在变得松弛而又疲惫了,很难承受重力的牵引拉扯了。

润生忽然记起,从早到晚,父亲从屋里忙到地里,又从地头忙到槽头,一天里很少能看见他有闲闲散散的一刻。他很少到人窝里去扯闲话,也很少赶集上会,牛棚和猪圈是他陶醉的游艺宫。他的最大的乐趣,就是咬着旱烟袋,蹲在黄牛后腿前,欣赏乳毛未换的小牛犊撑开四蹄,扬起嘴巴,在黄牛肥大的乳头上一拱一顶地吸吮奶汁……他过去熟知这一切,却从来没有在意,似乎本来就是这样,没有什么好想好说的。现在,突然之间,他强烈地意识到父亲竟是如此地苍老,那松弛的肌肤和疲惫的身体里,再也爆发不出强劲的力量了。

他的心里翻腾起来,有一股什么冲动在翻腾,应该接替父亲了,凭那样衰老的身体,不可能再有什么大的作为了。他是这个家庭里的最小的也是唯一的男孩子,六个姐姐,像硬了翅膀的燕子,一个接一个离开了这个老窝儿,只在年下和节日来看望父母,留下一袋礼物又匆匆回她们的村子,忙她们的日月去了。他才是这个小院的真正的主人。房子太破太旧了,被烟火熏成黑色的屋梁和椽子,不断地有虫蛀的粉末飘落下来,阴雨天常常滴滴答答地漏下黑红色的水珠。四方木桌,直背靠椅,有的断腿,有的缺角,都像父亲一样出尽了力气,古旧而衰老了。应该有新的住房和新式的家具,彻底改换这一切了,村子里已经有不少人家盖起了新房,添置了新式衣柜和台桌,年轻人已经拆除了土炕,换成钢筋弹簧床了。改换和更新这个小院的房屋和设备,舒舒坦坦地生活,已经不能指靠父亲了,得由他来干。

"润娃,听说你当了啥'会长'咧?"父亲已经点着烟锅,慢腾腾地问,"有没有这事?"

"嗯。"润生点点头。

"嚯!咱们祖辈三代没人当过官,你当了,改了咱的门风啰!"父亲半是喜悦,半是揶揄地说,"咱们润娃有才魄哩!"

"那是民间劳动组合,不算官。"润生给父亲解释,"责任制实行以后,农户之间发生了多种形式的联合,以便适应生产的发展……"

"不管算不算官,总带着个'长'字嘛!"父亲蔫不拉唧地说,"我这辈子也挂过一回'长'字……倒给吓得……"

润生笑笑,没有吭声,父亲当过一回队长,已经是他的老生常谈了。润生尚未出生的时候,父亲当了农业社的一个生产队长,到乡上去开会,要他放卫星,别人都放了,他却从会场吓得逃跑了,躲到姨妈家,不敢回曹村来。待他心惊胆战回到家里的时候,曹村农业社已经有新任队长执政了。他进了饲养场,直到前年牲畜下户,他才挟着那一卷铺盖回到自家屋里。他的胆小,因此而出名,他的当队长的逸闻,长久地留在曹村人的记忆中,他自己当然也不能忘记。润生早就听说过这档子事了,他也觉得父亲太胆小太老实了,居然吓成那样……

"你想干不想干?"父亲问。

"众人……硬推举我……"润生答。

"那当然,是众人瞅中了你。我问你一句话——"父亲认真地说,"和村长相比,谁领导谁?"

"当然……村长领导我……"

"要是这话,你趁早甭干。"

"咋哩?"润娃急忙问,"怕啥哩?"

"你干不出好下场。"

"为啥?"

"一句话,那人不是个正路货。再甭多问了。"父亲说,"我跟他在一个队里三十年了,还看不清一个人吗?你信爸的话,就趁早撒手;不信了,你干着试试。"

"他当他的村长,我捞我的石头,只要按国法交税,跟他没啥关系嘛!"润生无法想象,村长究竟是怎么一个歪路货,"你怕他暗中使绊子?"

"那人呀……"父亲摇摇花白的脑袋,撇着没有牙齿的嘴,就不再说什么了,担忧是根深蒂固的,一切苦衷都在那无言的摇头叹息之中了。他似乎很不愿意提及村长这个人,迅即把话题转换了,"再说,这政策还变不变,也是难得料定……"

"放心,允许农民发家致富,中央有红头文件。"润生早已听惯了那些担心的话,不在乎地说,"老人们全都得下一号病:怕变!"

"你娃娃没经过世事。没经过'四清'和'文化大革命',你就不懂得世事。"父亲深深地叹惋,"那阵儿来曹村的工作组,拿的也是红头文件……"

润生张不开口了,瞅着父亲的皱皱巴巴的脸,他无法探知,父亲那一道道横的竖的深的浅的皱纹里,究竟隐藏着多少忧虑?既无法估计,也无法说服父亲。他仅仅只有十八岁,"四清"运动在曹村轰轰烈烈进行的时候,他还没有来到这个偏僻的小河川道的村子里呢!"文化大革命"对于他来说也是一片空白。对于电影上和人们口头上传说的"文化大革命"的种种奇闻逸事,在他看来,和《西游记》里的故事一样荒诞不经,怎么可能有那样荒唐的事情在我们的生活里发生呢?人们怎么全都变得神经客了呢?没有办法,他没有经见过嘛!没有亲身经历见过的事情,总是很难体味其历史的和现实的、主观的和客观的诸种因素的。在他这样的年龄,最容易用今天自己正在经历着的生活去想象已经过去了的未曾见过的生活的。他不在意地说:"没啥。爸。这个'会长',不算啥官衔。能干我就干,干不了拉倒。你甭担心害怕。"

"你能给大家把石头卖完吗?"父亲过问起最具体的问题,"捞石头的人多,石头不好出手,现时又兴得走后门,你凭啥呢?"

"润娃,妈听你长才婶子说,你的一个同学,在管理站开票。"母亲突然插上话,"说是人家给你派来汽车……"

"嗯。"润生不由一悸,低头喝饭。

"你长才婶子给我叨叨,想给你联扯婚姻……"母亲装出不在意的口气,探问着,"我说咱娃是农民,怕不行……"

"没那回事!"润娃立时臊红了脸,一口说死,避开母亲探询的目光,和父亲说,"走后门卖石头的人有,不凭后门卖石头的也有。咱们成立'捞石头人协会',就是要跟砂石管理站建立组织联系,合理安排,不走后门走正路。"

"众人信服你,你就干吧。"父亲已经站起身,走到门口又转过头,"凡事甭叫人指脊背骂祖先,你已经长大了。就是这话!"

润生放下筷子,看着父亲走出屋子,心里涌涌波动,他已经长大成人了。是啊,十八岁了!众人已经向他委以"会长"的重任了!今天无论如何是一个重要的日子,他在众人眼里不再是个不懂事的毛娃娃了,而是一百多个捞石头的庄稼人所寄托着希望的青年了。从不懂事到懂事,从昨天到今天,他第一次在生活中担负起责任来,而且是众人的责任。他第一次明显地意识到父亲老了,强烈地感到他在这个小院里的责任。人生的旅途中的第一个重要的驿站,他就要驭马奔驰了。

润生走出屋门,心里第一次有沉重的责任感了。人生的多么奇妙、多么重要的第一次觉醒!

十二

人需要别人的信任。被别人尤其是被众多的一群人所信任所拥戴,会产生一股强大的心理力量,催发人为了公众的某种要求、某种愿望、某种事业而不辞艰辛地奔走,忍受许多难以忍受的苦难,甚至做出以生命为代价的牺牲,也在所不惜,心甘情愿。他们的这种英雄行为,往往使那些极端利己的人迷惑莫解。

十八岁的哥哥曹润生,此刻就被这种强大的心理力量支配着。他骑着自行车,驶过沿着坡根伸展开去的坑坑洼洼的土石大路,穿过一个个大的或小的村庄,忍受着尖利的下山风的刺骨的寒冷,意气勃发地转上了平整光滑的柏油公路,更加快速地踩动着自行车的踏板,到设置在三岔路口的乡砂石管理站去,代表曹村所有捞石头的庄稼人,交涉出售砂石的公务。

为了刚刚成立的捞石头的劳动者联合体,润生要耽搁一整晌时光了,一整晌时间里,他可以捞出半立方米石头,价值两三块钱。他心里明白这笔账,毅然做出牺牲了。为了众人有秩序地出售石头,也使自己日后再不为出售石头而追拦汽车,低三下四地讨好司机,牺牲一晌乃至一天的时间是不足计较的。他第一次受到那么多曹村父老兄弟的委托和信赖,心里简直承受不住了;那些比他高过一辈两辈的叔叔和爷爷,那些和他平辈的老哥或兄弟,竟然对他——一个刚刚从五里镇中学下到沙滩上来的青年,寄予厚望和重任,他感到充实,感到有力,感到自己骤然间成为一个大人了。

这种强烈的心理力量,帮助他克服了隐藏在心底的重大障碍。他曾经暗暗下定决心,再也不进砂石管理站的铁栅大门了;既然晓兰已经另有选择,他就要狠心割断和她的一切来往和感情上的联系。现在,他必须再次走进那个宽大的水泥立柱的铁栅大门,说不定还要撞见晓兰,撞见了也就必得说话打招呼……他是为曹村一百多个捞石头的庄稼人的切身利益来造访管理站的,理直而又气壮;不是找她走后门卖石头,也不是死乞白赖地纠缠她和他的那种关系的。他飞一般踩动自行车。冬日的冷风,即使在晌午,也仍然是尖利的,他的脸颊和耳朵冻得麻辣辣地疼。

刚到三岔路口,他跳下车子,尽管有那样强大的心理力量推动着,他还是感到心跳了,而且跳得越来越厉害,现在见了晓兰,该怎么说话才合适呢?他略停一会儿,稳一稳心情,硬着头皮走进铁栅大门了。碰得真巧,晓兰正在院子里打羽毛球,对手是那位戴眼镜的青年。她打得很开心,又很专注,没有发现他。晓兰穿一件红色的羽绒宇航服,蓬松的头发从后颈上束住,尾梢披散在肩上和背上,跳起击球的时候,头发被风张起来,落地时又像潮水一样跌落在肩背上。她的动作优美,跳起而又落下,蹲下而又跃起,进前退后,像是一种刚健的舞蹈。一个好球打完,她的嘎嘎嘎的笑声响起来。

润生突然觉得心里很别扭,看见她和他那么快活地玩着,听见她动人心魄的爽朗的笑声,他妒恨起那个戴眼镜的砂石管理站的会计了。他凭他的老子谋得这样一份不晒太阳也不挨风冻的职业,把他的晓兰轻易地夺走了。润生不愿意看见她和他玩羽毛球的样子,更不想在这种场合里和她照面,他想退出门去,过一阵子再来,然而已经为时过晚,晓兰已经瞧见了他,握着球拍跑过来,毫不在乎地和他打招呼:"润生,到屋里坐,午饭吃了吗?"

"我来找你们站长。"他立即说明来意,企图向她暗示,他不是来找她的。他用一种自己也觉得陌生的事务式的口气说,"和站长联系一下俺们曹村村民卖石头的事。"

"站长回家吃饭去了。你等一会儿吧!"那位青年用不耐烦的口吻说,"晓兰,快!现在是十比七……"

"到我屋里烤烤火,等会儿,站长两点来上班。"晓兰有点为难地说。

"不去了,我到外面转转。"润生已经推动车子,"我不打扰你了。"

"外头好冷!你到哪儿去?"晓兰说着,把球拍往他怀里一推,"你来玩玩吧!"

他的心里一动,撑起车子,接过长柄球拍,站到球网的另一边,从球网的网眼里盯着那位站在对面的情敌。他大约不太乐意他换下了晓兰,有点明显的扫兴的神气,没精打采地把白色的羽毛球掷了过来。

"开始计数!"润生看见对方懒洋洋的样子,不由火起,从地上挑起球,以一种挑战的姿态说,"你开球吧。"他又回过头,对晓兰说,"你做裁判。"

眼镜青年一震,愣了片刻,不在乎地笑笑,把球开过网来。润生忽然跃起,一记重扣,那白色的羽球像从绷紧的弓弦上怒射出的一支羽箭,栽死在对方脚下,眼镜青年的拍子还没有挥动起来。他脸色略略一红,迅即捡起球来,发了一个刁钻的旋转球,直飘到润生背后。润生灵巧地转身,背对着球网,把羽球从地上捞起来,送过网去,对方又一个轻吊,球儿落在网前,润生跃进两步,长臂猿似的从地皮上又把球儿挑过网去,落在底线周围,眼镜青年转身补救的时候,脚下绊了一下,摔倒了。

晓兰嘎嘎嘎笑起来,报着数:二比〇。

眼镜青年从地上爬起来的时候,面孔气得煞白煞白了,他的笨拙的动作出了丑,又在她的面前。他扶正眼镜,咬着嘴角,谋算着第三个球怎么开法。

润生随随便便地站在场地上,一副漫不经心的样子。他的心里,却凝聚着一股强烈的报复的火气。他要彻底打掉他的那种优越的干部公子的神气。他要打得他措手不及,疲于奔命,一败涂地。他要他在她面前出丑亮拙,他要把他彻底地击溃……即使在地区的中学生篮球联赛的时候,他的求胜的迫切性也不过如此吧!

第一局结束,晓兰也不好意思再笑了,大约怕那位同样十分自尊的青年太难堪——比分悬殊:十五比三。

"再来?"眼镜青年喊,企图挽回面子。

"来吧。"润生随随便便地应着。

一开局,又是五比〇。眼镜青年愈急愈输,愈输愈气,简直是一副气恼的神气,脸颊上淌下汗水来了。润生愈打愈熟练,挥洒自如,左右逢源。看看对方狼狈不堪的架势,瞥一眼晓兰也显出难堪的神色,他不忍心再使对方输下去。恰在这时,晓兰喊:"站长来了。"

润生停下球拍,歉意地笑笑:"站长来了,我该办事去了。你们玩吧!"他把球拍递给晓兰。

眼镜青年扫兴地说:"甘拜下风……"

"不!你是实际的胜利者。"润生拍拍他的肩膀,苦笑一下说。

眼镜青年悻悻地笑笑,以为润生在安慰他。只有晓兰体味出润生那句话里的真实含义,脸上掠过一丝难堪的神情,转过头,掩饰地说:"站长,有人找你。"

润生也借此机会跟站长走进他的办公室。

站长是个瘦老头,虽则是砂石管理站的脱产站长,其实从头到脚都是一个纯粹的农民的装束,属于那种精明强干的农民。听说他原来是原上一个大队的党支部书记,因为上了年纪,被年轻的新干部所代替,乡政府安排他到这个只有七八名职工的管理站来主事。他仍然习惯抽旱烟,仍然习惯蹲在条凳上和人交谈。听完润生的述说,很爽快地说:"那好嘛!咱们有计划地给曹村调拨汽车过去拉石头,你在那边有秩序地卖货,免得曹村社员白天黑夜到管理站来找熟人,要汽车。这是好事嘛!"

"那就这样,站长。"润生听了站长的话,十分鼓舞,一切都顺顺当当,简简单单。从这位老站长的直言直语中,感到了老干部秉公办事的品德,很钦佩这位干练的老站长了,"我等你派汽车到曹村……感谢您。"

"回去给你们村长谈谈,让他知道你们有了劳动组合。"老站长提醒他说,"免得村长说他不知道……"

"应该应该。"润生感激地盯着老站长,"应该尊重村长的领导……"事情已经谈妥,他就告辞出门,临走时叮嘱站长,顶好能派足够的汽车到曹村来……

第一次出门交涉公务,竟然这样顺利,十八岁的哥哥心里十分畅快,加之他略施球技,把那位优越感十足的情敌打得溃不成军,心里更觉解气,一路顺风,回到曹村来。

村长曹子怀,年近五十,坐在自家的简易沙发上,接待登门请示工作的小青年曹润生。他嘴角咂着黑色的卷烟,只用半个嘴角说话:"你去乡政府请示吧!我吃不准,你们成立的'捞石头协会',究竟算个啥性质的组织……"

瞧着村长嘴角里上下闪动的卷烟,慢腾腾的声音,润生不由得发急,忙说:"民间劳动组合。城北一个村子是养鸡专业村,村民成立了养鸡协会,电台广播了,说是新事物……"

"报纸和电台,一天换一种说法,咱撵不上哇!"村长蔫不拉耷地说,"我得靠上级的正式文件行事。广播和报纸,只能参考一下。你说你那是新事物,旁人要说那是非法组织咋办? 现时要肃清'文化大革命'的无政府主义哩!"

"这是劳动组合嘛!"润生莫名其妙,"不是'文化大革命'那种搞派性斗争的组织嘛!"

"我吃不准,刚才就说了。"村长仍不起性儿,"我保守脑瓜跟不上形势,你去问乡政府吧! 乡政府批准了,我照乡政府的批示办。"

润生不再解释了,退出门来,村长的冷淡态度令人难以忍受。他走出门来,推起自行车,又奔公社去了。

乡政府一位主管乡镇企业的吴副主任回答了他的问询,也十分简单:"你们成立这样一个协会,不能算是'文革'中的派性组织。可是,你们搞得迟了,曹村村长今响午刚报来一份申请,大队里已经建立了砂石管理机构。大队统一管理就行了,再搞一个什么协会,成了重叠机构了,势必加重群众负担。现在的政策精神是,要减少干部,要减轻农民负担……"

"我不是抢着干部当。"润生忽地红了脸,向吴副主任解释,"我说过不要报酬。"

"算咧算咧! 小伙子——"吴副主任拍拍他的肩膀,"我不是那个意思。"

他没有信心再谈下去,越谈可能越造成他要抢当干部的印象。他退出门来,懊丧地转上回曹村的路。

刚走到村口,广播上正响着村长慢腾腾的声音:"经村民委员会和大队委员会开会研究,决定成立本村砂石管理站,统一经销……"

后面的话他听不清了。

傍晚的下山风吹下来,润生觉得从后背到前心,全凉透了。

"润娃! 唉——"

润生木然地转过头,长才大叔垂头丧气地摇着头,摆着手,气哼哼地说:"村长的儿媳妇已经下到河滩,经营曹村砂石管理站的事咧!你还为大伙空张罗哩!唉……去他妈的黑脚……"

十三

十八岁的哥哥躺倒了!

他躺在自己单身独居的小厦屋的土炕上,没有开灯,插死了木门栓,用被子蒙住头,静静地躺着。

"润娃,吃了再睡。"母亲在窗外劝。

"不饿。"他一口回绝。

"世事就是这样子。"父亲并不惊慌,世故地说,"不跌跤长不大,不碰钉子就认不得人,不懂得世事。"

长才大叔哐当哐当摇门板,大嘴长舌头乱嚷嚷:"润娃!你开门,叔有话跟你说,要紧弦弦的话……"

他不吭声,也不开门,长才大叔大声叹息地咕哝着,走出院子去了。

他的心里烦得很,乱得很,想静一静,想一想,他的简单的脑袋被搅得晕乎乎的了。

如果长才大叔说的话是实情,那么事情就可以捋顺了,廓清了。

当他饥肠辘辘地吃早饭的时候,村长曹子怀已经坐在砂石管理站站长的火炉旁边了。

当他报复似的用羽毛球拍打得他的情敌大显其丑的时候,村长曹子怀已经把曹村大队设立砂石管理分站的简单的书面报告,寄交给乡政府分管乡镇企业的吴副主任了。

他完全听信了管理站站长要他向村长打招呼的话,实际的含义是,一经和村长接头,一切就一目了然,用不着站长来否定你的什么"协会"。于是,他就开始钻进预备好了的圈套,像诸葛亮在陆逊尚未出生时就为其摆下了乱石阵一样,早已等着娃娃来钻呢!

他向村长曹子怀汇报的时候,曹子怀并不推翻他的意见,只说他对当今的政策"吃不准",把他推到吴副主任那里去了。

吴副主任用不增设重叠机构,减轻农民负担的绝对符合政策的话,就把他搁到冰箱里冷冻起来了。而当他满含委屈向吴副主任表白自己不是为了抢当干部的时候,村长曹子怀的儿媳妇已经在腋下夹着合页夹子下了河滩,走马上任了。

他钻完了"乱石阵",得到的是想抢当干部,甚至加重捞石头的庄稼人的负担的怀疑。

村长曹子怀不声不响,连个社员会也没开,就把儿媳妇派到沙滩上去,统管曹村捞石头的庄稼人的出售石头的业务了。当然,她不会在三九寒冬的沙滩上白挨冷冻的:抽取石头销售总款的百分之八,作为曹村大队的扣留,其中当然包括她的报酬。

曹子怀叼着黑色卷烟的嘴,现在异常清晰地映现在他的眼前,那说话时上下闪着的卷烟,轻轻地把他弹到干沟里去了;曹子怀只用半边嘴和他说话,已经使他里里外外说不清楚了!

他现在才强烈地意识到自己头脑太简单了,简单得令自个憎恨!一切都不简单,只是自己把一切都看得简单了,看不透才觉得简单。他第一次为自己的口头禅——事情很简单——懊悔了。

和晓兰的关系也不像自己以往想得那么简单吧?

第一次萌动的爱情结束了!

他被曹村的庄稼人推举为"会长",还不曾执行过一次协会会员的使命,就被村长不动声色地排斥到一边去了……他却毫无办法!

现在,曹润生躺在小厦屋的单人床上,努力回味这一切的细微末梢,毛病究竟出在哪里?他搜肠刮肚,寻找自己的过失。平心而论,他觉得无愧,既无愧于晓兰,也无愧于曹村那一百多个在沙滩上捞石头的庄稼人。他终于归结到一点,自己头脑太简单了!

他心里有点冷,却不空虚,他仅仅只有十八岁,而生活的路还很长……

一声雄壮的公鸡的啼叫声,惊醒了他,翻身坐起的时候,窗户已经大亮,起得晚了。他急急忙忙穿上衣服,拉开门栓,嚯!雪!夜里落了一场大雪,院子里和屋瓦上全是一片白。

他扛起铁锨,走出街门,走下场塄,朝河滩走去。

大雪覆盖了原坡和河川。雪止风息,树枝上落着一层绵茸茸的白雪。太阳还没有出,雪地上闪动着一缕缕蓝莹莹的光彩。通河岸去的白杨甬道上,白雪已经被踩踏得稀烂了。

沙滩上,罗网林立,铁锨起落,刷啦刷啦地翻捣砂石的声音响成一片,偶尔传出一声沉闷的咳嗽。

润生突然看见,在河岸和沙滩的交接路口,站着一位披着草绿色大衣的人,头上包着红头巾,腋下夹着一本活页夹子,在路口踱步,大约是活动被冻疼了的双脚,那是村长的儿媳妇。他不想从她跟前走过去,就岔开大路,从积着厚雪的麦田里斜插过去,跳下河岸,走到沙滩上来了。

他的罗网已经被雪埋住了,他用铁锨刮积雪,用三角木架支起来,却不想把锨扎到砌石里去。他一侧过头,那个穿着军大衣的村长的儿媳妇,正在河岸边远远瞅着他。

他用铁锨的木柄穿过罗网的网眼儿,背起罗网,转身朝河岸走去。

"润生——"长才大叔从雪地上奔过来,嘴里呼出大股大股的白气,"你——"

"不干了。"他的沉静的口气,连自己也暗暗吃惊。

"你干啥去呀?"长才大叔伤心地摇摇头。

"而今卡不死人了!"他淡淡一笑,"哪儿挣不到钱呢?路数多咧!"

他走了,背着罗网,雪把石头和沙子全遮住了,常常被雪下的石头绊得一滑一拐。忽然间,一种奇异的感觉在脑海里产生了,那刷啦刷啦地翻捣石头的杂乱的声音没有了,河滩里倒显得空旷而寂寞,耳朵边骤然清静下来。他停住脚,一回头,散落在沙滩上的庄稼人,手拄铁锨,一齐停住了劳作,正目送着他走出沙滩去。他忽然动情了,没有力量再看那自然形成的肃穆的场面,急忙掉转头,继续大步朝前走。

"润娃——"

他听见呼叫,又站住脚,喊他的竟是五龙叔。他人正中年,穿一件紫红绒衣,粗壮的身坯像个碾场的碌碡,在雪地上滚过来。

"润娃,你发给叔的这个一号的号码,还算数不算数?"

五龙叔站在他的面前,手里捏着那张写着一号号码的小纸片。他忽然想,五龙大叔在耍笑捉弄他吗?他给他送了点心和瓶装烧酒,他把这些东西提到沙滩上来公开招领,他把自己的东西取出来,示威似的摔碎了。润生没有说话,瞅着五龙大叔煞有介事的脸色,不像是专门来烧臊他的呀!

"叔知道,这个号码没用了……"他大声说,大约不是说给润生听。他忽然意味深长地说,"虽然没用了,叔还是舍不得扔了。叔留下作个记物儿……"

他居然解开对门开襟的绒衣的纽扣,把那写着号码的纸条塞进衬衫的口袋,压了压,又结上纽扣,像藏进万元存折一样认真谨慎。

河滩里突然爆发出一阵哄笑,有人打起了呼哨,像山洪突然从河的上游奔泻下来的呼啸。

润生一转过身,看见站在只有三五步远的那位穿军大衣的村长的儿媳妇,他明白五龙大叔的举动的含义和那哄笑声中所包含的怨愤了。

润生背起罗网,扯开长腿,从村长儿媳的身旁走过去,头也没有拧一下。

太阳从秦岭东山群峰的巅尖冒出来,雪地上闪射出五彩缤纷的花环,令人眼花缭乱。十八岁的哥哥走上河岸,再没有回头……

1984年6—7月草改 西安东郊

夭 折

——献给一位文学的殉道者

一

他坐在桌子顶头,给我念他刚刚写完的一篇小说。

他每写完一篇小说,都要念给我听,从来不让我亲自去看,说是草稿字迹乱,不大看得清楚。我却相信我能看得清楚,因为我有时看见他念的作品,实际是已经抄写得很整洁的修改稿了,然而又不好意思执意要过来看。我要是写出一篇习作,要征询他的意见,刚从桌斗或口袋里拿出来,他就伸过手来,说:"让我看看。"于是,他就用指尖在嘴唇上抹上一点口水,翻揭着纸页看起来。我多少觉得我们之间有点不平等。

我坐在炕边上,胳膊肘搭在炕头搁放油灯的土台上,用手撑着下巴,静心屏息地听他朗读那万余字的短篇小说。有时坐得累了,有时听得烦了,我就打量一下这间熟悉的小屋。一间窄小的老式厦屋。土炕占去了大半空间。靠墙放着一张同样是老式的带抽屉的条桌,条桌的拉把儿是一只黄铜铸成的树叶,闪闪发亮。门和桌子之间的空当恰尺等寸可以安置一把椅子,他就坐在这把直背老式椅子上,就着门口照到桌面的亮光,读书或者写稿。靠着后墙的那一步之宽的空间,放着一个大红色的条形板柜;柜子上方,架着两只同样是大红色的木箱,那是他的新媳妇的陪嫁品。他的新媳妇坐在炕的那一头,低头捉着剪刀,在一张褚纸上比画着、裁剪着鞋底儿。

每当我思想抛锚,神志不专的时候,他的朗读声就提高半度,而且侧过头看我一眼。我立即抖擞精神,做出专心致志听着的神态。他的声音又舒畅地继续下去。

每当读到有趣的情节或细节,他的声调里就泛出一种得意的色彩,惹得我和他同时笑起来。他的新媳妇也低头抿嘴在笑,却不出声。我特别注意她的反应,凡是她有明显的反应的地方,我就觉得大抵是他写得最成功的段落。

一篇稿子读完,他放下稿纸,笑着侧过头,爽快地说:"感觉如何?随便说。"一边说着,一边用手在一个旧罐头盒子里捏起一撮旱烟末儿,撒在一绺用废弃稿纸裁成的纸条上,在手心三拧两转,就制造出一根喇叭形状的纸烟了。我也如法炮制,两人就对抽起来。我们没有固定工资,生产队要等农历年底才决分,通常是见不到什么钱的;我们谁也没有发表过一个字,自然没有稿费,谁也买不起一盒最廉价的纸烟,却又不习惯使用老庄稼汉们那种笨拙而又难看的黄铜或白铁铸成的旱烟锅子。

不足十平方米的小厦屋里,有两支又粗又长的烟卷在冒烟,他的新媳妇轻轻地咳嗽起来,呛得眯起眼睛。我们俩毫不理会,早在烟雾升腾里,为他的小说中的一个人物、一个情节或细节的合理性与必要性,争吵得一塌糊涂了。

他所极力维护着的某一得意之笔,我却毫不客气地说那一段应该彻底干净地删除掉,于是,争论就不可避免了。对于他看过的我的习作,类似的争议似乎更为激烈。我和他尚未养成高雅的涵养,譬如说,应该谦逊地听取对方的意见,不应该当面眼对眼牙对牙地驳斥;应该斟酌给对方谈意见的方式方法,尤应以鼓励为主,先谈优点,再说不足,然后再提出修改补救的措施,使对方于心理和感情上易于接受。没有。我们之间从一开始好像就没有这种文质彬彬的习惯,一当讨论起来,就争就吵。开始时,他的新媳妇曾劝过我们,不要失了和气,后来习以为常了,就只顾剪她的鞋底或者纳扎鞋帮,一任我们去吵。如果是在冬天的夜晚,吵得夜深了,她会从锅里端来一盘刚刚蒸熟的红苕,送到条桌上,那是十分惬意的夜餐了……

看着他的新媳妇又一次捂着嘴打着呵欠,悄悄抹着困倦的泪水,我就起身告辞。他送我到村外,兴犹未尽,于是就站在小沟的水渠旁继续高谈阔论,丝毫也不担心谁听了去。

这个时候,刚刚进入六十年代的乡村里,正经历着解放十多年来最普遍、最严重的第一次饥馑的时月。我和他——惠畅,两个一前一后从县城一中毕业的高中毕业生,都在疯狂地追求着同一个目标,我们都需要这种推心置腹的毫不隐讳的直率的争吵。我们将在这种争吵声中,走向生活,走向世界,走向未来的中国文坛,争吵声中也许会诞生并不亚于《静静的顿河》那样的史诗……

二

天傍晚,惠畅到我家来,约我去看电影。

对河的五里镇上,大约一月里演出一场电影。这一晚,是五里镇方圆十余里几十个村庄青年们的节日。尽管是已经被城里人看腻了的过时的旧片子,无论好坏优劣,我们都有耐心看到最后,甚至觉得听一听电影音乐,也是一种难得的享受。村子里没有通电,收音机见不到一台,精神生活的贫乏和物质生活的贫乏一样使人感到饥肠辘辘。每当五里镇一月一次的"电影节"到来的时候,我们俩必定不能或缺。

月色柔媚。知了和纺织娘在河岸边的杨柳林带里叫成一片。从各个村庄通五里镇的好多条河川土路上,手电的光柱忽闪明灭,抽烟的火光瞬息即逝,男孩子们的呼哨,女娃娃的尖厉响亮的笑声,此呼彼应的欢愉的嗓门,轻狂放浪的哄闹嬉笑的声浪,充塞了往日里静谧的河川的夜空。

我们涉过浅浅的河水,急急赶到五里镇。小学校的门口,人头攒动,灰尘在明亮的电灯光里浮动,广播在大树权上播出诱惑力极强的乐曲。我们俩不约而同地翻起裤兜,掏出零碎的天蓝色和黄色的二分、一分的纸币,数起来,两人的钱,合在一起,真是万幸,竟有二毛多了,买过两张票,花去二毛整,竟然还有五六分宽余,我们就盘算该怎样挥霍享受这一笔余款了。

"买糖还是买烟?"我征询他的意见。

"买烟。"他总是比我更有主见。

我真想吃糖。我大约有一年多没有尝过糖的那种美好的滋味了。站在露天的电影场上,瞅着银幕上的惊险的反特故事片的画面,手插在裤兜里,嘴里含一颗水果糖,那该是一种多么舒心的享受哇!不过,买烟的主意也不错,我们平时用纸条儿卷旱烟末儿的手艺,在黑暗的电影场上就有诸多不便之处了。好!我立即表示赞同,我们俩走到一个卖烟的小摊前了。

"买哪种烟呢?"我问。

"'航运'。"他说,一点也不犹豫。

白纸盒上印着一艘造型简陋而又画技拙劣的轮船,此烟牌号叫"航运",售价一角二分钱一包,我递上六分钱去,巧极了,正好可以买到半包。我们每人装下五支,转过身去了。

在一根火柴上,我们点着了两支烟。多么奇妙的香味啊!我真舍不得将那令人沉醉的香味喷吐出来,实在比老旱烟末儿又辣又苦的味道好过千万倍了。嘴角喊着一支雪白的纸烟卷,昂首从小学校的门道里走进操场,真是自觉神气而又排场,比在嘴里含一颗糖有声有色得多了。

看过电影,就不那么急着回家了。我们散涣地走着,品评着刚刚看过的电影,优哉游哉走回到小河边上来,那些大帮大伙的男女青年放浪的声息,此时已经远远地流动到村庄里去了,河川里已经恢复了夏夜素有的静寂。

我们俩脱光衣服,在清凉的河水里躺下来,头枕着一块光滑的河石,把全身都浸泡在河水里。蚊虫无法下口,团团飞旋趑摸在头顶,我们一人抓一把臭蒿子,悠悠拂打着蚊子。河水从胸膛上流过去,身子下边的沙子被掏空了,我就挪一挪位置。星星在蓝天上眨着眼睛,深邃无垠的天际神秘莫测,一缕缕轻纱蝉翼似的云丝在月亮的脸上飘过去,河滩上又明亮起来。

"胡万春起初是个半文盲,现在是第一流作家了,真厉害。"我说。

"我们比他基础好多了,正牌高中毕业。"惠畅说,"自学起来更快。"

"胡万春投过二百次稿,才发表了百把字的一篇通讯。"我深感钦佩,对于我们俩都已知晓的这件逸事,总是兴趣不衰,"啊呀!我真是缺乏这样的恒心和耐心。"

"我相信,我们发表第一篇作品,绝对不需要用二百篇作铺垫。"他十分自信,用蒿草在水里狠狠抽打一下,扬起来,"我要是写过五十万字还不能发表一篇作品,那我就自杀!"

我缺乏他那样的自信,也就没有他那样的狠心,我说:"搞不了创作,当不成作家,也不必自杀呀!"

"玩笑一个。"惠畅不在乎地说,轻轻笑了,笑毕,却深富感情地说,"我他妈的不知怎么从小就迷上文学创作了!说真的,如果真的搞不出一点名堂,我不知道这辈子该怎么活着好!"

"咱们就拿出胡万春那股傻劲干吧!"我说,"埋下头,干它十年再说。"

这样的内容的扯淡,不知重复过多少次了。上海的工人作家胡万春正活跃于当时的中国文坛,《家庭问题》那篇小说使我们十分钦佩,从思想到艺术,甚至情节的铺展和细节的选择,都不厌其烦地讨论过三五次了。这种讨论,到后来往往就离开作品本身,延伸到作家的成长道路上来了。何止一个胡万春,中国的或外国的,当代的或古代的,所有能搜寻到手的作家文人们的传记和逸事,无疑是我们最感兴趣的交谈的话题。

蝉鸣已经止歇,偶尔有零星的青蛙叫声从河岸边的稻田里传出。夏夜里虽然静寂,却使我们感到了潜伏着的生命的跃动,无边的苞谷林里,传来飒飒飒的绿叶摆动的响声,小叶白杨在夜风中欢乐地歌唱。我们躺在南原和北岭之间的小河川道里,热烈地又是忧伤地谈着文学,谈着追求;谈到胡万春,我们就信心十足;可是一谈到神童刘绍棠,就黯然神伤了。

这个神秘的神童带给我们的,不是鼓舞而是悲哀。他怎么会在戴着红领巾的年龄就能发表小说呢?我们俩戴红领巾念完小学的时光,只是对娃娃书兴趣十足,连小说这个名词压根都没听说过。刘绍棠上中学的时候,已经是出了名的作家了;我们已经高中毕业,至今还躺在黄土山中的这一道小河里胡拉乱扯,一个字也没上过报纸或杂志哩!我们猜测他的宗室一定是文墨瀚海,祖荫厚极,自幼熏陶。然而,从一些零星的资料透露出的事实却是,他和我们完全相似,出之乡野,世代农耕。我很丧气,惠畅也不大乐观。从刘绍棠看来,文学创作需要天才,我们都暗自怀疑,自己是否具备这份天资?我们对批判"右派"刘绍棠的文章无暇一顾,却对那个神童的"神"字感到神秘莫测。

"唉!没劲了。"我不由得叹气,"说起这个人,我就冒气了。"

"甭忘了,中国虽然有'自古英雄出少年'的古训,也有'大器晚成'的成语。可见什么都不尽然。"惠畅是很富于思辨的,"少年时代能成起事的,到底是个别人,多数人是青年和中年时候才露头。"

"我们若是'大器',迟成早成关系不大。"我仍然心里不踏实,"我们要是'小器'呢?或者根本就不会成器呢?"

"契诃夫说,'大狗小狗都要叫,就按上帝给他的嗓门叫好了。'"惠畅反而气更壮了,他忽然从水里翻起身来,站在水中,大声说着,像是和谁吵架,亦像是对河川和原坡宣言似的,慷慨激昂起来,"我不是天才。我不是大狗。我是小狗。不,连小狗也不是!我是蛐蛐。不,连蛐蛐也不够格!我是醋蛛儿,上帝只给了我一个破尿罐的嗓门,我要叫!多一个人的叫声,世界就多一份声音!醋蛛儿的叫声虽然难听,它还是拼命地叫着!它没有因为有百灵子而抿嘴不响!如果只有百灵子而没有醋蛛儿,世界也就单调了……"

惠畅赤裸全身,慷慨激越的思辨,使我大受鼓舞。我为自己的怯弱而难堪,忽然也从水里蹦起来,和他站在一起,狠声说:"我也权当自己是一只醋蛛儿……"

"咱们往后谁也不许再说泄气话。"惠畅说,"人家是人家,我们是我们!"

夜深了。当我们又鼓起劲头的时候,肚里却饿了。许久以来,我已经没有吃过馍馍了,晚饭通常是一锅绿乎乎的野菜,点缀着几粒黄灿灿的苞谷糁子。现在回到家里,自然无法找到任何可以充饥的食物。他家的状况和我家不相上下,也不会有什么可以指望填充肚皮的东西。于是,他去扒拉柴火,我就悄悄溜进早熟的苞谷地里去摸几穗嫩棒子。没有办法,未来的两位文豪,现在不得不屈身丧德去……

三

火苗在柴枝上跳跃,从这一枝上又蹿到那一枝上,呼呼呼烧起来,高高的堤坝挡住了火光,蹿起的柴烟与朦朦胧胧的夜空搅和在一起,不大分辨得出来,河滩里的守田人不会发现我们的踪迹的。

我和惠畅坐在火边,再没有劲头谈论其他什么事,肚子太饿了,目不转睛地盯着绿皮的嫩苞谷棒子,在火焰烘烤中逐渐变成白色,继而就成黄色,接着就烧成黑色了,发出吱吱吱的细微的响声,随之有一股奇异的香味飘散开来,刺激人的鼻膜,撩拨人的食欲,肚子里受到这样美味的食物的诱惑,翻江倒海似的蠕动起来,发出咕咕咕的叫声,嘴里也溢满了口水,我简直忍耐不住,等待不及了。

"听说巴尔扎克一度也很穷……"

"天将降大任于斯人也,必先苦其心志,劳其筋骨……"

一声很重的咳嗽,从堤坝顶上传下来,震得自命为受大任于天地的我俩,同时惊恐地扬起头来,就看见了堤坝上兀然站着一个人,半截铁塔似的,右手里攥着一柄梭镖。我一眼看出,这是看守庄稼的马罗。

惠畅有点慌,似乎忘记了自己是将受大任的伟人,怯生生地悄声问:"这是谁?怎么办?"

我与马罗已经有过一次交往,半月前,他曾经邀请我到他在河滩看守庄稼的庵棚里,亲自给我犒赏过一顿烧烤苞谷棒子。被他抓住严惩不贷的,是那些用麻袋偷下棒子到城里去卖钱的真正的贼;对我好像比较客气,不过是烧几个充饥罢了,他不会过分计较的。

他依然站在那里,瞅着我们问:"谁?"

"马罗大叔,阿克西尼亚今晚没来吗?"

他嘿嘿一笑,把直竖着的梭镖放倒了,"是你个崽娃子,我当是贼伙哩!"河堤是用水泥和河石浆砌的直面,又光又滑,他下不来,绕那边的小路去了。

惠畅吁出一口气,释然了,坐下来。

我给他介绍,这是我们村一个老光棍,终年四季,给生产队里看守庄稼,夏收看守麦子;秋天守护苞谷和棉花;冬春两季,吆撵拔食麦苗的大雁。他在河那边的村子里有个情人,常常在夜静时涉过小河来,在他的小庵棚里幽会,那几乎是公开的秘密,我称她为阿克西尼亚。马罗虽然没读过《静静的顿河》,却知道我说的是谁,指的是哪一档子事。

马罗已经走到火堆跟前,扔下梭镖,准备找一块地方坐下来。

"葛利高里大叔,欢迎你。"惠畅抓住马罗的胳膊,"你真是个浪漫的人儿哩!"

"你可甭听他胡糟践我!"马罗哈哈一笑,佯装斥禁的口气,对我说,"你尽给我造谎呢!"

"咋能是我造谎呢?"我故意逗他,"马罗叔,你对月亮发誓,有没有一个阿克西尼亚?"

马罗从火堆里捏起一粒火星,按到烟锅上,喉咙里发出咯咯咯的憨笑,得意地仰起头,淡淡地说:"那是牛年马月的陈事了。而今那个可怜人,日月恓惶哩!我可怜她,周济她一升半斗……人家娃儿大了,咱还不自觉行吗?"

"马罗叔哎!"惠畅亲热地叫。他对马罗十分感兴趣,眼里闪出生动的光芒,说,"你一年四季给队里守护庄稼,很辛苦了。"

"不苦。"马罗头一摆。

"真不容易哩!秋天下阴雨,冬天下雪……"

"人家队长给咱工分哩!"

马罗吐不出一句更崇高的话,惠畅有点失望地闭了嘴。他大约想听听马罗说出诸如"为集体咱不怕冷"之类的话,然而他只能失望。

"你们俩说你们俩的话吧!"马罗自动拨着火,翻捣着已经烧得黑乎乎的苞谷棒子,义务为我们服务,"有文化的人说话,中听!乡村人尽说粗话。"

"我们说话有啥好听的?"惠畅问。

"好听。一样的话,你们文化人一说出口,味儿不一样啰!"马罗笑说,"比方我跟那个可怜人儿的事,我其实也不怕谁说。你们说成'阿'啥子'亚',我就知道说的那个可怜人儿。乡村那些粗庄稼哥们,一开口就是,'马罗伙计,这几天跟野婆娘弄了几回?'你说难听不难听?"

我和惠畅已经忍不住,哈哈大笑。惠畅猛然扑到马罗背上,抱住他的脖子,用自己的脸颊在马罗的脑袋上摩搓,亲昵地喊着:"马罗大叔,我的真正的葛利高里……"

马罗从火堆里捡出一个黑炭棒子,甩到惠畅的怀里,接着又甩给我一个,那熟悉的动作,使人感到豪爽而又亲切。我撕开一层烧焦的外皮,就露出冒着热气的内皮来,一层层撕开,就咬着了软乎乎甜腻腻的苞谷粒儿。惠畅动作更麻利,已经啃得满嘴响起咔嚓的声音。

"你俩谁有戏本呢?"马罗问。

"你要啥戏本?"惠畅口齿不清地问。

"《铡美案》《五典坡》都行。"马罗说,"《周仁回府》也嫽哇!啥戏本我都爱看。"

"你识得字吗?"惠畅好奇地问。

"识得几个。"马罗说,"我一边认,一边前后揣摩,也就碰出意思来了。"

"你上过学吗?"惠畅似乎才找到话头了。

"上学上了四年哪!"马罗沉吟着,自己也有趣地笑着,"那时候的学堂,先生爱打娃娃。怪得很哪!我在下边背书背得溜溜熟,一叫到先生跟前,瞧见那根二尺长的竹板子,背熟的书全忘光了,先生就捞起竹板子,抽得我的手心连碗也端不住了……"

"你要是不伸出手呢?"

"不行啊!那时候念书就兴打板子。"马罗莫可奈何地说,"有一回,先生的板子刚抽下来,我的手往回一缩,糟了,先生抽在自个的膝盖上,这下了得!先生左手掐住我的指头,咬着牙,在手心打。我闭上眼睛,手心疼到后来,倒是不知道疼了,也不知他打谁的手哩!"

"噢哟!马罗大叔,你认得几个字,代价不低呀!"惠畅半是玩笑,半是认真地说,"为了你好不容易认得的这些字不至忘记,我无论如何也要给你搞两本戏本子!"

我心里知底,马罗大叔的嗓门是很不错的,有铁嗓子的美誉。在夏天傍晚的余晖里,晚霞给郁郁葱葱的青纱帐涂一片赤红,从河渠边的杨柳林带里,常常传出马罗粗壮而雄浑的声音。白雪蒙地的冬夜,在广漠的河滩上,他吆雁吆得烦了,就放开喉咙吼唱。他爱唱戏,更爱看戏,每逢县剧团下乡,他常常追到一二十里远的岱峪口去看戏,要是五里镇有戏,他是一晚也不会空缺的。看得多了,那些最流行的秦腔剧,他不仅能背诵大板大板的唱词,连人物的对白也能大段大段地道出来。他唱起"乱弹"来,嗓门难免跑调,词句也很难让别人听清,但人一听都能猜出是某一本剧里某某人的唱词,而味道则是纯粹不过的秦腔的戏味。关键是品尝那种不易说清的味道,而戏文和唱词不清倒在其次了。

"马罗大叔,唱一板'乱弹'吧?"我怂恿他,"拣你最拿手的来一段。"

"要唱'乱弹',还数《牧羊》里苏武那一板唱腔好。"马罗一经触及,戏瘾就来了,他盯盯我,又瞅瞅惠畅,"你俩谁会唱不会?苏武和李陵,两人对唱才崭劲!"

十分遗憾,我对我们的秦腔听来虽也顺耳,却从来没能学会唱腔。惠畅是个文娱活动的活跃分子,在学校里上过台,演过戏,可惜在他演过的几折小戏里,总是扮演着小生的角色,大都是和姑娘、小姐对唱,苏武在《牧羊》中的唱词他一句也唱不下来。马罗也不勉强我们,已经干咳几声,清理嗓子,猛然扬起头来,就爆发出一声天崩地裂般的声音:"汉苏武在北海……"

他的脸在火光中更显得红了,脖颈上的筋络暴突起来,慷慨激昂的剧情和戏词,大约正适宜他的嗓门。我从来没有这样近距离地听人唱戏,此时才觉得体味到了真正的秦腔。他一人身兼苏武和李陵两角,放开嗓门吼出苏武威武凛然的戏词,接着压细嗓子唱出李陵哀婉曲折的心声,在紧密激烈的对唱中,把苏武以死报效祖国和李陵变节屈膝的两种气质活活地表白出来了。

我已经多次听过马罗大叔的嗓门,不足为奇,惠畅听完,已经激动得满脸喜悦,热烈地说:"马罗叔,我下回把板胡拿来,我拉你唱,咱们搞个自乐班。"

马罗却笑笑说:"我跟弦唢唱不到一块。"

惠畅甩掉一根啃完了的苞谷棒子,又从火堆里拣起一个来,撕开了,玩笑似的说:"马罗叔,我将来要是当了县长,首先接你去享福。吃烤苞谷听'乱弹',皇帝怕也享不到这样的福分!"

"那也说不定。"马罗笑着,"兴许你还当省长哩!"

他挺认真地举出实例来,说他家在山里的一个远门亲戚,在山坡上看守庄稼,山里狗熊特多,夜里出来啃苞谷。有天半夜,他的表哥刚轰走狗熊回来,窝棚里滚进一个人来。他的表哥打着火镰引着火,一看,那人腿上淌着血,就把那人救了。伤好了,那人夜里又走了,他的表哥也没敢问人家是啥人,倒忘了。解放了,乡上来了三个人,要接他表哥出山,不由分说,就用抬竿轿把他表哥抬到乡政府去了。爷!乡政府门口停着一辆卧车,那个伤员从车里走出来,抱住他的表哥……人家是北京一个部长!

"马罗大叔,等着吧!"惠畅笑着,煞有介事地说,"我将来用直升机接你!"

马罗哈哈笑着:"我可害怕坐飞机。你说,那东西要是在天上正飞着,像马一样惊了咋办?"

惠畅给马罗大叔开下空头支票,马罗大叔也畅快地吼喊了一阵"乱弹",主要是我俩的肚里都装满了真正的粮食,在月亮已经溜下西原的黑下来的夜色里,三个人沿着三条路,各自回家去了。

第二天后晌,惠畅兴冲冲跑到我屋里,喜不自胜地说:"昨黑我回到屋,写下一篇小说,用马罗作模特。你坐下,听我给你念……"

四

县文化馆的浦老师给我们俩寄来两张蓝色的门票卡片,市里的文化馆为文学爱好者举办一次文学讲座,特邀省报文艺副刊的一位肖编辑主讲,讲题是《散文散谈》。接到信时,已是昨天傍晚,我们昨黑就约定了,今天后晌动身,晚上宿在城边,明天一早赶进城去,正好跟得上听讲。母亲特意破费给我用苞谷面烙了五个小烧饼,没有给里头掺进豆渣或者菜叶,那是真正的纯粹的粮食烙制的烧饼了。我焦急地等待着,却不见惠畅来。我忍耐不住,又赶到他家去,想不到,他正跟新媳妇拌嘴吵架。

新媳妇秀花,鼻子和嘴巴全都因为生气鼓劲而挪位;那秀气的鼻子,因为脸腮变色而显得又小又扁;那荡漾着温情的眼睛笼罩着污气浊水,显得难看了;嘴唇噘着,更使得脸型愈加不协调。我看见她的这副模样,暗暗一惊,她也有点不好意思,立时扭转身,坐在炕边上,把微微颤抖着的背脊朝向门口。

"你咋这样狭隘!"惠畅气呼呼地说,"真是莫名其妙!"

我看看惠畅气憋憋的脸色,劝他冷静一下。好在那秀花见有人来,也不再开口,我就拉着惠畅出门,回避也许是最好的办法。

上路以后,惠畅的情绪逐渐恢复正常,我不好问两口子因为什么发生口角,只是劝他不要和她一般计较,那毕竟是一位只读过小学四年级的乡村女子,长这样大只进过两次西安,都是和他订婚、结婚时,由他引着她去买衣服,去照相,去登临大雁塔的。

"嗨!为什么正经事来呢?"惠畅丧气地说,"全是小心眼!看来……农村女子的心眼更狭隘!我总以为乡下姑娘朴实敦厚……"

"天下的女人,无论是白种或黄种,都有一个不可克服的先天性通病——"我记不清在哪本书上看见过这样的话,统统搬出来,故作高深地说,似乎我对女人有专门研究似的,"这就是疑神疑鬼,对丈夫尤其如此。"

"为了一封信,跟我憋了三天气。"惠畅说,"我的一个女同学给我来了一封信,问候了我几句,有几个赞美我的词儿。她读得半懂不懂,居然说那个女同学是我的'野婆娘'。我今日后晌正准备走,她可有话了,说我要去寻'野婆娘',所以才急得愁得……你看看,遇见这号女人,我咋办?"

在县中念书时,他比我高一级,自然也早一年毕业、回乡。我那时已经影影绰绰听到过他在恋爱的传闻,传闻中的那个女生,是一位细高挑个儿的圆脸姑娘,有一双不大却柔情脉脉的眼睛。当我毕业回乡之后,第一次到他家里去拜访他的时候,他的新媳妇秀花,已经坐在小厦屋的土炕上给他缝衣做鞋了。据我所知,他的那位细高挑个儿的女朋友,毕业后考上医学院了。他是个农民,这之间的差别有多远,我是完全可以体味得到的,所以从来没有问过他,也许我听到的传闻不过是捕风捉影。既然这个细高挑个儿的医学院学生已经使农家女子感到威胁,而且使我的朋友惠畅陷入苦恼,我就有责任尤其有兴趣问问究竟。我直言不讳:"是医学院杨琴茹来信了吗?"

"是她来了一封信,惹起了内乱。"惠畅也直言不讳地承认,"杨琴茹现在是大学生,我一个老农民怎能般配!这个蠢婆娘尽瞎猜!"

"也许你和杨琴茹有不检点的行为,给秀花察觉了?"

"没有啊……唔!我结婚后的第三天,她来了,气色不好。秀花看出一点意思……"

"也许你心里还忘不了杨,对秀花热情不足,她敏感了!"我继续胡诌我从外国小说中看到的关于女人的议论,运用到惠畅的爱情矛盾中来,"人家说,女人对男人的敏感,并不受文化程度的限制。你可甭把秀花当傻瓜……"

"这话很有道理!"惠畅说,"秀花虽然文化低,心眼可不少……"

乡村的土路贴着南原坡根向西伸展,河川里是即将成熟的苞谷和谷子,叶子开始衰败了,好些田块里的苞谷,棒子刚泛黄,饥馑的社员已经等不及熟透而提早掰掉了,留下空空的青秆还栽在地里。棉花的叶子紫红乌青,斑斑驳驳,田野里呈现出晚秋时节一片纷杂斑斓的色彩。乡村土路上不通汽车,来往着推车挑担的农民或小贩。我和惠畅走着,长途步行的寂寞,完全被他动人的爱情的自白排除了——

"我跟杨琴茹的关系,打个比方说,就是梁山伯与祝英台,一点也不过分。

"我俩在高一时是同桌,她是化学科代表,我是语文科代表。高二时排座位分开坐了,开始有书信传递。传递书信的形式五花八门,多种多样。她给我发化学作业本时,必定夹着一封信;我给她把回信又夹在她的作文本里送过去,如此这般。杨琴茹写给我的情书,有三十万字;我回给她的,有五十多万字;其中有许多抒情诗,她的诗写得比我更细腻,属婉约派。如果有可能,譬如我将来成了世界著名作家,我就准备把俺俩的信按时间编排下来,稍做整理,就是一部两卷本的长篇小说。我敢打赌,那将会是一部引起轰动的畅销书……

"你甭打岔,亲吻的问题我后头再说。老师不准学生谈恋爱,怕影响学习,好多人偷偷地谈着哩!我们俩可真是没有因为恋爱影响学习,反倒是促进了学习的劲头。要是稍长时间不给她唱一段赞美诗,我就心慌意乱,心里捉不住学习;看了她的信,我就心地踏实,劲头倍增了。所以说,老师虽然动机很好,方法却不妥,我们都是二十或超过二十岁的人了,够《婚姻法》规定的结婚年龄了。我可不像梁山伯那么傻,同窗几年还认不出祝英台属雌属雄,我可是一下子从她的眼睛里发现了,她喜欢我,而且十分喜欢我,我就大胆地写给她一封长信,专门描写她的眼睛,头一句就叫她心灵震颤:你的细眯的眼睛(恕我客观)令我难忘,似乎是一个地下湖的缝隙,蕴藏着无限深情……她被我打动了,给我很快送来回信。每一次通信的末尾,都缀着俩字:吻您。可是,我们实际上只是纸上接吻,没有……唔!毕业离校的那一晚……

"开完毕业联欢晚会,我们俩就走出校门了,沿着学校后边的河岸朝下游走着。月亮很亮,空气清爽。她没有洗去上台唱歌时涂在脸上的胭脂,我也没有擦掉饰演秦腔《游龟山》里田玉川时涂在眉毛上的墨汁。我们俩走着,瞅着对方化了妆的脸相,她笑我,我也笑她,笑着笑着就……接吻了,胭脂和墨汁抹得两人的眉眼一塌糊涂!我们立即跑到河边洗掉了……这是我们第一次接吻,也是最后一次……

"她接到录取到医学院的通知书,立马跑到我家来看我,我名落孙山了。她鼓励我明年再考,我假装同意,怕她失望呀!她走后,我睡了三天,就同意了家里给我订婚的主张,跟媒人引来的秀花见面了,模样挺俊,不比杨琴茹差多少,看来也腼腆,就订下了!仨月没过,她就过门了,枕着我的胳膊睡觉了!杨琴茹得知消息,跑到俺家,怎么也掩饰不住,让秀花从她的痴痴呆呆的神色上看出破绽来了。我送她到村西的大路上,她哭着跳上车子走了……

"你不理解我的行动?其实很简单。我现在是个农民,和她一个大学生要生活在一起,你想想这样实际吗?你说我结婚太早,这对。我也想过,等我在文学上取得成绩,功成名遂,再去花好月圆;可是,我如果永远也奋斗不出一点名堂呢?我这人,你可能觉得浪漫,切身问题我却很实际。我和秀花结婚,就是把自己定在一个终身农民的基点上,如果能有所成就,当然十分好了;如果一事无成,秀花也不会嫌弃我是个农民。这样,我心里无所牵挂,我死心塌地自学文学,连再次参加高考也放弃了……

"我努力将她忘记。把一个丈夫应该给妻子的一切都给予秀花,为此,我和琴茹不通信了。我也给秀花如实坦白交代过这一切,企图使她理解我,帮助我。她听时倒能同情我,可是,前日一见琴茹的来信,心里又起疑雾了,我才觉得给她坦白得太彻底,是失策……"

听完惠畅的叙述,不仅他自己动情了,我也动情了。我也出身于低微的贫穷的农村,在同类问题上完全能体味他的苦衷,纯真的浪漫的爱情,和极度贫穷的家庭经济状况的矛盾,无法统一,也无法回避。我深为钦佩他的抉择的干脆利落,更为钦佩他在文学事业的追求上所作的如此长远的打算,以及下了这样重大的注头。可以说,他的婚姻问题的处理,完全是出于对事业的服从,这需要怎样的理智和残酷的感情割舍?

夏日的夜色缓缓来迟,我们不知不觉中已经走进水沟村了。我们已商定好,在这儿过夜,明天一早赶往城郊汽车站。听说水沟村有两家农民偷偷开的黑店,每晚每人只收三角钱,正好适宜我们的经济基础。晚上本可以赶进城里,旅馆的住宿费是无法支付的。我们已经忘掉了那位痴情的医学院的女生,开始向一位村民打问,谁家开着店子……

五

水沟村真是名副其实,由两条沟组成,从东南边那条沟里流下来的混浊的泉水,沟底落积着污黑的树叶,容纳了半个村子里居民的排泄物,水已变成黑乎乎的臭流了。从西边伸展过来的是一条干沟,晴天里没有流水,已经变成一条自然的通道。两条沟在原坡下交叉在一起,有一座小小的土桥,跨上这土桥便是进入水沟村的第一步。

我俩站在土桥边,同时在猜度,黑店在哪条沟里开着?往干沟里瞅瞅,再往流水的南沟里瞧瞧,沟里全是倚着崖壁而凿成的一孔孔窑洞,窑院前的平场上,零零散散地竖起一座座后墙特高而檐墙甚矮的厦屋。经一位老者指点,我们就沿着干沟走进去。

沿着干沟走上去,他巡查左边,我逡巡右路,走到沟腰里,我终于在一座厦屋的土坯山墙上,看到一块小得有点贼头贼脑的招牌,大约只有一只锨板那么大一块木牌,挂在一根木橛子上,走近一看,木牌上写着两个畏畏缩缩的黑字:客店。我猜想,既然是黑店,当然不敢明目张胆地张罗出一张醒目而体面的牌匾;这只小牌,大约只是在日暮天黑时挂出,给急于投宿的行人指一指所在,白天就要摘掉了。

惠畅已经叩响土垒门楼下的黑色门板。

小院里有轻快的脚步声,门开了,一个彪形大汉站在门口。

"请问,这儿歇客吗?"

"歇。"

"住一宿多少钱?"

"五毛。"

"有便宜点的铺位吗?"

"一律五毛。"

我和惠畅对看一眼,大约都在心里盘算,能不能支付这一笔住宿的开销。我身上只装着一张红色票面的一元币,住宿花去五毛,坐公共汽车进城票价要二毛,来回四毛,那么剩下一毛票儿,只够喝开水了。我正在为难,惠畅已经转身走了,转过头来招呼我说:"走吧!我已经瞅好一个地方了,火车站候车室挺宽敞!"

我和惠畅刚走下沟底,那位彪形大汉却站在沟塄上叫:"喂!四毛住不住?"

"三毛。"惠畅很嘎气地说,"我不会啰啰唆唆地讨价还价。"做出不耐烦的高傲神气,立马要走的架势。

"三毛就三毛吧!"彪形大汉口气软下来。

两间厦屋,一铺用土坯盘垒的土炕,铺着一页篾条很粗的苇席,叠垒着几条补疤连着补疤的被子。我立即看出,这厦屋其实并不是职业性的店房,而是地地道道的农家住屋,不过在光席上多搁了几条破被子罢了。脚地上放着一条长板凳,凳面横竖是沟沟道道,使人会产生一种百年古物的直感。

彪形大汉用黑釉瓷盆端来半盆已经凉透的开水,放在靠墙根的白色板柜上,就冷着面孔说:"现在交了房钱,明早迟走早走请便。"

我和惠畅又对视了一眼。他大约怕我们天不明起来溜掉,每人就立即交出了三毛票,我们明早起得早,倒是省去了麻烦。

彪形大汉收了钱,装在短袖蓝布衫的口袋里,没有走出门去,却在长板凳上坐下来,点着旱烟袋后,随口问:"二位从哪儿来?没有行李?"

他大概把我们看成肩挑山货进城的脚夫了,却不见行李。惠畅很快地说:"我俩到城里去开会。"

"唔!你们是队干部?"他扬起头,重新打量我们一眼,"既是干部,你们该是懂政策的,敢问这'瓜菜代'年馑,还得多久?"

"快了!相信党和人民,困难很快就会过去的,今年比去年不就强一大截吗?"惠畅给他宣传,鼓励,"今年的秋田比去年好,生产队分的粮食肯定多些……"

"嗨呀!人真是饿得撑不住了哇!"彪形大汉叹着气,"盼得明年雨水好……"

煤油灯盏昏暗的光亮里,我打量着这个彪形大汉,敞开着短袖儿的前襟,露出肌肉棱蹭的紫红的胸脯,卧蚕眉,条形大眼,直通通的鼻梁,阔大的嘴巴,真乃一条关中大汉的体魄。从这样强悍的体魄里发出哀婉的叹息,使人感到如此别扭,真亏他长着这一架派势!照我推想,这样强悍的躯体该当有英雄的豪言如雷轰击,才显得与他的体魄相协调。我不由得问:"你做啥营生?"

"种地嘛!叼空到长乐坡'拽偏套'。"他淡淡地说,"队里去年没决分,今年也悬乎。干一年白干了,没个指望。我到长乐坡去给人力车挂偏套,从坡下拽到坡顶,二毛钱,一天能弄两三块,买点高价苞谷,就这……"

我忽然意识到,我和惠畅虽然也免不了挨饿,却不觉得绝望和悲哀,是因为有那么一个虽然遥远而总是存在着的理想的目标,在诱惑我们,鼓舞我们,苦也不觉得太苦了。而眼前的这位彪形大汉呢?他自然没有想入非非的念头,也不会有将受大任于天的自我安慰吧?他的悲苦可能就双倍地沉重了。

"你该是在队里好好干,发展集体生产,困难就克服了。"惠畅不忘记自己是党的宣传员的责任,宣传群众,"光靠拽偏套顾眼前不是办法……"

"需得队里换了队长,换上好人,我就有指望了。"他摇摇头,"你们不知,现在的队长哇,一把能抠出六道渠儿……他不会长了,社员联名到公社告状了,党委杨书记说今冬整队,俺水沟五队是重点。我等着……"

他又叹息一声,捏着烟袋出门去了,沉重的脚步声,响到后院的窑洞口去了。

彪形大汉回窑睡觉去了,却把沉闷的气氛留在我们住的厦屋里。

"会有的。一切都会有的。"惠畅模仿瓦西里安慰妻子的声调和神态,顿时把厦屋的气氛烘托得轻松了,"粮食会有的,面包也会有的……"

我们脱光衣服,只穿条短裤头,把棉被拉开一角,就透出一股酸臭的汗腥,没有办法,盖住肚子睡吧。炕头横竖扔着几个木头做成的条形六面体,这是枕头,上面渗着黑紫色的油渍,也许有无数的脑袋享过它的清福了。

我们躺下来,依然兴致勃勃地讨论托尔斯泰和《安娜·卡列尼娜》……

我刚迷糊入睡,就被惠畅的惊叫吵醒。

"第三次世界大战爆发了——"

我睁开眼,惠畅穿着短裤站在脚地,早已点燃油灯。我莫名其妙,他又在恶作剧吧?

"飞机、坦克、装甲车,全面进攻!"

他说着,哈哈哈笑着,掌起油灯,在炕边上寻着、搜着,忽然大叫一声,脸色都黄了,尖声悲哀地喊:"我的妈呔——"

我跳下炕来,接过他手中的煤油灯,在他看过的地方查看。老天爷!臭虫从墙缝里爬出来,排成一条军用地图上的箭头似的长线,一直连到炕席上。整个三面墙壁上,有这样七八条由臭虫组成的浩浩荡荡的大军,长驱直入,向炕上睡熟的活物偷袭,一见灯光和人的声息,那些大的小的臭虫大军,立即溃散,纷纷逃匿隐蔽到墙缝里去了。我吓得浑身冒起一层鸡皮疙瘩,直想呕吐,坐在长条凳上,又蹦起来,似乎那百年古物的缝隙里,也埋藏着这样的甲兵。

"话说托尔斯泰和曹雪芹,一路走来,已觉腹饥腿沉,就在水沟一家客店投宿。盖的鸭绒薄缎被,枕的落凤软枕,正睡到好处,忽闻飞机轰鸣,震耳欲聋,睁眼一瞧,万千饿蚊翻腾俯冲,扑面而来。两人正在惊慌,忽见四面山野里,摆出六七条长龙阵,装甲车和坦克铺天盖地,如同潮水般围卷过来……托尔斯泰丢了安娜,曹雪芹甩掉红楼里的小姐丫头,夺门而逃……"惠畅站在脚地,即兴演讲出顺口胡诌的评书,已经笑得前俯后仰,我也捂着肚子,只觉笑得疼痛难受了。

我取来衣裤,在门外的院子里摔打抖索,只怕衣缝里暗藏下一个贼兵,摔拍得衣衫噼啪乱响,才疑虑重重地穿到身上。我拉他快走,他已走到门外,又返身进去,从炕洞里拣出一块烧炕时未燃烧尽的黑

棒,在墙上写道:

"还我血来!"

惠畅写罢,摔掉黑棒,吹灭了煤油灯,我们就走出街门了。其时,星斗满天,深秋的夜半时分,湿漉漉的夜气透着一阵阵寒意。

翻上干沟的顶端,远远可以眺见城市的灯火了。赶天明,可以步行到市区,倒是可以节约下二毛钱的车费,我们俩扯开步子,在乡村和城市的边沿上赶路。

我俩大步走着,心里反倒畅快,走夜路有其独特的韵味,心里一阵激动,像是乡村那些七老八十的老婆老汉去朝拜古庙神寺,愈接近目的地,脚下劲头愈足了,心里凝结的信仰的力量简直是无可比拟的……

六

我拉着惠畅在剧院后排的连背椅上坐下来。舞台上吊垂着紫红色的帷幕,一只麦克风孤零零地立在舞台前沿。舞台上挂着一幅"向雷锋同志学习诗歌朗诵会"的红色横标,可能前几天在这儿举办过朗诵会,横标尚未来得及卸掉。

我们步行六七十华里,几乎一宿未睡,现在坐在靠背木椅上,腿脚首先感觉舒服极了,浑身尽管有一种紧巴巴的疲倦的感受,却仍然精神兴奋。剧场前头已经坐得黑压压一片,门里仍然拥进一伙伙青年男女,也有中年人和老年人。从服饰和举止上判断,可以看出听讲者中有青年工人、教师和其他角色,唯独没有农民装束的人。只有我和惠畅,一眼就可以看出是从乡下赶来的农民。我和他都是家织粗布衫儿,头发上落一层黄色的尘土,这是在乡村土路上长途跋涉的结果。我们没有穿袜子,脚背也已被尘灰污脏了。我感到拘束,又感到孤独。过往的穿戴干净的青年男女,冷漠甚至鄙夷地瞅一眼我俩两边空着的座位,走开了,挤到干净人窝里去了。

我的心里聚着的劲头,渐渐撒漏了,简直悲凉起来了。老天爷!在这个城市里,竟然有这样多的人赶来听文学讲座,可以断定尚不是全部爱好文学的人。在这个可以容纳千人的大剧院里坐着的,肯定有一大部分人都在做着作家的美梦和进行着实际的努力,而终究能成为作家的,又有千分之几呢?那千分之几的幸运儿,绝对不会是我这个一身家织土布的乡下佬哇!我简直由自卑而愧悔了,真是,腰里揣着几个硬得像石头一样的苞谷面饼子,居然跑了几十里路来听文学讲座!

"甭看这儿坐的那些人,一个个神气十足,好大派头,好像他们就是马克西姆!"惠畅撇着嘴角,斜眼很傲慢地扫视着会场,以一种嘲笑的口吻说,"其实比我们强不到哪儿去!"

我不知他说这话的依据是什么?不敢全信,可是却很愿意接受这种意思的话,以及说着这种话时的情绪。

铃声响过,帷幕推开,会场渐渐静下来,一位中年人笑容可掬地走到麦克风跟前,宣布了报告会开始。

令人惊异的是,舞台左边走进一位风度翩翩的青年,腋下夹着一只黑色的皮夹,站到讲桌前,恰到好处地点头鞠躬之后,就坐下来,也不寒暄客气,一开口就讲起散文的概念来。他中等个头,乌黑的头发,白皙的脸庞,两只聪灵的眼睛,一看就是一个博学多才的书生。

坐在我前排的两位中年人交头接耳,说报告人不过二十三岁,大学文科毕业,现在已经是省报文艺副刊的编辑了。我仅仅比他小不过两岁,现在正愣头呆脑地坐在台下听他讲文学的基本知识哩!

我侧过头,惠畅正聚精会神地在小本上作记录,全然没我这样的自卑。年轻的编辑口齿伶俐,语言准确,感情丰富,手势潇洒,讲得真是好极了。讲解举例中,他居然大段大段地背诵起俄国一篇有名的散文来……

……

我们重又走在来时的南原坡根的乡村土路上了,午后的太阳仍有热力。在一架水车前,一头骡子蒙着眼,拽着木棍转圈圈,木棍转动齿轮,叮叮当当,清水哗哗哗从筒管里冒出来。我们在水槽里洗了脸,喝了几口清凉凉的井水,又赶路了。

"这个人讲得好!"惠畅很钦佩地说,"散文是形散而神不散,一句话就概括了散文的艺术特质……我看你听讲时,好像总不踏实?"

"我总是怀疑自己。"我如实相诉,"我看在座的那千把人的派头,一百个中有九十九个都更像作家的派头,只有我不像!"

"哈呀!我和你刚好看得相反,完全相反。"惠畅扬着头,挥着手,"我看那一百个人中,有九十八个都不像作家的派头,只有你和我像。"

"有点妄自尊大吧?"

"我敢和你打赌——"

"打啥赌?"

"十年,顶多十年,我要以作家的名义,踏上这个剧院的舞台讲创作!"惠畅突然站住,紧紧盯着我,不是开玩笑,"请你记住今天这个日子,我说过的这个话!"

到此为止,我平素体会已深的他的自信的气魄,现在发展到顶峰了,完全可以说是狂妄了。我倒是觉得,对于我心里不知怎么形成的几乎是根深蒂固的自卑,应该接受他的一部分虎气。我掏出笔记本,当真记下了他的狂言,而且记下了时间和地点,双方签字为证。这也许可以逼他更加努力去奋斗,我同时也觉得紧迫起来了……

七

我走进他的熟悉的小厦屋,煤油灯光里,我发觉他神色不正,出气也粗了。又是和秀花憋气吗?我暗自猜想,不由得瞅一眼秀花。她脸色有点抑郁,却不像和他存心怄气的样子。她平和地说:"你就专心看书写字,少染人家团支部那些事⋯⋯"我心里释然了,既然不是他们两口子之间闹矛盾,我就可以在小厦屋里坐下去了。

"怎么了?"我问,"出了啥事?"

"嗨——妈的!"惠畅气恨地骂。

他那样乐观,又那样自负,总是在任何艰难困境中能够找到幽默的话题,我几乎没有看见过他憋气难言的样子。看来,任何乐天派都不可能从早乐到晚,从生乐到死,总有纷繁的俗事缠得他皱眉的时候。

"你说,我该怎么办?"他瞅着我,像是征求我的意见,要做出什么非同小可的决断,"我简直不能忍受这种污辱!这个无赖!"

"到底出了啥事?"我意识到事态严重。

他一开口,就说到他们村的团支书,他和他有矛盾,而且不可调和⋯⋯

他是惠家庄第一位高中毕业生,又多才多艺,很自然地成为惠家庄青年崇拜的核心人物。原任团支书用尽一切几乎是可笑而又愚蠢的手段,限制他,打击他,以至毁谤他。他全不在意,暗自好笑,团支书怕他取代他在团支部的领导地位哩!他想,真要取代他,也许并不难,问题恰恰在于,他无心窃取团支书的位置,他有自己追求的理想和生活的至高无上的目标。他诚心诚意协助文化程度不高的团支书做好工作,给青年们编排小型文艺节目,居然在公社团委举行的纪念五四青年节的文艺演出中获得第一。他在村里办的墙报,在全县团支部的墙报评比中名列前茅,市上的团的宣传干部在晚报上写了报道。他的宣传工作越出色,团支书越嫉妒他,竟然悄悄向公社团委书记汇报,说他骄傲自大,自恃有文化,瞧不起农村青年云云。因为公社团委已有用他的意思,让他做团支部宣传委员,团支书反而说下一大堆不是。

所有这些他都忍了,不予计较。前日发生了一件事,才惹起一连串的不愉快。他晚上睡得迟,常常到半夜,而临睡前必要送去一次"皇上"。他照例走下塄坎,在河沟的白杨树下去大解,猛然一阵响动,看见两个黑影朝河沟里窜去。困难年月里,乡村常有小偷小绺的人,夜里翻墙入院,牵羊捉鸡。他断定那是两个歹徒了,拔脚追去,直追到河沟的土桥边,那两人分头先后爬上小桥边的土路,光线稍亮一些,他才辨出后头那一位是个女的,前头撒开长腿仓皇逃窜的,竟然是团支书,他的那双八字拐腿的姿势,即使在夜里,也很清楚……他立即收住脚,自认晦气,长吁一口气。解开裤带,送他的"皇上"了。

团支书已经娶过媳妇,而且在秋天已经有一个儿子出世,却偷偷摸摸干这种风流勾当。他已早有所闻,说团支书利用青年们要求入团的迫切心理,干些不干不净的苟且之事。这事发生后,昨天晚上,那位女青年哭着向他叙述了那件不光彩的事,临了却要他替她保存脸面,不然,她就活不成人了……他完全答应了她的要求,请她放心,让她心地踏实地出了门。

万万没有料到,那位团支书今天后响登门来找他了,好像任何丑事都不曾发生,团支书满腔热情地来和他商量如何响应县团委的号召,对青年进行阶级和阶级斗争的教育。团支书一条一条说着自己开展这项工作的设想,慷慨激昂,信心十足,一定要把这项工作搞得轰轰烈烈,有声有色……为了达到这样的目的,需要他帮助团支部做好宣传鼓动工作,他想将他增添为团支部宣传委员……

他忍着满肚子的火儿送团支书出门,回到小厦屋里就憋不住了。

"这个流氓!"惠畅站起,以一种居高临下的藐视口吻说,"居然用团支部宣传委员的头衔来收买我!"

"这么个坏东西!"我忍不住说。

"公社团委书记有点官僚,不了解实际,还以为我和他不团结,是互不服气哩!"惠畅无可奈何地摆摆头,"不揭露这个坏东西,心里憋气。揭露他,又要耗费我的精力和时间,再说,受害的女青年也受不了……"

"久走黑路,总有碰见鬼的时候。"秀花劝她的男人,"咱们犯不着。让他胡闹去! 总有事烂的时候,免得咱伤神……"

"我眼见这个败类胡作非为……实在忍不下!"惠畅在桌子上捶了一拳,"我主要考虑的是受害的女方……"

"等等再看吧!"我劝他,"总有水落石出的时候,他能蒙混多久呢?"

"要不是考虑女方的脸皮,我那晚追上他,非砸扁他的嘴脸不可!"惠畅攥着拳头,"这家伙二十六七岁了,早已超龄,还不退团,赖在团支书这个位置上,尽干坏事! 这家伙也是穷家出身,可懒得哼哼,凭一张油嘴,吹天擂地,真是他妈的一个标准的流氓无产者形象……"

"在作品里刻画吧!"我说。

"要在作品中写他,我真有把握!"惠畅也松了一口气,笑了,"怕是这样的作品不好发表呢……"

他的情绪终于缓解下来了。

他的新媳妇秀花,又坐在炕的那一头,动起剪刀和线板儿……

我和惠畅的话题,渐渐归入我们的一贯的爱好上来。惠畅说他前几天进了一趟城,是他的一个表弟订婚,表弟引着女方到西安扯布,作为订婚的象征。整个买布料的过程中,表弟傻乎乎地跟着介绍人和姑娘转,给人家摆布得晕头转向,女方还一个劲弹嫌他太吝啬,几乎为买布花钱闹得崩了婚事! 惠畅感慨万端:"真正的纯洁的爱情,只能在电影和小说上看到,实际生活中,尤其是我们的农村里,票子就是爱情! 票子多,敢花钱,媳妇眉开眼笑;要是缺钱,媳妇就歪鼻子斜眼了……"

"一生就这一回,人家谁不想多买两件好衣服?"秀花在一边插上话,"人家谁像我那么好说话,由你凭良心买了几件……"

"噢哟!对了——"惠畅哈哈笑了,"对了,只有咱俩是真正的不以金钱为基础的爱情!"

秀花妩媚地斜瞟丈夫一眼,又不说话了。

"扯完布,办完事,我就逛书店去了。"惠畅说,"过省报门口时,我趿摸了几匝,到底没敢进去。我的用马罗做模特的小说,寄给他们三四个月了,总也不见回音,不用也不见退稿,这些编辑老爷,架子好大啊!我想进去问问,又怕人家瞧不起,说这样差劲的东西,也值得专门跑来问!看着报社大门里出出进进的那些人,个个神气十足,我趿摸了一周八匝,还是没敢进去……"

他也有自卑的一面啊!我想。我总以为他是自信的,很少见到过他有畏缩自卑的时候。想不到,在神秘的省报报社的大门口,他也自惭形秽,不敢贸然迈进,踌躇趿摸。看来,即使很强的人,也不能摆脱其卑微的社会地位给他心上长期投注的阴影和影响……

八

一场丰厚的瑞雪,彻底划清了渭河平原的秋天和冬天的界限。如果没有从西伯利亚南下的寒潮的入侵,渭河平原的秋季似乎就会无限期地拖延下去。冬小麦在温暖如春的适宜气候里蹿得好高,有些贪长的品种竟然拔节了,整得庄稼人用黄牛拽上碌碡到麦田里去碾轧,把它们忽忽忽扬起来的叶秆镇压下去,抑制它们生长,节约土壤里的肥力。农谚说,麦无二旺哇!现在旺起来,明年春里连穗儿都不结呢!庄稼人仰头望着绿色葱茏的田野,望着湛蓝的天空,盼望有一场大雪降至,对疯长的麦苗实行自然的不可反抗的镇压。或者起码应该刮一场西北风,降下几场浓霜,尽早结束这种"十月小阳春"

的并不美妙的节气。

　　这场雪下得太神了,没有往常降雪前的先兆,那就是呼啸而来的西北风作先导,搅得昏天暗地,然后把雪花愤怒地抛甩到田野上和庄稼人的房上、院里和猪圈羊栏里。这场雪是和平进入,文文雅雅,温柔而又娴静地降落下来,使庄稼人喜滋滋地感受到大自然的恩情了。不过,善于动脑筋而又有点文化的农民,已经预测到这场雪的至期。雪前的两天,刮了一天一夜的东风,那是海洋性气候进入的标志,带来了大量的水汽,一当风息,便有雪至,他们已经明白了"长安自古西风雨"的实质,西北风仅仅起了点降温以促进东风带来的水汽凝结为雨雪的作用。

　　我站在河堤上,欣赏第一场大雪带给小河川道的迷人的景致。大自然真是神奇啊!昨天以前的整整一周时间里,我牵一条牛缰绳,手里掂一根断了半截皮子的短鞭,在河川的麦田里悠悠地转过来再转过去,看那黄牛屁股后头拽着的小石碌碡在绿汪汪的麦苗上碾过去……整个河川里和原坡上的梯田里,黄牛悠悠,青骡匆匆,鞭梢闪闪,庄稼人吆喝牲畜的粗壮的喊声,互相呼应,那声音并不像播种时节那么急切,而是一种悠悠然自得的声音,显示着庄稼人对牲畜的宽容和抚爱的音调儿。我第一次真切地体味到了在大自然的怀抱里劳动的乐趣。

　　一场大雪,把农历十月里这种并不是年年都有的景象淹没了。田野里一片白雪。河滩里也是一片白雪。终年裸露的沙滩现在也闪着白雪的柔和色调。一道细流,在雪地里辟开一条曲曲弯弯的水道,把雪的原野割裂开来了。

　　田野是这样静谧,即使是最勤劳的那一部分庄稼人,也不能利用下雪的休闲时间到沙滩上割枯蒿了。他们聚集在村头扫过积雪的场院里扯闲篇,没有人到白雪覆盖着的田野里去转悠。我感觉到自己与庄稼人不同的情致,喜欢在空漠的河滩里的河堤上散步,我怀疑是不是十二年的学校生活,染给自己小资产阶级气味了……

纷纷扬扬的大雪是黎明时分开始降落的,静静地下了大半天,午后停息了。现在,灰白色的云层已经扯开,露出一条条或一块块蓝天,云层在缩小,蓝天在扩大,遥远的西方河与天相接的地方,灿红的云霞已经把天地浑为一体,难以分辨其界限了。我拂去一块河卵石上的绒雪,坐下来,静静地沉浸在大自然的静谧的气氛里,水边有两只玲珑精致的无名小鸟,飞起又落下,那叫声像是从颤动的金链上弹出来的,更衬托出了河川的恬然静气。

我听到谁在叫喊我的名字。

我站起身,看见村庄通河滩的黑色大路上,正急急地晃动着一个人的身躯,那干练的走路姿势,以及那冬天也不戴帽子的脑袋上闪动的头发,使我一眼看出,他是惠畅。他大约到我家里去了,又找到河滩上来。雪天不能干活,正是他写东西的天赐良机,许是一天来写得闷了,要找我闲聊;也许又有得意之作草成,按捺不住喜悦之情,追来给我要念他的小说了?

"小河秋高——发……"他手里扬着一张报纸,从河堤下爬上来,话没说完,不料被脚下的石头绊了个跟头。他哈哈笑着爬起来,腿上和胳膊肘上沾着雪,也顾不得拍打,把手中的报纸递给我,"发表了——我的《小河秋高》!"

我惊呆了,久久盯着他眉飞色舞的憋红了的脸膛,猛然醒悟过来,打开了报纸。文艺副刊的头条标题,是四个笔锋遒劲的大字:小河秋高。标题的下方,是作者的名字:惠畅。我的眼花了!

惠畅从我手里夺过报纸,扔在雪地上,双手抱住我的肩膀,用他的滚烫的脸颊死死地挤挨着我的脸,竟然哭了。他的动作太猛而又使我始料不及。脚下一绊,两人都跌倒在雪窝里了。

"乌——拉——"他爬起来,扬着双手,对着河滩,可着嗓子吼喊,这是一句极易记住的俄语单词。

"乌拉——"我也高声呼喊起来。

我首先从惊喜中镇静下来,捡起报纸,坐在河石上,端详起来,真怪,同样是惠畅两字,一经铅字在报纸上印出来,顿然神气多了!

"总算——开始了!"惠畅一手叉在腰间,一手在空中用力一挥,"开始了哇,我的声音!"

我一看报纸角上的日月,已经出版一周了。真是遗憾,我们俩谁也订不起一份报纸。再说,书信和报纸,没有人直接送到村里来,只送到八里远的那所学校,由本村走读的学生捎带回来。他给我看的这张报纸,是学生刚刚捎回来的报社寄给他的两张。

"稿费二十块。"他告诉我,他的弟弟已经从邮递员手里领回稿费交给他了,"你说,我们该怎样享受这一笔巨款?"

"买点稿纸吧!"我说,"这是我们的基本物资。"

"那当然!不过——"他意犹未尽,"无论如何,我们得庆祝一番……"

其实,庆祝方案他早已想好了,要我此刻跟他过河去,五里镇那个公私合营的小铺里,有烟有酒,又有糕点,而且营业时间不作严格限制,即使关了门板,谁有急事,只需拍拍门板,那个善眉善眼的老头就会不厌其烦地拔开插扇门板,迎你进去。

我们沿着河堤往上走,那儿有一架用木板搭成的便桥,可以跨过河水。

"看来哪!还是有个模特儿好!"惠畅兴奋地说,"那天晚上,咱俩跟马罗在河滩闲谝,回去后,我以他为模特儿,写下《小河秋高》……"

这无疑是他获得第一次成功的深切体会,也可以看成是经验性的启示了。他有了第一次成功,也就有了第一次获得成功的经验,不管谈这个经验用怎样的口吻,神气的或者是谦逊的,都不能改变成功本身所具有的权威性。我现在还没有这种体验,对于从书上看到的许多作家谈创作经验的文章,我都信,也都不可避免地存在着隔膜。至于人物创造中的模特儿说,我也早已知道,虽不新奇,却有他——我的朋友切身的体会为佐证。我就附和说:"好多作家谈经验时,都有这一条,如何从生活中受到了启发……"

"马罗本人的性格就是特别……"惠畅说。

"我也许和他太熟悉,反倒屡见不鲜……"

惠畅拍敲着小店铺的黑色门板。

咣当一声,门板拔除了一页,我和惠畅侧身挤进去,眉目和善的老头儿问:"买啥?"

"烧酒一瓶。"惠畅说,"顶好的是啥酒?"

"太白酒。"老头说。

"买一瓶。"惠畅的口气很大,俨然一位百万富翁,只买自己需要的东西,而价格是不屑于过问的,"两斤点心,两斤蛋糕……"

老头儿在煤油灯的昏暗灯光里,眯着眼,把秤杆伸到灯下去辨认秤星儿,然后包了,用纸带捆好,拨拉一下算盘,轻轻地说了钱数。

"甭急!我还要烟呢!"他说,"最好的烟买五包;还有茶叶,也要好的……"

我和他拎着包着糕点的纸包,走出小铺,老头殷勤地送我们到街道上。他大约看惯了庄稼人买东西时犹豫不定、盘算再三的神情,以为我们是腰缠万贯的富翁的魄势了。我们和老头道谢一声,老头笑着,哈腰点头,进门去了,咣当一声插上了木板。

"找马罗去!"走出五里镇短浅的街道,我们下了场塄,隔河遥见马罗庵棚上的马灯,像一点鬼火,在雪地上闪亮。惠畅感慨万端,又像报复似的说,"为了我们两人合抽一支'航运'烟的困境,为了我们在水沟黑店里给臭虫吸去的血浆,为了马罗给我们烧烤的苞谷棒子,我们得犒劳一下,庆祝一番,热闹热闹……"

惠畅神采飞扬地说着,走着,兴奋之情难抑:"要是阿克西尼亚恰好也在庵棚里,那就更加罗曼蒂克了……"

九

马灯挂在庵棚立柱的权柱上,昏黄的灯光在地上投下一片花花拉拉的光道和黑影。庵棚周围的积雪清除掉了,有一块小小的干净的场地,倒像是庄稼院门前的场院。积雪在田野里透着一层亮光。马罗不在,大约又去吆雁了,河滩的下方,隐隐传来他的斥喊声。

瑞雪初霁的晚上,寒气逼人,我划着火柴,点着麦草,惠畅已经从渠岸上抱来一捆干透的苞谷秆子,火焰冒起来,苞谷秆节爆裂出一声声沉闷的响声。老光棍在三块石头上支的一只小铁锅,锅沿边生着一层锈斑。我们给锅里添上水,架在火上烧起来,等到马罗一会儿吆雁回来,正好沏茶,真正的茶叶!

我和惠畅对面坐下,中间隔着火堆。火焰从三块石头的空隙冒起来,锅边上发出吱吱吱的叫声。我们就着火苗,点燃了纸烟,"海河"牌香烟,天蓝色的封皮,天津出品,六十年代享有盛誉的一种高级烟哪!我们可以连着抽掉三根五根了。

"我明年要发表十万字的小说。"惠畅说,"天哪!《小河秋高》一发表,我的劲头像火山爆发了,我觉得要写的东西太多了!"

我觉得他又狂劲上来了,胜利带给他巨大的欢乐,也把他的自信的本色发酵而膨胀起来了,正冲向疯狂的顶峰。我想,苦斗中忍受过太多艰辛乃至屈辱的人,一旦扬起头来,长吁一口气、呼喊一声"乌拉"的心情,大约人皆难免吧?我想,某一日,如果我也有这种幸运出现的时候,也会狂一下子的。我说:"对的。应该趁热打铁!第一级台阶总算跨上去了……"

"啊!理想的追求,苦难的历程,成功的狂欢……啊!"惠畅手撑下腮,感慨着,"你从我可以期望你的明天,坚定不移地埋头奋斗!"

"是的……"我的心里热乎乎的,劲头也更足了。

"我已做好五年的苦斗期……"

马罗的粗壮浑厚的调门在近处响起,是十分激扬昂壮的乱弹,可惜一个字也听不懂,那古老的剧种的激越人心的旋律却是令人心驰神荡的,尤其是在这样静寂的雪野里……

"哈呀!是你俩……"马罗声到人到,手里提着一杆火铳,靠放在庵棚上,"现在没有苞谷棒子了……"

"啊呀!我亲爱的葛利高里!"惠畅一跃跳起,搂住马罗的肩膀,"你跑到哪儿去了?让我老等你!"

"我吃雁去了。"

"我还当是你到河那边,找阿克西尼亚……"

"去你妈的脚!净逗老叔……"

马罗又侧过头嘿嘿笑着说:"你俩……今日像是……有喜事?"

"你猜!"惠畅说,"猜中了犒劳你。"

"你媳妇要下白娃子了?"马罗说。

"那不算啥!"惠畅摇摇头。

"你俩——有一个在外头找下工作了?"

"那更不算啥!"

马罗猜不着了。还能有什么事比得娃子和参加工作更令年轻人高兴呢?他憨憨地笑着,老实承认,自己猜不透了。

我告诉他:惠畅的文章在省报上发表了!

他似乎一下子理解不开这件事究竟有多么重要,傻愣愣地笑着。

"我今日来犒劳你——"惠畅从庵棚里取出大包小包,摆在苞谷秆子上,解开了,"马罗大叔,感谢你给我们招待过一顿苞谷棒子……"

"嗨呀——"

马罗瞪大眼睛,惊叹一声,往后倒退了一步。可以想见,这种豪华的吃食——蛋糕和点心,会使他多么吃惊了。甭说整个乡村里都在忍饥挨饿度荒年,即使在过去的正常年景里,庄稼人也只是在走亲戚或看望病人时,才忍心花费块把钱买一斤饼干或蛋糕送去,哪能这样浪吃海喝呢! 他瞅瞅我,又瞅瞅惠畅,大约终于明白了发表一篇文章确乎不是一件寻常的事。他忽然转过身,从庵棚跟前捞起火铳,扛起来,对着星斗满天的寒冷的夜空,用纸烟头上的火点燃了导火线。导火线儿吱吱响着,爆出一串斑斓的火星,接着是一声沉重的响声,冲上天空,震得星星也抖动起来。远处栖息在杨柳林带里的什么水鸟,仓皇惊叫着逃飞了。

"咱们小河川道出下能人了……"马罗放下火铳,一扬手,高兴地说,"我给你放炮!"

"动手抓啊——"惠畅喊。

马罗伸出粗黑的指头,小心翼翼地捏起一块点心,送到嘴里,右手随即就接在下巴底下,使咬碎点心时掉下的渣儿皮儿不致撒到地上去。

点心、蛋糕,这些食品的滋味,真是太好了,对于装多了南瓜、野菜和豆渣的胃腔,具有无法克服的诱惑力量。

"喝呀!"惠畅一口咬掉了酒瓶上的铁皮盖子,喝下一口,交给马罗。没有酒盅和酒杯,只好对着瓶口喝了。惠畅大声笑着,"世界多好! 生活多好!"

"多多写……文章!"马罗口齿不清地说,"叔跟你们……沾光,吃点心……喝烧酒……"

"亏得你给我们吃烧烤苞谷棒子!"惠畅粗声豪气地说,"你是个好大叔哇……"

"我早看出……你们都不是……平常之人!"马罗不自觉地用秦腔道白的腔调说,"从古戏看,状元郎都有不得志的时光……"

点心和蛋糕,统共四斤,我们三人吃光的时候,似乎肚里还有很大的空间。马罗满意地咂着舌头,掏出烟包来:"噢! 算我今日过生日。"

惠畅早已把茶叶撒在小铁锅里,用马罗唯一的一只大海碗从锅里舀出半碗殷红的茶水,喝了两口,递给我,他说:"马罗叔吧! 我给你念一篇文章,你听了,谈谈意见。"

"那——我可不懂!"马罗摇摇头。

"没关系! 你听听以后再说。"惠畅已经展开报纸,就着马灯的灯光,念起来了。

我和马罗香喷喷地抽着"海河"牌香烟,坐在火堆旁,静静地听惠畅念《小河秋高》。马罗很不自然,大约是受宠若惊,格外用心地支棱着脑袋,连咳嗽也压低了声音。

惠畅敢于给马罗念自己写下的小说,也令我钦佩,我至今没有这样的勇气。我的那些稿子,在整个人口开始出现膨胀趋势的中国,只有一位读者,这就是惠畅;寄出去的稿子,我一直怀疑报纸或杂志的编辑是否有耐心将其读完,充其量是半个读者。我尽管知道许多作家都把稿子读给工人、士兵或农民听,征求意见,再修改提高,我连给我父亲看一眼的勇气也没有,更甭说别人了。我觉得这种勇气需得有一个产生的基础,那就是作品有了一定的水平。惠畅的作品已经发表,无疑已经具备了这个水平。我离这样的水平还差得不知有多远呢!

惠畅在昏暗的灯光下,困难而专注地辨别着报纸上的字迹。我回过头看时,马罗刚才支棱得又端又直的脖颈歪下去了,脑袋低垂着。这个吃饱了点心、蛋糕又喝足了烧酒的马罗,已经响起了舒悦的鼾声……

十

我得到一个消息,公社要办一个民办中学,教员将从全社历届高中毕业生中选择,选择将通过考试的办法。我跑到公社一问,果然属实,而且已经到了报考的最后一个限日,真是侥幸。我不假思索,在报名册上依次填下自己的姓名、家庭成分、学历、年龄和籍贯等,又接着填上了惠畅。

公社文教干部姓仲,戴着一副黄腿黄框的近视眼镜,瞅着我填过的表格。这是一位黑大汉,黑油油的脸皮,透着红光;厚厚的嘴唇朝外噘突出来,真像一位来自非洲大陆的异族人。他瞪着一双黑仁小而白仁多的眼珠,瞅着我,并不严厉,倒有点奇怪地问:"你咋填了两个人?"

"我给他捎带报名,他忙着哩!"

"不准捎带,要本人亲自来。"

"他有急事,他爸……病了!"我不得不撒谎,"他才托我来给他报名。"

"不成。"老仲摇摇头,直率地说,"报名时顺带目测体型。他要是跛子腿、背锅腰咋办?"

不准捎带报名的原因,不过如此,我释然放心了,就给他吹:"你知道惠畅是谁吗?"

老仲扬起他的黑脸,眨眨眼。

"惠畅在省报上发表过小说!给民办中学做语文教师,谁能敌过他呀?"我说。

"噢呀!是他!"老仲眼里滑过一道不胜惊喜的光后,对我也热情起来,此时才想到让我坐下,问我喝不喝水,"我早都听说惠家庄有个回乡高中生,会写文章,没记住名字……"

我和老仲的第一次接触,就从此开始,而且喜欢他了。他对能发表一篇稿子的人所表示的热情和器重,使我自觉消除了心里诸多的界碑。

"没有问题,你报的两人都有效。"他送我出门,在公社院子分手时,恳切地叮咛,"你和惠畅都来参加考试,后日早晨八点,在小学校哩。甭迟到了……"

……

"我不去。"他淡淡地笑笑,口气却不容置疑,固执地摇摇头,"我不喜欢教学这工作。"

我很丧气,又不死心,给他解释:"生产队里劳动太累了,干一天活儿,晚上就很难再熬夜,读书和写作的时间太少了。再说,学校里有收音机,有报纸,能听到新闻、时事……"

"所有工作中,我最烦教书。"他说,"那些鼻涕娃娃,无法交流思想和感情。打铃上课,下课又开会,晚上还得备写教案,批改作业。啰唆! 太啰唆! 使人无法集中心思……"

"当然,……是啰唆一些,可也有好的一面哩!"我说,"有礼拜,又有寒暑假……"

"我宁愿在生产队里劳动,也不想干我不喜欢的工作。"他不为我说的那些教学的优惠待遇而动心,"生产队里,其实也自由着哩! 我急着要写一篇稿子,就不出工了,反正生产队的工分不愁没人挣,队长才不计较哩! 学校就不行了,缺一节课也得请假……关键是生产队里没人管我,学校对教员管得太死太严,我这个人哪……就怕有人整天在我屁股后头嗡嗡!"

"据说给民办中学的教员订下三十块工资。"我说,"有这点收入,我们可以买点书,买点稿纸,也能……买一盒烟抽了……"

"嗬呀! 我可不为五斗米折腰……"

我这时就说不出话了。我的家境,似乎比他的已经很困难的经济状况还要糟,我得折腰去挣那三十块钱的月薪。我不能忘记,为了去市里听那一场文学讲座,我怎样难为情地向父亲提出了要一块钱的盘费。我已经二十出头了,我不能再为一块钱向父亲张口,我宁愿去做那种其实我也不大喜欢的教师的职业。

"你愿意教学,你就考去。"他说,"我要在农村扎根一辈子!当然,我不是像邢燕子那样扎根农村,我是为了文学,为了我追求的文学事业,同样要扎根。"

"民办中学是公社办的,也没脱离农村嘛!"我听到关于扎根的话,忍不住申辩我的见解,"在农村的民办中学工作,接触的生活面更宽了,比在自家门口能更多地见识世面……"

"柳青在皇甫村住下快十年了,写下了史诗。王汶石在渭北,听说在一个村子里,挨家挨户座谈访问,你看他写的那些短篇,绝了!我现在下定决心,有三个规划——"惠畅最近的思想活动,显然已经因为《小河秋高》的发表而大大地受到鼓舞,有了更大更远的考虑,"第一,我今年冬天,对我们村的社员,挨家挨户调查研究,给每一个家庭都写一部家史,一来配合团支部的阶级教育活动,二来我可以深刻了解农民和农村。说真的,我虽然生在这个村,人都认识,可不大了解他们,尤其是解放前的生活……"

不管他不愿意教学多么使我丧气,也不管他不为五斗米折腰的说法使我多少有点不愉快,而他的这种为进一步发展创作的扎实的打算,却不能不使我佩服。是啊,我和他一样,解放那年进学堂,直到毕业返乡回到家中,对农村的实际有多少了解呢?对生活在一个村子里的百余户农家里的种种人,过去和现在,能知道多少一点呢?在读了《创业史》和王汶石的短篇小说之后,我已经深切地知道自己对农村的所知所感是多么浮皮潦草!而惠畅的这种打算也正切合我的思索,就深表赞成:"这当然……非常好了!非常有必要!"

"第二,培养我的夫人。"他笑着说,"从长远考虑,光叫她缝衣做饭不行呀!我已经给她制订了三年学习计划,从认字开始,三年内阅读五十至一百本小说。每天写一页大字,一页小楷,练习书法,将来好给我帮忙。计划已经开始实行,秀花,把你写的大字拿出来,让我们欣赏……"

秀花从针线上抬起头,红了脸,嗔爱地噘着嘴,腼腆地又是幸福地笑笑,说:"见不得人……我才学,你胡吹啥嘛!"

他却不以为然,从桌上翻出一本用黑麻纸装订的本子,那上面布满秀花的歪歪扭扭的墨迹。

我知道那是一个读过小学四年级的农家媳妇的笔迹,鼓励是自然的。我从这两项计划里,已经感觉到惠畅的那种强大的心劲了,一个月薪三十元的民办教师的工作,怎么能与这样强大的心劲去抗衡呢?

"昨天接到《春雨》杂志一封信,我的那个《播种记》,他们准备采用。"惠畅说得很平静,像是司空见惯,不足为奇,更没有第一次发表《小河秋高》时的狂热了。他笑着,像是鼓励我,"他们让我修改一下,提出的意见基本跟你相同,我倒佩服你的欣赏能力,那回你对《小河秋高》的意见,我没同意,结果省报发表时,把那一段删了!你看毛病看得很准……"

他的创作上的顺利进展,倒促使我想尽早地离开村子,希望到那个民办中学去教学。他已经跨上第一级台阶,正信心百倍地向前阔步进发。我依然信心不足,我不知我这一辈子能否发出一篇作品来。我并不惧怕农村里的沉重的体力劳动,我的比惠畅还要强壮的体格完全可以适应农村里最繁重的农活。我盘算在教学之余,一定会有更多的剩余精力,从事读书和写作……我决计去投考民办教师。

他送我到村口,水泉边是我们分手的老地方,似乎带着同行已久而终于走到一个岔道口了,我们都有一种分手的感觉。

"杨琴茹不久前来了一封信,她也在省报上看见我的小说了。她说她剪贴了那篇小说,由不得每天晚修课后拿出来看看……"惠畅动情地说着,随之一挥手,"我们要干的事业,路还长哪!我不能让她把我的思想搅得纷纷乱乱,我要集中心力,走我的路,所以我要把她彻底排除,下决心培养秀花。秀花不错——这女子真是不错!

我发觉我对她的感情日渐深厚了。她前几天到娘家去了,我一个人坐在屋里看书,感到孤单了!我突然想她了,第一次——结婚一年多来,我第一次感觉到离不开这个女人了!黑天半夜,我赶到她娘家,造谎说我妈有病,把她给叫回来了。一出她娘家村子,我就笑着说其实屋里谁也没病,是我想她了。她高兴死了,抱住我的脖子直叫哥,说我想她,她都要高兴死了……你看看,人的感情原是可以培养的!"

我的直接感觉是,他已经做好了一切准备,包括爱情上的割舍,以集中全身心的力气去走自己的路,这无疑给我以强大的冲击。

我参加了民办教师的考试,在百余名应考者中,我是被录用的四个幸运儿中的一个。

我背上念书时用过的那一卷简单的被褥,到社办中学去任教了。临走时,我和他做了告别,约定每周六我回家时,晚上聚面。话虽这样说定了,后来的生活实际却无法保证。作为先行者,他的新作一告完成,就急于送进邮箱,等不及听我的意见了。另外,我所去的民办中学,简直无法预料它的简陋。仲同志只交给我们两座古庙里的房屋,说是暂且"艰苦奋斗",至于学生必需的桌凳,他说也要"自力更生"。于是我们就用土坯垒泥台阶,上面搭上木板,算是桌子,凳子只好让学生"自力更生",从家里自带……无论如何,民办中学还是开张了,破旧而荒凉的古庙里,传出读书的声音了。

我也无法保证周六晚上去找他,民办中学太忙乱了。我们常常没有休息日,礼拜天用来做义务性劳动,整修学校。加上我刚刚走上讲台,业务生疏,需要更多的时间熟悉教学。这样,我们见面的机会日趋减少,甚至一月两月也难得聚面一次。我常常回忆和他在一起的情景,躺在水里,仅剩的一支"航运"牌纸烟,换着口抽;坐在马罗的庵棚前,胡说浪谝。那种生活结束了,我做了为人师表的教师!

谢天谢地!第二年春天,当绿色溢满河川的时候,我终于有一篇二千字的散文在市里的晚报上发表了。有例在先,我和他再次找到马罗的庵棚,吃了一顿野餐,谝了半夜闲话。虽是久别重逢,却不能再现当年的气氛。马罗没有为我放一声火铳。惠畅也没有惊羡之情,他已经发过大大小小七八篇作品了,早已没有新鲜的感觉。尽管这样,他热情地表示了祝贺,说我能及早发出作品,他心里也更舒坦,我们毕竟是共同患难过的……

谁也无法预知,就在我们欢乐的时刻,头顶正有乌云在悄悄地聚集,"四清"运动即将开火,首当其冲的,我们的惠畅应声趴下了,再也无力扬起他自信得有点高傲的脑袋……

十一

下课了,我夹着教案本走回自己的住屋,不禁一愣,秀花惴惴地坐在我那把唯一的办公椅子上,怀里抱着个正在哺乳的娃娃,这是实在料想不到的事。她看见我进门,慌慌地从椅子上站起,移坐到床沿上,把椅子给我腾出来。民办中学一切都很困难,给教员连第二把椅子也无法配备,任何人来访,反正只有一把椅子可坐。

她说孩子闹肚子,十多天了,总不见好,实在扛不过去,今天才抱到公社卫生院来就医,看完病了,想立马给孩子喂下药去,因此找到我这里来讨开水,好给孩子喂药。

这是她来找我的正当理由,显然又是很勉强的措辞,我料就她来找我一定是经过深思熟虑之后的举动,肯定是有关惠畅的情况。我已经从她说话时偷偷扫描和我同室而居的乔老师的眼光中看到了这一点,那简直是贼一样惊慌不定的眼光。我就和她先拉一拉闲话,把开水倒给她,好让她给孩子喂药。

她给孩子喂药,孩子哭起来,把头往她的腋下钻,企图藏躲起来。她两声委婉的哄劝,又两声严厉的禁斥,软硬兼施,还是把一小半白色的药面儿撒在孩子胸膛上了。

她的变化之大,真是令人惊异。印象中的蕴含在眼睛里的羞怯和妩媚,全然褪尽了。如果形象地比喻一下这种变化,她过去留给我的印象,像是水汽和薄雾弥漫的小河川道早春二月的田野;现在呢?恰如收获净尽的秋风萧瑟的晚秋了。她瘦了,许是哺乳的原因,脸颊上的丰腴的红晕消失了,黄色中透着青色。最使我感到变化明显的,仍然是那双眼睛,那眼睛里有一缕明显的惊疑不安的慌乱的神色。

最后一节课的上课铃声响了,乔老师又夹着课本走出屋子去了。她问我上不上课,我说早上的两节课已经上完,她释然坐下来,又不放心地扫描了屋内,再瞅瞅窗外,看看没有什么危险,就压低声儿,说:"你哪天闲下了,到我屋去一下……"她的声音哽咽了。

"到底咋回事?"我也急忙问。

"他……"她难过极了,压抑着哭声,"他要走绝路……"

我的脑子里嗡的一声,顿然麻木了。我已经知道,"四清"运动中,他家的成分变了,由中农一下子升格为地主,他的父亲戴上地主分子的帽子了。我早就担心着他难以承受这样的打击,他的梦想当作家的强烈愿望自然要彻底破灭了,而他的那种自信和浪漫的气质,又怎样能够委屈得下呀!我早已盘算着去看看他,给他一点虽然于事无补,却也能得到安慰的劝解。可是,"四清"一开始,就向全县所有机关、学校、商店和工厂,传达下严格的禁律,在"四清"进行的整个半年时间里,不许干部和职工走亲访友,暗地串通……正常的礼拜休假也宣布取消了,有事须得向工作组请假。我已清楚地知道,一旦被划入敌对阶级的阵营,他的屋前屋后,日夜有民兵放哨,我是无法进入他的那间小厦屋的。大约一周前,"四清"运动宣布结束,从城里来的大批下乡干部,背着被卷,从各个村庄出来了,在公社集中,然后乘卡车回城里去了,只留下少数干部做运动之后的善后工作,主要是防止刮起"翻案风"来。禁令解除了,我们也将享受半年来的第一个休假日,我原来就打算周六晚上回家去看惠畅,谁料秀花反而找我来了,可见问题是很严重的。

"他从早到晚不说一句话!"秀花说,"一天三晌去出工,回到家里,不抱娃也不担水,坐在门槛上,两眼死瞪瞪地老是盯着一个地方。我劝他,他根本听不进去;我想狠声骂,又不敢!晚上,他不睡觉,在院子里走过来,走过去。我把他拉回屋,停不了一会儿,他又出去了,在院子里来回走……"

我并不惊奇,几乎是我预料中的事。

"有天晚上,半夜了,他在院子转来转去,我也睡不下。他一下子奔回屋,把我从炕上拉下来,叫我给他寻一本书,他要看书!我说哪里有书嘛!他叫我到你屋去,随便借一本啥书都行。我说黑天半夜,让民兵知道了,了得!"秀花抹着眼泪说,"他不敢逼我去借书了,在院子里扯自个的头发,抠自己的胸膛。我抱住他,叫他打我,我说你想看书想急了,没处出气,你在我身上出吧……"

我有点忍不住,鼻腔里酸酸的,这个只上过四年小学的农村女子,真是太伟大了。她所能给予他的一切,还有什么没有给予呢?没有了。

"工作组撤走那天,组长专门找他训话,说是好好劳动改造,和反动老汉划清界限才是活路。要是翻案的话,就要收拾他!"秀花说,"他一回来,跟狂了一样,在屋里喊,'你定的案要是实事求是,为啥怕人翻呀?哈哈,做贼心虚!我就是要翻!你不训我我还担心,你越训我,我翻案的劲头越大!我要是翻不过来,我活着还有啥意思?翻!翻翻翻!'吓得我捂住他的嘴……"

我立即提醒她,务必要劝他稳定情绪,不要轻举妄动。据我所知,运动结束前,已布置下严厉的打击翻案活动的条例,为着保卫这场运动的成果,是绝对不许翻案的。惠畅的行动,无疑会招致更惨的结果,怎么能硬撞墙呢?我再三叮咛她,一定要惠畅先沉住气……

"昨日晚上,他又逼我跟他离婚……"

"这家伙……打的啥主意啊?"

"他说,我娘家是贫农,我不必跟他背一辈子黑锅!我说我一不当官,二不写文章,三不想入党,任啥成分都一样。他又说孩子太可怜,跟他注定要受罪,长大了连个媳妇也难找!"秀花说,"他说要我跟他离了婚,把娃儿带走,进谁家贫农的门做后代去……"

"唔呀……"我的感情又承受不住了。

"他说……俺娘儿俩一走,他就……满世界逛去呀!再不回……惠家庄来咧!"秀花哭了,哽哽咽咽,"我今日哄他说我来公社离婚,稳住他……"

"闹成这样……"我坐不住了,"我这个星期六,后天晚上去劝他,你放心……"

"我实在没办法……才来找你。"秀花抹着眼泪,"我也知道,你到俺地主屋去,说不定要给你抹黑……实在没法子了!"

"后天晚上,我一定去,你放心。"我给她再次肯定说,"你要耐心,甭急,甭烦。他在难中,免不了胡思乱想……"

"我说他,咱当不了作家当农民,也一样活着。咱劳动挣工分,养咱的娃娃,只要我不嫌弃你是地主成分,咱就过咱的日月。"秀花委婉地说,"他这人……心眼太直,写不成文章,看不成书了,就不想活了……你去时,好好劝他,骂他,他不恼你……"

我的心情十分沉重,再也找不出什么安慰她的话来。是的,她对他已经做到了一个贤明妻子所能做到的一切,我还能给她说什么呢?她没有文化,与惠畅在思想上和知识上差着相当远的一大截。她和他吵过架,怄过气,因为惠畅与那个医学院的女同学的往来而生过疑窦,吃过醋。可是在惠畅遇到灭顶之灾的严重困境里,她却如此的主意坚定,支撑着这个濒临破毁的家庭。

她抱着孩子告别了,走出古庙改修成的民办中学的大门,下了土台阶,走到公路上,我叮嘱她慢走,她却悄声问:"我到你这儿来,对你有啥妨碍吗?我背黑锅,挨谁谁染黑……"

我又能说什么呢?似乎她是特务,和我密谋颠覆共和国政权似的……

她抱着孩子走了,脚下匆匆,因为抱着孩子,腰部朝一边歪扭着,往前走去,渐渐远了。我忽然想流泪。我记起在她家的小厦屋里,听惠畅读他新创作的小说的情景,在惠畅的自鸣得意的读稿声中,伴奏着她在炕头纳扎鞋底时麻绳穿过布底儿的哧哧哧的声音,那么和谐,那么安详,而今已经恍若隔世了……

十二

他简直像一条被囚笼关锁着的……狼!

我不无胆怯地走进他家的街门,又走进他的那间熟悉的小厦屋,看见他的第一眼时所产生的强烈印象,就是这样:他像一条被关在笼子里的狼。

他的浓密的头发蓬乱而肮脏,粘着灰尘,大约两三个月没有剪剃了,几乎盖住了耳朵。他的胡须从两鬓直到下巴上,浑成一体,芜杂无章。最可怕的是那双眼睛,布满了红丝,呆滞而又冷漠,盯一眼令人心里打战。

他没有和我打招呼。坐在门槛上,朝我翻了一眼,就低下头去了,两只手的指头叉在一起,胳膊肘搭在膝盖上,竟是那样一种颓败的样子。

秀花急忙招呼我坐,却找不到一个可供人坐的椅子或板凳,等她从灶间取来一个小凳的时候,我已经在炕边上坐下了。变化太明显了,他支在墙根的抽屉条桌没有了,他往常坐的那把椅子也没有了,背墙根的装粮食的红漆板柜也不见了。不用问,属于被没收的财产而已经易换主人了。只有背墙的半墙上,凌空吊着的那两只红色木箱,还依然吊着。那是秀花娘家的陪嫁嫁妆,按政策条文不予没收的。这间小小的厦屋,现在变得空荡荡的了,只留下那个土炕,占去了厦屋的一半地盘,进门来找不到一只可以落座的东西。惠畅总是坐在门槛上。

我感到一种从未体验过的凄凉,不知该说什么了。是的,是凄凉,这个词儿准确不过,而且是我从未体验过的。我虽然熬过了从未经历过的三年困难时期,忍受过饥饿的种种滋味,却没有感受过什么凄凉。我没有什么可以安慰他的话能够说出口,不由自主地把一支烟塞到他的手上。

他接住烟,翻着红丝斑斑的大眼盯我一下,就擦着了火柴,猛吸一口,呼呼呼吐出一股又粗又长的烟柱,扬起头来,怪笑一声,摊开双手:"全完了!顷刻间天塌地裂,土崩瓦解,落得个白茫茫一片大地真……真干净!"他随口胡诌着,忽然两手抱住脑袋,哇的一声哭起来。

我已经意识到他的精神上的绝望,已经濒临崩溃的边缘,我说:"惠畅,你冷静一下,有话咱们好好说说,你需要我帮忙的话,我尽力而为,你甭……"说完,自己也觉得贫乏而又无力。

"你……可惜只是个民办教师,你能帮啥忙嘛!"他摇摇头,痛苦而又绝望,"我现在需要包文正来明冤……"

"你又胡说了!"秀花在旁边提醒他,"冤已经冤下了,你白说,不顶啥!现时咱只说低头过咱的日月……"

"低头?"他冷笑着,盯住媳妇,"低头低多久?这要我低一辈子哇!我给谁低头?要是我家里真正是地主,旧社会欺压过群众,那我向人民低头,低到死也活该!问题在于我们根本不是地主,我纯粹是给那个流氓低头!我受不下这口气……"

"即使是地主家庭,子女也无罪嘛!根本不存在向谁低头的问题。"我给他劝解,"暂时先稳定情绪,以后再向县上申诉……"

"你知道吗?那个团支书——那个流氓,现在就任大队长了!"惠畅说,"他早已说过,他在惠家庄有两个对手,这回全扳倒了!整垮了我,扫清了绊脚石;打倒了原大队长,他登极了!原大队长是个实干家,从来不尿他。老支书是个老好人……"

他说开话以后,情绪稍微稳定了。他告诉我,把他们家从中农变成地主的全部材料,都是那位团支书一手包揽的。团支书是工作组利用的积极分子中的头号种子,他有了报一箭之仇的极好机会。构成地主成分的关键一条是解放前三年的雇工剥削总量,占有多大比例。惠畅家没有雇过长工,只在夏收秋收时雇过短工,于是,用短工总数抵当长工,仍不够比例,团支书在私下哄劝威胁几个社员,干脆……

"俺家的地主成分晌午一宣布,后晌,五老汉的儿媳妇洗衣服时,在水潭边给秀花悄悄说,她阿公晌午参加完斗争会,午饭也没吃,躺下起不来了。"惠畅说,"五老汉把儿子叫到跟前,说他一辈子没说过假话,就说下这一回,全是让团支书吓昏了脑袋。他要儿子甭斗争俺爸!说他已经作下孽,后悔跟不上了……"

"有这号事?"我完全迷乱了。

"实事求是……实事求是……"惠畅悲哀地说,"我总相信工作组是会实事求是的……谁料想他们也有不实事求是的时候……"

"那个五老汉的话可靠吗?"我已经不自觉地卷入了,"怎样取得这个活证呢?"

"没门了!"惠畅依然悲哀地说,"老汉刚露出一点话头儿,团支书便扫见风了,在贫下中农内部把五老汉连批三会,老汉再不敢说话了……"

我参加过关于"四清"的所有必读文件的学习,自觉地遵守运动中的全部纪律。从理论上,我接受了这场运动必要性的全部论述;从行动上,积极拥护运动的开展。现在,我开始意识到运动中有偏差,惠畅算一个极大的不幸,而那位团支书,该是一位投机而且成功了的奇迹。

"还是要相信党……相信群众……我把这句早已听熟说顺的真理端给他,五老汉的良心……可以证明。"

"唉……"他不说话了,眼里的活光又褪尽了,悲凉地叹息着,无可奈何地摇摇头,"完了!我将像猪一样活着!刨——食!刨——食!没有理想和追求而只有刨食的生活,不是人的生活,是猪的生活!"

"你看看,他尽钻牛角。"秀花说,"一村庄稼人,有谁管啥'理想'哩!管啥'追求'哩!都是为吃饭穿衣养活娃娃嘛!你多念了几年书,倒背的包袱越重了,连一般人的生活也不想……"

惠畅又摇摇头,苦笑着,显出不被理解的苦楚。

"你还可以写作嘛!即就是地主成分,谁也没规定不许地主家庭出身的人搞创作。"我尽管这样说,自己也心虚得很,我之所以这样说,只是觉得需要这样说。而且只有这样,我才有话可说,不然,我说什么呢?只要能有一丝一缕的促进他从悲哀中振作起来的话,我都想说出来,"有成分论,不唯成分论嘛!"

"你甭尽给我拣好听的说!"他一句话就把我隔远了,"我明白着哪!"

"无论如何,应该坚持活下去!"我没有任何根据,似乎只是要求。

"像猪那样活下去?"他嘲笑着盯住我。

"即使像猪,也活下去!"我直说了。

"在那个流氓大队长的眼皮下活下去?"

"无论在谁的眼皮下,都要活下去!"

"太难活人了哇!"

"再难也要活下去!"

"我没信心……"他垂下头去了。

"我今日头一回听见你说这号熊囊鬼话!过去你自信,雄心勃勃,总是你给我鼓劲。"我几乎是在恳求他,"你不考虑秀花吗?你不想想你的儿子吗?你只考虑你自己过的是猪的生活,意思不大,她娘儿俩又该咋办呢?你不觉得自己太自私吗?原以为你自信,现在看你脆弱!脆弱得连秀花都不如,亏你是个身高膀粗的男子汉大丈夫!拿出大丈夫的气魄来,在危难中才显出你惠畅是个真正的男子汉……"

我也许是实在急了,急中居然说出这一大堆刺激他的话。

"不要说了!"他忽地一下从门槛上站起,"正因为我从她和孩子的前途考虑,才让他们从这个鬼地主的门楼下逃出去……"他已经走到院子里去了。

我也走到院子里,看见他在院中一块石头上坐着,我也在旁边一块石头上坐下来。我再也找不出什么更有说服力的话,就把一支烟又递给他。

"你的好心我知道。你能想到的我都能想到。"他抽着了烟,"你甭说了,回吧!"

"那就坐坐吧!"我说。

"坐?坐吧!"他说。

……

我带着满心的惆怅和担忧,在鸡叫三遍之后,出了他的家门。他没有送我,在我出门之后,秀花轻声小气地叮咛我一句,就小心翼翼地插上门栓,竟然没有一丝声响。我似乎觉得墙角和柴垛后面,都透着团支书——现任大队长——那个流氓的阴森的眼睛,背脊上觉得沁凉了。

走出村子,跨上沟泉里的小土桥,我站住脚了。这是往昔里我来找他时,他送我的停步分手的老地方。他第一次没有出门送我,我感到的不是他对我的冷淡,我被一种比来时更大的压力压在心头,几乎确信那个不祥的预感愈加逼真了,我的天哪……

十三

惠畅没有走绝路,也没有满世界去浪逛,他仍然生活在惠家庄,和他的妻子秀花以及孩子。我没能劝得下他,秀花又是怎样把他终于挽救在自家小厦屋的土炕上,我不得而知,因为随之而卷起的更加猛烈的"文革"的狂风,已经把这个偏僻的黄土高原下的小河川道,搅得混沌迷乱了。他在自家的小厦屋里活着,即使如他嘲笑的那种猪一样的生活,总是活着,我就放下一条心了。眼前的生活现实是,不仅他谈不上理想与追求,必须过一种只顾刨食的猪一样的生活,小河川道这个小天地里的一切人,除了那些乘风而起的野心勃勃的几条汉子,能够说理想和追求的人几乎已经绝迹了。

我虽然没有想到自己要过猪一样的生活,眼下却必须与猪在一起,从早到晚,朝夕相处。每日三餐,我必须按时供奉,晚一会儿它们就嗷嗷嘶叫。每天中午需得把它们排泄的粪尿清理出来,两天不清除就变得难以下脚了。夕阳西沉时,我背着一笼猪草从山坡间或河川里回到猪圈旁边的时候,那些大的或小的,伢猪或母猪,早已挤在栅栏门口,甩着尾巴,哼哼唧唧,向我致欢迎词。

民办中学本来就不大景气,经不住哄闹,学生就回家了,教师们的工资公社无力兑现,也都回队挣工分去了。民办中学搞半耕半读,养下一群猪,照常要吃食,作为对我的一贯"保皇"的罪行的惩罚,我和"走资派"校长一面喂猪,一面经管学校的生产地,另外兼顾护校。

猪饲料完了。我用架子车装了两口袋学校生产的小麦,到西安一家面粉厂去兑换麸皮。朝辞白帝,午达古城,完成了小麦换取麸皮的任务后,我拉着架子车,在背巷里转着,寻觅一家门口可以停车的饭馆,我已经很饿了。

我忽然看见了惠畅,这真是不期而遇。见面之后,他说他在这条小巷里的某居民家做木匠活儿,上街来买旱烟,没有找到,居民家用上好的纸烟招待他,实在不如旱烟过瘾。

我们在小饭馆里的很脏的桌子旁坐下来。

"你啥时候学会木匠手艺了?"

"我现在是个不错的匠人哩!"

"真是想不到!"

"生活是最严厉的老师啊!"

他已经从最初的绝望和慌乱中镇静下来,而今摆给我一副世故的面孔。他百无聊赖,借斧子、锯和凿,自己给自家做小凳,再做椅子,他不能永远以门槛为坐凳呀!这样,他的无所寄托的心,一下子依附在飞旋而出的刨花上来了,而且兴致极高。他有文化,识得图,流行的新式家具他最有兴趣……他可以出门挣钱了。

"三十年河东,三十年河西,恶有恶报!"惠畅虽然是一副世故的面孔,口气里却有一丝明显的解气的意思,"那个爬上惠家庄最高座椅的流氓,这回可碰上辣子了!惠家庄的造反派一起来,就把他和老支书推上斗争台子了。人家批那个老好支书是做样子,批他可是实心实意。这熊包虽然伶牙俐齿,招不住一顿饱打,尿在裤裆了,也屎在裤裆了。你想么,造反头儿是原任的大队长,被他整下台的那个实干家,这回造起反来,能给他甜的软的吃吗?"

他的得到报复的得意是清楚不过的。他已经剃掉了头发,是和所有北方老农民一样的光葫芦脑袋了,鼻翼两边陷进两条又粗又深的皱纹,显示着一种强有力的气势,眼睛里却是傲慢和漠然混合着的得意神情。我吃着一碗羊血泡馍,不用插言,听他得意而解气地说着。

"你不知道这流氓得势的时候怎样折磨人哪！他知道我爱书，把我的书全部搜出来，就堆在我的门口烧，一边烧着，还一边唱着书名。我在屋里听见那个声音，真是心里往外冒火……好了！他也尝到了挨打挨斗的滋味了！斗他的时候，五类分子照例得陪斗，我爸也低头站着，我已经习以为常了。只要把那个流氓收拾一顿，我爸陪斗十回也值得！

"你觉得我的报复心理特别强吧？我也是这时候才发现我没有容人的大量。那天早晨，他一个人在村子西巷扫街道，看看四面没人，我大笑一声，从他身旁走过去，他连头也没抬起来。后晌，我背着工具箱，进城来了……

"原大队长拉我造反，我不干，我和他不一样呵！我刚走半月，那个流氓也参加到一派里头，跟大队长干起来了。两路人马都归随了县上的两大派，完全是以'四清'划开的，听说已经端上机枪干起来了。我们队里没人管，我也不想卖命，躲在城里做木工，挣钱买粮……"

县上两派武斗的情况，我已早有所闻，看不出有完结的时候，而且愈演愈烈了。我倒是庆幸他超然物外，躲在城里做木工活儿挣钱，正与我目下与世无求的心境相吻合。

"你怎么样？"他问，"拉车进城做啥？"

我告诉了他我的状况，不无感慨地说："我现在真正过的是猪的生活了！"

"现在能像猪一样无忧无虑地生活，算是幸运的哩！"他现在又给我做宽慰的工作了，"整个国家机器失控了，疯狂地运转起来了，弄死一个人，简直跟踩死一只蚂蚁一样。那些省里市里的大官们，全都性命难保，你我算得啥嘛！活着，悄悄地活着，能活到世事平安就好了！现在，一切都可以抛弃不想……"

"我也这么想。"我说，"喂猪就喂猪，拉车就拉车，想其余的事儿,想不上了……"

"记得不？咱俩曾经几次想拜访柳青,都不敢去,怕扰乱了那位大作家。"他的脸上现出痛苦的嘲笑,"想不到,半个月前,我看见柳青了,在西安的大街上,正被人押在汽车上游街。还有……"

"唔！真是——"我告诉他,那天我也在西安有此幸遇,同样是拉车来兑换麸皮时巧遇的,"你知道吗？我那天回去,把几年来的日记和习作稿,全部烧掉了,书卖给废品收购站了,宣布与文学彻底绝缘……"

"文学？创作？唉——"他摇摇头,沉吟着,"中国连柳青这样的作家都要打倒,你我还瞎折腾啥呀！我那天晚上,躺在主人家的阁楼上,才觉得我们走错路了,才觉得刨子凿子比钢笔更有用,更实在了……"

我重新把套绳挂上肩膀,准备赶路。他帮着我推着车子,拐进另一条小巷。我们默默地走着。小巷里也是大字报和大标语的世界,谁也无心溜一眼。拉上东去的宽阔大路的时候,我们俩同时站住,准备分手。

"下次你进城来的时候,咱们喝一杯吧！"惠畅说,"看透世事,不过如此！"

我们没有握手,那种礼节不适宜我们。我向他点一下头,就弯下腰,拽动了车子。其时,午后西斜的太阳,正照在这座骚乱不安的古城的高高矮矮的建筑物上……

十四

初春的渭河平原绿茵如织,生机盎然。无边无沿的葱绿的麦田里,不时可以看见一片片灿若朝霞的桃花,真是令人目不暇接。吉普车在公路上飞驰,渐渐驶入原坡区狭窄的河口了。除了陌生的司机,车上坐着县文教局王副局长,文化馆馆长,还有省报文艺部的肖编辑,我们四人一起去参加给惠畅平反的会议。

我和省报文艺编辑老肖坐在越野车的后排座位上,心中不无感慨。将近二十年前,我和惠畅两个肚里装着豆渣和野菜的乡村青年,昼夜兼程,跑了六七十里路,赶到城里去听他的文学讲座,曾经是怎样一番心情啊!二十年后,我和他去给他平反,真是神仙也无法预料这样一种戏剧性的巧合。

我至今清晰地保存着第一眼看见他时的记忆,他走上讲台,步履轻捷,姿态潇洒,一种翩翩的才子风度,曾经使我顾影而自卑。现在,我和他挨肩坐着,可以清楚地看到他鬓角的一抹白发,眼角有一条条细密的鱼尾似的皱纹,无论如何翩翩不起来了。他告诉我,他刚刚回到省报文艺部不足一月,刚刚平过反。他在秦岭山中一个只有十来户山民的村子里改造了七八年,现在又"复辟"到原来的位置上办公了。他的这样的遭遇,没有谁感到惊奇,连他自己的口气也是淡淡的,因为有这样的遭遇的人太多了,多而不怪了。倒是我触景生情,说出二十年前和惠畅听他的文学讲座的事,他的近视镜下的眼睛睁得老大,吃惊之后就感叹世事的匆匆了。

有趣的是,惠畅的第一篇小说《小河秋高》,正是经过他的手发表在省报文艺版上。近二十年了,他没有见过作者的面,倒不奇怪,经他的手编发的无名作者的作品也不仅仅是惠畅一人。令他吃惊的是,作者竟然遭到这样野蛮的待遇,真是无法想象的事。

"一个农村青年,刚发了一篇习作,连人家的书籍也给烧了,稿费也退赔了,这简直没法说……"老肖虽然早已跨入中年,情绪仍然很容易激动,"我接到惠畅给我们编辑部的信,看了以后都流泪了……"

"没收人家稿费干什么?"文化局局长也愤愤然,"农村里有些人净胡整!"

惠畅把自己的遭遇向报社申诉了,因为《小河秋高》的稿子当年是由老肖处理的,现在就仍然由他和我们县文教局联系,共同处理这件冤案。经过与当地公社联系,公社党委也不怠慢,而且提出稍等几天,等惠畅家的地主成分复查完毕,一次过手,彻底地平反。

　　平反大会是庄重的,热烈的。公社书记老王一个一个宣布对惠家庄的许多陌生的名字的平反决定,土台上居然站下一排溜,惠畅和他戴过十多年地主帽子的父亲站在那一排溜人中间,一样的黑布棉袄,一样的光葫芦脑袋,从外形上没有什么明显的标志可以区分开来。老肖默默地坐着,夹在指间的烟卷已经烧着指头,才扔掉了,回头对我感慨起来:"啊呀!这么小的一个村子,竟然有这样多人遭到冤枉,真是不可思议!我总以为知识分子遭遇不好,农村似乎没多大事儿!今天一看哪……真可以说是城乡里外,体无完肤了……"

　　我听着他的话,却在想我的心事,那个乘风而起的团支书,此时该作何感想呢?我留神在台下的人窝里睃寻他的踪迹,终于没有能够看见他的也许已经变得不好辨认了的面孔;而意外地在人圈的外围,看见了马罗大叔。

　　他怎么跑到这儿来了呢?他们村离惠家庄五六里地,他也赶来看热闹了吗?我坐在台子一角,看见马罗大叔双手背在腰后,翘起胡须花白的下巴,瞅着王书记在讲话。老汉老了,背也有点驼了,粗壮的腰身虽然还显着粗壮,雄风却一扫无存了。

　　我溜下台来,拍拍他的肩膀。他猛然转过头,认出是我,眨着浑浊的眼睛,大声感叹着,拉我在一堆麦草垛子跟前蹲下来。

　　"我说咋着!"马罗老汉一蹲下来,就得意地说,"我早就说过,没有千古不明的冤咯!你看咋着!我的话灵验不灵验!自古以来,都是奸贼害忠良,瞎人得势,好人遭罪。反过来呢?奸贼没一个能奸到底的,忠良也没一个窝囊不明的。你看那些老戏吧,《赵氏孤儿》呢,《白玉楼挂画》呢,嗨!都是这个理儿!而今也一样……"

他很得意自己的判断得到了现实的验证。他没有读过历史,也没研究过社会发展史,他只是看过好多古典传统的秦腔戏,他对历史的了解以及对历史人物的评价,都是以戏的内容为依据的,而且拿那些戏所给予他的影响来评价现实生活,有些很对,有些也就偏狭了。

"你看嘛!现时给人家平反,啥意思?"马罗盯着我,依然很得意,"我说么,为人在世,不管刮啥风,下啥雨,以实为实总也没错儿,你要心眼搞下虚虚套套的假事,害了人,终究不得长久喀!"

我很同意老汉这种观点(权且称作观点),而且深有同感,附和他说:"对!实际上就是要实事求是。"

"有的人一遇运动,就疯张起来了,把实事求是当口诀儿念,实际尽搞虚套子。"马罗老汉有点愤愤然了,"'四清'那年,惠家庄那个'运动红',跑到我的庵棚里,要我写个材料,证明给惠畅他爸熬过长工。我给他说,我确实熬了一辈子活,可不是给惠畅他爸熬活,我在河北那家财东家,一直熬到解放。那小子还要缠我,我骂他,'甭给人捏包子噢,包子是虚的,终究要从心里臭的!'"

"看咋着?"马罗更加得意,"我当初要是给人家捏下假事,现在有啥脸面跟人家惠畅父子说话?你看吧!那个'运动红'而今黑下来了,我听人说,他今日钻在屋里没出门……"

那个被马罗老汉鄙称为"运动红"的人,自然是那位团支书了。我已不年轻,经历了世事,心中此刻倒也平静。这就是生活,生活就是这样。生活中有惠畅的落难,也就必然有团支书那样的乱世英雄,也不会没有马罗老汉这样用良心和传统道德的盾牌抵挡了袭击的人。

他已经年近七十,仍然住在河滩上杨树园子中间的庵棚里,队上干部让他搬回村里去,他不愿意,说是在河滩清静惯了,倒不能忍受村子里的嘈杂。我不好意思再问他的那位阿克西尼亚的情况,因为他毕竟是胡须花白的老者了。我对他的那个庵棚又顿生留恋之情,我和惠畅毕竟在那里度过最舒畅的月夜,保留着一种令人眷恋的浪漫色彩。我说:"马罗大叔,今天我顺路回家,晚上到你的庵棚去,咱们和惠畅放开谝一谝,让他带上板胡,我想听你的乱弹了!"

"好!惠畅今日平反,我给他放一声火铳!"马罗老汉也兴致大发,"为惠畅鸣冤放炮!"

平反大会直开到太阳偏西,会后,我和老肖一行四人,一齐拥挤进惠畅的厦屋。

那张老式抽斗条桌,依原样搁着,那只红漆暗淡的板柜,也依原来的位置放在背墙根下,墙上挂着大锯小锯,墙根的小木箱里装着刨子、锤子、凿子、钻子,屋里有一股淡淡的木质的气味。桌子上只有一个墨水瓶,使人还能想到这是一位发表过小说与笔墨为伍的人。

"你最近尽快写出一篇小说,或者散文,寄给我。"老肖对惠畅说,"我们加一条按语发出去,在报上再给你平一下反。"

"我已经写下一篇了。"惠畅也很兴奋,"二十年没动笔,尽跟斧头锯子打交道,写起来好难哪!心里踊跃,临到提起笔来,没词儿了!我耽搁得太久……"

"原来的基础还是在嘛!多多写吧!"文教局副局长鼓励他,一片坦诚,随之又指示文化馆赵馆长和我说,"惠畅有啥创作上的困难,要尽量想法解决……"

秀花脸上和头发上落着烧锅时的柴灰,送来茶水,又忙着拉风箱做饭去了。作为一个家庭主妇,大约十几年来第一次接待这样多的城里干部,她很快活,也很拘谨,完全乱了手脚,烧锅也烧不出旺火来,柴烟从小灶房的椽眼里泄出来,她自己也被呛得泪汪汪的。

"稿子给我带走吧!"老肖说。

"不好……"惠畅拉开抽斗,取出稿子,交给老肖手里时,有点惶惶,"你要多指正。"

我们四人,说了许多重复的鼓励和安慰惠畅的话,就告辞了。惠畅送我们出门时,握手送别,我看到他的眼里已经潮起的红丝儿,有点笨拙地伸出那只已经变形的粗糙的手,和客人一一握过,站在那儿倒说不出话来了。

秀花拍打着围腰上的面粉末儿,有点懊丧地抱怨我:"你是熟人,也装起客气来咧!让我擀下那么多面,可怎么办?"

十五

省报编辑老肖打来电话,有关处理惠畅那篇稿子的事,想征求我的意见。他以令人感动的惋惜的口气告诉我,稿子写得不理想。发吧,质量不过关;不发吧,作者属于令人同情的一种特殊状况。他的心里十分作难,而偏于退稿的倾向却是明显的,而且要我给惠畅做些解释。

"争取发了!"我几乎在恳求老肖,"如果质量差点,读者可以原谅。他现在需要鼓励,需要声援。哪怕删得只发一千字,就是最好的鼓励和支持……"

"我知道……"老肖听完我的话,更加难为情地说,"我是编辑,得为读者负责……"

我体察了一个老编辑的责任心,就不好再使他作难。稿子终于没有发出去。他把原稿退给我,并附寄一件诚恳委婉的长信,让我一并交给惠畅,再做些解释工作。

我看了这件退稿,稿子的确是差些。奇怪的是,他受了那么多苦难,而他的稿子却仍然是写一位爱队如家的老队长。《小河秋高》写的是一位铁面无私守护集体财产的老贫农。这两篇作品基本相似。他的笔调,仍然是六十年代那些报刊上常见的笔调,在伤痕文学席卷文坛的时候,显然觉得它太浅了。同时也使我看到,现在文坛上冒出的一批新作家,较之惠畅六十年代发表的作品,起步要高过不止一个台阶……

他骑着自行车到县文化馆来了。我在院子里瞅见他,自行车后头的衣架上,捆缚着一摞短木头。坐到我的房子里,他说今日到县上的农贸市场,买下几节原木,正好可以作大衣柜的材料。他又从提兜里掏出两篇稿子,交给我说:"你给看看,怎么修改。"

自行车后架上载着他割制家具的木头,车头上挂着的提包里装着小说稿子,无须细问,我就可以想象出来他在怎样生活和追求着文学。

"还是你念吧!"我说,"你来一次县上很不容易,咱们当面听了谈意见。"

"你看吧。"他有点不好意思,不念。

人真是有一种对过去习惯的特殊心理,稍有改变,就使人产生明显的对比的差别,并因此而有许多联想。惠畅过去给我读他的新作而不让我亲自去看,似乎习以为常了,现在他不念,一定要我自己去读,而且脸上少了点自信而多了一点说不清的表情,令我心里反而难受了。

他坐下喝水、抽烟,翻阅着我桌子上堆积的杂志。我就认真地读着他的小说稿子。

两篇小说稿子接近读完,我的心里难受起来,与省报老肖退给我的那篇搁一起考虑,我便觉得心情沉重起来。我不能不承认,他的文学的表现方式和表现能力,依然停留在六十年代他写作《小河秋高》的水平上,依这样的水平写出的作品,要满足七十和八十年代交接时期的读者的审美胃口,显然是不行的。我知道了,十多年来,他是着实与文学相隔太远了,现在所要努力的侧重面,应该在哪里呢?

"我可以看出,你觉得作品太差。"他笑着说,"我知道我的稿子的实际。你不要难为情,敞开说,我都能接受。"

我总也不能敞开说,更不能像二十年前我们所发生的毫无忌讳的争论那样,那样的气氛无法形成了。我终于决定以说长处为主,然后劝他多读些书,把近年间新出版的中外优秀作品介绍给他。我总怕因为语气不当而使他泄气,所以连自己也觉得莫名其妙地欲言又止,说不顺畅。

"你怕我灰心,所以不敢直言。"他说,"不过,稿子差劲我是有自知之明的。你放心,我现在的劲头,比六十年代那时候还大!现在文艺界的兴旺景象简直叫人睡不着啊!我拼死也要……"

我虽然在鼓励他,其实自己心里也不踏实,我深知,他要在当今的文坛上露出头角,不会是半年八个月的事,那么,他现在有没有长期苦斗的耐心?

他的信心很足,说他已经和秀花谈妥,家务事由她包揽,腾出他来看书和学习。他说他将豁出三年时间,从基本功上练起,争取三年以后大见成效。"大见成效"是当时国内建设的口号。他对个人事业的追求毫不动摇,信心百倍。

两个月后,正值暑期,文化馆决定举办一次全县业余作者的创作会议,邀请本省近年间涌现出来的几位青年作家讲创作经验,好多本县的文学青年闻讯后奔走相告。开会的第一天,就出现了没有通知的文学爱好者要求参加会议的矛盾,弄得筹备会议的我和馆里的其他几位同志措手不及。可是,惠畅却没有来报到。

午饭时,我从县招待所回到文化馆,接到一封信,一看那飞扬的笔迹,我就猜出是惠畅的信了。是他病了呢,还是家里有事拖累?打开信封,他却写着让人伤心的话:

> 我不能参加创作会议,尽管是十分难得的机会,我要去一家工厂做工。工厂盖新楼,我与几个木工包揽了窗子和门的活路,有一笔收入。我现在无法放下刨子,暑假快完了,孩子上学要交学费、灶费,三个孩子需得近百元,我得去给他们挣回来,好让孩子高高兴兴去上学。这是最急需解决的问题。

我向省内外的杂志投递过七八篇小说了,全都完璧归赵了。我现在不能不从实际考虑,先放下钢笔,捞起刨子……

……

我在县上的创作会议结束之后,就写了一份申请报告去找文教局局长,我想应该给惠畅订一份合同,让他到文化馆来管理图书,有一点固定收入,好应付家庭日常用度,使他能够搁置下锯子和刨子,拿起钢笔来。

文教局局长同意我的意见,在我的申请报告上签了字。我就到劳建局去办理手续。

劳建局郝局长接过我的申请报告,只看了一眼,就把老花镜摘下来,搁到桌子上,顺手拿起一份铅印的文件,递给我,笑笑,没有说话。

这是一份由市政府发下的文件,要求县、区以下的机关和工厂全部清退所使用的农业人口的合同工,空缺下的名额用来安排城市待业青年。劳建局局长向我摊开双手,做出爱莫能助的表情,就把申请报告送还给我了。我也没有说一句话,礼节性地向他点点头,就把那份申请报告塞到裤兜里,走出县政府办公大楼。没有办法,惠畅看来还得玩他的锯子和刨子!

我走在尘土飞扬的古老县城的水泥街道上,朝文化馆走去。此刻,我深切地感觉到了:文化馆——这个被一些注重权益的人放不进眼睛的闲事单位,对我来说,实在是侥幸的理想王国了……

十六

我应邀到市里一个剧院去讲创作体会。

诚惶诚恐,惶恐不安,先一夜竟然吓得失眠了;无论何时,无论何地,一当我想到要面对千余双各种各样的眼睛,我就惶惶然起来。似乎只有在这时候,我才觉得应该读的理论书却没有读,应该有更好的作品写出来而没有写出,才造成这种理不直气不壮的诚惶诚恐的畏缩心理。

我终于走上千余人的大剧院的讲台了。我索性谁也不看,先用一根烟来镇静一下……

我刚才走向讲台的一瞬,突然记起我和惠畅那年来听老肖作《散文散谈》的文学讲座的事,我那时坐在后排听众座位上,诚惶诚恐,十分自卑;而今我来到讲台上的时候,心里依然自卑、畏惧;我的不知怎样形成的这种根深蒂固的自卑心理啊!

我不知我是怎样讲完的,只是在台下响起一片活动座椅的庞大的响声之后,我才觉得我属于自己了,这当儿,从台下拥来一伙青年,要我签名留念……

我和主持这场讲座的文联的老张从后偏门走出去,就进入一条背巷,我无法相信。老张竟然说我讲得不错,很实际,我只信他是出于鼓励我。

他约我到附近的一家小吃馆吃中饭。我跟他刚走到小巷里,惠畅却迎面走来。

"你怎么在这儿?"

"我来听你的报告。"

"你听我的什么胡扯……"

"嗯……"

我们走进小饭馆了。老张去交钱买饭,我和惠畅坐在桌旁闲聊。

他穿着一件破旧的细帆布料工作服,胸膛上尚有黄色的厂名,他说是工厂里给他照顾的一件工作衣。他大概是刚从木工车间里来的,身上散发出一股松脂的气味,衣服皱褶着,夹着锯屑。

"工厂里有报纸,我在晚报上看到了你讲创作的广告。"惠畅说,"我给人家请了半天假,专门来听。"

"我的那点子本事,你还不知底儿吗?"我不好意思地说,"你跑来凑啥热闹呀!"

"不!我就是要看看,你是怎样走上讲台的!"惠畅扬起手,神采飞扬,竟然激动起来,"记得吗?那年咱俩听老肖的文学讲座回去的路上,在那个骡子拉的水车旁边,我说过啥?我说,十年以后,我要以作家的名义登上讲台讲创作。怎么样?我没有登上台去,可你登上去了!咱俩总有一个人……"

啊!我不由低了头,不敢再看他喜形于色的脸孔。二十年前,他自信,我自卑;他以他的顽强的自信的气势,给我鼓励,给我影响,终于使我从泥泞的乡村小道上,歪歪扭扭地走过来了。可是他呢?

他夭折了!

他自信。他刻苦。他顽强。他敢于藐视一切,有一股虎气。他浪漫,思想开阔自舒。他具有成为一个作家的禀赋和气质。有十个惠畅就可能成长起十个中国的青年作家。可是,他却在刚刚迈开一步之后夭折了!

我抽着烟,不想说一句话。我从来没有这样深切地为他惋惜过。他被整垮的时候,我为他惋惜过,却没有今天这样强烈。我参加给他平反的大会的时候,替他惋惜过,仍然没有今天这样强烈。我由惋惜进而感到难受了。是的,心里十分难受。

"为我的朋友终于实践了我没有实践的诺言,干杯!"惠畅端起啤酒杯来。

"为你们二位患难与共的乡下来客在此欢聚,干杯!"老张也端起酒杯,站起来。

"为了一个夭折了的天才……"我举起杯子,却说不下去了。

我们重新坐下。

几杯酒下肚,惠畅的脸颊、额头都红了。他的兴致高涨,话特别多,盯我一眼,不满意地说:"你说我'夭折'了?我还不服哪!还是老话一句:十年以后再说!"

我申辩说,只是惋惜,并不是说他已经完结了。"老张哇!咱俩今日初面,你不知道,俺俩年轻时,为了文学这个神秘的字眼,受过多少苦哇!"惠畅激昂地说,"我们穷得买不起稿纸,买不起一盒一毛二分钱的纸烟!我们住下三毛钱的黑店,晚上叫蚊子、臭虫给咬跑了!我们肚里填的豆渣、野菜,嘴里却讨论的是现实主义与浪漫主义的结合问题……我们从乡村打出来,太不容易了……"

惠畅说着,伏在桌沿上,呜咽起来了。

我很心酸,看看四周那些食客在盯我们,我劝他不要太伤感了。老张也受了感动,诚恳地劝他吃菜,喝酒。

"现时的文艺政策太好了!在这样好的文艺政策里,我心里真是急得痒痒,可是我没有……本事!"惠畅痛苦地摇摇头,瞪着有点红丝的大眼珠,"放开手写吧!多写!写好东西!你写下好东西了,我感到高兴,还有……我们的那个马罗大叔,给你放火铳……"

我再也忍耐不住感情的潮水,搂住他的肩头,这金子般的言语啊……

"我已经如愿以偿了!我虽然趴下了,一时三刻难以站起来,没有关系。我们俩总有一个人没有趴下,这就够了!"他诚挚地说着,神态安静,"没有办法,我现在还要去做工,要养活孩子,供给他们上学。你日后在哪里发了作品,甭忘了给我一本……"

我点点头,再也说不出什么话来,就默默地坐着,喝着酒。老张让我们聊着,自己先告辞走了。

我和惠畅走在古城的街道上,谁也不想去挤汽车或电车,只是悠悠地走着。街道两边的一株株古槐,浓密的叶子变成墨绿色了,初秋的天空,洁净而高远。

"生活怎样?"

"活泛多了。我包这批门窗活儿,马上就要完成了,能分几百元。"

"孩子念书行吗？考学有希望没？"

"考学？我看悬乎！娃娃倒是用功。"

"注意身体,挣得够养家就行了……"

"你也保重！咱们都不是二十年前那时候的体力了……"

十七

惠畅打来电话,约我到他家去,口吻执拗,不容推辞,他说有重要事情相商,暂时保密。

我走进惠家庄,他在原址上的厦屋已经拆除,留下一堆废旧的土坯。问问临近的人,说是不用再问,惠畅已经在村子东头盖下新屋,那幢两层楼房便是。

走过村巷,刚刚泛绿的杨树枝丫中,可以透见一幢漂亮的小楼房,红砖墙,天蓝色的楼栏,米黄色的窗棂,在嫩绿的树叶的映衬下,使人容易想到是退职还乡的高干的居室。

惠畅正在院子栽花,抖着手上的泥土,哈哈大笑:"如何？看看我这别墅如何？"

他在自压井管下洗了手,甩着手上的水珠,引我上楼,说:"请你先参观我的书屋。"

二楼东边一间屋子,摆着三个书架,散发出油漆的气味。书架上摆满了一色新的书籍。临南窗摆着一张书桌,笔墨整齐地置于案头。我真有点惊呆了。

"如何？"惠畅得意地笑着,"这个学习环境如何？"

"我好坏算个搞专业创作的,也没有这样好的条件。"我说,"你可真是阔气了！"

"比较阔气一些了！"惠畅矜持地笑着,"不多,我现在存下两万元了。"

"嗬呀！两万？"我吃了一惊。

"你能拿多少稿酬呢？"他坐在藤椅上，捏着纸烟，"充其量也不过我的十分之一……"

两年多来，我和他很少照面了，我知道他在小河滩上办起一个水泥预制厂，专门预制水泥楼板。我曾经想到，他已经四十多岁，创作上怕是很难再有进展了，搞点实业，赚点钱，把后半生的生活过得舒服点，也许更实际。那个预制水泥楼板的小厂，够他忙乎的，我因此和他减少了往来。想不到，不到三年时间，竟然是这样一番天地。

"我从今天起，要做专业作家了！"惠畅从藤椅上站起，向我宣布，"我给自己创造下条件，现在要潜心读书，立志创作了！"

他告诉我，水泥预制厂办起不到三年，已经赚下两万多元了。儿子去年高中毕业，没有考上大学，回来在他的厂子里做工人。今年春节一过，他把这个预制厂交给儿子去经营了。

"小子有魄力！只有十八九岁，管理这个小厂还挺有办法！"惠畅很赞赏自己的儿子，向我夸耀，"秀花怕把这宝贝挣了，叫他学习写作，让我办厂子。这小子顶撞他妈说，'俺爸的黑路我再不蹈此覆辙！我要以实业兴国安家！'你听听现代派青年的口气多大！"

"你现在……还不死心？"

"死不下这个心思！"惠畅说，"我和儿子谈了，又跟秀花谈了，家庭会议一致同意我的申请，让我退下来读书。秀花真不错哩！她说，'甭急，哪怕十年时间发表一篇，也算争了一口气！'我的决心是，临死前能叫出一声来，也算我没白活……"

"噢呀……"我深深地被他感动了。

文学，这个神秘而迷人的魔鬼！一经缠住一个灵魂，足以使人终生难以解脱。我忽然记起这样一个人来，那是秦岭山根下的一位农民业余文学爱好者，五十年代末发表过几首新民歌之后，一直在写啊写着。新民歌不时兴了，他写自由诗。诗歌写不出名堂，他又写小说。至今已经脱落了两颗门牙,年过五十的小老头了,怀里抱上孙子了,他还在写着哪个杂志也不肯发表的小说。他来找我看他的稿子,我首先很难受,想劝他好好搞点家庭副业,把屁股上的补丁裤子换下来,却又不忍心伤害他依然不减的创作热情……惠畅比他聪明多了,先把经济问题解决了,可是和那位老头一样,依然迷恋于文学这个魔鬼!

"县委通讯组两个同志来找我,要写我致富的事迹,还说要在全县树立我这个致富模范,我全部谢绝了!"惠畅笑着给我说,"我心里说,我挣钱是为了给自己创造学习条件哩!"

"现在,你可以潜心静气地学习了!"

"我作出两大决策,全都在家庭会议上通过了,刚才说的关于我搞专业创作的事,算一条。另一条是——"惠畅又从椅子上坐起来,这个不安静的家伙现在十分兴奋,"我拿出五千元来,交给县文化馆,设立创作奖金。凡在全国性刊物上发表作品的,头等奖;在省内刊物上发表的,设二等奖;在县办的内部刊物上发表的作品,评出三等奖。鼓励咱们县上的业余创作。我一生未能酬愿,我希望本县多出几位作家。我们这个县哪!人杰地灵,该当有更多的文人豪杰出世……"

"你可真想得出!"我说,"和文化馆联系了吗?"

"已经说定了。"惠畅说,"县委书记听到这个事儿,专门找我谈了话,鼓励我……"

"一种义举!"我说,"国家设下茅盾文学奖,你在本县设奖,以什么命名呢?"

"农民文学奖。"惠畅说,"我已经和文化馆赵馆长商量确定了,今年底明年初举行第一次颁奖活动。"

"颁奖时,请告诉我一声。"我说。我已经离开县文化馆了,对本县的这一创举十分感兴趣,"我来看你第一次颁奖。"

惠畅领我到小河川道里去,参观他的工厂。

河堤上和灌渠上的一排排杨树和柳树,披一身新绿,泛起朦朦胧胧的柳烟。麦苗起身了,绿毯似的铺满了河川里的田地。温暖的阳光静静地沐浴着春天的河川,使人脸上感到暖烘烘的了。

河湾的堤坝里,十多个青年男女正在忙着,和灰的和灰,推砂石的推砂石,水泥搅拌机哐啷啷响着,紧张而又繁忙。小伙子和姑娘们早丢剥了棉衣,只穿着鲜艳的绒线衣干活,使人可以感到青春的活力。

一座简陋的砖瓦房,冒着烟,老远可以看见,秀花腰缠围裙,正忙着什么。惠畅告诉我,秀花给工人们做饭、烧水、兼当材料保管。

惠畅指着一位小伙子给我说,那个正捉着掏浆机的青年,是他的儿子。和他的儿子正说着话的那个青年,是那位团支书的儿子。俩娃在学校时很要好……没有办法。他们毫不理会他们的父亲之间的纠葛,而只顾自己交朋友。惠畅一挥手:孩子们有自己的朋友,我不干涉。

我和他走着,聊着,直到走到那幢工房跟前,秀花才看出我来了。她扔下铲煤的铁铲儿,拍打着围在腰间的围裙,一下子大呼小叫起来……

短 篇 小 说

旅　伴

在同一车厢的同一隔间里,两位旅客同时找到了自己的铺位,都是下铺。他们谁也顾不得瞧对方一眼,忙着把随身带上车来的大包小包塞到货架上去,然后坐到车窗跟前来,火车启动了。

他们先后坐下,掏烟,点火,呼出一口浓烟,上车时的紧张忙乱情绪舒缓下来,心地踏实地开始旅途生活了,这时才转过头来,打量坐在对面的旅伴。俩人的目光一经相遇,几乎同时惊奇地叫起来:

"啊呀!是你——"

这两个人,是高中读书时的同学和朋友。一个被同学们公认为"数学王子",一个号称"文学天才"。现在,二十多年以后,数学王子已经是国防尖端学科的研究人员了,而文学天才也已是当代颇有点名气的工业题材的作家了。二十多年前,他们同时爱上了班里一位名叫东芳的女生,那是个聪明而又动人的窈窕姑娘,大伙叫她东方美人,她是他俩心中的女神……异性相恋是排他的。这两个朋友也不能超凡脱俗,朋友关系破裂了,结下了怨。而时间的流水似乎可以冲散一切感情的烦忧。现在,当他们在列车上握手、拍肩的时刻,心中虽然还有那么一点不可言状的别扭情绪,却终究为理智所主宰了——都是四十多岁的中年了哇!

一阵闲聊之后,作家首先从尴尬的情绪里超脱了,豁达地说:"东芳现在好吗?"

"怎么……你?"军事科学工作者惊奇地睁大了眼睛,"她不是嫁给你了吗?"

这样——真是哭笑不得——他们才相互闹明白,谁也没有娶到东方美人,二十多年的误会,都以为对方和她结合了。

"噢!原来如此……"作家感慨起来,动情地说,"我当时感觉出来,她更喜欢你,说你聪明,冷静。她说她母亲不喜欢搞笔墨文学的人,容易招灾惹祸……二十多年了,我一直以为你们生活在一起……"

"嗨!哪能呢……"科学工作者淡淡地笑笑,"我当时判断出她更喜欢你。她常当我的面说你开朗,浪漫,有诗人风度……说我太死板……"

火车在宽阔的北方原野上奔驰。大片大片的金黄的油菜间缀在一望无垠的碧绿的麦田里,一排排白杨,从窗前掠过去,远处的山峦迷蒙在淡灰色的雾霭里。田野里春的温馨气息灌进敞开的车窗里来了。

"我毕业以后,家里太穷了,'瓜菜代'也维持不住,舅舅把我带到青海,进了地质勘探队。我肩上扛着标杆,爬遍青藏高原,兜里总没有忘记装着一本稿纸……我的生活就这样开始了,第一次萌动的爱情却同时结束了!"

"我毕业后参军了。当了两年兵,从部队上了大学,再回到部队。在戈壁滩上'隐居'了二十年,已经与'尘世'隔绝了。那年回家探望父母,听人说她和小赖子结婚了,我坚决不信……"

"我也听说过她和小赖子结婚的话,也是不信。"作家证实说,"她怎么能嫁给他呢?那么一个猥猥琐琐的侏儒!"

"看来是真的嫁给他了。"科学工作者说,"他虽然猥琐,可他当时比你比我都更优越。他当了汽车司机,走南闯北,能弄到别人弄不到手的'进口'物资,别忘了当时是困难时期……不过,我总不愿意这样想。"

作家显然激动了,创作的灵感顷刻之间激荡起来了,回味自己经历过的生活,心情往往按捺不住。他拉开手提兜,取出一瓶酒,用牙齿揭掉瓶盖,在两只喝水的杯子里斟上酒。科学工作者也急忙取出罐头和香肠,摆到小桌上。

"我们都犯了一个错误——"作家用富于哲理的口气说,"把一个俗不可耐的女人看得太神圣了!"说罢举起酒来。

"可笑的是——"科学家冷静地说,"我们之间因此而曾经互相妒恨!"说罢也举起酒来。

火车正以风驰电掣般的气魄,在北方的原野上疾进……

1983 年 10 月 20 日　西安

送你一束山楂花

一

末班远郊公共汽车开进桑树镇,夜幕已经笼罩了这个平原上的古老小镇。正是伏天,街巷里拥拥挤挤的房屋门口,坐着或躺着乘凉歇息的小镇市民,消停而又悠闲。

"票?"女售票员在车窗口喊,"背被卷的——你的车票?"

他知道是喊他,把背在肩头的被卷放下来,提到手里,转过身来,看见女售票员从车窗口伸出乱蓬蓬的烫发头,一双审视严厉的眼睛正紧盯着他。他说:"没有票。"声音的沉静使自己也暗暗吃惊了。

"一块钱。"她说得干脆利落,"加罚一张票。"

"钱没有。"他的声音愈加沉静,沉静得有点阴冷,"要这捆被子吗?"

"你——"她噎住了,也火了,瞪起眼,声音提高了,"你在哪个单位?"

"我?"他冷笑一声,依然沉静地说,"刚从监狱放出来。"

"唔……"中年女售票员眼里掠过一缕不屑纠缠的鄙视神色,立时把头缩回车窗里,把穿着白衬衫的脊背转向车窗,车门"咣当"一声关闭了,公共汽车掉过头开走了。

他把被卷重新挎背到肩上,报复似的瞅着车尾上扑闪扑闪发亮的红灯,转过身,走进小镇。

二

他的一个远门哥哥的箱子里藏着百十本中外古今的文学名著,全是买不到也借不出的稀罕宝贝,他馋涎欲滴,整天围着哥哥家的门楼踅摸。为了讨好哥哥借给他一本书,他自觉替哥哥家挑水,推土,作为读书的报酬。借读过《静静的顿河》和《血与沙》之后,哥哥再不给他开那只油漆成红色的木箱了。

"不敢再借给你看了,要是别人发现了,说我贩毒,我受得了吗?"

像狐狸看着够得着而拿不到的葡萄,他简直想给远门同族的哥哥下跪了。没有办法,他太喜欢读书了。他忽然急中生智,恳求说:"那你……把这一箱书……卖给我行不行?反正你也不看。"

"敢卖吗?这是禁书。"哥哥说着,瞟了他一眼,试探地问,"你能买得起吗?我买这一箱书,花过不少钱哩……"

远门哥哥比他大不过十岁,读中学时,也是立志要当中国的第二个巴金。"文革"中回到黄家坪,娶了媳妇,生了儿女,现在早已成为方圆十里心灵手巧的一位木匠师傅了。他的这一箱子文学书籍,有的是他上学时省吃俭用买来的,有的则是在学校"破四旧"当中从火坑里偷抢出来的。哥哥现在已经无暇翻阅这些书籍了,他要养育儿女,他要挣工分,他要出门给人家割家具以挣取一家人的吃穿用度。他意识到,哥哥大约想用这一箱书换得买粮食的钱,就不顾自己买得起与买不起,不失时机抓住哥哥已经流露出来的话柄。

"你甭管我有钱没钱。只要你卖,钱,我会想办法的。"

"……"哥哥嘿嘿嘿笑着,达到卖书——化废为宝的目的了,叮嘱说,"千万甭张扬……"

……

一月后,他被逮捕了。罪证确凿,偷卖生产队化肥,有买化肥的外村人的证词。他没有抵赖。公安人员在搜查他独身居住的简陋厦屋的时候,却意外地发现了一箱"封资修"的坏书和两本内容"反动"的日记。于是,问题的性质立时转化了,本该拘留教育的小偷小摸,一下子变成"思想反动"的政治案件,判处有期徒刑七年,一切都顺理成章……

"对你的政治问题,全部推倒,平反。"公安人员说,态度是那样叫人感到亲切,"你今天就可以回家去了。"

他愣呆呆地站在办公桌旁边,突然抱住头,哇的一声哭了,十八岁的乡村青年,哭得浑身颤抖,站立不稳,蹲下身去,眼泪从指缝间涌流出来,滴在脚下的砖地上。

"小伙子,你的日记,本来能使你成为反'四人帮'的英雄。可惜……"公安人员遗憾地说,"你却偷了化肥……"

他止住了哭泣,从地上站起来,平静地对公安人员说:"把日记还我,把书还我。"

"日记本可以给你,当然要给。"公安人员说,"那些书……已经烧毁了!"

三

小镇上的两家国营食堂早已插门上锁,私人开的小吃铺里生意兴隆,跑短途倒卖的商贩,把装载着鲜瓜熟果活鸡蔬菜的自行车,停放在铺店门口,一边吃着大碗宽叶面条,一边谝着西安城里农贸市场上的交易行情,津津有味。啊呀!农民敢于公开跑生意了……生活显然发生了令人吃惊的变化,他感到新奇而又陌生。他从街巷里走过去,瞅着小铺里那口冒着热气的面锅,搁在桌头的焦黄的油条,咽着唾液,照直走去。

明亮的两盏门灯下,照出一块白底红字的匾牌:桑树镇文化站。

他停住脚步,站在那白底红字的匾牌前踌躇片刻,就走进去了。小院里,挂着阅览室木牌的门口,青年男女出出进进,他三步两步跨上台阶,走进门去,自觉放慢放轻脚步,像朝拜的信徒走进庙堂一般虔诚,悄悄地把那一卷被子从肩上取下来,放到墙角的地上。

生命和活力从心底涨溢起来,面对书籍,他觉得心在胸腔里颤动。他走到阅览室套间门口,那儿正围着许多青年在借书还书,嚷嚷吵吵,挤作一团。

"我借一套《外国短篇小说选》。"他挤到跟前,恳切地笑笑,"要是不行,先借本上册。"

"你的借书证呢?"扎着两根小辫的图书管理员,事务式地问。

"我没有借书证。"旁边有人在拥挤,他急了,说,"打借条行吗?"

"回去,到你们大队开一张介绍信,领一张借书证。"图书管理员耐心地解释说,已经接过另外一个青年塞进窗口的借书证,到书架上找书去了。她再回到窗口的时候,说,"去吧,这是制度,没有借书证不行。"

他退出人窝,走到阅览室大厅里,抓起一位小姑娘刚刚扔下的杂志,是《人民文学》,已经翻揉得又烂又破了。《神圣的使命》这个标题吸引了他,他贪婪地读着,不知什么时候眼睛被泪水模糊了。

"你是哪儿的?"

他抬起头,女管理员站在面前,两只本来和气的眼睛,现在正审视着他。他慌忙说:"黄家坪……"

"你们公社没有办文化站吗?"她问。

他这才弄明白,桑树镇文化站是桑树公社办的。他所归属的杨村公社办起没办起文化站呢? 他在监狱蹲着,怎能知道呢! 他抱歉地说:"要是不准外公社的人进来,那我就走……"

"看书是可以的……只是得打个……招呼。"女管理员犹豫地说,显然是临时想到的借口。

"看书可以,可不准偷书!"

一个头发长得盖着衣领的男青年,左手插在裤兜里,右手夹着一支烟卷,晃悠着一条腿,喷出一口烟,嘲弄地盯着他说。他的胸口像扎进一把刀子,忽地从长凳上站起,攥紧拳头:"你再说一遍!"

"提上你的烂被卷,滚吧!"那青年愈加得意,对围拢过来的男女老幼读者们宣传,"我认识他。他是山根下黄家坪村的保管员,偷卖队里的肥料,给县公安局逮捕法办咧!你看他那被卷子,八成是刚从劳改场释放出来的……"

众人纷纷向他投来鄙夷的眼光。图书管理员迷惑地盯着他。他浑身都像被枣刺刷子抽打着,羞愧得无地自容,憎恶地瞅着那个青年。

"哈哈哈……你可得小心哪!他会偷……"那青年讨好地对女管理员说着,三两步蹦到墙角,拎起他那一堆破被卷,一甩胳膊,扔到门外去了,"贼娃子,装模作样来看书……"

他的血一下子冲上头顶,眼里冒火。公安机关已经为他平反,这个混蛋却在众人面前辱贱他。他忍无可忍了,扑上前,挥起拳头,照那张圆脸砸去。

那青年左手一隔,右拳直捣他的胸膛。他只觉眼前金星迸溅,跌倒在地……监狱里仅够维持生命的膳食,不能供给他打架斗殴的能量,几乎没有还击的能力了。

他抹一把嘴角的鲜血,不敢看任何人一眼,爬起来,跌跌撞撞逃出文化站,走过桑树镇的背巷,翻过河堤,在沙滩上躺倒了。

星星在湛蓝的夜空闪烁,流萤在草丛中忽明忽灭,流水在河卵石上撞出清亮的响声,夏夜是这样静谧而富于诗意。他没有眼泪,只感到嘴里的血污腥咸苦涩。他扒掉衣裤,赤裸全身,一跃扑进河水里,疯狂地扑打着河水,翻滚扑跃……

四

他正在酣睡中,被母亲叫醒了,睁开眼,从西边投射过来的阳光照进窗户来,该是后响了。啊呀!睡了一整天哪!强烈的西斜的阳光耀得他睡眼难睁,隐约看见小院里树荫下的石磴上,母亲正陪着一位陌生的女子在说话。

"黄草同志——"

他跨出门槛,就清清楚楚看见了桑树镇文化站图书管理员的模样,听见她大方地叫他的名字的声音,一瞬间呆住了,发愣了,倒不知该怎么说和说什么了,只觉一股憎恶的火气从心底蹿起,顿时冲上喉咙眼儿来了。他没有招理她,掉转身子走到灶房打水洗脸去了。

"有理不打上门客……"母亲走进灶房,压低声音斥禁儿子的无礼行为,"人家几十里路赶来,就是想看你那个冷脸吗?快去,招呼一声……"

他扔下毛巾,勉强走到小院里,远远地坐在一块石凳上,冷冷地说:"噢……你来了。"

"黄草同志。"她站起来,把小竹椅挪到他对面,笑着说,"我来向你道歉,检讨。"

"唔……"他没有料到,顿时手足无措了。

"昨天晚上,主要责任在我,请你原谅。"她说得真诚,直率,"我已经做了检讨。"

她的眼神和说话的口气都是真诚的。她向他赔礼道歉,这就把他当作一个平等的青年尊重了。

他觉得心里窝聚着的火气开始悄悄飘散,反倒觉得自己狭隘而又窝囊！他慌慌乱乱点燃一支烟,尴尬地笑笑,颤抖着声音说:"过去的事了……没关系……"

"这是你的日记本。"她从提兜里取出来,送交到他的手里。他接住了。她又取出一张硬质纸印的卡片,说,"你拿这张借书证,可以随时来借书。我今日给你带来两本小说,也不知你看过没有——"

他接过那两本小说,看也不看,淡淡地笑笑,"我现在……不需要了。谢谢你的好心。"说着,把那张借书证连同两本小说,一起递回到她的手上,摇摇头,痛苦地笑笑,"我再也不读这些书啰!"

"为啥?"女管理员瞪起秀气的眼睛问。

"我要老老实实种地了。"他难受地说,"种地,吃饭;吃饭,种地;再啥也不看了,不想了!"

"噢!你是这样想的。"女管理员叹口气,"我还以为自己把一个有抱负的人挫伤了!要知是这样的话,我来不来道歉,关系不大!"

"你……"他的已经沉寂的心被猛地撞击了一下,这个陌生的女管理员一句很厉害的话,又把他的心思搅乱了。抱负!他为自己埋在心底的抱负,付出了人身和人格的双重代价,真是太沉重了。他不想跟她多说什么,她知道他受过多少难场呢?他苦笑着摇摇头,"现在没有什么抱负了……"

"这样吧,书和借书证先留下,你要是爱看,就看看;不想看了,啥时候到镇上赶集,顺便捎给我好了。"她站起来,已经推动自行车,告辞了。出门以后,她回过头来,"我叫山楂,你到图书馆一问就问到了。"

他在院里重新坐下,翻开日记。显然,昨晚失败得很惨的打斗中,日记本从口袋里遗失了,被踩烂了的几页,经人精心修补过了。他抬起头,茫然若失地瞅着女图书管理员刚刚走出去的空门洞,心里掀起一股微微的波澜,手也有点抖了。

日记本里那些密密麻麻的潦草的字行里,有的地方打上了粗粗的红线,那是公安局同志用红铅笔勾下的手迹。那些红线勾画的字句,构成了他的七年苦刑的罪证。现在看来,不过是他——一个十六七岁的初中生,对"四人帮"倒行逆施的恶行所造成的反常的生活现象的一点肤浅的揭露……踩烂撕补的地方,她给修补得这样精巧啊!

她肯定翻看过他的日记了。她还会认为他是一个贼娃子吗?"我还以为自己把一个有抱负的人挫伤了。"她认为他是一个有抱负的人吗?他的心里又一次掀起一层微微的波澜。他抓起她留下的那两本书,久久凝望着书皮上的两个字:牛虻……

五

写完最后一句话,画上表示着意犹未尽的省略号——六个黑点,他掼下笔,从椅子上站起,深深地呼出一口气,又一篇小说完成了。院里的槐树上,麻雀吱吱喳喳吵闹起来。他拉开门栓,走到院子里,盛暑黎明时分清凉的晨风吹到脸上,够多痛快哇!

这是他从监狱平反释放回家的八月份的最后一天,他读过桑树镇文化站图书管理员——山楂同志送给他的两本小说之后,再也按捺不住,连续写成的第三篇短篇小说了。至于他是否对她说过"再不读书,只管种地吃饭"的话,早已不当一回事了。也许当时真的是灰心丧气了,也许是一时赌气,无论如何,他被内心燃烧着的疯狂的写作热情完全陶醉了。他白天到地里出工,待到天黑,便钻进小厦屋,关住门,任热气蒸沤,任蚊虫叮咬,发疯似的写着……他用那面小镜子照一照,看出自己脸色发灰,眼眶上罩着一个黑圈,不在乎地笑笑,他顾不得更多了。

他决定到桑树镇去,把已经写成的三篇小说投寄给杂志社,顺便到文化站借几本书。队长已经通知过他,到山里水库工地去劳动,黄家坪在那儿的民工该换班了。

把装着稿件的信封送交给邮局的那位秃顶男人,他迅即走出了邮局的绿色门框。

总算第一次给报刊投寄去稿件了,他不敢奢望一鸣惊人,却又担心失败,叫人欣喜而又惶惶不安的等待呀……

他走到桑树镇文化站门口,不由得停住脚,低头一看,结着白色汗迹的红背心太污脏了,光脚蹬着塑料凉鞋,脚面被黄色的尘土粘得一塌糊涂,要是有一双袜子穿上就好了。他想着,又无法弥补,一狠心走进门去,居然比那天晚上第一次登临更多踌躇。

"我知道你会来的。"

山楂正在院子的报亭上换贴当天的报纸,一看见他就笑了,像是对已经很熟悉的人那样随便地说,随之就把他引到图书馆里去。

"我知道你要来借书的。"她笑着,有点得意的样子,把一杯茶递到他面前。

他也笑了,没有拘束不安了,并不觉得有什么不好意思,畅快地说:"能不能多借几本?"

"你要几本?"她问。

"十本……不行的话,拿五本吧。"他说,"我要到山里水库工地去,两个多月哩……"

"你去挑挑吧。"她说,"按制度一次借一本,你是特殊人物,又要进山……可以照顾。"

他在书架上巡视一遍,很遗憾,好书大都借出去了。他听着她的话里有话,就笑着问:"我怎么算特殊了?"

"哈呀!作家嘛……"她笑着说。

"哎呀!快不敢这么喊。"他确实感到不好意思,"我是瞎折腾……"

她打开一捆包扎着的书,对他说:"这是我昨日刚买回来的新书,还没造册登记哩。你……可以选择几本。"

他瞅了她一眼,就趴到那一堆新书跟前,眼花缭乱了。真有这样的活菩萨呀!他抬起头,对她说:"我真想把这一捆书全都背到山里去。"

"不要急。"她说,"我每月到水库工地去一趟,专门给青年们换书,到时候我给你带去。"

他选了几本书,包好,装进帆布提兜,想说几句感激的话,却又说不出口。对于真诚实意的帮助,似乎更无必要说那些庸俗的客套话。他想说他将发奋努力,用创作成绩来回报她的热心,却也是话到嘴边又咽回去了。他终于什么也没有说,告辞了。

她挡住他:"我们就要吃午饭了,你吃罢饭再走。"

"吃咧!"他推着车子坚决出门,"我已经吃过了。"

他在撒谎,口袋里所有的钱,不够吃一碗羊肉泡馍,但他怎么能吃人家的饭呢?

他走到街巷里,在小饭铺里买了两个烧饼,就跨上自行车,沿着一条宽阔的白杨夹道的河堤飞驰,一手扶着车把,一手捏着烧饼,大嚼起来……

小河川道的阳光,在中午时分简直能把人烤得熔化,他在杨柳浓荫的河堤上行走,心里鼓起多么高涨的劲头哟。有了这样一包心爱的文学书籍,山里水库工地的劳动生活,也不会像从那儿回来的人说得那么艰苦到甚至可怕的程度了……

六

山区的夜晚是这样静寂,静得使人的耳朵里反倒有许多莫名其妙的声音,他趴在被卷上,垫着一块木板,写他构思的又一篇小说。茅草苫顶的临时工棚里,现在只有他一个人。县剧团到水库工地来慰问演出,又是社员们多年不见的传统秦腔剧目《铡美案》,他们早在吃罢晚饭以后就去占领好位置了。

他自告奋勇留下来看守宿舍,这是难得的读书和写作的机会。平时,他跟大伙一起出工,抬土或者抬石头,累得精疲力竭,晚上躺在工棚的通铺上,这些远离家乡的男人们,说出一个又一个酸溜溜的男盗女娼的故事,引得哄堂大笑。他常常在晚饭后到天黑前的这一段宝贵的时间里,躲到山沟水泉边去读书;回到宿舍以后,就耐着性子听那些越说越不堪入耳的故事。工地每周放映一场电影,总是由他看守宿舍,求得这一周一次的难得的安静的夜晚。他不要娱乐,也不要休息。他这样想:如果他劳动完了睡觉,睡醒来再去劳动,那他就永远只能是一个普通农民;他要当作家,就得在劳动和睡觉以外,另有一番辛劳啊!

夜是这样静啊!偌大的工棚里挂着一盏风雨灯(马灯),昏黄的灯光下,更衬托出夜的安谧,他就着灯光,写啊写着。

"黄草同志在这儿吗?"

他抬起头,以为是耳朵出了邪音,可是朝门口一看,她——桑树镇文化站图书管理员——山楂同志,活脱脱从门口走过来了。他连忙应了一声:"在哩!你怎么到这儿来了?"

"好难找哇!"她说着,已经走到马灯下。

他慌忙从床上跳下来,不知该让她往哪儿坐,工棚里没有一条凳子,似乎现在才切实感到是一个缺憾。他问:"喝水吗?"

她笑着摇摇头,随便坐到麦秸铺床上,双手掬着膝头,说她随着县上组织的慰问团,给工地送图书来了。

"我猜你肯定不在剧场。"她大声响亮地说,"问了几个人,才找到这儿来,给你带来几本书。我说话算话吧?"她有点调皮地对他笑着。

"呀!啊……"他无法抑制自己的激动。如果这样的行为是从小说书里读到,他可能要怀疑其真实性,甚至问:世界上哪有这样好心的人呢？嚱呀！他搓着双手,在狭窄的通铺之间的走道上踱步,如果送书来的是一位小伙子,他会把他抱住,捶肩砸背,淋漓尽致地表达他的感激之情。然而这是一位姑娘,在这样寂静的大山的怀抱里,在这样昏黄的风雨灯的灯光下,他的心在猛烈地跳动,却不得不警告自己保持冷静,坐在稍远一些的草铺上,和她保持一定的距离。

"我给你捎来一封信。"她在背兜里翻着。

什么信嘛,是退稿。他接过一看,稿件中间夹着一张铅印的退稿笺,连一句意见也看不到,真是令人失望！他把稿子重新塞进信封,扔到被卷上去了。

"你怎么把信址写到俺们文化站呢?"她不管他的稿子的结局,随意问,"差点让站长给邮局退回去了。"

他不好意思地解释说:"我没有办法。自从我的日记出了问题,我爸就不许我写字动笔了。他一发现我写的东西,全都塞到灶锅下去了。我怕稿子退回来,落到我爸手里。想来想去,我想你那儿倒是保险些……"他想说他已经完全信赖她,却不好意思说得那么清楚。

"噢呀！是这样。"她爽快地笑起来,"只管写吧,我替你收存,万无一失,放心好咧！"

"要是你收到退稿,悄悄地存放在你那里,甭声张。"他恳切地说,仍然觉得难为情,"有些人听说我写稿,冷砸刮我哩！讽刺人的话,难听死了……"

她庄重地点点头,表示理解他的心情,却不像他有那样重的心理负担,淡淡地说:"我们文化站评选先进工作者,把我评上了,评上了倒像遭了灾,斜眼杂话一齐朝我飞来。没有办法,有些人干工作没劲,'砸洋炮儿'尽是精神。要是害怕别人说杂话,那就干脆什么都甭干。"

"对对对！"他赞同她的话,"我缺乏你的这点子精神,总是……自卑！"

"我回去了。"她站起来,就朝工棚外走去。

"我送你。"他鼓起勇气说,"这儿山大沟深,很怕人的。"

她没有拒绝。

月亮贴在山顶上方的蓝天上,银光洒满山沟;山峰遮挡着月光,小路忽明忽暗。她走在前头,他在后面跟着。曲曲折折的小路,在山沟的草丛中蜿蜒。夜露已经潮上草叶,脚背上有露水浸湿的凉意。

这是很容易使人动情的夜晚。他平生第一次单独陪着一位年龄相仿的姑娘,在这样寂静的山间小道上走路,心在胸膛里怎么也平静不下来。

"哟!把一件事忘了告诉你。"她走着,说着,"我把你的情况给辅导创作的张老师汇报了。他说县上以后召开创作会议,通知你参加,还托我给你带来三本稿纸……我差点忘咧!"

"噢……噢……"他应着,已经无法考虑文化馆的张老师是否真的会通知他参加县一级的创作会议,他在想:她和他是不是在恋爱呢?她对他的关心和支持,难道仅仅是出于一个公社文化站的图书管理员的工作责任心吗?他的二十年的生活中,不幸和温暖的比例实在太悬殊了。他感觉自己的心里,一下子承受不了这种温暖,像饥饿的汉子一下不能接受珍肴佳馔。他想紧走几步,站到她的面前,握住她的手,说一声……他没有勇气,依然保持着与她三四步远的距离,在弯弯曲曲的山间小道上走着。任何时候,他都不会忘记自己是个农民,一个从早到晚推土抬石修水库的民工,一个梦想当作家而连连接到铅印退稿笺的想入非非的穷光蛋……勇气顿然消失净光了。

"张老师自己也搞创作。"她丝毫没有觉察到后面的黄草心里在想什么,管自热情地说,"张老师对业余作者热情得很……"

"噢!那好……"他支支吾吾应着,抬起头,瞅着朦胧月色里山楂姑娘秀美的背影,在心里发誓说,"等着吧!等到我在中国任何一家报刊上能发表一篇作品的时光,我就要向你说出今晚想说而说不出口的话了……"

七

　　树叶落了。白雪覆盖了原坡和河川。小河又解冻了,柳树首先用一抹嫩黄在河川里渲染出春的气息。

　　我们的黄草却心力交瘁了。他脸颊瘦削,头发蓬乱,眼睛里的红丝丝总也不见褪去……他觉得自己快要完蛋了。

　　通往神圣的文学殿堂的道路太艰难了！黄草无法理解那些驰骋在当代文坛上的幸运儿,究竟付出了怎样的劳动和牺牲？他在出狱后不到一年的时间里,读过几十本中外古今优秀小说,而且送给本省和外地大小刊物二十九篇小说稿了,竟没有一篇能够变成铅字,难道还不足以使人反躬自问:究竟自己具备不具备文学基因？报刊上日见频繁出现的关于天才的论述,使他愈来愈觉得沉重的威压……应该趁早自觉罢手了。

　　他的提兜里装着第三十篇小说稿,骑车来到桑树镇了。这是最后一篇,不成就再不做这样的无效劳动了。走过文化站门口的时候,他狠一狠心走过去了。自去年冬天以来,他就越来越少光顾这个熟悉的窄窄的门道了。总是退稿！那些从这个那个文学杂志编辑部退回的稿件,叫人羞于从她手里接过来,当面拆开……自尊而又自卑的复杂心理啊！

　　邮局里那位秃顶男人从眼镜上方瞟瞅他的眼神,更加怪气了。他把稿件塞进邮筒,几乎是仓皇逃出绿色的大门来。

　　"黄——草！"

　　他折转身,山楂姑娘迎面走过来。

　　"好长时间没见你来。"山楂亲切地说,"没见有你的信。"

　　"队里冬天忙……"他支吾说。

"走,到站上坐坐。"山楂说,"我们又进了一批新书。"

他没有拒绝,跟着她走进图书馆兼阅览室的屋子,坐下,照例接过她一杯水,点燃一支烟。

"你好像劳累过度了?"她看看他的脸色,关切地说,"脸色发灰,是不是生病咧?"

他苦笑一下,如实相诉:"我……精神上支持不住了!"

"咋咧?"她略一蹙眉,意料不到的神色。

"我过去相信马克思关于攀登科学高峰的名言,现在却相信人的先天的基因了。"他很坦率地说,"我不能不承认,我是属于愚蠢型的……"

她的秀气的眼睛扑眨着,有点吃惊地观察着他的说话的神态。显然,她只看到他形容憔悴,而没有料到屡屡失败正在折磨着他的心,已经到了意志崩溃的严重程度了。她没有安慰他,那是没有用处的。她站在桌角边,饶有兴趣地问:"你当初……想没想过自己有没有先天基因的问题?"

"唉!"他苦笑着一摆头,嘲笑自己,"那时候不知天高地厚……自不量力,想入非非……"

他痛苦地皱着眉头,自我嘲笑着以往的无知,完全丧气了。他告诉她,他喜欢读文学书籍,完全是出于一种兴趣,或者是因为乡村里的生活太寂寞了。他躲在屋里,津津有味地读着从远门哥哥那里借来的小说,眼前黄家坪发生的许多奇闻异事,一件一件记入十六七岁的乡村少年的日记了……

出狱以后,他面对浪潮一样涌过来的文学作品,激动得透不过气来;青年作家雨后春笋般地从中国的南方和北方冒出来,他看着那些介绍性的文章,心里鼓动起来:他要写他经历过的生活,他要当作家……

"我现在才明白,我不是那块料。"他向她叙述着,声调沉静而悲哀,像从赛场上败下阵来的竞技者,甘心于自己的失败了,"我……唉!"

"我不懂写作,不过我想,你该认真总结一下,看看自己的毛病出在啥地方,不要光是相信什么'基因'……"她对他的痛苦哀叹不大在意,"我看过一本杂志上介绍一位青年作家,说他也写了一大箱废品……"

"……"他不和她争辩,只是苦笑着摇摇头。

"这么说,你完全灰心丧气咧?"她也苦笑一下,叹口气,惋惜地说,"我一直在等着……看你写咱们小河川道的小说哩……"

"哦……"他立时羞红了脸,不好意思地低下头,"枉费了你一番好心……"

"好心没有枉费的。"她却笑了,轻松畅快的笑声,驱除着屋子里由他带来的沉闷的气氛,自信地说,"我相信,好心不会枉费的。"

他的心又扑扑扑跳起来,她的话除了对生活的充实的信心以外,有没有双关的意思呢?他的令人伤惨的失败,已经使他想说给她的那一句话,那一层意思,愈来愈深地沉积到心的底层去了。今天来这里,已经带有告别的悲凉,那一层说不出口的意思将永远不会说出口来了。

"我看过一个民间故事,很有意思……"

她笑着,讲述起那个民间故事来:有个樵夫在山里抓住一只受伤的小鹿。小鹿说它是山神的童子,要是樵夫放了它,它会引他到获得宝石的地方去。樵夫放了小鹿,遵照它的吩咐,在鸡啼之前爬上山顶,它在一块圆盘青石上等他。樵夫爬啊爬啊,从后晌爬到天黑,借着月光继续前进。月亮落了,樵夫爬得更艰难了,衣服磨烂了,手脚蹭出血了,山路却越来越危险了。樵夫开始怀疑,小鹿是在哄骗他。这样一想,心松了,手脚软了,躺在石阶上睡着了。天明了,睁眼一看,呀!他就躺在圆盘青石下面,不过三五步就可以攀爬上去,仅仅只差了一口勇气……

他笑了:"这样的故事,只能哄小娃娃。"

她却认真地争辩:"总是有些道理嘛!"

"道理是对的。"黄草说,"我怎么也鼓不起最后一股勇气来。"

她却毫不动摇地给他鼓劲说:

"不要做后悔的樵夫!"

八

"邮差刚送来一封信,你爸一拆,就往灶洞里塞。"母亲拉着风箱,叨叨叙说,"我说是书嘛!又不是三娃写的文章,你烧啥!这不是……"

黄草刚刚下工回来,从母亲手里接过书来,其实是一本《苗圃》杂志。他打开目录,只见清清楚楚编排着《脚印》,在许多熟悉的和陌生的名字中间,排列着"黄草"……

他转身奔到院子,不小心撞在喂鸡的木槽上,跌倒了,又跳起来,对着农历三月灿烂的阳光,猛喊一声"老天爷呀",热泪涌流下来了。

他旋即奔进屋里,推出自行车。

"三娃,你做啥?"母亲惊恐地瞧着他。

"到桑树镇去。"他推着车子出门了。

杨柳青青,麦苗叠翠,杏花谢了,桃花正开得火红,这是他所看见的小河川道里最富于诗情画意的一个春天了。桑树镇街巷里的房屋似乎更加低矮和拥挤,他推车端直走进文化站狭窄的门道,"咔嚓"撑起车子,奔上阅览室的台阶。

"山楂——"他喊,从来没有这样大声壮气地叫过她的名字,"山——楂。"

"哎——"屋里传出她拖长的回声。当她看见他站在面前,淌着大汗,喘着粗气,微微吃惊地问,"你……怎么了?"

"你看——"他忙摊开《苗圃》杂志。

"啊!"她眉毛一扬,眼里闪出快活的光彩,惊喜地说,"你,有志气的樵夫……"

他的心都醉了,只觉一股酸渍渍的东西冲上鼻腔,强忍下去了。

"这下该请我吃喜糖了。"她笑着说。

"岂止吃糖!"他慨然说,"我该怎样感谢你呀……该怎样……"

"我不就借给你几本书嘛!那是我的工作。"她随即坐下,"快让我读一下……"

他看着山楂在阅读他的《脚印》,心里涌涌波动,现在该是他说透那一层意思的时候了。为了镇静一下情绪,他又点燃一支烟,声音颤抖着:"我有一句心里话,非说不可了……"

"说呀。"她的眼睛盯在字行上,随口说。

"我喜欢你!"他终于脱口而出,感情炽热,"我真心喜欢你……"

山楂猛然抬起头来,愣住了,脸红得像盛开的山楂花,羞怯地低下头,抬不起来了。

"你是我心中的……维纳斯!"他更加热烈地说,说过又懊悔,怎么说出这样不伦不类的话来了呢?他激动得热泪盈眶,"你说……"

她抬头拢拢扑落到眼前的头发,神情镇静了许多,问:"你今天怎么突然提出这话来?"

"我早就想提出了。在山里修水库时,你给我送书那天晚上,我就想说……"他真诚而又委婉地说,"那时候,我觉得我没有资格说……"

"什么资格呢?"

他语塞了,想想,对她不必隐瞒真实的感情,就坦率地说:"我是个农民,又很自卑……"

"现在你是作家了。"她笑着说,"你有资格了,我却没有资格了,不可能的事。"

"不不不。"他以为她曲解了他的意思,"你是我遇到过的顶好的人……"

她眼睛盯在字页上,却没有看书,心里在想着该怎样善意地回答他……

"我不能没有你。"他只管说,"你过去帮助了我,我今后不能没有你的帮助……"

她脸红了,满脸满眼都是羞涩的神情,但很快就镇静下来,说:"这样吧,'五一'那天,我请你到这儿来……好吗?"

九

期待中的佳期良辰,总是姗姗来迟,渴盼着的"五一"节日,终于来到了。一早起来,他就爬上村庄背后的山坡,精心采摘了一束带着露珠儿的山楂花。火红的山楂花,这是他多日来思来想去的最终选择:富于诗意的山楂花,送给心爱的山楂姑娘,作为定情礼物。他从心底蔑视乡村青年男女订婚时送衣送物的俗气。

黄草有生第一次要注意仪容了,他一切收拾就绪,车头上扎着用塑料纸包裹着的山楂花,意气昂扬地驶往桑树镇上去。

他走进文化站的小院,撑起车子,刚踏上阅览室的台阶,看到木门板上贴着两个红纸剪成的"喜"字,什么人借着节日的文化站举行婚礼仪式呢?他不管别人闲事,走上台阶。

山楂从门里走出来,笑吟吟地在门口迎接他,随之给身旁的男子介绍说:"这是咱们地区的作者黄草同志,他来参加咱们的婚礼……"

"欢迎!欢迎!"那男子笑嘻嘻地说。

黄草脑子里轰然爆响了一声,只是傻笑着,说不出话来。

山楂又给黄草介绍说:"这是我……爱人,桑树镇小学体育教师……"

"坐里边。"体育教师热情地拉着黄草。

短短的一瞬,黄草顿然明白了一切,不仅仅是他对她的错觉所造成的失误,值得深思……他现在无论如何没有转机回味过去了的一切,体育教员正满面春风地热情邀他进屋去。他灵机一动,把那一束鲜红的山楂花举到他们面前,满怀真诚地说:"祝你们……幸福!"

1984 年 1 月　白鹿园

马罗大叔

——《我自乡间来》之一

星期六回到家中,刚落座,母亲说:"你马罗儿叔不在了。"

"什么时候?"我问。

"昨日夜里,还弄不清辰时卯时咽的气。"母亲叹了口气,"今日清早人才发觉。"

这也许不奇怪。一个老光棍儿,夜里独自一个人睡在窑里,死一百次,大约也不会被谁及时发现的。尽管这样想,我的心里仍然禁不住悲哀起来了。

"啥病也没添,昨日后响还在村里转悠。这倒好,干干脆脆,免得受罪。"母亲这样说,言语中伴透着哀伤,"昨日后响在街巷碰见我,还问你回家来没。回回碰见我,都要问你回没回来。我问他有没有啥事,要帮忙,他都说没有,只是想……问问。"

他其实并不要我帮他办什么事,却总要问我回家来没有!我的心倒不是滋味了……

我记起了和马罗大叔共进的一顿晚餐!

那一年,我怀着一股疯狂般强烈的追求,企望闯进某所有名望的大学的神圣的殿堂,结果呢?却不得不蜷缩在夏季闷热窒息而冬天四处透风的祖传的又矮又破的小厦屋里。一盏必须放在眼下才能辨清字迹的煤油灯,常常烧焦我的马的鬃毛一样贼密的头发,火苗上卷着的黑烟熏得我总想作呕,为了省油,也为了节粮,庄稼人在天色刚一落黑就上炕躺下了。他们几乎本能地懂得减少活动量以降低能量消耗的科学道理,不到左邻右舍去串门,也不坐在街门外首的树荫下扯闲,全都静静地蛰伏在炕上了。这个时候,文明而又先进的城市正在推行"劳逸结合"的临时性科学措施,机关缩短办公时间,学校取消体育课和晚修自习……庄稼人不用任何人号召,全都自觉地"劳逸结合"了。

我没有瞌睡,无法忍受在黑暗里睁着眼睛躺在土炕上的惶惑和寂寞。煤油灯盏昏黄的光焰里,顿河草原壮丽的景致在我的眼前展开,葛利高里矫悍的身影驰骋而过……当我感到眼睛发花、发黑,脖颈困倦,难以再翻过一页的时候,眼前就只有母亲装馍馍的那只竹笼了。

是的,那只竹笼,是用竹篾编的,从我有记忆开始,就记得从屋梁上垂下的铁钩上吊着这只扁圆的竹篾编织的笼子。一年四季,这笼里都装着取之不尽、摸之不竭的馍馍,陈馍不等吃完,母亲又装进新蒸下的了。当然,一年中的近十个月里,这笼里总是装着黄色或白色的苞谷面馍馍,只有在年下节下和收麦碾场的时月,这笼子里才会装满纯净的麦子面馍馍。现在,那笼子里空了,整年整月地空荡荡地挂在那只铁钩上,悬在一家人的头顶。空着的竹笼子总是诱惑起我对香甜的馍馍的无限深情。空的!我真不明白母亲为啥总不把它摘掉,令人在半夜里想到它时,却是空的,多么沮丧!可反来一想,即使母亲把它摘掉了,扔到看不到的什么角落里去,甚或砸了烧了,此刻仍然会想到它!

饥饿像洪水猛兽一样咬噬着我的心!

我痛恨我为什么缺乏对于饥饿的忍耐能力。父亲同样和我在生产队的地里干了一后响活儿,回来只喝了一碗盐水,就不声不响地躺在火炕上了,此刻已经响起令人羡慕的鼾声,我却在脑子里不断地旋转着那只什么也没有装的空笼。我很饿,饿得躺不下也坐不住,甚至痛恨起肖洛霍夫来了,你写他娘的什么葛利高里,这个哥萨克狗杂种,害得我不能早早睡觉,现在饿得像饿狼似的在小厦屋里打转转。

我走出门,村巷里死一般沉寂;没有月亮的秋夜,四野里一片黑暗。我没有目的,却本能地走出村庄,下到河滩里来了,正在孕穗的苞谷林里,散发着一股浓郁的苞谷棒子的腻腻的甜香气味,我在水渠边站住了。

我伸手摸到一根苞谷秆子,掰下一个又肥又粗的棒子,三两把撕掉嫩皮,蹲在水渠沿儿上啃起来。凭着牙齿和舌头的感觉,那棒子粒儿软软的,苞谷粒儿里的乳汁竟然溅到眼睛里,我一定是啃得太猛太快了。嫩苞谷粒儿在嘴里,还没有来得及嚼烂,就滚进肚子里去了,几乎尝不出什么味,只觉得十分香甜。渐渐地可以品尝到它的全部甘美的品质了,没有成熟的嫩棒子,生的,带着秋夜里凉冰冰的露珠儿,流进火烧火燎的胃里,太惬意了。甜甜的乳汁,甚至有一股牛奶的舒腻腻的味道,我觉得这就是只有上帝才能享受的善恶树上的仙果了。

我把啃光了的苞谷芯子丢到水渠里,从水渠沿儿上站起来,再伸手摸到又一个苞谷棒子,却猛然看见一个人,正站在三五步远的大柳树下。我一惊,一愣,从身影和体形上,立刻辨认出来,那是马罗儿,终年四季给生产队看守庄稼的老光棍儿。我也不知凭什么勇气,没有撒腿逃遁,也没有向他求饶,而是毫不动摇地把那个已经抓摸到手的苞谷棒子,"咔嚓"一声掰了下来,三两下撕开嫩皮,蹲下身,又啃起来了,那夹在一排排苞谷粒之间的嫩须毛儿,连同苞谷粒儿一同吞咽到肚子里去了。

"哼!你倒胆大——"他冷笑着说。

我没有腾出口舌和他争辩的心思,反正我偷吃了苞谷棒子,跑也跑不到台湾去,任你去给队里干部告发吧!随你们怎么处罚好了!

即使用我们家那两间破旧的房子来抵偿,我也不会后悔,因为那房子毕竟当下解除不了我腹中如洪水冲击着、猛兽吞咬着的饥饿。我已经无暇考虑后果,仍然大啃大嚼着生苞谷棒子,似乎越嚼越能品尝生苞谷粒的甘美香醇了;既然总免不了一罚,索性让我今夜饱餐一顿也划得着了。

"跟我走!"马罗吼着。

我站起来,并不特别惊慌,走就走吧,无非是赶出伊甸园去接受惩罚,后悔是无用的。我跟在他屁股后头,牙齿仍然在忙着啃咬苞谷棒子。

他猛然转过身,伸出手,我以为他要揍我了,却是一把从我手里夺下苞谷棒子,"噼啪"一声摔到水渠里去,溅起的水珠儿跌落到我的腿脚上。我憎恨地瞅着他,站住了,真有点阿Q式的怒目而视。只是黑夜笼罩了一切。他看不见我的怒目,我也看不见他是怎样得意的一张嘴脸。

我跟着他的屁股走,纵使下地狱,我也去。

顺着水渠往东走,渠沿上的草枝上的露水打湿了脚面,我感到一阵渗凉。葛利高里和阿克西尼亚在顿河草原的月光下尽情淘气,我却跟着老光棍儿马罗走向耻辱的深渊。那条通村庄的田间土路横在眼前,我将跟他从那儿拐弯,朝南,走进村庄,呆立在书记或队长家的街门口,听候处置……

奇迹在这一瞬间突然发生了。

水渠和土路交叉的地方,有一孔用树枝搭成的便桥,老光棍马罗走上便桥,毫不迟疑地朝北走去,那儿将通到河滩的深处。他不打算把我交给干部,我的心里毕竟感到轻松了。

我也跨上了水渠上的便桥,树枝在我脚下软软地闪了闪,我背向村庄,走向广阔的河滩。我突然一想,他不把我送交干部,那么带我到河滩里去干什么?又是在这沉沉的黑夜里!我不禁毛骨悚然了。

我立即想起,村里人都知晓,六亲不认的马罗,常常抓住偷庄稼的贼,用他的牛皮裤带教训一番,然后放掉,倒是很少交给干部去处置。干部不打人,只会罚款,罚下款又是众人的;要么开群众会,斗争批判一番,无非是丢人现眼,远不如马罗自己发泄一下光棍过剩的力气过瘾……我现在开始考虑,如何对付这个残忍的老光棍儿了。如果他要……那么我就……我有好几种应急措施在脑子里形成了。

我不能不做应急的考虑。这个马罗,是个生性乖僻的老光棍。村里还有一位光身汉,却是个爱热闹的"呼啦嗨",天天黑夜招惹一屋子闲汉,耍牌、"纠方"、"狼吃娃",是老少皆宜的"俱乐部"。唯独这马罗,见不得闲人进门。有人暗里说,马罗常在他的窑里会野婆娘,怕旁人突撞了他的好事。不管怎样,我大约从来没有踏进过他的土窑的门槛,这倒不是怕冲撞什么,我是实在不想看他的那一张脸,从来也看不到一丝笑纹的冷脸,总是像刚刚和人打过架似的。加之我一直在县城读书,只在寒暑假才回到村里住下,几乎没有和他打过什么交道,说话的次数都是极其有限的。

马罗一年四季只干一种活儿,看守庄稼。麦子熟了看守麦子,苞谷熟了看守苞谷;麦子和苞谷处于青苗时节,他就在村口路边转悠着,看守那些糟践粮食的猪羊鸡鸭。他曾经一梭镖扎透过一头公猪的肚子,吓得所有养猪的村民纷纷修补坍塌的猪圈和羊舍。他曾经把一个偷摘棉花的汉子捆在树干上,嘴里塞满他自个偷摘下的籽棉(真是自食其果),解下宽皮带,一手提着裤子,一手挽着皮带,抽得那汉子可想而知是什么滋味了。有马罗看守庄稼,比阎罗更瘆人。不过……我这样二十岁的刚强铁汉,总不至于束手给他捆绑到白杨树干上的……

再绕过一道水渠,朝东一拐,我就看见一盏马灯荧荧的亮光,那马灯正挂在一个庵棚上,这是老光棍的别墅式住宅了。

他在庵棚口站住,转过身来,在黑暗里瞅着我。

我也站住,紧紧盯着他的手。

"坐下!"他的头一摆,对我吼喊。

我没有坐,仍然站着;坐下了,要再站起来反抗就可能为时过晚,措手不及。我没有吭声,倒把两手轻轻提起,叉在腰间,暗示给他一点威势。

"啊……嗨嗨嗨嗨嗨……"

突然间,他放声大哭起来,那粗哑的男人的哭声,从他喉咙里奔泻出来。像小河在夏季里突然暴发的山洪,挟裹着泥沙、石头和树枝,带着吼声,颤动着四野。我不知该怎么办了,在这一瞬间,我几乎失掉了知觉,脑子里一片空白,我和世界都不存在了,犹如穿开裆裤时候在河里凫水被卷进淤泥陷坑时的那种绝望中的空白……

我慌了。不知该怎么办才好,叉在腰间的手自觉松动了,垂了下来。马罗突然伸出双臂,把我抱住,硕大的脑袋压在我的胸膛上,哭得更加不可收拾。他的中年人的粗壮的身体颤抖着,两条铁钳一样的手臂拘得我的肩胛骨麻辣辣地疼了。他的鼻涕和眼泪一股脑儿倾泻在我的胸脯上,渗湿了我的衣衫。

他哭得好凶,我却找不到劝解他的话。实际的情形是,根本不用我劝慰,他自己已经戛然而止,松开抱着我的手臂,哭溜着声儿颤颤地说了一句:"咱们……好苦哇……"

我此时才理解了这个老光棍粗莽的举动中所表达的感情的含义了;而一当领会,我就再也支撑不住了,心酸了,腿软了,一下子坐在茅草庵棚门口的树根上,双手捂住脸颊,哭起来了,呜呜地淌泪,却不像他那样扯长喉咙号啕。

老光棍马罗,像疯了似的在庵棚前的草地上,跳起又落下,破口大骂:

"我日你妈——'修正'!你狗日害得俺中国人好苦哇!你不吃自家的黑豆小豆(赫鲁晓夫),净想吃中国的白米细面!白米细面吃腻了,还想吃苹果!苹果……哼!还要拿圈儿套得一般个儿……"

我十分伤心,却又几乎被他的骂声所逗笑。我知道,公社里某些拙劣的宣传家向村民讲解宣传的结果,就造成马罗叔这样的胡拉乱扯的可笑心理。他却依然恨着声,跳着骂着,像村子里的庄稼人打架干仗时一样的泼势:

"你害得俺中国农民……啃生苞谷棒子……"

我刚刚觉得心里轻松了一下,又酸楚楚地低下头来了。

"我日你妈——'假积极'!你胡球欺哄毛主席,放你妈的臭'卫星'!你得了奖状,得了表扬,叫俺社员跟着受洋罪——啃生苞谷棒子!"

戒备、羞愧,所有这些复杂的心情,全都随着马罗的骂声跑掉了,我心地坦实地坐在那只树根上,换一个更为舒适的坐姿。马罗蹦着,骂着,声音渐渐远了,钻进苞谷地里去了,那儿随之传来咔嚓咔嚓的断裂的脆响。

他走来了,怀里抱着一摞苞谷棒子,扔在庵棚口的草地上,又钻进庵棚,从吊床下扯出一捆干透的树枝,啪的一声划着火柴,点燃麦草,再加上树枝,火苗咻咻咻蹿起来,冒得老高,在一个用铁丝扭成的支架上,摆上了嫩苞谷棒子。他咕哝咕哝地说:

"去他妈的!这号烂熊苞谷棒子,而今倒成稀罕物了!咋说也不能……啃生的……"

干透的树枝燃烧起来,噼啪作响,火声是这样富于生气。我坐在火堆旁,双手掬着膝头,下巴支在膝盖上,看火苗忽而落下又忽而蹿高,在秋夜的黑幕中辟开的光亮的空间,随着火苗的起落忽而收缩又忽而扩大。火苗在树枝上跳跃,从燃烧着的枝条上攀缘到刚添加上去的树枝上,像万千猕猴在树林里嬉闹,跳跃翻跌;无数条火苗拢在一起,就组成一个火的世界,充满了活力;火永远给人一种热烈、紧张、奋进的启迪……秋虫在四野的黑暗里啁啁啾啾,叽叽喳喳地吟唱,像无边无沿的一只大网在颤悠。

马罗蹲在火边,用树枝拨拢着火堆,促其烧得更旺。架在铁丝网架上的苞谷棒子,绿色的嫩皮变黄了,变黑了,烧焦了,一股浓郁的香味从火堆里扩散开来了。

我的鼻膜受到刺激,经不住这样无法抗拒的诱惑,口腔里不断地有口水渗出来,嫩苞谷棒子经过烧烤,散发出来的这股奇异的香味啊……这样浓烈,这样甘醇,我不能想象世界上还有其他什么美味佳餐能比它更香甜更醇美了。

马罗大叔的神态也使人动情。他坐在一块河卵石上,两手搭在撇开的膝头上,挺直腰板,俨然一副用斧头砍削出来的青石雕像。火光映照着他的脸,一会儿明亮,一会儿灰暗,四方脸中央,雄踞着一垛宽大的蒜头鼻子,脸颊上有两道粗糙的大动脉似的皱纹。这张脸上,现在呈现出安详的神态,专注的眼神,雄狮守护幼仔一般雄伟而又慈爱的神情。他间或用右手里的树枝拨弄一下火堆里的柴枝,甚至歪一歪脑袋,向火堆里吹两口气,然后又坐直了,却不开口说话。

"吃——熟咧。"

他从火堆里的铁丝架上取出一个苞谷棒子,甩过来,撂到我的怀里。好烫!烧焦的皮上,残留着火星,我在两只手中倒来倒去,舍不得丢到地上,撕开尚未烧透的肉皮,一股热气饱融着浓烈的香甜气味扑鼻而来。软软乎乎的苞谷粒儿,酥软香甜,一口咬进嘴里,我的眼泪禁不住扑洒下来了。

他也撕开一个苞谷棒子,用指头从棒子上抠下几粒,填到嘴里,缓缓地扭动着腮帮骨,款款地嚼着,很悠闲的样子。我却双手握着棒子,啃啊啃着。

我真吃饱了!大约两年以来,当城乡陷入严重的经济困难状态,倒霉的是我刚刚进入生理发育最活跃的时期,总是感到饿。我第一次给胃里装进去这么多没有掺假的真正的粮食,丝毫不担心消化不

了而撑死在这河滩里的庵棚前。我很想说几句感谢他的话,却又说不出口,转弯抹角地说:

"我还想你会把我送给干部哩!或是……用皮带抽我一顿呢!没想到……"

"亏得你娃子没有跑!好——"他说,"好汉做事好汉当,偷了就偷了,吃了就吃了!你跑这个鸟嘛!我就见不得那些蛇溜鼠窜的东西!你威威势势站在那儿……我倒服了——这娃子有种……"

那晚我没有回家,和马罗大叔挤睡在他的庵棚里的吊床上。他的一条薄被子,大约半年一年也没有拆洗过,有一股臊腥味儿,包围着我的鼻孔;耳畔响着他毫不抑制的屁响。他像剖白一样向我解释,他用梭镖扎死的那头公猪,是一位只会说人话而尽干狗事的人家的;只有杀出这一条威风,才能免去更多的唇舌;尽管这样,他悄悄地给人家赔了猪款,还让人家悄悄地收下,他只要那一层威慑的声势。他用皮带教训过的那个偷棉花的汉子,大约也是出于同样的目的,在于震慑外村那些企图用偷盗而发财的惯犯。至于像一般人偷摸一把两把,他老远里发现了,大声咳嗽一声,让你冠冕堂皇地走掉也就完了。对于我这样偷而不逃的蠢汉,他反而视为上宾了……

我吃了一顿难得忘怀的晚餐!

我睡了一个难得忘怀的好觉!

他对我这样诚恳相待,倒使我不好意思偷偷去摸一摸那苞谷棒子了,即使饥饿仍然十分难忍,我还是没有勇气再次走到他的庵棚里去。这一夜,我终于忍不住了,那美味的烧烤苞谷棒子的回忆,使我心里像猫儿抓着。我硬着头皮走出屋子,又走下河滩。

有一块半圆的月亮贴在西原上空,路边的苞谷叶子刷到我的脸上,像锯刺一样割得人难受。我在想,怎么向他开口呢?真是有点不好意思,狗肉吃下熟路了吗?

庵棚前挂着的马灯灭了,一片黑暗,月亮清冷的昏光从树枝间透过,斑斑驳驳照在庵棚上。我站在庵棚旁边,叫了一声"马罗大叔!"没有应声,稍停之后,我又叫了一声。

"滚远!"

庵棚里吼出一声,我羞得无地自容了。是啊!太有点不知趣了……

我不知怎样离开庵棚,也没有心思回家,在河岸边的石坝上坐下了,撩起清凉的河水,刷洗烧烫的脸颊。

我发觉身后一亮,回过头,马罗把一支燃着的火柴按到烟锅上,瞬即熄灭了。我又把头转向河水,没有说话。

我凭感觉,知道他在我身旁坐下了,仍然没有理睬他。他咳嗽一声,却像无事人一样,乐悠悠地说:"你瞅,河心沙滩上,那是……"

我抬起头,朦朦胧胧的月光下,无掩无遮的沙滩上,一个人正踽踽朝对岸走去,似乎从姿势上可以辨出来,那是个女人……我突然像明白了什么,回过头,看见马罗喜眯眯地咂着烟袋,悠悠然喷出一口口烟雾:"要记恨叔骂了你一句……你来得太不是时候!把叔差点吓失塌咧……"

我跳起来,扑到他身上,使劲捶他结实的肩膀,要他老实交代。他得意地嘿嘿嘿笑着,并不特别忌讳……

"那是我的老相好哩!

"解放前,我在河北岸王财东家熬活的时光,这女人就跟我好上了。她男人是王财东的大少爷,狗日长得白白净净,可是个白脸傻瓜!十个铜元数不完就乱了码号。土改的时光,王财东一上斗争台,这白脸臭瓜吓得拉下一裤裆稀屎,越是臭气了,嘴角成天吊着一串串涎水,她更见不得他了……"

"你该是跟她结婚,成家,何必偷偷摸摸的。"我说,"解放了,你怕啥?"

"结婚当然好,我咋能不想到。唉!这女人也真是说不清,又不忍心把那涎水嘴男人撂下。她怕孩子隔着一层,日后旁人骂'野种'。我呢?也没心思讨旁的女人成家;再说,那女人也不让我讨,就让我跟她这么混……十四五年了,我也习惯咧。这女人好啊!只是而今饿得慌慌,她背着地主成分,政府发下救济粮,根本没她的份儿。好!我这儿给她救济。没办法,那几个娃儿没跟得上沾他财东爷子的光,倒刚刚跟上挨挫。队里分给我的,政府救济下的粮食,都给她了。妈的!解放前我给老财东熬活,而今又养活起几个猪娃子!没有办法!谁让我跟这女人……"

"那……你这么混下去,老了,怎么办?"我插嘴问,"你的好心,人家儿女大了想回报也没法回报,名不正言不顺哪!"

"不想!我马罗根本不想叫谁回报。老了死了,我啥也不留给旁人,也不想要旁人骂我。只要我活着,有这个女人跟我相好,行啰……"

星光在河水里闪烁。夜是这样深,这样沉。我突然想到葛利高里和阿克西尼亚。我们这黄土沉积层上的古老民族的子孙,也有顿河哥萨克一样动人的情话,只是格调不同罢了。

"你可耍乱嚷嚷呀!要是嚷嚷得旁人知道了,该当何罪!唔……你刚才叫我一声,把我吓了一跳,也把那个可怜人吓坏了。我给她说,'没事,俺老侄儿是个牢靠人,不会烂事的。你放心走……'她……那不是,已经走到河那岸去了……"

我抬起头,那个女人的身影,已经消失在河岸边的杨柳林带里。最后消失前的那一刻,似乎停站了那么一会儿,大约在隔水眺望她倾心相爱着的马罗大叔……

这一晚,马罗大叔话也多了,神情也格外活跃,说啊笑啊,直到村庄里传来一声鸡啼……自然免不了,犒劳给我一顿烧烤的苞谷棒子。

……

"给你马罗大叔送几张纸去。"母亲说。

我刚吃罢晚饭,放下筷子,母亲就提示我,应该给马罗大叔送一叠纸去。乡村里至今保存着这样的习俗,村民们为任何一位逝去的老者敬送一叠纸,由死者的家人烧在灵前,或焚化坟头,表示哀悼之情。时风进化了,乡村农民也有像城里人一样敬送花圈挽联的,终究为数不多,多数人仍然送一叠粗黑的麻纸。

我接过母亲拿来的一厚叠麻纸,走出门去。如果仅仅出于报答他在我饥饿如狼的困顿时刻给予过我一顿美味的晚餐——烧烤苞谷棒子,未免失之浅薄,而我又深知这与马罗大叔"不要回报"的本意相违拗的,我的心沉重起来了……

我在公社里已经工作过近十年了。那一天,在公社机关不算太大的院子里,我看见马罗大叔的背影。那硕大的头颅,粗而短的腰身,现在却教人感到是一具粗大的骨骼,而且背也略微驼了。我把他叫进我的住屋。

"吃饭了没?"我问。

"吃——咧!"他拖着声儿爽声朗气地说。

"可别作假!"我说,"虽不到开饭时间,馍和咸菜很现成,你随便吃点。"

"啥时代把你马罗叔饿下了?"他得意地扬起头,"五保户没定量……"

我信了。马罗大叔已经进入花甲之年了,他的吃穿,由生产队里包着,虽然不能说富裕,却也能填饱肚子。这个生活水准,在七十年代中期的农村,应该说是可以过得去的了。

"你到公社来有啥事呀?"我随便问。

"屁事也没!"他响亮地说,很轻松的神气,老虽老了,说话仍是一派刚阳之气,"我逛到镇上来,到公社院子转转。尿!我才不受忙迫,办尿啥事!我不打搅你了,你忙。我浪呀!逛呀!"说着就站起身要走了。

我送他出门,看着他从公路上摇摇晃晃走过去,拐进供销社的大门,就折回身来,办我要办的事情去了。

当我再次从院子走过的时候,却又看见了马罗大叔的背影。他大约也发觉了我,竟然有点仓皇地从墙角消失了。我有点疑心。他大约不像他嘴说得那么轻松,浪呀逛呀。我瞅瞅他走过的这一排房子,一间里头住着妇联干部,一间里头住着共青团专干,都是与他不会发生什么联系的部门。另一间屋子住着民政干部老乔,我意识到一点什么,就走了进去。

"刚才是不是有个老汉到这儿来过?"

"马罗儿,你们村子的五保老汉,刚走。"老乔说,"老汉领贫寒救济款来了。"

"给老汉救济了多少钱?"我问。

"嗨!现在还谈不上补多补少的问题。"老乔说,"队里不给马罗老汉盖章,说他不学大寨⋯⋯"

我虽然分管民政工作,冬季贫寒救济的具体事项却是由老乔办理,我不太过多干预。老乔是位老同志,人又公正,完全可以放心他做好这件极容易闹矛盾的工作。现在,面对马罗大叔的救济问题,我却忍不住甩出点子来了:"该给老汉救济多少,你定个数儿,队里不盖章拉倒,我签字负责!"

"咱们有些村子的干部⋯⋯真不像话。"老乔也因此而发牢骚,"马罗老汉刚才来给我说,去年的贫寒救济款和冬令物资,全由干部悄悄地私分了。当然,咱们工作上也有漏洞。马罗说他不为要钱,为闹事!老汉大喊大叫,说他要把这事闹得全村都知道,还要寻县委反映。他说他才不在乎那几个钱,十来二十块的也发不了家⋯⋯"

"这样的⋯⋯原来是这样的。"我说,"刚才他和我见过了,可是一句未提⋯⋯只说是浪哩逛哩!"

"这老汉倔得很。"老乔说,"我给他说,让他找你反映反映,他可直摇头,我还当是他和你不合卯窍哩……"

我没有再说话,走出老乔的办公室。马罗大叔对我只字未提,甚至有意躲避着我,本能地使我记起他说过的"不求回报"的话,自己也不知是一种什么滋味在心头了。

我还是坚持我甩出的点子,让老乔给马罗大叔送去了救济款和棉布棉花。老乔回来时,详细叙述了经过,他做得更严密,把棉布棉花直接交给妇女队长,让她给老汉缝制棉衣棉裤。我初听时很欣慰,稍一思忖,又不禁慌然,这难道是合他本意的吗?

……

一孔窑洞中间,停放着马罗大叔的棺柩。今日午时已经入殓盖棺,我再也看不见那垛宽大的蒜头鼻子了,以及那两条深刻在脸颊上的大动脉似的皱纹。窑里和窑院的一切空间,全被男女老少围塞满了,门口仍然涌进一溜连串前来送纸的乡亲。他们在灵桌前放下麻纸,点燃一炷紫香,插进用瓷缸代用的香炉,鞠一鞠躬,就参加到人堆里说闲话去了。

我在灵桌前站住,放下纸,从香筒里抽出一支香,在蜡烛上点燃,插进香枝已经十分稠密的香炉,照着所有庄稼人的规矩,抱住双拳,举齐额头,向马罗大叔鞠一鞠躬。当我深深地弯下腰,虔诚地低下头去的时候,一个镜头闪现在脑际了——

在一座十分雅致的高层大楼上,我应邀参加一个规模不小的宴会,来自南方北方的新朋老友,杯盘交盏,词恳意切。我亦兴之所至,敞怀痛饮,酒过数巡,我的脑子里突然闪出马罗大叔一把甩到我怀里的那个烧烤成黑色的苞谷棒子来!细一瞅幻觉消失了,桌上是狼藉的鸡骨鱼刺,桌下是软茸茸的红地毯,哪有什么鬼苞谷棒子的踪迹……我可没有醉!

紫香焚烧的青烟,在灵堂上飘绕,空气里有一缕幽微的香味。我停立在灵桌前,脑子里又变得一片空白了,直到我被谁拥撞了一下,才发觉后面已经拥着一堆等候进香的男女,我立即让开位置。

她——马罗大叔的阿克西尼亚——站在灵桌前头了。她点燃一支香,插进香炉的时候,手指抖着,竟然两次把香弄断了。她的表面倒装得沉静,跪下去,磕了头,站起来的时候,我看见了她眼角渗出的泪痕。

所有老年女人们都表现出过分的热情,招呼她喝水,没有讥诮和轻薄的意思,她倒有点忸怩了。

我很快弄清,这场丧礼葬仪是由几位热心人组织的,土地下户以后,马罗没有心思弄庄稼,在一亩多责任田里全部种上了树苗,还没来得及卖掉,自己却死了。他仍然被村民们推举为护田人,统一看守各家各户的庄稼,按照田亩分摊给他一定的报酬。刚进腊月,本年的酬金还没领,他却死了。于是,村民们就形成一条动议,把他看守庄稼的酬金按户收齐——甭亏了马罗!再把树苗折价,由队里暂且垫付。把这两笔款子合起,筹办马罗的丧葬大事。

"八挂五"的乐人班子(十三人)已经在窑院里唱起《祭灵》,公社电影放映队的放映员正在打麦场上挂银幕,满村巷里都洋溢着欢悦的浪花。马罗生时寂寞,死时却热闹,能得到这种死而无怨的结局,也不容易哩!

我坐在乡亲们中间,抽烟、喝茶,听大伙儿高声说笑,看众人跑前跑后地忙活的身影,心里却不时闪出那个甩到我怀里来的烧熟的苞谷棒子,那是怎样美好的一顿野炊晚餐……

1984 年 10 月草改 西安东郊

鬼秧子乐

——《我自乡间来》之二

"鬼秧子"是我一个远门堂叔的绰号,他的注入户籍卡的名字,是一个单字:乐。村里人提起他来,总是忘不了在名字前冠以鬼秧子的绰号,就唤作鬼秧子乐了。这种啰唆的称呼本来并不符合庄稼人说话喜欢简便的习惯,可是仍然喜欢这样叫,时日长了,似乎说来顺口,听来也顺耳。

单从这个绰号的字面上直观,就可以肯定他不属于高大完美的人物了。一个"鬼"字,就使人生出许多联想来。不过,在鬼秧子这个鬼字里,主要含蕴着诡的意味,大致概括了我的堂叔处事和为人的一贯特点,不那么豁达爽直,也不像一般庄稼人那么憨厚实诚;举凡大事小事,家事和外事,与人交手,总显出一副诡秘的样子;实话少,空话多,绝不会显山露水;有人概括说:鬼秧子乐要是说他去西京,实际准是去了东京,你要是按他说的到西京去找他,准会扑空上当了。

许是自幼受到这种民间舆论的蛊惑,我对堂叔自觉保持着一定距离,一种警惕和戒备;甚至看见他瘦小的身影,轻快的脚步,比一般庄稼人灵活的手势,也无不产生一种诡秘的印象;至于他那奔突的前额,深藏在眉棱下的那两只细小而灵活的眼珠,就更集中地蕴藏着深不可测的诡秘的气象了。庄稼人对于过于精明,精明到诡秘程度的人,就大大减低了信赖的心理依据,自然地表现出敬(卑?)而远之的保留态度了。我虽不敢鄙视我的长辈,却也不敢与他过从太密。

星期六回到家中,已是上灯时分,一进门便看见鬼秧子乐叔坐在堂屋的桌旁,正和母亲扯着闲话。他平时极少到我家来串门,于是就想到他是有意在等候我,大约要说什么话,或者要办什么事。因为他和母亲的闲聊,完全是一种心不在焉的神气,明显是在消磨时光。

"你咋瘦成这个样子了?"他惊叹地说,似乎不是上一周日刚刚和我见过面,倒像是十年八年未曾见过似的,"嘿呀!我说公家干部这碗饭也真是不好吃,要看不背不挑,劳心伤神哩!劳心的事比劳力的事更叫人受不得。你看看劳心劳神瘦成啥样了……"

我自知其实并没有明显的变化,百二十斤的体重也没有减少,不过听了鬼秧子乐叔的话,似乎总比听到谁说"你肥了"要更熨帖些。

"听人说,县城的街道里,有小贩儿摆摊儿了,油糕桌子、凉粉案子都摆出来了。"鬼秧子乐叔说,完全是一种与己无关的闲谈的口气,"政府也不干涉?"

"不。"我说,"政策允许了。"

"政策怎能允许私人开铺面,做生意?"鬼秧子乐叔不解地说,"共产党怕是睡迷糊了?"

"正好相反。"我自作聪明地解释说,"中央从几十年的失误中总结教训,清醒过来了,对农民不能卡得太死。"

他的一双眼睛勾得很低,并不看我,只是盯着自己手里那只油腻的黑色羊皮烟包,幽幽地挖着。凭直觉,我觉察出他很专注地听着我的每一句话,每一个字,却摆出并不在意的架势,甚至连盯也不盯我一眼。

"你不是有炸油糕的手艺吗?"母亲插嘴说,"几十年没派着用场,现时用得上了。"母亲说着,又问我,"你记得不?你乐叔跟你二爷(乐叔的父亲)在五里镇摆油糕桌子那阵儿,红火得很哩!一街两行七八家油糕桌子,就数你乐叔家的生意好。你乐叔炸出的油糕,黄亮,酥脆,咬在嘴里一包糖,而今吃不上那样好的油糕了。"

我隐约有一点记忆。五里镇街心的水渠边,撑开一座篷帐,一张四方桌子周围,摆着四条长板凳,坐着或站着吃油糕的庄稼汉男女。那位已经去世的二爷在满面笑容地招呼顾客,而正当年轻的乐叔,站在翻滚着油浪的炸锅前,两只手灵巧地捏着面团儿,把一个个扁圆的油糕贴着锅帮溜进油锅里,立时冒起一团儿油浪。炸熟的油糕漂浮在油面上,乐叔用筷子夹出来,架在铁丝网架上……我曾经馋涎欲滴地在那油锅前趸摸过,怎能完全忘记呢!

"哈!那当然。咱们那油糕用的啥佐料嘛!黑白糖掺半,青红丝、核桃仁、柿饼,吃来啥口味?"鬼秧子乐叔自豪地感叹起来,"而今国营食堂里卖的那油糕,只包一撮黑糖。前年我到西安,在东大街一家甜食店买了俩油糕,全是干壳子!皮子硬得像皮带,咬都咬不动。我算是把一两粮票一毛二分钱白撂咧……"

"你而今要是在五里镇摆开炸锅,保准红火。"母亲说,"老人们还都记得的。"

"不!咱可不能再干那号营生了!"鬼秧子乐叔慨然说绝,"投机倒把那营生,咱绝对不能干。"

"那不能说成是投机倒把……"我说。

"纵然不叫投机倒把,也不是正经路嘛!"鬼秧子乐大叔摆出一副慨然的面孔,"党教育咱几十年,要共同富裕嘛!咱咋能图自个先……"

看着他激昂慷慨的面孔,听着他的冠冕堂皇的话,我的心里立即反射出与此完全相反的意思来。他的声东击西的惯用手法,无法对熟悉他的人隐藏他的真实目的,无非是套出我对此事的看法罢了。

"这些人哪!真是狗改不了吃屎的性儿。上头的手刚松开个缝儿,就混扑瞎飞!"鬼秧子乐叔嘲笑说,"哼!到时候……等着挨挫!"

"不会的。"我说,"你要是想做油糕生意,现在可以干了,政策允许的。"

"咱不干。允许咱也不干。咱要跟全体社员走一条路,吃苦都吃苦,享福都享福。"他仍然说着套话,官话。说到这儿,眼珠一转,他用一种超然的口气说,"其实嘛,我要是想卖油糕,条件谁也比不过。手艺咱自带,不用请把式。俺二女子家在五里镇,正好街面上有两间门面,在街心十字左拐角,人来人往刚适中。前几天女子来,跟我叨咕这事,我把她一顿狠骂,骂她年轻轻的,倒比我老汉思想差池。我骂得她再不敢胡说乱扑了……"

听着他的话,我却在心里这样猜测:鬼秧子乐叔想到五里镇重操旧业炸油糕,已经和二女儿商议过不止一次了。甚至连门面的位置也经过悉心的窥测,街心十字的左拐角,那是五里镇的繁华地带,像西安的钟楼、上海的南京路或北京的王府井,在这儿开设一爿油糕铺面,那是得天独厚的好地盘了。他说他狠骂过二女儿的瞎思想,我却偏偏猜成他在盘算如何利用女儿家的这一块无与伦比的好地盘了。我分明觉察出他想做油糕生意的急切心情,无非是朝我探听刚刚放松的农村经济政策的可靠性如何。像狐狸蹲在农家的鸡舍旁,眼睛偏不瞅鸡窝而瞧着四周,察看是否有主人设下的陷阱,绝不是对母鸡的肉香无动于衷。

鬼秧子乐叔的这种心理,并不奇怪,我完全可以理解。村子里好多农民,面对刚刚颁布的活跃农村经济的条例,持一种慎重的观望态度,等等再看吧!他们以为我在县上工作,了解政策界限,向我探询这种政策的可靠性和种种挣钱门路的合法性,已不止一人一次。他们都是直率地说出自己的看法,心存的担忧,甚至抬出过去生活中的事实来证明他们的观点。而鬼秧子乐叔却偏偏否认他急于要干的事,真是诡得有窍,也令人好笑。

"咱当咱的老实农民,不走邪道儿。"他表白说,完全是死心塌地的毫不为金钱所动的样子,站起身来,不在乎地问,"听人说,县城那些小摊小铺,县政府给发下营业执照了?"

"对。"我说,"完全是合法的。"

"合法咱也不干。"他像给我做保证一样,懒洋洋地拖长声调,"叔早把世事看开啰!要那么多钱做啥?嘴里有吃的,身上有穿的,成咧!叔早都不想发财好过啰……"他走出门去了。

我却仍然想到那只并不瞅着鸡窝的狐狸,仿佛说,母鸡肉并不好吃,我根本不想吃……

大约又过了俩月,有一天,鬼秧子乐叔突然走进我的办公室,接过我递给他的茶杯,就自报家门:"人都说市场开放了,县城里热闹红火,咱始终没来过。今日一逛,真个热闹,真个红火!我闲逛了一圈,吃了一碗泡馍。私人开的泡馍馆,肉肥汤香,比国营食堂泡得好。吃得渴了,我到你这儿来喝茶……"

我在县文化部门工作多年了,鬼秧子乐叔从来没登过我的门槛,今日来肯定不是因为泡馍吃得渴了跑来讨茶喝。我明知他是"王顾左右而言他",也不好直问,就只顾给他的茶杯里添水倒茶,说些农贸市场里物资交易的行情。

我的屋子里原先坐着的两位朋友告辞以后,鬼秧子乐叔瞧瞧门口,那门板上的弹簧锁子自动扣上了。他从剃刮得干干净净的薄嘴唇里拔出烟袋,忽然提高嗓门,气呼呼地骂起他的二女子来:"这个贼女子,我咋劝咋骂都管不下了,非要开油糕铺子不行。我给她说,你卖你的油糕,我务我的庄稼;你发你的洋财,我过我的穷日月。想叫我来给你炸油糕,没门儿!"

我坐在他侧旁,只顾听着。

"唉!"他莫可奈何地吁叹一声,"贼女子说不转我,跑来搬她妈。嗨,娘儿俩哭呀笑呀,喊呀骂呀,缠得我实在没办法……"

我心里暗自想,他大约终于要向我承认,那母鸡肉的味道其实是香的。我应该给他垫上台阶,好使他少绕几个弯儿,说实话,走捷径,就说:"二妹的打算没啥风险可担,你的顾虑是多余的。"

"这下惹下麻烦了。她给县工商局递了申请报告,一月多了,营业执照还没见批下来。"鬼秧子乐叔用一种幸灾乐祸的口气说,"三天两头寻我,叫我到县上来探问。我才不管这号事哩!我盼得县上要批准她的申请,要给她发营业执照,省得把我搅和进去……"

我现在已经比较清楚地看出他的真实来意了,只是他还在绕弯子,转圈圈。我想开他一个玩笑,看他怎么办? 就说:"叔啊!我听说现在申请办营业执照的个体户特多,县工商局倒比开初卡得严了。"

他的细小的眼珠一转,迅如闪光似的掠过一丝惶然的神色,随即消失了,勉强继续用幸灾乐祸的虚假口气说:"好……好!我盼县上要批准她的申请,我也省得跟她冒险……"

"听说工商局赶'五一'节前要批准一批。"我说,"回头我问问,看你的那个营业执照批准了没。"

"不是我的,是我二女子的。"鬼秧子乐叔仍不忘纠正我的言语中的差错,用轻描淡写的口吻说,"那也好,你到工商局去给问一下,要是批准了,算一回事;要是不批准,也好。咱早一点弄明白,也叫那女子死了这条心,免得成天麻缠我。也不知……你去打问……方便不方便?"

"方便。"我说,并不敢怠慢长辈堂叔,"我问出结果后,给你回话。"

"这就给你惹下麻烦了。"他仍然用轻淡的口气说,而且继续埋怨他的二女子,"她早就催我来寻你,说是要你帮忙,办下了营业执照,她记你一辈子好处。我给她说,我不给人家添麻烦,你哥在县上工作忙得很,哪有闲工夫操心这些闲杂事……"

真是滴水不漏!我的诡秘的鬼秧子乐叔,我真服了他的高超的谈话艺术了。

……

鬼秧子乐叔和他的二女儿合股经营的油糕铺子正式开张营业了。我因事到五里镇文化站去,远远地看见他腰缠白布围裙,在油锅跟前忙活着,手里捏着面团,不时抓起筷子翻捣锅里的油糕。他的二女儿忙着收钱,付油糕,忙得目不暇接。镇上逢集日,又恰值夏收前夕,庄稼人忙着添置杈把扫帚,扯夏令衣服布料,即使纯粹为着浪集逛会的人,都赶在紧张的夏收之前这有限的集日了。鬼秧子乐叔的油糕生意特别兴隆,油锅里炸熟的油糕,供不上那些捏着票子的手的索要,人就围堵在桌前锅旁了。相形之下,另外两家油糕铺子的生意,就显得冷清了。没有办法,老人们对鬼秧子乐叔的家传的油糕手艺记忆深刻,年轻人的舌头也是十分灵敏的,专拣好吃的买。我驻足看了看,就到文化站去了。

当我再一次回到家里的时候,母亲告诉我,鬼秧子乐叔早已给我送来了一瓶好酒,一条好烟,说是感谢我给他女儿办理下营业执照了。我是空里受人感谢。其实在我向工商局打问此事时,他们刚刚开过会,一次就批准了一百五十多家个体户,其中包括鬼秧子乐叔的油糕铺店。他弄错了,还以为我给他帮了忙呢!我已经早在批准后几日给他说过,他却绝然不信,坚信肯定是我帮了忙,不然为啥会这样灵?鬼人总多一层诡计,我倒无法说得他相信我的话。

鬼秧子乐叔生意兴隆,时间自然更加忙迫,晚上要烧水烫面,揉好,窝在蒲篮里。天不明就得爬起来,点火烧油锅。这时候,好些社办工厂的工人、小镇市民、教师和过往行人,已经等候在铺店门口要吃早点了。老汉忙得团团转,平时连回家的空儿也抽不出。我和老叔不大见面,时光匆匆,近乎两年了。

这一天,县委宣传部干事老杨找我,说县委准备在元旦那天给万元户披红戴花,以鼓励农民放开手脚发财致富。县委把这项工作落实到宣传部和工商管理局头上了,让他们先调查摸底,然后确定表彰对象。在第一批被相中的万元户名单中,就有鬼秧子乐叔。老杨说他已经和老汉接触过一回,老汉顾虑重重,不说真话,不露实底儿。老杨不知从哪儿得知我与老汉是乡党,又有过密的交往,于是就拉上我一起来做他的工作。

我和老杨从县委出发,乘吉普车到五里镇时,镇上的庄稼人刚刚吃早饭。五里镇不逢集日,人迹寥寥,其余几家油糕铺店熄火停灶,只有鬼秧子乐叔的门面开张,稀稀落落的几个顾客在店门口徜徉。

鬼秧子乐叔一看见吉普车停在他的门前,眼里就罩上一层厌烦的神色,我从车窗里瞅见他把头扭到一边去了,及至看见我和老杨走进他的店门,才做出慌慌张张的热情的表示,让我们到店里坐下。他的二女儿凤子似乎不在意,笑吟吟地端上一盘刚炸出的油糕,又盛上两碗红豆稀饭,摆在我和老杨面前,然后接替父亲站在油锅前去操作,鬼秧子乐叔擦着油渍渍的手指,坐到桌旁来陪我和老杨说话。

"你俩还是为寻万元户来的吧?"鬼秧子乐叔率先开口,直奔主题,一语中的,"你老杨同志把俺侄子拉来也不顶啥!我没挣下一万块嘛!咱的县长亲身来也不顶啥,我不能哄咱县上的领导人嘛!披红戴花,多光荣多体面的事嘛,可惜咱不够格!咱而今要实事求是说话哩……"

我和老杨不约而同地对视一下,他的眼镜片后的眼睛示意我开口,我更觉为难了。鬼秧子乐叔一开口,不仅堵死了老杨的嘴,把我也给毫不留情地冷冻起来了。我知道他的为人,就尽可能做些解释疑虑的工作。老杨当然不肯就此宣告失败,态度更加诚恳殷切了。现在形成的局面是,县委的两位文职干部几乎是在巴结一个卖油糕的个体致富户,甚至有几分乞求的意味,盼得他能应承自己挣下了一万元人民币。

"你们看嘛!平时不逢集,这街道上稀稀拉拉没有几个人,一天卖不下十斤面的油糕,能净落几块钱?三六九逢集,不过卖下三五十斤面,能挣多少钱?刮风下雨没人赶集,秋夏两季咱还要停业收庄稼,一年能卖多少钱,大略能算出来嘛!"鬼秧子乐叔数说起生意状况,甚至有点不耐烦了,"挣是挣下了几个钱,也不能说赔本儿;可是离一万块……老天爷,八年以后看咋样!"

看看再说下去也无用,老杨灰心丧气地告辞回县了。我正好顺路借便回一趟家。

老杨乘坐的吉普车驶出五里镇狭窄的街巷,鬼秧子乐叔把我叫进里屋,一直接进他的凌乱而油污的住室,睁着惊疑不定的眼睛,压低声,一派严重而又神秘的气色:"好老侄儿,你给叔打实处说,他老杨来做啥?"

我向他证实,老杨没有坏心,确实是要表扬他,不仅披红戴花,还有奖品和奖金。

"胡球糟践人哩!"他大概基本信下了我的话,疑神疑鬼的惊恐心情消除了,悻悻地说,"只要你县上要变来变去,按而今的政策往下行,老百姓就给你县长磕头叫爷哩!何必要你披球啥红,戴球啥花哩!"

"给万元户披红戴花,这也是解除农民心头疑虑的……一种形式。"我说,"比如你自己……顾虑就不少……"

"你记得不?六〇年上级发下'六十条',鼓励农民开荒种地度荒年。好,咱开了荒地,刚收了三四料,碗里稠了,跟着就来'四清'运动,算账呀,批判呀,还要退赔!'六十条'上的政策又不算数了!"鬼秧子乐叔撇着薄薄的嘴唇,讥诮地说,"翻来倒去,只有咱农民没理!我怎能不顾虑?那个戴眼镜的老杨前日一来,就跟我算账,算我挣下挣不下一万元。我心里毛了,真是怕怕。我的爷!'四清'又要来了吗?"

我再次向他解释,老杨可能一时急于完成县委交代的工作任务,急了点,他苦笑一下表示理解。这些历史的负担真是太沉重了。

"老侄儿,不瞒你说,我准备收摊了。"鬼秧子乐叔神情黯然,"真的。把余下的百十斤面粉卖完,收摊!"

"怎么回事呢?"我不解地问。

"自打老杨那日一来,我几夜睡不着觉了。"老汉有点难受,"没钱用时发恓惶,挣下俩钱心里又怕怕。钱挣得越多,心里越发慌慌。我老是心里不瓷实,老觉得祸事快来了。老杨前日来了,我后来跟俺二女子的老阿公一商量,你猜老亲家咋说?'趁共产党而今迷糊了,挣几个钱赶紧撒手!共产党醒来,小心再来运动!'我就下狠心收摊……"

鬼秧子乐叔说着,竟然动了感情,六十岁的老汉,居然流下眼泪,我才更深一层体察到过去的生活在他心里的沉积太厚太重了。我觉得我以往对他的某些鄙而远之的心理,真是太不应该,完全是不了解他的愚蠢而鲁莽的举动。我喝着茶水,这才郑重其事地给他阐述党的方针、政策、时局和未来。企图向他证实:由一个人随心所欲地改变国家体制和政策的时代已经结束了,中央是人民的中央,按照全体劳动者的意愿制定党政国策,完全可以信赖。

他苦笑一下,说他听听广播心眼就开了,要是听些杂言碎语,又不由得担心。我深知要彻底瓦解他心中的沉积层,还需要时间和生活的进一步发展。不过,他笑着说他可以改变前几天做出的收摊的打算,算是对我的宣传工作的令人鼓舞的兑现。农民啊!极左的政策造成的这一代如惊弓之鸟一样的农民啊!

县政府在元旦那天召开了表彰大会,十五个首先达到万元家当的农民,接受县委书记和县长给他们按照关中农村传统的褒奖习俗,在肩上披挂了红绸带,胸前戴上了斗大的红纸花,打扮得新郎似的,乘十多辆彩车,在县城游了一圈。鬼秧子乐叔也被通知来开会,我和他在会场匆匆一见,他的脸上有了光彩,有点愧疚地对我笑着,我也不便再说什么,料定对他不无好的感染吧?

大约又过了半年,又一个周日,我回到乡下老家,作为我们这个远离县城的偏僻山村的头条新闻,就是鬼秧子乐叔从五里镇扯旗拔寨,回到自家屋里,洗手不干了。我被一种好奇心所驱使,就找到他的舍下去打问。

深秋的冷月洒满庭院,落光了叶子的葡萄藤架下,鬼秧子乐叔正坐在一只小竹椅上喝茶。他的神色十分沉静,言语缓慢而凝重,手势也沉稳了。

"听说……你从五里镇回来了?"

"回来了——不干咧。"

"怎么回事呢?"

"……你先喝茶。"

我坐下喝茶。

"老侄呀!你总说叔顾虑多,心数多……"他像打赌赢了时的口气,"现时看,叔顾虑的事,没错!"

"到底怎么回事呢?"

"五里镇公社书记在广播上讲话,说乡村里耍神闹鬼,投机倒把,强奸妇女,偷人抢人,都是啥……污染!还说所有污染的根子是'一切向钱看'……"

"这与你卖油糕有啥关系呢?"

"卖油糕是不是为了挣钱?挣钱是不是'向钱看'?'向钱看'当然就是污染嘛!我给自己也会上纲挂线了。"鬼秧子乐叔说得很认真,"公社书记在广播上连说带喊,嗓子都喊哑了!你看看,县长刚给万元户戴花没过半年,公社书记又这样说……"

"没你的事!只是文艺和教育界……"

"老侄儿,叔已经安置妥当了。"鬼秧子乐叔给我压着指头,说他早已谋划好了的措施,"我干了三年多,确确实实挣了一点子钱。我把这钱全数存着,房不盖一间,家具也没添一件。我给娃们交代:日后要是来运动,要退赔,那好,咱把钱交给工作组。要是真的不来运动,那当然好,就算是爸给你们留下的家当,你们兄弟俩一人一半。这钱是我揉面团挣下的,我现时不敢花,你们也甭花;等我死了,随你们的便!我活着,你们要想动它一张……"

话说到这样的程度,可见心死如铁了。五里镇公社那位书记怎样慷慨激昂地发表了一通演说,吓得鬼秧子乐叔缩手蜷足,关了油糕铺店,从五里镇回到自己的老窝里来了,而且把挣下的一笔款子,分文不花,准备着将来某场运动中退赔出去……我曾经为冯幺爸在乡场上挺起了腰身而欢呼,也曾经为可爱的黑娃兄弟走进照相馆出尽洋相而鼓舞,我可实在没有想到,我的远门堂叔给我留下这样曲曲拐拐的心的轨迹!即使五里镇公社书记在广播演说中喊哑了嗓子,我看县城和五里镇的农贸市场依然熙熙攘攘,小铺小店里的个体户的生意也照样兴隆,唯有鬼秧子乐叔……大约太诡秘了吧?太精明的人,有时也往往失算,倒比那些头脑简单一些的人更多一层忧虑吧?

……

今年春天,我从南方归来,到五里镇下汽车,走进街巷,看见鬼秧子乐叔和他的二女儿家的那爿铺店地址上,已经竖起两层六间的楼房,外观十分漂亮,楼楣上书写着一排潇洒飘逸的行书字:"一字歌饺子馆"。

鬼秧子乐叔在门口看见我,连拽带拉,就把我拉上楼去了。下层三间,两间作饭厅,一间为作坊,二楼上开了一间雅座,供那些比较讲究的小镇上的"上层"人物莅临就餐。五六个青年男女,一律白衫白帽,很有气魄。坐下后,鬼秧子乐叔弄来几碟小菜,定要和我喝几盅。

"老侄儿呀!我这回豁出来啰!"鬼秧子乐叔呷下一口酒,"啃个鸡爪子也算动了荤,咥(吃)个全鸡也是动了荤,我宁愿咥个全鸡!"

我惊异他的变化,不用问,他就告诉我,油糕铺熄火灭灶的时月里,他心里其实很痒痒。看着那么多票子别人挣,心里那个味儿是很难忍受的。直到春节,两个女儿和女婿来拜年,向他声明,他不干,他们可要干了,而且要大干大闹,只是资金欠缺,要老丈人把那一笔款子借给他们兴建楼房。老汉阴沉着脸,说三天以后给他们回话。后来……他和两个女儿家合股……

"嗨!一号文件一下达,我就在心里骂五里镇公社书记,这回,你把嗓子吼出血,也吓不住我了!"鬼秧子乐叔畅快地笑着,"人都说我诡,这回不诡啰!我把全部家当拿出来,摆在五里镇上了。咱一生担惊受怕,心里多刻了几道渠儿,而今,我要耍一回大胆啰!"

鬼秧子乐叔几口酒下肚,脸像猪肝一样红了,话多了,声壮了,简直没有我插言的缝隙,他自嘲地摆摆花白的脑袋,感慨地说:"叔这多年里,就像在月亮地里走路,把自个的影子当作鬼了,自己吓自己……哈呀!"

"你这个饭馆的名字起得好!"我也受了他的情绪的感染,心情很畅快,"'一字歌',很雅致,也有意思!"

"我请了几位中学教员,摆了一桌酒席,请他们给我的新饭馆起名。"鬼秧子乐叔十分得意,"那些文墨人,起下二十多个名字,我就选中了这个,它合咱的心。"

我很畅快,就起身告辞。鬼秧子乐叔却兴致正高涨,死活不让走:"我还跟你没说完哩!"

我又坐下。他告诉我,前几天,五里镇公社开会,动员大家给学校捐款,多少不拒,一块两块欢迎,千元百元更好。鬼秧子乐叔当场站起,报了一万元。全场立时响起掌声。那个在广播上把一切乱七八糟的怪事都引申为"污染"的公社书记,带头站起来,当着千余人的面,代表五里镇几千名小学生向鬼秧子乐叔鞠躬致礼,感动得老汉热泪扑洒。

"人家领导问我有啥要求?我说,修好学校以后,把我的名字刻上,就这话。"鬼秧子乐叔说,"我跟朱举人平排坐着了!"

我在五里镇读小学的时候,老师讲校史时,说五里镇小学的前身,是朱家寨在清末中了举的一位朱举人捐款兴建的。正堂上的一块青石碑上,记载着这位举人给家乡文化建设所做的义举,在世世代代的庄稼人中传为美谈。"文革"中,那块碑石给搬掉了,不知扔到什么角落里去了;前年,被谁从庄稼人打土坯的土壕里发现了,抬回五里镇小学,重新栽在花园里。鬼秧子乐叔也想在五里镇这个小小的社会里,留名青史,我可没有料到。

"公社答应了!"鬼秧子乐叔有点得意,"公社书记亲自给我说,'你的碑子跟朱举人的碑子并排栽着。'"

"叔呃!你给咱家乡的子孙后代做下一件好事,群众不会忘记你的。"我喝了几口酒,对鬼秧子乐叔的进步大加称颂,"你而今心里踏实了吧?再不……"

鬼秧子乐叔灌下一杯酒,撇着嘴唇,讥诮地瞥我一眼,不以为然地摇摇头,打断我的话,眼里又露出那种诡秘的气象,说:"好老侄儿,不瞒你说,我捐出一万元来,权当这几年没挣。捐出去,让五里镇公社的每一户庄稼人都得一点好处,免得日后来了运动,乱口纷纷咬我。二来呢?我把一万块票子捐给你公社书记,你书记在成千人面前跟我握了手,亲口答应给我立碑,青石上刻下我的名字,看你日后还抓不抓我的'污染'?"

鬼秧子乐叔得意地剖白他的诡秘的打算,又使我意料不及了。我正在心里琢磨着他的义举里所包含的新的意义,新的进步,新的心理变化……却想不到他竟是出于这样的动机。

"我不能不考虑留下退路!"鬼秧子乐叔扬起头,瞪着眼瞅着我,"傻瓜才只知朝前跑而不想退路哩!我捐出一万块,把上下左右的嘴都堵住,日后万一政策变卦了,看你咋好开口整我?"

他得意地笑起来。

我喝不下去了,愉快的心情又转为沉重起来,点燃了一支烟……

小说写到这里,本可告一段落;又一回想,觉得不免有图解政策之嫌;再想想,却无法完全回避。鬼秧子乐叔的所有诡秘的言行举措里,无一不折射着我们施行过的政策的余光。也许在世界上所有的不同肤色的农业人口中,鬼秧子乐叔的诡秘的心理算是一种独有的怪癖;因为世界上不同地域不同社会制度下的农民毕竟有职业上的共同之处,譬如丰年的欢乐和灾年的忧愁,譬如对于粮食价格的升跌的担忧。独有鬼秧子乐叔除了抵御自然灾害之外,又多了一层奇特的又是根深蒂固的变态心理,使人难以揣摸准确……令人可喜的是,而今刚刚成年的一代农民,譬如鬼秧子乐叔的二女儿凤子和她的丈夫,将不会循着鬼秧子乐叔曲里拐弯的心的轨迹思谋筹划他们的前程了!

无论如何,我仍然虔诚地祝愿,鬼秧子乐叔开张不久的"一字歌饺子馆"生意兴隆……

1984 年 10 月 21 日　西安东郊

田 雅 兰

——《我自乡间来》之三

清晨的空气凉丝丝,湿润润,我拎着一只旅行大提包,在小县城外的长途汽车站门口等待;贴着县城流过的河水,已经闪动着夏日黎明的亮光了。我在汽车站门口踱步,心里急得慌慌,其实也没有什么急事,无非是怕等车、怕排队这些穷毛病又犯了。

一辆卡车急驰过来,嘎的一声在我跟前刹住,卷起一股混合着汽油味的尘土,我立即跳起来,躲避那令人讨厌的尘土。

"老陈——"

我回过头,驾驶室的小门口,正跳下一位中年妇女来,叫着我,而且毫不迟疑地朝我走过来,旁若无人地大呼小叫道:"哈!没错儿。你怎么在这儿哪?"

真该死!我却无论如何想不起她的尊姓大名来,看着她的面孔是这样熟悉,偏偏记不起她的名字,愈是着急,愈是记不起来。我只好抱歉地笑笑,装作不曾忘记的样子,和她打招呼:"唔!我来出差……"

"你到哪儿去?"她急火火地问。

"回城里。"我说。

"坐咱的卡车走吧!正好到城里去。"她说着就动手拎起我的提包,"上车吧!快!咱们都要赶路哩,趁着天凉。"

司机在方向盘上摊开一本杂志,正看得入神,我和她先后钻进驾驶台的时候,他仍然没有抬头。她在他头上敲了一巴掌:"也不知和你陈叔打个招呼!咱们的恩人哪!"

小伙子抬起头来,那是一张多么漂亮的脸孔,红润润的脸膛上的一双圆圆的眼睛,坦然地瞅我笑笑,他闹不清我怎么会是他们的恩人,我也搞不清她打哪儿说的话。他起动了卡车。

汽车在田野上疾驰,凉飕飕的晨风从车窗外扑进来,太舒适了。田野一片绿色,无边无际,大块大块生长茁壮的苞谷苗儿,连着大片大片正在开花的棉花,绿得深沉,绿得可爱。正是肥沃富饶的渭河平原最富有的季节,我在她的腹地上乘车奔驰,心里真是像诗人们说的那样陶醉了。

"你现在在哪儿工作?"

"报社。"

"来这儿做啥?"

"采访。"

"你为啥不来采访我呢?"

我回答不上来,心里却一惊,这样直率的发问,我碰到的并不多。我不由得看她一眼,这位农村妇女并不是开玩笑,而是认真的神气,似乎还有点不满。我真是该死,至今记不起她的名字,话也不好直说。

"你给我登一回报,我给你开……工资。"她大约想说"开钱",话已溜到嘴边,略一停顿,就换上了"开工资"。她又撇一下嘴角,"我看哪!报上登的有些人的事情,还不如我呢!"

她究竟是什么人?用这样自信的口气和我说话?"你是……"

"啊呀!弄半天你真把我忘啦?"她惊奇地又是遗憾地盯着我,"你怎么能忘了我呢?"

似乎她是撒切尔夫人,或者是英迪拉·甘地。可是毫无办法,我还是记不起她的尊姓大名来。

"我是田雅兰。"她大声说,"住在田家湾,一年四季朝你要救济的那个歪婆娘……"

噢!我恍然大悟,不由得转过头,瞅着她,把已经忘记的田雅兰这个名字和她的熟悉的面孔,这才统一到一起了,我的心反而不安了。

"这汽车……是你的吗?"

"买下一年咧。"

"开车的是你儿子吗?"

"大货——跃进。"

"你现在做啥?"

"我办了个家庭农场。我是经理……"

好个田雅兰,好个开办着家庭农场的田经理!在我的脑子里,眼前这位口大气粗的中年农村妇女,怎么也与那个她自个儿也不避讳的歪婆娘统一不到一起……

公社院子里传来吵闹的声音,一个女人粗大的嗓门在吵在喊,急促而又激烈,声调越来越高,我终于忍不住,放下笔,走出我的住屋。

公社小会议室前面的院子里,围着一堆人,有公社的干部,也有过路的农民,大约听见吵闹声,从大门外拥进来看热闹。一个三十多岁的女人,被围在中间,在大喊大叫:

"人民政府不叫饿死一个人,我一家五口断顿儿三天咧!政府发的救济款,轮不到我头上,我不要咧!我叫你乔部长给我开一张'讨饭证',这费你多少神嘛?只需一张纸,写上我的贫农成分,盖上章子,我出门要饭也好应付人家盘问。就这事,你不给我办,还说我污蔑人民公社!谁头上有毛爱装秃子?谁锅里有米下爱出门拉枣棍儿?你干脆说我是反革命,把我逮了关了……"

我站在人圈外围,听到这儿,大体也就听出一点缘由了。几个公社干部劝她到屋里去,她反而更加执拗,甩着被妇联干部拉拉扯扯的胳膊,坚决不到她的屋里去。她的头发蓬乱,粘着灰尘和油垢,黑布棉袄的袖头,已经破烂得条条缕缕,光脚片套着一双破烂的棉鞋,脚后跟露在外面。她的嘴唇开裂,沁出血丝,仍然大吵大闹:

"我不到你屋里去!实话明说,怕啥?我一没偷,二没抢,我就是要一张'讨饭证',也有罪吗?"

要是真想出门讨饭,她早就去了。公社怎么会给她开一张讨饭的证明呢?看来她的实质还是要救济款,或者是嫌给她救济的钱太少,或者是对别人的救济有意见,不公平,有话说不出,就使出这种手段。我去找民政干部老乔,救济物资和钱款的发放,是由老乔一手具体经办的。

老乔正坐在他的火炉跟前,伸着短管旱烟袋,就着蜂窝煤炉子上的蹿起的火焰吸烟。他态度平和,似乎与门外那个女人毫无关系,似乎那个女人大吵大闹与他毫不相干。我一直钦佩他遇事不惊的良好修养,现在却不能不产生一点不满了:无论怎么说,让这个女人在院子里混吵下去不是办法嘛!

"她爱喊,让她喊去!她喊得有谁敢给她开'讨饭证',算她喊得好!"老乔吐着烟雾,不紧不急,"反正我又不敢给她开'讨饭证',又不能捂住她的嘴,咋办?"

"那……你去叫她,到我屋里,咱们一块谈谈。"我说,"让她在院子大吵大闹,影响总不大好!"

"我叫她去找你,说你是主管民政工作的头儿,她不去嘛!"老乔说,"你看嘛!她才不是真心要球啥'讨饭证'哩!她是专门来糟践人,'闹本县'哩嘛!"

我不能眼看着这种闹哄哄的局面继续下去,又说不转老乔。我又来到院子里,对她说:"你来吧!'讨饭证'我给你开!"

她一愣,眼睛发直了,大约根本不曾预料到,有谁会出面答应她的要求。瞬间,她双手一拍,强装出兴高采烈的神气:"好好好! 只要你给我开'讨饭证',我就去!"

我把她引到老乔的房子,闭上门,我指着一张椅子,说:"你先坐下。"

"我还忙着去要饭呀!"她歪扭着脸,"给我开证明吧!"

"开'讨饭证',总得问清白才能开嘛!"我坐下来,点燃一支烟,考虑着怎么对付她,"你住在哪个村?"

"田家湾二队。"她说,"我叫田雅兰。"

"名字倒是挺脆气的!"老乔逗趣说,"人可是够厉害的!"

"厉害是逼出来的。人要是太龟了,就活不了!"她仍然火气十足,"你老乔要是落到我这步田地,说不定比我还厉害!"

"别赌气了,说说你的家庭情况吧!"我说,"赌气不解决任何问题。"

"你问他去!"她用眼睛给我指着老乔,"我给他说过几百遍了!他的耳朵磨出茧子了,我的嘴唇也磨得没皮了。说来说去,啥问题也解决不了!"

"哪一回没给你救济?"老乔从嘴里拔出旱烟袋,"一回也没空过!"

"你少朝我瞪眼睛。"她的一只手顺势叉在腰里,"救济款是共产党给的,不是你老乔给的! 你朝我瞪什么眼? 我吃救济款就低人一等吗?"

"你总得……讲道理嘛!"老乔说着,把一份统计表递到我手里,"自我接管民政工作这五年里,给你累计救济过四百多元了,棉布棉花在外……"

"四百二十五块钱,五丈蓝咔叽布,十斤棉花。"她大声说出精确的数字,"我让孩子在纸上记着,镶在镜框里,等我儿我女长大了,我给公家还!"

"钱是人家政府的,棉布棉花也是国家的,不是我老乔家里的。国家救济困难户,我没说过要谁还账嘛!"老乔仍然不起性儿地解释说,"我们应该感谢国家……"

"党的恩情我记着。"她仍然态度强硬,"我虽是领的国家的救济款,可是受够了人的白眼!大队小队那些头儿莫要说起,单是你老乔——"

"我怎么了呢?"老乔呵呵地笑着,"我没骂过你,也没奚落你,倒是你几回'闹本县',闹得我下不了台!"

"你虽没骂过我,你烦我!"她毫不退让,"你给旁人说过,说我是泼妇一个……"

"我啥时候烦过你?"老乔问。

"今年春季发救济款时,我来找你,你躲得不闪面。"她举出实例来,"你现时给陈领导说,你躲到哪里去了?"

"我……根本没躲。"老乔否认,口气却很软,眼里滑过一缕不好意思的神情,"你又吃不了我,我躲啥?"

"你一看见我来了,锁上门溜了,躲到厕所里,不出来。"她得意地揭露说,"我就等在外头,看你能蹲一天不能?"

"你看看……老陈——"老乔向我摊开手,不好意思地笑着,"你看这样的贫农,好领导不好领导?"

我已忍不住笑了。

田雅兰也笑了。笑得很短暂,她又换上强硬的口气说:"我一觉察谁拿斜眼瞅我,我也拿斜眼瞅他!谁烦我,我偏缠他!谁想下眼观我,我才不受哩!我接受的是国家的救济……"

"今天你来,为啥大喊大闹呢?"我把话题引到眼前的具体事情上来,"又是老乔躲到厕所里了吗?"

"今日倒没躲!"她说,"可是把我往门外推,还是烦嘛!"

"你问救济款,我说上级刚发下来,咱们公社还没研究确定哩!"

老乔说,"我怎么又烦你了呢?"

我于是就劝她,表示完全理解她的困难处境,又不能不给她讲些僧多粥少的道理,劝她先回去,我们尽快研究,把冬季救济款和物资尽早发放到困难户手中。好说歹说,总算把她送出大门了。

"这个歪婆娘,泼货!"老乔瞅着她远去的背影,松了一口气,笑着对我说,"幸亏全公社只有她一个,要是再来仨俩的,我这民政工作就没法干咧!"

"可是你要留心,她……弄不好……可能真的引上娃娃去讨饭……"我有点担心,"要是她讨饭走了,你我都不好给县上和市里交代。咱们一块到她家去看看。"我对老乔说,"无论如何,甭让她引着娃娃去讨饭……"

渭河平原的初冬,如果没有西伯利亚寒潮入侵,气候倒有点像早春天气,早晚冷点,而中午却有温暖和煦的阳光,人说"十月小阳春"。

持续了一天一夜的西北风,把冬天的萧索气氛全部显示出来了,一排排杨柳,枝梢冻僵了,在灰蒙蒙的天空,发出呜呜呜的呻吟。小麦葱茏的绿色顿时变得灰暗了。原坡上是一眼看不断的枯黄野草,没有生气,透着冷光。

我和老乔骑着自行车,赶到田家湾。

田雅兰家的住屋,一眼就让我感到了衰败的气氛。土打围墙坍塌得豁豁牙牙,猪狗可以自由出入;院子里,猪粪和柴草混搅在一起,铺满了院子,邋遢而又肮脏。一头克郎猪和六七只杂色母鸡,在院子里拱着刨着,听见我和老乔的自行车响,扑啦啦飞起来,扇起柴草和尘灰。

屋里不见田雅兰,也不见一个孩子。我正待呼叫,却听见屋里传出田雅兰熟悉的声音:"说!你狗日的给我说!对着日头爷说!你还胡来不胡来?"

"我……已经说过了嘛!"乞求饶恕的令人闻之恸心的男人的声音。

"说!再说!"田雅兰凶神恶煞般的声音,毫不放松,"连说三遍!对日头爷赌咒!"

这样不近情理的逼问,我有点反感了,在公社大喊大闹,在家里又是这样称王称霸,太过分了!男人即使有什么错,总归是病人,这样逼迫一个瘫痪的病人,近于虐待了。

"雅兰,你饶了我吧!我再不了呀!"男人用哭声求饶,"你听听,外边有人来了呀……"

"有人来了更好!"田雅兰说,"你还知道顾你男人的面子吗?"

我敲响了门板。门闩一声响,门开了。

我一眼瞅见,田雅兰铁青着脸,眼睛死勾勾地盯着我,嘴唇用劲地撇着,呆痴的眼神使我顿然产生了一种无名的恐惧。凭实感,我觉得站在我面前的,分明是一只被围困得几近绝望的母狼了。

她连招呼一声也没有,依然呆痴地站立着,扭过脸去,不看我,也不看老乔。

我照直朝屋里走去,炕上,一条破烂的棉被下,躺着她的男人,一个瘫痪病人。他的像烟火熏烤过的黑里透黄的脸色,现出一缕羞愧的神色,转到炕的里边,面向墙壁,避开我和老乔的眼光了。

"老田,怎么回事呢?"我问。

老田仍然没有扭过脸来,面对墙壁,长长地吁叹一声,没有开口。

"说!你干的体面事,你给公社同志说呀?"田雅兰奔过来,站在炕边,"你有胆子做,咋没胆子说?"

老乔摇摇手,劝说她:"甭这样。有话慢慢说。他是病人,你甭尽发火起躁……"

"你们看——"田雅兰一把揭开被子,又撕开男人的领口,"你看他给我干的好事——"

我一看,那男人已经很细的脖子上,有一道暗红的伤痕,围着脖子绕了一圈。这时候,田雅兰从地上拾起一条用棉线织成的腰带,甩到我面前的炕上,自己一下子扭过头,用手捂住嘴巴,不说话了。

"老田哪!你真是胡来乱整!"老乔拍着老田的肩膀,既是劝谕又是责备,"怎么能走这条路?"

老田双手捂住脸,呜的一声哭了,身子和被子一起抖颤着。

我深深地低下头,抽着烟。我不大会劝解人,默默地坐着。我觉得什么话语都苍白无力,无法使这位丧失了活力的男子汉解除痛苦。

"我一天奔前跑后,为了啥?"田雅兰气呼呼地又斥责起男人,"我好不容易喂大一头猪,换下几十块钱;我养鸡攒下鸡蛋,一个也舍不得给娃们吃;我死皮赖脸地向政府要救济款;全都买下药,给你灌进肚子里去咧!好……你倒想用一条裤带照顾我……"

"唉!我……"老田突然抓住我的胳膊,瞪着眼,哆嗦着嘴唇,"我成了废物了!一家人苦,全苦在我身上了。我不能再叫娃儿们跟我受苦受拖累,我不能再叫雅兰……再这么下去,雅兰也会给拖垮的……"他转脸对雅兰说,"你对我……尽够了!我自个儿对不住你和娃儿们,才想到给你减轻负担……"

田雅兰还要说什么,老乔制止了她再说话,推她出门,让她做饭或者喂猪,由我们和老田坐一坐,聊一聊。田雅兰走出门去了。

"陈同志……乔同志啊……"田雅兰一出门,老田挣扎着要坐起来。我和老乔扶起他,身前腰后用被子拥塞着,使他不致倒下去。他一只手抓住我的手,另一只手抓住老乔的手,泪水扑落到瘦削的脸颊上,"我的雅兰,全是为了我……我不忍心把她也拖累到死哇……"

汽车在渭河平原的腹地上急驰,广袤无垠的原野上,一排排顺着灌渠和公路排列的白杨,郁郁葱葱。夏日清晨,明丽的阳光铺洒在原野上,蓬蓬勃勃的苞谷苗儿,棉花秧儿,西瓜蔓儿,全都涂上一片红光。我坐在田雅兰和她的儿子跃进之间,透过车窗玻璃,眺望着这美丽的原野景致。

跃进双手攥着方向盘,目不斜视,熟练地驱车疾驶。他的脸膛红润润的,端正而秀气的鼻子,俨然就是从老田的脸上移植过来的。他的眼睛像田雅兰,大而明亮,透着一股强悍的气息。身上只挂一件红色背心,粗壮的胳膊有如抬杠一般坚实,这无疑是一个标准的关中人的后代了。唯其区别于老一代青年的,是他的头发。那头发长到盖住后颈,耳朵也被头发覆盖住了。他无疑十分喜欢这样的头发式样,很自信地甩一甩扑到眼睛上来的长头发,而不嫌碍眼。

在我陷入上述不能忘记的回忆的时候,田雅兰一直在给我叙述着我离开那个公社以后的事。尽管她费尽心力和财力,终究没有使老田站立起来,而终于在卧床五年之后去世了。令人惋惜而又遗憾的是,他没有看到他的妻子现在的魄势,也不能使我写的田雅兰的故事有一个大团圆的结局。田雅兰难过地告诉我,老田临死时,竟然没有痛苦,他最后向她笑一笑,说了句:"我盼的日子到底来了。雅兰,我死了比活着好哇!于我好,于你好,于娃儿们都好……"我听了,心里不由得颤抖起来。

"我头年养了一百来只母鸡,一年就翻身啰!"田雅兰用一种男子汉们说话时常有的那种自豪的口气给我说,"第二年发展到五百只。第三年土地下户,队里有百亩果园,没人敢下手承包,我包了。我的儿子和女儿长大成人了,都是好劳力,我就承包了它。我包下了果园,把那些男人们给吓住了。当年卖完果子,还了队里的承包款子,我买下这台新车……说来真是从一个鸡蛋的家当起手的哩……"

诸如田雅兰这样的家庭变化,我早已司空见惯,不足以引为惊奇了。唯其因为我对她的过去生活的不能忘记的记忆,依然强烈地冲击着我的心扉。她很自在地倚靠在背垫上,怀里抱着一只黑色皮包,押着满满一车苹果,和她的儿子到城里去交易。她穿戴整洁,神态镇静而坦然,四十多岁的中年女人的脸色,倒比我十年前在公社院子第一次见到她的时候红润丰腴得多了。她现在和我说话时的那种神态和魄势,很容易使我联想起在电视新闻上看到的撒切尔夫人下令进攻马尔维纳斯群岛时的神态,那是一种拥有强大实力的自信的神态。

"我赚了钱,立马到公社去找老乔。他可真是个好人!"田雅兰有点愧疚地笑着说,"我说,'老乔呀!我给你还钱来了。'老乔呃着旱烟袋,瞪起眼睛,连说我不欠他的钱!我说我来还救济款。他摇头摆手,说我胡闹哩!还说我耍戏他哩,国家根本没有要谁还救济款嘛!我说我非还不可,为了我曾经和他胡搅蛮缠过,我要挽回我的名誉。老乔说他要是收下我的还款,自己就要犯错误了,硬是把我推出公社大门。我不甘心,拿这笔钱买下一台大彩电,送给俺田家湾团支部了。我这才算去掉了一块心病。"

哦!有这样的事!我不由得沉吟一声,又说不出话来。在她要还掉救济款的举动和心理活动中,包含着什么呢?我忽然想到一个被人说得多少有点玄乎的话题,就是:人的存在和人的价值。那些探讨这个议题的文章,虽也深奥,虽也开窍,终究无法使我彻底摆脱雾里看花的直觉;从田雅兰——一个中国农村的家庭妇女的眼神里,我毕竟要看得更实在一些……

"老陈哪!你到我的家庭农场来看看吧!"田雅兰真诚地邀请我,"你要是能给我登登报,我酬谢你一台电视机。"

我说我不要她用任何礼物作报酬,一定要去看看她经营的家庭农场和她的新的家庭。

"俺妈尽爱显耀!"跃进却扭过头,讥诮地撇撇嘴角,第一次开了言,"咱们家的收入,比村里那几家开办厂坊的人家差远了,她总想登报!"

"我想上报,真想。"田雅兰不在乎儿子的讥诮的口气,反而毫不掩饰地说,"你娃子甭忘了,为了拉扯你兄妹三个人长大,妈变成歪婆娘了。我要登报,让人看看,我这个歪婆娘是个啥样儿的人!"

跃进不再吭声,目不转睛地盯着前方的公路,按着喇叭。

我再次表示,回到城里,交清我手上的差事,立即回转来参观她的农场。

她相信了,满意地抿着嘴笑笑,抑制不住可能要上报纸的喜悦,再次叮嘱我:"你说话可要算话。真要按你掐的时间来了,那时正好——我的葡萄开园摘果了……"

拐子马

——《我自乡间来》之四

拐子马被县公安局拘捕了。

初听到这个消息,我着实吃了一惊,随之就惶惶然起来,立即想到了和他最近一次相见的情景。在那次偶然相见的闲聊中,其实已经预示着后来的这种结局,我当时粗心了,没有认真劝一劝他。

那是春节过后,农历二月初二,适逢河西镇一年一度传统的会日。我想在后院里栽两株葡萄,以遮挡夏季里直射到南窗上来的烈日的炎光,于是就赶到河西镇去。

与渭河平原的许多古会一样,河西镇的"丁"字形的三条街道上,摆满了各种物品和吃食小摊,从几十里外赶来的采购农副产品的城里人和主要是来逛会看热闹的乡下人混搅在一起,在尘土飞扬的窄狭的街巷里拥挤,嘈杂的声浪似乎结成一个巨大无边的网,罩在了古镇的上空。

街西路南的打麦场上,已经装扮停当的高跷社火正在集结。路北边的麦田里,临时搭起的戏台上,县剧团的午场戏正式开演,头一折是《杀狗劝妻》。坡根下那座早已被"文革"的风暴摧残殆尽的镇山庙的旧址上,枯干的荒草和粉碎的瓦砾之中,现在跪倒着一片女人。她匆匆赶来,略作选择之后,就扑啦一声跪倒在荒草瓦砾之中了,点燃蜡烛,再点着紫香,小心翼翼地插地荒草之间,叩拜三遭,然后从腰里摸出早已折叠停当的黄表三角,栽在香火跟前,合手闭目,口中念念有词,乞求神灵赐啥神药。离此不过三五十步的麦田里的一伙年轻的乡村青年,正在扭着节奏强烈得近乎疯狂的迪斯科,收录机支放在麦田塄坎上。古老的国粹和舶来文明真正是熔于一炉了。

我在古会上转悠了一圈,就找到镇子东边卖花草树木的偏僻小巷来。

"老陈——"

我一回头,就看见了拐子马,正在向我招手。他坐在架子车车帮上,两条拐杖紧贴身放着,看见我走到跟前,忙去摸拐杖,拐杖却倒在地上,他无法站起来。我立即按住他的肩膀,顺势在他旁边的车帮上坐下来了。

他说他来卖树苗,用手一指,我就看见那面山墙上,靠着一大堆泡桐树苗,少说也有五六百棵。他说他在村口的半亩地里育了树苗,收入倒比种粮食强些。他说二儿子把他和树苗用"小四轮"一起送来,就到戏场社火场上逛热闹去了,留下他做买卖。

他的眼睛依然有神,闪着一种强光,一种执拗、专注的甚至有点厉害的光,这是我早就熟悉的一种眼光。然而岁月毕竟在这位强人的脸上留下了变化的印痕,几年不见,他的小时害过疤痢的头皮上,那么几撮稀疏的黄毛似乎更稀了;向前突出的下巴愈加突出,凝聚着执拗的力度;嘴角两边的深沟似的皱纹也似乎更深更粗了。

他毕竟是五十多岁的人了啊。

"咋样?日子还好吧?"

"娃娃们大了,能跑能挣了,日子活泛了。"

"算得一个万元户了吧?"

"球毛!哪来那么多万元户!"

闲聊了几句,他对我的询问就表现出不耐烦,毫不掩饰他的鄙夷的情绪:"你听那个广播上从早到晚乱吱哇!到咱村里来调查一下,看看有几个万元户?城里人一满爱听广播,当是农民现时都是万元户了!你才离开咱乡下几年?也变得耳朵软了……"

我说:"当然……"

"咱俩甭争执了,我想跟你说正经事呢!"他说,"前一向我还想找你,摸不准你的行踪,今日遇见正好。"

他找我有什么事呢?我等候他开口。

"我想蹲监狱了!"

这样的玩笑,不该是他这样年龄的人开的,也与他的气性不大协调。我不由得侧过头,瞅住他的眼睛。他的脸色是平静的,眼睛的神色也是平静的,根本不像开玩笑的样子,倒像蓄谋已久而认定了的非做不可的事。我迷惘了。

"太不像话了哇!"

"你说谁?"

"支书马成龙。"他说,"这个货呀!甭说党员,也甭说干部,连个人气儿也没有。"

马楼村的马成龙,我早在十几年前就认识了,比认识拐子马还早几年。几年不见,怎么就变得"连个人气儿也没有"了呢?

"土地下户后,处理集体财产,大队当时只有一台'小四轮',有十多个小伙儿争着买,原先说抓阄,谁抓到算谁运气好。小伙子们等呀等,总不见大队里叫抓阄,马成龙让旁人放出话来,说'小四轮'给他留下了,还说他好赖当了多年书记,稍微特殊一下。反正只有一台拖拉机,只能使一家人高兴,小伙子们也就罢了。谁知马成龙只给自己折合了一千元,太便宜了,村里又议论纷纷。议论也就白议论了,反正干部占便宜也是最后一回了,往后各家种各家的地,搞自家的营生,集体也没有啥油水好捞了。叫人气恼的是,没出一月,马成龙把'小四轮'卖到外村去了,卖价一千八,净赚八百块,这下子可就……"

我不惊奇,也不愤怒。农村实行土地下户经营之后,处理集体财产过程中干部大捞油水的事,我听得耳朵都塞满了,正如俗语的虱多而不知痒了。趁着分田分片包干到户的混乱机会,干部干点近水楼台先得月的混账事,是个较为普遍的风气,不是马成龙一个人的毛病。所以,我虽不能说拐子马的意见不对,却并不惊奇。

"社员说,占了便宜也就占了,干部不占能轮到社员吗?反正吃亏占便宜的事,只有最后一回了。日后,各家搞各家的营生,他想占也没法占了。谁知——嗨!农业社散伙了,干部拿不成补贴工分了,反倒变成补贴工资了。支书一月四十五,一年五百四。当然,干部为众人办事,不能白跑腿!给工资也合情合理。问题是咱们支书马成龙,一年到头连一件事也不给众人办嘛!隔一月半载,他到乡上县上去开会,老也没见回来放一声屁。天旱得苞谷都'挂孝'了(苞谷叶子晒干后呈白色),他也不组织劳力灌水,滩里四口机井,马达丢了,渠道淤塞了,没人管,真是坐在井边渴死了人。再甭说兴办村企业、扶植社员致富的事了,连门儿也没有。他一年净拿五百四,且但不说,每次出外开会,回来还要记下误工,一天又按乡村手艺人的标准领钱,日工三块。你想想,这算啥名堂?"

听到这里我自然产生了疑问:他的工资哪里来呢?

"大队里没钱开销工资,"拐子马说,"卖树呀,你知道,俺村河堤上有一条白杨林带。队里的财产已经处理得一干二净了,只留下这些树。社员盖房子,想买两棵树作大梁,没门儿,马成龙一口咬定说县防洪委员会不许砍伐树木。可是,马成龙年年都卖树,全卖给他的关系户了。他的挑担兄弟,一次伐了五棵。他的女儿亲家做棺材,一次伐了两棵。他儿子所在的乡办厂的厂长,一次伐了四棵。顶大的树没过一百元,比公家木材公司的牌价还差了一大截子。你说,我能忍下这口气不?"

这一下,我的心里受到猛烈的撞击。马楼村河堤上那一排白杨林带,是拐子马一手护养长大的。那是在"学大寨"的年月里,拐子马只有一条肉腿,两条木拐,队里照顾他,让他在河堤上护林。他得了这个好工作,对干部——包括马成龙——感激不尽,吃住都在河堤上,终于使沙堤上插下的鞭杆粗的杨树条子长成了郁郁葱葱的林带。他曾经是河西公社的植树英雄,戴过花,上过广播,登过报。他护育成功的林木,价值少说也在十万元以上。看着马成龙随意处置他亲手护育的树木,自然比一般社员更有一层切肤之痛的特殊感受了。我完全能理解他的心情。

"我当年护林,一天十分工,一年三千六百分,十年三万六千分,抵不住十棵大白杨树。这且不说,咱当时又不是承包,是给马楼大队务的树。我回旋不过的是,我务下的树,社员没歇到阴凉,阴凉全让马成龙歇去的喀!他一年卖十来棵树,够他领年薪了;到得他死了,这河堤上的白杨全给他卖了领去了。我越想越憋气!"

拐子马这样说着,我听得胸膛里也憋得难受,可又怎么办呢?我就劝他:

"你应该到乡政府去反映社员意见。"

"去过了,不顶啥。"

"咋能不顶啥呢?"

"我去反映了,乡党委书记客客气气地听我说了,还在本本上记了,说他们了解后再处理。半年过去了,没见啥响动,一年过去了,还没啥响动。到年底时,马成龙该领俸薪了,又卖了八棵树。我去问乡党委书记,他说他们研究了,等到整党时处理。你说说,乡村啥时候开始整党?"

我说不清乡镇一级整党的准确日期。即使知道,我也不想告诉他,那是没有什么实际意义的事,乡党委书记能容忍这样的事继续发生,整党中又何尝不能容忍呢?我说:"你甭等整党了,应该去找县纪委。"

"我不去找。"

"那为啥?"

"让他们来找我。"

"县纪委的同志怎么能知道你有意见呢!"

"我砍伐了树木,马成龙必然要朝上反映,最好把公安局的民警叫来,把我逮了办了,我就好说话了,说了也就有人听了——"

"这算什么办法呢?太蠢了!"

"我看只有这蠢办法。"

"不行。"我说,"还是应该去找县纪委。"

他咂着旱烟袋,闷住头,终于松了口说:"那好。我刚才说找你,就为这事,自己也觉得那样不妥……"

我也松了口气。

那年年底,我被分配到马楼村去,一是抓紧年终分配,一是抓生产队下属领导班子的选举。这两项工作,是每年年终前都要做的事,也是很棘手的事。

天阴沉着,灰黄的云层压得很低,数九的西北风在秃光的树梢上发出令人心烦的哨响。我骑着车子,缩着脖子,赶到马楼村去。

大队办公室设在三间民房里,这是"四清"运动中没收的一个"漏划"地主家的财产。偏房里支着一张桌子,有几只没有涂漆的白色木椅,党支书马成龙坐在一只椅子上,身子前倾,伸着双手在火炉上取暖。火炉是一只小号废旧的汽油桶改做的,填着无烟煤末和成的泥炭,墙根堆着一堆和好的湿煤,放着一把小铁锹,那是和煤或加煤用的。马成龙听见背后的脚步响,回过头来,看见了我,淡淡地笑笑,就把一把椅子拉到火炉跟前,示意我坐下,却没有说话,接着就用一把破菜刀在一块黑色茶砖上砍起来。砍下几小片,扔进一只洋铁皮焊接的茶具里,在火炉上熬起来。我早已认识他,并不计较他待人的冷暖,他就是那号焉不拉叽的性儿,话少,常常给初次接触的生人一种难以忍受的冷漠感。我是熟人,就不在乎。

我向他说明来意,他告诉我,马楼大队的三个生产队的决分方案都有眉目了,三队劳值最高,肯定在一块五以上。一队居中,低不过八毛,高不过一块。二队最差,顶高超不过五毛,这个工值,怕是连一般棉粮生产队的情况也不如,在整个蔬菜专业队里,肯定是下三滥了。

我和他约定,晚上召开大队和小队的干部会,谈谈情况,也了解一下三个生产队现任干部的实底儿。我就约他一起去找三队队长马长道,公社近日要召开一个年终总结大会,要马长道在会上发言,介绍一下他"学大寨"的经验,这个任务就由我捎带着办。

他笑笑,说他和我一起去反倒不好,却不说为什么不好,使我纳闷。他又推诿说他在办公室等候二队会计,问询决分方案的进展……我就独自去了。

从暖烘烘的房间里出来,村巷里冷风就使人不由得缩起了脖子,再走到无遮无挡的田野上的时候,那风就像刀子一样厉害了。马长道领着一帮男女社员在村南菜地里挖胡萝卜,远远可以看见空旷的野地里拥着一堆人。入冬时,用厚厚的一层黄土覆盖在胡萝卜缨儿上面,避免冻坏,现在挖出来,是鲜嫩嫩的胡萝卜,正赶上元旦前夕上市,价钱自然比入冬时要高了。

走得离那堆人群近了,我就看出来,那些人一个个缩头袖手,背着风蹲在地上,一动不动。马长道腰缠一条蓝布带子,光着几乎没有头发的脑袋,正在给社员训话。我不由得放慢了脚步,有点为难起来,他不仅是训,实际是在骂人,在他这么大发雷霆训骂人的时候,我要是突然走到他的面前,他和我都会觉得难为情的。我就站住,抽支烟,大声咳嗽两声,给他一个暗示,使他有一个收场的机会。不料,他回过头,瞅我一眼,继续骂着,而且提高了嗓音。我意识到自己的担心纯属多余,人家根本就不会觉得骂人有什么不好意思。我就照直走过去,站在他的旁边。

他连瞅我一眼也不瞅,没有几撮黄毛的头皮呈一种红色,许是尖利的西北风吹的,也许是血冲脑顶,那害过瘌痢的头皮变得赤红了。他的向前突撅的下巴,显示着一股狠劲,那凹进的嘴巴里喷出的话太难听了:

"你给我磨洋工,我也松管呀!大家都磨,磨到年底,队里挣不下收入,决分没钱,看哪个龟孙吃亏吧!"

蹲在地头田埂上的,有老汉也有小青年(好在没有妇女),没有人愤恨,也没有人议论,扬着头的都是挺得镜平的脸面,勾下头的则一动不动,似乎队长马长道在骂胡萝卜,与他们毫不相干。于是我替马长道悲哀了,骂人训人而不能使任何人动情动容,训骂者应该感到悲哀。他终于丧气地大声宣布:"放工!"

老汉们从地上站起,扛起镢头,悠悠然往回走,小青年们像什么事也不曾发生,打打闹闹笑着叫着头前里走去了。

胡萝卜地旁边,有一幢低矮的单间电房。我跟他走到房檐下,躲避直钻脖子和袖口的西北风。他从井台上抱来一捆干透的茄子秆儿点燃了,风把烟窝到人的怀里,呛得我直淌眼泪,然而毕竟暖和了。我向他说明了要办的事。

"搂媳妇搂住了粮食口袋——"他的头一仰下巴一摆,哈哈一笑,"瞅错人了!"

"党委会研究定下的,蔬菜队里就选中了你一个。"我给他解释,"你好好讲讲马楼三队的经验。"

"我的经验是俩字,骂和罚。"他盯着我,打赌似的瞪着一双眼,"这样的经验能在台子上讲不?大寨的经验里头可没有这俩字呀!"

"甭拽开套,说正经事。"我说。

"我说的就是正经事。"他眨眨眼,再次申明,"大寨的经验我连一条也用不上。我的这俩字咋讲?凡是能搞小段包工的活路,我就包工,达不到标准就罚工分;凡是不能搞包工的活路,社员磨洋工,咋办?骂着干,不干了就骂。你想想,这号经验讲出去,我挨挫事小,你们也要招祸。"

"不骂不行吗?"我说,"做点政治思想工作怎样?"

"我没这个本事。"他说。这也许是实话,他本人虽然认识几个字,却从来也不读书看报,能讲出什么政治来呢?他又侧过头,紧盯住我说,"你要是能给我找一个帮手,只管政治,能把大伙的自觉性号召起来,我给他记最高工分。生产和栽培技术上的事,我负责。你说,你能不能给我找到这个人?能的话,我保证再不骂人了。我要是还骂人一句难听话,你用鞋底抽我的嘴,我不避脸!"

"哈呀?你骂人倒有理了!"我讥讽他说。

"那咋办?大家选我当队长,既要年底多分红,还想屁股上肉舒坦——不出力,我能办到吗?"他理直气壮,"他想省力混工分,我就用包工治他;他磨洋工,我就骂,骂得他的脸上觉到烧臊了,就该出力干活了。你说,还有啥好办法?大寨那些经验,咱不敢说不对不好,只恨咱人笨弄不了。再说蔬菜区四十多家生产队,你说说,谁家用上那个经验了?一个也数不出来!我看还是我这俩字管用!"

我的心里开始盘算,应该及早向公社领导汇报,马长道的经验无论如何是不好上台讲出的。

经过一段时间对实际情况的了解,我基本确定下这样一套方案:三队干部班子采取基本稳定的办法,一队作个别调整,二队重新组建,工作重点自然在二队。我把这样的意见和支书马成龙谈了,他虽然还是蔫蔫的样子,却对我的意见表示赞成,这个难得现出情绪激动的十分内向的农民干部,眉眼里现出了一缕和悦的神色,说:"这就好。你跟我的考虑一模一样,这就好。"我听了他的十分有限的剖白,一时竟然很激动,似乎得到了皇上的首肯。我和他商定,在支委会上讨论一下这个方案,如果可行,就这么办了。蔬菜育苗的事该当做好准备工作了,节令催人哪。

我把工作重点确定在二队,想扶植起一个强硬的领导班子,以改变二队已经十分混乱涣散的局面。是的,由于分配的失望,二队社员的情绪灰败而涣散,一年白干了,竟然没有钱买衣买肉过新年,这在蔬菜专业队是很难堪的。正当我紧张工作,而且出现了有可能推出一位深孚众望的中年农民出山的时候,想不到二队却乱套了。

街道里连续贴出两批大字报,目标十分集中地对着三队队长马长道。大字报的作者头脑冷静而清楚,全部选择的是那个年代掀翻一个人所最有力的措辞和事实,譬如,推行刘少奇的"三自一包",在三队复辟资本主义啦,列举的是他采用的小段包工和奖罚的办法;又譬如,实行军阀统治,训骂社员,完全是国民党作风啦;如此等等。结论是三队已经复辟资本主义了,马长道是马楼三队的小刘少奇。

事情尽管来得突然,出乎意料,却不是什么爆炸事件。在那时,大字报司空见惯,普及到每一个偏僻村巷,庄稼人的房屋的三面甚至四面墙壁上,都刷着斗大的当代中国最时髦的政治口号,可以说村无净壁了。几张大字报,并不足将我震昏。在我刚刚步入社会的政治幼稚时期,大字报曾经糊住过我的屋门,糊住过我的睡床和办公桌椅……我从大字报纷飞的洗礼中活下来,可以做到于心不惊了。我略一筹思之后,就定下心来,继续做我为二队扶植新班子的事,对三队街巷里发生的大字报,不予理睬,看看会有怎样的发展。

大字报贴出的第三天晚上,支书马成龙找到我的住处,一脸急难的神色,说:"你看见了吧?大字报!这明明是胡搅和嘛!咋办呢?"这个蔫蔫性子的人看来着急了。

"有意见让社员尽量提,'四大'自由嘛!"我说,"我在二队正忙乎,腾不出手来。等二队的班子有个定型,再说三队的事。"

"这大字报搅得三队乱了套,咋办?"马成龙一副忧心忡忡的腔调,哀叹着说,"长道要是撒手不干了,麻缠就多了。"

"有啥办法?我不能制止人家'四大'的自由嘛!"我说,"缓一缓再讲,事情只能一宗一宗办。"

马成龙大声哀叹着走了,我替这位蔫性子的甚至有点黏糊的农民干部难受,他当着这个村的头儿,也真作难哩!

接着的一天晚上,一位尖脑袋的中年人走进我的房间。我认识他,名叫马成芳,一位十分聪灵的农民,性格活泼、热情,尤以在马楼村业余剧团演滑稽角色而惹人喜欢。他坐下后,点燃一支纸烟,问:"老陈,你知道大字报是谁写的吗?"

"不知道。"我如实相告。

"你想不想知道呢?"他闪眨着眼睛。

"想知道。"我说,"知道人了,就可以直接交换意见和看法了。"

"大字报是我写的。"他对我说,完全是一副进攻者的得意,"我今晚就是来和你交换意见的。"

"我没有调查,也没有考虑。"我说,"我集中力量先解决二队的问题,对三队的大字报,我还没有成熟的意见。"

"你总看过了吧?"

"看是看了。"

"看了总有一点看法吧?"

"一定要我说点看法——"我说,"对马长道队长,也要一分为二。"

"对刘少奇也要一分为二吗?"

"这是谈的马长道。"

"马长道实行的是刘少奇的路线!"

"他毕竟是个农民,有缺点是难免的。"

"你袒护他!"

"接受你的批判!"

马成芳走出我的屋子的时候,脸上鼓着劲,脚下带起一股风。第二天一早,街巷里又贴出了一排新的大字报,题曰:对马长道能一分为二吗?

"好人都是刘少奇!"马长道嘲笑说,"谁想害谁,就说谁是刘少奇,最解馋了!我没见过世面,倒是经过'文化革命',省里市里有刘少奇,县里和公社里也有刘少奇。哈哈!马楼三队也有了,我马长道成了刘少奇了!"

我心里的负担完全解除了,一阵轻松。虽然我并不惧怕马成芳的大字报,却担心倔强脾气的马长道经不住侮辱,一甩手撂了挑子,问题就难办了。我从二队抽出时间来看他,就是想先稳住他的心。想不到,他倒比我更豁达,根本不在乎那几张大字报。

"我现时最恼恨我爸,舍不得花钱供我念书。"马长道憋红了脸,"我要是会写字,把狗日马成芳的根根筋筋全写出来,叫他狗东西臭倒一条街!他在戏班子里的丑事,谁不知!"

"你该干啥还干啥。"我给他说。

"听见狼叫就不养猪了?怪事!"马长道说,"我这人哪!有个怪毛病,谁要是扶我推我,我倒是不想往树上爬;谁要是骂我压根儿没本事爬树,我挣死也要爬上树去。放心!马成芳,丑东西一个,凭他能把我抹脏,日了鬼了!在我心里,没有他这个对手!"

我暂且放心了。二队的班子一当促成,我就回过头来解决三队的问题。我和支书马成龙商量的时候,他现出很有心计的神气说:"让三队社员民主选举。马长道连选连任了,他马成芳也没有办法,众人选的嘛!想抓你我的把柄也抓不上。万一马长道给选掉了,马成芳上台了,三队没个好,那也甭怨咱,是他们选的嘛!叫我看,马长道十之八九能选上。咋哩?社员谁不知道自家腰里别着多少票子?没有长道,他们能分钱过年吗?"

我和他的想法大致相同,用群众选举的办法,解决马成芳几个人闹事的问题,是我能想到的最好的办法,与马成龙不谋而合了。关键是我相信马长道的威望,远远超过马成芳。他虽然骂人、训人,生产却搞得好,社员得到了实惠。再说呢,没有文化而独具责任心的生产队干部,解决普遍存在的磨洋工的办法,就是骂。何止一个马长道?

选举队长的会议在三队的马棚里召开,采取投豆的办法。结果令人吃惊,马长道落选了,马成芳以多数票当选了。他胜利了!

"你看看!弄下这局面……"马成龙对我摊开手,现出为难的神色,等我表态。

"就这样。"我当场表态,"按选举结果办。"

不说马长道吧!单是我自己,心里憋得说不出口。当我离开马楼村回公社的时候,我才意识到我犯了一个错误:我太相信群众了,我太低估马成芳之流的活动能量了。群众在煽惑和挑拨的伎俩面前,盲从并不是不可能发生的。群众的眼睛也并不是时时处处以至每时每刻都是雪亮的啊!尽管我在三队失败了,而生活给予我的教育却是十分珍贵的……

春节过后,公社决定小河防洪工程开工,由我去统领这件差事。在抽调施工人员时,我想到了马长道。他本人觉得在马成芳的吆喝下憋气,也愿意离开马楼三队到河堤工程上来。

他的脾气照样不改,为了工程的质量,常常和施工的民工争吵。这是一个实干家。

这一天,我从河堤工地检查进度回来,走到河岸边的帆布帐篷前,看见马楼村的三个老汉坐在柳树下,正在玩"纠方"游戏,虽然叫不出他们的名字,模样并不陌生。他们看见我,用脚踢掉了"方"上的"人马",停止了战斗,三张脸同时作出讨好我的笑容,说他们专程来找我,已经等了好大一个时辰了。

我招呼三位老者在柳树下坐下,我也在一块河面上坐下来,实在料想不到,他们提出要马长道回马楼三队,立马上任当队长!

"不回!"我火了,"不是有队长吗?"

我一发火,三个老汉笑得更具有巴结的意味了。他们争相告诉我,三队的夏菜烂完了。一队和二队的黄瓜已经上市,抢上了头料菜的好价,三队的黄瓜才开花哩! 等到三队的黄瓜上市的时候,价钱就该掉到二三分钱一斤了。番茄、辣子和豆角几种大面积夏菜,没有一种种得及时,而且草荒了。夏菜的收入完蛋了。

"夏菜定秤了。"精明的瘦老头说,"现在全看冬菜了。冬菜再抓不好,三队社员年终该喝风吃屁了。所以俺们来请长道,叫他回去抓冬菜,现在该当准备了,种籽呀,肥料呀!"

"他能抓得好吗?"我故装糊涂。

"当然能哇!"三个老汉异口同声。

"他不是爱罚人吗?"

"嘿嘿嘿嘿嘿。"

"他是小刘少奇呀!"

"老陈哪!"一个胖脸老汉说,"你还提那些话做啥? 那号混账话是俺三个老汉说的不是? 俺三人怕长道执意不回,还想靠你说服长道哩……"

"哈呀! 刚撑得人家下了台,现在又要请人家回去接那个烂摊子。"我故意和老汉们兜圈子,"要是我,我就不回去。"

"众人要靠三队吃饭穿衣哩!"一位斯斯文文的老汉说,"俺三人是受众人托付,向你和长道说明民意,众愿不当违拗嘛!"

"那好吧!"我说,"等长道回来,我劝他回队。你们先回吧!"

"俺三人今日要见长道,对面说清搁实。"瘦老汉掏出烟袋,一副非做不可的神气。

"现在队里有马成芳,长道怎么好回去呢?"我说。

"现在不是讲大民主吗? 俺三个老汉也想民主民主!"胖脸老汉说,"今黑约定开社员会,由俺三个老汉召集人,重选队长。当然,需要长道答应回马楼。"

"'欢迎马长道上马'!"斯文老汉说,"俺三人前日在街巷贴了一张大字报,就是这题目,你看看,长道不回行不行?"

我坐在河石上,咂着一支烟,瞅着初夏时节的河川,杨树和柳树郁郁葱葱,大片大片的小麦正在扬花孕穗,河岸边的青草像绿毡一样可爱,陡峭的南岸的崖坡上,红石嶙嶙的石缝中长着一株株荆棘,一棵棵枸树。布谷和黄鹂在麦田上空叫出动人的声音,瞬间就消失在蒙蒙的氤氲之中了。

马长道赶回指挥部来吃午饭。他看见本队的三个老者,蹲下身来,听完他们的述说,没有说话,抬头看看我。那眼睛在征求我的意见。

"你的意见呢?回还是不回?"我说。

"回。"他肯定地吐出一个字,就摸出旱烟袋来,装烟点火,脸上虽然很平静,捏着划燃的火柴棒儿的手指却在抖索。

"这才是咱马楼人的魄势!"

三个老汉一齐站起,得意地向我笑着。

马长道招呼三位老人吃了饭,就向我交代了他所负责的工段的手续,然后把被子一卷,用一根草绳拴住,挎到肩上,跟三个老汉一起走出帐篷。

顺着河堤,我送他,竟有一种依恋之情。

"我不是想当官。"马长道声音抖抖的,"我一家八口,上有两个老人,下有四个娃娃,负担重啊!生产队烂一年,我的日子就恓惶咧!人家马成芳烂得起,我烂不起呀!人家说我一心为公,我实不敢当,我是为自家日月能混得下去……"

他动了情。这个硬朗的汉子竟然说不下去了,喉头哽住了。我的心也抖抖地发酸。

"今日走了,不定啥时候能见面。有一句话,我今日该给你说了。"他侧过头,看我一眼,"你在马楼三队时,上了马成龙的当了。我那年扣罚了马成龙婆娘的工分,马成龙说不出口,戳得马成芳贴大字报。你开选举会前几天,人家支书早在私下里把社员组织好了。你上了圈套了。"

我不由得站住脚,想到在马楼与马成龙共事的过程,我豁然明朗了。我问:"你为啥不给我早说?"

"我说那些话做啥?"马长道说,"如果不是今天回马楼,我还是不想给你说。"

我就不再问了,看着他大步走上去,追赶走在前头的那三位老汉。我的心里忽然浮现出那个蔫蔫巴巴的马成龙的脸来,那是一个令人毫不提防的阴阳人……

这年又到头了。马长道尽管使足解数,冬菜拿得好收成,终因夏菜亏得太多而没有赶上上一年的收入。可是,三队的社员仍然很满足,倘不是马长道接手,让马成芳折腾到年底,真不知会是怎样一种局面呢!看来年吧!马长道早已着手下年夏菜的准备工作了。他给城里清洁队队长家送去了过年的白菜、大葱和点心,便买回城粪来了。那天晚上,拉稀粪的卡车砸断了他的右腿,砸得很惨,骨头给碾成碎渣儿,不得不锯掉……

按规定,他该吃马楼三队一辈子的劳保了。他才四十八九,正当庄稼人的好岁月,怎么躺得住啊!他向马成龙提出,让他到河堤上去护管幼树,他拿队里的工分也就不觉得什么亏欠了。

马长道挂着双拐,上了河堤。河堤两岸插下了杨树枝条。往年里,春天插树,夏天喂羊,冬天烧柴,只见插树不见林。现在,马长道架着双拐,从早到晚在河堤上逡巡,驱赶着那些割草放羊的娃娃。这个人,似乎只有架着双拐在河堤上一拱一拱向前迈步的时候,才显出他全部的倔拗的气魄来。他的头顶,头发依然稀疏而头发也依然发亮,两只四棱大眼,冷峻而逼人,愈加向前突出的下巴令人生畏。在他震人的咳嗽声中,放羊或割草的孩子早躲到河心的荒草滩上去了。在他的监护下,马楼村前五华里长的河岸,形成了一个自然保护区,那些新插的小叶白杨,在河风的抚育下,哗哗哗响着蹿高了,开始织成一片浓密的林带了。

人说,跛子烈倔瞎子犟,秃子的脑袋不敢撞。三种怪人的特点,他占了两样,脾气是愈加躁烈了。远远地看见一个人走上河堤,他就架着双拐迎上去,紧紧盯着那人走过河堤,走下沙滩。他容不得任何人以及畜牲挨蹭一下树皮,简直爱树成癖了。小白杨长得可以作盖房的椽子了,丢了几棵树,他悄悄地在河堤下的紫穗槐丛中隐蔽起来,监视了一周,一任蚊虫叮咬,而终于抓住了偷树的贼。那贼只顾撅着屁股砍树,慌慌张张。马长道拖着拐子,从沙堤上悄悄地爬到跟前,抡起拐杖,照着那颗脑袋砸过去,那贼"哼"了一声就瘫软下来。他解开裤子,照那贼的脸上浇了一泡尿,就架起拐子走了。走出十数步远,马长道坐在堤坝上,呼出一口长气,点燃了旱烟袋,看那贼渐渐苏醒过来,回头瞧瞧他,惊慌逃跑了。

他被树立为植树模范,在县上接受过县委书记戴到他胸膛上的大红花。同时也有了一个绰号:拐子马。

我在听到马长道被拘捕的消息的第二天,赶到拘留所去看他。不巧得很,拐子马已经在前一天释放回家了。

看守所长把他的案情卷宗找来给我看,有一段审讯笔录很有意思——

"你为什么要砍树?"

"我气。"

"你因为盖房缺少木头生气吗?"

"不是。我的新房已经盖起来了。"

"你要做家具用木头吗?"

"不是。"

"那么你砍树的目的是什么?"

"出气。"

"你气谁?"

"气树。"

"气树?"

"气树。"

"树碍你的路吗?"

"不碍。"

"那你为什么生树的气?"

"我也……说不清。"

"你当时怎么想就怎么说。怎能说不清?"

"我一看见那些树,心里就气得慌慌。"

"你神经正常吗?"

"我不是疯子。"

"你砍树要达到什么目的?"

"使你们有理由拘留我。"

"你活得烦了?"

"让人都知道,马楼村有人侵吞群众血汗,上级就会派人来处理了。"

"你的想法好奇怪！好愚蠢！"

"我找不到巧办法。"

我合上卷宗,掩卷沉思,拐子马属于什么类型的犯罪心理呢？我翻过一本翻译的《犯罪心理学》的书,似乎没有这种奇怪的类型。

"我们又到马楼大队做了调查,才明白了马长道砍树的真实原因。"看守所长说,"那个支书马成龙虽不像话,却没有触犯法律。马长道拥有广泛的社会同情,行为却触犯了法律。"

"法律和良心,一个老话题。"我说,"你们因此才尽快释放了他?"

"不。"所长说,"他造成的损失是严重的。他出头一砍,村民们全涌上河堤去了,大树被砍光了。村民中最多的一家砍掉十棵,马长道砍倒三棵,却一棵也没有往家拿。我们和乡政府一块作出处理意见,凡是砍倒的树,一律交出来,合了价,编了号,每户来一个人抓阄……你猜这样处理的结果怎样?"

"村民们拥到马长道家,把他的两个儿子拖到现场,要俩娃优先挑选五棵树,然后大家再抓阄。马长道的两个儿子决然不肯,大家也就瞪住眼不抓阄。逼得两个小伙子爬在两棵树上,放声大哭……"

我的心里翻涌起来,潮起一阵阵热流。

"我从马楼回来,把处理树木的情况告诉了马长道,他大笑一声,说他的气出了,诉求判他三年刑。"所长说,"我告诉他,判你十天拘留,明天就可获释了。他说他回去后,要承包河堤,十年再育出一条白杨林带来。"

我又赶到马楼村去。

马长道不在家,真叫我窝兴儿。

马长道的大儿子告诉我,他爸到县纪委去了,去告马成龙。

这个拐子马,真狠!

散文·特写

诗情不竭的庄稼汉

在西安止园招待所里,我看见一位地道的关中农民装束的人:对门开襟的中式灰色布衫,黑色粘胶布长裤,圆口手工布鞋;衣服皱皱褶褶,纽扣也没有扣齐,敞着胸;光头,黑脸,黑手黑胳膊。即使在农村,他也没有一点出众的,特殊的,可以使人作为辨别记号抓住的东西。可是,在干部和知识界的代表荟萃的止园,他的装束和肤色,以至于完全是农民的随便的走路的姿势,反而使他显得"出众"而更加突出了。

这个人叫贺丙丁,临潼县人,赫赫有名的农民诗人王老九的学生和诗友,现在是"王老九诗社"社长,代表诗社社员参加作协代表会来了。

作家、诗人、编辑们汇聚在一起,热情地握手,友好地问候,频频地互访,畅快地交谈,难得的见面机会给互相倾慕的文学朋友提供了极好的场合,这样的气氛是可以想见的。我很快发现了他。也许他认识的朋友太少,他住的房间鲜有走访者;他大约不善交际,也很少走动,因此我想到他是否会感到孤独?

第一次小组会上,当大伙都客客气气地推让第一个发言权的时候,贺丙丁自动报名发言了,于是就打破了讨论会上第一个发言难的惯常的沉寂。他完全用庄稼汉的习惯说话,一口纯粹的关中东部农民的地方语调,把"我"称作"叉"音。没有自负,也不自卑,直言直语,倾泻自己对党和社会主义的真诚感情,叙说自己对诗人王老九的怀念和对文学事业的不倦追求……他的发言给我以最实在的感觉。他和他的民歌同时存在,坦坦荡荡,不以物喜,不以己悲。他对于诗的某些看法不一定能说服所有的人,然而他说了,他说是因为他本来就那么想着哩!

我在他的住屋里,看见了一只用旧了的布兜,搁在枕头旁边,没有拉锁,也没有打结,看来不会有太贵重的东西的。我拨开布兜开口,就看见里头装着几块锅盔,关中农民出门习惯带着的食物,大约是他的老伴临行之前给他烙下的……农民啊!

他在旧中国时代是靠给财东家打短工熬长年度生的穷人,一个大字不识的贱民。解放了,在人民政府开展的扫除乡村文盲的识字运动中,他是第一批获得识字写字能力的庄稼人。他的聪慧,他的诗情,因为获得初步的文化知识而骤然迸发,关中农民习惯的"顺口溜"、民间口头文学形式的快板诗,一下子从他的喉咙里涌出四百多句,形象而又生动地记下了自己翻身做人学文化的真情实感:

> 识字课本带身边,
> 劳动歇息抽空念。
> 一笔一画仔细写,
> 一字一句记心间。
> 指头当作好粉笔,
> 土地就是大黑板;
> 这块黑板大又宽,
> 粉笔永远磨不完。
> ……

他的快板诗被发表、出版了。一个翻身农民开始对新中国的社会、政治、经济的变革发言了,这无论如何应该看作是一件了不起的事情。

　　他的诗情在胸中激荡,不断地发出自己的庄稼汉的歌唱。这样一位农民歌手,不过编唱或长或短的几句民歌,并不威胁任何人的存在,依然为极"左"的运动所不容。"四清"和"文革"的目标是整垮一切干部,贺丙丁没有当干部,是个社员,本该撞不着他的。但他写过诗,写过诗就挣了稿酬,稿酬就变成了"多吃多占",多吃多占就应该退赔……他是个农民诗人,有几句精彩诗句得以发表,得到几块钱稿费,随手就花了,变成了碗里的油盐酱醋,变成了孩子身上的花布衫和脚上的鞋面布。可是把十几年来的零星所得累计到一起,就有二千多元,而且要一次退赔清楚,人家把这叫作"零吃瓦碴,整屃砖头"。贺丙丁无钱退赔,于是就以物相抵,一千多斤粮食(农民只有这东西)!连同他给老父亲行孝心所置备的皮袄和寿材,一律被折价退赔了……

　　对于一个农民,这样的打击几乎是毁灭性的。可是,令人惊异的是贺丙丁的诗情和诗心并没有因此泯灭。一当从中国的晴空扫除了那几朵黑云以后,他的诗兴大发,又编又唱,乡村里的父老兄弟又听到了他的亲切的声音了。不仅如此,他竟而组织起一个诗社,邀请天南海北的农民歌手,对唱起来了。

　　贺丙丁和农民诗人王老九的情谊是感人的。他刚刚写出两首快板的时候,王老九已经是蜚声文坛的农民诗人了。他家离王老九居住的北王村只有十五里路,说去就去了。在村外的田地里,贺丙丁朝一位吆牛扶犁的农民打问王老九的住处,没有料到这位耕地的农民正是王老九。他说他想跟他学诗,王老九却问他会干庄稼活儿吗,贺丙丁接过王老九手中的犁把儿,吆了两遭,王老九笑了,说他是庄稼把式。贺丙丁很自豪地说他会双手扬种哩!

　　两位农民诗人坐在地头粪堆的树荫下,说起诗来了,把犁地忘记了。这两个庄稼人的心,被诗的纽带连在一起。王老九逝世以后,贺丙丁悄悄一人来到坟地,站在诗兄老九的坟前,暗暗流泪。没有花圈,也没有烧纸,他对他的感情不必用这些东西来寄托,心知啊!

"王老九诗社",一个完全按照庄稼人自己的风格建立起来的诗社,没有任何铺排和准备,他们只约定了每人写几首诗来吟诵,就算成立了。热心的新老诗人们当即提出要办诗刊,一切都不能成为阻碍诗社办刊物的问题,只有经济发生了困难。贺丙丁当即提出捐献二十元钱,其他同志纷纷慷慨效法,油印刊物所需要的纸张解决了。

贺丙丁是个农民,种地是他谋取生活财富的主要手段,种粮食务棉花,养鸡养猪,都是他和任何一个农民一样的必须劳作的项目。晚上,他跑到几里路以外的公社文化站,那是诗刊的编辑部。他坐下来,开始审阅,选择,修改那些从四面八方寄来的诗稿。没有工分,也没有工资或补贴,更没有稿费,一切都是自觉自愿。唯其如此,这个编辑部少了许多是非和纠纷。他审定了稿子,就交给诗社一位专事刻字的诗友,照样,义务刻蜡版。然后大家一齐动手,推印的推印,装订的装订,又用自费把这些油印的诗刊寄送给诗社的社员们。

贺丙丁是社长,总要到县上或西安为诗社办一些事情,他背上布兜,装着老伴烙下的锅盔,自费乘车,办完事,随便蹲在哪家茶棚下喝一杯酽茶,吃两块锅盔,就完了。

诗社赢得了广泛的支持。《延河》发出了诗社成立的消息,吉林一位书法家挥毫致意,广西、湖北、山西的民歌手们纷纷寄来诗稿,不为挣钱,"只为八亿农民争气"!有一位农民把卖了旱烟叶子的五元钱捐寄到诗社,退回去又寄来了。有人捐赠来刻版的蜡纸,真是动人哪!

诗社在扩大,农民为主,兼容其他。在现有的六十六名会员中,就包含着中学教员,大学教授,文学刊物的编辑,都愿意加入到"王老九诗社"里来,本省一位热心的大学教授,选择了四十多首中外古今优秀民歌,给诗社社员免费授课,引得许多农民前来听讲,盛况空前。

  他怎么会有孤独的感觉呢？他拥有那么强大的后盾、多么广阔的天地啊！我在和贺丙丁畅快地聊过一番之后，忽然想到了八亿农民这个不容忽视的数字，也就思索着贺丙丁和他的诗社的前景来，不必怀疑，在八亿农民普及高中和大学教育之前的这一段难能推计的时间里，民歌有广阔的天地——平原，山野，草原和戈壁——可以自由驰骋。即当整个乡村普及高等教育，又当如何呢？优美的民歌不是文化教养愈高的人愈爱听的吗？

1983 年 10 月 18 日

鲁镇记行

百草园的月色

从上海到绍兴,经过八九个钟头的长途旅行,傍晚到达。安顿了下榻的处所,匆匆吃罢晚饭,赶到鲁迅先生的故园去观瞻,天色已经完全黑下来了。

一条宽阔的水泥铺就的街道,两排树荫浓密的法桐,这是"鲁迅路",以先生名字命名的街道,路灯的亮光和两边大小铺栈窗户的灯光交相辉映。

一方黑色的木板门,已经关死,没有门楼,似乎也没有什么装饰,仅仅就是在砖墙上安着这样一方黑色的木板门,这就是鲁迅先生世代的故居了。中国现代的思想和艺术的巨人,就在这窄窄的门洞里面诞生。

宅院狭窄,颇深,门房,过庭,天井,先生住屋,鲁母住屋,再后边是闰土父亲在鲁家帮工时的住屋,屋里有一个捣米的石臼。

后院里,就是那个被先生浓笔重彩描绘过的百草园了。

灰蓝色的天幕下,有一弯细细的金钩似的月亮,洒下一片朦胧的月光。一株高大的树干,浓密的叶枝,辨不清是"高大的皂荚树"还是缀满"紫红桑葚"的桑树。草园里的花草,也辨不清哪儿是"碧绿的菜畦",哪儿有"何首乌藤和木莲藤缠络着"的情态,更难以摘食"覆盆子""又酸又甜"的"像小珊瑚珠"一样的果实了。

月色朦胧。我们这一帮从南方和北方聚拢到一起的先生的学生,现在都散立在月色朦胧的百草园里的草地上,听一位据说是鲁(周)家同族后裔的中年人,介绍这幢故园的今昔。他说一口绍兴的地方话,真是叫北方人大惑莫解,几乎一个字也听不懂。朦朦胧胧的夜空,朦朦胧胧的百草园,朦朦胧胧的树,朦朦胧胧的花、草,朦朦胧胧的鲁镇的地方语言……

既然听不懂,我索性不听了,一个人到园子里去转悠。我心里似乎并不迫切要求听到介绍的话,只是想到这儿来走一走,看一看,站那么一会儿,有一次心理感受就满足了。是啊,百草园,我早就熟悉了,早就背熟了《从百草园到三味书屋》的散文,也就熟知这儿的一切了。"鸣蝉在树叶里长吟,肥胖的黄蜂伏在菜花上。轻捷的叫天子(云雀)忽然从草间直窜向云霄里去了。"在我心中印下的这幅动人的百草园的图画,掐指已近三十年了,今天晚上才得以漫步其境了。

时值初夏,夜气温爽,听不到蝉鸣,也听不见蟋蟀的叫声。我漫步在草地上,自然地记起学习这篇课文时的情景。语文老师是一位刚从大学中文系毕业的青年,热情极高,甘肃人,一口南腔北调的普通话,却把课文朗诵得十分动人……我一边听着老师领读,脑子里却展开另一幅图画:刚刚收割过麦子的南坡上,田块层叠的坡地上,麦茬儿闪闪发亮,塄坎上和坟丘里,野蔷薇红的和白的花儿开得一片灿烂,野葡萄藤蔓一直攀缘到枸树梢上去,酸枣棵子是山坡上最大的家族,那翡翠般的绿色或紫色的蚂蚱,总是藏躲在酸枣棵子最稠密的枝杈里。我和小伙伴们,头顶艳阳,脚踩枣刺,整响整响地捕捉那可爱的生灵儿,忘了吃饭,忘了时辰,直到渴得舌头搅不动,头上无汗可流,也顾不得到沟底去喝一口泉水……我从来没有想到过这些生活如此富于意趣。而当我从乡野跑到城市,坐在高楼明亮的教室里,听陇音普通话朗诵《从百草园……》的时候,才一下子戳开了记忆的窗户,唤起对我的百草园——黄土高原之中的南坡——无限丰富有趣的依恋。

读先生的这篇课文的时候,尚在我的少年时期,人生的那个充满幼稚心理的时期,是极易与这篇文章的感情相吻合的。当我漫步在向往了近三十年的百草园中时,已经是个顶透而须密的中年人了,而心境却一下子回返到了童年……

哦!我的向往中的南国的先生的百草园!

哦!我的遥远的北方家乡的黄土高原之中的南坡……

在"咸亨酒店"

上午游览了东湖,下午又要到王羲之作《兰亭序》的地方去,明天一早就要返回上海了;东湖的山光水色令人赏心悦目,兰亭的幽雅景致也叫人神往。可是,没有到孔乙己曾经喝酒吃茴香豆儿的"咸亨酒店"光顾一番,怎么能算真正到过鲁镇呢?

午休时间,几位朋友相邀,正中下怀,虽然已觉腿酸眼困,仍然兴致勃勃地走出住所的大门了。

一块金字黑匾,老远就赫然入眼,上书:咸亨酒店。平房,黑色小瓦,坐落在街道旁边,夹挤在高高低低的楼房中间,自有一副古香古色的神采。门面宽约三四间,木门板全部拔除,整个酒店就完全无遮无挡地当街敞开着。依然保持着"鲁镇的酒店格局","当街一个曲尺形的大柜台"。那木板制的曲尺形的大柜台,油漆斑驳,木棱也已磨光,探过头去,可以看见赭红色的酒坛。我把钱递上去了。

卖酒的是一位中年女人,穿着白大褂,使人觉得有失鲁镇的格局,与那曲尺形的柜台也不协调。她用一只提斗从酒坛里提上酒来,倒入酒杯,黄酒其实是暗红色的液体。这杯子更古朴,用洋铁皮焊接而成,大到可以盛一斤酒,上端粗,下端细,状如漏斗。据说冬天喝酒时,可以把细端塞进热水里,用以温酒。鲁镇的长衫阶层或短衣帮,当年就是用这样的酒杯,孔乙己自然也用这洋铁皮酒杯。

茴香豆也不能不尝一尝。不尝一尝孔乙己津津乐道的茴香豆儿,也许不算真正地进过"咸亨酒店"呢!

"不多不多!多乎哉?不多也。"

我们刚刚在长条桌边落座,不知谁在拖长声调模仿着孔乙己的名言,摇头晃脑说起来了。木条桌长到丈余,从门口直通到墙根,实际应该算是木案子了。一切遵循孔乙己的习惯,他是穿长衫阶层中唯一站着喝酒的人,于是我们也都站着;他大约用手指捏茴香豆儿,于是我们也免去了筷子。那用精米酿成的名曰"加饭"的黄酒,说不准是一股怎样的滋味,既不似白酒那么烈,也没有葡萄酒那么甜,说不上好喝或不好喝,唯其因为孔乙己十分喜好,我拼着将那一杯全然灌下了。那茴香豆儿也没有多少特色,唯其因为孔乙己喜欢,我们嚼起来,似乎别具兴味。

酒店墙上,有一副裱饰过的题词,一副对联,题词曰:

上大人孔乙己高朋满座
化三千七十士玉壶生春

对联曰:

小店名气大
老酒醉人多

看看题款,竟是著名作家李準献辞,著名表演艺术家于是之手书。辞联极致幽默的韵味,笔墨亦遒劲潇洒,使古朴的"咸亨酒店"平添了一丝风韵。

孔乙己确实是高朋满座了。小小的酒店里,现在拥拥挤挤坐着的酒客,大都是从南方或北方来到鲁镇而落脚此店的。有穿着西装革履的学者风度的男女;也有一身正统的中山装的很有派头的干部,很难料定他们之中绝对没有县委书记或市委的部长;更有一帮一伙长发披肩紧绷牛仔裤的青年男女,一律坐着或站着喝着装在洋铁皮酒杯里的"加饭"酒,抓着茴香豆儿,笑语喧哗……解放以后,自打先生的《孔乙己》收入中学语文课本,每一个受过中等教育的新中国的一代又一代青年,不管其是否特别喜欢文学,大约没有谁会忘却孔乙己的。

  孔乙己不属英雄之列,而实实在在是一个被挤扁被碾轧为尘末的迂腐的老夫子;那些主宰鲁镇风云的鲁四老爷之流早该化为污泥了,而独有上大人孔乙己获得了川流不息的朝拜者,真是得其所哉!

1984 年 7 月 8 日

一九八三年秋天在灞河

秋收秋播时节，我住在丰饶的渭河平原东南边沿的原坡地区——灞河川道里，沿着河川公路走过去，穿过一个个稠密的大大小小的村庄，走到哪里都能看到，满树满墙吊挂着剥光了衣壳的黄灿灿、白生生的苞谷棒子。一座座庄稼院的檐墙和背墙上，木橛上挂着一串串苞谷；前院和后院的白杨树、榆树和椿树的树杈上，围垒着或悬吊着苞谷棒子；在临近两棵树杈间横架一根木椽，苞谷棒子像珠帘一样凌空垂吊着，构成一幅奇致的蔚为壮观的景象。

这是庄稼人储藏刚刚收获回来而尚未干透的苞谷的临时措施，倒像是搞苞谷丰收展览似的。无论如何，这种景象在我是稀罕的。农民对于粮食的珍惜之情已经远远超越了爱物的范围，而作为一种道德的规范了。一家农户储藏粮食的数量，作为一种家庭秘密，大约不亚于任何军事情报，任何人很难准确探知谁家究竟有多少粮食储存。这是以往的乡村生活给我留下的印记。一九八三年的秋末，我走进任何一个熟悉的村庄，不用打问，一家农户的苞谷储存数量，就展示在墙上和树杈上，随意去估计好了。对于粮食储存量的秘密自然地打破了，没有必要闪烁其词，用时兴的话说，农民不怕"冒富""露富"啰！

我到原坡上的一个小村庄去。道路泥泞，砍倒的谷秆摊摆在坡地上，被雨水淋得变成灰黑色。阴雨绵绵，河口刚露出一抹云霞，又被雾云笼罩了,看来一时晴不了。

我记起这样一件事来——

我在这个公社工作的时候,有一年秋后,到了唐家村,坐在中年队长家的两间厦屋里,隔着一张方桌,坐着说话。他递给我一缸开水,并不介意地说:"没有茶叶。"我喝着开水,和他聊着冬季农田水利建设的事,无意间一抬头,看见厦屋的木楼上,架放着一堆苞谷秆。像苞谷秆子这样的柴火,庄稼人在过掰苞谷棒子以后,从地里尽快地清理干净,堆放到地头的渠沿上,摞靠在树棵周围,待到冬天干透了,再拉回场院里,当作柴火,烧饭或者煨炕,也有当作粗饲料粉碎以后喂猪的,并不是什么值得珍贵的宝物。这位队长把苞谷秆子藏在楼上,我觉得奇怪而且有点好笑了。

"这些苞谷秆子,你也把它藏到楼上,不怕劳神吗?"我笑着问。

"喂猪哩!"他挺认真地说,"放到露天,雨淋雪捂,就霉坏咧!"

"那……你这一间小楼上,能存多少嘛!"

"嗨!说起来你不信,这是我今年秋里分下的全部柴火。"他咂着旱烟袋,不好意思地笑笑,难为情地说,"就这一点儿,不敢糟蹋,才放到楼上,凭它喂猪哩……"

少得令人难以置信,我的心在微微战栗。这样的木楼,那是关中农民传统的囤放小麦的地方,并不是堆放柴火的,现在只能储存苞谷秆子了。可以料想我们的农民缸里能有多少粮食储备。

为了这个不能抹掉的记忆,我今天专门来寻访他,不巧,他赶集卖羊去了。站在他家门外的场堎上,可以看见庄前屋后的树杈上,挂满了苞谷串子;小山似的苞谷秆子,堆放在猪圈旁边。他的女人担水回来了,几年不见,自然显得老了一些,招呼打过,就说起家常来。

"吃是吃不完了,能吃多少呢?"她笑着说,"一年到头,纯一色的麦面;不吃苞谷了,只喝苞谷糁糁。"

我并不惊奇,却不由得瞅瞅那储藏过苞谷秆子的木楼,现在摆着一排瓷瓮和瓦缸,她说那里全都装着麦子。厦屋里靠墙栽着四只废旧的铁皮汽油桶,也是装着麦子。木柜、瓦瓮、铁桶,全都被麦子装满了,苞谷没有存放的器具,只好挂到墙上和树杈上去。

"一年四季,净吃麦子,咱而今比地主的生活还高咧!"

对"白馍夹油辣子"的向往,是这里的农民对理想中的生活水准的形象化描绘。这样的生活,理应在人民获得政权以后早该做到了,由于人为的或自然的诸种因素,使我们的庄稼人忍受了不该忍受的饥苦。"一年四季,净吃麦子",就是这个地区一九八三年秋天的农民的生活水平。这个水平,不算太高,较之牛奶加面包还有相当一段距离,可是农民已经十分满意了。

我在河川里的一个较大的村子里,遇见一位熟识的队长。他神秘地问我:"你在粮店有认识的熟人没有?我想卖超购粮,粮店不收!"

超购粮比一般购粮价格高百分之四十,他想为社员多卖点钱。粮店因为储藏设备有限,不予收购,于是就出现了卖超购粮要找熟人"走后门"的现象。

"要是能成,我们队卖十万斤。"他口大气粗地说,随之嘿嘿嘿笑了,"那年为求一千斤苞谷,你跟我谈了三个晚上……"

他倒记着而且提起这件事来。那一年,上级给公社追加了超购粮任务,公社咬着牙接受了,几经商讨,给他的小队分配了一千多斤苞谷超购任务。我找到他的时候,他蹲在初冬的田埂上,甩着手,扭着脖子,四方脸上满是为难的神色:"一千来斤苞谷,论起不算啥大事,给社员不好交代喀!社员要骂我哩……"

就为这一千来斤苞谷,我跑了三次,说服,劝解,费了九牛二虎之力。

"啊哈!我现在才信了你那年说的话……"

"我说过什么话?"

"你说,在美国,人家把苞谷只当作饲料……"

噢!那一年,就是为那一千斤苞谷,我和他闲谝起在粮食已经过关的国家里,苞谷这种杂粮已经不作为人的口粮,而只当作饲料用。他带着决然不能相信的神情说:"那多可惜呀!怎能这样糟蹋粮食呢?"他怎能相信呢?当时在农民之间悄悄进行着的粮食交易,苞谷价格已经涨到三毛一斤了!

"咱们村里,现在也是用苞谷喂鸡,给猪追膘,真个只当饲料咧!"他咧着大嘴笑着,很天真的一副得意的神气,"我才信了你说的话。"

生动活泼的生活现实,浅显不过地解决了理论上长期争执不休的问题。

我无法满足他的要求。他有点失望,抱怨说:"国家多建几个粮库怕啥?苞谷挂在树上,雨淋老鼠咬……"

渭河平原,连续四十多天阴雨,据说是气象史上百年不遇的天气。灞河川道里,黑蒙蒙的云雾终日遮罩着南原和北岭,空气里弥漫着霉腐的气味。灞河流淌着黄色的泥水,原坡上的梯田溽水达到饱和状态,许多地方出现了滑坡,田堰垮塌了;到处冒水,糊汤一样的稠泥水从坡沟间倾泻下来,淹泡了河川里的田地,灾情严重。

麦子播不进地里去,而农时节令眼看要耽误了,连阴雨还在淅淅沥沥地下着。原坡上,河川里,在一踩一陷脚的田地里,农民在冒雨播种小麦。大小机具无法施展威力,全部变成了双手操劳。随处可以看到夫妻、父子以及放秋假回乡的中学生,家眷在农村的国家职工,一人抱一把镢头,在挖泥种麦;有牲畜的农户,勉强用铁犁在泥泞黏糊的田地里划下一道道沟渠,撒下种子。没有办法,自然灾害所致,无法讲求播种的质量了,只要不违节令农时,如期播下种子,冬里和明春加强管理,仍然可以弥补播种的粗放。劳动是沉重的,在这样糟糕的雨季里就更加沉重,但庄稼人的心劲是高涨的,把希望的种子终于埋进土地里去了。

在这条熟悉的河川里,走到哪里,我感到充实和振奋。无须只把眼光盯着为数不多的"万元户",以为只有他们才能说明我国农村经济变革的意义,也无须因为仍有一些新出现的问题而摇头摆手。生活毕竟发生了深刻的变化,生活前进了。

言　论

突 破 自 己

××同志：

你好。上月初的来信收读后，心里很不安。你因为坚持较长时间的业余文学创作而"一无所获"，"在一次又一次的退稿面前，不得不承认自己'先天的基因'不足这个事实了"，因而决定罢手，再不做这样的"无效劳动"。你不是因为兴趣转移，也不是因为其他原因，恰恰是被天才的神话吓住了，怀疑了，动摇了，放弃了自己对文学事业的追求。我感到遗憾，深深的遗憾。

我不想说天才的有无，因为我至今也搞不清这个神秘而又吓人的字眼里究竟包含着怎样的意思。我只是确信我自己没有"先天的基因"，更与"天才"没有缘分；我只是深知在处女作发表之前，经受一封封退稿信的痛苦是一个较为普遍的现象，许多活跃于当代文坛的令人景慕的中青年作家都不能逃脱这种"残酷的现实"。无须举证，几乎每人"都有一本血泪账"。我想，如果这些当代文坛的健儿在一鸣惊人之作发表之前的痛苦磨炼中，突然被"天才"这个魔鬼迷了心窍，从而中止了创作，那么对于当代中国的文坛，该是一个多大的损失！相信"天才"而终于被吓倒了的，可能正是许多"天才人物"。据说有个别"天才作家"没有经受过这种痛苦，非常轻松，一写即能发表，一发表即引起震动，连本人甚至也觉得竟是意想不到的容易。这样的"天才"，我不敢说一定没有，但一定很少。既然我们都不是"天才",都不具备"先天的基因",那么我们就不能循着"天才"的足迹走,宁可少看或不看"天才"们扬扬自得的面孔,免得灭了自己的志气。多读一些"先天基因"甚微乃至完全没有"天才"、在通过艰苦卓绝的奋斗中对人类有所贡献的人的事迹,对我们将是一种鼓舞,使我们受到启发,增加奋斗的志气和追求事业的韧劲。

我以为问题的要害在于,人在理想和事业的追求过程的各个阶段,对自己的实际能力应有一个认真的客观的估计。这种估计不是猜摸"天才"成分的多寡,而是自己此时或彼时对于自己所钻研的学问所实际达到的把握。自己在某几个方面强些,在某几个方面弱些。对于强的一面或几面如何进一步巩固和发挥,对于弱的一点或几点如何加强。而尤为重要的是,能在诸种因素中,找到致命的关键的薄弱环节,作为这一阶段学习和攻占的目标,作为前进的突破口。这一薄弱环节被突破,其他的薄弱环节中又有一点相对地变成新的至为关键的薄弱环节,又成为新的突破口。我以为,突破首先是打破自己的局限。

文学创作是一种复杂的劳动,甚至带有某些神秘色彩。我以为不论如何复杂,如何神秘,还是不外乎柳青生前所讲的作家要经过"三个学校"的总概括,即生活的学校、艺术的学校和政治的学校。作家为什么要深入生活,理解生活,从而达到对生活的艺术概括,创造形象的理论;作家为什么要学习政治,提高思想以强化自己对生活的现实内容和历史内容的独到而新鲜的认识,深化作品的主题;作家如何加强艺术素养而提高自己对于所了解的生活的表现能力,等等,柳青都有独到而精辟的见解。我这里所要说的正确估计自己,从而不断地找到突破口的意见,仅仅局限于艺术表现能力的学习范围之内,或者更具体地说,就是在成为大作家之前,练习文学的基本功力的过程中应该注意的事。

即以短篇小说这种文学形式的创作来说,有主题的提炼、人物塑造、结构的形式、情节的铺展,这些大家所常说的几个方面。再进一步说,文学语言的锤炼,细节的选择和描绘,人物对话如何恰如其分而又绘声绘色,叙述语言怎样避免干巴巴的事件或过程的介绍,变成一种形象的叙述,何处适宜浓墨重彩细致描绘,何处又必须一笔带过而绝不应多写一句……这些文学表现能力的基本功夫,全部都得经过实际的练习而后才能有所提高。从优秀作品的阅读中得到启示,在自己的实际写作中得到磨炼,不断提高。而在这个过程中最害人的是某些小说作法——各种变换花样的小说作法。所有这些文学表现的基本功夫,只有在写作中——无数次失败中——去获得。

我在发过三四个短篇之后,有一次小结。这三四篇小说,篇幅都在二万字以上,好多同志都说那实际已经是中篇的架子了。在短篇的结构问题上,我不是千方百计,仅仅是一方一计,太单调太笨拙了——我找到了自己的突破口。我集中阅读了一批国内和国外的优秀短篇,最终选定了莫泊桑的短篇小说,重点学习莫氏的许多优秀短篇的结构手法。从而打破了自己的局限,从篇幅上一下子缩小了,此后的习作大多数在万字以内,多有六七千字的习作。后来一次找到自己的突破口,是语言。一批作品发表了,有的同志说我的文学语言生活气息浓,好得很;有的说那语言简直不堪一读。我觉得这些话都有可取之处。我的语言实际所达到的程度,不是至善至美,也不是不堪一读,而是有待于进一步锤炼和提高,使其更富于美感。语言的美有各种内涵,有人欣赏华丽,有人喜欢淡泊。我喜欢一种刚健而富于弹性的生动活泼的语言。一种对活泼的生活语言经过提炼的优美朴实的文学语言,成为我追求的目标。第三次有意识地寻找到自己的艺术表现能力的突破口,是感情色彩。这是听到评论家和读者的评论和意见之后,归结出来的。写小说是写人,写人是要写这个人的典型性、形象性,这是老生常谈的话。但写人的什么?形象而逼真的肖像吗?历尽艰辛的生活道路吗?可歌可泣的英雄行为吗?是的,这些都要写。但这仍然不够,应该更进一步明确地意识到,在他或她的生活道路的艰辛历程中,英雄行为中,准确而生动地写出他或她在此时此景或彼时彼境下的感情色彩,感情波澜,以情动人。作品与读者之间是以人物的感情进行交流的,人物的感情色彩出不来,读者就觉得乏味了。某一段叙述或描写(乃至风景环境描写)一旦离开作品人物的感情的纽带,读者立即就想跳过去。在人物感情的描绘中,我觉得首先是准确。准确排斥虚假。所谓把握人物性格,在很大程度上是把握人物的感情波动的浪潮。意识到这一点,我在尔后的习作中努力争取写准确(不足或过分都不算准确)人物的感情。

这种不断地找到自己的"突破口"的办法,是我近几年间在业余创作实践中自己摸索的,我以为是切合我的实际的。要找到自己的"突破口",并不是一件容易的事,需要冷静,甚至需要对自己的近于严酷的态度。完全凭自信而觉得不必遇伯乐,不行;完全自卑而觉得"先天基因"不备,也不行。要自信而又不自信,自信——经过学习和磨炼,敢于肯定自己已经具备了一定的文学素养;不自信——更重要的是看到自己还有许多薄弱环节需要突破。这样,我们就能始终踏实地去学习,去摸索,去积累自己失败的和成功的经验,不以误有"天才"而自喜,不以自己无"天才"而却步。扎扎实实地进行文学基本功的练习,走完处女作发表之前这一段较为漫长,较为痛苦的创作道路。

处女作发表以后又怎么样呢?仍然继续着新的痛苦。处女作发表之后而连续发了十几篇乃至几十篇作品,反应平平,评论的冷漠(不是因"风"而致的偏见),急于提高和突破的痛苦绝不轻于处女作发表之前。即令有一篇"震世"之作发表了,尔后又出现一批平庸之作,又会陷入不能突破(这种突破已不同上文所说的突破口)的痛苦深渊。我的体会是,在创作这项事业中,欢乐是短暂的,痛苦是永恒的。痛苦中有追求,有不满足现状,有新的渴盼,因此永远不会完结。

痛苦没有了,希望也就没有了。

  无论我们能否在文学事业中有所建树,或建树的大小如何,既然从事这个迷人而又复杂的令人痛苦的事业,首先必须打破某些玄而又玄的关于"天才"的吓人的宣传,排除一切轻易取得成果的侥幸心理,而把自己的脚跟站在艰苦奋斗、努力登攀的基地上。柳青有一句名言传世:文学是愚人的事业。

  以上说了这些很肤浅的话,愿共勉。

  祝进步。

致以

敬礼

陈忠实
1983 年 11 月 2 日

从昨天到今天

农村已经发生了和正在发生着巨大而深刻的变化,伴随着这种变化,产生了一大批农村题材的优秀作品,及时地反映了这场发生在几亿农民中间的伟大的历史性变革。随着改革的深入发展,文学创作应当更深刻地去反映它,已经成为时代和人民对农村题材创作的迫切要求。

作家研究的主要对象是生活。生活发生了急剧的变化,旧的秩序和旧的组合形式打破了,新的秩序和新的组合正在建立之中,用过去的眼光看待今天的农村生活和农民,真有点眼花缭乱,目不暇接,看不大清了。我从来没有像现在这样深切地感觉到自己理论的贫乏和理解生活的无力。

农村生产责任制的推行,不仅仅是一种生产管理体制的简单的变革,由此开始,价值观念、人与人之间的关系、道德观念等方面,也都在发生着前所未有的变化,农民的精神世界开始呈现出多层次的心理状态。及时而迅敏地捕捉这种变化,首先要求作家的思想保持与时代发展相适应的活力。否则就很难"感光",如同过时报废的胶片。

生活在变化。无论这种变化多么剧烈,总是与过去相联系。今天是从昨天走过来的,没有昨天就不会有今天。没有几十年农业政策当中一阵紧过一阵的自我限制的极左影响,就没有今天强烈的变革要求和如同大坝开闸般的汹涌欢腾的洪流。换得今天这样令人鼓舞的局面的代价是沉重的：八亿农民用了二十多年的艰苦奋斗和摸索，花费了整整一代人的心血和气力。从昨天到今天的变化中，有生动的生活发展的内在联系，有深刻的历史的必然规律。相比之下，简单的图解式的公式化的作品就自然显得日见其绌了。不掌握马克思主义理论的精神实质，不了解现代科学的普通常识，就无法打破自我束缚的思想局限，就无法理解生动活泼的生活现实，过时的报废的胶片再也不会"感光"。学习理论，改变知识结构，以强化自己透视生活的能力，保持思维系统的"胶片"的敏感性，保持思想上的活力，比较深刻地理解过去了的生活和正在变化着的生活的必然联系，已经是我极为迫切的需要了。

我在基层农村工作过较长一段时间，原以为比较熟悉农村，了解农民的。现在看，那只能说是比较熟悉昨天的农村和农民了。对于今天的处于变革时期的农村和农民，因为工作的变化，离开了旋涡的中心，缺乏直接的了解了，没有过去身在其中的那种欢欣、焦灼、忧虑和向往了，有一种雾里看花的朦胧感，有些陌生了。生活变化的时候，如流水有了跌差。有跌差才有响声，才有喧闹，才有浪花迸溅，才有在缓缓地流动中所看不到的壮观奇景。没有对一个村庄，一个农家小院的过去和现在的真实的了解，没有对一个个社员、干部、男人女人、老人青年的生活道路的具体的了解，就很难写出自己对生活的独自的发现。我迫切地需要和他们通话。之所以迫切，有一点担心：处于急剧变化着的这一段生活过去了，尔后永远再也不会重复了，这在自己对农村生活的心理感受上，将会留下一段空白，而且是无法弥补的历史性的空白。

1984年5月

关于中篇小说《初夏》的通信

忠实同志:

您好!

遵嘱拜读了您发表在《当代》第四期上的中篇近作《初夏》。杂志的编者把它放在一卷之首,它是当之无愧的。我读它,自始至终,保持着一种亲切和喜悦的心情。

首先使我感到亲切和喜悦的,是您的作品保持着陕西作家在描写农村生活,处理农村生活题材时的那种传统的现实主义风格,那种洋溢着渭河平原农村浓郁的生活气息的风格。在阅读之前,我曾问过读过这部作品的同志有什么观感。得到的回答是:像《创业史》,连一些人物都像。在我读完之后,却没有产生这种感觉,只是觉得在风格上有着上述共同之处罢了。

这种创作方法和艺术风格上的共同之处,不是互相模仿的结果,而是来自作家们同人民群众、同革命干部之间的关系的那种共同之处,是来自作家们同现实生活的关系的那种共同之处。这个共同之处就是,他们都是把自己摆在群众之中,摆在干部们之中。他们所描述的群众,是他们的父兄、姐妹,他们所描述的基层干部是他们的战友、同事,甚或就是他们自己。他们不把自己摆在生活之上,不认为自己是生活的见证人或审判官。如果有所针砭,有所干预,那他们也同时在针砭自己,或干预自己。这样一种生活态度和艺术态度,在作品中,就十分明显地表现出作家和他们所描写的人物之间那种亲密无间的气氛,特别是同他在作品中所作的某种批评的人物之间的那种既严肃而又亲密无间的情调和气氛。您的《初夏》,正是在这一点上,使我深为感动。您对我们讲述了冯景藩老汉和他的儿子冯马驹的故事。您笔下的冯景藩,在当前描写农村题材的作品中,在一系列基层干部的形象中,可算得是一个新的人物典型。读着冯景藩的故事,只要是真正熟悉当代农村生活的人,就会一眼看出它的作者是从农村生活中走来的,是同冯景藩在农田基建大会战的工地上,或在县三级干部会议中,是在一个麦草铺垫的通铺上滚过多年的。

您来自农村,来自基层,冯景藩们既是您的父兄,而您又曾是他们的领导。您曾同他们一起在一间茅草屋顶下度过困苦的生活,又同他们一道经历过解放的喜悦。您曾仰着脸看那年轻的共产党员冯景藩们是怎样地叱咤风云地带领群众反封建,斗地主,分田地;又曾见他们是怎样意气风发地率领群众,建立起全县第一个农业生产合作社,在社会主义的大道上迅跑。尔后,您又作为他们的同事和上级领导,带领他们在兴修水库,或在平整土地的大会战工地上,同他们一道,度过多少个风雪严寒而又热气腾腾的日日夜夜。你们有过共同的理想和欢乐,也有过相同的困难和烦恼。您是深知冯景藩们的,因而您笔下的冯景藩就显得格外真实和感人。在小说中,您虽然只用了极少的笔墨做了一点回叙,却也对冯景藩的一生做了较为公允的评价。这也正表现了作者的历史唯物主义的公正的立场。如果说,要寻找什么不足之处的话,我倒是觉得,您在描写冯景藩当前的思想行为方面,用文学行话来说,即人物的性格发展方面,是不是意念性的东西稍微显得多了一点?您告诉我们,冯家滩支部书记冯景藩,二三十年来,把他能献给冯家滩的一切都献出了,特别是连出外当脱产干部的调令都拒绝了,然而到头来一事无成,联产承包使他感到幻灭,他从中做出了一个错误的结论,认为自己忠诚工作吃了大亏。他的思想发生了极度的变化,他认为现在对他来说,一是在公社养牛场给自己找个落脚之处,更重要的是给儿子在县上谋一份好工作,他因此而同当队长的儿子马驹发生了激烈的冲突。这一切,您都写得很真实,合情合理,但这只是事物的一方面,另一方面,冯景藩毕竟是当过多年支书的老共产党员,大队的老干部,受过多年党的教育,在他和一心想把队搞好的儿子的矛盾冲突过程中,他的思想必定也是十分复杂矛盾,必定也同时在经历着剧烈的内心斗争的,绝不会像一个普通的农民群众那样简单,那样毫无顾忌。所以,您是不是把景藩老汉的思想活动,行动做法,对马驹的态度和举措,都处理和描写得简单了一点? 如果您同意我的看法,我便大胆地建议,您在出单行本以前,再加加工,从这个角度上,把景藩老汉好好地刻画刻画,我相信它将会带给您艺术家才能体会到的快乐。

您的其他人物:马驹、德宽、牛娃、来娃、彩彩,都写得很好。特别是马驹、德宽和来娃,形象鲜明,真实感人。而其中最突出的要数德宽了,您用您那惯常使用的朴素无华的白描手法所描写出的冯德宽,却是一个光彩夺目的人物。这儿表现出了您的艺术的功力。

还有一点我想要告诉您的,是从艺术地表现生活的广度和厚度上,在生活气氛的浓度上,同您过去的短篇小说相比,《初夏》可以说是个飞跃。您这些年来写过不少优秀的短篇小说,得到广大读者和文学界的普遍赞赏,我也是您的小说的赞赏者的一员。但您那些优秀的短篇小说,包括获奖的作品《信任》,您在艺术处理上,我这里说的是对生活的剪裁上,有一个很明显的特点是剪裁得很干净。这是长处,也是短处。剪裁得过分干净,有时就会给人一种刮得太光太薄的感觉。《初夏》则颇不相同,生活的诗情画意之味,浓郁得多了,读起来常常令人沉醉。

只读了一遍,尚未细嚼,一点感觉和印象,拉杂写来,博您一笑。

您近两年来特大丰收,顺致祝贺!
握手

王汶石
1984年10月8日

王汶石同志:

您好。十月八日信诵悉。您对《初夏》表示的热情和理解,对我是一种巨大的鼓舞和激励。我和其他作者一样,一部作品公之于世,总是希望更多地听到社会各方面的反映,尤其是倾注了自己较多的心力的作品,即使是纯批评性的意见也是好的。我将从诸多的反映里总结得失,不断地矫正自己的笔锋。因此,我对您的热情洋溢的信表示感激,我无疑从您的坦诚的意见中获得极好的教益。

近几年来,我在创作的路上经历着许多苦恼。

党的十一届三中全会以后,随着农村经济改革的开始,农村生活出现了剧烈的变化,呈现出纷繁复杂的现象。我首先感到的是自己的理论对于生活理解上的无能为力。加之慑于对于图解政策的农村题材的创作教训,我一度曾经想到写过去了的已有历史定论的生活,或者写点童年的回忆,躲避现实生活的困扰。

这种想法是徒劳的。我无法背向现实,在生活的巨大的变革声浪中保持沉默,也无法从嘈杂的实际生活中超脱出来。一九八〇年冬到一九八二年春天,农村再也找不到一个可以潜心静气地读书和写作童年回忆的安静去处了。此时我虽然离开了农村变革的旋涡,不在公社做实际工作了,但依然被那里正在发生的事情所牵扯,所苦恼,甚至牵肠挂肚。我在文化馆里,几乎天天有文学爱好者来访;或是我所认识的农民到镇上来逛集,顺路就转到我的住处。这些人一坐下,就对刚刚开始宣传,开始实行的责任制谈兴十足,慷慨激昂的议论,无穷无尽的忧虑,使我得以了解许多村庄里正在发生的种种好的和不大好的事。星期六回家时,路经我工作过十年的人熟地熟的乡村,常常被干部或社员挡住,直截地征询我对他们困惑莫解的问题的意见,有时在路边的树荫下蹲下来,一扯就有一两个钟头,他们谈到的许多事,常常牵动我的感情。回到家中,"责任制"就更具体地缠住我了,我的祖辈以土为生的家庭,将会在新的责任制实行以后得到什么可以预料的好处,以及可能发生的困难。我又有机会参加区委的一些会议,听到队、社、区三级干部们的种种意见和争论。那些我比较熟悉的领导和同志,他们的喜悦和苦恼,和我的喜悦和苦恼纠缠在一起,我无论如何无法与乡村间突然掀起的这股汹涌的声浪隔离间断,或者至少保持一段能使自己超然物外的距离。生动活泼的生活现实,常常使我激动得难以入眠;生活里好多有趣的带着变革时期浓厚色彩的小故事,我往往忍不住讲给许多人听;我以努力理解我周围发生着的这种变化,写下了一组变革时期的农村题材的短篇小说。我没有一篇自己满意的稍好稍深刻一些的短篇,终于想通过用较大的篇幅来概括我经历过的和正在经历着的农村生活了,这就是《初夏》。

  生活发生了重大的变化,像流水有了跌差,有跌差就有了瀑布,有了飞溅的浪花,有了喧闹的声响,也产生了在平流无石处所看不到的壮景奇观。农村里的一切人都无法在这种关系自身切实利益的变革中保持沉默了,那些平时被人说成"一棍子也砸不出个响屁"的老好人,在讨论土地分配方案的社员会上,当仁不让,吵得脸红耳赤;那些一直带领群众从土改干到今天的好干部,突然之间变得忧虑重重了,人和人之间的关系引起了新的变化。如此等等。

  我意识到有的短篇中把抵制责任制的干部的思想动机看成是怕劳动、怕失去特权,实在是太浮躁太浅薄了;尽管这种人的存在并不是个别现象,也不足以揭示这场深刻的变革中的时代印记,这类人的思想根源更多地反映出我们端正党风的必要性和迫切性。当然,更有甚者,还有违法乱纪、独霸一方的更恶劣的变质分子,更不是农村改革的特殊产物。除过这些,我更多地看到了冯景藩这一类干部,影响他们满腔热情地和社员同心同德地进行农村经济改革的心理阻力,恰恰不是害怕自己也要跟社员一样去种责任田,恰恰不是害怕自己失掉当干部时的特权。生活的发展已经证明,某些怕失掉特权的人,在责任制以后依然继续得到特权,他们在土地、机械、队办企业的承包中照捞不误,那些沾有不正之风的干部在任何时候总是有机可乘。冯景藩们的复杂的内心活动,是变革的农村现实引起而发生的,因而就打上了变革时期的印记,是这个特定的历史时期产生的独特的心理活动。冯景藩们的复杂的感情活动,使我建立起这样的自信心:我捕捉到了变革时期里一种类型的基层干部的独特的心理意识的流向,用文雅的话说,叫作"时代在人的心灵中的折光"吧?同时,冯景藩们也使我悟出一条道理:生活可以纠正作家的局限和偏见。我在作品中津津有味地讽刺他抵制分田到户是怕晒太阳的时候,冯景藩们却一笑置之,说他的思想负担比体力劳动的负担要沉重十倍,搔痒没有搔到痒处嘛!

以农村生活为创作题材的作家,我猜想他们大约都企图通过自己的作品,来概括我们几十年来农业发展走过的道路。这条道路上,走着八亿农民,南方和北方,农民和牧民,发生过多少喜剧和悲剧啊!在他们今天开始走向新的生活的时候,与昨天的告别不会是一夜之间就可以完结的,尤其是冯景藩这样把自己的庄稼人的黄金岁月都无私地贡献出来了的人,在今天与昨天的交替中,就不会像儿子马驹那样轻松。昨天的生活在他心里留下的沉积比儿子马驹要厚重得多。三十多年来走过的艰难而又曲折的道路,造成冯景藩的心理现状,是无法避免的。我可以轻轻地嘲弄一下冯安国,却无法伤害冯景藩一词一字。我想真实地写出他们今天的心理意识,就不能不如实地回顾他们历史的功绩和光荣,有意无意的失误和自己遭到的挫折。没有这些历史,就没有今天的那种"失落"情绪。我如果不尊重他们的光荣的历史功绩,不理解他们现在的苦恼,他们就不会挡住我蹲在路旁叙述一两个钟头的衷肠的。

我写的这个冯景藩老汉,能不能得到读者的理解和认可,虽然是自己在生活中的真实体验,但是否准确?是否是一种具有代表性的人物?仍然担着一点心。三月在涿县参加农村题材创作座谈会时,听了中共中央农业改革研究室主任杜润生同志的报告,我的心里踏实了。他说,我们要尊重历史,土地改革和合作化时期那些带领群众的模范和先进人物,他们的历史功绩还是要肯定的,不能因为今天的政策的变化而否定他们(大意)。作家创作时所要依赖和研究的主要对象是生活。对生活的独特发现和独立理解,无疑是避免人云亦云或者雷同化、概念化的根本途径。

有的同志问我,是否通过马驹的塑造要写个新时期的新人形象?我只能说,这首先不是我想要不想要的主观意愿所能说得清的,同景藩老汉一样,是生活强烈地冲击的结果。

记不清是一九七九年还是一九八〇年,我到一个熟悉的村子去,和一位年轻的大队领导人闲聊。闲聊中,得知这个村子有两名青年在统考中分别考中了高、中等院校。这两个农村青年,都是在动乱年月里读完高中的,文化程度是可以想见其差的,唯其因为天资聪明一点,在国家恢复考试制度后拼命自修;自修中常常请教的老师就是这位年轻的党支部书记。他是"老三届"高中毕业生,又是高才生。既然由他悉心辅导的那两个青年能在高考中获得成功,那么他自己去应考,就更具有考中的可能性。他为什么不参加高考呢?我随便一问,他也随随便便地说:"开头也跃跃欲试,后来……到底没去。我心里撂不下这一摊子!"他撂不下什么呢?他在大队里刚创办下一个机砖场,生产和收益都不错,一个加工厂也挺红火,还有两桩队办工副业正在筹划之中——他"撂不下这一摊子"!

他的这样一句闲聊的话,却是那样强烈地撞击着我的心,再也忘记不了了。他热情而耐心地辅导村里的青年跨进高等院校的门槛,自己却心甘情愿地与更多的不能进入高等学府的青年男女在贫穷的乡村进行另一项事业。渴求用现代科学知识武装起来投身"四化"的热血青年成千上万;企图通过考试逃离"苦海"(农村)而进入文明的城市的青年也不乏其人;死心塌地地用自己的智慧和创造性劳动改变乡村贫穷落后现状的青年也不能断言其绝对没有啊!多色彩的人才组成了多色彩的生活。"四人帮"在文艺界强制推行的"高大完美论"的结果,恰恰是人们对一切英雄的概念闻之塞耳。我常常在写一个正面人物之前首先想到:读者会不会相信?这位"撂不下"自己亲手创立的"家业"的年轻干部,终于使我无法摆脱他对我的感情的冲击,逐渐在心里孕育出一个冯马驹来。我这里想引用蒋子龙的一句话来为我仗胆。他不无感慨地写道:"与其对反映生活的文学发怒,不如去改造生活。"

生活里既然有冯景藩,就不会没有冯马驹;生活如果只有衰竭和死亡而没有新生,社会和自然界一样早该完结了。因为有沉重的昨天,才有奋发的今天,更可以预示有光明的明天。昨天和今天——历史和现实,正在我们生活的一切领域进行交接,它不是简单的交接和替代,而是对已经意识到的新的使命的热情,是对已经廓清的历史教训的责任感,是对我们党的一切优秀传统的继承与发扬。马驹虽然生活在偏僻的冯家滩,不可避免地处于这种除旧布新的交替的矛盾之中。他不是以一位救世主的姿态进入冯家滩的生活。他为自己的所爱而不能倾心相爱所深深痛苦,也在走与留的矛盾中动摇和怀疑过。他开始时更多的是出于一种个人的屈辱所产生的义愤而崛起,经过生活的矛盾才逐渐自觉地意识到自己的使命。他在冯家滩开创新的局面的具体形式和方法,必然随着时代的发展而不断调整,这不是我所太多关心的事。我所要努力揭示的,是我们的生活在发生重大变化的转折时期,从冯景藩的沉重感叹声中和冯志强的幽灵里,诞生了新的冯家滩的一代青年。他们继承了父辈最可宝贵的精神财富,摈弃了他们的思想重负,在新的生活天地里,展示自己的丰采。我现在又不得不切实地承认,这位青年的形象仍然单薄,感情世界还揭示得很不丰富,这原因既在对生活的体验不深,也在艺术表现力上的无能。

我无意用《初夏》向读者证明实行责任制的诸多优越性。作品中故事的发生到结束,不过四五天时间,实行了责任制的冯家滩的土地还不到收获的季节,种牛场刚刚办起来,砖场才有第一批产品生产成功,雄心勃勃的冯家滩的年轻一代,也自然还无可能改变自己的穷困的物质条件。有趣的是,《初夏》从草稿到见诸刊物,经过了三年时间,生活在三年的时间里发生了多大的变化啊!可以料就,冯家滩的青年男女现在能够照得起相片了,能够吃得起羊肉泡馍了,也许能够骑上摩托兜风了,住在二层小楼房里看电视了。——报纸和广播每天传来南方北方农村里的激动人心的新鲜事,早已使全世界的一切人都不能不承认,中国农村在突飞猛进——生活发展的脚步真是太快了。我仅仅只是想通过冯景藩和他儿子的家庭纠葛,在农村变革刚刚掀起的激流中,留下一点生活变化中的印记。

《初夏》是我创作学习中试写的头一个中篇,感到了艰难。初稿很肤浅,几乎不是个东西,然而《当代》的编辑看了,首肯"有基础",并对冯景藩和彩彩很感兴趣,鼓励我充分地写他们。再改后又得到老前辈秦兆阳同志的指教,再次指出冯景藩等人物身上有很大潜力可挖掘。我深受鼓舞,逐步加深了对冯景藩这个形象身上的时代特质的认识,从不自觉到比较自觉了。您在信中指出冯景藩身上"意念的东西多了点",我就明白了,这个人物更丰富的内心世界还是没有充分地揭示出来。这个作品的不断修改和缓慢的提高以及仍然存在的明显的缺憾,使我更清楚地意识到:理论的贫乏对于理解生活的深刻性的限制;艺术魄力的过于拘谨对于形象的塑造和揭示的制约;提高理论修养和振奋艺术魄力,这两者对我来说都相当迫切。

我一直生活在美丽富饶的渭河平原的边沿地带。我十分喜欢这块土地。我能用笔描绘这块土地上的人民的生活与愿望,革命精神和淳厚的美德,不倦的进取和悠久的传统,我感到幸福。我知道,我的文学修养还不足以进行这样重要的工作,尤其是生活发生的日新月异的变化,我的理论修养,生活体验与文学修养一样准备不足。需要更努力地学习,更新知识结构,才能随着生活的发展而前进。在创作的未来的追求中,能得到您的指点和批评,无疑是十分幸运的事。

祝安健
    致以
敬礼

          陈忠实
       1984年11月4日 西安东郊